LA PROPHÉTIE DES ABEILLES

Bernard Werber

LA PROPHÉTIE DES ABEILLES

ROMAN

Albin Michel

« Si les abeilles disparaissaient de la surface du globe, l'homme n'aurait plus que quatre années à vivre. »

Albert Einstein

ACTE I

L'avenir n'est plus ce qu'il était

1.

Et maintenant que va-t-il arriver ?

15 juillet de l'année 1099.

– Tenez-vous prêts. Dans quelques instants, cela va être le feu, le sang, et la gloire ! lance une voix puissante.

J'ai peur.

Un soleil mauve s'élève sur la plaine, dispersant le brouillard rasant gris argenté.

Les mille quatre cent quarante chevaliers sont immobiles, juchés sur leurs montures fumantes, engoncés dans leurs épaisses armures métalliques aux articulations huilées. Ils sont excités et, en même temps, quelque peu inquiets de ce qui va se passer dans un moment.

Face à eux, les hautes murailles de la cité semblent imprenables.

Ils attendent les directives de leur suzerain.

Le vent se lève et fait claquer la toile des bannières et des étendards. Des nuées de corbeaux enthousiastes tournoient dans le ciel en croassant.

L'un des chevaliers est particulièrement impatient.

J'ai hâte d'en découdre. Vite! songe-t-il.

Il retient difficilement son cheval, qui souffle de la vapeur par les naseaux pour manifester son envie de s'élancer au grand galop.

Le chevalier agrippe le pommeau de son épée.

C'est pour toi, maman, que je me bats.

Il se souvient aussi qu'il a rêvé d'un ange qui lui disait : « Prépare-toi demain à accomplir un grand destin. Je te guiderai. »

Que sa mère l'ait soutenu, c'est sûr. Que l'ange lui ait envoyé un message, évidemment, c'est plus incertain.

Quoi qu'il en soit, je dois vaincre.

Mais voici que survient une visiteuse. C'est une abeille qui, après avoir zigzagué devant lui, vient se poser sur l'unique fente horizontale de son heaume, devant ses yeux.

Le chevalier est tenté de faire un geste pour la faire fuir mais une idée le retient.

Si je l'énerve, elle pourrait entrer dans mon casque et me piquer.

Le chevalier reste alors impassible tout en louchant pour surveiller l'insecte visiteur. L'abeille déplie ses antennes et fait vibrionner ses ailes.

Le bourdonnement résonne dans le casque métallique.

Il finit par comprendre ce qui l'attire.

Le parfum de maman.

Il y a des années de cela, sa mère lui a offert une fiole de parfum à la rose. Chaque fois qu'il a besoin de la sentir près de lui, il en met une goutte sur son foulard.

Cette abeille me prend pour une fleur à butiner.

Il souffle en tordant la bouche pour générer un courant d'air qui la poussera vers l'extérieur.

Allez, va-t'en, abeille ! Ce n'est vraiment pas le moment.

Il avance sa main et fait un geste pour chasser l'importune et il se produit exactement ce qu'il craignait : au lieu de s'en aller, l'insecte se faufile à l'intérieur du heaume, entre son nez et le métal. L'abeille est désormais coincée dans le casque.

Oh non, pas ça.

Autour de lui aucun autre chevalier ne semble avoir le même souci. Pendant ce temps, le soleil passe du mauve à l'orange.

Le chevalier essaie avec la pointe de la langue d'atteindre la visiteuse qui descend sur la face interne du casque. Cependant celle-ci émet un bourdonnement plus strident.

Et si elle me piquait la langue ?

Dans le doute, il renonce à sa stratégie.

La voix d'un officier plus éloigné retentit derrière lui.

– LÂCHEZ !

Aussitôt les leviers sont actionnés, les cordages claquent et des dizaines de catapultes envoient des rochers ronds siffler vers les hauteurs. Les lourds projectiles volent en suivant des trajectoires courbes et s'écrasent contre la muraille en provoquant de gros impacts, mais sans créer de brèche significative. En face, debout sur les créneaux, les ennemis poussent des exclamations joyeuses devant ce piètre résultat et crient des provocations et des insultes dans leur langue.

– Avancez et concentrez les tirs près de la tour ! ordonne l'officier derrière lui.

Une trompette sonne.

Ce n'est pas encore le signal pour la cavalerie. Pour l'instant, seule l'artillerie est concernée. Les catapultes sont disposées plus près des murailles.

Dans le casque du chevalier, l'abeille émet par intermittence son bourdonnement.

Il n'ose plus approcher ni la main ni la langue.

Fiche le camp.

Il se demande s'il ne pourrait pas enlever son heaume pendant que les soldats rechargent les catapultes. Sa mentonnière est nouée avec un lacet de cuir bien serré, et le temps qu'il défasse et refasse le nœud, la muraille risque d'être perforée et l'ordre d'attaque serait alors immédiatement lancé.

L'abeille circule toujours dans l'espace intérieur du casque, s'approche de son oreille gauche, confondant le tunnel du pavillon auditif et son cérumen avec la corolle d'une fleur pleine de pollen. Le bourdonnement de l'insecte résonne plus fort. Il a un frisson désagréable.

L'abeille a reconnu les fragrances mais ne comprend pas pourquoi cette rose est aussi bizarre. Elle ne veut pas rentrer bredouille à la ruche, alors elle ressort de l'oreille et continue son exploration.

Le chevalier sent que l'insecte remonte le long de sa nuque puis par l'arrière de sa tête, pour se retrouver coincé entre les cheveux et le sommet du casque où il bourdonne avec frénésie.

Il faut vraiment que je retire mon heaume.

Il enlève ses gants et commence à tripoter le nœud de sa mentonnière, mais celui-ci est difficile à défaire. Comme le chevalier a la mauvaise habitude de se ronger les ongles, il ne peut s'aider de ceux-ci. Déjà il entend un nouvel ordre derrière lui.

– RECHARGEZ !

Qui s'enchaîne avec un :

– LÂCHEZ !

Les lourds rochers sphériques volent haut. Une fois que la

poussière des éclats s'est dispersée, on distingue une brèche nette. Les mille quatre cent quarante chevaliers poussent alors des cris d'allégresse, auxquels se joignent les douze mille fantassins derrière eux. Le soleil est maintenant bien jaune et illumine tout.

– À L'ASSAUT ! DIEU LE VEUT ! crie la voix forte de l'officier.

Aussitôt une trompette retentit, suivie par plusieurs autres cornets. Les tambours se mettent à battre pour donner le rythme, tandis que les fantassins avancent en brandissant les lances, les piques, les longues échelles et les béliers.

Bon, cette fois, tant pis pour l'abeille, je dois y aller.

Le chevalier remet vite ses gants, éperonne son cheval, serre son bouclier et ses rênes de la main gauche, dégaine son épée de la main droite, et reprend le cri de ralliement :

– DIEU LE VEUT !

Tout en fonçant vers les murailles hérissées d'ennemis, il ne peut s'empêcher de s'inquiéter :

Où est passée l'abeille ?

À ce moment précis, l'insecte descend sur sa paupière. Affolée par l'agitation et le vacarme qui ne font qu'augmenter, l'abeille panique et, dans un réflexe désespéré, lui enfonce d'un coup son dard.

Le chevalier pousse un cri de douleur aigu, mais son destrier est lancé au grand galop vers les hautes murailles blanches et plus rien ne peut le ralentir, même pas cet aiguillon empoisonné planté profondément dans son œil comme une épine dans un raisin mûr.

Quant à l'abeille, elle a perdu son unique dard et se demande :

Et moi, maintenant, que vais-je devenir ?

2. MNEMOS. TROIS RAISONS D'EXISTER.

Nous naissons pour trois raisons :
1. Apprendre.
2. Expérimenter.
3. Réparer.

3.

– Et vous, qu'allez-vous devenir dans le futur ?

René Toledano scrute le public face à lui.

Dans la pénombre de la salle, quatre cent cinquante spectateurs le regardent et l'écoutent.

– Si vous voulez connaître le meilleur chemin de votre évolution personnelle, j'ai maintenant une nouvelle expérience à vous proposer. Après vous avoir permis, dans une première méditation guidée, de revoir en rêve votre jeunesse, puis dans une deuxième de découvrir l'une de vos vies antérieures, je vous propose une troisième méditation encore plus originale. Voudriez-vous rencontrer l'homme ou la femme que vous allez devenir dans disons… trente ans ?

Un murmure d'approbation parcourt la salle.

– Alors, fermez les yeux… Respirez… Détendez-vous… Je rappelle que si vous avez bu de l'alcool, pris des médicaments qui agissent sur le cerveau ou de la drogue, ou que vous êtes dépressif ou en colère, vous devez vous abstenir de participer à cette méditation.

Personne ne réagit.

– Bien, imaginez qu'au lieu de descendre l'escalier qui mène au couloir de vos vies passées, vous empruntez l'escalier qui monte vers le couloir des dizaines d'années futures… Vous voyez des portes sur lesquelles sont inscrits des chiffres… Chacun indique un nombre d'années dans l'avenir. 10, c'est dans dix ans, 20 dans vingt ans, 30 dans trente ans… Ouvrez précisément cette dernière porte… Vous arrivez tous dans le même décor harmonieux : un jardin printanier ensoleillé avec un grand arbre au milieu. Au pied de cet arbre se trouve une personne en tunique blanche. Pour chacun d'entre vous cette personne est différente puisque c'est vous plus âgé de trente ans.

René Toledano passe sa main dans ses propres cheveux bruns et rajuste la fine monture en métal doré de ses lunettes. À trente-trois ans, cet ancien professeur d'histoire se sent finalement bien dans son nouveau rôle d'hypnotiseur de spectacle. Il est vêtu d'un jean, d'un tee-shirt noir et d'une veste noire, il porte des chaussures souples noires sans lacets. Il articule lentement.

– … Vous sentez que cette personne précise, qui est donc votre futur vous-même, détient une sagesse qu'il vous manque encore…

René Toledano prend une grande inspiration.

Derrière lui, sur une tenture de velours noir, est accroché un immense œil vert de plus d'un mètre de large.

René prononce la suite de son induction de sa voix grave. Elle résonne dans la salle grâce au micro.

– Vous vous approchez de votre futur vous-même… Vous saluez cette personne… Vous lui parlez… Questionnez-la sur ce qu'elle vous conseillerait de faire pour atteindre son niveau d'épanouissement personnel… Il – ou elle – veut vraiment vous aider… Il – ou elle – vous donne un conseil. Une simple petite phrase… C'est une idée nouvelle, à laquelle vous n'aviez jamais songé jusque-là mais qui vous permettra d'atteindre plus facilement cet état de bonheur… Laissez venir cette phrase…

À côté de René Toledano, Opale Etchegoyen, une jeune femme à la longue chevelure rousse ondulée et aux grands yeux verts rehaussés de khôl, joue de la harpe. C'est un air lent et doux qu'elle égrène de l'extrémité de ses doigts. Elle porte une robe bleu marine avec de petites incrustations brillantes qui étincellent comme des étoiles dans la nuit. Une fente dans son vêtement dévoile ses longues jambes galbées et ses escarpins vernis rouges.

– … Vous écoutez cette phrase extraordinaire… Vous la comprenez et vous la mémorisez…

René et Opale sont sur la scène de la Boîte de Pandore.

Cette péniche-théâtre qui leur sert aussi d'appartement est entièrement en bois. Elle est plus spacieuse que la péniche du même nom qu'utilisait Opale pour son précédent spectacle d'hypnose. Aux murs, sur des tentures de velours noir, des centaines de petits yeux semblent regarder les spectateurs.

René et Opale ont utilisé tout leur argent pour acheter, aménager et décorer cette salle de spectacle flottante sur la Seine.

Cependant, depuis le matin, la jeune femme souffre d'une pharyngite. Une heure avant le début de la représentation, elle ne pouvait prononcer distinctement la moindre phrase, alors que la salle affichait complet. Les quatre cent cinquante places étaient vendues et des gens attendaient même à l'extérieur au cas où des désistements de dernière minute leur permettraient d'entrer.

Ne voulant surtout pas annuler, le couple a décidé que René remplacerait Opale. Il assure donc la séance de guidage alors que la jeune femme se contente de l'accompagner à la harpe.

René a trouvé le ton qu'il fallait, un ton susceptible de tenir en haleine les spectateurs. Et maintenant il tente quelque chose de nouveau. Une expérience de visite non plus du passé, mais de l'avenir…

Le silence est complet. Les paupières closes, les gens dans la salle sourient en visualisant leur « futur eux-même ».

Le plus difficile est fait, se dit-il.

Opale Etchegoyen, tout en continuant à jouer, lui lance un clin d'œil complice pour l'encourager à poursuivre sur cette voie nouvelle. D'un petit geste de la main, elle lui intime de les laisser dans leur état hypnotique parler avec la personne qu'ils ont trouvée au pied de l'arbre.

Elle a toujours de bonnes idées.

– Je vous laisse dix minutes discuter avec celui que vous allez devenir… Demandez-lui des conseils pour réussir votre parcours de vie… Car cette personne est forcément plus expérimentée que vous…

Intrigué par sa propre initiative, et bercé par la musique improvisée à la harpe, René décide de faire lui-même l'exercice pour rencontrer à son tour celui qu'il sera dans trente ans.

Il se voit monter l'escalier qui mène au couloir de l'avenir. Il y a des portes numérotées. Il ouvre celle qui indique « 30 ». Derrière cette porte, comme il l'avait suggéré, il y a un grand jardin ensoleillé avec un arbre au milieu. Un homme en tunique blanche s'avance vers lui.

– Bonjour, René.

Mon futur moi-même ?

– Euh… bonjour, monsieur.

– Pour nous différencier, je te propose de t'appeler « René 33 », puisque tu as trente-trois ans, et moi… eh bien, tu n'auras qu'à m'appeler « René 63 », vu que j'en ai soixante-trois.

René dévisage cet individu qui lui ressemble d'une manière troublante.

Il observe et note les détails. Il a un nez plus long que le sien, des oreilles aussi plus grandes, des rides autour des yeux, des cheveux gris, un ventre plus rebondi, une posture un peu plus voûtée. Sur ses mains, les veines sont visibles. Sa peau est plus fine et plus claire.

– Arrête de me fixer comme ça, René 33, c'est gênant.

– Pardonnez-moi. Comment allez-vous ?

Comme l'autre est plus âgé, il l'a spontanément vouvoyé.

– Bien, merci. Mes cheveux sont devenus gris, je me suis un peu tassé et j'ai pris du ventre.

– Quelle phrase de sagesse pouvez-vous me délivrer pour m'orienter dans mon chemin de vie ?

– Fais des exercices de gym pour développer ta ceinture abdominale.

C'est tout ?

– Comme tu peux le constater, à soixante-trois ans, tu vas avoir ce petit bedon et ces poignées d'amour qui, entre nous, ne sont pas très esthétiques. Je suis plus lourd, alors je m'essouffle vite, j'ai mal au dos et puis… je ne distingue plus bien mon propre sexe sous le bourrelet. Mais si tu fais du sport dès maintenant, tu devrais pouvoir échapper à ces petits soucis.

– Donc, votre conseil de sagesse, c'est : « Fais des abdos » ? demande René 33, un peu dépité.

– Oui, ce serait sympa de ta part, car je vais hériter de ton corps.

René 63 lui montre l'arbre au milieu du jardin où ils sont.

– Qu'est-ce que je dois savoir d'autre ?

– Continue de t'intéresser à l'avenir. Cet arbre pourrait symboliser le temps. Imagine que les racines, c'est le passé. Le tronc, c'est le présent, et les branches, le futur. Le passé est enfoui et peu visible, on se le représente plus qu'on ne le distingue réellement. Il est disséminé dans de longues racines qui s'enfoncent profondément. Le présent, par contre, est solide, visible, mais dans un tronc unique. Et puis l'avenir, ce sont toutes ces branches différentes qui mènent à des feuilles. Mais ces feuilles, qui sont autant de scénarios de futurs possibles, poussent les unes à côté des autres et sont donc concurrentes. Certaines feuilles, faute de lumière ou de sève, vont dépérir et tomber. Des branches vont casser. Ce sont les lignes de futurs qui n'existeront pas. D'autres branches vont grandir et se renforcer à partir du tronc central, dans la continuité du présent visible, solide, unifié. Pour l'instant, l'arbre pousse et les branches du futur peuvent être encouragées ou découragées.

– Où voulez-vous en venir ?

– Tu peux, toi, René 33, agir sur ces branches de futur qui poussent vers le ciel. Car telle est la loi la plus importante à retenir de cette petite visite : on ne peut pas changer le passé, mais on peut influer sur l'avenir. Cependant les secondes s'écoulent. Rentre vite maintenant, car je crois bien que ton public t'attend...

René ouvre les yeux et les spectateurs sont toujours dans la pénombre, bercés par la musique de la harpe d'Opale.

D'un geste de la main, Opale lui indique que, tout comme un pilote d'avion, il va devoir effectuer un atterrissage en douceur pour faire revenir à eux tous les passagers.

Il approuve d'un signe discret de la tête et saisit le micro.

– Bien... Regardez une dernière fois votre futur vous-même

avant de le quitter… Expliquez-lui comment vous allez mettre en pratique le conseil qu'il ou elle vient de vous donner…

Opale déploie encore quelques accords aux sonorités célestes.

– Maintenant… préparez-vous à revenir dans le présent… Comme si votre esprit remettait son vêtement de tous les jours… Je vais faire un décompte… 5, 4, 3, 2, 1, zéro. Vous pouvez ouvrir les yeux.

Un long arpège accompagne le mot « zéro ».

René contrôle la régie lumière avec son smartphone. Les projecteurs du théâtre diffusent progressivement une lumière plus vive avec des filtres mauves.

Les gens dans la salle se réveillent de cette troisième méditation guidée en clignant des yeux comme s'ils sortaient d'un rêve.

– Tout d'abord, dit René de sa voix la plus douce et grave, pour être sûrs que vous êtes bien ici et maintenant dans votre corps, prenez une profonde inspiration. Maintenant, palpez votre visage, et pensez à vos propres nom et prénom. Quand c'est fait, tapotez vos clavicules, comme ça.

Il frappe avec deux doigts ses épaules. Le public paraît apprécier cette petite gymnastique.

– Première question : qui sont ceux pour qui cela n'a pas du tout marché ?

Un quart de la salle lève la main.

– Pourquoi, selon vous ? Madame, par exemple.

– Je n'arrive pas à me détendre. J'ai toujours plein de pensées dans ma tête.

– Et vous, monsieur ?

– Je ne crois pas à l'hypnose. Donc, pour moi, ce n'est que du spectacle. D'ailleurs, je me demande s'il n'y a pas des gens dans la salle qui sont vos complices et qui servent à créer une sorte d'engouement général qui donne l'impression que la majorité marche dans votre combine.

Ne pas contredire. Accompagner le mouvement naturellement. Sourire et ne pas se laisser désarçonner.

– C'est en effet possible.

René laisse passer un temps puis reprend :

– Deuxième question : quels sont ceux qui ont eu l'impression que cela avait fonctionné mais qui n'en sont pas complètement sûrs ?

Un autre quart de la salle lève la main, amusé que leur cas « mitigé » soit pris en compte.

– Vous, madame, par exemple ?

– Durant la relaxation, j'ai senti et vu des choses… mais je n'ai pas cessé de me demander si ce n'était pas un effet de mon imagination. Ça m'a empêchée de vivre complètement l'expérience. Je vous pose donc la question : est-ce seulement un effet de mon imagination ?

– Je n'en sais rien. Et personne ne pourra affirmer de manière certaine que ça l'est ou pas. Et enfin, sur qui cela a-t-il vraiment bien marché ?

La moitié de la salle lève la main.

– Alors, qui, parmi ceux-là, veut témoigner de ce qu'il a vécu ?

Une femme d'une soixantaine d'années se lève puis déclare :

– J'ai bien vu mon futur moi-même. C'était mon visage, beaucoup plus ridé, mon corps était celui d'une très vieille dame. Probablement plus de quatre-vingt-dix ans. Elle était plutôt… comment dire… rigolote. On sentait que c'était une bonne vivante.

Dans la salle, les gens sourient.

– Et elle vous a parlé ? demande René Toledano.

– Elle m'a conseillé de manger moins d'aliments sucrés, elle a dit que sinon j'aurais des problèmes de diabète. Elle m'a dit aussi de boire davantage d'eau tous les jours. Précisément elle m'a dit : « au moins un litre ». Et elle a plaisanté : « Ne t'inquiète pas, tu les évacueras, soit par l'urine, soit par les larmes. »

Nouveau murmure amusé.

– Merci pour ce témoignage. On peut la féliciter.

La salle applaudit et René sent que le simple fait de frapper dans ses mains ensemble pour produire un son collectif harmonise les énergies.

– Qui d'autre veut témoigner ?

– Moi.

Une femme se lève.

– Sous l'arbre, moi aussi j'ai rencontré une vieille dame. Elle était élégante, soignée, bien maquillée. Mais… son conseil est un truc un peu gênant…

– Allez-y ! Nous sommes entre personnes discrètes, cela ne sortira pas d'ici.

De nouveau, quelques rires.

– Elle m'a sommée de quitter mon mari, et m'a dit que si je ne le faisais pas, j'allais devenir aigrie. Que je pouvais trouver un meilleur compagnon. Sa phrase a été : « Tu devrais regarder du côté des hommes jeunes avec de beaux biceps et des petites fesses pommelées. » Elle m'a dit : « Arrête de chercher des intellectuels, fais comme font les hommes, choisis tes partenaires sur le physique. » Elle m'a même conseillé d'aller voir des spectacles du genre des Chippendales.

Cette fois, les rires sont plus francs.

C'est cela qu'il faut pour faire passer la spiritualité : des instants de rire. Je dois travailler cet aspect du spectacle. Ne pas se prendre au sérieux, mais penser à les détendre en encourageant ceux qui n'ont pas peur de faire des blagues au sujet de leur méditation.

La femme se sent obligée d'ajouter :

– Pourtant ce n'est vraiment pas mon genre, je vous le jure.

Un jeune homme prend ensuite la parole.

– Moi, j'ai vu un homme âgé qui portait une salopette en jean avec une petite pelle et un sécateur accrochés à la ceinture. Il était ridé mais bronzé. Il avait des lunettes et ses cheveux blancs étaient bien coiffés. Il m'a dit de quitter mon métier actuel, car mes chefs étaient incompétents et que de toute façon mon entreprise allait finir par faire faillite. Il m'a conseillé de vite demander mes indemnités tant que la trésorerie de l'entreprise était encore à flot, de partir habiter à la campagne, de créer un jardin de fruits et de légumes bio et d'en faire commerce. Il m'a assuré qu'ainsi j'allais gagner ma vie de manière plus sûre dans les années à venir.

Nouveaux applaudissements.

Les participants sont de plus en plus confiants et les témoignages fusent.

– Moi, il m'a recommandé de voyager davantage pour découvrir d'autres façons de vivre, d'autres manières de penser. Il m'a préconisé un voyage en Inde.

– Moi, il m'a dit d'apprendre à jouer d'un instrument de musique. Il n'y avait pas d'âge pour commencer, m'a-t-il assuré. Il m'a conseillé l'harmonica.

– Moi, mon futur moi-même n'avait pas le même sexe que moi. C'était mon visage d'homme mais avec un corps… de femme.

– Eh bien, le futur nous réserve certainement des surprises, glisse René.

Opale lui fait signe qu'il faut reprendre la salle en main. Il improvise :

– Vous semblez avoir, suite à cette expérience, tous besoin de vous exprimer. Je vous laisse parler de votre vécu à vos voisins pendant cinq minutes. Comme après une nuit de sommeil, en racontant tout de suite votre rêve vous vous en souviendrez mieux. D'ailleurs, vous pouvez aussi le noter sur vos smartphones ou sur un papier.

Brouhaha général. René se penche vers Opale.

– Alors, qu'en penses-tu ?

La jeune femme chuchote d'une voix enrouée :

– L'hypnose pour rencontrer le futur soi-même, je ne l'avais jamais fait. Très bonne idée. Après l'hypnose régressive, tu as inventé une nouvelle technique, une sorte d'hypnose… prospective. En revanche, les faire discuter entre eux est contre-productif. Regarde ce brouhaha. Ne laisse pas la salle se relâcher. C'est comme un cheval, il ne faut jamais lâcher les rênes.

– Comment faire ?

– Je vais jouer un arpège à la harpe à plein volume. Ça va les surprendre. Tu auras une seconde pour occuper le terrain. Et quand tu auras obtenu le silence, demande-leur s'ils ont des questions à poser sur l'expérience qu'ils viennent de vivre. Et puis après, tu conclus. Ensuite, tu suis le protocole prévu pour la fin du spectacle : applaudissements, on salue avec une courbette en se tenant la main, on fait deux rappels, on remercie une dernière fois, on sort de scène, et on éteint.

Elle règle le son. L'arpège sonne fort et longtemps dans la Boîte de Pandore. Comme prévu, le silence revient.

– Voici venu le moment de nous quitter. J'espère que ce spectacle vous a plu. À bientôt… dans cette vie ou dans la prochaine.

De façon inattendue, une dame blonde, grande, vêtue d'une jupe et d'une veste en cuir noir lève la main.

– Attendez, monsieur ! S'il vous plaît !

– Oui, madame ? Vous avez une dernière question ?

– Non, ce n'est pas une question, mais une requête.

– Je vous écoute.

– Le message que m'a délivré mon futur moi-même a été : « Si tu veux vraiment comprendre ton avenir, demande à l'hypnotiseur de te montrer non pas ce jardin paradisiaque artificiel, imaginaire, au milieu duquel un arbre est planté, mais le décor réel du monde qui apparaîtra dans trente ans. »

Ça, ce n'est pas du tout prévu.

René essaie de ne pas laisser transparaître sa surprise et cherche une manière d'esquiver, mais la femme reste imperturbable et l'observe avec un air de défi.

– J'aimerais faire cette expérience précise.

René Toledano sent que la salle attend sa réaction.

Carrément. C'est elle qui me dit ce que je dois faire.

– Désolé, ce n'est pas possible, se dérobe René.

La femme lève un sourcil de surprise.

– Et pourquoi ?

Son ton est sec, celui de quelqu'un d'habitué à donner des ordres et à être obéi.

– Tout simplement parce que je ne l'ai jamais fait. Je ne sais pas sur quoi vous pouvez tomber. Et puis il se peut que cela ne puisse même pas fonctionner.

Zut, ma voix perd de l'assurance.

– Je ne comprends pas. Vous êtes hypnotiseur professionnel, oui ou non ?

– En effet, mais…

– Vous savez forcément comment vous y prendre. Et si vous ne l'avez jamais fait, je veux bien être votre premier cobaye, profitez-en.

– C'est-à-dire que...

– Je veux aller plus loin. J'en suis capable. Mon futur moi-même, que vous m'avez permis de rencontrer, me l'a affirmé. Vous savez, si cela peut vous rassurer, j'ai parfaitement réussi les trois premières inductions. C'était génial. Je voyais bien tous les détails, j'avais toutes les impressions, les odeurs, les sons. Je suis depuis longtemps passionnée de développement personnel. Je pratique à haut niveau les arts martiaux. Je fais une heure de zen chaque matin. J'ai même suivi aux États-Unis des stages où je me suis retrouvée à marcher pieds nus sur des braises ardentes. Je n'ai pas eu la moindre séquelle, par la seule force de ma pensée. Le futur ne me fait pas peur.

Opale chuchote à René :

– Vas-y.

René Toledano essaie de ne pas laisser transparaître sa gêne.

Trop tard pour faire demi-tour.

– Vous avez l'air très motivée, ce qui est essentiel pour la réussite de ce genre d'expérience. Je vous propose donc de monter sur scène. Ce sera une séance individuelle rien que pour vous, et les spectateurs pourront y assister.

La femme s'approche de la scène d'un pas déterminé et avec le même enthousiasme qu'un astronaute sur le point de monter dans une fusée pour quitter la Terre.

– Pour l'encourager, je crois que le public peut l'applaudir.

Essayons de gagner du temps.

Les gens dans la salle, intrigués par le tour imprévu du spectacle, ne se font pas prier.

– Comment vous appelez-vous ?

– Vespa Rochefoucauld.

– Eh bien, madame Rochefoucauld, venez vous installer sur ce divan.

La voix de René est de nouveau chevrotante. Opale continue de hocher la tête pour lui signifier qu'il a fait le bon choix et qu'elle a confiance dans la réussite de cette expérience nouvelle.

Vespa Rochefoucauld s'installe sur le divan de velours rouge disposé sur le côté, elle défait le ceinturon de sa veste de cuir, enlève ses chaussures à hauts talons et commence à remuer l'extrémité de ses orteils comme pour une sorte d'échauffement.

– Sans vouloir vous flatter, monsieur Toledano, je suis très impressionnée par les expériences que j'ai vécues grâce à vous tout à l'heure. Le retour dans ma vie antérieure était extraordinaire. Il y avait de l'action, du suspense, des décors extrêmement précis, comme dans un film, mais en plus d'un film, j'avais les odeurs, le goût, les sensations tactiles, les émotions perçues de l'intérieur.

C'est une bonne cliente.

– Et je suis sûre qu'en voyant le monde tel qu'il sera dans trente ans je vais encore progresser, poursuit-elle.

– Je vous le souhaite.

– À mon avis, vous êtes trop modeste, monsieur Toledano. Vous avez tout bonnement inventé une machine à voyager dans le temps qui ne coûte rien et que tout le monde peut utiliser sans moyens ni technologie : l'esprit ! On se demande comment personne n'y avait pensé plus tôt…

Vespa Rochefoucauld défait un bouton de sa jupe en cuir noir et un autre de son chemisier de soie jaune. Elle s'installe un peu plus confortablement sur le divan alors que René baisse progressivement la lumière sur la scène.

Elle ferme les yeux et pose ses deux mains sur son nombril.

– Je suis prête.

Je ne peux plus reculer.

Opale perçoit son trouble et, du bout des lèvres, elle mime un baiser qu'elle lui envoie d'un souffle pour l'encourager.

René se lance alors :

– Visualisez un escalier en colimaçon de cinq marches… Au fur et à mesure que je vais égrener le numéro des marches, vous allez monter et vous vous sentirez de plus en plus détendue… Première marche… Deuxième marche… Troisième marche… Quatrième marche… Cinquième marche… Vous voici devant la porte de l'avenir… Vous l'ouvrez… Il y a un couloir avec des portes numérotées… Vous allez vers celle qui indique le nombre « 30 », signifiant que vous allez être projetée dans le vrai monde tel qu'il sera dans trente ans. La voyez-vous ?

Après un long instant de silence, Vespa Rochefoucauld répond :

– Je la vois.

– Ouvrez la porte et franchissez le seuil…

– C'est fait.

– Que voyez-vous ?

– Je vois le jardin avec l'arbre et la femme âgée qui me ressemble. Le même décor artificiel que tout à l'heure.

– Maintenant laissez ce décor s'évaporer et permettez au vrai décor, celui du monde de dans trente ans, d'apparaître…

Elle fronce les sourcils. Sous ses paupières, ses yeux s'agitent.

– Ça y est, j'y suis.

– Que voyez-vous ?

– Je suis à Paris. Sur les Champs-Élysées. Il y a des gens partout. Je regarde mon téléphone… Sur l'écran s'affiche : 11 h 30. Et la date : 25 décembre 2053.

Un bruissement de surprise parcourt la salle.

– D'autres informations apparaissent sur l'écran, poursuit Vespa Rochefoucauld. La température de l'air : 43,7 degrés. Et le taux d'humidité : 4 %. Ce qui explique que j'aie vraiment très chaud. C'est suffocant. Nous sommes en pleine canicule et il y a vraiment beaucoup de monde autour de moi. Les trottoirs sont bondés. Des foules de piétons courent, se bousculent, se serrent les uns contre les autres. Les voitures sont coincées dans un grand embouteillage. Les conducteurs klaxonnent. Il y a un brouhaha général. Tous sont nerveux et agressifs. Je tente d'avancer pour m'extraire de cette foule qui m'entoure. Mais les autres rues sont tout aussi bondées. Toutes les avenues sont bloquées par des grappes de voitures, de bus, de camions. J'aperçois un kiosque à journaux. Je regarde une couverture de magazine. Je lis : « SURPOPULATION : JUSQU'OÙ IRA-T-ON ? » et en dessous : « NOUS SOMMES DÉJÀ 15 MILLIARDS ET NOTRE CROISSANCE EST DEVENUE EXPONENTIELLE. LA TERRE PEUT-ELLE SUPPORTER AUTANT D'HUMAINS ? » Des gens s'agglutinent autour de moi. C'est pire encore qu'aux heures de pointe dans le métro. Ça n'a pas l'air de les gêner, mais moi je n'arrive plus à respirer. Ils me touchent. Ils me poussent. Ils sentent tous fort la transpiration. Je déteste ça. Maintenant, la foule se désagrège un peu car le feu vert permet à certains de traverser l'avenue en se faufilant entre les voitures immobilisées. J'avance avec les autres. J'ai si chaud. Et ça sent vraiment mauvais. Toujours cette odeur âcre de sueur humaine. Une grosse femme pressée me donne un violent coup d'épaule qui me déstabilise. Ah ! Je tombe par terre. Au lieu de s'excuser, la femme a filé. Quelqu'un me dit que je devrais me pousser pour ne pas gêner le passage. Je suis allongée sur le trottoir et j'essaie de me relever. Les piétons ne me voient pas et m'enjambent, m'empêchant de me redresser. Des talons claquent près de mes oreilles.

Sur le divan rouge, Vespa Rochefoucauld s'agite. Ses doigts remuent nerveusement. Son corps est parcouru de spasmes. Elle respire plus vite.

René Toledano est inquiet.

– Très bien, nous allons rentrer, dit-il. Attendez le décompte pour visualiser l'escalier qui redescend dans le présent. 5… 4…

Mais Vespa Rochefoucauld continue :

– … Les piétons m'enjambent. Je crois qu'ils me prennent pour une mendiante ou une alcoolique qui rampe par terre. Ils ne me voient pas et ils vont me piétiner si je n'arrive pas à me relever. Ils sont si nombreux. Aïe. Quelqu'un m'a marché sur la main. Il y a un pied au-dessus de mon ventre, il va me…

Elle a le souffle coupé comme si on venait de lui donner un coup dans le ventre.

Elle ouvre d'un coup les yeux, le visage complètement halluciné.

– Attendez ! crie René. Attendez, madame, s'il vous plaît, il faut remonter progressivement. 3… 2…

Mais elle ne l'écoute plus, elle ne se donne même pas la peine de remettre ses chaussures, elle descend de la scène et s'enfuit en courant, pieds nus.

Oh non, pas ça.

Le public, stupéfait, reste silencieux.

René Toledano hésite une seconde, jette un regard à Opale qui semble aussi surprise que lui. En un clin d'œil, René décide qu'il doit tenter de la rattraper. Il saute de scène et sort de la péniche par l'étroit escalier que la femme vient juste d'emprunter.

– Attendez, madame ! Vous ne pouvez pas partir comme ça ! Attendez !

René la voit courir au loin sur le quai. Elle va vite, tout droit, sans rien regarder.

Il s'élance dans la nuit derrière elle.

– Madame Rochefoucauld ! Attendez-moi !

Elle ne s'arrête à aucune intersection et file toujours droit devant elle. Une forme vrombissante surgit sur sa droite. C'est un camion sur le flanc duquel on peut voir une abeille posée sur un pétale avec un slogan publicitaire : « FLEUR D'ACACIA, LE MIEL 100 % ARTISANAL ».

Les pneus du camion qui freine sec crissent sur l'asphalte.

Oh non, non, non, non…

René ferme les yeux.

On entend un cri suivi du claquement d'un choc.

4.

Une semaine plus tard, au tribunal correctionnel de Paris.

Vespa Rochefoucauld est assise dans la salle, le bras en écharpe et un grand pansement sur la tête. Elle s'avance en s'aidant d'une canne. On lui propose une chaise.

– Ce futur était affreux ! Affreux ! Affreux !

Sous le coup de l'émotion, elle prend une grande inspiration pour trouver le courage de poursuivre son récit. Un verre d'eau a été placé devant elle ; elle le boit d'un trait.

– Non, je suis désolée, je n'y arriverai pas, rien que de me remémorer ces images atroces, cette foule dense et puante qui me piétine... C'était atroce... Non, je ne peux pas...

Vespa Rochefoucauld rejoint sa place et se rassoit, abattue comme si elle avait produit un énorme effort.

Son avocate plaide :

– Ma cliente, Mme Rochefoucauld, n'est pas n'importe qui. C'est une femme forte. Un esprit sain dans un corps sain. Elle dirige un important institut de recherche public. Elle est sportive. C'est une championne d'arts martiaux. Malheureusement, elle a été piégée par ces deux charlatans. Elle est blessée, elle a des contusions, et en plus des séquelles physiques, elle souffre de graves troubles psychologiques. Elle ne dort plus la nuit de peur de revivre la scène traumatique qui lui est apparue le soir de cette fameuse séance. Voilà la triste réalité : l'hypnose entre de mauvaises mains peut être une redoutable arme de manipulation mentale. Pour instruire ce dossier, j'ai enquêté et rencontré d'autres victimes. On leur a fait croire qu'ils allaient surmonter leur phobie ou leur addiction, maigrir ou vaincre leurs insomnies par la seule force de la pensée ! Et évidemment cela ne marche pas. Alors l'hypnotiseur leur dit qu'il faut des séances supplémentaires, et ils payent. Quand ils comprennent enfin l'escroquerie, ils ont trop honte de leur naïveté pour porter plainte. C'est ça, le comble : au lieu d'en vouloir au thérapeute malhonnête, ils s'en veulent de s'être fait avoir ! Croyez-moi, madame la juge, l'hypnose est le nouvel outil des escrocs et des sectes.

La juge donne la parole au procureur de la République, un homme au visage sec.

– Madame la juge, mesdames, messieurs, je vais vous parler

avec mon cœur et avec mes sentiments, même si ce n'est pas souvent le cas dans cette salle. Puis-je, madame la juge ?

– Je vous en prie, monsieur le procureur.

– Tout d'abord je dois signaler qu'à titre personnel, je déteste l'hypnose. Pour tout vous dire, j'ai moi-même assisté à un spectacle de ce genre et j'ai fait l'erreur de me porter volontaire. L'hypnotiseur m'a demandé de relever la manche de ma chemise. Il m'a raconté tout un charabia et en même temps il m'a enfoncé une longue aiguille dans le bras. J'étais censé ne pas sentir la douleur. Il a dit : « C'est le secret ancestral des fakirs : la maîtrise mentale. » Tu parles ! J'ai senti la douleur et ça saignait abondamment. Le sang a taché ma chemise blanche. J'ai dit : « J'ai mal » et lui m'a répondu d'un ton ferme : « Mais non, vous ne sentez rien. » Et comme le sang continuait de couler et que j'avais de plus en plus mal, l'hypnotiseur a dit ensuite d'un ton plus désinvolte : « Je vous rembourserai le pressing. » La douleur au bras était fulgurante et ma chemise était fichue, mais le pire était à venir : les gens ont applaudi comme s'ils ne se rendaient pas compte que l'hypnotiseur avait lamentablement échoué. Il ne m'a jamais remboursé le pressing, bien sûr. Heureusement, l'aiguille n'était pas infectée. J'aurais pu attraper le tétanos. « Technique des fakirs » ? « La pensée plus forte que la douleur » ? Tout ça ce n'est que du vent pour impressionner les gens influençables.

La salle a un infime mouvement de détente en écoutant ce récit aussi précis qu'inattendu dans un tribunal. On entend même quelques rires. Le procureur, constatant le succès de son intervention, continue sur le même ton :

– Et si ce n'était que ça ! Moi, je m'en suis plutôt bien tiré. J'ai un ami qui, dans un stage de « prétendue maîtrise de la pensée par l'autohypnose », a terminé en marchant sur des braises. Il m'a raconté : les gens autour de lui l'encourageaient et hurlaient : « Tu peux le faire ! On est avec toi ! Tiens bon ! Tu vas y arriver ! » Il est allé jusqu'au bout de la zone couverte de braises incandescentes. Il a été félicité par tous les autres et… a terminé aux urgences avec des brûlures au troisième degré sur la plante des pieds ! Il ne peut plus porter de chaussures fermées, le pauvre. Que des sandales, même en hiver ! Du coup je me suis renseigné et voilà les chiffres que j'ai obtenus. Parmi les personnes qui ont fait l'expérience de marcher sur les braises, moins d'un tiers ont réussi, et toutes les autres ont été gravement blessées…

La salle du tribunal est bien remplie. Ces deux drames racontés par ce procureur peu ordinaire piquent la curiosité des uns et soulèvent l'indignation des autres.

– Heureusement, cet ami a intenté un procès à l'hypnotiseur. Il a obtenu une condamnation ferme et des indemnités conséquentes. Alors l'hypnose…

Il se tourne vers Opale Etchegoyen et René Toledano, sur le banc des prévenus, et les fusille du regard. Ce dernier songe :

C'est le problème de l'hypnose, beaucoup d'hypnotiseurs veulent faire croire que ça marche sur tout le monde alors que selon ma propre expérience seule une personne sur deux réagit bien. Pas plus, pas moins. Quel dommage que cette vérité ne soit pas assumée.

Le procureur poursuit ensuite sa démonstration.

– Pauvre madame Rochefoucauld, vous n'avez eu, par chance, qu'un instant de terreur, des blessures réparables et des nuits d'insomnie. Mais cela aurait pu être bien plus grave. Vous auriez pu… mourir !…

Le procureur a pris un ton théâtral et sent qu'il a l'attention de la salle.

– Je voudrais que ce procès serve d'exemple pour que cessent toutes ces stupidités : hypnose, autohypnose, méditation, coach hypno, sophrologie, ou je ne sais quelle lubie à la mode. Des balivernes qui enrichissent des escrocs qui profitent de la crédulité de pauvres gens. Pour cette affaire, je réclame un jugement exemplaire : un mois de prison ferme. Je crois, madame la juge, qu'il est important que ce procès fasse jurisprudence afin de décourager les charlatans.

La juge donne ensuite la parole à l'avocat de la défense.

– Madame la juge, cela n'a jamais été l'intention de mes clients de nuire à qui que ce soit.

Après cette sobre plaidoirie, la juge demande à René et Opale s'ils ont quelque chose à dire. Ils répondent que non. Alors la juge demande un temps pour délibérer en prenant conseil avec ses assesseurs.

Au bout d'un moment qui paraît bien long à Opale et René, enfin les trois magistrats en robe noire reviennent. La juge s'exprime.

– Voici donc mon verdict. Une peine de trois mois de prison avec sursis pour René Toledano et Opale Etchegoyen, tenus conjointement pour responsables des blessures, des contusions et de l'état de choc psychologique de Mme Rochefoucauld, peine assortie de dommages-intérêts de 50 000 euros en faveur de la plaignante. Enfin, et avant que d'autres accidents ne surviennent, la fermeture définitive du théâtre la Boîte de Pandore.

Le public, parmi lequel se trouvent plusieurs journalistes, mais aussi quelques hypnothérapeutes, grogne à l'énoncé de la sentence, qu'il trouve sévère.

La juge s'adresse aux deux prévenus :

– Vous devrez vous acquitter de cette condamnation dans les

quinze jours à compter d'aujourd'hui. Au lieu de quoi, votre péniche sera saisie et vendue aux enchères publiques.

Elle actionne une petite sonnette électrique et annonce :

– L'audience est levée.

Le brouhaha augmente. Les gens sortent en commentant le jugement pendant que les journalistes prennent des photos de René et Opale.

Le procureur vient les rejoindre.

Comme un parent s'adressant à des enfants, il les sermonne :

– Moi, à votre place, j'arrêterais ces histoires d'hypnose, de vies antérieures, de réincarnations. Je vous le dis pour votre bien. Tout ça, ce n'est vraiment que des conneries.

5. MNEMOS. UNE THÉORIE CONCERNANT LA RÉINCARNATION.

Les traces de croyances les plus anciennes sur la réincarnation remontent à plus de 10 000 ans avant Jésus-Christ et sont liées à l'observation des cycles des saisons par les humains qui pratiquaient l'agriculture.

En toute logique les premiers paysans sédentaires étaient obligés d'être attentifs aux cycles des saisons pour connaître le temps où planter et le temps où récolter. Dès lors ils constataient qu'après l'automne vient l'hiver où il fait froid et tout s'arrête. L'arbre après avoir perdu toutes ses fleurs, ses fruits, ses feuilles se retrouve décharné, apparemment mort.

L'hiver est donc lié à la notion de fin.

Cependant, ensuite, revient le printemps et l'arbre qu'on

croyait éteint reprend une nouvelle « chair » de feuilles, de fleurs, de fruits. Il va vivre, grandir, et s'étoffer jusqu'au prochain hiver qui sera son prochain trépas et qui sera suivi par un nouveau printemps qui sera sa prochaine renaissance.
Tous les êtres percevant ces cycles peuvent naturellement être tentés de penser que leur propre âme connaît une période d'hiver pour renaître dans un nouveau printemps.

6.

– Nous avons tout perdu. Nous sommes ruinés. C'est une catastrophe.

Sur le trottoir devant le tribunal, Opale regarde René de ses grands yeux verts. Étonnamment, à cet instant, il la trouve encore plus belle qu'à l'accoutumée, comme si d'être ensemble dans une telle épreuve les rapprochait encore plus.

Tant que nous sommes unis et que nous nous comprenons, tout va bien.

La jeune femme ne semble pas partager ce sentiment.

– Tout ça, c'est ta faute. Pourquoi l'avoir envoyée dans le futur alors que nous ne faisons que la visite des vies passées ?

– C'est toi qui m'as conseillé de lui céder, proteste René.

– Tu aurais dû me tenir tête.

Zut, mauvais réflexe. Elle cherche un coupable pour lui faire endosser la responsabilité de cette affaire. Et forcément, le coupable, c'est moi.

– Je ne pouvais pas non plus savoir que l'avenir était aussi chaud et surpeuplé.

– Tu n'as pas donné la directive habituelle de sécurité : « Vous allez visiter une vie positive et agréable. »

Je dois reconnaître que, dans l'excitation de la création d'une nouvelle forme de méditation guidée, j'ai oublié de poser cette règle. La directive de sécurité empêche de tomber dans les vies douloureuses.

Opale baisse la tête, dépitée, et sa chevelure rousse flamboie autour de son visage.

– Comment as-tu pu penser que ça pouvait fonctionner ? Le futur !… Tu vois bien que tout nous dit que ça va aller de pire en pire…

– Et tu voulais que je pense à ça durant l'expérience ?

– Tu aurais dû en tout cas mettre des fusibles, pour la retirer plus vite de cette vision de Paris entièrement transformée en couloir de métro bouillant et surpeuplé aux heures de pointe ! René, tu l'as envoyée dans un cauchemar devant tout le monde ! Et elle s'est fait piétiner par la foule ! Comment as-tu pu être aussi inconscient ?

René se souvient de ce que son père disait au sujet des disputes qu'il avait avec sa mère : « Ce qu'on appelle "explications", c'est juste une manière de s'énerver à deux. Finalement, après avoir fait du bruit avec sa bouche, chacun repart avec ses convictions de départ, qui n'ont pas bougé d'un millimètre, et l'idée que l'autre en face a enfin entendu la vérité. »

Opale pousse un long soupir.

– Cinquante mille euros ! La juge a suivi les réquisitions de cet étrange procureur. Il l'a eue à l'émotion, avec ses soi-disant « exemples vécus ». Et notre avocat a été pitoyable. Toujours est-il que nous sommes bel et bien ruinés.

– Nous pouvons demander un prêt à la banque. Actuellement les taux de crédit sont bas.

– Ils n'accepteront que si nous pouvons prouver que nous avons des rentrées d'argent régulières. On ne prête qu'aux riches. Or je te rappelle que notre théâtre de la Boîte de Pandore est fermé.

– Nous n'avons pas d'autre choix que de reprendre le métier que nous pratiquions auparavant. J'ai appris que mon directeur de thèse, Alexandre Langevin, a été élu président de la Sorbonne. Je vais le contacter et je pourrai peut-être recommencer à enseigner l'histoire.

Opale approuve.

– Moi, je ne connais que l'hypnose. Je peux consulter des sites Internet professionnels pour essayer de trouver un job d'assistante d'un hypnothérapeute.

René accomplit un pas vers elle pour l'embrasser, mais Opale recule.

– Pardon, René, je n'ai vraiment pas la tête à ça. Comment avons-nous pu nous mettre dans ce guêpier ?

7.

Deux muses se tiennent de part et d'autre de l'imposante horloge au centre de l'élégante façade de l'Université de la Sorbonne.

René Toledano s'arrête un instant pour observer les deux statues.

La compréhension du temps est la clef de tout.

Un petit chien lève la patte contre un arbre devant l'édifice.

C'est cela qui nous différencie des animaux.

Ce chien ne vit que dans le présent, dans la satisfaction de ses besoins et de ses plaisirs immédiats : manger, uriner, déféquer, et si possible trouver une femelle pour se reproduire.

Il se fiche du passé. Il ne connaît pas son âge, ni la date de son anniversaire.

Il a déjà oublié ses parents.

Il ignore qui étaient ses ancêtres.

Il n'a pas une vision personnelle du futur.

Il n'a pas de projet. Ni pour sa vie ni même pour sa journée.

Il n'est pas hanté par la perspective de sa vieillesse et de sa mort à venir.

Il ne vit que dans le présent.

C'est une vision pure et saine, mais c'est une vision limitée.

Cela l'empêche d'avoir une action plus déterminante sur son environnement.

Il y a autant de différence entre ce chien qui vit dans le présent (et uniquement dans le présent) et moi, qu'entre moi et un humain encore plus évolué qui serait capable de voyager dans le temps de manière complètement fluide.

J'ai commencé à avancer sur ce chemin mais j'ai encore beaucoup de progrès à accomplir.

C'est cela, l'enjeu.

Devenir cet homme spirituel avec une conscience plus large.

Inventer cet individu nouveau dont l'esprit maîtrise l'exploration du temps.

René reste là un moment à rêvasser. Cet endroit lui rappelle les années qu'il a passées là il n'y a pas si longtemps.

En admirant la coupole surmontée d'une croix qui brille dans le soleil, René se souvient d'un de ses professeurs qui avait désigné la Sorbonne comme « le temple de la connaissance ».

À l'entrée de l'université un peu plus loin, des étudiants distribuent des tracts politiques. René reconnaît le sigle d'un groupe d'extrême droite qui opère avec prédilection dans les facultés de droit.

Ils essaient de s'implanter ici, à la Sorbonne, pourtant habituellement plutôt située à gauche.

Un homme avec une grosse moustache lui tend d'un geste ferme un tract sur lequel est dessiné un poing fermé ganté de noir.

René saisit la petite feuille de papier en baissant les yeux.

Il attend de s'être un peu éloigné pour transformer le tract en une petite boule compacte qu'il jette dans la première poubelle qu'il croise.

Il s'avance dans la cour principale. L'endroit est majestueux et l'ambiance paisible. Sous les arcades, les étudiants fument et boivent des cafés, certains lisent tranquillement.

René pénètre dans l'amphithéâtre Descartes, tout en lambris de bois laqué. Un étudiant assis derrière un bureau présente sa thèse à un jury de cinq personnes. René se glisse dans les rangs du public.

Lui-même a soutenu ici une thèse sur la Renaissance. À la fin de la soutenance, les cinq jurés s'étaient absentés dix minutes, puis le verdict était tombé : « Le jury vous déclare digne du titre de docteur en histoire avec la mention… »

Il y avait eu quelques longues secondes de suspense avant que soit prononcée la fin de la phrase : « … la mention très honorable. »

C'était la récompense la plus élevée.

Ensuite, Alexandre Langevin, son directeur de thèse, l'avait félicité et lui avait déclaré :

– Ce travail est remarquable. Vous êtes mon meilleur élève.

Si un jour vous voulez travailler avec moi, vous pourrez toujours me recontacter.

Aujourd'hui, cette phrase trotte dans la tête de René… Il a cherché comment obtenir un rendez-vous avec son professeur. Et puis, après réflexion, il a regardé la liste des soutenances de thèses et cherché le nom de M. Langevin.

Après un exposé d'une heure que René écoute avec une attention un peu flottante, Alexandre Langevin serre la main de l'étudiant et lui annonce qu'il est admis comme docteur avec la mention… « passable ».

Ainsi donc les bonnes mentions ne sont pas systématiques…

René Toledano attend qu'Alexandre Langevin ait terminé de parler avec chacun et de serrer les mains, puis il le rejoint au moment où celui-ci est sur le point de quitter l'amphi.

Les deux hommes s'observent quelques secondes. Son ancien professeur a le teint hâlé, ses cheveux sont gris argenté, il porte une chemise de soie rose ouverte sur un foulard d'une maison de luxe, une veste en lin, des mocassins bien cirés. À ses doigts, de grosses chevalières.

À l'époque, déjà, Alexandre Langevin paradait sur une Harley-Davidson pour épater ses étudiantes.

Vus de près, la peau de ses joues et le contour de ses yeux n'ont pas la moindre ride. Langevin a toujours assumé d'avoir recours à des soins d'éternelle jouvence. « On peut arrêter le temps, disait-il, il suffit d'avoir un bon chirurgien esthétique. » Le président sexagénaire a le bas du visage uniformément lisse, ce qui lui enlève un peu d'expression.

Déjà lorsque j'étais étudiant il était une caricature de « faux jeune » et pourtant c'était le meilleur professeur. Pas étonnant qu'il ait été élu président de la Sorbonne.

– Toledano ! Quelle bonne surprise !

– Bonjour, monsieur. Enchanté de vous retrouver.

– Monsieur ? Tu plaisantes, j'espère. On n'est plus en cours. Appelle-moi Alexandre. Ton prénom, c'est René, n'est-ce pas ?

Il se souvient de moi. Bon signe...

– Tu n'es plus mon élève et je ne suis plus ton professeur. Nous sommes juste deux humains vivant sur la même planète et c'est bien suffisant.

Il me tutoie.

– J'ai appris que vous étiez devenu président de la Sorbonne. Félicitations.

– J'ai accepté par pure ignorance de la charge réelle. Et mon prédécesseur a été soulagé de me passer la patate chaude, crois-moi. Ensuite, j'ai découvert la réalité des choses. J'envie les gens du privé qui peuvent licencier facilement leurs employés casse-pieds. Moi, il y en a certains dont j'aimerais bien me débarrasser... J'ai parfois la nostalgie de l'époque où je n'étais qu'un simple professeur qui faisait partager à ses étudiants son enthousiasme. Et toi, René, qu'est-ce que tu deviens ?

– Après mon doctorat d'histoire, j'ai été nommé professeur dans un lycée, le lycée Johnny-Hallyday.

– Un lycée Johnny-Hallyday ?!

Il éclate d'un grand rire tonitruant. C'est comme une machine à produire un bruit, qui monte en puissance puis qui ralentit progressivement.

– À quand le lycée Kim-Kardashian, le lycée Loana, le lycée Steevie ? Après tout, c'est ce que veulent la majorité des jeunes : être riches et célèbres sans faire d'études, comme les stars de la téléréalité. Allez, suis-moi à mon bureau, nous serons plus tranquilles pour discuter, dit Alexandre.

Dans les couloirs richement décorés de tableaux, de dorures, de statues, le professeur et son ancien élève marchent côte à côte.

– Comment ça se passe dans ton lycée Johnny-Hallyday ?

– J'en suis parti.

– Pourquoi ?

– J'ai fait une rencontre.

– Une femme ?

– Elle m'a désorienté.

– Dans le sens de « faire perdre la direction de l'Orient » ?

J'avais oublié qu'il était aussi passionné d'étymologie.

– Elle se nomme Opale. C'était une hypnotiseuse. Elle m'a hypnotisé pendant un de ses spectacles, et je suis tombé sous son charme. Puis elle m'a enseigné son art et je me suis mis à pratiquer. Tout d'abord sur moi-même, en autohypnose, puis à mon tour lors de spectacles.

Le parquet des vieux couloirs grince sous les pas des deux hommes.

– L'hypnose, dis-tu ? Dans la mythologie grecque, Hypnos est le fils de Nyx, la déesse de la nuit, et le frère jumeau de Thanatos, le dieu de la mort.

– Et aussi le père de Morphée, le dieu des rêves, ajoute René.

Langevin fait une moue dubitative.

– Je n'ai jamais compris l'intérêt de faire venir des gens sur scène pour se moquer d'eux en les forçant à mimer le comportement d'un bébé, d'une poule, d'un chien, quand ce n'est pas une attaque cardiaque…

– Là, vous parlez de l'hypnose de spectacle classique, moi je pratique une hypnose tournée vers la découverte de son propre inconscient, comme les hypnothérapeutes, mais je monte ça en spectacle. Cela renouvelle le genre. Sur l'affiche de mon spectacle, on pouvait lire : « Êtes-vous sûr de savoir qui vous êtes vraiment ? » Ensuite je proposais aux gens d'utiliser une méditation guidée pour visualiser les bons moments de leurs vies antérieures.

Les couloirs n'en finissent pas. L'université est immense. Alexandre Langevin se tourne aimablement vers René et lui déclare avec un sourire :

– Si les gens sont prêts à payer pour vivre ce genre d'expérience, pourquoi ne pas en profiter ? Tu as toujours été malin. Les distractions qui font appel à ce sens du magique ne peuvent qu'avoir du succès. C'est une des constantes humaines de vouloir croire au merveilleux. Dans notre monde, il n'y a plus de sorciers depuis longtemps, et pourtant, les gens ont besoin de rêver. L'hypnose est une forme de sorcellerie, disons, plus moderne…

– Ce n'est pas si simple.

– Tu veux dire que tu crois vraiment à l'hypnose ?

– C'est une révélation qui a changé ma vie, alors j'offre aux autres ce qui m'a le plus stupéfié.

Alexandre Langevin s'arrête au beau milieu du couloir et dévisage René comme pour savoir s'il se moque de lui. Mais René soutient son regard à travers ses lunettes à monture dorée.

– Et puis c'est aussi un moyen d'appréhender autrement l'histoire, poursuit le jeune homme. J'utilise l'hypnose pour visiter d'autres époques, d'autres pays, d'autres civilisations qui sont le cadre de mes vies antérieures.

– Après tout, dit Alexandre en reprenant sa marche, tu t'y connais suffisamment en histoire pour visualiser avec ton imagination des scènes du passé. Mais qu'est-ce qui te fait dire que ce sont des vraies vies antérieures que tu visites ?

– Le nombre et la précision des détails. Quand j'arrive dans une vie ancienne, c'est comme si j'entrais dans un film. Je ne connais pas le lieu, ni l'époque, ni même mon nom, en revanche j'ai les odeurs, les bruits, les goûts, les sensations, les émotions, toutes sortes d'informations précises qui, après vérification, sont parfaitement plausibles.

– Simple effet d'illusion produit par notre cerveau, tu ne crois pas ?

– Ces voyages m'apportent des informations sur la vie des gens du commun, les paysans, les commerçants, les artisans, les soldats, les mendiants, les femmes. Bref, ceux qui n'ont pas laissé beaucoup de traces exploitables par les historiens. Je sais ce qu'on mange, comment on souffre de maladies qui n'existent plus, je vois des endroits qui ne sont évoqués dans aucun livre d'histoire. J'ai connu les famines et les pestes, autrement que par des mots et des dates.

– Ou plutôt tu as imaginé cela…

Je n'arriverai pas à le convaincre. J'ai encore moi-même une petite zone de doute malgré tout.

– D'accord, je le reconnais, je n'aurai jamais la certitude absolue que ces vies ont réellement existé, mais je trouve ces expériences enrichissantes pour l'esprit.

Les deux hommes arrivent dans le bureau du président de l'université.

René remarque au mur une dizaine d'épées de différentes époques. Alexandre Langevin collectionnait déjà les armes anciennes quand René était étudiant. Il y a aussi des boucliers, des casse-têtes, et une grande armure complète portée par un mannequin qui tient une lance.

– Tu sais, René, je suis vraiment content que tu sois venu

saluer ton vieux professeur. On a l'impression qu'une fois que les étudiants ont fini leur cursus universitaire, ils nous oublient.

– Je suis conscient de ce que je vous dois.

– Toi, tu es spécial. Tu as été mon meilleur élève, je me le rappelle parfaitement. Je veux dire, dans le sens originel du mot « élève », c'est-à-dire une personne que j'ai aidée à s'élever. Même si ta modestie naturelle doit en prendre un coup, je ne crains pas de te l'avouer : tu étais le plus brillant. Je ne comprends pas que tu n'aies pas fait une carrière universitaire.

J'aurais dû venir ici beaucoup plus tôt pour entendre ça. Je manque peut-être d'estime personnelle. À vrai dire, je crois que je ne m'en sentais pas digne.

– Vous avez été mon meilleur professeur, et je vous en suis très reconnaissant, mais…

Langevin l'écoute en souriant tout en jouant avec un petit coupe-papier posé sur son bureau et soudain il l'interrompt :

– Bon. Pourquoi es-tu là, René ? Je ne pense pas que tu sois ainsi venu à l'improviste voir ton ancien professeur pour lui parler de vies antérieures, n'est-ce pas ?

– À la suite de divers incidents que je n'ai pas le temps de vous expliquer, je me retrouve dans l'obligation de trouver de façon urgente un travail. Pourriez-vous me procurer un emploi ?

– Comme hypnotiseur ?

– Comme professeur d'histoire.

Alexandre Langevin pose le coupe-papier, se lève de son fauteuil et se dirige vers le mur pour saisir une épée. Il reste silencieux.

– Je sais que ma demande est un peu cavalière…, s'excuse René, intimidé par la prestance de son mentor qui manipule l'épée avec aisance. Vous croyez que ce serait possible ?

Alexandre Langevin fait une légère grimace en contemplant la lame de son épée, puis il déclare :

– Non.

Il aime souffler le chaud et le froid.

– Un emploi de professeur, c'est exclu. Pour deux raisons : tout d'abord, nous sommes au milieu de l'année scolaire et les contrats se signent au mois de juin pour le mois de septembre. Et je n'ai pas le budget pour créer un nouveau poste.

Il agite son épée comme s'il combattait un ennemi invisible.

– Tu es déçu ?

– On le serait à moins. J'avais espéré un miracle, reconnaît René.

Langevin continue de faire des moulinets avec son arme.

– Et tu as eu raison. Parce qu'il y a un autre élément qui entre en ligne de compte : j'aime relever les défis impossibles. Te souviens-tu des quelques rudiments d'escrime que je t'ai enseignés un jour ?

J'avais oublié ça. Nous étions allés dans une salle d'armes et il m'avait montré quelques attaques… C'était là aussi un excellent professeur.

Alexandre Langevin saisit alors une seconde épée et la lance à René, qui en un mouvement réflexe la récupère adroitement par la poignée derrière la coquille.

– Je te propose une ordalie, ce jugement de Dieu qui est forcément au-dessus de tous les autres puisque c'est Dieu lui-même qui décide de l'issue. Une ordalie bilatérale, un duel judiciaire, si tu préfères. Si tu arrives à me battre, tu auras un poste de conférencier régulier. Tu ne seras pas chargé d'enseignement, tu seras un peu mieux payé et tu resteras libre. Quel sera le thème de ta première conférence ?

Vite, trouver quelque chose, n'importe quoi.

– Comme conférencier régulier ? Heu… Eh bien, un thème large et ouvert, pour piquer la curiosité, voyons voir… « Repenser l'Histoire », propose René.

– Pourquoi pas. Il ne te reste plus qu'à mériter ce travail par le combat. Dieu décidera.

Comme René, hébété, ne réagit pas, Alexandre Langevin le menace de la pointe de sa lame.

– En garde, prépare-toi à recevoir un assaut. Sache que je frapperai sans retenir mes coups. C'est une vraie ordalie. Pour avoir ce poste, tu joues ta vie.

– Vous plaisantez ? Dans votre bureau ? Mais il va y avoir de la casse et nous risquons de…

Avant que René Toledano ait pu terminer sa phrase, son ancien maître lui assène un coup direct qu'il esquive de justesse.

– Je suis sérieux. Si tu arrives à me vaincre, je me débrouillerai pour dégager immédiatement les fonds pour ton poste de conférencier. Si c'est moi qui te bats, tant pis pour toi. N'est-ce pas motivant ?

Langevin lance une nouvelle attaque, que René pare à nouveau. Le coup déchire sa chemise. Il a une estafilade au bras et saigne.

– Bats-toi ! Ce n'est qu'une égratignure, mais si tu refuses de te défendre, la prochaine sera plus profonde. En garde !

Jusqu'à quel point est-il prêt à frapper ? Il ne peut pas prendre le risque de me tuer par pur défi. Et moi, je ne veux en aucun cas lui faire du mal.

Langevin est déchaîné, il monte sur son propre bureau pour attaquer René de haut. Le coup est lourd et droit et fait à René une blessure plus profonde au poignet.

À ce moment, quelqu'un toque à la porte.

– Je ne veux pas être dérangé ! crie Alexandre.

– C'est le courrier.

Sans attendre l'autorisation, une secrétaire entre. Découvrant les deux hommes l'épée à la main, elle ne semble ni étonnée ni offusquée et, après avoir cherché un endroit qui échappe à leurs gesticulations, elle décide d'ouvrir un tiroir du bureau et d'y déposer le tas d'enveloppes.

– Monsieur, vous vous rappellerez bien où j'ai mis vos lettres ? dit-elle sur un ton détaché, puis elle ressort et referme précautionneusement la porte derrière elle.

Langevin profite de cette diversion pour composer une attaque qui atteint René à l'autre manche de sa veste.

Il frappe vraiment.

René se reprend et entre enfin dans le duel. Il enchaîne des combinaisons de coups latéraux en changeant rapidement de hauteur de zone de frappe. Le professeur semble apprécier ce revirement et il s'exclame :

– Enfin, je te retrouve, René !

Je crois que je n'ai plus le choix, si je veux ce boulot.

L'exaltation soudaine du jeune professeur semble redonner un surplus d'énergie au président d'université. Il jette une fente, un revers et un coup très bas sur la jambe de René.

– Le coup de Jarnac, reconnaît-il. Deux coups en haut, descente et frappe le plus bas possible.

– … Et sa parade, complète René qui réplique d'un mouvement circulaire puissant, jusqu'à intercepter la lame adverse et la bloquer.

Puis il engage sa riposte. Alexandre lâche alors son épée. Emportée par l'élan du mouvement, celle-ci fuse à travers le bureau et vient se planter dans le portrait d'un des premiers présidents de l'université.

René saisit l'occasion de placer délicatement la pointe de son épée sur la poitrine de son ancien directeur de thèse. Il a ses lunettes à monture dorée légèrement de travers sur son nez.

– Alors, je l'ai, ce poste de conférencier ? Ou bien dois-je appuyer un peu plus fort ?

8.

La lame du couteau à viande s'enfonce dans la chair de l'entrecôte, libérant un jus écarlate.

Opale Etchegoyen dégage un petit cube, le saisit avec sa fourchette et le porte à sa bouche. René Toledano l'observe.

Tous les deux dînent dans un restaurant du Quartier latin.

– Tu plaisantes ? Tu as vraiment failli tuer le président de la Sorbonne ? demande-t-elle, intriguée.

– Il m'avait provoqué en duel. Et il ne combattait pas mollement. C'est un homme un peu extravagant.

La jeune femme marque son étonnement puis entreprend de manger avec les doigts les frites qui accompagnent son entrecôte.

– Ce n'est qu'après notre duel qu'il m'a avoué qu'un de ses conférenciers venait de tomber gravement malade et ne pouvait reprendre avant l'année prochaine. En fait, je tombais à pic.

Un serveur leur apporte un petit pot de moutarde.

– Moi aussi, j'ai trouvé un travail, signale-t-elle. Chez un hypnothérapeute.

– Quel genre de clientèle ?

– Des patients qui veulent arrêter de fumer. Ils tentent l'hypnose comme dernier recours.

– Quel est le nom de ce praticien ?

– Markus. Docteur Markus.

– Il a le titre de « docteur » ? Il a fait des études de médecine ?

– Non, mais il trouve que ça fait plus chic et plus sérieux. De toute façon, personne ne va lui demander ses diplômes. Et il porte une blouse blanche... Moi-même, les mots « docteur » et « blouse blanche » me donnent l'impression que je vais être guérie. C'est déjà de la programmation subliminale, en un sens... Son grand atout, c'est sa voix. Elle est très grave, elle impose et rassure. Et puis, il y a un autre truc : il fait payer 190 euros la séance.

– C'est très cher.

– C'est un signe d'engagement. Les gens qui ont déboursé cette somme veulent en avoir pour leur argent, donc ils sont motivés. En franchissant le seuil du cabinet ils sont déjà à moitié guéris.

– Tu es cynique.

– Non, lucide. En tout cas, il affirme qu'il a un taux de réussite de 80 % et tous ses rendez-vous sont pris trois mois à l'avance.

Opale mange encore quelques frites puis interroge René :

– Quand commences-tu à la Sorbonne ?

– Demain matin. Alexandre m'a demandé de préparer un sujet. J'ai déjà une petite idée.

Il lui prend la main et dépose un baiser dessus.

– Je n'oublierai jamais que c'est toi en premier qui m'as fait découvrir l'hypnose.

Le repas se poursuit agréablement. Ils commandent des desserts, deux bananes flambées qu'ils dégustent lentement. Puis Opale regarde René droit dans les yeux et lui annonce :

– Le docteur Markus n'arrêtait pas de lorgner l'échancrure de mon chemisier…

– Tu veux me rendre jaloux ?

Elle lui fait un clin d'œil.

– Tu n'as pas d'inquiétude à avoir… Je suis fidèle et lui, il a un truc rédhibitoire pour moi : il n'a pas bonne haleine. Il faut dire qu'il fume comme un pompier. Un comble quand on sait qu'il traite principalement cette addiction.

René lève un sourcil.

– « Faites ce que je dis, pas ce que je fais », c'est ça ?

– L'important, c'est qu'il m'ait engagée.

– Et le salaire ?

– 1 600 euros. Et toi ?

– 1 800. Attends un instant…

Il tape rapidement quelques opérations sur la calculatrice de son téléphone.

– Pour rembourser notre dette, et en nous serrant la ceinture, il va nous falloir travailler au moins deux ans, annonce-t-il.

– Mais il faut payer les dommages et intérêts d'ici quinze jours.

– On va trouver une solution.

Opale et René règlent l'addition et rentrent chez eux, dans l'appartement de leur péniche-théâtre amarrée sur la Seine.

Alors qu'elle revient de la salle de bains où elle s'est démaquillée et brossé les dents, il la serre dans ses bras et l'embrasse dans le cou. Elle le repousse délicatement.

– Excuse-moi, mais depuis notre condamnation au tribunal, je suis trop inquiète, je n'arrive pas à être vraiment détendue.

– Tu m'en veux encore d'avoir tenté l'expérience du futur ?

– Ça va passer. Laisse-moi un peu de temps pour accepter tout ça.

Opale s'endort rapidement. Ses membres se relâchent, elle roule sur le côté et commence à ronfler.

René, pour sa part, est préoccupé. Une idée nouvelle le perturbe.

Quel est ce futur monde surpeuplé qu'a vu Vespa Rochefoucauld ?

Il vérifie que sa compagne dort profondément, se lève sans bruit et va s'enfermer dans les toilettes.

Au-dessus de la cuvette, une petite pancarte proclame :

IL N'Y A QU'ICI
QU'ON EST VRAIMENT TRANQUILLE.

René perçoit cet espace étroit et clos comme un sanctuaire. Il ferme le verrou, rabat le couvercle et s'installe en position du lotus, jambes repliées sous lui. Il se tient la colonne vertébrale bien droite, les épaules en arrière, le menton légèrement baissé. Puis il ferme les yeux, prend une grande inspiration et, tout en soufflant lentement, il se détend.

Il visualise une clairière avec au milieu un grand arbre aux larges branches.

Mais en dessous, il n'y a personne.

Tout comme lors de la séance d'hypnose de Vespa Rochefoucauld, il fait s'évaporer le décor artificiel pour laisser apparaître le réel du monde qui existera dans trente ans.

Il se retrouve dans une pièce d'appartement moderne plutôt sale. La première sensation est une sensation de chaleur. La deuxième, c'est une odeur de cigarette et de bière. L'unique fenêtre est ouverte. À bien y regarder c'est un studio de dix mètres carrés. Il y a un canapé-lit, un bureau avec un ordinateur dessus, une chaise. Dans une corbeille, des canettes vides. Il fait vraiment très chaud. Un vacarme de klaxons et la rumeur de la foule meublent l'espace sonore. Redoutant de se retrouver dans la même situation que sa première cobaye, René choisit délibérément de se placer d'un point de vue extérieur pour examiner le futur de l'homme qu'il va devenir.

Assis sur le canapé-lit, le vieil homme qu'il a rencontré lors de sa première visite dans le futur arbore un tee-shirt où est inscrite la devise punk « NO FUTURE ». René 63 est d'allure différente de celle de la première rencontre. Il n'est pas rasé, ses cheveux gris ne sont pas coiffés, son visage ridé est rougeaud. Son ventre est beaucoup plus proéminent.

Quand il perçoit la présence de René, le vieil homme s'agite. Il semble beaucoup moins serein que la fois précédente.

– Ah, enfin tu es là, dit-il. J'espérais que tu viennes un jour et je te retrouve enfin. Écoute-moi bien. Il faut que tu agisses de toute urgence. Ce qui se passe est très grave. Tout ça c'est de ta faute. Tu n'aurais jamais dû laisser cette femme entrevoir le futur. À cause de toi, l'avenir n'est plus ce qu'il était. Mais toi seul peux réparer ce qui a été accompli par ton inconscience.

– De quoi vous me parlez ? Je ne comprends pas.

– Je te l'ai dit la dernière fois : le temps est comme un arbre et tu peux agir pour que ce soit une branche plutôt qu'une autre qui soit intégrée au présent immuable. Quand ton esprit m'a contacté, tu m'as vu dans un jardin artificiel.

– C'est vrai, je n'ai pas vu votre monde la première fois. Dans celui où est arrivée Vespa Rochefoucauld, il y avait

15 milliards d'humains sur Terre et une température de plus de 40 degrés…

– Certes mais c'était supportable. Et au moins, même si on était nombreux, on était en paix. Et on n'avait pas d'inquiétude pour se nourrir et boire.

– Et dans ce futur parallèle moins sympa ?

– Eh bien, on est toujours 15 milliards d'humains mais en plus il y a une troisième guerre mondiale !…

René 63 ouvre son ordinateur et affiche la page d'une chaîne d'info continue. On voit des villes en flammes, des combats de rue, des tanks qui défilent dans des avenues, des cartes géographiques où sont montrés des mouvements d'invasion, et même des champignons atomiques filmés au ralenti.

Le présentateur parle d'un ton détaché comme si tout cela ne le concernait pas personnellement. Au bas de l'écran défilent les cours de la Bourse. Toutes les petites flèches sont en rouge, tournées vers le bas. Toutes, sauf celles des industries militaires.

René, un peu abasourdi, murmure :

– Comment en est-on arrivé là ?

René 63 ferme l'ordinateur et sort du réfrigérateur une canette de bière qu'il boit directement au goulot. Il lâche un irrépressible rot puis déclare :

– C'est à cause des abeilles.

– Les abeilles ?

– Tout a commencé lorsque les abeilles ont complètement disparu. Officiellement, la dernière abeille vivante a été recensée en juillet 2047. Depuis, plus personne n'en a signalé aucune. À partir de ce moment-là, comme Einstein l'avait annoncé, le monde a tenu quatre ans. Ce qu'on a vu, ce n'est pas l'« effet papillon », qui énonce qu'un battement d'ailes dans une petite île provoque un typhon ailleurs, mais l'« effet abeille », qui veut que la disparition d'une espèce entraîne… ce que tu viens de voir.

Il boit une gorgée de bière.

– Les abeilles pollénisaient 80 % des plantes à fleur, qui elles-mêmes constituent 80 % des végétaux comestibles. Or l'humanité n'a pas cessé de croître. On pensait qu'on pourrait polliniser à la main ou avec des robots, mais le rendement était nul. Petite cause, grandes conséquences : la production agricole a dégringolé. Simultanément la montée des températures a diminué la production des céréales. Les zones désertiques se sont étendues. L'eau s'est raréfiée. Il faisait de plus en plus chaud et les paysans n'avaient plus les moyens de payer l'eau pour irriguer. Pour compliquer le tout, en Afrique, en Asie et en Amérique du Sud, d'immenses nuages de sauterelles ont ravagé les cultures. L'engrenage est implacable : moins de nourriture pour plus d'humains égale émeutes de la faim. Partout il y a eu des manifestations qui ont été réprimées.

– Et cela a entraîné la guerre ?

– Il y avait déjà beaucoup de tensions politiques et c'est au Moyen-Orient que ça a explosé. L'Iran contre l'Arabie saoudite. Chiites contre sunnites. Le vieux conflit larvé qui n'en finit pas de diviser le monde. Du coup, il s'est créé deux blocs. La Russie, la Chine, le Venezuela et la Corée du Nord en soutien de l'Iran. Les États-Unis, Israël, l'Europe et la Corée du Sud du côté de l'Arabie saoudite. Or, dans les deux camps, il y avait des armes nucléaires !… Remarque, je me doutais bien que tous ces arsenaux qui s'accumulaient finiraient par être utilisés un jour. Et voilà, ça a été la guerre nucléaire. Mais vu le nombre d'habitants, même avec les capitales détruites, les combats ont continué dans les villes de taille plus réduite et dans les campagnes. C'est ça, la

Troisième Guerre mondiale. Et nous y sommes en plein, en ce beau mois de décembre 2053 ! Et en plus, on crève de chaud et de soif !…

Il finit d'une traite sa canette et semble en retirer un éphémère soulagement.

– Pourquoi les abeilles ont-elles disparu ?

– Je fais partie d'un groupe d'intellectuels qui réfléchissent à une manière d'arrêter ce processus d'autodestruction de l'humanité. Eux aussi ont cherché la réponse à ta question. Ils sont remontés aux sources de la catastrophe.

Il se lève, va vers son climatiseur, constate qu'il est en panne et déclenche alors un ventilateur, petit appareil plutôt bruyant qui ne fait que déplacer l'air bouillant dans la pièce en brassant les moustiques. Il essuie la sueur sur son front avec un vieux mouchoir sale.

– Nous avons fini par trouver les causes les plus anciennes. Dès les années 1960 s'est établi un modèle d'agriculture dit « moderne », qui utilisait des pesticides à hautes doses, des herbicides, des insecticides et toutes sortes d'autres produits dont on vantait les mérites pour augmenter les rendements à l'hectare. Les paysans ont adoré. Les grandes surfaces ont pu baisser le prix des denrées alimentaires. Les consommateurs ont considéré que c'était une évolution positive puisque leur pouvoir d'achat augmentait. Tu parles d'une réussite. Ça a détruit 70 % des insectes pollinisateurs. Mais le coup de grâce pour les abeilles a été, à partir de 2004, l'invasion des frelons asiatiques.

– Je connais les frelons asiatiques, il y en a, mais pas au point de faire disparaître toutes les abeilles…

– C'est pourtant ce qui s'est passé.

– Pourquoi dites-vous que c'est ma faute ?

– Je vais te le dire. J'ai des trous de mémoire liés aux produits que je prends pour me soigner et à l'alcool, sans doute. Mais je sais de façon certaine que tout a commencé lors de cette fameuse séance d'hypnose « prospective ». Tu te souviens du jour où tu as présenté le show d'Opale sur la péniche la Boîte de Pandore ?

– Bien sûr.

– Tu te rappelles que tu as fait monter une blonde en veste de cuir noir pour lui faire entrevoir le futur ?

Le bruit de la rue à l'extérieur augmente fortement et René 63 doit élever un peu la voix pour que René l'entende. René 33 aussi parle plus haut.

– Quel est le rapport ?

– La physique quantique nous a enseigné que l'observateur modifie ce qu'il observe. Il suffit de voir le futur pour le changer. Cette dame blonde a vu le futur, et le futur a changé.

– Si j'en suis la cause, je peux peut-être trouver le remède. Que puis-je faire pour empêcher tout ça ?

– Qu'est-ce que j'en sais !... Je n'ai plus les idées très claires en ce moment. Je ne peux pas bien circuler dans le temps, je n'arrive plus à me concentrer. Les médicaments et l'alcool brouillent mon esprit mais je ne peux pas m'en passer. Même la cigarette, qui me permettait autrefois d'aligner mes idées, n'a plus cet effet positif.

– Mais nous parlons, pourtant.

– Toi seul peux me contacter. Depuis quelque temps, moi, je ne peux plus ouvrir les portes de l'inconscient.

– Dites-moi ce que je peux faire !

René 63 ferme la fenêtre. La température monte mais au moins le lieu devient plus calme. Il allume une cigarette, réfléchit quelques instants puis déclare enfin :

– Eh bien, je t'ai dit que je faisais partie d'un cercle de gens qui cherchent comment arrêter tout ce malheur. À la dernière réunion, ils ont évoqué un livre qui pourrait avoir une influence sur le temps.

– Un livre ? Quel livre ?

– Je me souviens seulement de son titre : *La Prophétie des abeilles*.

9.

Par habitude, René déroule un peu de papier toilette. Il sort après avoir tiré la chasse d'eau, toujours machinalement, et va se laver les mains dans la salle de bains. Le voici devant le miroir.

QU'AI-JE FAIT ?

À cette première question s'enchaîne la seconde :

QUI SUIS-JE VRAIMENT ?

Il s'asperge le visage et se palpe les joues.

Il se souvient d'une phrase que lui avait dite son père : « Pour comprendre l'avenir, il faut se rappeler le passé. »

Comment en suis-je arrivé là ?

Il a été un enfant timide, un élève moyen, et il aurait dû avoir une vie banale et calme, dans la lignée de celle de ses parents, qui lui ont donné le goût de la connaissance. Sa mère, Pénélope, était professeur de sciences. Elle lui a appris que la recherche de la vérité scientifique s'apparente à une enquête policière. Son père, Émile, a enseigné l'histoire et lui a transmis sa passion pour la vérité historique, un acte de justice selon lui.

Tous deux ont incarné l'idée que la science et l'histoire étaient des domaines d'émerveillement.

Mais dans son école ses professeurs ne lui demandaient qu'un travail de mémorisation de noms de rois, de fleuves, de batailles, de dates, de capitales. C'était du bourrage de crâne, les élèves bien notés étaient ceux qui savaient répéter exactement les leçons presque phonétiquement.

Les livres du programme de français qu'on lui imposait de lire ont failli le dégoûter de la lecture.

Comme les épinards, ça rebute, sauf si on vous les sert avec une sauce béchamel.

Grâce à certains professeurs et à ses parents, le jeune René finit pourtant par concevoir qu'il devait appréhender ces domaines de connaissance comme des jeux d'esprit et non pas comme des accumulations d'informations.

« Tout ce qui nous entoure est beau, il suffit d'y faire attention », disait son père. « Tout ce qui nous entoure est passionnant, il suffit d'essayer de comprendre comment ça marche », complétait sa mère.

Cela avait donné envie à René de soulever le capot de la voiture pour observer le moteur, de regarder derrière le réfrigérateur pour comprendre comment se fabriquait le froid. Il avait démonté tous les rouages d'un ancien réveille-matin mécanique pour savoir… ce qu'était le temps.

Cependant, de comprendre le monde tel qu'il est vraiment a rendu sa mère anxieuse. Tous les matins, après avoir écouté les nouvelles à la radio, elle soupirait de lassitude et allumait une cigarette comme si elle voulait évacuer en soufflant la fumée toute la noirceur du monde.

Elle fumait vraiment trop. Elle était morte d'un cancer des poumons. Après quoi, à cinquante-cinq ans, son père avait sombré dans la maladie d'Alzheimer. Peut-être pour oublier la perte de son grand amour.

Il était à présent dans un établissement spécialisé.

René avait pris leur suite dans le métier d'enseignant.

Il voulait à son tour montrer à ses élèves que l'histoire, c'est amusant, passionnant, étonnant, que tous ces gens étranges qui vivaient autrefois et ailleurs ont accompli des choses stupéfiantes, en bien comme en mal.

Et puis il y eut la rencontre avec Opale Etchegoyen, qui officiait dans une péniche-théâtre, la si bien nommée Boîte de Pandore.

Il repense à sa première séance d'hypnose…

Après avoir ouvert la porte 109 du couloir de ses vies antérieures, il s'est retrouvé soldat de la Première Guerre mondiale durant la bataille meurtrière du Chemin des Dames.

Je croyais savoir qui je suis, j'ignorais tout ce que j'avais été.

Les jours qui ont suivi cette expérience ont été éprouvants. Pour exorciser cette perturbation dans son rythme de vie tranquille, il avait repris contact avec l'hypnotiseuse et lui avait ordonné de réparer les dégâts mentaux du voyage.

Elle lui avait expliqué qu'il lui était impossible de changer sa vie antérieure, mais qu'elle pouvait lui en faire découvrir d'autres. La meilleure manière d'oublier un voyage pénible était, selon elle, de connaître un autre voyage, dans une autre vie, une vie plus plaisante.

Elle lui avait appris comment utiliser en conscience ce nouvel outil d'exploration du cerveau.

Il avait alors replongé dans ses vies antérieures et avait découvert d'autres individus qu'il avait jadis incarnés. De toutes ses régressions, la plus surprenante avait été celle qui lui a permis de rencontrer son plus ancien lui-même, celui qui était derrière la porte numéro 1.

C'était un homme qui vivait dans une ville au bord de la mer, il y a très longtemps. René a établi le dialogue. L'homme du présent s'est connecté à l'homme d'un très lointain passé, qui a répondu à ses questions : cette ville était située sur une grande île entre l'Amérique et l'Afrique, une île qui portait le nom d'Atlantide. René savait qu'elle serait un jour engloutie.

Déjà une situation d'urgence...

Il a alors suggéré à son plus ancien lui-même, nommé Geb, de fabriquer un grand bateau pour s'enfuir de l'île avant que le déluge ne la submerge et ne fasse disparaître sa civilisation.

Geb a remercié son futur lui-même pour son conseil, et René est revenu dans le présent.

L'expérience lui a semblé extraordinaire et fructueuse, du coup René est tombé amoureux d'Opale, cette belle hypnotiseuse qui lui a ouvert les yeux et l'esprit.

Ils ont ensuite décidé de voyager, réellement cette fois. Opale a vendu sa péniche. Ils ont été jusqu'en Égypte, imaginant que Geb pouvait y être allé. Ils ont retrouvé des traces de son passage et de son action décisive pour la construction des pyramides.

Diverses péripéties les ont conduits jusqu'aux Bermudes pour créer avec des amis un groupe de recherche tourné vers l'exploration des vies antérieures, qui a fonctionné quelques mois.

Puis Opale et René sont rentrés à Paris. Ils ont acheté une nouvelle péniche. Et ils ont repris les spectacles d'hypnose régressive.

La vie leur souriait jusqu'à cet incident avec cette Vespa Rochefoucauld.

Cinquante mille euros à trouver en quinze jours.

René pousse un soupir. Il retourne s'étendre à côté de sa compagne pour essayer de trouver le sommeil.

Il repense à Geb arrivé en Égypte.

10. MNEMOS. LES VOYAGES DE L'ÂME DANS L'ÉGYPTE ANCIENNE.

Dans les légendes de l'Égypte ancienne, on raconte qu'à l'origine, des hommes de grande taille arrivèrent par la mer. Ces hommes venaient d'une île située à l'ouest, un paradis perdu qui avait été submergé par un déluge. Ces premières légendes ont peu à peu formé la religion égyptienne.

Les hiéroglyphes ont été déchiffrés par le Français Champollion en 1822. L'Allemand Karl Richard Lepsius a pour sa part traduit en 1842 le texte intitulé *Sortir au jour*, qu'il a rebaptisé *Le Livre des morts et des Anciens Égyptiens.*

Dans ce récit, le mot « jour » doit s'entendre comme un symbole de la vie : c'est le chemin vers la lumière et l'immortalité de l'âme, qui s'oppose aux ténèbres, à la mort et à l'oubli. Les Égyptiens plaçaient habituellement un rouleau de papyrus de ce texte dans les tombeaux des morts ou dans les sarcophages. L'auteur mythique en est le dieu Thot. Il était désigné sous l'appellation de « Seigneur du Temps ».

***Le Livre des morts et des Anciens Égyptiens* décrit dans le détail comment l'âme du défunt voyage après la destruction du corps.**

Dans la première partie : l'âme se dégage de la matière.
Dans la deuxième partie : le défunt annonce qu'il est prêt à renaître. Le défunt retrouve alors son « nom d'âme originel ».
Dans la troisième partie : le défunt, qui connaît enfin sa vraie essence, est initié aux connaissances magiques pour savoir se présenter devant le tribunal des dieux afin d'y être jugé pour ce qu'il a fait de bien ou de mal sur Terre. Si son cœur est plus léger qu'une plume il peut choisir une réincarnation positive. Sinon il revient pour souffrir en rédemption de ses mauvais actes.
Dans la quatrième partie, on montre au défunt des portes de réincarnations possibles et on lui indique ce qu'il y a derrière chacune d'entre elles. Et il choisit sa prochaine vie.

11.

Quand René se réveille, Opale dort encore. Le plus silencieusement possible, il se douche et s'habille avant d'aller préparer le petit déjeuner.

Il repense à son dialogue avec l'homme qu'il sera dans trente ans.

Il n'avait pas l'air de travailler.

Il doit être à la retraite.

Pauvre futur moi-même…

Je vais devenir un type délabré qui vit seul à soixante-trois ans dans une chambre d'étudiant, prend des somnifères pour dormir, fume pour se calmer, boit de la bière pour oublier et n'est même plus capable de faire des méditations régressives.

René prend son smartphone.

C'était quoi, le titre du livre qu'il m'a dit de chercher, déjà ?

Il cherche un peu sur Internet tout en buvant son café. Il découvre alors qu'un livre intitulé *La Prophétie des abeilles* existe bien. L'auteur serait Salvin de Bienne. Selon la présentation de l'éditeur, ce Salvin de Bienne serait un chevalier croisé qui aurait participé à la prise de Jérusalem en 1099. Il aurait eu là-bas une révélation de son ange gardien, qui l'aurait poussé à rédiger sur des feuilles de parchemin un texte annonçant l'avenir. L'ouvrage aurait été achevé en l'an de grâce 1121. Puis ces feuilles auraient été réunies pour former un codex qui aurait voyagé de main en main à travers les époques. Il aurait enfin été retrouvé lors de l'ouverture des archives du KGB en 1991 à Moscou par un historien, le professeur Patrick Kowalski.

Dans sa préface, Patrick Kowalski raconte que les services secrets russes ont récupéré ce codex durant la Seconde Guerre mondiale à Berlin dans les archives des nazis, qui eux-mêmes l'auraient trouvé dans une bibliothèque de Varsovie après la chute du ghetto juif en 1942.

Kowalski aurait dès lors clarifié et préfacé *La Prophétie des abeilles*, qui aurait été publiée en 1994 par Albin Michel.

René se rend ensuite sur tous les sites de vente en ligne de livres anciens ou d'occasion, mais l'ouvrage n'est jamais disponible.

Il se concentre alors sur ce professeur Kowalski, mais il ne trouve aucune photo, ni aucune autre référence associée à ce nom. Pas une seule interview.

Intrigué, René élargit ses recherches et trouve une critique du livre signée par le journaliste Jean Vilain :

« J'ai été troublé par cet ouvrage que j'ai lu au début avec curiosité. Mais au fur et à mesure que je tournais les pages, j'ai repéré des incohérences. La plus flagrante est qu'il est fait allusion à la découverte de l'Amérique. Comment un chevalier croisé censé vivre en 1121 aurait-il pu avoir connaissance d'un continent à l'ouest de l'Atlantique ! Il est dommage que l'éditeur n'ait pas eu l'honnêteté de signaler clairement qu'il s'agissait d'une sorte de pastiche des prophéties de Nostradamus. Enfin, dernier détail, qui achève tout : on nous dit que l'œuvre a été rédigée par un certain chevalier croisé nommé Salvin de Bienne, qui aurait participé à la prise de Jérusalem en 1099. Or il n'est fait mention dans aucun registre d'un tel personnage. On peut donc raisonnablement douter de son existence. À mon avis, Patrick Kowalski est un pseudonyme, Salvin de Bienne est un chevalier imaginaire et, pour finir, cette prétendue *Prophétie des abeilles* n'est qu'un texte mal imité dans le style des grimoires anciens. Pour conclure d'un mot : c'est un faux. »

12.

– Qu'est-ce qui est vrai et qu'est-ce qui est faux ?

René est dans un des petits amphithéâtres de la Sorbonne. Le haut des murs est décoré de fresques historiques complexes. Tout le reste est en bois ciré et le parquet craque au moindre mouvement.

Devant lui, une centaine de personnes très attentives.

Il pose son ordinateur portable sur le lutrin puis, après s'être éclairci la voix, annonce :

– Vaste question. Je serais tenté de dire que d'une certaine manière tout le monde ment, et que chacun finit par être convaincu de la véracité de ses propres mensonges. Certains mentent consciemment, d'autres le font inconsciemment. On ment par volonté de nuire, par peur, par fainéantise, par ignorance. On ne sait pas ce qui s'est vraiment passé, alors, pour sauver les apparences, on invente quelque chose qui nous semble plausible ou en tout cas qui nous convient, pour diverses raisons. On interprète des éléments disparates en les assemblant. Napoléon Bonaparte disait : « L'histoire est une suite de mensonges sur lesquels on s'est tous mis d'accord. »

René obtient quelques rires.

– De nos jours on pourrait dire : l'histoire est un compromis entre les versions officielles des experts et les théories du complot relayées sur Internet. Ce compromis étant arbitré par le nombre de likes sur les réseaux sociaux.

La salle approuve d'une rumeur amusée.

– Ce cycle de conférences a pour thème : « Repenser l'Histoire », et pour commencer, aujourd'hui je vais vous parler du fondement du métier d'historien. Cela consiste à mener une enquête pour savoir comment les événements se sont réellement déroulés, dans le contexte de l'époque en question, avec les mentalités du moment et non avec notre vision d'homme du XXIe siècle qui juge les générations précédentes avec condescendance.

Les gens dans le public, amusés, prennent des notes.

– Mais avant il est bon de rappeler comment on connaît l'histoire. À cette question, une des réponses est : par l'écriture. Sans écriture, il n'y a rien. Le mot « préhistoire » signifie l'histoire avant l'histoire, c'est-à-dire avant qu'on commence à l'écrire. Mais qui écrit ? Nos sources sont en général des scribes ou des écrivains qui gagnaient leur vie en travaillant pour des gens de pouvoir. Qui peut, de nos jours, se vanter d'avoir son biographe officiel ? Les politiciens, les acteurs célèbres et les gangsters à la retraite... Certains cumulant les trois fonctions, d'ailleurs, car elles ne sont pas antinomiques...

Nouveaux rires.

– Et justement : ce seront eux dont on se souviendra lorsque dans cent ans on voudra savoir qui étaient les personnages représentatifs de notre époque. Alors quel est notre vrai passé ? La vérité est que nos aïeuls ne sont pas tous des gens formidables et moraux. La plupart ont commis des actes peu glorieux ou en ont été complices. Nous sommes les descendants de cannibales, d'incestueux, d'assassins, de voleurs, de violeurs, de pilleurs, de lâches. Mais nous pouvons réparer, en nous rappelant la vérité au lieu de laisser s'installer des mensonges bien pratiques. Nous sommes aussi les descendants de femmes violées, d'esclaves, de victimes de massacre, de gens condamnés pour des actes qu'ils n'ont pas commis ou qui ont subi des discriminations. C'est pourquoi nous pratiquons le plus beau des métiers car c'est un métier de justice. Nous réparons ce qui a été cassé, nous mettons en lumière ce qui a été caché. En racontant une autre vérité que la vérité habituelle servie par les ouvrages partisans, nous avons aussi le pouvoir de redonner aux victimes un peu de leur dignité. Nous avons le pouvoir de rendre aux civilisations disparues leur magnificence malgré la propagande calomnieuse produite par ceux qui les ont détruites.

Un homme lève la main.

– Mais alors, monsieur, comment savoir ce qui s'est vraiment passé ?

– On ne peut pas le savoir avec certitude. Au mieux, on peut s'en approcher. Et pour cela, il faut trois choses.

René se lève et se dirige vers le grand tableau noir derrière lui. À la craie, il écrit les mots suivants : « DEUX SOURCES DIFFÉRENTES + UNE INTIME CONVICTION ».

Une jeune femme demande la parole.

– Comment définiriez-vous la notion d'« intime conviction » ?

– On pourrait le dire ainsi : il s'agit de notre part d'intuition… féminine.

Quelques personnes réagissent à cette expression.

– Non, ne vous moquez pas ! Nous avons tous un détecteur de mensonges inconscient qui nous permet de sentir les incohérences dans une information. Je me souviens d'avoir entendu que le nuage radioactif de Tchernobyl en 1986 avait été arrêté par les Alpes, et mon détecteur de mensonges a sonné dans ma tête. Je me suis dit : il aurait touché Monaco, la Suisse et la Belgique et pas un seul village français ?… Vous-mêmes, n'avez-vous jamais eu ce réflexe ?

Hochements de tête dans le public.

– Il y a des historiens propagandistes, payés et malhonnêtes par conviction politique, mais il y a aussi des historiens stupides.

Nouvelle réaction amusée de la salle.

– Ceux-là croient savoir mais ils interprètent de travers et au final ils n'ont rien compris à ce qui s'est réellement passé. N'oubliez jamais que la plupart des gens du passé vivaient dans une interprétation quasi magique d'événements qu'ils ne pouvaient concevoir et qui ont été depuis expliqués par la science.

– Par exemple ? demande une jeune femme.

– Les éclipses de soleil qui rythmaient la vie politique des rois incas. Ils ne savaient pas ce que c'était, alors ils ont mis au point une interprétation mystico-politique. De même, la foudre, qui était considérée comme une punition des dieux par les Grecs. En Europe, on pouvait avoir l'impression d'être entouré d'anges qui observaient les chrétiens depuis le monde invisible. C'est le sens des tympans sculptés aux façades des cathédrales gothiques.

– Mais alors, demande la même jeune femme, si on doit se méfier de tous les historiens du passé, comment les historiens d'aujourd'hui peuvent-ils espérer faire correctement leur travail ?

Avant que René ait répondu, quelqu'un intervient.

– … En discutant avec un conférencier de la Sorbonne qui lui sait mieux que tout le monde ce qui est vrai et ce qui est faux, ce qui est intelligent et ce qui est stupide, ce qui est superstition et ce qui est science…

René sourit pour ne pas avoir l'air d'être déstabilisé par ce trublion.

– Vous n'avez pas tort, répond-il. Ne croyez personne. Même pas moi. Je ne suis pas infaillible : je suis un être humain, et l'éducation que j'ai reçue de mes parents et la société dans laquelle je vis m'ont donné une grille de lecture du monde forcément subjective. Tous autant que nous sommes, nous ne pouvons prétendre à l'objectivité, mais au moins, nous, ici, nous le savons. Soyez vigilants. Prenez pour principe qu'on cherche souvent à vous manipuler pour vous faire croire à des choses fausses.

Et il ne peut s'empêcher de penser :

… fausses comme les prophéties de Salvin de Bienne…

13.

Un rayon de soleil filtre par les fenêtres du restaurant universitaire.

René Toledano avance son plateau sur le rail du self-service et, après avoir pris un poisson pané accompagné de purée et un yaourt, il va s'asseoir dans un coin du réfectoire.

Il déguste chaque aliment avec curiosité puis un sentiment de nostalgie de sa propre histoire estudiantine. Il est tout à ses souvenirs gustatifs quand Alexandre Langevin s'approche de sa table.

– Je peux ?…

Avant que René ait eu le temps de répondre, son mentor s'installe face à lui.

– On m'a raconté un peu ta conférence de ce matin. Il paraît que c'était très distrayant. En tout cas, le public a beaucoup apprécié.

– J'essaie de donner des outils pour que ceux qui y assistent se forgent des opinions personnelles. Le but, ce n'est pas qu'ils répètent ce qu'on leur a inculqué. Je ne crois pas que l'enthousiasme était unanime, j'ai choqué certaines personnes et j'en ai agacé plusieurs, il me semble.

– Au moins, ils ne se sont pas endormis. Moi, c'est ma hantise, parler et tout à coup m'apercevoir qu'il y en a quelques-uns qui se sont assoupis ou qui s'envoient des SMS.

Il fait un geste discret pour attirer l'attention de René sur les autres tables autour d'eux. La plupart de ceux qui sont assis là jouent avec leur smartphone, même s'ils sont face à face. Il n'y a finalement que peu de tables où les gens dialoguent les yeux dans les yeux.

– Nous ne sommes que cela : des raconteurs d'histoires…, déclare Alexandre. Y a-t-il un métier plus merveilleux ? Et puis au final je crois que l'avenir appartient aux bons raconteurs d'histoires…

René reste songeur quelques secondes tout en jouant avec son couteau puis demande :

– Dites-moi, Alexandre, vous qui connaissez tout sur le Moyen Âge, avez-vous déjà entendu parler des prophéties de Salvin de Bienne ?

Une ride de contrariété barre soudain le front de Langevin.

– Salvin de Bienne, dis-tu ? Non, jamais entendu parler. Pourquoi ?

J'aurai au moins connu une fois la satisfaction de citer un nom qui ne lui évoque rien.

– Un ami m'a conseillé de m'intéresser à lui. Salvin de Bienne a écrit un texte intitulé *La Prophétie des abeilles*. Il s'agirait d'un chevalier croisé qui aurait participé à la prise de Jérusalem en 1099 et qui aurait écrit des prédictions au sujet du futur jusqu'à l'an 2101.

– Quatre cent cinquante ans avant celles de Nostradamus ?

– Sur Internet, j'ai trouvé la critique d'un journaliste qui prétend que ce serait un faux.

– Et il est fiable, l'ami qui t'a parlé de cette prophétie moyenâgeuse ?

– C'est un ami récent. Très récent même puisque je dois vous avouer que je l'ai rencontré il y a quelques jours à peine.

– Il est historien, cet ami ?

– C'est un ancien professeur d'histoire à la retraite.

René aurait bien voulu poursuivre cette conversation, mais Alexandre Langevin a soudain une autre idée en tête.

– Tiens, il faut que je te présente des collègues.

Arrive une jeune femme de petite taille, aux yeux noisette et aux cheveux bruns avec une large mèche teinte en rouge. Elle est habillée d'une chemise rouge et d'un jean de la même couleur. À côté d'elle, un homme en pull marron avec une moustache épaisse, semblable à celle de Nietzsche.

René le reconnaît aussitôt : c'est lui qui distribuait des tracts à l'entrée de la Sorbonne le jour où il est venu solliciter Langevin.

– Mélissa, je te présente René Toledano. René, voici ma fille, Mélissa Langevin, et Bruno Moustier son fiancé. Ils sont tous les deux professeurs d'histoire ici.

Bruno tend la main à René.

– Vous êtes le nouveau conférencier qu'a imposé Alexandre ? Vous savez que tout le monde est déjà au courant de cette affaire, et ça n'a pas été très apprécié par le syndicat.

Alexandre vole aussitôt au secours de René.

– René Toledano n'est pas n'importe qui. Il était jadis mon meilleur doctorant. Sa thèse sur la Renaissance est remarquable. Alors il a eu droit à un traitement d'exception. Il aurait été dommage de nous priver de son talent.

– Enfin un challenge pour nous, ses rivaux, ironise Bruno.

Mélissa et Bruno posent leurs plateaux sur la table et s'assoient.

– Ma fille est férue d'étymologie comme moi, si ce n'est davantage, dit Alexandre. Elle veut comprendre l'origine de chaque mot. Elle pense qu'il y a une clef dans les prénoms et qu'ils programment en quelque sorte ceux qui les portent.

– Alors, que pouvez-vous dire de mon prénom ?

– René ? Cela vient du latin *renatus* qui signifie « né une seconde fois ». Cela pourrait expliquer votre intérêt pour la Renaissance…

– Je pense que ce n'est qu'un pur hasard mais ce hasard me convient à plus d'un titre, reconnaît René. Et le prénom de votre père, que signifie-t-il ?

– Alexandre vient du grec. Il y a dedans *alexô*, un verbe dont le sens est « repousser », et *andros*, « l'homme ». L'idée de ce prénom est donc : « celui qui repousse l'homme », c'est-à-dire « celui qui arrête l'ennemi ».

– Un prénom de guerrier, ça me va bien.

Bruno prend la bouteille de vin qui se trouve sur son plateau et en propose à chacun autour de la table.

– Tu bois à l'heure du déjeuner ? s'étonne Alexandre.

– C'est ce qu'il nous restera en France quand tout aura disparu : le vin, le fromage, le pain, les croissants, rétorque Bruno. Je bois même cette piquette de la cantine. Un repas sans vin est pour moi comme une fête sans musique. Alors trinquons !

Bruno boit d'un trait le liquide sombre et se sert de nouveau. René remarque que Mélissa ne semble pas apprécier son attitude.

– Présente-toi un peu plus, Bruno, propose Alexandre.

– J'enseigne l'histoire antique, dit-il. J'aime cet âge… Les Romains et les Grecs savaient faire des orgies, eux. Les hommes riches étaient pour la plupart homosexuels et passaient leur temps dans des beuveries et des lupanars. Un des préceptes romains était : des femmes pour faire des enfants, des hommes pour avoir du plaisir. Et puis, il n'y avait pas de problèmes de petit personnel. Les esclaves faisaient tout le boulot pendant que leurs maîtres se pavanaient autour de bassins dans de beaux jardins fleuris. Et s'ils s'acquittaient mal de leurs tâches, on les battait ou on les tuait. C'était le bon temps, selon moi. Avez-vous vu les fresques de Pompéi ? On dirait bien que cette ville regorgeait de bordels.

Pour finir brûlés puis ensevelis sous la lave du Vésuve en éruption, songe René.

– C'est amusant, intervient Alexandre, nous sommes tous les quatre spécialistes d'une période différente. À nous tous, nous couvrons l'histoire entière de l'humanité !… Et je crois que le choix de nos périodes de prédilection est déjà révélateur de notre manière de pensée. Bruno : l'Antiquité, moi : le Moyen Âge, René : la Renaissance et Mélissa : le XXe siècle.

Bruno annonce, tout en engloutissant le contenu de son assiette :

– Moi, outre ce que je viens de vous dire, j'ai choisi l'Antiquité car c'est là que tout a commencé. La démocratie, la philosophie, les mathématiques, le théâtre, le sport. Depuis on n'a rien inventé de vraiment nouveau.

Alexandre se sent obligé de prendre la relève.

– Je dois avouer que j'ai choisi le Moyen Âge par amour pour la période où l'on bâtissait des cathédrales. Ce que j'aime dans le Moyen Âge, c'est le sens de l'honneur. Même à la guerre il y avait un code des chevaliers. Quand les gens donnaient leur parole, ils avaient peur d'aller en enfer en cas de parjure. Les mots avaient un grand poids. Même les rapports homme-femme étaient basés sur le respect et la courtoisie.

– Mais que faites-vous du servage, de la superstition, de l'analphabétisme, sans parler de la crasse ! C'est quand même ainsi que vivaient les trois quarts de la population du Moyen Âge, objecte Bruno la bouche pleine.

Alexandre, après avoir réprimé un infime tic d'irritation, s'adresse à son vis-à-vis.

– Et toi, René ?

– Eh bien, j'ai choisi la Renaissance parce que c'est le

moment où l'on sort véritablement de l'obscurantisme – pardon, Alexandre ! C'est à la Renaissance que l'on découvre l'intérêt d'investir dans l'art plutôt que dans l'armement. La Renaissance nous a offert Léonard de Vinci, Michel Ange, Rabelais, les peintres flamands, la perspective en peinture. Le monde s'ouvre, c'est la découverte de l'Amérique, de la Chine. Au point de vue scientifique, c'est la compréhension du fonctionnement du corps humain. On comprend que l'on réfléchit avec le cerveau et non pas avec le cœur. Enfin on ose envisager que la Terre n'est pas au centre de l'univers. Enfin, c'est l'essor du livre grâce à l'imprimerie.

Mélissa s'élance à son tour.

– Pour ma part, j'ai choisi le XXe siècle parce que c'est là où l'histoire a commencé à donner un grand coup d'accélérateur. Les deux guerres mondiales, les révolutions russe, chinoise, cubaine, la révolution sexuelle des années 1970, l'informatique, la médecine de pointe, le féminisme, le rock'n'roll, le cinéma, la photographie, les avions, les fusées, les premiers pas de l'homme sur la Lune... Si je veux bien reconnaître que la Renaissance est le début du réveil des consciences, à partir de 1900 on sort de l'humanisme, qui par certains aspects est une vision idéaliste naïve, et l'on découvre la nécessité de gérer les inégalités, que ce soit entre ouvriers et patrons, entre hommes et femmes, entre peuples du Sud et du Nord.

Bruno saisit délicatement un morceau de chou-fleur entre son pouce et son index et le montre, comme pour symboliser la forme d'une déflagration nucléaire.

– La révolution russe a provoqué vingt millions de morts et la révolution chinoise soixante millions ! rappelle-t-il. Des dictateurs fous qui massacrent leur propre population au nom de l'idéal communiste, tu parles d'un progrès…

– Évidemment, toi, tu préfères les dictateurs fascistes ! rétorque Mélissa.

Alexandre, sentant que la conversation risque de dégénérer, tempère les ardeurs du couple par une petite explication à l'intention de René.

– Mélissa est plutôt de sensibilité progressiste.

– Je n'ai pas peur des mots « extrême gauche ». Je suis à la LCR, la Ligue communiste révolutionnaire. Si Bruno adore César, pour ma part je préfère Che Guevara.

– Par moments, je me demande comment vous arrivez à faire un ménage aussi harmonieux alors que vous êtes politiquement diamétralement opposés, soupire Alexandre Langevin.

– Nous partageons, Bruno et moi, une sorte de mépris pour les gouvernements centristes, les consensus mous, les bourgeois planqués et tous les gens peureux qui veulent à tout prix faire des compromis au lieu de prendre des décisions radicales mais nécessaires.

– Mélissa et moi, nous croyons dans la révolution. C'est plus rapide et plus efficace que les demi-mesures tièdes.

Bruno termine son verre de vin, avec sur le visage un air de satisfaction. Il a exprimé sa vision personnelle de la politique, et c'est cela qui compte. Mélissa semble exaspérée de voir son fiancé boire autant. Elle hausse les épaules et veut éloigner la bouteille, mais il la récupère et s'en verse ostensiblement un grand verre, qu'il avale d'un trait, puis il les regarde fixement l'un après l'autre et déclare :

– Et puis arrêtez de jouer les pudibonds, vous savez bien que ce sont les hommes à poigne qui font avancer l'Histoire. Pas les mauviettes.

Là-dessus, il se lève brusquement, jette sa serviette et, sans saluer, s'éloigne.

Les trois restants se regardent surpris.

Alexandre change de sujet.

– René cherche des informations sur un certain chevalier nommé Salvin de Bienne qui aurait écrit un livre de prophéties en 1121.

La jeune femme soupire :

– L'an 1121 ? C'est ton époque de prédilection, papa. Il n'y a que toi qui pourras l'aider.

– Nous avons ici trois millions d'ouvrages, dont quelques centaines de livres sur parchemin écrits par les moines. La bibliothèque a fait l'objet de travaux de rénovation mais elle doit rouvrir la semaine prochaine.

René regarde Mélissa avec plus d'attention et lui trouve un air familier. Comme s'il l'avait déjà vue quelque part.

14. MNEMOS. LE PHARAON AKHENATON.

Cependant les premiers grands hommes venus de la mer de l'ouest finirent par mourir de vieillesse. Leur message de spiritualité fut déformé, caricaturé ou oublié. Et ce fut une caste de prêtres qui prit le pouvoir en annonçant qu'ils étaient les seuls à se souvenir précisément des enseignements de ces étrangers géants.

Les prêtres d'Amon se mirent alors à régner en désignant un pharaon, sorte de roi fantoche qu'ils manipulaient à

leur guise. Ainsi, sans être au-devant de la scène, c'étaient ces mêmes prêtres qui accumulaient les privilèges, les pouvoirs et les richesses.

Or, en l'an 1355 avant Jésus-Christ, le jeune pharaon Aménophis IV décida que les prêtres d'Amon avaient assez abusé de la naïveté et de la superstition du peuple. Il prit ses distances par rapport aux choix politiques et religieux de son propre père Aménophis III.

Il pensait qu'il était temps de revenir au culte originel, celui de la lumière solaire qui se nommait en égyptien ATON.

Il passa d'un polythéisme sophistiqué à un monothéisme simple.

Ce pharaon changea son propre nom d'AMON-O-PHIS (qui signifie « Amon est satisfait ») en AKH-EN-ATON (qui signifie « dédié à Aton »).

Il décida de quitter la ville de Thèbes pour fonder sa propre capitale dans un lieu neuf un peu plus au nord qu'il baptisa AKH-ET-ATON (Horizon d'Aton).

En tout point, Akhenaton fit le contraire de son père :

Au lieu de faire la guerre sur toutes les frontières il employa son énergie dans la construction de nouvelles villes ou la modernisation des grandes cités (Héliopolis, Karnak, Memphis), de nouvelles routes, de nouveaux systèmes d'irrigation agricole.

Il déposséda les prêtres d'Amon de leurs privilèges.

Il plaça sa femme Néfertiti comme pharaonne (et non plus comme simple épouse de pharaon), donnant ainsi pour la première fois une place politique à une femme.

Ce fut une révolution non seulement religieuse, mais poli-

tique, sociale et artistique. L'art selon ce pharaon ne devait plus servir à représenter la famille royale ou les guerres mais aussi la vie quotidienne des gens et les animaux dans la nature.
Akhenaton s'avéra aussi être un bon écrivain puisque c'est l'un des rares pharaons auxquels on attribue une œuvre littéraire personnelle (à savoir : « le Grand Hymne à Aton » que l'archéologue italien Giovanni Belzoni a retrouvé en 1816 dans la vallée des singes).
Il fit effacer toutes les références à Amon, y compris les hiéroglyphes où était inscrit le nom de son père, ce qui fit scandale à l'époque. Les prêtres d'Amon furent congédiés et la kyrielle de petits dieux à tête d'animal qui étaient censés les accompagner cessèrent d'être vénérés. Le pharaon Akhenaton passa des grands temples fermés qui accueillaient des foules près des grandes villes à des petits temples ouverts dispersés partout dans le pays. Il pensait qu'il fallait que les rayons du soleil portant la lumière d'Aton puissent entrer dans ces temples, donc ceux-ci n'avaient pas de toit. Et il encouragea l'écriture sur rouleaux de papyrus pour relater tous les événements de l'époque afin qu'ils ne soient plus oubliés.

*

15.

René Toledano se trouve devant le 22, rue Huyghens, dans le XIVe arrondissement de Paris, près du boulevard du Montparnasse et du cimetière du même nom.

Après le temple de la connaissance, le voici face à un des temples des livres : une maison d'édition, Albin Michel en l'occurrence.

Il sonne, franchit la porte de verre et s'adresse à l'hôtesse d'accueil.

– Bonjour, je cherche un ouvrage que je ne parviens pas à trouver en librairie, ni sur Internet ni sur aucune plateforme de vente ou site de collectionneurs.

– Quel est le titre, s'il vous plaît ?

– *La Prophétie des abeilles*. C'est un livre que vous avez publié en 1994.

– Je vais voir ce que je peux faire. Voulez-vous patienter ici un instant ? propose-t-elle en désignant le salon réservé aux visiteurs situé tout près de l'entrée.

René s'installe dans un des fauteuils. Aux murs, les portraits photo des auteurs stars de la maison.

Toutes ces célébrités ont l'air de l'observer et cela l'intimide.

L'hôtesse passe des coups de téléphone et en reçoit, mais René ne sait pas si elle s'occupe de son cas précis. Des gens vont et viennent, entrent ou sortent du bâtiment et il se demande si parmi eux il y a des écrivains. Certains le saluent aimablement d'un signe de tête ou d'un bonjour. D'autres semblent ne même pas le voir. Amusé, René reconnaît un ministre.

Tout le monde finit par écrire « son » roman, par peur d'être oublié, et ce lieu n'est peut-être pas seulement une maison d'édition, c'est une petite fabrique d'immortalité.

Les minutes passent.

Je ferais peut-être mieux de partir.

– Vous êtes celui qui cherche *La Prophétie des abeilles* ?

Un homme de très petite taille avec de grosses lunettes épaisses qui lui donnent l'allure d'une taupe l'a rejoint dans le petit salon et se présente.

– Serge Bonnafous, directeur de collection. C'est moi qui ai édité le livre que vous cherchez.

– Oh, bonjour, il ne fallait pas vous déranger, je voulais seulement trouver ce livre, j'espérais que vous l'auriez encore dans vos vieux stocks.

– Vous ne le trouverez pas.

– Pourquoi donc ?

Le petit homme grimpe sur le fauteuil en face de lui.

– Tout simplement parce qu'il est introuvable, répond-il d'un ton affable.

Il se penche vers René.

– Dites-moi, cher monsieur, pourquoi vous intéressez-vous à ce livre ?

– Je suis professeur d'histoire, conférencier à la Sorbonne, et l'un de mes amis, qui est lui aussi professeur d'histoire, m'a suggéré que ce livre contenait des réponses à des questions que je me pose.

– Savez-vous de quoi parle cet ouvrage ?

– Euh… je crois que c'est un livre de prophéties écrit en 1121 par un chevalier croisé, puis retrouvé dans les archives russes en 1991 par un certain professeur Patrick Kowalski.

– C'est tout ?

– Cela raconte ce qui va arriver au-delà de notre présent jusqu'en 2101.

– Et ça vous intéresse ? l'interroge l'éditeur en le scrutant pardessus ses lunettes.

Ses yeux ont un éclat malin et rieur.

– À vrai dire, je ne sais pas quoi en penser puisque je ne l'ai pas lu. C'est pourquoi il m'a semblé plus simple de venir ici pour essayer de me le procurer.

– Que savez-vous d'autre ?

– Sur Internet, j'ai trouvé un article qui affirme que c'est un faux.

– L'article de Jean Vilain, n'est-ce pas ? C'est le seul et unique journaliste qui en ait parlé. Et ça ne lui a pas porté chance car il est mort quelque temps après la publication de son article.

– Et vous qui avez édité ce texte, lance René, qu'en pensez-vous ? Est-ce un authentique document d'époque ou une supercherie ?

Serge Bonnafous prend une grande inspiration comme s'il s'apprêtait à mener un exercice difficile, et il laisse passer un long silence plein de suspense, puis il s'élance :

– L'idée est venue de l'un de mes meilleurs auteurs, Patrick Klotz. À l'époque, c'était la grande mode des prophéties de Nostradamus. Un certain nombre de maisons concurrentes avaient eu beaucoup de succès avec ce genre de document. Klotz m'a dit : « Je vais écrire des prophéties qui seront encore plus anciennes que celles de Nostradamus. » Patrick était un auteur caméléon. Il pouvait écrire dans tous les styles et il avait une culture historique phénoménale. J'imagine que, pour lui, il s'agissait d'un défi : inventer « sa » prophétie.

Il hoche la tête d'un air nostalgique, comme s'il se souvenait des innombrables merveilles accomplies par son prolifique auteur.

– Klotz était un grand professionnel mais aussi un graphomane. Il écrivait tous les jours trente pages ! De six heures du matin à midi. Et il ne prenait jamais de vacances. Pour lui, écrire, c'était comme pour d'autres parler. Et il était bavard, le bougre.

Imaginez un homme qui ne peut s'empêcher de raconter tout le temps des histoires. Un peu ça va… mais trop, cela peut être fatigant pour l'entourage. J'en connais plusieurs, de ces écrivains graphomanes… Je plains surtout leurs femmes. Vivre avec un type qui n'arrête pas d'écrire et qui, quand il n'écrit pas, ne pense qu'au manuscrit qu'il a en cours, ce doit être lassant à la longue, vous ne croyez pas ?

– Certes…

– Remarquez, vous êtes un historien, vous êtes venu pour votre histoire de prophétie, et mes états d'âme d'éditeur avec son petit troupeau d'écrivains graphomanes, vous vous en fichez, n'est-ce pas ?

– Non, non, pas du tout, proteste René.

Bonnafous soupire et reprend, sérieusement cette fois :

– Le coup de *La Prophétie des abeilles*, c'était pour lui un jeu. Quand il m'a fait part de son projet, j'ai trouvé que c'était un défi à la hauteur du grand écrivain qu'il était et d'une belle maison d'édition comme la nôtre. Alors j'ai décidé qu'on allait jouer la partie. Et nous avons inventé le personnage mystérieux de Patrick Kowalski, pour produire un petit effet « auteur secret masqué », à la manière de Romain Gary avec *La Vie devant soi.*

– Et vous l'avez lue, cette *Prophétie des abeilles* ?

– Je m'occupe de plus de quarante auteurs. Je n'ai pas le temps de travailler précisément sur chacun de leurs livres. La chance avec un écrivain comme Klotz, c'est qu'il n'y avait aucun besoin de toucher à ses manuscrits. Tout était déjà parfait. C'est rare, mais ça existe. De toute façon, il ne supportait pas qu'on change une virgule.

– Comment le livre a-t-il été reçu ?

– Jusqu'au bout, j'ai pensé que ça allait prendre. Et puis il y a eu la critique de Jean Vilain, qui a évoqué des anachronismes et qui a mis en doute l'existence même de Patrick Kowalski. Vous savez, les critiques parisiens sont des moutons de Panurge : si l'un dit du bien ou du mal d'un livre, tous les autres le suivent. Vu que la plupart des membres de ce petit monde eux non plus n'ont pas le temps de lire, il suffit que l'un donne un avis pour qu'ils aient tous le même. Cela explique d'ailleurs que les meilleurs comme Edgar Poe, Herman Melville, Franz Kafka, Emily Brontë ou Boris Vian n'aient jamais été détectés par les critiques contemporaines et n'aient connu la gloire qu'après leur décès. Même Jules Verne n'était pas chroniqué dans les rubriques littéraires de son époque, on a commencé à parler de lui comme d'un auteur à part entière que cinquante ans après sa mort.

– Après la critique de Vilain, d'autres journalistes ont aussi torpillé le livre ?

– Même pas. La critique de Vilain a suffi. Aucun autre journaliste n'allait prendre le risque de contredire cette éminence des lettres pour défendre les élucubrations d'un chevalier inconnu au bataillon, présenté par un soi-disant expert dont on n'avait aucune photo ni aucune interview. Donc, ça s'est arrêté là.

– Et les ventes ?

– Comme il n'a pas eu de presse (en dehors de Vilain), le livre a vite été retiré des rayons. De ce que je me souviens nous en avions tiré quelques milliers, nous en avons vendu une centaine. C'est ce qu'on appelle dans le métier un « bouillon ».

– Et les invendus ?

– Au pilon. Ils ont été recyclés en pâte à papier pour faire d'autres livres… Après l'article de Vilain, Klotz a piqué une colère. Il a dit que son livre, c'était de la confiture pour les cochons. Que si les gens ne savaient pas apprécier ses prophéties, eh bien, c'est qu'ils ne les méritaient pas.

– Et Klotz, qu'est-il devenu ?

– Il est mort en 2010. Dans son sommeil. Il n'a jamais révélé qu'il était l'auteur des prophéties de Salvin de Bienne. Maintenant, il n'y a plus le moindre enjeu autour de ce livre. En tout cas, sur ce projet, Klotz a montré son érudition historique et sa capacité à recréer une fausse prophétie plutôt bien fichue. Le problème, c'est qu'il n'y a que moi qui le sache. Klotz avait un formidable talent de faussaire, de ceux qui produisent des œuvres meilleures que l'originale.

– Pourriez-vous me prêter un exemplaire ?

– Non, malheureusement, comme je vous l'ai dit, Klotz était fou de rage à la suite de cette affaire. Il m'a demandé de faire disparaître toute trace de ce texte : la copie, les épreuves, les justificatifs. Je crois qu'il a volé lui-même les exemplaires envoyés à la Bibliothèque nationale comme l'exige la loi. Il a passé quinze ans à rechercher les exemplaires achetés, un par un, et il les a tous récupérés et détruits. Vous voulez savoir le plus étonnant ? Vous êtes le premier à me poser des questions sur cet ouvrage et du coup vous êtes aussi le seul en dehors de moi à connaître cette histoire.

Serge Bonnafous se tait. Il observe un instant René et il ajoute :

– Ah, et puis il y a autre chose. Peu de temps avant sa mort, alors que nous déjeunions ensemble, il m'a dit : « Tu sais, à propos de *La Prophétie des abeilles*, eh bien, tu ne sais pas tout, il y a un grand secret lié à ce livre. » Et il m'a regardé bizarrement. Mais des gens que nous connaissions nous ont interrompus et nous sommes passés à autre chose. Je n'ai jamais su à quoi il faisait allusion.

16.

Arrivé chez lui, René Toledano s'effondre dans un fauteuil crapaud et pousse un profond soupir qui exprime toutes ses pensées mélangées.

Pourquoi mon futur moi-même m'a-t-il guidé vers cette impasse ? Tout est faux autour de ce soi-disant chevalier Salvin de Bienne.

Le décor du salon de la péniche est composé de masques de toutes les époques et de tous les pays qui semblent le regarder et se moquer de lui.

C'est juste une sorte de gros canular d'éditeur. Une supercherie qui n'a même pas pris, en plus.

Il observe la Seine par le hublot. Des bateaux passent.

Ça semble pourtant la seule piste que René 63 me propose pour arrêter la Troisième Guerre mondiale qui sévit à son époque…

Machinalement, pour penser à autre chose, il prend la télécommande du téléviseur et se cale sur la chaîne d'information en continu.

Le présentateur annonce :

– … Réunion à Paris sur le réchauffement climatique. Les Occidentaux demandent aux pays en voie de développement de mieux contrôler leurs émissions. Ces derniers répondent qu'il est injuste de la part de pays qui ont déjà beaucoup pollué dans le passé de leur interdire d'émettre des gaz à effet de serre et ainsi de les empêcher d'avoir une croissance économique similaire à la leur. En attendant, les températures sont en hausse. Plusieurs instituts de météorologie alertent sur le risque de canicule dans les mois qui viennent.

« États-Unis. Manifestations après la mort d'un citoyen afro-américain tué par la police lors d'un simple contrôle d'identité qui aurait dégénéré. Les défilés organisés par le mouvement Black Lives Matter ont rassemblé des dizaines de milliers de personnes, mais il y a eu des émeutes à Los Angeles, et des commerces ont été incendiés et pillés.

« En Turquie, après la transformation de la basilique Sainte-Sophie en mosquée en 2020, l'État a décidé de fermer toutes les églises et d'interdire la pratique de la religion chrétienne sur le territoire turc. Le Conseil européen a protesté, mais le président turc a rappelé qu'il n'avait de comptes à rendre à personne et qu'il s'agissait de politique intérieure. Plusieurs journalistes et directeurs de journaux turcs d'opposition qui avaient pris des positions pro-laïques ont été arrêtés.

« Un tanker pétrolier s'est de nouveau échoué sur les côtes de l'île Maurice. Le bateau sous pavillon panaméen avec un équipage somalien appartenait à un armateur ukrainien. Selon les premiers éléments, il s'agissait d'une de ces "poubelles flottantes" qui sillonnent les mers, mais son pavillon empêchait tout contrôle. Cette catastrophe écologique affecte les poissons, mais aussi les oiseaux et les plantes locales. Le gouvernement mauricien annonce qu'il va porter plainte pour crime d'écocide auprès des instances compétentes. »

René entend un bruit de serrure et le grincement de la porte. Opale apparaît. À son tour, elle se laisse lourdement tomber dans le second petit fauteuil crapaud et, comme René quelques minutes auparavant, pousse un gros soupir.

– Alors, comment s'est passée cette première journée de travail ? l'interroge René.

Opale ôte ses chaussures à talons hauts et masse doucement

ses orteils meurtris. Puis elle se lève pour aller se servir un verre d'eau, et vient se rasseoir.

– En fait, Markus est un déprimé chronique. Il voit tout en noir. C'est aussi à cause de ça qu'il n'arrive pas à s'arrêter de fumer. Ce qui me dérange le plus, ce sont ses crises d'« aquoi-bonisme ».

– C'est quoi ?

– C'est quand on dit tout le temps : « À quoi bon ? » À quoi bon se lever le matin ? À quoi bon travailler ? À quoi bon vivre ?

– Marrant.

– Non, ça n'a rien de drôle, je t'assure. C'est une maladie psychiatrique, ça s'appelle l'hébéphrénie. Il m'a dit lui-même qu'il souffrait précisément de ce trouble. C'est quand tu n'as plus goût à rien.

– Ça m'arrive de temps en temps, mais ça ne dure pas. Il suffit que je mange un gâteau ou que je regarde un film sympa et ça passe.

– Chez lui, c'est presque permanent. Il dit qu'il est un escroc.

– Est-ce que ce n'est pas ce qu'on appelle le syndrome de l'imposteur, ce sentiment qu'on ne mérite pas sa propre réussite ?

– En tout cas, il faut que je le réconforte sans cesse. Il menace de se suicider ou, comme il dit, de débarrasser le monde d'une personne comme lui, nuisible. Spécial pour un thérapeute, non ? Entre deux clients, il m'a demandé si je n'avais pas honte de travailler pour un type qui profite de la faiblesse des gens pour les détrousser.

René sourit.

– C'est un signe de lucidité. Au moins il a des scrupules.

– Détrompe-toi. Une fois que sa crise d'hébéphrénie est passée, il change du tout au tout et devient autoritaire. Par moments, il me fait un peu peur.

Opale se lève et va dans la cuisine. Elle prend dans le réfrigérateur de quoi se composer un sandwich : jambon, tomate, fromage, cornichons. René la rejoint. Il sort les assiettes, les verres et les couverts et se prépare lui aussi un en-cas.

– Je suis réaliste, dit Opale. Un boulot comme ça, qui me demande aussi peu d'efforts et qui est aussi bien payé, c'est assez exceptionnel. Ce qui m'inquiète le plus, c'est d'ouvrir un jour la porte de son bureau et de le retrouver pendu avec sa cravate au plafonnier. Il sera allé au bout de son « À quoi bon ».

René n'a pas le temps de la réconforter, on sonne à la porte de la péniche.

Il va ouvrir. Un homme en manteau gris avec un chapeau rond sur la tête se trouve sur le seuil.

– Désolé pour le retard, dit-il sans préambule, je n'ai pas pu me libérer avant.

– Nous n'attendons personne. Qui êtes-vous ?

– Je suis huissier de justice, répond l'individu avec assurance. Je dois procéder à une estimation de la valeur de cette péniche et à un inventaire de vos biens. J'aimerais aussi voir s'il y a des meubles que l'on pourrait mettre en vente. Juste une question : pour les appareils électriques, vous êtes en 220 volts ou en 12 volts comme c'est l'usage sur les bateaux ?

Avant que René ait pu lui claquer la porte au nez, l'huissier pénètre dans l'appartement privatif de la péniche-théâtre. Il sort prestement une tablette numérique de son sac et prend des photos. Il ressort, photographie l'extérieur sous le regard incrédule de René et Opale qui le suivent, et s'en va, l'air satisfait, après avoir effectué un petit salut.

Opale et René restent sidérés quelques minutes, puis ils dînent en silence, font leur toilette et vont se coucher.

Dans le lit, René s'approche d'Opale et lui caresse les cheveux. Mais Opale, une fois encore, repousse les avances de son compagnon. Elle lui murmure gentiment :

– Ça reviendra, mais pas ce soir.

Elle lui tourne le dos et s'endort. René regarde l'heure à la pendule lumineuse.

23 h 23. L'heure où jadis ils accomplissaient quotidiennement ses régressions dans ses vies antérieures.

Pris d'une soudaine nostalgie, il rejoint les toilettes, ferme le loquet et s'assoit en tailleur sur le couvercle, pile sous la pancarte « IL N'Y A QU'ICI QU'ON EST VRAIMENT TRANQUILLE ».

Il prend une grande goulée d'air, comme un apnéiste s'apprêtant à plonger.

Il ferme les yeux et souffle très lentement.

Il visualise son esprit qui descend les marches de l'escalier en colimaçon menant jusqu'à la porte de son inconscient.

Il introduit la clef dans la grosse serrure métallique. Elle tourne avec un grincement sinistre et il ouvre la porte.

Il franchit le seuil.

Le voilà dans le couloir de ses vies antérieures.

Il a l'impression de retrouver un vieil hôtel où il venait jadis passer ses vacances.

Le couloir est blanc avec des portes rouges numérotées à l'aide de nombres dorés.

Bien, maintenant je vais émettre mon souhait.

Je veux aller dans celle de mes vies passées où se trouve quelqu'un de suffisamment sage pour m'indiquer une solution qui permettra d'arrêter la Troisième Guerre mondiale qui va arriver en 2053.

Une porte s'éclaire. C'est la porte qui affiche le numéro 27. Il se place devant.

Il ouvre et entre.

Il se retrouve dans le brouillard.

Une fois son esprit installé dans son ancien corps, il examine ses mains pour répondre aux trois questions qui vont l'aider à savoir dans quelle incarnation il se trouve : Quelle couleur de peau ? Quel sexe ? Quel âge ?

On dirait plutôt les mains d'un homme blanc d'âge adulte.

Ensuite, il regarde ses pieds.

Il porte des bottes et un pantalon recouvert par une veste longue en cotte de mailles.

Sur cette veste, il y a un tissu clair, sale, avec un motif de croix. Une ceinture à laquelle est accroché un long fourreau enserre sa taille, un bouclier et une cape complètent son équipement.

Son regard remonte et il voit qu'il a un casque sur la tête, avec une fente au niveau des yeux.

René laisse le brouillard se dissiper autour du personnage dans lequel il est et il se sent tout de suite secoué.

Puis viennent les trois autres questions liées au décor : Jour ou nuit ? Intérieur ou extérieur ? Seul ou entouré d'autres personnes ? Les réponses arrivent vite.

Il prend conscience qu'il est sur un cheval au galop sur un sol rocailleux et gris, en plein jour, au milieu d'une foule de plusieurs milliers de personnes.

Il laisse venir le son et il entend le bruit assourdissant de sa propre respiration qui résonne dans le casque de métal. À l'extérieur, il perçoit des sons plus aigus : des cris, des tintements d'objets métalliques, le hennissement de son propre cheval et dans le lointain des trompettes et des tambours qui battent la cadence.

L'air qui filtre à travers la fente de son heaume est saturé de l'odeur de sa propre sueur mélangée à celle de son destrier. Il est remué dans tous les sens. Il se sent à la fois exalté et épouvanté.

Bon sang, qu'est-ce qui se passe ?

17.

– DIEU LE VEUT ! hurle un type en armure à côté de lui qui tient bien haut son épée.

Il voit à travers la fente de son casque des milliers d'autres hommes à cheval qui sont dans la même tenue que lui. Eux aussi ont le motif de la croix sur leur vêtement et brandissent leur épée tout en chevauchant leur monture lancée au galop.

Donc, eux, ce sont ceux de « mon » camp.

– DIEU LE VEUT ! clament d'autres voix autour de lui.

Non loin, sur les créneaux de la muraille, se tiennent des soldats habillés différemment, avec sur la tête des turbans surmontés de casques à pointe.

Et eux doivent être les ennemis.

Les chevaliers galopent en direction de ce qui s'avère être une brèche ouverte dans le mur d'enceinte. Un soleil éclatant éclaire la scène.

Il ajuste son bouclier sur son avant-bras gauche sans lâcher les rênes et il tient toujours son épée brandie dans sa main droite, ce qui découvre un peu de la peau de son avant-bras.

Je suis un chevalier en train de charger dans une bataille pour prendre une ville.

René Toledano est donc dans ce corps, il voit par ses yeux, il entend par ses oreilles, il ressent par sa peau, mais il n'ose pas du tout pour l'instant interférer avec son esprit. Il est plutôt dans l'observation, l'écoute, la découverte de cet étranger qui fut pourtant lui-même.

– AAHHHHH ! fait une voix à côté de lui.

Il se tourne et voit un chevalier qui a des soubresauts de douleur tandis qu'une abeille sort de son heaume. Le cheval sur lequel il est juché est emporté par l'élan et continue de foncer. Le chevalier arrache d'un coup son casque de métal et se presse l'œil avec sa main gantée.

Le pauvre a dû se faire piquer à l'intérieur de son casque.

Cependant, le moment étant délicat, René se contente de regarder droit devant lui.

Les chevaliers qui sont en première ligne arrivent sur les défenseurs, des fantassins, les bousculent et piétinent plusieurs d'entre eux sous les sabots de leurs chevaux. Même à terre, ils tentent de se défendre avec leur lance et de percer les plaques de métal qui protègent les montures de leurs assaillants. Les chevaliers se penchent et donnent des coups d'épée comme des faucheurs de blé.

– DIEU LE VEUT ! grondent les combattants du camp de René avec une ferveur redoutable.

Des croisés ?

Mais la première centaine d'attaquants parvenus au bas de la muraille gêne les milliers d'autres qui s'agglutinent autour d'eux.

Le chevalier à l'intérieur duquel l'esprit de René se trouve ne parvient pas non plus à combattre. Il fait du sur-place en attendant que ceux de devant aient dégagé la voie pour pouvoir enfin foncer dans le tas.

– Place ! Poussez-vous ! crie-t-il.

Mais les autres sont tous focalisés sur leur propre assaut et ne veulent pas partager leur espace d'action. Il s'indigne :

– Messires, ayez grand cœur ! Laissez aussi ceux qui étaient derrière vous avoir leur part de la bataille.

Mais ses compagnons d'armes ne lui prêtent aucune attention.

Quant aux défenseurs qui portent des casques à pointe, ils sont trop occupés à essayer de contenir le flot de la première ligne pour s'intéresser à lui.

Qui parlera de la patience de ceux qui se sont fait doubler durant la charge et qui n'ont même pas accès aux lignes ennemies ?

Il calme son cheval aux naseaux écumants d'impatience, dont les sabots piétinent vivement le sol poussiéreux tant il est lui aussi frustré de ne pas participer à l'assaut.

En dehors des exclamations de « Dieu le veut ! » qui retentissent toujours derrière lui, il entend les râles des soldats des deux camps qui se font tuer. Les duels sont féroces.

Partout autour de lui, la mort et la destruction dansent dans un chaos d'odeurs, de poussière, de lames ruisselantes, de jaillissements de sang pourpre et de hurlements déchirants.

– Dieu le veut ! vocifère de nouveau un fantassin à ses côtés avant de recevoir une flèche dans le front.

Une pensée traverse René.

Est-ce vraiment cela que Dieu veut ?

Cependant le chevalier dans lequel il se trouve ne parvient toujours pas à participer à la curée.

Une bourrasque soulève du sable qui entre dans son casque. Les yeux lui piquent. Il éternue dans son heaume. La sensation produite par ce bruit qui résonne est plutôt désagréable. Son cœur bat si fort qu'il le ressent non seulement dans le thorax, mais aussi dans ses veines jugulaires et dans ses poignets.

Il ne veut pas rester si longtemps sans rien faire pendant la bataille. Il cherche un endroit où il pourrait se démarquer et débusquer des adversaires. Il part alors un peu plus loin le long de la muraille, abandonnant la brèche où tous les autres s'accumulent et se gênent.

Dans un coin, un groupe de défenseurs jaillit par une petite porte située au pied de la fortification.

Sans plus attendre, il éperonne son cheval et fonce vers eux.

« Dieu le veut ! » répète-t-il en brandissant son épée pour se galvaniser. Il frappe. Le poids de son arme lui donne de l'élan. Ses gros bras larges et puissants sont efficaces.

Il vise à hauteur du menton.

Une sorte d'exaltation très primaire s'empare alors de lui : le plaisir de tuer.

En entendant sa bouche répéter « Dieu le veut ! », il a la sensation de donner une explication rationnelle à sa propre transe meurtrière.

Si Dieu le veut, tuer tous ces gens qu'il ne connaît même pas est une action non seulement saine mais nécessaire. Comme d'enlever les mauvaises herbes d'un potager. Son chevalier a des pensées comme :

Ce sont des barbares.

Ce sont des infidèles. Ils ne sont pas baptisés, leurs âmes iront en enfer.

Il est surexcité par les meurtres qu'il vient d'accomplir mais aussi par le privilège d'être encore vivant malgré ce qu'il a affronté depuis le début de l'assaut.

Combien d'adversaires arrive-t-il à tuer ? Au moins une

dizaine. Même son cheval semble fier de chacun des coups d'épée mortels que donne son cavalier. Parfois il se cabre, les jambes avant en l'air, pour forcer ceux qui l'entourent à reculer. Il parvient ainsi à briser des lances.

Ce cheval comprend ce qui se passe et a envie que je gagne.

Soudain, il reçoit un coup de pique par-derrière, qui est heureusement stoppé par sa cotte de mailles. Il veut se retourner pour voir qui l'a frappé.

René pense :

Qui parlera un jour du manque de visibilité des casques des chevaliers ? Pour la vision latérale, on est obligé de tourner la tête, et vu que la fente est étroite, on ne voit qu'une zone réduite. C'est pratique pour se concentrer sur les attaques de face, mais cela réduit considérablement la vision panoramique.

Le cheval effectue une ruade et le débarrasse de l'inquiétant lancier.

Un autre défenseur, comprenant la situation, se place plus bas, toujours en dehors de sa zone de visibilité, et enfonce son sabre courbe dans le ventre du cheval qui, surpris, libère ses viscères d'un coup sur le sol, puis s'effondre.

Palsambleu ! Il a eu mon cheval !

Le destrier bascule sur le flanc. Le chevalier n'a que le temps de se dégager des étriers pour ne pas être écrasé par sa propre monture. En chutant, son épaule s'écrase contre le sol et il perd son casque. Son visage se retrouve à découvert.

Déjà une dizaine d'hommes en turban et casque à pointe se précipitent vers lui en poussant leurs propres cris de guerre qui doivent probablement signifier la même chose que « Dieu le veut » dans leur jargon.

René Toledano sent que le chevalier dans lequel se trouve son esprit combat désormais par désespoir, pour vendre le plus chèrement possible sa peau.

Il effectue des grands mouvements d'épée pour tenir ses adversaires à distance mais ceux-ci resserrent leur cercle autour de lui.

Il a mal à l'épaule, sa main tremble, sa sueur acide, mal évacuée par ses cils, ruisselle dans ses yeux, son souffle est de plus en plus court et son cœur semble sur le point d'exploser.

René pense :

Je crois que je ne suis pas arrivé au meilleur moment de cette réincarnation.

Le bras qui soutient l'épée reçoit les chocs des sabres adverses. Sa garde lentement se fait plus basse. Il cligne plus vite des paupières du fait de la peur et de la sueur piquante dans ses yeux.

Soudain apparaît devant lui un bouclier dans lequel vient se ficher un carreau d'arbalète. La pointe du trait s'arrête à quelques centimètres de son œil droit. Il s'en est fallu de peu que cette flèche lui transperce la tête.

– Monte ! beugle simultanément une voix.

Un chevalier casqué, dont l'identité est dissimulée par le contre-jour, lui tend la main du haut de son propre destrier.

Alors il se laisse soulever et se hisse en croupe derrière son sauveur.

Toujours muni de son propre bouclier dans sa main gauche, il continue de frapper de la droite. L'homme devant lui a jeté son bouclier avec le carreau encore planté dedans et utilise une main pour guider le cheval et l'autre pour frapper lui aussi avec son épée.

Paradoxalement, le chevalier dans lequel se trouve René n'a plus mal à l'articulation de son épaule, comme si l'instinct de survie avait permis à son cerveau de produire les substances nécessaires à la poursuite de l'action.

Cette extraordinaire charpente de muscles qui l'enveloppe a l'air de pouvoir tout encaisser.

Le cheval monté de ses deux humains ressemble à un monstre à trois têtes et à deux longues lames qui fauchent tous ceux qui sont à sa portée.

Les deux chevaliers arborant le symbole de la croix tuent plusieurs fantassins ennemis. Ils attaquent chaque assaillant avec l'idée de trouver une zone molle entre les plaques de protection des plastrons par laquelle leur lame va s'insinuer.

Le soleil est maintenant haut et blanc dans le ciel. Il fait très chaud et ils ressentent la fatigue et la soif.

C'est étonnant comme ces batailles durent longtemps, songe René. *Dans les récits et les films, on ne montre que les instants importants. On n'imagine pas la lassitude de combattre pendant des heures. C'est un travail de bûcheron. En tout cas, c'est épuisant. Et puis, j'ai tellement soif. À force de suer dans cette armure, j'ai perdu beaucoup d'eau.*

Ils poursuivent leur avancée dans la cité maintenant conquise mais leur unique cheval a été blessé et l'animal soudain s'effondre. Les deux hommes sont obligés d'abandonner leur monture.

Le chevalier sauveur enlève son heaume. René voit enfin le visage de l'homme à qui son ancien lui-même doit d'être encore en vie.

C'est un grand blond avec une barbe. Il a les cheveux longs et des yeux gris. Sous la chaleur du casque et à cause de l'effort soutenu qu'il vient de produire, il a les yeux révulsés comme s'ils allaient sortir de leurs orbites. Les veines de ses tempes sont apparentes.

Je ne me suis pas encore vu dans un miroir, j'ai peut-être une mine aussi épuisée.

L'autre souffle fort. Il est presque fumant.

– Merci de m'avoir sauvé en interceptant le carreau, dit le chevalier dans lequel se trouve René.

– Je déteste les arbalètes, dit l'autre. C'est une arme de lâches pour tuer à distance sans affronter l'adversaire. Allons libérer le Saint-Sépulcre !

René pense :

Il a dit le Saint-Sépulcre ? Donc cette ville pourrait être... Jérusalem ? Cela expliquerait le motif de nos croix sur nos vêtements. Nous sommes bien des croisés...

Alors que le vacarme des derniers combats gronde encore autour d'eux, il respire librement et hume de subtiles nuances dans l'air chaud. Ce n'est plus seulement le sang et la fumée. Il perçoit un parfum de fleurs de jasmin. Non loin, des maisons aux murs blanchis à la chaux et aux toits arrondis ont des balcons ornés de fleurs.

Que c'est beau.

Une émotion l'étreint, mais déjà le chevalier blond lui indique d'un geste qu'il faut avancer. Des hordes de chats circulent, indifférents aux activités des hommes, si ce n'est parfois pour laper le sang d'un soldat mort ou blessé qui gît au sol.

Trois fantassins ennemis surgissent d'une ruelle perpendiculaire.

De nouveau, il faut combattre.

Comme il a encore un peu mal à l'épaule droite, le chevalier dans lequel se trouve René passe son épée dans la main gauche. Il est moins puissant de ce bras-là, mais ça le soulage. Sa respiration est de plus en plus ample et bruyante.

Ensemble, les deux hommes se débarrassent des trois guerriers et ils reprennent leur chemin.

René se dit :

Qu'est-ce que c'est fatigant de tuer.

Devant eux, ce ne sont plus des soldats à turban rehaussé d'un casque à pointe, mais de simples civils apeurés qui, lorsqu'ils les voient, poussent des cris d'effroi comme s'ils découvraient deux loups dans leur poulailler.

Pourquoi ont-ils peur de nous, ceux-là ?

L'homme dans lequel l'esprit de René s'est incarné avance dans la ville en respirant fort.

Sa propre odeur de sueur le stimule. Sous la cotte de mailles, tout est désagréablement moite.

Tandis qu'ils avancent dans la ville, apparaissent d'autres ennemis, d'autres alliés, d'autres gens du commun. Tous communiquent par cris et hurlements indistincts, car nul n'a le temps d'articuler des mots et encore moins de construire des phrases compréhensibles. Partout, c'est le chaos.

Le sauveur blond semble cependant savoir dans quelle direction précise marcher pour rejoindre le Saint-Sépulcre.

Ils progressent dans les petites ruelles de Jérusalem. Les combats semblent terminés, pourtant des croisés frappent des gens désarmés, on entend des cris de femmes, des échoppes sont incendiées, des croisés passent, les bras chargés d'objets divers, certainement pillés : tapis, poteries, plateaux de cuivre martelé, vêtements, chaussures, tissus.

René n'est pas choqué mais il est quand même déçu par le comportement de cette troupe avec laquelle il combat.

Dieu ne veut pas cela. Ou alors ce n'est pas un Dieu d'amour.

Au-dessus d'eux, des oiseaux noirs tournoient en croassant comme pour les encourager. René entend un bourdonnement. La bataille ravit les mouches et les corbeaux.

Quel que soit le malheur qui arrive, il profite toujours à quelques-uns.

Au détour d'une ruelle, les deux chevaliers aperçoivent un groupe de croisés qui barricadent de l'extérieur la porte d'un temple, contre laquelle on entend tambouriner. Puis ils versent un liquide noir très odorant sur les murs. René reconnaît l'odeur. De la poix inflammable.

– Holà ! Messires ! Que faites-vous donc ?

– Ce sont des Juifs ! Nous allons les faire griller dans leur synagogue. C'est tout ce qu'ils méritent ! répond le guerrier qui semble diriger le petit groupe de soldats.

Il a une barbe rousse, un foulard sur l'œil.

– Et nous, nous sommes des chevaliers. Notre code d'honneur nous interdit de tuer quiconque ne porte pas d'arme, rétorque le blond.

– Je suis le baron Ursulin de Gravelines. De quoi vous mêlez-vous ?

– De ce qui nous sied, messire Ursulin.

– Ces gens-là ne sont pas innocents, ce sont des Juifs, ils ont tué le Christ, ils doivent payer pour ce crime.

– Plus de mille ans se sont écoulés depuis lors.

– Peu importe, ce sont les descendants de ceux qui ont condamné Notre-Seigneur.

À ce moment le chevalier dans lequel se trouve René s'exprime à son tour.

– Je crois que vous oubliez, messire, que le Christ lui-même était juif…

– D'où tiens-tu ces balivernes ?

– De la Bible. Il est né à Bethléem, à deux lieues d'ici. Sa mère se nommait Myriam, son père Joseph, et ils étaient juifs. Jésus a été circoncis. Il priait en hébreu à la synagogue. S'il était ici de nos jours, il ferait probablement partie de ces gens que vous vous apprêtez à supprimer et c'est vous qui l'auriez tué.

– Mordiable, tu me traites d'assassin du Christ ? Cette insulte te coûtera la vie, espèce de fot-en-cul ! déclare l'homme au foulard sur l'œil.

Il approche et, étrangement, à cet instant, le chevalier dans lequel René se trouve perçoit un effluve de parfum de rose.

Ursulin de Gravelines se parfume-t-il à la rose ?...

Le chevalier de René hésite à blaguer sur ce thème pour provoquer son adversaire mais l'autre le fixe de son œil unique avec tant d'hostilité qu'il renonce.

– En garde, fils de pendu ! lance Ursulin de Gravelines.

La phrase est suivie d'un coup d'épée violent que le chevalier pare de justesse.

Les deux chevaliers combattent le borgne et ses acolytes avec la même détermination qu'ils ont mise à combattre les hommes en turban et casque à pointe. D'un mouvement de poignet enveloppant, le chevalier dans lequel se trouve l'esprit de René contraint Ursulin à lâcher son arme.

Ursulin, surpris, se met à quatre pattes pour récupérer son épée mais le chevalier a déjà plaqué son pied sur la lame, et l'autre ne sait plus que faire. Ceux qui l'accompagnent, voyant leur chef à terre, renoncent à poursuivre l'engagement.

Désarmé, Ursulin de Gravelines recule, furieux.

– Vous êtes des croisés et vous protégez des Juifs ! Honte sur vous ! Vous êtes des traîtres ! Vous paierez pour cette forfaiture !

Dans l'immédiat, il préfère cependant déguerpir.

Les deux chevaliers soulèvent la poutre qui barricadait la porte et libèrent les Juifs enfermés dans leur temple.

En sortent une centaine de personnes, pour la plupart vêtues comme des artisans ou des paysans. Un homme porte une tenue de forgeron, un autre des vêtements de rabbin brodés de lettres hébraïques. Depuis la porte, on distingue des étoiles de David qui décorent le linteau d'une haute fenêtre aux vitraux colorés et un chandelier à sept branches placé sur une estrade devant des bancs.

C'est la première fois que le chevalier voit une synagogue et il trouve que cela ressemble finalement beaucoup à une église.

Une jeune femme rescapée du massacre vient vers lui et le regarde droit dans les yeux. Elle a de longs cheveux noirs ondulés. Ses vêtements raffinés et ses bijoux indiquent qu'elle fait partie de l'aristocratie de la cité. En le fixant de ses grands yeux noirs en amande, elle prononce alors :

– Merci.

Elle parle français.

Elle s'approche tout près du chevalier, si près qu'il peut sentir un frais parfum de fleur d'oranger, se hausse sur la pointe des pieds, pose un baiser sur son front puis s'en va en courant.

Après le déchaînement de violence qu'il vient de subir, le doux contact des lèvres de cette femme étrangère sur son épiderme lui procure une étrange sensation.

Le croisé blond aux yeux gris, voyant combien ce baiser l'a troublé, lui donne une bourrade. Puis il le conduit à une fontaine et les deux hommes y boivent et se rafraîchissent avant de reprendre le chemin qui mène au Saint-Sépulcre. Chaque gorgée d'eau lui semble un délice. René en profite pour voir enfin le reflet de son propre visage. Il a un visage triangulaire avec une fine barbe coupée ras, ses yeux sont bleus.

Sa joue est marquée par une cicatrice ancienne en forme d'Y.

Son sauveur lui tend la main.

– Je me nomme Gaspard, Gaspard Hummel, et toi, comment t'appelle-t-on, noble chevalier ?

– … Salvin, Salvin de Bienne.

René ouvre d'un coup les yeux.

Bon sang, c'était moi.

Sous l'effet de la surprise, il réintègre le XXIe siècle et manque de tomber de la cuvette des WC sur laquelle il est assis.

Il se reprend et se sent parcouru d'un mélange de curiosité et d'excitation.

Il était donc bien présent lors de la prise de Jérusalem le 15 juillet 1099 !

Il réfléchit.

Et dans ce cas… si Salvin a vraiment existé… et s'il a vraiment participé à cette bataille décisive, peut-être qu'il a vraiment écrit à son époque La Prophétie des abeilles. *Cela expliquerait que Patrick Klotz ait évoqué un secret lié à ce livre.*

Il aurait prétendu que c'était une création parodique de sa part alors qu'il aurait réellement retrouvé un codex prophétique du Moyen Âge !

Et donc mon ancienne incarnation a, à un moment ou à un autre, trouvé une précieuse information sur le futur que je n'ai pas encore, moi, l'homme moderne.

Serait-il possible que ce Salvin issu d'un lointain passé soit le moyen d'arrêter la guerre mondiale qui va se dérouler dans un lointain futur ?

René arpente le salon d'un pas de plus en plus nerveux.

Mais je n'ai pas trouvé d'indication de ce type dans son cerveau. Donc il ne le sait pas encore. Pour l'instant, il n'est qu'un chevalier croisé parmi d'autres.

René prend une grande inspiration pour se remettre les idées au clair et comprendre ce qui se passe. Des images de l'extraordinaire bataille vécue en direct restent imprégnées dans son esprit comme s'il sortait d'un rêve extrêmement réaliste.

Il se revoit durant les différentes péripéties. La chute. La flèche interceptée de justesse. Les deux hommes sur un seul cheval. La querelle avec le baron borgne.

Il est un chevalier qui a défendu des Juifs contre ses propres compagnons croisés chrétiens.

18. MNEMOS. LES YAHWISTES.

En 1995, des fouilles archéologiques ont révélé que, dans la région du mont Séïr (entre la mer Morte et la mer Rouge), il y a plus de quatre mille cinq cents ans, vivait un des peuples qui ont produit les premiers objets métalliques connus à ce jour.

Pour obtenir le métal (le plus souvent du cuivre), la difficulté était de disposer de fours avec des températures suffisamment élevées pour fondre le minerai.

Ce peuple réussit cette prouesse en mettant en œuvre une technique bien précise : souffler sur des braises. Ainsi furent inventées les premières forges, constituées d'un réceptacle à braises et d'un grand soufflet.

Contrairement à l'agriculture ou à l'élevage, qui ne font que réunir des éléments de la nature dans un même lieu,

la découverte de la métallurgie permit à l'homme d'exercer un pouvoir créateur. Grâce à la forge, il pouvait produire un matériau complètement nouveau qui n'existait pas tel quel à l'état naturel.
À la suite de cette invention, ce peuple se mit à vénérer le concept de souffle et nomma ce Dieu-souffle du son particulier que produisaient les soufflets de leurs forges. Ce son était « Yahwé ».
Le plus ancien document qui relate l'existence de ce peuple vénérant le Dieu-souffle Yahwé est une tablette égyptienne datant de 2100 avant Jésus-Christ. Elle évoque la ville de « Rushalim, en terre de Canaan, où vivent les adorateurs de Yahwé ».
On retrouva par la suite, dans les archives du pharaon Akhenaton, l'évocation d'une résistance acharnée de ce peuple de forgerons monothéistes sur la ville de Rushalim (plus tard nommée Yérushalaïm en hébreu et Jérusalem en français) lors de la campagne d'invasion de Canaan par son père le pharaon Aménophis III.
Contrairement à ce dernier, le pharaon Akhenaton ne se montra pas hostile envers ce peuple étrange adorateur d'un Dieu censé être similaire à un souffle. Au lieu de les combattre ou de les envahir de nouveau, Akhenaton leur proposa même de s'installer dans sa nouvelle capitale Akhetaton qui, venant juste d'être bâtie, était encore dépeuplée.

19.

– Je ne te crois pas !

Alexandre Langevin a écouté incrédule et fasciné le récit de René Toledano.

Il le dévisage un moment puis éclate d'un grand rire sonore.

– Alors ça ! Cela fait longtemps que je n'avais pas entendu quelque chose d'aussi…

Ridicule ?

– … surprenant ! Et tu dis que tu es arrivé à te retrouver en 1099 à Jérusalem grâce à ta technique d'autohypnose régressive ?

Devant eux, leur déjeuner est en train de refroidir.

– À force de pratiquer cet exercice mental, j'ai acquis une certaine aisance. Vous voyez, c'est un peu comme de la plongée sous-marine, si ce n'est qu'au lieu de descendre dans les profondeurs des abysses liquides, on traverse les couches de sa propre matière grise pour ouvrir la porte de son inconscient. Ou alors, si je prends la métaphore d'un ordinateur, c'est comme d'aller chercher dans la mémoire racine. Il y a des informations cachées, mais on peut y accéder pour peu qu'on utilise un programme spécial.

Ils se décident à attaquer leurs assiettes de couscous jaune et sec avec une merguez et un petit morceau de blanc de poulet solitaire. Deux carottes archi-bouillies, trois courgettes molles et un sachet plastique d'harissa complètent ce plat censé être festif.

– Et ton programme spécial de plongée, ce serait donc ce que tu nommes l'hypnose régressive…

– Peut-être qu'il y en a d'autres : le tambour des chamanes, la danse des derviches tourneurs, une boisson traditionnelle péruvienne à base de liane ayahuasca, les champignons hallucinogènes, le LSD ou je ne sais trop quelle drogue… Moi, ce que j'apprécie dans l'hypnose régressive, c'est que ça ne provoque pas de *bad trip* ni de crise de schizophrénie ou de paranoïa, ça ne fait pas vomir, ça ne coûte rien. Le voyage est instantané, il peut se pratiquer n'importe où (pour peu qu'on soit tranquille), et il n'y a pas de risque d'accoutumance. On peut à tout moment en sortir, ça n'affecte aucunement la mémoire. Au contraire, ça l'entretient.

Alexandre affiche une moue dubitative.

– Et tu dis que ça peut marcher sur tout le monde ?

– C'est comme tout : ça marche si on a envie que ça marche. En la pratiquant sur un public, j'ai constaté qu'il n'y a que la moitié des gens qui arrivent à visiter leur vie antérieure. L'autre moitié n'y parvient pas parce qu'elle en a peur. Les gens se posent trop de questions, ils doutent ou ils n'arrivent tout simplement pas à se détendre suffisamment pour que cela puisse fonctionner.

– Et toi ?

– Moi, j'accepte cette expérience étrange. Je me jette à l'eau et il se passe ce qui doit se passer, je ne fais qu'être attentif aux détails et à ce que ressent la personne de mon ancienne vie.

Alexandre n'a pas l'air convaincu. René cherche un autre argument.

– C'est un peu comme le pari de Pascal. Il fait le pari que Dieu existe, parce qu'il trouve que la vie est plus facile avec cette idée. Moi, je fais le pari que nous avons eu des vies antérieures. Personne ne pourra jamais être sûr que ça existe ou que ça n'existe pas. À mon avis, ceux qui prétendent être certains qu'on a des vies antérieures sont aussi stupides que ceux qui disent le contraire. Force est de reconnaître qu'on n'en sait rien. Personne n'en sait rien.

– Alors pourquoi fais-tu ça ?

– Ça m'offre plus de... perspectives sur tout.

Alexandre hausse les épaules tout en dégustant sa merguez.

– Chacun son truc.

René ne renonce pas à le convaincre.

– Vous savez, quand vous débarquez dans une vie antérieure, ce que vous ressentez souvent de prime abord, c'est que ça vous gratte de partout, tout simplement parce que l'hygiène n'était pas vraiment un sujet important autrefois. La deuxième sensation très fréquente est la faim parce que, avant, les gens n'avaient pas la possibilité de manger suffisamment. J'ai revécu des périodes de famine, je peux vous assurer que je sais maintenant faire la différence entre « avoir de l'appétit » et « avoir faim ». Quand vous avez faim, vous êtes prêt à manger de la terre ! Si je n'avais pas pratiqué mon hypnose régressive, je ne le saurais pas de la même façon, avec tous mes sens.

Et tout en disant cela il plante sa fourchette dans le bout de blanc de poulet et en savoure chaque bouchée en mastiquant les yeux fermés.

Alexandre s'amuse à manger lentement une rondelle de courgette en fermant les yeux lui aussi, pour le singer.

– Et donc tu prétends que hier soir tu es allé à Jérusalem en 1099, pile au moment de la prise de la ville par les croisés. La météo était bonne ? L'ambiance était sympa ?

René décide de ne pas relever le sarcasme et de répondre sérieusement :

– Je me suis directement retrouvé à cheval en train de charger.

– Qu'est-ce qui différencie une séance d'hypnose régressive d'un simple rêve ? Après tout, peut-être que ton inconscient a envie de te faire croire que tu étais là-bas, alors il te le fait rêver…

Il n'a pas tort. Je n'ai aucune preuve que ce n'est pas un simple rêve, mais si je l'admets, cela va clore la conversation.

– La différence, ce sont les détails cohérents. Ils sont innombrables.

Alexandre reste silencieux.

Ils terminent leur repas.

Mélissa et Bruno viennent les rejoindre et s'installent à leur table avec leur plateau et leur assiette de couscous.

– De quoi parliez-vous ? demande Mélissa.

– René m'expliquait qu'il utilise l'autohypnose régressive pour revenir dans ses vies antérieures et observer ce qu'il s'est réellement passé, déclare Alexandre sur un ton parfaitement détaché, comme si c'était la chose la plus normale du monde.

Bruno, qui avait commencé à manger sa semoule, éclate de rire et envoie des postillons jaunes sur René assis en face de lui.

– Excusez-moi, dit-il en lui tendant sa serviette. L'hypnose quoi ?

– Régressive, répond René en s'essuyant le visage.

– Explique-leur, René.

Rester calme.

– Eh bien… Comment dire ? Le matin, quand vous vous levez, vous vous rappelez presque de votre rêve, n'est-ce pas ? Si vous le notez, vous le mémorisez, sinon vous l'oubliez. Voilà, c'est un peu pareil. Si ce n'est que l'on ne parle pas du souvenir de votre rêve mais du souvenir de votre vie antérieure.

– Pour moi, ça n'a rien de scientifique, et je dirais même que tout ça, c'est vraiment… des conneries.

Il utilise le même mot que l'avocat de Vespa Rochefoucauld.

– Et toi, Mélissa, qu'en penses-tu ? dit Alexandre.

La jeune femme aux yeux noirs regarde attentivement son père.

– Comme Bruno. Je n'y crois pas une seconde. D'ailleurs, je pense qu'il n'y a rien après la mort. Et donc rien non plus avant la naissance.

Bruno, fort de ce soutien, conclut :

– C'est bien la triste réalité : nous naissons de la fusion d'un spermatozoïde et d'un ovule et nous terminons en tas de viande décomposée mangée par les vers. On invente volontiers des subterfuges pour échapper à cette vérité quelque peu pénible.

Bruno est satisfait de son explication simple et claire et il se sert une grande rasade de vin rouge pour clore le débat.

Le reste du déjeuner se déroule en silence, puis le couple, arrivé en dernier, s'en va en premier pour donner ses cours de l'après-midi. Alexandre hésite puis articule :

– Finalement je ne suis pas absolument certain que ce soit des conneries, comme dit Bruno. Je voudrais essayer.

– Qu'est-ce qui vous a fait changer d'avis ?

Alexandre réfléchit avant de répondre.

– Tu sais, à tes yeux j'ai peut-être réussi, mais en ce qui me concerne j'éprouve une sorte de manque. Je suis président d'une université prestigieuse et on me considère comme un bon spécialiste de l'époque médiévale, mais j'aurais voulu écrire quelque chose qui marque notre époque. Mon ambition secrète est de devenir le Jules Michelet du XXIe siècle. Mais pour cela, il faudrait que je trouve des informations originales de première main, or, pour l'instant, tout a été dit dans les livres et les thèses déjà publiés. Peut-être qu'avec ta technique de visualisation je pourrais avoir accès à de nouvelles sources. Même s'il n'y a qu'une chance sur mille, j'ai envie de tenter l'expérience.

C'est aussi l'attitude hostile de Bruno qui l'a fait changer d'avis…

– Quand ?

– Pourquoi attendre ? Ce soir même si tu es dispo. Cher René, je t'invite à dîner chez moi et nous essaierons ta technique. Peux-tu te libérer ? J'ai un logement de fonction ici même, dans l'université, au bout de l'aile est.

– Dans ce cas, il faut juste que j'avertisse ma compagne, Opale, que je ne dînerai pas avec elle et que je rentrerai probablement tard.

20.

Il fait nuit.

Quand René appuie sur le bouton de la sonnette, cela déclenche un son de cloche.

Alexandre accueille chaleureusement René. Il est en peignoir de soie, avec son éternel foulard noué autour du cou.

L'appartement de fonction du président de l'université est immense. Il est situé dans le prolongement de son bureau.

Alexandre lui montre une grande pièce qu'il a aménagée pour pouvoir y installer des tables en appui sur des tréteaux. Sur chacun des plateaux, il a reconstitué à une échelle réduite une bataille célèbre avec des soldats de plomb.

Il a poussé le souci du détail jusqu'à confectionner des collines en plâtre recouvertes de mousse verte censée représenter l'herbe, et des petits arbres en plastique. Pour chaque scène, il y a plusieurs centaines de soldats.

– Tu contemples là l'origine de ma passion pour l'histoire. J'ai commencé par les trains électriques, puis je suis passé aux soldats de plomb…

– Ici, c'est Azincourt !

René observe les petits personnages. Chacun est minutieusement peint à la main, avec sur chaque visage des yeux et une bouche.

– Que c'est beau ! s'exclame René.

Alexandre, satisfait d'avoir impressionné son invité, le guide vers une autre scène de bataille.

– Mais le plateau qui devrait le plus t'intéresser, c'est celui-ci.

René distingue des chevaliers croisés et, face à eux, des soldats habillés à l'orientale avec des casques à pointe.

– La prise de Jérusalem en 1099 ?

Alexandre tend une loupe à son invité pour qu'il puisse apprécier tous les détails de la reconstitution. Il est comme un petit garçon heureux de montrer ses jouets.

– Il m'a semblé intéressant de retrouver la vision de haut, en plongée. La vision… de Dieu.

René se penche. Il se souvient du cri de ralliement « Dieu le veut ».

Si Dieu le voulait et s'il appréciait le spectacle de ses adorateurs en train d'œuvrer à sa gloire, assurément il scruterait cela avec le même angle de vue.

– Vous avez même reconstitué les tours de bois que les croisés ont fabriquées à la hâte. Je pense que celle-ci est celle de Godefroy de Bouillon et celle-là, celle de Raymond IV, comte de

Toulouse. Et là, c'est le fossé où le second s'est embourbé, laissant du coup la victoire au premier.

– Exactement. Quel plaisir de discuter avec un expert.

Pourtant, de l'endroit où j'étais, je ne l'ai pas vue. En revanche, il n'a pas mis les catapultes ni la brèche dans la muraille.

– Quelles sources avez-vous utilisées pour cette reconstitution de Jérusalem ?

– Je me suis appuyé sur des plans d'époque. Mais dis-moi, toi, qu'as-tu vu, ou plutôt, que penses-tu voir vu ?

– Pour autant que je me souvienne, nos troupes, enfin je veux dire les croisés francs, ont pu percer la muraille à cet endroit. J'ai repéré une petite porte, là, puis je suis passé par cette rue.

Il montre différents points de la reconstitution.

Alexandre prend un feutre et dessine un petit rectangle figurant une porte à l'emplacement indiqué par René.

– Selon moi, c'est ici, dans cette rue de la haute ville, que se trouvait la synagogue dans laquelle j'ai sauvé des civils juifs.

– Viens dans mon bureau, il me tarde de faire l'expérience. C'est mieux de faire ça avant de dîner, je pense. Je préfère avoir le ventre vide, le corps plus léger et l'esprit plus clair.

– C'est juste, approuve René. Il vaut mieux éviter l'alcool et la viande avant de faire ce genre de méditation.

Ils s'installent dans la pièce décorée avec des armures en pied, des épées, des boucliers, des haches, des lances et des casse-têtes où Alexandre a reçu René et s'est battu avec lui en duel pour avoir son poste.

Alexandre s'étend sur un divan de cuir mauve.

– Ici, c'est bien ?

– Il faut que ce soit confortable pour que vous n'ayez pas de sensation désagréable qui puisse vous distraire.

Alexandre contracte puis relâche ses mains.

– Détendez-vous, lui dit René. Enlevez vos chaussures. Défaites votre ceinture. Ôtez votre montre.

Alexandre obtempère. Il ouvre le premier bouton de son pantalon pour ne pas avoir la moindre pression sur son ventre.

– Fermez les yeux. Maintenant, préparez-vous à vivre une expérience très agréable, une expérience de remontée dans une de vos vies antérieures. Êtes-vous prêt ?

– Oui.

D'une voix grave, douce et ferme, il lui propose de se détendre, de visualiser un escalier en colimaçon à cinq marches, d'aboutir à la porte de son inconscient, puis de prendre une clef pour l'ouvrir et, une fois cette porte franchie, de s'arrêter pour observer le couloir avec les portes de ses vies antérieures numérotées.

– J'y suis.

– Bien. À présent, il vous faut formuler un souhait concernant la vie antérieure que vous souhaitez visiter aujourd'hui. Attention, vous ne pouvez souhaiter visualiser qu'une vie positive. Vous pouvez souhaiter par exemple connaître la vie où vous avez eu la plus grande histoire d'amour, la vie où vous avez été le plus sage, la vie où vous avez fait le plus de bien aux autres. Pas de vie éprouvante, pas de mort douloureuse, pas d'expérience traumatisante. L'idée, c'est de faire une petite visite touristique dans une vie agréable. Nous sommes bien d'accord ? Donc, quel est votre souhait ?

– Je veux visiter celle où je t'ai rencontré, René.

L'hypnotiseur est surpris, mais il poursuit sans relever.

– Demandez à voir s'illuminer la porte qui vous mènera à la vie où… vous et moi nous sommes déjà connus dans le passé.

Un temps, puis Alexandre annonce :

– Je vois une porte qui s'éclaire.

– Quel est le numéro de la porte ?

– 15.

– Placez-vous devant cette porte 15. Maintenant, vous allez introduire la clef dans la serrure et tourner. Comme pour la porte de l'inconscient, si cela résiste, vous n'insistez pas, vous revenez en arrière et vous remontez par l'escalier en colimaçon. C'est que ce n'est pas le moment.

Quelques secondes passent.

– Ça ne résiste pas.

– Dans ce cas, entrez. Quand vous aurez franchi le seuil, vous serez dans le brouillard et vous fermerez la porte derrière vous.

– Ça y est, c'est fait.

– Vous êtes dans le brouillard ?

– Oui.

– Vous êtes donc désormais dans le corps de votre ancien vous-même de votre quinzième vie. Êtes-vous prêt à savoir qui vous étiez ?

– Oui.

René sait qu'il faut à chaque étape attendre une validation avant de passer à la suivante.

– Imaginez que votre ancien vous-même lève ses mains pour les placer devant lui.

– Je les vois.

– Vous allez noter trois informations visuelles : 1) la couleur de la peau, 2) le sexe, 3) l'âge probable.

Alexandre fronce les sourcils comme s'il voulait tout vérifier avant de donner ses réponses.

– Blanc, homme, adulte.

– Bien. Examinez plus en détail vos mains. Que voyez-vous ?
– Elles sont sales, avec de la crasse sous les ongles.
– Des bagues ?
– Une grosse chevalière avec un écusson.
– Des poils ?
– Oui, de gros poils blonds épais légèrement frisés.
– Bien. Maintenant regardez vos pieds. Que voyez-vous ?
– J'ai des chausses en cuir avec des éperons à l'arrière.
– Remontez encore, que voyez-vous ?
– J'ai les mollets pris dans un pantalon et au-dessus une robe blanche. En dessous, une cotte de mailles métallique. J'ai une grosse ceinture avec un fourreau aussi long que ma jambe.
– Quoi d'autre ?
– J'ai un bouclier. Et une cape beige. Enfin, peut-être qu'elle a été blanche et qu'elle est sale. Il y a une croix dessus. J'ai un casque de fer. Cela me tient chaud. J'entends ma propre respiration dans le casque, et je sue. J'ai une barbe blonde qui gratte.
– Bien, maintenant, vous allez dissiper le brouillard plus largement et regarder. Vous allez là encore répondre à trois questions : 1) fait-il jour ou fait-il nuit ? 2) êtes-vous à l'intérieur ou à l'extérieur ? 3) êtes-vous seul ou entouré d'autres personnes ?

Alexandre prend un temps, puis répond en articulant clairement :

– 1) il fait jour, 2) je suis à l'extérieur, 3) je suis entouré de beaucoup de gens. En fait, je suis à cheval, je prends dans ma main gauche mon bouclier et je dégaine mon épée avec ma main droite. Autour de moi, il y a beaucoup de poussière.
– Qu'entendez-vous ?
– Le souffle de mon cheval, des cris au loin. Beaucoup de cris. Il y a même des hurlements.

– Bien. Grâce à votre capacité de visualisation, vous voici dans un autre temps et un autre espace. Racontez-moi maintenant ce qui se passe.

Les pupilles d'Alexandre s'agitent sous ses paupières. Ses mains sont parcourues de tressautements.

Il y est.

– C'est… incroyable ! Je galope sur un cheval très lourdement harnaché. Tout est lourd. Il fait très chaud. Mon épée est dans ma main moite. J'ai peur qu'elle glisse à cause de la sueur. J'entends de plus en plus fort mon propre souffle qui résonne dans mon casque. Autour de moi, je vois des milliers d'autres chevaliers habillés de la même manière. Tous ont un motif de croix sur leur chasuble. Il y a des drapeaux avec des dessins représentant la Vierge ou Jésus-Christ. Au loin, j'entends le tambour qui fait avancer nos fantassins. Quand il accélère, mon propre cœur est en phase et bat plus vite aussi. Il me tarde d'arriver dans la zone de premier choc avec les Turcs. Je sais qu'il faut se méfier d'eux. Ils sont de bons combattants, il ne faut pas les sous-estimer. Je sais que je risque de mourir dans les secondes qui suivent et c'est un risque que j'ai accepté car je pense que c'est Dieu qui décidera. C'est pourquoi je répète le cri de ralliement « Dieu le veut ». J'espère que Dieu veut que ceux d'en face périssent et non moi. Les chevaliers autour de moi forment une masse cohérente. Nous fonçons vers une brèche de la muraille où s'agglutinent les combattants. Mais il y a une sorte d'embouteillage de chevaliers. Nous nous gênons tous. Je reste à attendre qu'il y ait un désengorgement, mais je repère un autre chevalier qui part vers la gauche. Je pense qu'il va chercher un autre passage. Cela me semble une bonne idée, alors je le suis. Il tombe sur un groupe de fantassins. Et le chevalier fonce dans le tas. Il combat bien, mais son cheval est tué. Du coup, ce chevalier chute. Il est encerclé par les Turcs. Je me précipite pour l'aider. Mon regard est attiré par un détail en hauteur sur les créneaux de la ville. Je vois qu'un arbalétrier va lui tirer un carreau, alors je place mon bouclier devant son visage et la flèche vient se planter dans l'épaisseur du métal.

Bon sang! C'était lui.

René laisse Alexandre profiter quelques minutes de son expérience de croisé lors de la prise de Jérusalem. Il se souvient lui aussi de l'exaltation de cette bataille, quelque chose qui ne peut être compris que si on l'a vraiment vécu.

Alexandre, les yeux fermés, est tout à son récit.

– Nous sommes tous les deux sur mon unique cheval et nous frappons chacun de notre côté…

Tout en écoutant Alexandre raconter en détail ce qu'il ressent durant l'aventure, René revoit encore lui aussi, par bribes, sa propre expérience de la veille.

Après une demi-heure dans la peau d'un croisé, Alexandre est en sueur, la respiration haletante, le corps parcouru de frissons.

– Maintenant, il est temps de rentrer, annonce René.

– Non, laisse-moi encore un peu de temps là-bas, s'il te plaît.

Le président de la Sorbonne continue de décrire ce qu'il voit :

– … L'eau fraîche de la fontaine sur mon visage est délicieuse. Dans le reflet, j'ai l'air très fatigué, mais je suis bien. Tout mon corps est parcouru de frissons de plaisir. Nous avons enfin libéré les Lieux saints. J'ai envie de faire la fête dans une taverne !

Alexandre, tout en gardant les yeux clos, sourit, a des petits rires joyeux. Ses yeux bougent toujours sous ses paupières. Ses doigts frémissent.

Il a l'air de passer un bon moment. J'aurais dû rester plus longtemps là-bas moi aussi.

Alexandre est agité de petits tressaillements qui se transforment en mouvements plus amples.

Il danse.

Il revit la fête de la victoire.

Enfin il s'immobilise.

– Ça y est, êtes-vous prêt à revenir ?

– Non, pas encore.

René attend encore une dizaine de minutes.

– Bon, maintenant il faut rentrer.

– Pas encore.

– Si, il le faut.

– Non, s'il te plaît, laisse-moi encore savourer ces instants. J'adore cette ville, j'adore ces gens, j'adore cette époque.

Il se passe encore un bon quart d'heure et René, presque exaspéré, se décide à interrompre la séance.

– Alexandre, il faut rentrer !

– Non.

– Si, c'est impératif. Vous pourrez y revenir une autre fois si vous le désirez.

Le président se résigne et pousse un soupir de déception.

– Bien, dit René. Vous allez faire apparaître derrière vous la porte numéro 15. Ouvrez-la. Mais avant de quitter cet espace-temps, vous allez ramener un objet, un souvenir qui permettra d'identifier ce qu'il y a derrière cette porte. Que voulez-vous prendre ?

– Mon épée, bien sûr.

– Parfait. Alors déposez votre épée devant la porte d'entrée puis fermez la porte à clef, remontez le couloir jusqu'à la porte de l'inconscient. Ouvrez-la, franchissez-en le seuil et fermez-la à clef. Vous voyez apparaître l'escalier en colimaçon qui monte vers notre présent et votre vie d'Alexandre Langevin. Mettez le pied sur la cinquième marche… puis la quatrième… la troisième… Vous pouvez bouger vos doigts et vos orteils. La deuxième… vos mains et vos pieds peuvent commencer à s'agiter. La première marche… et… zéro ! Vous pouvez ouvrir les yeux.

Alexandre affiche un sourire ravi.

– C'ÉTAIT FA-BU-LEUX !

Son regard est encore exalté. Il s'assoit sur le divan, prend la main de René installé devant lui sur une chaise et la serre.

– Merci ! C'était fantastique ! Je n'ai encore jamais vécu quelque chose d'aussi impressionnant. C'est l'expérience la plus extraordinaire que j'aie connue depuis ma naissance ! Merci ! Merci ! Merci !

Il attire René dans ses bras et lui donne une forte accolade.

– Dire que j'ai failli vivre sans même savoir que cela pouvait exister ! Je comprends ma fascination pour le Moyen Âge ! J'étais moi-même un chevalier ! C'était moi, mon Dieu, c'était moi ! Quel était mon nom déjà ? Ah oui, Gaspard… Hummel !

Il faut que je le calme un peu.

– Je ne sais plus où j'ai lu cette phrase : « Les esprits aiment se promener quand on leur en donne l'occasion. » Vous vous êtes seulement promené avec votre esprit pour faire un peu de tourisme spatio-temporel.

– Promené ?! Je suis sorti de la prison étriquée de l'ici et maintenant du moi pour devenir un jeune chevalier dans la bataille la plus déterminante de l'Histoire.

Voilà ce que j'appellerais un « bon client ».

Son enthousiasme fait plaisir à voir.

Alexandre essuie la sueur qui perle encore sur son front.

– Quel éblouissement ! Je me suis rappelé qui j'ai été il y a plus de neuf cents ans !... Grâce à toi, René !... Et donc, puisque j'ai souhaité te rencontrer, c'est que c'était forcément toi, le chevalier Salvin de Bienne.

Il respire fort, ferme les yeux pour faire revenir des réminiscences de ce qu'il vient de vivre.

– En tout cas, ça corrobore ce que j'ai moi-même vu, approuve René.

– Gaspard Hummel... Vite, allons voir s'il y a une référence de ce nom sur Internet.

Alexandre va chercher son ordinateur portable et fait des recherches sur ce nom précis. Mais il ne trouve rien.

– Je ne suis pas mentionné non plus sur les sites de noms de chevaliers célèbres ayant participé à la prise de Jérusalem en 1099, déplore René. Mais je vous rappelle qu'il y avait mille quatre cents chevaliers lors de cet assaut.

– Avec le nom précis, j'avais un peu d'espoir. Mais tu as raison. C'était de la prétention. Mon ancien moi-même a été oublié comme la plupart des gens de l'époque.

– Si nous ne sommes pas cités par un historien, nous sommes condamnés à l'oubli. Nos enfants, si nous en avons, se rappellent de nous, puis nos petits-enfants, nos arrière-petits-enfants, tout au plus. Et après c'est : « Il paraît qu'un de nos ancêtres était comme ci ou comme ça », et la génération suivante a même oublié notre prénom ou notre métier.

Dans les yeux d'Alexandre, il y a encore des étoiles.

Il est comme quelqu'un qui aurait pris une substance hallucinogène et continuerait de planer, à ce détail près que la substance est un simple souvenir enfoui profondément qui est remonté en surface.

Alexandre surfe sur Internet pour vérifier des détails, il parcourt à toute vitesse divers sites historiques de spécialistes de cette bataille précise.

– Vous vous souvenez il y a deux jours, quand je vous ai demandé si vous connaissiez Salvin de Bienne ?

– Bien sûr. Quand tu m'as parlé de lui, tu doutais presque de son existence.

Alexandre ne quitte pas des yeux l'écran de son ordinateur sur lequel défilent des informations sur les chevaliers croisés présents à Jérusalem.

– Je ne vous ai pas tout dit à ce sujet.

– Ton Salvin a écrit en 1121 des prophéties, c'est ça ?

– Certes, mais je ne vous ai pas dit comment j'avais entendu parler de Salvin et de ses prophéties…

– Tu m'as dit que tu avais un ami professeur d'histoire retraité qui t'avait parlé de lui.

– En effet, mais je suis resté évasif quant à savoir qui était vraiment cet ami et pourquoi il m'avait parlé de Salvin.

Allez, tant pis, je lui dis tout.

Alors, en détachant bien chaque mot, René dit :

– Il y a dans ce livre la solution pour arrêter la Troisième Guerre mondiale qui va se dérouler en 2053.

– Ah ? La Troisième Guerre mondiale ? En 2053 ? Intéressant, dit Alexandre sur le ton de quelqu'un qui pense à autre chose.

– Cette guerre a l'air d'être liée à la disparition des abeilles. Et cela expliquerait le titre du livre en question. *La Prophétie des abeilles*.

– Amusant.

Il s'en fiche. Il ne pense qu'à lui et à son ancien lui-même.

René jette un coup d'œil à sa montre.

– Désolé, je vais devoir rentrer pour être en forme pour ma conférence de demain, annonce-t-il.

Alexandre ne le regarde même pas. Il écume des sites sur les croisades.

– Mais non, reste dîner, dit-il sans la moindre conviction. Je vais te réchauffer un plat surgelé et on va boire un verre de bon bourgogne.

– Je n'ai pas faim finalement. Au revoir, Alexandre.

René enfile sa veste, sort du bureau, referme la porte et longe pensivement les longs couloirs de l'université.

Lorsqu'il est de retour sur la péniche, toutes les lumières sont éteintes.

Opale n'est pas là ?

Il l'appelle sur son portable mais elle ne répond pas.

Il renonce à tenter de la contacter et s'endort, inquiet pourtant, car il sent que quelque chose ne va plus dans sa vie d'homme du XXIe siècle.

Une idée occupe son esprit.

C'est dans le passé que se trouve la solution de mes problèmes présents.

C'est dans le passé que se trouve la solution de mes problèmes futurs. Et pas seulement des miens...

21. MNEMOS. JOSEPH ET LE PHARAON.

Joseph, fils de Jacob, était un Hébreu. Il avait onze frères, cependant c'était lui le préféré de son père. Ses frères, jaloux, le vendirent à un marchand d'esclaves qui l'emmena vers l'ouest, en Égypte.

Là, Joseph devint le serviteur de Putiphar, un général du pharaon.
Joseph était un excellent gestionnaire et il fit fructifier les affaires de son maître. Cependant la femme de Putiphar tenta de le séduire et il refusa ses avances. Vexée, elle raconta qu'il avait tenté d'abuser d'elle. Il fut alors jeté en prison.
Durant son incarcération, Joseph révéla auprès des autres détenus un talent d'oniromancien : il savait interpréter les rêves. Cela finit par se savoir dans le palais. Le pharaon le convoqua et lui dit qu'il avait fait un rêve qui le troublait et dont il aurait voulu connaître la signification. Il s'agissait d'un songe dans lequel apparaissaient sept vaches grasses et sept vaches maigres. Joseph expliqua qu'il s'agissait de sept années de bonnes récoltes qui seraient suivies de sept années de famine. Il conseilla au pharaon de stocker du grain pendant les années d'abondance. Le pharaon lui fit confiance et le nomma ministre. Joseph fut chargé de gérer les stocks des années d'abondance puis de disette. Il réussit parfaitement dans sa tâche. Mais il apprit que sa famille restée à Canaan mourait de faim. Alors il demanda au pharaon l'autorisation de les faire venir pour s'installer en Égypte, qui possédait grâce à lui des réserves de nourriture.
Dans la Bible, les années pendant lesquelles Joseph se trouvait en Égypte ne sont pas précisées, mais ce séjour pourrait être à l'origine de la première communauté juive en Égypte, autour de l'an 1340 avant Jésus-Christ.
Et donc cet épisode se serait déroulé durant le règne du pharaon réformateur Akhenaton.

22.

Comme chaque matin, sa main cherche instinctivement à toucher la peau douce et tiède de sa compagne, mais elle tombe sur du vide.

Surpris, René Toledano ouvre les yeux. Il constate qu'il est bel et bien seul dans son grand lit aux draps froissés.

Opale a découché.

Il se frotte les yeux pour être certain qu'il ne dort plus.

Bon sang, où a-t-elle pu aller ?

Il se souvient qu'il est déjà arrivé qu'Opale retrouve des amies pour des soirées entre filles. Elle revient en général vers deux heures du matin, parfois un peu éméchée, mais cette fois-ci, elle n'est pas rentrée du tout.

Où a-t-elle pu passer la nuit ?

René se lève et prend une douche glacée pour bien se réveiller.

Il envisage le pire, un accident, peut-être.

Ou bien l'amie chez qui elle est allée passer la soirée habite loin et Opale a préféré dormir chez elle ?

René s'habille et se prépare un petit déjeuner avec des vitamines et des capsules d'huile de foie de morue, censée entretenir sa mémoire.

Il repense à la soirée qu'il a passée avec Alexandre la veille.

Il a gardé la capacité de s'émerveiller.

Il n'est pas comme ces dirigeants assoiffés de pouvoir qui s'épuisent dans des luttes et intrigues pour atteindre le sommet de la hiérarchie et qui, une fois qu'ils ont réussi, deviennent des hommes blasés qui ne pensent qu'à régner sur la cour de leurs serviteurs zélés.

Comme chaque matin, René allume la radio pour écouter le journal.

Le présentateur annonce :

« … Conférence sur le réchauffement climatique à Paris. Après les propositions de taxation sur les usines polluantes et l'interdiction de la déforestation, de nouvelles idées devraient être présentées afin de stopper la montée des températures.

« Dans le même temps, à Paris, le Conseil d'État valide le retour temporaire des néonicotinoïdes dans les champs de betteraves sucrières. Cet insecticide aussi nommé « le tueur d'abeilles » avait été interdit mais les producteurs de betteraves ont obtenu une dérogation en arguant que cette interdiction allait ruiner leurs efforts dans leur lutte contre les pucerons, vecteurs de la jaunisse de la betterave.

« La tension monte au Cachemire entre le gouvernement de l'Inde et celui du Pakistan pour le contrôle des eaux du fleuve Indus. Une grave sécheresse affecte actuellement les deux pays et l'eau est devenue un enjeu politique majeur. Le ton monte entre New Delhi et Islamabad. Les deux pays possèdent, rappelons-le, l'arme nucléaire.

« Au Nigeria, Boko-Haram a kidnappé 600 lycéennes. "Aller à l'école est contraire à notre religion. C'est un péché, surtout pour les femmes, que l'instruction détourne de leur fonction d'épouse et de mère. Nous allons convertir celles qui ne le sont pas encore et transformer ces jeunes femmes en esclaves. Ainsi, elles comprendront que les études ne servent à rien et troublent l'esprit", a expliqué le chef de Boko Haram. Des négociations avec le gouvernement ont été cependant entamées pour récupérer ces lycéennes.

« L'Azerbaïdjan continue d'envoyer des missiles visant les

églises chrétiennes arméniennes dans la région du Haut-Karabagh. Le président russe, qui arbitre cette crise, s'est dit préoccupé par la situation mais il n'a pas condamné ces agressions, car l'Azerbaïdjan constitue un enjeu géostratégique et économique déterminant pour Moscou, notamment du fait des ressources énergétiques de ce pays et des gazoducs qui le traversent.

« À la Cité des sciences de la Villette à Paris, l'INRAE, l'Institut national de recherche pour l'agriculture, l'alimentation et l'environnement, propose une exposition sur les espèces animales et végétales invasives. On y découvrira la tortue de Floride de nos étangs, ou encore les ailantes des bords de route. La semaine prochaine débutera un cycle de conférences données par des spécialistes du monde entier. »

René entend un bruit de clef dans la serrure, il coupe la radio.

Opale entre, son manteau sur le dos et un petit sac à la main.

– Bonjour ? dit René.

– Bonjour, répond Opale sur un ton neutre.

Elle pose ses affaires, s'installe face à lui et se sert un café.

– Bien dormi ? l'interroge René.

Elle boit une longue gorgée, puis dispose des tranches de pain dans le toaster et sort le beurre du frigo.

Elle a le regard fuyant :

– Hier, quand j'ai reçu ton SMS me disant que tu dînais avec ton patron, il se trouve que le mien était derrière mon épaule et a lu ton message. Du coup, il m'a dit que si mon compagnon m'abandonnait pour la soirée, il se ferait un plaisir de m'inviter au restaurant.

– Ah ?

– Au dessert, je lui ai proposé de lui faire faire une séance d'hypnose régressive.

Comme par hasard.

– Figure-toi qu'il n'avait jamais essayé. Nous sommes allés chez lui pour faire une séance. Et…

Elle hésite à poursuivre, puis, comme le toaster libère bruyamment ses tranches de pain grillé, elle saisit ce prétexte pour se lever et rapporter les tartines et un pot de miel sur la table.

– Il a voulu savoir dans quelle vie nous nous étions déjà rencontrés, car il avait eu l'impression de déjà me connaître dès qu'il m'a vue.

Elle étale le beurre et le miel sur son toast.

– Ça a marché. Il s'est vu dans une caverne en train de peindre sur un mur avec un bol contenant un liquide rouge-noir qui sentait le sang et en utilisant deux doigts comme pinceaux. Le motif représentait une scène de chasse. Il était lui-même vêtu de peaux de bêtes. Ses cheveux étaient longs. Derrière lui dans la caverne, une femme préparait de la nourriture au-dessus d'un feu. Elle faisait cuire un lapin écorché en tournant une broche posée sur deux bouts de bois en Y. Ce devait être moi. La graisse en tombant dans le feu produisait des grésillements qui résonnaient sur les parois. Nous ne nous parlions pas et chacun, nous étions concentrés sur ce que nous étions en train de faire, sans nous regarder. Dehors, il pleuvait à verse, le tonnerre grondait et des éclairs déchiraient le ciel, et nous étions contents d'être près d'un feu chaud, à l'abri dans cette caverne.

Opale dévore sa tartine tout en se resservant du café. Elle regarde au loin par le hublot de la péniche.

– Ça a été sa première vision. Ensuite, je lui ai proposé de faire un saut dans le temps, plus tôt dans cette même vie, pour remonter à un moment agréable de son enfance. Il s'est vu juste après sa naissance, brandi à bout de bras par son père alors qu'un groupe de femmes l'entouraient et poussaient des cris de joie pour féliciter la maman. Je n'avais évidemment ni l'époque ni le pays. C'était probablement il y a plus de quinze mille ans parce qu'il n'y avait pas d'agriculture et que nous vivions dans une caverne.

– L'époque où l'on a trouvé les peintures rupestres dans les grottes de Lascaux ?... suggère René.

– Mais au moment de sa naissance, il y avait une tribu d'au moins une cinquantaine de personnes. Je lui ai proposé de visualiser l'instant où nous nous sommes rencontrés. Il était jeune, probablement treize ans, et moi le même âge. Nous avons été désignés par nos parents respectifs venant de deux tribus différentes, pour sceller l'alliance de ces deux groupes. Il y a eu une fête pour notre mariage. Nous avons mangé de la viande. Ensuite nous nous sommes éloignés du groupe. Nous nous sommes baignés nus dans un lac et après nous avons fait l'amour au milieu des fougères.

– À treize ans ?

– À l'époque les gens devaient être matures plus jeunes. Ce qui est assez logique puisqu'ils mouraient aussi plus jeunes. Mais ce qui a été très fort, c'est la séance elle-même. Au début il était très maladroit et moi aussi. Puis, à force de se caresser, on a fini par comprendre comment faire et ça a été extraordinaire. Rapide... mais extraordinaire. Enfin, la première fois, car après, il a recommencé et c'était encore mieux.

Elle boit encore une gorgée de café. René l'observe.

– Et...?

Opale ne regarde toujours pas René dans les yeux. Il mange à son tour un toast pour se donner une contenance.

– ... j'ai eu un orgasme.

Il avale de travers sa bouchée et tousse.

– Toi ici et maintenant, demande-t-il, ou la femme préhistorique qui venait de se marier à treize ans ?

– Eh bien… les deux.

René toussote encore.

– En fait, même les trois, ajoute Opale, voire les quatre. Car lui aussi et son ancien lui-même aussi.

Je n'avais jamais pensé que l'on pouvait utiliser l'hypnose régressive ainsi. Et surtout je n'avais pas pensé que cela pouvait aboutir à un… orgasme. Je sais bien que toutes les technologies actuelles, que ce soit le téléphone, l'ordinateur, Internet, sont fréquemment détournées pour satisfaire des pulsions mais je ne m'attendais pas à ce que l'hypnose régressive soit utilisée à des fins… sexuelles.

– Toujours est-il que cela m'a semblé un signe. Nous ne nous sommes pas rencontrés par hasard. Nous sommes deux vieilles âmes connectées. Nous étions convenus de nous retrouver avant de naître. Cela fait plusieurs vies que nous sommes complices, Markus et moi.

– Et nous deux, alors, c'est quoi ?

– Une « étape de transition ». Tu étais là pour me préparer à le rencontrer. Il vient juste de se séparer de sa femme, il fallait que je sois dans une sorte de « salle d'attente » le temps qu'il finisse de régler cette ancienne histoire. Et là, c'est le parfait timing.

Je suis une « salle d'attente » ? Je ne sais pas comment je dois prendre ça.

– Je suis navrée mais je te dois la vérité : pour moi, c'est une évidence. Cette régression à la préhistoire nous a ouvert les yeux. Ce moment a été plus qu'une banale séance d'hypnose régressive, ça a été… une retrouvaille.

– Et notre histoire à nous deux, ça ne compte pas ?

Opale regarde ailleurs.

– Toi, ton problème, c'est que tu ne sais pas aimer, assène-t-elle. Tu retiens tes émotions parce que tu as peur qu'elles t'embarquent, alors que justement, ce sont elles qui pourraient te permettre de t'envoler vers les sommets. Pour garder le contrôle, tu te prives d'une grande expérience.

Et voilà, c'est mon procès. Non seulement elle m'abandonne mais elle va me prouver qu'en plus tout est de ma faute.

– Je sais que cela peut sembler un peu soudain, continue Opale, mais j'ai pris ma décision. Il ne faut plus que je perde une seconde. Je te quitte pour m'installer chez Markus. Je te laisse la péniche. Avec sa voiture, il va m'aider à déménager toutes mes affaires.

– Quand ?

– Eh bien, tout de suite. Il est là, dehors, il m'attend.

René s'approche du hublot de la péniche. Une Range Rover est garée juste devant. Quelqu'un est installé au volant.

– C'est lui ? C'est ce type avec la grosse voiture ?

– Oui, ce sera pratique pour emporter un maximum de choses. Je ne suis pas sûre d'y arriver en une fois, on repassera plus tard.

Rester calme. Surtout ne pas montrer ce que je ressens, cela ne ferait qu'empirer la situation.

– Est-ce que tu n'as pas pris cette décision de manière un peu hâtive ? Ne veux-tu pas que nous en discutions au préalable ?

– Dans mon esprit, c'est très clair, il n'y a rien d'autre à dire. J'ai toujours été partisane de jeter d'un coup le homard dans l'eau bouillante plutôt que de faire monter progressivement la température et de le faire souffrir plus longtemps.

Vite, il faut trouver une argumentation logique pour empêcher cette catastrophe.

– Tu ne crois pas que…

Mais les mots restent bloqués dans sa gorge.

– Tu ne peux pas savoir à quel point ça m'énerve que tu ne finisses pas tes phrases ! Je ne supporte plus ce nouveau tic. Quoi qu'il en soit, il n'y a pas de « mais ». Tu ne peux pas me comprendre car tu ne sais pas ce qu'est vraiment ce sentiment : l'amour. Je suis désolée de devoir te le dire, mais cela t'aidera peut-être à faire le deuil de notre relation : sache que je n'ai jamais eu l'impression que tu m'aimais vraiment. D'ailleurs, lui il me l'a dit et redit hier soir, cette nuit et ce matin. Alors que toi, combien de fois me l'as-tu dit ?

– Eh bien…

Après le jugement, la condamnation. Pas la peine que j'essaie de plaider.

– JAMAIS !!! « Je t'aime » : c'est si difficile à dire ?

Elle a dû oublier. Il me semble bien que je lui ai dit. Zut, moi non plus je ne m'en souviens plus clairement.

– Je t'aime…, murmure René.

– De toute façon c'est trop tard. Il fallait y penser avant.

René reste un instant hébété. Elle va dans leur chambre faire sa valise.

J'ai dû rater un truc quelque part.

Il la suit du regard, la porte est ouverte. Elle empile robes et chemisiers dans un grand sac de voyage.

Il faut que je dise quelque chose.

– Mais tu ne peux pas me laisser comme ça du jour au lendemain sur un coup de tête.

– C'est une révélation. Markus est mon âme sœur.

– Et moi ?

– Nous pouvons rester amis. Et si un jour tu as besoin de moi, au nom du « service après-vente » de notre relation, tu pourras me rappeler. Je serai toujours là pour t'aider. Nos corps se séparent, nos âmes restent liées.

Opale emporte le sac de voyage rempli d'affaires pour le déposer dans le coffre de la voiture. Elle monte côté passager et claque la portière. Et la voiture s'éloigne dans un nuage de fumée de pot d'échappement.

Pendant quelques secondes, René se revoit sous les murailles de Jérusalem dans la peau du chevalier Salvin de Bienne chargeant son épée à la main, hurlant « Dieu le veut ! » et frappant de grands coups du haut de son cheval. Comme il aurait apprécié à l'instant avoir une armure, un bouclier et des adversaires à pourfendre pour se défouler. Mais il n'a rien de tout cela, alors il pousse un cri. Un long cri venu du plus profond de son être. Un cri qu'il a poussé dans pratiquement toutes ses vies. Le cri primal qui libère toutes les tensions accumulées – et qui effraie les voisins.

– AHHHHHHHHH !

Puis il s'effondre.

Il se sent seul, abandonné, ruiné. Une phrase de son père lui revient : « Seul on va plus vite, ensemble on va plus loin. » Maintenant, sans Opale, il va aller moins loin. Ira-t-il plus vite ?

René doit se préparer pour aller à la Sorbonne donner sa conférence. Pour reprendre le cours de sa vie, il appuie sur le bouton de la radio. Le présentateur annonce :

– Aujourd'hui, dans toutes les écoles de France, on observera une minute de silence en hommage au professeur d'histoire Samuel Paty, assassiné le 16 octobre 2020.

23.

– Les historiens sont des héros. Le plus souvent, ce sont même des héros solitaires, parce qu'ils défendent la vérité alors que beaucoup ne veulent pas l'entendre.

René Toledano s'exprime devant le public de sa conférence à la Sorbonne après la minute de silence officielle pour Samuel Paty.

– Nous avons respecté la minute de silence, mais dans certains lycées, des élèves ont pouffé de rire ou ont dit : « Bien fait pour lui, il a eu ce qu'il méritait. » La dernière fois, j'ai examiné les relations des historiens à la vérité et au mensonge, et j'ai dit qu'ils étaient comme des enquêteurs. Je dois ajouter que les historiens sont aussi des combattants quand il s'agit de diffuser cette vérité une fois qu'ils l'ont trouvée. Car le plus souvent la vérité ne plaît pas. Mon père disait : « Pour ceux qui sont habitués à vivre dans le mensonge, la vérité semble toujours suspecte. »

René prend une craie et note sur le grand tableau noir : « HISTOIRE DES HISTORIENS ».

– Si l'on devait chercher le nom du premier être humain qui s'est dit : « Tiens, je vais raconter ce qu'ont réellement fait nos ancêtres », il faudrait remonter à quinze mille ans, à ce moment dont on trouve les peintures rupestres dans les grottes de Lascaux ou d'ailleurs, ces premières inscriptions de scènes de chasse et de guerre de tribus sur les parois. « Voilà ce qu'ont fait nos parents », disaient ces peintures. C'est une des hypothèses de la signification de cet art.

Un instant, René repense à Markus en train de peindre dans une caverne pendant une vie antérieure.

C'est un comble : je suis en train de faire l'éloge de l'homme qui m'a volé ma compagne.

– Ensuite l'écriture apparaît, poursuit René, il y a six mille ans, simultanément dans trois endroits : je vous les cite par ordre de découverte par les archéologues : d'abord à Sumer, qui se trouvait dans l'actuel Irak, ensuite en Égypte, enfin chez les Hébreux, sur le territoire de ce qui est aujourd'hui Israël.

« Dans ces trois lieux, l'écriture prend une forme différente, naturellement. Ce sont des pictogrammes pour les Sumériens, des hiéroglyphes pour les Égyptiens, des idéogrammes pour les Hébreux.

« Le plus ancien historien connu est le Sumérien Gilgamesh. Il raconte dès 2600 avant Jésus-Christ les exploits des rois d'Uruk. Puis on pourrait citer le pharaon égyptien Akhenaton, qui a fait dicter en 1350 avant notre ère des textes sur la vie de son peuple au lieu de ne parler que de celle des gouvernants. Enfin, en 1300 avant notre ère, le prophète Moïse a dicté les cinq premiers livres de la Bible, dans lesquels il fait entre autres le récit de la création du monde, dans la Genèse, et de la sortie du peuple hébreu d'Égypte, dans l'Exode.

« Faisons un grand bond dans le temps : en 480 avant Jésus-Christ est né Hérodote. Cet historien et géographe grec va accomplir tout au long de sa vie un travail de notation précise des événements de son temps et donner les lieux et les dates sans que sa démarche soit dictée par un gouvernant. Il opère donc un récit libre, écrit sans aucun projet politique.

René inscrit au tableau le nom d'Hérodote d'Halicarnasse et ses dates de naissance et de mort.

– Ensuite, je voudrais que vous reteniez le nom de cet autre Grec : Xénophon, qui essaiera d'améliorer la technique de récit

« objectif » d'Hérodote pour raconter la guerre du Péloponnèse qui oppose Athènes et Sparte. Et pour les Grecs, je terminerai par Polybe, qui choisit de faire un résumé de tout ce qui s'est passé dans l'année par ordre chronologique.

René Toledano circule dans les travées.

– Passons aux Romains, qui comme d'habitude ne font que copier les Grecs. Suétone va lancer la mode des biographies historiques de personnages avec ses *Vies des douze Césars*.

Il laisse le public noter puis enchaîne :

– Sautons d'un coup deux mille ans et deux mille kilomètres pour nous retrouver en France en 1833, date à laquelle Jules Michelet va renouveler l'intérêt de la France pour sa propre histoire avec sa monumentale *Histoire de France* découpée en six grandes tranches, qui servira de base à tous les manuels scolaires publiés à partir de cette époque. Pourtant ce ne sera qu'en 1877, donc après la défaite française de Sedan face aux Allemands, que nos gouvernants comprendront la nécessité d'une diffusion de l'histoire nationale auprès des jeunes. Ils feront voter une réforme créant des maîtres de conférences spécialisés en histoire qui officieront dans les universités. Jusque-là, cet enseignement jugé secondaire était inclus dans d'autres disciplines et n'était donné que par des professeurs de religion ou de philosophie. Et c'est pourquoi en ce moment même des professeurs d'histoire sont formés à la Sorbonne et dans d'autres universités en France, qui formeront à leur tour des élèves, et ainsi de suite.

René Toledano conclut :

– Les professeurs d'histoire ne font pas un métier facile. Quoi qu'ils disent, leur vision agacera ou contredira d'autres points de vue. Ils doivent se préparer à être incompris. Et pour finir, voici un petit conseil. C'est une phrase d'Oscar Wilde : « Si vous voulez dire la vérité aux gens, faites-les rire, sinon ils voudront vous tuer. »

24.

Il est midi, la conférence est terminée et René est avec Alexandre dans la cour d'honneur de la Sorbonne.

Cette fois-ci à l'entrée, les tracts que distribuent des étudiants ne sont pas d'extrême droite, mais d'extrême gauche.

Un militant vient vers eux et leur en tend un. René y jette un œil : « Non au sionisme : la Palestine vaincra », « Solidarité avec les peuples opprimés », « Libérez les territoires occupés ».

De nouveau, on voit un poing fermé. Il n'est pas noir, mais rouge.

Alexandre affiche un air navré.

– Ce sont les amis de ma fille. Les extrémistes de droite et de gauche utilisent un vocabulaire différent mais finalement se ressemblent beaucoup.

– Les extrêmes se touchent..., dit René.

– Même durant la Seconde Guerre mondiale, au moment de la signature du pacte germano-soviétique, le 23 août 1939, certaines personnalités de gauche ont accepté de rejoindre la droite dure favorable à l'Allemagne. Jacques Doriot, par exemple, un des dirigeants du parti communiste français, ne voyait aucun problème à créer un groupe ouvertement favorable à la collaboration avec les nazis. Staline d'ailleurs ne cachait pas son admiration pour Hitler.

Alexandre prend le tract, le froisse en boule et jette celle-ci dans une poubelle en imitant le geste d'un joueur de basket.

Autour d'eux, les étudiants fument, boivent des cafés, révisent sur leur ordinateur portable.

– Ça n'a pas l'air d'aller, René, dit doucement Alexandre. Qu'est-ce qui te tracasse, les fascistes et les communistes ?

– Oh non. Je ne m'intéresse pas beaucoup à ces gens-là.

– Alors quoi ?

René secoue la tête. Alexandre lui tend une cigarette qu'il accepte.

– Opale, ma femme, m'a quitté ce matin. Elle est partie avec son nouveau patron. Et pour couronner le tout, un huissier est venu avant-hier pour préparer la vente de la péniche qui me sert d'appartement.

– Quelle poisse.

– La vie est une suite de problèmes à régler. C'est juste que ces temps-ci, ils ont tendance à s'accumuler.

Alexandre sort sa pipe, qu'il allume avec un briquet tempête qu'il tend à René pour sa cigarette. Les deux hommes fument en silence.

– J'ai raconté à Mélissa notre séance d'hypnose régressive d'hier soir, qui m'a révélé ma vie de croisé à Jérusalem en 1099.

– Elle est toujours sceptique ?

– Elle m'a dit qu'à force de me passionner pour l'époque médiévale, j'allais finir par croire aux contes de fées avec des chevaliers, des princesses et des dragons.

– Votre enthousiasme d'hier soir est retombé ?

Alexandre hoche la tête d'un air un peu triste.

– Tu ne m'en veux pas ?

– Non, répond René. Cette situation me fait penser à l'allégorie de la caverne de Platon : ceux qui ont vu le monde extérieur et qui racontent ce qu'il y a au-dehors sont raillés ou on les traite de menteurs. Et ils finissent eux-mêmes par douter d'avoir vu la lumière du monde. On a souvent du mal à se fier à sa propre expérience et l'on fait davantage confiance à l'avis de la majorité de ses congénères. C'est humain.

Alexandre souffle la fumée.

– Quand même, c'est un peu énorme, ton truc du couloir avec les portes de ses vies antérieures.

– Je reconnais que si je ne l'avais pas vécu moi-même, admet René, je n'y aurais pas cru.

– Alors comment savoir si c'est vrai ?

– On n'aura jamais de certitude. Mais tout de même : les trois quarts de la planète croient en Dieu sans l'avoir jamais vu non plus… L'expérience offerte par l'hypnose régressive a au moins l'avantage de laisser un souvenir de sensations assez précises.

Alexandre donne une tape sur l'épaule de René.

– Bien répondu. Et puis, ma fille m'énerve. Je crois qu'elle a senti que j'étais enthousiaste alors elle a voulu, par principe, me refroidir. Elle seule a ce pouvoir. Elle m'a déjà fait renoncer au poker, aux jeux vidéo et aux applications de rencontre ! « Papa, tu as passé l'âge de ces gamineries », c'est sa grande phrase…

René sourit.

– Elle veut garder le contrôle sur son papa, dit-il. L'Œdipe, ça marche aussi pour les filles. Les garçons sont amoureux de leur maman, et les filles de leur papa.

– La fille amoureuse de son père, ce n'est pas le mythe d'Œdipe mais celui de Myrrha, que raconte Ovide dans ses *Métamorphoses*, objecte Alexandre.

Les deux hommes regardent la cour remplie d'étudiants qui discutent ou tapotent sur leur smartphone.

– Cela dit, reprend Alexandre, Mélissa n'est pas parvenue à

complètement insinuer le doute en moi, et tu sais pourquoi ? Trois choses m'ont frappé : les sensations, la quantité de détails que j'ai observés et que je n'aurais pu connaître si je ne les avais pas vécus, et enfin les odeurs. Mon Dieu, qu'est-ce que ça puait, au Moyen Âge ! Tout sentait mauvais ! Et les gens ne se lavaient pas beaucoup. Surtout les soldats ! Partout l'odeur du crottin, de la sueur et de la crasse !

Tous les deux éclatent de rire.

– Sans parler de l'odeur de sang et des cadavres en décomposition, ajoute Alexandre, soudain sérieux.

Moi j'aimais bien le parfum de fleur d'oranger de celle qui m'a embrassé.

Alexandre fait un clin d'œil à René.

– De toute façon, on n'en sera jamais certains, alors voici ce qui compte : est-ce que cette expérience m'a fait du bien ? La réponse est oui. Est-ce qu'elle m'est utile ? Encore oui, car je perçois mieux le passé.

Ils observent un instant des étudiants qui se chamaillent pour – du peu qu'ils entendent – des opinions différentes à propos de manifestations contre le gouvernement en place.

– Je veux y retourner, annonce Alexandre. Je suis décidé. On recommence ce soir, dîner chez moi à la tombée du jour, ça te va ?

25. MNEMOS. LA CHUTE D'AKHENATON.

Une éclipse totale du soleil se produisit le 14 mai 1337 avant Jésus-Christ. Les prêtres d'Amon décidèrent d'interpréter cet événement comme le signe que la vénération du Soleil, et donc du dieu Aton, devait prendre fin.

Ils montèrent un complot avec l'aide de quelques militaires acquis à leur cause et empoisonnèrent le pharaon Akhenaton. Ils reprirent le pouvoir et obligèrent sa veuve, Néfertiti, à renier son mari et le culte de la lumière.
Le clergé d'Amon retrouva tous ses privilèges et l'on bannit le culte de l'astre solaire pour restaurer celui de dieux géants à têtes d'animaux. Le polythéisme était de retour.
Le fils cadet du pharaon, Toutankhaton (dont le nom signifie « image vivante d'Aton »), âgé de neuf ans, fut alors désigné pour monter sur le trône. Il fut forcé de renier publiquement son père. Il fut d'ailleurs débaptisé pour prendre le nom de Toutankhamon.
Il dut quitter la nouvelle capitale Akhetaton construite par son père pour revenir dans l'ancienne capitale, Thèbes.
Les prêtres imposèrent au jeune pharaon Toutankhamon un Premier ministre, Horemheb, qui œuvra à détruire systématiquement tout ce qu'avait bâti Akhenaton. À la mort de Toutankhamon, à dix-huit ans, en 1327 (probablement lui aussi empoisonné), Horemheb monta sur le trône et acheva son travail d'effacement du règne d'Akhenaton.
Il décréta une *damnatio memoriae* (cette condamnation ordonnée des siècles plus tard par le sénat romain) : il bannit toute référence à Akhenaton ou à son règne afin qu'on oublie qu'il avait même existé. Le seul fait de prononcer son nom devint un délit puni de la peine de mort.
Cependant des archéologues ont pu, trois mille ans plus tard, retrouver dans l'ancienne cité d'Akhetaton (qui par la suite s'est appelée Amarna) une multitude de documents relatant le règne du pharaon « hérétique », ainsi que

des gravures, des sculptures, des peintures. Tout ce matériel artistique avait été caché et préservé par ses amis.
Quant aux anciens prêtres monothéistes d'Aton et aux Hébreux que le pharaon avait jusque-là protégés, ils furent mis en esclavage.
Dès lors, le culte de la lumière cessa en Égypte.

26.

C'est l'heure entre chien et loup. Le moment où la lumière du soleil décroît et change de couleur, quittant le blanc, puis le jaune pour rejoindre l'orange, le rose, le rouge.

– On procède comme la dernière fois ? demande Alexandre en observant les dernières lueurs par la fenêtre.

René n'arrive pas à quitter des yeux les objets moyenâgeux qui décorent le salon de l'appartement du président.

Oui… Si ce n'est que moi, de mon côté, je dois en apprendre davantage, pour trouver le lien avec ce que m'a dit René 63. Il me faut vraiment en savoir plus sur cette incarnation de moi-même, pour déterminer en quoi Salvin de Bienne, qui vit au XII*e siècle, peut sauver l'humanité de la Troisième Guerre mondiale au* XXI*e siècle.*

– J'ai mieux à vous proposer, Alexandre. Je pense qu'il serait intéressant d'accomplir un saut en arrière dans le temps de nos anciennes incarnations pour découvrir leur passé respectif, connaître leur jeunesse et leur parcours, comprendre ce qui les a amenés jusqu'à ce fameux matin du 15 juillet 1099.

– Excellente idée.

Alexandre ferme la porte à clef pour être sûr de ne pas être dérangé, il éteint son smartphone. Les deux hommes s'installent dans des grands fauteuils proches, enlèvent leurs chaussures, ôtent leurs lunettes, défont leur ceinture et commencent à se détendre.

– Je vais vous diriger un peu au début, comme un guide en plongée sous-marine, puis après, je vous laisserai explorer seul la jeunesse de « votre » Gaspard Hummel, cela vous convient ? Il vous suffira de remonter dans son temps et de faire des sauts pour rejoindre les moments déterminants. Comme dans un film vidéo. Simultanément, j'irai moi-même explorer les souvenirs d'enfance et d'adolescence de « mon » Salvin de Bienne. Ensuite on se retrouve et on se raconte ce qu'on a vu.

– Cela semble si simple…, plaisante Alexandre.

René regarde sa montre. 20 h 31.

– Êtes-vous prêt ? demande-t-il. Alors je vais lancer le décompte de cinq à zéro.

René est impatient de quitter son époque et ses problèmes personnels. Il lui tarde de penser à autre chose qu'au départ d'Opale, aux 50 000 euros à trouver d'urgence, à l'huissier.

Il ferme les yeux.

Et par la seule maîtrise de leur esprit, les deux hommes repartent au Moyen Âge.

27.

Quand René rouvre les yeux, il est 21 h 45.

Alexandre est déjà réveillé et fume une pipe qui dégage une forte odeur de tabac au caramel. Il respire calmement, son visage est à la fois réjoui et concentré, comme s'il venait de vivre quelque chose de très important.

– Ça a marché ? lui demande prudemment René en se relevant.

Alexandre regarde le plafond, l'air préoccupé. Il ne répond pas tout de suite.

– Ça va ? insiste René.

– Eh bien, c'était d'autant plus extraordinaire que je n'ai pas senti les appréhensions de la première plongée. Alors j'y suis allé franchement, j'ai utilisé des connaissances que j'ai acquises pendant un stage de cinéma. J'ai profité de la possibilité de changer de point de vue comme un réalisateur. Parfois j'étais dans la peau du personnage, à d'autres moments je voyais la scène de l'extérieur. Caméra subjective, plan large, plan rapproché, ralenti, accéléré. Je crois que je maîtrise bien ma technique d'exploration du passé.

Dans la pièce, il fait sombre mais Alexandre n'allume pas encore les lumières. Il se lève et prend sur une table un grand chandelier avec une vingtaine de bougies, qu'il allume une à une tranquillement. Puis il sort d'un petit meuble une bouteille et deux verres à cognac et les remplit.

Il tend un verre à René.

– Comme tu me l'avais proposé, je suis allé revivre la jeunesse de Gaspard Hummel. Dans la première scène de son enfance, il était avec sa mère dans une petite maison vétuste encombrée de nombreux objets et de vêtements sales qui traînaient partout. Il y avait aussi des cruches d'alcool. Un homme est entré, et il... Non, désolé, je n'arrive pas à dire « il » pour parler de Gaspard... Tant pis, je préfère dire « je ». Je me suis donc caché et j'ai vu que le visiteur faisait l'amour avec ma mère puis lui laissait de l'argent, alors je me suis enfui. Ensuite, j'ai erré dans les rues de la ville la plus proche. C'était Strasbourg. Je dormais sous les ponts. Puis j'ai été voleur, je coupais les bourses avec une lame cachée dans la main, il fallait que je coure très vite. Je n'ai jamais été rattrapé. En toute logique, j'ai poursuivi mon ascension professionnelle et je suis devenu cambrioleur. J'escaladais les murs en m'accrochant au lierre ou aux gouttières, je passais par les toits et par les fenêtres pour entrer dans les chambres.

« À cette étape de ma vie, j'ai rencontré une bande de brigands qui m'ont intégré dans leur troupe. On se cachait en forêt et on interceptait les gens qui voyageaient en charrette ou à cheval en barrant la route avec des arbres abattus. Quand ils s'arrêtaient, on surgissait, on les détroussait. On faisait des prisonniers et on demandait une rançon aux familles. Ce qui doublait nos gains. Mais une fois, l'échange s'est mal passé et on est tombés sur un piège tendu par une milice municipale. Je n'ai dû mon salut qu'à la rapidité de ma fuite. Par la suite, j'ai intégré un groupe de bandits plus âgés et mieux organisés. Eux, ils ne se donnaient pas la peine de faire des prisonniers, ils revendaient la viande des voyageurs sur le marché. Ils appelaient ça du "gibier de la forêt". Le chef de la bande m'a appris à utiliser toutes les armes de l'époque : couteau au lancer, arc, arbalète, lance, hallebarde, masse d'armes, casse-tête, hache, mais là où j'excellais, c'était au combat à l'épée. J'avais grandi, j'étais musclé, rapide, et je connaissais toutes sortes de passes compliquées pour vaincre en duel. Ce talent m'a apporté l'estime de mes compagnons.

« Pour ne pas risquer de nous faire attraper par les chevaliers du guet avec leurs hommes d'armes et leurs sergents, nous étions tout le temps en mouvement. On se déplaçait de forêt en forêt. On dépensait discrètement notre argent dans les villages environnants. Mon souci, c'est que je ne savais pas lire. J'ai demandé à notre chef qu'il m'instruise. Il m'a répondu qu'il ne savait pas, lui non plus. Je suis devenu jaloux de tous les érudits. J'en tuais dès que j'en avais l'occasion. Il m'est même arrivé d'ingurgiter leur cervelle dans l'espoir d'absorber un peu de leurs capacités intellectuelles. Je me sentais limité. Le plus difficile était que je n'avais même pas les mots pour décrire les émotions qui me traversaient. Je buvais de plus en plus et devenais agressif. Je me battais avec les autres de la bande, je tuais parfois par simple colère de ne pas connaître le mot qui exprimerait mon sentiment.

« Les années ont passé, et je suis devenu de plus en plus agile à l'épée. J'ai mis ce talent au service de ma hargne contre les gens qui savaient lire. Jusqu'au jour où je me suis acharné sur de pauvres moines. Les miliciens de la ville sont arrivés avant que je déguerpisse, ils m'ont capturé et m'ont jeté en prison. La cellule où j'étais avait une petite ouverture avec des barreaux et je pouvais voir l'échafaud où l'on suppliciait les condamnés. Je les entendais hurler alors qu'on les rouait de coups jusqu'à la mort, ou qu'on les écartelait. Et la foule à chaque cri ou râle manifestait sa joie par des applaudissements enthousiastes. Rude époque pour tout le monde en vérité. Je n'ai pas vu beaucoup de charité chrétienne ni de compassion.

« Un jour, un prêtre s'est présenté dans ma cellule et m'a dit que c'était mon tour. J'ai accepté mon sort : voleur, assassin, cannibale, j'avais commis beaucoup d'exactions et j'étais cruel, je n'avais pas d'excuses. J'étais parti avec les mauvaises bases sur le mauvais chemin et j'en payais le prix. Au moment de monter sur l'échafaud, mon seul regret a été de ne pas avoir appris à lire et à écrire. Une fois là-haut, j'ai vu les bourreaux et leurs aides qui décrochaient le dernier supplicié. Mon Dieu, qu'est-ce qu'ils l'avaient abîmé ! On aurait dit un morceau de viande. Et la foule autour qui était au spectacle me criait sa haine, aux premiers rangs ils me crachaient dessus.

« J'ai marché, résigné, en me disant que je détestais tout le monde. Et puis deux moines sont arrivés pour que je puisse me repentir et recevoir l'extrême onction. À celui qui m'interrogeait, j'ai dit que je regrettais le mal que j'avais semé sur mon chemin et que si c'était à refaire, j'aurais un comportement plus respectueux du message du Christ car je venais enfin de le comprendre. Autant de zèle l'a déstabilisé. Il a chuchoté quelque chose à l'oreille de l'autre. Le deuxième moine s'est alors tourné vers moi et a dit : "Ton repentir est-il sincère ?" J'ai répondu : "Je n'ai qu'un souhait, réparer le mal que j'ai fait." Le moine a dit : "Les autres prisonniers ont dit que tu excellais au combat à l'épée, il paraît même que tu étais le meilleur de la troupe, est-ce vrai ? – Je ne crains personne au combat. Malheureusement, j'ai utilisé ce talent pour de bien basses besognes", ai-je reconnu, contrit.

« Les deux moines se sont concertés à voix basse. Les gens autour attendaient impatiemment que le spectacle se poursuive. Ces secondes m'ont paru bien longues. Le deuxième moine a pris la parole : "Les Turcs empêchent les pèlerins chrétiens d'entrer dans Jérusalem, et notre pape accorde des indulgences à ceux qui participent à la guerre contre les infidèles. On a besoin de soldats pour les chasser de la ville sainte. Des gens qui savent se battre. Ça t'intéresserait d'en faire partie ?" Avec toute la conviction dont j'étais capable, j'ai dit : "Si seulement cela pouvait sauver mon âme !" À cet instant, c'est comme si la chaîne du malheur s'était arrêtée. Les moines ont parlé aux gardes. On m'a détaché, on a emmené un autre type de ma troupe qu'on a installé à ma place sur la roue et dont on a brisé les membres à coups de barre de fer.

« Le lendemain, je me suis retrouvé dans une abbaye où dans un premier temps on m'a donné un emploi de gardien. Comme j'étais un ancien "routier", comme on appelait ces bandes qui étaient sur les routes, je connaissais bien les méthodes des brigands. J'ai amélioré les défenses de l'abbaye. J'ai formé d'autres moines à la résistance en cas d'attaque. On m'avait dit que je partirais en croisade mais ça a été plus long que prévu.

« J'ai demandé aux moines d'apprendre à lire et à écrire. Ils ont accepté et je suis devenu un excellent élève. C'est comme si mon esprit assoiffé recevait enfin son eau. L'abbé m'a proposé de devenir moi-même moine. Ce que j'ai accepté avec enthousiasme. Pour lui, c'était la preuve qu'on pouvait sauver une brebis égarée ; pour moi, c'était le plus beau cadeau du monde. J'ai baisé longuement les mains de mon bienfaiteur, j'ai déclaré ma volonté de bien me comporter et je me suis jeté à corps perdu dans la lecture. Je collectionnais les mots comme des perles pour faire un collier. Tout cela était si précieux. La grammaire devenait le fil pour lier ces mots. J'ai connu des moments d'extase en lisant de la poésie, que j'apprenais par cœur et que je me répétais en souriant avant de m'endormir.

« Quelle chance j'ai eue ! Dire que j'avais failli mourir supplicié sur la roue. Là, j'avais accès à ce qu'il y avait de plus rare et de plus cher à l'époque : les livres. Je les reniflais comme des plats avant de les consommer. Ah, cette odeur de parchemin et de cuir des couvertures ! Le matin, je me levais tôt pour prier et lire. L'après-midi, je formais des moines au combat à l'épée afin qu'ils puissent eux aussi partir en croisade. La nuit, j'écrivais mes propres poésies. Pour ce qui est de la sexualité, jusque-là j'avais surtout violé des voyageuses pour me défouler ; à l'abbaye, j'ai découvert quelque chose de différent et de plus délicat : l'amour avec les autres moines.

« Je suis resté dix ans à m'instruire dans ce monastère. Dix ans de bonheur. De 1087 à 1096. Ce qui devait correspondre à l'âge de mes dix-huit ans jusqu'à mes vingt-huit ans. Finalement, la croisade a enfin pu commencer. Nous sommes partis en août 1096. Nous étions dirigés par Hugues de Vermandois. Nous sommes passés par le nord de l'Italie. Au bout d'un an de voyage, nous sommes arrivés à Constantinople. J'ai participé au siège de Nicée en juin 1097, mais les Turcs se sont rendus sans combattre au bout d'un mois, et j'ai été très déçu. Ensuite nous avons continué la route et il y a eu la bataille de Dorylée contre les troupes du sultan de Roum. C'est là que j'ai été remarqué par Godefroy de Bouillon en personne. Je lui ai sauvé la vie en le bousculant pour éviter de justesse une flèche. En reconnaissance, il m'a fait chevalier. J'ai pu avoir un cheval, une armure et une épée de qualité supérieure. Nous avons rejoint les Arméniens en Cilicie. Nous avons commencé le siège d'Antioche en novembre 1097, et il a duré jusqu'en juin, quand nous avons pris la ville. Mais tu connais déjà tout ça. Pour résumer, j'ai tué beaucoup de Turcs et j'ai écrit beaucoup de poésies pendant ces deux années de croisade qui m'ont mené à Jérusalem, ce fameux jour où je t'ai rencontré et où j'ai franchi avec toi les murailles de la cité sainte.

Confortablement installé dans un fauteuil du salon de son appartement de la Sorbonne, Alexandre Langevin a un frisson de plaisir à l'évocation de toutes les sensations accumulées durant cette plongée dans le passé.

Instinctivement il se passe la main sur le visage, comme pour se rappeler la forme actuelle de sa propre tête.

Puis il bourre de nouveau sa pipe, l'allume et souffle une volute de fumée en direction des bougies du chandelier. Les flammes se mettent à danser, projetant des ombres mouvantes sur les objets.

René Toledano respecte la façon de revenir au présent de Langevin et lui laisse le temps de reprendre conscience sans lui poser de questions. Après un moment, Alexandre reprend la parole.

– Et toi, René ? Quelle a été la jeunesse de ton ancien toi-même ? Je t'écoute…

René boit lentement son cognac pour s'humidifier le palais.

– Quand j'ai voulu me rappeler les souvenirs les plus anciens de l'enfance de Salvin, je me suis retrouvé dans une grande salle autour d'une table où nous mangions, moi, mes quatre frères et mes trois sœurs. De grands bougeoirs illuminaient la pièce. Au bout de la table était assis mon père. Derrière lui, j'ai vu l'écusson de notre famille, sur lequel était représenté un sanglier. Et à l'autre bout, juste devant la grande cheminée, se trouvait ma mère. Votre Gaspard n'a, semble-t-il, pas connu son père ni une famille aimante, et peut-être cela l'a-t-il blessé. Eh bien, moi, j'ai souffert de l'excès inverse.

« Mon père, le comte de Bienne, était une figure importante de la région. Il était très grand, mais son regard semblait réprouver tout ce qui se passait autour de lui. La Bienne, qui a donné le nom de notre famille, est une rivière qui prend sa source dans le massif du Jura. Notre château n'était pas loin de la ville de Saint-Claude en Franche-Comté. J'étouffais dans cette famille où j'étais le plus jeune des garçons. Mon père me trouvait trop faible. Il me faisait sans cesse des reproches. Mes frères et mes sœurs se moquaient de moi, eux aussi. Notre père nous avait offert des poulains, des petites mules, des petits chevaux, pour que nous montions dès notre plus jeune âge, nous allions à la chasse, nous apprenions le combat à l'épée, mais j'étais médiocre dans les activités physiques. Ce qui me passionnait, c'était la lecture. J'adorais la Bible. Je trouvais que c'était un récit fantastique et je la lisais comme on lit aujourd'hui de la science-fiction. Adam et Ève chassés du Paradis, leurs enfants Caïn et Abel qui s'entretuent, Noé et le déluge, la tour de Babel pour atteindre Dieu, Sodome et Gomorrhe et la femme de Loth transformée en statue de sel… C'étaient des récits qui me faisaient rêver. Comme c'était censé se passer en Israël, je voulais partir là-bas, voir ce lieu magique à l'origine de tant de légendes.

« À la maison, ma situation était inconfortable. Je savais que seul mon frère aîné hériterait du château et des terres. Nous autres les cadets devions trouver une autre activité. Comme je vous l'ai dit, j'étais le plus maladroit. Ma mère prenait toujours ma défense, disant que j'étais fragile. C'est alors que mon père a déclaré : "Tant pis, celui-là est raté, on en fera un curé."

« C'est ainsi que j'ai atterri à l'âge de quinze ans à l'abbaye de Luxeuil au sud des Vosges qui par chance possédait la plus grande bibliothèque du pays, contenant des codex datant de plusieurs siècles. Là, j'ai pu apprendre l'hébreu pour lire la Bible dans son texte original.

« À l'époque, comme vous le savez, les manuscrits étaient très rares et très chers. À Luxeuil, il y avait des étagères entières remplies de volumes. Comme les pères supérieurs avaient repéré ma passion pour ces ouvrages, ils m'ont proposé de travailler comme moine copiste. Je passais mes journées dans le scriptorium. Nous étions là une vingtaine d'hommes devant nos lutrins à recopier les textes.

« Quand je faisais les enluminures, ma couleur débordait souvent. Pour bien copier, il ne faut mettre ni trop ni trop peu d'encre. Je n'arrivais pas à bien charger le creux de la plume d'oie, alors ça bavait. Il m'arrivait de faire des taches et je me faisais reprendre par l'armarius, le commandant bibliothécaire, qui était un type qui criait tout le temps sur tout le monde.

« L'armarius surveillait les dépenses de matériaux. L'encre, le parchemin, les reliures étaient considérés comme des biens précieux et nous devions les utiliser à bon escient. Rater sa lettrine ou faire un lettrage peu clair était très mal vu. Plus on était doué, plus on avait accès à des matériaux rares, comme la poudre de lapis-lazuli ou l'or pur.

« Qui parlera de la solitude des moines copistes aux mains qui tremblent ? Ils s'attirent des réprimandes continuelles et sont progressivement privés d'écriture, puis ils doivent se contenter de gratter des vieux parchemins pour les réutiliser. Ce qui m'intéressait, c'était le contenu des manuscrits et non pas leur esthétique. Moi aussi le soir, pendant des heures, je lisais. Pas seulement des textes sacrés ; j'avais aussi accès à des auteurs grecs ou romains. Mon préféré était Lucien de Samosate, un Grec du IIe siècle après Jésus-Christ que j'ai découvert par hasard sur une étagère de la bibliothèque. Dans son roman *Histoire vraie*, il décrit un voyage sur la Lune et son combat contre des extraterrestres qui ressemblaient à des araignées géantes.

– Un auteur de science-fiction à l'époque des Romains ? s'étonne Alexandre.

– En tout cas, il m'inspirait. Quand je ne lisais pas ces auteurs, j'écrivais mes propres histoires délirantes avec des batailles dans l'espace à la manière de Lucien de Samosate. Comparées à cette évasion, les activités religieuses collectives me semblaient ennuyeuses. Quel intérêt de répéter tous les jours ces prières qu'il fallait apprendre par cœur et qui pour moi ne signifiaient rien ? Un jour, j'en ai eu assez, alors je suis parti. Heureusement, l'abbaye n'était pas une prison. Les moines ne m'ont pas poursuivi. Pour eux, vivre en ce lieu sacré était un privilège. On était nourri, logé, en sécurité, et on avait accès à une bibliothèque très fournie. Si je n'étais pas capable d'apprécier ces avantages, c'est que j'en étais indigne. Pour eux, j'étais un ingrat, et ils ne m'auraient pas repris si j'avais changé d'avis. J'ai erré dans les villages avoisinants. Ayant encore ma robe de bure, j'arrivais sans trop de difficulté à recevoir l'aumône. J'ai connu la mendicité. Je me faisais parfois attaquer par des culs-de-jatte ou des manchots qui avaient l'impression qu'avec mon déguisement de prêtre je leur faisais une concurrence déloyale. Si je ne l'avais pas vécue, je n'aurais jamais imaginé la rivalité qui existe entre les mendiants. Chacun a un territoire clairement délimité.

– La guerre entre les mendiants, eh bien…, soupire Alexandre.

– Mais j'avais envie de voyager. Les manuscrits m'avaient donné le goût des grandes épopées et je rêvais toujours de partir en Terre sainte, là où s'étaient déroulés les miracles les plus spectaculaires dont parle la Bible. J'ai donc marché en direction de l'est. Un jour, j'ai vu passer une grande troupe de soldats et, en m'approchant, je les ai entendus dire qu'ils allaient libérer Jérusalem. Je me suis proposé pour les accompagner en expliquant qu'ils auraient forcément besoin d'un prêtre pour les sacrements, les bénédictions, les confessions et les enterrements. Comme ils n'avaient pas de place dans les charrettes pour me transporter, ils m'ont offert un cheval et comme ils m'ont dit que,

« là-bas », il faudrait se battre, ils m'ont enseigné le maniement de l'épée. Étonnamment, alors que j'étais maladroit chez mon père, avec eux j'ai beaucoup progressé. Peut-être parce que je savais que ma survie durant le voyage en dépendait. En Turquie, sur le chemin, nous avons vu une pyramide d'ossements et un chevalier m'a signalé que c'était en lien avec la première croisade, celle des « gueux », qui avait mal fini. En fait, il s'agissait d'une foule de loqueteux fanatisés qui avaient pillé toutes les villes sur leur chemin avant d'être mis à mort par les Turcs. Ces derniers avaient dressé ces sinistres monuments funéraires pour décourager d'autres tentatives d'incursion de chrétiens.

« J'ai tenu un journal de bord où je décrivais les peuplades que nous rencontrions, j'ai dessiné les costumes, les architectures, les visages des populations autochtones. Le soir, je racontais aux chevaliers les récits que j'avais lus dans la bibliothèque du monastère. Si vous, vous étiez poète, moi, j'étais conteur. Je leur parlais de la mythologie grecque, de la conquête de la Lune avec ses habitants-araignées. J'ai eu beaucoup plus de succès avec ça qu'avec mes homélies. Merci Lucien de Samosate. Du coup, les autres chevaliers m'appréciaient encore plus et comme ils ne voulaient pas prendre le risque de me perdre, ils ont redoublé d'efforts pour m'enseigner l'art du combat à l'épée. Et puis je me suis retrouvé à guerroyer. À chaque fois, les autres me protégeaient, mais j'ai fini par prendre goût aux combats. Je me suis musclé, je suis arrivé à me défendre tout seul.

« Quand j'étais au milieu des combats, je ressentais une sorte d'excitation héroïque qui me grisait. Ça peut paraître surprenant, mais moi le dernier garçon un peu timoré de la fratrie des de Bienne, moi l'ancien moine, une fois que j'étais lancé, j'étais un redoutable combattant. Les autres étaient persuadés que j'étais protégé par un ange parce que j'étais moine. J'ai fanfaronné : "Oui, j'ai un ange avec moi."

« Sur le chemin, j'ai été témoin de massacres des communautés juives de Germanie autour du Rhin, mais aussi de Bulgarie et de Hongrie, par nos propres troupes. Mais tous les croisés n'étaient pas des tueurs sanguinaires s'attaquant aux civils. Profitant de mon statut de prêtre, j'ai d'ailleurs prêché dans ce sens et j'ai promis l'enfer à tous ceux qui tuaient ou violaient des femmes, des enfants ou des gens désarmés. Cela ne m'a pas empêché de combattre les soldats turcs avec détermination. Et je me suis amélioré à chaque bataille. Les autres chevaliers m'ont appris des combinaisons compliquées comme le piège dauphinois, la double hélice ou la botte bretonne.

« Finalement, le duel m'a passionné. Pas pour tuer mais pour le concept de rivalité de deux esprits. Comme aux échecs, il fallait trouver la faille dans le système adverse et puis mettre au point une stratégie pour en profiter. Un jour, un chevalier parmi les plus prestigieux, Hugues de Payns, m'a proposé de devenir à mon tour chevalier. C'est lui qui m'a adoubé et à cette occasion il m'a offert une épée de qualité supérieure.

« C'est avec cette arme que j'ai participé au siège et à la prise de Maarat al-Nouman, et j'ai suivi Raymond de Saint-Gilles, comte de Toulouse. Nous avons ensuite continué vers le sud : Tripoli, Beyrouth, Tyr, Bethléem, et je me suis retrouvé devant la muraille de Jérusalem le 15 juillet 1099, où j'ai eu l'occasion de rencontrer un certain Gaspard Hummel…

René boit encore une gorgée de cognac.

– Alors, qu'en pensez-vous ? Toutes ces scènes sortent-elles de notre imagination ? Dans ce cas, nous sommes prêts à devenir des romanciers, vous ne croyez pas ?

Alexandre éclate d'un grand rire, puis il se lève et regarde par la fenêtre le ciel étoilé.

– Ce qui est étonnant, remarque-t-il, c'est que toi, tu as fait le parcours de moine à soldat et que moi, j'ai fait le chemin inverse, de soldat à moine.

– Finalement, on se retrouve tous les deux à cumuler la connaissance du livre et celle de l'épée.

Soudain, la sonnette au son de cloche de l'entrée retentit.

– Qui peut venir à cette heure tardive ? dit Alexandre.

Ils distinguent sur le petit écran de contrôle une silhouette féminine avec des lunettes noires et une valise.

28.

– Mélissa ! Pourquoi portes-tu ces lunettes de soleil en pleine nuit ? s'étonne son père sur le pas de la porte.

Puis il remarque sur ses joues des coulures de rimmel mélangées à des larmes. Elle respire par à-coups, semble bouleversée et hésitante, puis consent à enlever ses lunettes. Elle a les yeux tuméfiés avec des hématomes mal dissimulés par le maquillage.

– Qui t'a fait ça ?!

Elle ferme la porte derrière elle mais reste dans l'entrée avec son père.

– Il ne faut pas lui en vouloir. Quand il boit, il a parfois des moments de violence.

– Qui « il » ?... Bruno ? Je vais le tuer ! rugit Alexandre.

Il se dirige vers le portemanteau pour prendre sa veste. Mais la jeune femme s'accroche à son bras.

– Non, attends, papa...

– Personne n'a le droit de frapper ma fille ! Personne !

– Il est comme ça. Ça arrive parfois et puis ça passe. Cette fois, c'était seulement un peu plus… inattendu.

– Quoi ! Il l'a déjà fait ?

– Après il s'excuse. Et tout redevient normal. C'est comme l'orage, ça passe. Il ne faut pas que tu croies que c'est fréquent. C'est juste quand il boit trop. Il n'est plus lui-même. Ensuite il me supplie de le pardonner. Il rampe à mes pieds. Il s'en veut tellement.

Le syndrome de docteur Jekyll et Mr Hyde, pense René, qui entend la conversation depuis le salon.

– Ce n'est pas une raison, bon Dieu !

Alexandre serre les poings, Mélissa l'empêche d'avancer vers la porte.

– Il s'est déjà inscrit aux Alcooliques anonymes, mais il a parfois des rechutes.

– En tout cas, je le vire !

– Surtout pas. Ce serait encore pire. Les gens comprendraient ce qui s'est passé. Je ne veux pas que l'on sache…

– Quoi ? Que tu es sa victime ?

Mélissa éclate en sanglots.

– Papa, écoute-moi. Pour une fois, si tu m'aimes, fais ce que je te demande. Je ne veux surtout pas que ça se sache. Sinon, je ne te dirai plus rien.

Alexandre est sur le point d'exploser, puis se calme d'un coup. Mélissa se blottit contre lui.

– Papa, s'il te plaît. Si tu m'aimes, fais ce que je te dis.

– Mais il t'a…

– Je ne veux pas qu'on me voie comme ça ni qu'on sache ! Papa, s'il te plaît. Si je suis venue, c'est pour que tu m'aides, pas pour que tu compliques encore plus la situation. Puis-je dormir ici ce soir ?

– Tu…

– Quant à nos affaires de couple, elles ne concernent que moi. Personne d'autre que nous deux ne doit savoir ce qui s'est passé, tu m'entends ?

Alexandre tente de se maîtriser. Avec une émotion mal contenue, il dit :

– Excuse-moi, ma chérie.

Il la serre contre lui et caresse ses longs cheveux bruns à mèche rouge. Comme elle est petite, elle se love facilement dans le creux de ses bras.

– Tu ne te rends pas compte du courage qu'il m'a fallu pour venir ici…

– Mais c'est pour…

– Je t'en prie, papa, tais-toi. Je vais profiter des vacances de Pâques pour rester quelques jours ici, le temps qu'il s'inquiète et qu'il comprenne que ça ne peut plus durer. J'ai pris avec moi toutes mes affaires.

– Mais lui, il…

– Ne t'occupe plus de lui. L'alcoolisme est une maladie. Il est plus à plaindre qu'à blâmer.

Le père et la fille s'étreignent tendrement.

C'est ça, le pire : les victimes ont honte et se sentent responsables de ce qui leur arrive, songe René, toujours assis dans le salon mais qui entend la conversation. Il décroise les jambes, ce qui fait craquer une latte du parquet.

Depuis l'entrée, Mélissa n'avait pas remarqué sa présence. Elle remet vite ses lunettes pour dissimuler ses ecchymoses. René se lève et s'approche pour la saluer.

– Bonsoir, Mélissa. Pardon, j'aurais dû signaler ma présence, mais je n'en ai pas eu le temps et je ne voulais pas vous interrompre.

Mélissa soupire puis, sans répondre, d'un geste nerveux allume une cigarette et s'effondre dans un fauteuil.

René prend sa veste et s'apprête à quitter les lieux.

– Je préfère que tu restes, René, dit-elle en soufflant un nuage opaque.

René note mentalement qu'elle le tutoie spontanément, dans l'intimité de l'appartement de son père. Alexandre hausse les épaules et lui fait signe qu'il peut se rasseoir.

– Tu dois avoir faim, ma chérie, dit-il. Je vais préparer quelque chose à manger pour nous trois.

Alexandre prépare rapidement un repas et ils se restaurent à la table de la cuisine. Manger réconforte la jeune femme, qui se détend un peu. Alexandre apporte un dessert, un tiramisu.

Il regarde sa fille et lui dit gentiment :

– Toi qui aimes tant connaître l'origine des mots, savais-tu que « tiramisu » vient d'une expression italienne qui signifie « Remonte-moi le moral » ?

La jeune femme pleure et rit en même temps et fait un geste affectueux de la main à l'intention de son père.

C'est le pouvoir des mots. Ils se retrouvent dans leur passion commune sur l'étymologie.

Mélissa boit un grand verre d'eau puis dit à René, d'une voix cependant un peu hésitante :

– Et toi, René, as-tu trouvé le livre de prophéties du Moyen Âge que tu cherchais ?

Alexandre répond à sa place :

– René vient de se séparer de sa compagne.

– Elle était alcoolique et te battait ? ironise Mélissa avec un sourire tout en essuyant une larme.

Sa blague surprend René, qui reste silencieux.

– Je plaisante, reprend Mélissa. Enfin, j'essaie de plaisanter avec ce sujet pour m'y habituer. Comme le roi Mithridate qui consommait tous les matins de faibles quantités d'arsenic pour s'immuniser contre cette substance. Mais plutôt que de l'arsenic, papa, as-tu du vin ? Je vais soigner le poison par le poison, moi aussi.

Alexandre va chercher une bouteille de bordeaux puis lui en sert. Mélissa lève son verre.

– Un toast pour le roi Mithridate !

Ils boivent une gorgée puis restent silencieux, René est mal à l'aise.

– Que faisiez-vous avant que j'arrive ? demande Mélissa.

Alexandre hésite puis consent à révéler :

– Nous avons revécu notre « jeunesse au Moyen Âge » grâce à l'hypnose régressive.

– Encore ces histoires de vies antérieures dont tu m'as parlé ce matin ?

– Maintenant j'y crois, reconnaît son père.

– J'ai surtout l'impression que tu as beaucoup d'imagination, comme René.

– Sur moi, ça marche, insiste son père. Qu'est-ce que tu perds à essayer ?

Elle secoue la tête.

– Le peu de dignité qu'il me reste... Non, vraiment, vous semblez avoir abandonné toute rationalité. Vous, des professeurs... Ce que vous faites, là, ce sont des pratiques ésotériques... C'est de la...

Elle va dire « sorcellerie ».

– … bidouille new age ! Il ne faut vraiment pas que ça se sache, vous imaginez la tête du ministre de l'Enseignement supérieur s'il apprenait que le président de la Sorbonne se livre avec l'un de ses conférenciers à ce genre de séances ?

René est étonné par la violence de sa réaction.

Dans sa situation, elle trouve encore la force de dénigrer la démarche. En même temps, c'est un moyen pour elle de renforcer ses convictions. Comment disait mon père : « Ce que tu ne comprends pas, tu le juges, comme ça, tu as l'impression de le dominer. »

– Pourquoi doutes-tu ? lui demande Alexandre.

– Je pense que tout ça est juste un moyen de fuir le réel.

La phrase résonne dans l'esprit d'Alexandre. Il se lève et s'approche de la fenêtre de la cuisine pour observer l'extérieur. Il rallume sa pipe et fume par petites bouffées nerveuses.

– Et si nous allions là-bas ? propose-t-il.

– Où ça ? dit René.

– En Terre sainte, sur les traces de nos vies antérieures, pour voir s'il se produit un phénomène de « déjà-vu ».

René et Mélissa restent silencieux, sous le coup de la surprise.

– Je suis sérieux. Demain, ce sont les vacances de Pâques, n'est-ce pas ? Nous avons donc seize jours de congés devant nous. Autant en profiter. Ce que je vous propose, c'est de partir en Israël, tous les trois, au plus vite.

Carrément.

– Mélissa, tu n'oseras pas sortir, de peur d'avoir à te justifier sur tes marques au visage auprès des gens que tu connais. Et toi, René, tu m'as dit que ta compagne t'avait quitté et que les huissiers venaient faire le siège de ta péniche. Ce sont des signes, il faut déguerpir.

– Partir en Israël ? dit René. Désolé, Alexandre, je n'ai pas d'argent pour payer un billet et une chambre d'hôtel.

– C'est moi qui paye tout. Ou plutôt c'est le gouvernement. Je ne suis pas seulement président d'université, j'ai aussi un statut de chercheur au CNRS et, en tant que tel, j'ai une enveloppe pour les recherches archéologiques sur le terrain. J'ai le droit d'emmener deux assistants.

– Mais on ne peut pas y aller sans avoir rien préparé, objecte Mélissa.

Alexandre sourit.

– J'ai un collègue et ami en Israël : le président de l'université de Jérusalem, il s'appelle Ménélik Ayanou. Il pourra nous aider à accéder aux sites de fouilles.

Mélissa est aussi surprise que René par cette proposition.

– J'aime bien faire les choses au moment où j'y pense, déclare Alexandre. Sinon après on ne les fait plus.

Il consulte son smartphone.

– Bon, le premier vol disponible est demain soir à 23 h 50. Parfait. Le trajet jusqu'à l'aéroport Ben-Gourion dure cinq heures. Nous dormirons dans l'avion.

29. MNEMOS. SAUVÉ DES EAUX.

Après l'assassinat d'Akhenaton, des prêtres considérés comme hérétiques continuèrent à pratiquer le culte d'Aton de manière clandestine. Ces prêtres, lorsqu'ils étaient pourchassés, trouvaient refuge chez les Hébreux. Ils avaient en commun la pratique d'une religion monothéiste : le culte

de la lumière solaire pour les prêtres d'Aton, et le culte du Dieu-souffle pour les Hébreux.
On ne sait pas jusqu'à quel point les deux spiritualités ont fusionné à l'époque de Joseph, il est cependant intéressant de noter que le mot « Dieu » se dit en hébreu « Adonaï », qui a pour racine le mot « Adon », dont la sonorité est assez proche d'« Aton ».
De même, plusieurs extraits de la Bible ressemblent à des chants d'hymne à Aton. Ainsi, l'hymne sur les animaux est assez similaire au Psaume 104, qui concerne lui aussi les animaux proches de l'homme.
Le pharaon Akhenaton avait accordé à la tribu des Lévi, dans la ville de Mal-Lewi (littéralement « la ville des Lévi »), le droit de pratiquer sa religion dans le temple d'Aton. Quand le culte d'Aton fut interdit, les Lévi perdirent ce privilège. Les persécutions des prêtres d'Aton coïncidèrent avec celles des membres de la communauté juive, jusque-là protégée par le pharaon.
Or un astrologue prédit au nouveau pharaon, Séti Ier, qu'un enfant né chez les Hébreux fomenterait une révolte d'une ampleur inégalée. Séti Ier prit cet augure très au sérieux et ordonna aussitôt le massacre systématique de tous les nouveau-nés mâles hébreux.
Cependant, dans la tribu des Lévi, un homme nommé Amram et sa femme Yokheved eurent un petit garçon. Yokheved cacha le bébé durant trois mois, puis, sentant qu'il risquait d'être découvert, elle l'abandonna dans un panier flottant sur le Nil. Il fut recueilli par la fille du pharaon, qui se nommait Batya. Elle l'adopta et le baptisa Moshui, ce qui signifie en égyptien « sauvé des eaux ».

30.

René est rentré tard à la péniche. Il a eu du mal à s'endormir, excité à l'idée du voyage à venir, mais quand il a enfin sombré dans le sommeil, il a lâché prise avec tous ses soucis de la veille.

Au matin, il est réveillé par une présence.

Opale emporte ses dernières affaires à l'aide de trois grandes valises.

Elle a l'air résolue à me quitter pour de bon.

Markus est installé au volant, et lorsque René passe devant la voiture, les deux hommes échangent un regard hostile à travers le pare-brise.

– Ça y est, j'ai tout récupéré ! annonce la jeune femme, en secouant sa chevelure rousse.

– Tu es sûre de ton choix ? tente René encore somnolent.

– Je suis certaine d'avoir envie de changer de vie, lui répond-elle.

Et elle referme le coffre du véhicule.

Au même instant, l'huissier au manteau gris et au chapeau rond qui est passé les voir trois jours avant se présente de nouveau.

– Bonjour, excusez-moi, mais j'ai oublié de prendre certaines mesures. Ça ne me prendra que quelques minutes, je peux ?

René ferme les yeux, résigné.

Opale reste encore quelques instants avec René.

– Ne me regarde pas comme ça, dit-elle. On dirait que tu vas me faire des reproches. On ne peut pas agir sur les autres, on ne peut agir que sur soi-même. Pose-toi juste la question suivante : que dois-je changer dans mon comportement pour être heureux ?

– Là, c'est toi qui m'imposes une situation qui…

Elle lui caresse le menton d'un geste maternel et le coupe :

– … qui ne peut être que bénéfique pour toi. Je suis certaine que tu vas trouver une femme plus adaptée à ta personnalité, comme moi-même j'ai trouvé Markus.

Et nous revivrons une scène érotique à la préhistoire dans une caverne sur des peaux de bêtes ?

Elle lui sourit.

– Et peut-être que toi aussi, tu connaîtras enfin l'amour avec quelqu'un qui te correspond vraiment. Qui sait, peut-être même rencontreras-tu enfin ton âme sœur, comme moi. C'est ce que je te souhaite du fond du cœur, insiste-t-elle.

Et elle effleure sa joue d'un rapide baiser. Puis elle monte dans la voiture, claque la portière, et Markus démarre en trombe.

Le jeune huissier vient vers René :

– Vous aussi, vous avez des problèmes de couple ? Moi, je suis tombé sur une femme compliquée qui remet toujours tout en question. Elle dit que c'est moi qui ai un problème. Alors j'ai commencé une psychanalyse et…

Rester calme.

– Désolé, mais je n'ai pas du tout la tête à écouter votre vie, monsieur. Faites au plus vite ce que vous avez à faire et déguerpissez.

– Ne le prenez pas comme ça. Je voulais juste vous apporter un peu de réconfort.

Ne pas le tuer.

René attend que l'homme soit parti pour revenir dans le salon de la péniche. Il observe les masques de toutes les époques et de tous les pays accrochés aux murs. La plupart ont la bouche ouverte, comme s'ils étaient hébétés par ce qui lui arrive.

À son tour, il sort une valise et sélectionne quelques vêtements qu'il empile pour le voyage. Puis il s'installe dans le fauteuil crapaud en position du lotus.

Il faut que je comprenne le lien entre Salvin de Bienne, ses prophéties et la disparition future des abeilles pour savoir comment on pourrait arrêter la Troisième Guerre mondiale.

Et la clef est forcément dans le passé. Je vais faire le souhait d'aller directement au moment de sa vie qui doit concerner ce sujet.

31.

Un mois a passé depuis la prise de Jérusalem par les croisés. Tout s'est apaisé. Salvin de Bienne se promène dans les ruelles sinueuses de la ville sainte lorsque soudain son regard est attiré par une silhouette au loin.

C'est la femme parfumée à la fleur d'oranger qui l'a remercié lorsqu'il a libéré la synagogue. Ses longs cheveux noirs ondulés sont lâchés sur son dos et elle porte une robe jaune et noir avec un motif compliqué finement tissé. Il la rejoint et se place face à elle. Elle s'arrête.

Pendant un instant, les deux jeunes gens se scrutent. René sent qu'il doit dire quelque chose pour combler le vide.

– Vous me reconnaissez ? demande-t-il en hébreu.

– Vous parlez notre langue ? s'étonne-t-elle.

– Avant d'être soldat, j'étais moine et j'ai appris à lire l'hébreu car c'était la langue de Jésus.

– Je parle aussi la vôtre, répond-elle en français.

Elle est sur le point de reprendre son chemin, alors il se présente pour la retenir.

– Je me nomme Salvin, Salvin de Bienne. J'aimerais discuter avec vous, est-ce possible ?

Elle le dévisage, d'abord surprise, puis amusée.

– Vous n'avez pas peur qu'on vous aperçoive avec moi ?

– Le jugement de mes compagnons m'indiffère mais je comprendrais que vous refusiez par peur du jugement de vos congénères.

Elle sourit puis déclare :

– Je me nomme Déborah. Déborah Smadja. Je vis avec mon père. J'allais faire des courses au marché. Si vous voulez, je vous retrouve dans la taverne qui est juste en face, quand j'ai fini.

Elle désigne une maison où l'on peut lire des lettres hébraïques et en dessous des lettres latines : « Taverne de Bethesda ».

Il entre dans le petit établissement. Dans un coin, des soldats jouent aux dés. Sur le côté, des ivrognes cuvent leur vin. Quelques prostituées aguichent des commerçants épuisés qui portent encore leurs tenues de caravaniers. Salvin s'installe à une table isolée près d'une fenêtre et commande un pichet de vin et deux gobelets, ainsi que deux assiettes de purée de pois chiches avec des crêpes de blé. Il lui semble attendre des heures, mais enfin la jeune femme apparaît à l'entrée, le repère et le rejoint.

Elle s'assoit en face de lui.

– De quoi vouliez-vous discuter avec moi ?

– Je voudrais mieux vous connaître, Déborah.

– Me connaître ? reprend-elle en riant. Et pourquoi un chevalier franc s'intéresserait-il à une femme juive ?

De nouveau, comme tout à l'heure dans la rue, elle plonge son regard dans le sien et il ne sait plus quoi dire, ni quoi faire. C'est elle qui finit par dénouer cette tension.

– Servez-moi un peu de ce vin, dit-elle en tendant le gobelet.

Il s'empresse de le remplir et cela détend un peu l'atmosphère.

– Vous avez été particulièrement courageux lorsque vous avez combattu vos propres compagnons pour nous sauver. En général, nos vies à nous ne comptent point. Enfin, je le croyais, jusqu'à ce que je vous voie intervenir et prendre des risques. Rares sont ceux qui nous défendent.

– Un jour, forcément, nos peuples vivront en paix, déclare Salvin. En prévision de ce jour, je dois préparer le terrain à mon humble niveau. J'ai fait ce qui me semblait aller dans le sens d'un futur plus harmonieux.

Elle sourit.

– Mon père m'a raconté une histoire à propos de ceux qui font des annonces sur ce qu'il va se passer. Voulez-vous l'entendre ?

– Avec plaisir.

Elle a un geste gracieux pour relever une longue mèche noire puis énonce :

– C'est l'histoire d'un homme qui marche sur la route. Il croise l'incarnation de la Peste. Il lui demande où elle va. Elle lui répond : « Je vais à Bagdad tuer 10 000 personnes. » Et la Peste continue son chemin. Puis, quelques mois plus tard, le même homme sur la même route voit de nouveau passer l'incarnation de la Peste, en sens inverse cette fois. Elle s'arrête et lui dit : « Voilà, c'est fait. » Mais l'homme se dresse face à elle : « Vous m'avez menti : vous n'avez pas tué 10 000 personnes, vous en avez tué 100 000 ! » Alors la Peste lui répond : « Non je n'en ai vraiment tué que 10 000. Les 90 000 autres sont seulement mortes de peur parce que vous leur avez annoncé que j'arrivais. »

Salvin est intrigué par cette histoire.

– Et pour vous, Déborah, qu'est-ce que cela signifie ?

– La peur du futur est notre pire ennemie. La venue des croisés a été annoncée dans notre communauté depuis longtemps. Mais au lieu de nous armer, de fuir ou de tenter de nous protéger, nous avons prié et nous nous sommes juste préparés à mourir. Et peut-être certains parmi nous sont-ils même réellement morts de peur. Nous sommes un peuple un peu… comment dire… angoissé de nature. Ce que vous avez accompli le mois dernier pour nous sauver, Salvin, a un peu changé cet état d'esprit. Tout le monde en a parlé dans notre communauté. Maintenant, on sait que vous n'êtes pas tous des brutes sans morale. Certains parmi vous sont prêts à affronter au péril de leur vie leurs propres congénères pour nous sauver sans rien attendre en retour. La peur a alors un tout petit peu reculé. Et l'espoir est un peu revenu. Vous avez eu ce grand pouvoir, chevalier de Bienne : celui de transformer une émotion négative en émotion positive. Nous recommençons à nous organiser, pour nous défendre ou pour fuir, plutôt que de rester résignés à attendre l'enchaînement des catastrophes. Vous avez, à votre humble niveau, fait baisser l'inquiétude des miens. C'est pour cela que j'ai accepté votre invitation.

Salvin cherche quelque chose d'important à dire, puis, ne trouvant rien, se contente de répéter :

– J'ai fait ce qui me semblait contribuer à un futur plus harmonieux.

Déborah passe la main dans ses cheveux et Salvin sent très nettement son parfum de fleur d'oranger.

– Vous vous intéressez vraiment au futur ? lui demande-t-elle.

– J'ai lu le livre d'un certain Lucien de Samosate écrit en l'an 160 après Jésus-Christ, qui raconte qu'un jour l'homme ira sur la Lune et rencontrera des habitants qui ressemblent à des grandes araignées.

Elle éclate de rire.

– Des araignées sur la Lune ? Je dois l'avouer, moi aussi, j'aimerais savoir si ce genre de choses est possible dans le futur.

Elle mange un peu de purée de pois chiches et lui sert un peu de vin.

– Mon père est médecin, dit-elle, et je lui sers d'assistante. Mais il est aussi kabbaliste. Il dit qu'on peut utiliser la simple maîtrise de son esprit pour voyager dans le temps.

Elle fouille dans son sac et en sort une feuille de papyrus puis elle se mord l'extrémité de l'index. Une perle de sang vermeil apparaît.

Elle appuie sur le papyrus avec son doigt, et laisse ainsi une petite trace rouge circulaire, puis fait de même un peu plus loin sur la feuille. Ensuite elle la plie suivant un axe situé entre les deux ronds, et ils entrent en contact.

– Selon lui, c'est cela, le secret des voyages de l'esprit dans le temps, déclare-t-elle.

Salvin fronce les sourcils.

– C'est encore un de vos sortilèges hébreux ? dit-il, méfiant.

– C'est une magie assez simple, répond-elle. Il suffit de plier au milieu et les deux ronds entrent en contact.

– Et c'est ainsi que votre père prétend qu'on peut voir l'avenir ?

Elle acquiesce.

– Il dit que cette énigme est la clef pour voyager dans le temps.

Ils restent ensuite plusieurs heures à discuter en buvant. Il lui parle des livres non religieux qu'il a lus à l'abbaye et, elle, de la médecine et de la kabbale.

À la nuit tombée ils se quittent mais décident de se retrouver le lendemain dans cette même taverne de Bethesda pour poursuivre leur conversation. Ils ont beaucoup de points communs, ils rient beaucoup et, à certains moments, ils ont l'impression très pure d'être connectés.

Ils se voient ainsi tous les soirs pendant un mois. Parfois elle lui reparle de l'énigme des deux ronds sur le papyrus plié mais elle ne lui donne pas la solution. Elle conclut toujours en disant :

– Cela ne marche que si on la trouve soi-même.

Un soir, après un énième fou rire, il y a entre eux un instant de silence où ils restent juste à se regarder les yeux dans les yeux. Déborah prend l'initiative de tendre sa main. Salvin hésite puis finit par poser sa main sur la sienne.

– Je n'ai point connu de femme, avoue-t-il en baissant les yeux. Avant j'étais moine, et quand je suis devenu chevalier, forcer les femmes comme le faisaient les autres ne m'a jamais tenté. Et je n'ai pas non plus voulu payer pour avoir de l'amour.

Déborah continue de l'observer sans lâcher sa main. Autour d'eux, les autres clients de la taverne, qu'ils soient francs ou hébreux, leur jettent des regards désapprobateurs. Une idylle entre gens différents n'est pas bien vue. Déborah et Salvin sentent cette hostilité ambiante mais au lieu de les refroidir, cela leur donne l'impression qu'ils sont seuls contre tous. Salvin, sur ses gardes, pose la main sur le pommeau de son épée, au cas où quelqu'un voudrait les séparer. Mais cela ne se produit pas.

Dans sa tête résonnent des voix de son enfance. Tout d'abord celle de son père le comte de Bienne : « Tu n'y arriveras pas parce que tu es trop faible. » Puis celle de sa mère : « C'est une étrangère, on ne peut pas aller avec ces gens-là. » Celle de son frère : « Elle est trop belle pour toi. » Celle de sa sœur : « Elle en veut à ton argent. » Et enfin celle de Godefroy de Bouillon : « Il n'y a pas de place qui soit imprenable. »

Salvin hésite puis se lance :

– Je connais moi aussi une histoire. C'est un voyageur qui marche dans une ruelle, dit-il. Il voit passer une femme qui lui semble l'incarnation de l'Amour. Il lui demande où elle va. Elle lui répond : « Je vais au marché, mais on peut se voir après. » Et cette incarnation de l'Amour s'en va. Quelques heures plus tard, lorsqu'elle revient, elle dit : « Voilà, c'est fait. »

– Comment se termine cette histoire ? demande Déborah amusée.

– Ils se parlent, ils apprennent à mieux se connaître et à se comprendre malgré leurs différences de culture. Et le voyageur arrête de voyager.

Alors, très lentement, Salvin approche son visage de celui de Déborah, il ferme les yeux et leurs lèvres se touchent. Elle n'a pas reculé ni tourné la tête. Autour d'eux, un silence hostile se fait. Nul n'est choqué de voir les prostituées batifoler avec les soldats au fond de la salle, mais cette femme juive bien habillée qui embrasse un chevalier franc fait scandale. Quant à Salvin, à cet instant précis, une nouvelle idée s'empare de son esprit.

Après avoir supporté sans broncher les querelles avec ses frères et sœurs, les remontrances de son père, puis les années à prier, à travailler, à voyager, à guerroyer, il s'aperçoit à vingt-six ans que la vie n'est pas seulement faite pour souffrir, survivre et tuer. Il peut y avoir ça : une femme qui tout à coup croise votre chemin, et, sans faire de complications, vous ouvre un nouveau champ des possibles jusque-là inconnu. Cette femme, c'est elle : Déborah Smadja. Et pour la première fois de sa vie, il a l'impression que quelqu'un peut non seulement le comprendre, mais aussi lui livrer des enseignements secrets qu'il ignore.

Ce pays qu'il a tant souhaité découvrir tient véritablement sa promesse. Comme il l'avait intuitivement toujours pressenti, c'est là où se passent les révélations.

32. MNEMOS. LA TERRE PROMISE.

Arrivé à l'âge adulte, Moïse fut informé de ses origines juives et, lors d'une visite d'un chantier de construction d'une pyramide, il découvrit que son peuple, alors en esclavage, était maltraité. Pour sauver un ouvrier sur le point d'être battu à mort, il tua un garde et l'enterra, puis s'enfuit au pays de Madian. Là, il se maria avec une femme nommée Sephora et devint berger. Ce fut ainsi que se déroula l'essentiel de sa vie.

Cependant, à l'âge de quatre-vingts ans, il fit un rêve où il eut l'impression que Dieu lui parlait pour lui donner des directives. Il lui fallait :

– libérer le peuple juif de l'esclavage ;
– le guider vers le pays de Canaan ;
– conclure un contrat d'alliance avec Dieu ;
– enseigner la Loi.

Moïse commença par refuser, conscient de la difficulté de la mission, mais, selon la Bible, Dieu lui fournit des arguments pour convaincre le pharaon. Ce furent les dix plaies d'Égypte. Moïse menaça le pharaon Ramsès II (fils de Séti Ier) d'une plaie s'il ne libérait pas son peuple. Le pharaon refusa dix fois, et les dix plaies s'abattirent successive-

ment : le Nil se transforma en fleuve de sang ; il y eut une invasion de grenouilles ; puis une autre de vermine ; des bêtes sauvages enragées proliférèrent ; une peste foudroyante s'abattit sur le bétail ; la lèpre frappa la population humaine ; il y eut une tempête de grêle ; puis une invasion de sauterelles qui dévastèrent les récoltes ; une nuit permanente dura trois jours (plus tard l'historien Flavius Josèphe rapporta des témoignages d'un tel phénomène dans d'autres pays durant cette période) ; enfin, les premiers-nés égyptiens moururent systématiquement.

Ramsès II ne céda que lorsque son fils aîné fut touché par ce dernier fléau. Du coup, les esclaves hébreux furent autorisés à quitter le territoire égyptien. L'événement eut lieu aux alentours de 1250 avant Jésus-Christ. Selon la Bible, 600 000 familles partirent, soit plus de 2 millions de personnes. Ce fut l'Exode.

Arrivé au pied du mont Sinaï, Moïse gravit seul la montagne et, parvenu au sommet, y reçut les Tables de la Loi, qui comprenaient les Dix Commandements :

1. Je suis l'Éternel, ton Dieu qui t'a fait sortir d'Égypte ;
2. Tu n'adoreras point d'idole ;
3. Tu n'invoqueras pas mon nom en vain ;
4. Tu travailleras six jours et tu te reposeras le septième ;
5. Tu devras respecter ton père et ta mère ;
6. Tu ne tueras point ;
7. Tu ne commettras pas d'adultère ;
8. Tu ne voleras point ;
9. Tu ne porteras pas de faux témoignage contre ton prochain ;
10. Tu ne convoiteras point le bien d'autrui.

Durant l'Exode, plusieurs révoltes éclatèrent (notamment lorsqu'une partie des Hébreux voulurent revenir aux cultes égyptiens et se mirent à adorer un veau d'or), mais malgré l'épuisement, le manque d'eau et de nourriture, le peuple hébreu continua de suivre Moïse vers le nord.

Le voyage dura quarante ans. Selon la Bible, Dieu voulait qu'aucun de ceux qui étaient nés en Égypte ne foule la Terre promise, même si c'était la terre de leurs ancêtres, car ils avaient encore une mentalité d'esclaves. Seuls leurs enfants y étaient autorisés.

Moïse lui-même mourut sur le mont Nébo, à l'âge de cent vingt ans, ne pouvant qu'embrasser le pays de Canaan du regard, sans y entrer.

Ainsi, aux alentours de l'an 1210 avant Jésus-Christ, les Hébreux étaient revenus en Israël.

33.

René Toledano regarde par le hublot de l'avion et voit le ciel étoilé. Il apprécie de franchir en cinq heures la distance que les premiers croisés franchissaient en un an.

Alexandre ronfle ; à côté de René, Mélissa lit le journal.

René saisit un papier et un stylo et dessine deux ronds. Puis il plie la feuille en deux pour mettre les deux ronds en contact.

– C'est quoi ? questionne-t-elle intriguée.

– Une énigme.

– J'adore les énigmes. C'est quoi, l'énoncé ?

– Il n'y en a pas. J'ai fait une régression hier soir chez moi, et j'ai rencontré la femme de mon ancien moi-même. Elle m'a donné cette énigme comme l'explication à la possibilité de voyager dans le temps.

– Un papier avec deux ronds ? J'en connais beaucoup mais celle-là… non, je ne vois pas, dit Mélissa en saisissant la feuille.

Elle la plie et la déplie comme pour comprendre un mécanisme.

– Cette énigme était peut-être à la mode dans les années 1100 et on a oublié la solution, plaisante René.

Mélissa plie et déplie la feuille pensivement pour mettre en contact les petits cercles.

Une hôtesse leur sert un repas, et Mélissa lui fait signe de ne pas réveiller son père. Puis, une fois qu'ils ont terminé leur dîner et que leurs plateaux ont été emportés, la jeune femme dit :

– Je n'arriverai pas à dormir. Finalement je veux bien tenter ton expérience d'hypnose régressive.

– Ici ? Dans l'avion ?

– Nous avons encore deux heures de voyage, ça devrait suffire, non ?

Elle se cale confortablement dans son siège et il la guide avec son protocole habituel. Fermer les yeux. Se détendre. Visualiser un escalier en colimaçon de cinq marches. Descendre une à une les marches. Se retrouver devant la porte de son inconscient. Prendre la clef, l'introduire dans la serrure, tourner.

– Est-ce que ça s'ouvre ?

Elle grimace, puis annonce :

– Non.

– Essaye encore…

– Ça résiste.

Zut.

– Alors n'insiste pas, c'est que ce n'est pas le moment.

Remonte les marches pour revenir au niveau du conscient. Je vais faire un décompte et tu pourras ouvrir les yeux. Cinq, quatre, trois, deux, un, zéro.

Elle bat des paupières et regarde René d'un air déçu.

– Pourquoi ça ne marche pas ?

– Ça ne marche que si l'on croit que c'est possible.

Elle secoue la tête, agacée.

– C'est ridicule, je ne sais pas ce qui m'a pris d'essayer. Ça ne peut pas marcher. C'est irrationnel.

Déjà elle se recoiffe pour se donner une contenance.

– Et puis ce n'est pas scientifique.

Il hausse les épaules.

– Sais-tu que devant toute nouveauté, on passe par cinq étapes ? 1) On se moque. 2) On s'oppose à tous ceux qui prétendent défendre cette hypothèse ridicule. Et on tente de prouver que c'est faux. 3) On accepte que ce soit possible mais cela reste considéré comme peu probable. 4) On reconnaît que c'est vrai et on se demande comment on n'y a pas pensé plus tôt. 5) Cela apparaît évident et on oublie même qu'il y a eu un doute au début. C'est ce qui est arrivé au moment d'admettre que la Terre est ronde ou que l'homme descend du singe.

– Certes. Mais force est de constater que ça ne fonctionne pas sur moi. Désolée.

Il faut relativiser cet échec.

– Si tu avais pu franchir cette porte, quelle vie antérieure aurais-tu souhaité visiter ?

– Celle qui explique pourquoi j'ai des problèmes avec les hommes et je choisis toujours ceux qui ne me conviennent pas.

Alors qu'ils traversent une zone de turbulences, une annonce de l'hôtesse demande aux passagers de rattacher leurs ceintures. Ils sont secoués.

Elle observe son père qui dort toujours profondément.

– Ce qui est formidable, reconnaît-elle, soudain radoucie, c'est que pour toi et mon père, l'hypnose fonctionne. Si vous y croyez et que ça marche, je ne vois pas pourquoi je devrais mettre en doute vos expériences.

Elle nous jalouse quand même un peu.

René attend qu'elle aussi se soit assoupie puis il décide de profiter de ce temps disponible pour repartir dans le passé. Cette fois-ci, il compte faire un nouveau saut dans le temps pour retrouver un moment important de la vie de Salvin de Bienne en rapport avec sa *Prophétie des abeilles*.

34.

Quatorze ans ont passé depuis la prise de Jérusalem par les croisés.

Alors que la nuit tombe, Salvin de Bienne dîne avec sa femme Déborah et son ami Gaspard, lui aussi accompagné de sa femme, Myriam, dans la taverne de Bethesda.

Les deux chevaliers, qui avaient une vingtaine d'années au moment de leur rencontre, ont maintenant près de quarante ans.

Cependant ils n'ont pas eu d'enfants. Quand ils ne sont pas sur les routes à protéger les caravanes de pèlerins ou de commerçants, les deux amis mènent une existence tranquille avec leurs compagnes respectives. Déborah a cessé ses activités aux côtés de son père médecin pour fabriquer des bijoux avec sa sœur.

– Cette nuit, j'ai eu l'impression qu'un ange me rendait visite, confie Salvin de Bienne à ses amis.

Gaspard l'encourage à préciser son rêve.

– C'était juste une voix. J'ai entendu que mon ange gardien me parlait. Il s'est présenté comme « saint René ».

– Et il t'a dit quoi, ton « saint René » ? demande Déborah.

– C'était assez surprenant mais… j'ai en quelque sorte « senti » qu'il m'a donné ce conseil : il serait bon de créer un ordre de moines-soldats.

– Pour un projet aussi ambitieux, nous deux, nous ne ferons pas le poids, objecte Gaspard. Il faudrait le soutien d'un seigneur d'importance. Ton suzerain Hugues de Payns, que j'aperçois là-bas, me semble tout indiqué.

Les deux hommes le rejoignent à sa table, où ce dernier joue aux cartes avec six autres chevaliers. Ils ont entre les mains des plaquettes de bois sur lesquelles sont peints des motifs abstraits représentant des bâtons, des épées, des pièces. Les sept chevaliers ont parié de l'argent et la tension est forte entre les joueurs.

Alors qu'une partie se termine, Salvin présente à Hugues de Payns son idée d'un ordre de moines-soldats.

Hugues de Payns et ses amis l'écoutent, dubitatifs.

– Quelque chose dans cet esprit existe déjà, dit Hugues, c'est l'ordre des Hospitaliers de Saint-Jean, dirigé par le frère Gérard, sous la tutelle et l'institution de notre saint pape Pascal II. Ta suggestion arrive trop tard, mon ami, l'idée était déjà dans l'air mais d'autres l'ont saisie avant toi.

– Les Hospitaliers ont leur siège principal à Rome, remarque Gaspard Hummel, nous pourrions créer un ordre de moines-soldats dont la qualité serait d'être sis à Jérusalem, dans la cité même où est mort le Christ.

– C'est une possibilité intéressante, reconnaît Hugues de Payns. Il nous faudrait tout de même une autorisation du roi Baudouin ou du pape Pascal.

La discussion est animée. Mais soudain, Salvin reçoit un fruit pourri au visage. L'agression vient d'une table toute proche. Salvin et Gaspard n'ont aucun mal à identifier le coupable : un homme à barbe rousse qui porte un bandeau sur l'œil.

Le baron Ursulin de Gravelines.

Malgré le temps qui a passé, il paraît toujours leur tenir rancune de leur intervention. Il se lève et se dirige vers eux, accompagné d'une douzaine d'autres chevaliers, tout en les invectivant :

– Ce sont eux, les ruffians qui défendent les Juifs et couchent avec leurs femmes !

Hugues de Payns tente de le calmer :

– Tu n'as qu'un œil, chevalier. Peut-être te trompes-tu et ne sont-ce pas ceux que tu crois.

Salvin s'essuie le visage et reste silencieux.

– Une abeille m'a piqué à l'œil quand nous avons repris la ville aux infidèles, explique Ursulin rageusement, et c'est un prix que je suis heureux d'avoir payé pour la gloire de Notre-Seigneur, sache-le. Mais j'y vois assez bien pour reconnaître ces fourbes. Et il se trouve que j'ai fort envie d'utiliser la pointe de mon propre dard contre ces traîtres.

Ursulin de Gravelines dégaine son épée, ses compagnons font de même et s'avancent, menaçants.

Hugues de Payns s'interpose.

– Calmez-vous, messires. Nous sommes entre chevaliers. Nous avons suffisamment à faire avec les Turcs pour ne pas créer de querelles entre nous.

– Ne te mêle pas de ça, Hugues, c'est seulement entre ces deux renégats et nous, clame Ursulin.

– Messires ! Vous n'allez pas vous battre à treize contre deux !

– Moi aussi, je le reconnais, lance Gaspard, c'est le chevalier couard qui préfère combattre les femmes, les vieillards et les enfants désarmés.

– Oui ! celui qui empeste le parfum à la rose, complète Salvin de Bienne.

Ursulin fait mine de se calmer, puis soudain bondit, bouscule Hugues de Payns, qui n'avait pas encore saisi son épée et fonce sur Gaspard qui n'a pas eu lui non plus le temps de se mettre en garde. Salvin est le plus rapide et dévie le coup qui aurait pu fendre le crâne de son ami. Mais Ursulin avait dissimulé une dague et il l'enfonce profondément dans le bras gauche de Salvin.

Les compagnons d'Ursulin encerclent Salvin et Gaspard. Hugues de Payns et les six chevaliers avec qui il jouait viennent à leur rescousse.

Cette fois-ci, le combat est plus équilibré. Les tables, les chaises, les bancs sont renversés. Les assiettes et les bols en terre cuite sont brisés. Les clients effrayés s'écartent. Une véritable bataille se déroule dans la taverne saccagée.

Soudain un sifflet retentit. Une vingtaine de soldats arborant les armoiries du roi Baudouin jaillissent dans la taverne. Ils mettent en joue les combattants avec des arbalètes et parviennent ainsi à tous les désarmer.

Quelques minutes plus tard, les deux groupes de croisés sont enfermés séparément dans des cellules de prison du palais royal installé dans l'ancienne mosquée al-Aqsa, sur le mont du Temple.

Dans la salle où on les a conduits, Hugues de Payns prend la parole :

– L'adversité fait parfois obtenir ce que la diplomatie ne parvient point à créer. Finalement, cette altercation m'a donné à réfléchir. Je crois, Salvin, que ton idée d'un ordre de moines-soldats est envisageable.

Salvin a soigné sa blessure au bras comme il a pu et, surmontant la douleur, il répond faiblement :

– Merci.

– Tous les croisés n'ont pas les mêmes valeurs et il me semble qu'il serait bon de réunir sous une même bannière un groupe de chevaliers qui respectent un code moral strict. Puisque nous sommes retenus en ce lieu, créons ici cet ordre. Je vous propose de dénommer très simplement notre groupe « milice du Christ », la *Militia Christi*.

Tous approuvent.

– Messires, présentons-nous les uns aux autres, dit le grand chef de guerre. Je suis Hugues de Payns, je viens de Champagne.

– Godefroy de Saint-Omer, de Flandre.

– André de Montbard, de Bourgogne.

– Payen de Montdidier, de Picardie.

– Gondemar d'Amarante, du Portugal.

– Geoffroy Bisol, du Hainaut.

– Archambault de Saint-Amand, d'Auvergne.

Enfin les deux fauteurs de troubles se présentent à leur tour :

– Salvin de Bienne, de Franche-Comté.

– Gaspard Hummel, d'Alsace.

Les chevaliers s'observent, l'instant est solennel. Hugues s'adresse à eux avec enthousiasme :

– Il n'est point de meilleur endroit que cette prison, dans le palais du roi situé là où se trouvaient jadis le Temple de Salomon et la synagogue du Christ, pour donner naissance à une milice chrétienne ! En attendant une reconnaissance officielle par le roi ou le pape, jurons ensemble, frères, de vouer notre vie à notre ordre.

Ce qu'ils font, avec émotion.

– J'ai peut-être une idée de symbole, propose Gaspard Hummel.

Avec son couteau, il se perce le doigt et, utilisant son propre sang comme une encre rouge, il dessine sur le mur blanchi à la chaux une croix dont les quatre branches sont de taille égale mais dont les extrémités sont pattées, c'est-à-dire plus larges.

– Rouge comme le sang du Christ, dit-il. Pattées aux extrémités comme signe de puissance.

– Oui, ce symbole paraît judicieux, approuve Payen de Montdidier. Il nous différenciera des Hospitaliers qui ont une croix blanche pattée sur fond noir.

– J'ai réfléchi à une devise, frères, dit Godefroy de Saint-Omer. *Foi, Force, Sagesse et Valeur*, qu'en pensez-vous ?

Ils acquiescent tous. Les neuf chevaliers s'entaillent la paume, puis se saisissent par les mains pour former une ronde et reprennent en chœur la devise :

– FOI ! FORCE ! SAGESSE ! VALEUR !

Hugues de Payns ferme les yeux et déclare :

– Que naisse en ce jour du 18 février de l'an de grâce 1113 et en ce lieu notre ordre de moines-soldats *Militia Christi* et qu'il vive pour toujours et fasse résonner sa voix particulière dans l'infini de l'espace et du temps.

Un soldat arrive avec un trousseau de clefs. Il ouvre la grille et leur fait signe de sortir.

– Vous avez de la chance : le roi Baudouin vous connaît, et compte tenu de vos états de service, il ne souhaite pas vous garder plus longtemps. Il met cet incident sur le compte d'un excès de boisson. Pour ma part, je trouve que des croisés ivres qui se battent dans les tavernes de Jérusalem sont un mauvais exemple pour les chrétiens. Nous allons vous rendre vos armes, mais sachez bien que si vous faites encore le moindre esclandre, votre séjour en prison sera beaucoup plus long et bien moins confortable.

Ils sont libérés et Hugues de Payns propose de retourner à la taverne de Bethesda pour célébrer l'événement. Quand ils arrivent, elle est déserte, seul l'aubergiste est là, à tenter de réparer les dégâts. Ils l'aident à isoler une table et quelques chaises pour se réunir.

– Frères, dit Hugues, je vous propose de trinquer pour fêter la création de notre nouvel ordre de moines-soldats.

Il se tourne vers le propriétaire du lieu.

– Simon, pour changer du vin qui nous est désormais interdit, sers-nous de ton hydromel, nous en ferons notre boisson privilégiée.

Dès qu'elle apprend la nouvelle de leur libération, Déborah accourt. Elle serre Salvin contre elle. Mais Salvin grimace. Sa blessure au bras gauche est douloureuse.

– Montre-la-moi ! lui intime-t-elle.

Il déchire sa manche pour qu'elle examine la plaie. Elle est étonnée par la profondeur de l'entaille.

– Je vais aller chercher mon père, il saura ce qu'il faut faire.

Quelques minutes plus tard, le vieil homme observe à son tour la blessure.

– Nous n'avons pas le choix, si on n'ampute pas rapidement, ça risque de se gangrener.

En quelques minutes, grâce à l'aide des chevaliers, la taverne de Bethesda se transforme en salle d'opération.

Salvin boit un pichet entier d'hydromel à fort degré d'alcool, puis on l'attache solidement à un banc et on place un morceau de bois entre ses dents pour qu'il puisse le serrer de toute la puissance de ses mâchoires. Le père de Déborah réclame une grande bassine d'eau chaude et y trempe ses mains.

– Pourquoi vous lavez-vous les mains avant d'opérer ? demande Godefroy de Saint-Omer, étonné. Est-ce une superstition juive, comme vos bains rituels ?

Le docteur Smadja ne répond pas et reste concentré.

– Installez plus de bougies pour éclairer. Passez-moi la scie.

– Il paraît que les Juifs tiennent leurs connaissances en médecine de l'Égypte antique, chuchote Hugues de Payns.

– Et préparez un brasier où vous mettrez une épée à rougir. Quand j'aurai fini de sectionner l'os, il faudra vite appliquer l'épée brûlante sur la plaie pour la cautériser.

Déborah serre la main de son mari. Le médecin, après avoir posé un garrot au-dessus de la blessure, positionne la scie contre l'épiderme. Il commence son mouvement de va-et-vient dans un bruit sinistre de peau coupée puis d'os.

Le sang coule, la douleur augmente. Comme une vague puissante, elle emporte Salvin, il a l'impression que sa tête explose puis tout disparaît.

35.

René Toledano a des picotements dans le bras. Il a fini par s'endormir en appui sur le côté. Dans la cabine de l'avion, l'éclairage est rallumé et une annonce signale l'imminence de l'atterrissage. Par le hublot, les lumières de la ville forment une sorte de gâteau sur lequel on aurait piqué une multitude de bougies clignotantes.

– Tu as bien dormi ? demande Alexandre à René.

– Je me suis juste assoupi un instant.

L'avion descend. Les roues touchent le tarmac. Enfin le signal d'autorisation de quitter l'appareil retentit. Les passagers peuvent alors prendre leurs affaires dans les coffres à bagages. Puis ils sortent par la passerelle.

Les trois Français sont arrivés à l'aéroport Ben-Gourion. René Toledano a un sentiment étrange.

Je connais cet endroit.

Il se met à genoux et pose sa main sur le sol.

C'est comme si cette terre émettait une sorte de magnétisme spécial.

J'ai déjà senti cela en Bretagne dans la forêt de Brocéliande, et sur le Mont-Saint-Michel, mais là, il y avait une explication logique : le granit irradiait.

Comme tout le monde le regarde bizarrement, il se relève et poursuit son chemin.

Ayant franchi la douane et récupéré leurs valises, ils prennent un taxi pour rejoindre Jérusalem.

Il est maintenant six heures du matin et l'aube commence à poindre à l'horizon. Le paysage n'est pas du tout comme ils l'imaginaient. Ils pensaient trouver un désert, or il y a des forêts et des champs cultivés. Cela ressemble plutôt à l'Espagne ou à l'Italie.

René observe les collines verdoyantes.

Est-ce que c'était ainsi il y a neuf cents ans ?

Est-ce cela que voyait Salvin ?

Quelques minutes plus tard, le taxi les dépose devant l'hôtel

King-David. C'est Alexandre qui a tenu à ce qu'ils s'installent dans ce palace : « Un hôtel historique dans une ville chargée d'histoire », a-t-il expliqué. Et en tant que président de la Sorbonne, il a la possibilité de faire des notes de frais, même pour ce genre d'établissement luxueux.

Dans l'immense hall de l'hôtel, ils savourent la fraîcheur de la climatisation.

Alexandre, qui a déjà séjourné là, est tout heureux de faire étalage de ses connaissances et de leur servir de guide.

– Cet hôtel a été construit en 1929, explique-t-il. Mais il est surtout connu à cause de l'attentat contre l'état-major colonial anglais perpétré par l'Irgoun, la branche armée du mouvement de résistance juive.

Il montre des photos en noir et blanc exposées sur un mur. On y voit l'hôtel King-David à différentes époques.

Alexandre raconte :

– Le 22 juillet 1946, en représailles à l'arrestation de 2 500 Juifs, l'Irgoun envoie un message qui avertit : « Nous avons placé un engin explosif dans l'hôtel. Évacuez-le immédiatement. » Mais le chef des officiers britanniques, sir John Shaw, après avoir pris connaissance de ce message, déclare à son officier : « Nous ne recevons pas d'ordre des Juifs », et il interdit à quiconque de quitter le bâtiment, empêchant même le personnel de s'enfuir. À midi, une première petite explosion a pour but de disperser les passants. Les membres de l'Irgoun aident alors les serveurs et cuisiniers arabes à s'échapper par une porte à l'arrière du bâtiment. L'explosion proprement dite a lieu à 12 h 30 et fait 91 morts. Parmi eux, 28 officiers britanniques, 41 Arabes et 17 Juifs. L'une des rares personnes présentes sur les lieux qui soient sorties indemnes de l'attentat est… sir John

Shaw. Après quoi les Britanniques ont quand même progressivement évacué le pays, non sans déclarer qu'ils préféraient laisser les Hébreux et les Arabes s'entretuer sans se mettre au milieu.

Sur les photos, on voit des soldats anglais en uniformes impeccables fumant la pipe dans des fauteuils. Debout, des serveurs portent des plateaux où se trouvent des bouteilles de brandy ou de whisky.

– Ils ont eu la même réflexion un an plus tard en quittant l'Inde, en 1947, rappelle Mélissa. Ils ont dit qu'après eux musulmans et hindous allaient s'entretuer.

– Ce que je trouve étonnant, c'est qu'autant de sang ait été répandu sur cette terre censée être sacrée, fait remarquer Alexandre.

– C'est peut-être précisément parce qu'elle est sacrée, suggère René.

– Dans ce cas, je préfère les terres profanes, dit Mélissa.

– Allons vite déposer nos affaires dans nos chambres, rappelle Alexandre qui ne veut surtout pas se lancer dans un débat sur ce thème avec sa fille. Et retrouvons-nous dans dix minutes à la piscine.

Ils montent dans leurs chambres respectives, se rafraîchissent, changent de vêtements. Et, un peu plus tard, voilà les trois Français en maillot de bain au bord de la piscine du King-David qui dégustent des smoothies aux fruits frais à l'ombre des majestueux palmiers du jardin de l'hôtel.

– J'ai donné rendez-vous à mon ami Ménélik Ayanou, le président de l'université de Jérusalem, ici même, près de la piscine. Il ne devrait pas tarder.

René Toledano ne peut s'empêcher d'admirer la détermination et l'efficacité d'Alexandre. En à peine plus de vingt-quatre heures, il a réussi sa première régression, décidé d'entreprendre ce voyage en Israël, réservé des billets d'avion et des chambres à l'hôtel King-David et contacté avec succès son ami sur place.

Mélissa, qui perçoit la pensée de René, confirme :

– Mon père est un homme pressé. Il fait tout comme si nous allions mourir dans les minutes qui suivent. Au début, c'est impressionnant mais ensuite on rêve simplement d'avoir un petit répit.

– Un répit ? Mais vous l'avez ici et maintenant autour de cette superbe piscine avec ces délicieux cocktails, il me semble, réplique Alexandre d'un air faussement outragé.

– Si une fois seulement, papa, tu pouvais te détendre et apprécier ce que tu as, au lieu de vouloir toujours plus. C'est comme si tu courais sans cesse après l'éblouissement permanent.

Elle se tourne vers René et le prend à témoin.

– Il est comme ça. Il veut tout le temps tout apprendre sur tout, puis après il veut montrer qu'il sait tout sur tout. Et je crains qu'avec toi, il n'ait trouvé quelqu'un qui le pousse encore plus sur cette mauvaise pente.

– Ça, c'est la meilleure ! Ma fille me reproche d'être trop curieux ! dit Alexandre avec un large sourire.

– Je te reproche de ne pas savoir t'arrêter pour apprécier ce qu'il y a autour de toi. Tu sais, en dehors du passé et du futur, il existe un endroit extraordinaire pour l'esprit : le présent. Apprécie ce que tu vis dans l'ici et maintenant !

– Mon Dieu, je crois bien que j'en suis incapable, reconnaît son père.

– Moi, en tout cas, j'apprécie cette seconde précise avec vous deux, sans penser à la suivante, déclare René qui savoure lentement son cocktail.

– En fait, dans la Bible ils disent que Adam et Ève ont été chassés du paradis… mais peut-être pas, dit Alexandre. Peut-être qu'on est encore au Paradis. Cette diversité de décor, de plantes, d'animaux, de fruits, de fleurs, c'est quand même extraordinaire, vous ne trouvez pas ? Ce ciel, ce soleil, et de manière plus générale cette variété de formes, de couleurs, d'odeurs, de chants d'oiseaux… Nous sommes dans une féerie permanente et nous ne nous en rendons même pas compte. Moi le premier.

– Dans ce cas, je crains que ce soit précisément nous les humains qui n'avons pas pris conscience que nous étions encore au paradis qui sommes en train de le transformer… en enfer, dit Melissa.

Avec ce que j'ai vu du futur surchauffé et surpeuplé, elle ne croit pas si bien dire, songe pour sa part René.

René regarde Mélissa. Elle porte un maillot rouge et a gardé ses lunettes de soleil pour dissimuler ses ecchymoses. Alexandre, lui, est en short hawaïen et il s'est recouvert le corps de crème bronzante.

René admire en silence la façade beige orangé de l'hôtel à travers les palmes qui oscillent doucement dans l'air. Il repense aux péripéties qui l'ont amené à cet instant. Il remplit ses poumons de cet air tiède et parfumé et se dit :

Oui, cette seconde précise, ici et maintenant, est un pur instant de bonheur à mettre dans ma collection de moments précieux.

Mélissa enlève ses lunettes de soleil pour les remplacer par des lunettes de natation, elles aussi avec effet miroir, puis elle plonge depuis le bord avec grâce.

Alexandre et René se baignent à leur tour. Les deux hommes bavardent dans l'eau sur un côté de la piscine.

– En fait, déclare Alexandre à René, je n'ai pas compris

pourquoi ma fille, qui a toujours été d'extrême gauche, s'est mise en couple avec un type d'extrême droite comme Bruno. En tout cas, je suis content de l'avoir emmenée ici, pour qu'elle voie Israël par elle-même. En tant que membre de la Ligue communiste révolutionnaire, ma fille a toujours été viscéralement antisioniste. Elle a distribué des tracts pro-palestiniens. Elle était avec des militants de la cause palestinienne dans toutes leurs manifs, à côté de pancartes parfois douteuses.

– Antisémites ?

– Disons, « antisionistes ». C'est pourtant ici, dans ce pays dont elle nie le droit à l'existence, qu'elle se baigne et qu'elle retrouve son énergie…

– Aller voir sur place de ses propres yeux, rien ne résiste à cette expérience…

La jeune femme fend l'eau d'un crawl parfait et élégant.

– Je ne pense pas qu'elle changera d'opinion sur ce pays. Elle apprécie juste d'être dans un hôtel luxueux loin de son fiancé violent, énonce René avec réalisme.

Tous les trois sortent de l'eau et enfilent des peignoirs pour se sécher. René demande à un serveur de lui apporter une feuille de papier et un crayon. Puis il dessine encore les deux ronds et plie la feuille en deux comme il a vu Déborah le faire devant Salvin et explique pour Alexandre de quoi il s'agit.

Tous les trois regardent de nouveau l'énigmatique dispositif.

– C'est presque… trop simple, dit Mélissa. Il y a si peu d'éléments. Deux ronds et une pliure, c'est tout.

René plie et déplie la feuille, comme si la pliure était en soi une part de l'énigme.

Soudain, la jeune femme déclare :

– Je crois que… j'ai trouvé !

Elle saisit la feuille et très lentement reproduit le geste de plier pour mettre en contact les deux petits cercles dessinés.

– Imaginons que l'espace-temps soit symbolisé par cette feuille de papier, dit-elle. Je crois qu'Einstein avait déjà utilisé ce principe pour montrer qu'une planète pouvait par sa simple masse courber une surface plane, comme si l'univers était une membrane tendue lisse ou… une page blanche.

Bon sang, elle s'y connaît aussi en astrophysique. Je pense que je l'ai sous-estimée.

– Imaginons que nous sommes là, dans cet espace-temps.

Elle désigne un des deux petits ronds.

– Et que nous voulions aller là.

Elle montre le second rond. René s'approche pour suivre le raisonnement de la jeune femme.

– Deux lieux différents, deux époques différentes… Nous sommes bien d'accord. Mais comment rendre cela possible ?

– D'un point de vue scientifique, c'est pour l'instant en dehors de nos connaissances actuelles, reconnaît-elle.

Elle plie la feuille et met en contact les deux ronds.

– Pourtant, tous les deux, vous y arrivez, avec votre truc d'hypnose régressive. C'est probablement grâce à votre imagination, mais vous vous persuadez que vous allez là-bas, dans cet autre espace-temps, et que votre esprit voit, entend et sent des choses. Et c'est suffisamment « réaliste » pour que vous ayez ensuite des conversations comme si vous étiez certains, tous les deux, d'avoir vécu ces scènes du passé, n'est-ce pas ?

Elle a compris quelque chose qui nous échappe.

– Exact, admet Alexandre. Où veux-tu en venir ?

– Ce que vous faites par votre esprit, c'est donc de connecter ces deux espaces-temps, qu'on pourrait symboliser par ces deux ronds…

Elle déplie la feuille et la replie pour fusionner et séparer les deux ronds.

– Tout est donc dans l'art de pouvoir plier l'espace-temps pour créer des connexions.

Elle laisse passer un temps pour être sûre d'être comprise.

– Continue, s'impatiente Alexandre.

– On pourrait dire qu'avec votre technique psychique, vous arrivez à devenir des plieurs de temps… Ce que vous créez, c'est donc du « temps plié ».

ACTE II

Le temps plié

36.

Le « temps plié » ?

Une sorte de déflagration frappe l'esprit de René.

Les deux hommes sont séduits par ce jeu de mots. Mélissa, elle, poursuit sa démonstration sur ce même ton docte :

– Si j'ai bien compris, vous avez créé un ordre de moines-soldats, cette *Militia Christi* ? Eh bien, je pense que sa dénomination n'est pas encore définitive.

Alexandre prend sa fille dans ses bras.

– Évidemment ! rugit-il. Ces noms me disaient quelque chose depuis le début ! Mon Dieu ! Hugues de Payns ! C'est le fondateur de l'ordre des… Templiers !

René entreprend de lire sur son smartphone une page sur l'ordre. Il fronce le sourcil droit.

– Attendez, dans la liste des neuf chevaliers qui ont officiellement fondé l'ordre des Templiers, il y a bien Hugues de Payns et les six autres, mais Gaspard Hummel et Salvin de Bienne n'y figurent pas.

Alexandre vérifie sur son propre téléphone et l'absence de ces deux noms le laisse perplexe lui aussi. Puis soudain il s'exclame :

– J'ai peut-être une explication : deux des Templiers cités sur cette liste, Arnaldo de Dordogne et Rolland de Provence, ont été contestés par la suite. Cela laisserait donc la place à deux chevaliers non répertoriés…

– Nous deux ?

Les deux hommes sont de plus en plus enthousiastes, alors que Mélissa manipule toujours la feuille pliée avec les deux ronds et semble y trouver des perspectives infinies de réflexion.

– Donc… dans ce cas, déclare Alexandre, notre *Militia Christi* doit devenir… l'ordre du Temps plié ou… l'ordre des Templiers !

René complète :

– Il semble en effet que l'ordre des Pauvres Chevaliers du Christ ait changé de nom lorsqu'ils ont décidé de s'intéresser à l'histoire des Juifs sur ce territoire, et notamment au Temple du roi Salomon. Cette *Militia Christi* s'est alors appelée « les Chevaliers du Christ et du Temple de Salomon ». Puis, seulement dans un troisième temps, « les Chevaliers du Temple », et enfin plus communément « les Templiers ».

René et Alexandre se regardent, complices. Alexandre lance à René :

– Je crois que nous sommes au bon moment au bon endroit, mon cher.

37. MNEMOS. LE PREMIER ROI D'ISRAËL.

Les Hébreux, à peine sortis d'Égypte et revenus en Israël, créèrent un gouvernement d'assemblée où toutes les déci-

sions étaient votées par les représentants de douze tribus (du nom de Joseph et de ses onze frères : Ruben, Siméon, Lévi, Juda, Issacar, Zabulon, Dan, Nephtali, Gad, Asher et Benjamin).

Chaque tribu avait un territoire à gérer. Lors des attaques des armées voisines, les Hébreux firent d'abord appel à des soldats-agriculteurs. Les hommes qui travaillaient habituellement dans les champs devaient rejoindre les armées de défense durant les périodes de guerre. Les attaques des Philistins, un peuple du nord, devinrent de plus en plus difficiles à contenir (le mot « philistin » signifie en hébreu : « envahisseur »).

Pour contrer plus efficacement ces attaques, les tribus décidèrent de créer une armée de métier, financée par des impôts. Cela nécessita la mise en place d'une administration avec au sommet une équipe dirigeante incluant un roi.

Ainsi, après avoir tenté de fonctionner en assemblée, les Hébreux durent adopter un système hiérarchisé et centralisé de type égyptien, avec un seul homme dirigeant le pays avec ses ministres.

Le premier roi fut Saul.

Il commença à gouverner en 1045 avant Jésus-Christ.

Après un début de règne qui assura la paix et la prospérité à son peuple, le prophète Samuel vint le voir et lui dit qu'il avait reçu un message de Dieu : il devait laisser le trône à David, un jeune berger de Bethléem. Saul accepta d'intégrer le très jeune David dans sa cour, et de le former dans l'armée.

Lors d'une nouvelle guerre, les Philistins présentèrent

comme champion un guerrier nommé Goliath. Selon les sources de l'époque, ce soldat philistin faisait six coudées et un empan, soit deux mètres vingt. Les deux armées se firent face. Goliath mit les Hébreux au défi d'envoyer leur meilleur combattant pour le battre en duel. Pendant quarante jours, Goliath tua ainsi un homme le matin et un homme l'après-midi.

Jusqu'au jour où David à son tour releva le défi. Il s'avança sans armes et, sous le coup d'une intuition, utilisa sa fronde pour lancer un caillou au front de Goliath, qui chuta. David put alors l'achever.

Dès lors, David devint un héros. Saul commença à s'inquiéter de la concurrence de ce jeune berger qui en plus de son talent de guerrier cumulait d'autres atouts comme celui d'être poète et joueur de harpe.

Saul lui donna pourtant sa fille, Mikhal, comme épouse. Les années passant, il devint de plus en plus jaloux de son gendre qui, lui, devenait toujours plus populaire.

Il encouragea ses propres fils à tenter d'assassiner David. Mais l'un d'entre eux, Jonathan, était l'ami de David et il l'avertit que ses frères allaient venir pour le tuer, ce qui permit au jeune homme de fuir à temps.

Saul mourut lors d'une nouvelle bataille contre les Philistins. David put alors monter sur le trône d'Israël. Dès le début de son règne, en 1010 avant Jésus-Christ, David décida de faire de Jérusalem sa capitale.

Il fit prospérer son royaume, plus encore que ne l'avait fait son prédécesseur.

À la fin de son règne, il conçut un ambitieux projet : construire un grand temple sur le mont Moriah pour y

héberger les Tables de la Loi de Moïse. Il dessina les plans de ce temple, mais il mourut alors que les travaux n'étaient pas commencés. Avant de rendre l'âme, il demanda à son plus jeune fils, Salomon, de poursuivre son projet.

38.

– Alors, ça travaille dur ?

Un homme se dirige vers eux en fauteuil roulant électrique.

Il porte une chemise bleue à manches courtes qui révèle de longs bras décharnés à la peau noire.

Son visage est long avec un nez droit et fin. Il a mis sur le sommet de son crâne une kippa bleue tricotée.

– Ménélik ! s'exclame Alexandre.

– Alex ! Quel plaisir de te revoir.

Ils s'embrassent sur les joues.

– Voici ma fille Mélissa et René Toledano, professeur d'histoire, que je viens d'engager comme conférencier.

Les deux saluent Ménélik en souriant.

– Je vous présente mon grand ami Ménélik Ayanou.

– Vous parlez très bien français, remarque Mélissa.

– J'ai étudié à la Sorbonne. Mais à l'époque, Alex n'était pas encore président.

– Ménélik est trop modeste. Il parle couramment plusieurs langues : le latin, le grec, l'abyssin et l'araméen. Et il sait décrypter les hiéroglyphes égyptiens comme s'il lisait une bande dessinée.

– C'est quoi, l'abyssin ? demande René.

– Comme vous l'avez peut-être déduit de la couleur de ma

peau, je suis né en Afrique, plus précisément en Éthiopie. L'abyssin est la langue de l'Éthiopie.

– Excusez-moi, dit la jeune femme, je ne savais pas qu'il existait des Israéliens noirs.

– Je suis un Juif d'Éthiopie. Ceux qu'on nomme communément les « Falashas ». Nous nous considérons comme les descendants du roi Salomon et de la reine de Saba. J'ai quitté l'Éthiopie pour venir en Israël à l'âge de treize ans.

– Comment vous êtes-vous rencontrés ? demande René.

– Il y a deux mois, répond Alexandre, lors d'un congrès de présidents d'université à Stanford. Ménélik était le seul qui ne portait pas de cravate et qui plaisantait. Tous les autres se prenaient un peu trop au sérieux. Depuis, nous n'avons jamais rompu le contact.

– J'ai été surpris quand tu m'as dit que tu débarquais ici, Alex. Tu aurais dû m'avertir plus tôt. J'aurais pu t'héberger chez moi, dans mon kibboutz.

– L'hôtel King-David est parfait. Avec l'âge, j'apprécie le luxe des vieux palaces chargés d'histoire.

Ménélik Ayanou manipule son fauteuil électrique et s'installe confortablement à la table. Il commande à un serveur plusieurs plats et boissons puis se tourne vers les Français.

– Alors, que me vaut le plaisir de cette visite impromptue ?

– Ce garçon que tu vois ici, René Toledano, a peut-être inventé la machine à remonter le temps et il voulait en vérifier certains « rouages » ici.

– Et où est-elle, cette machine ? questionne Ménélik.

Alexandre place son index sur sa tempe.

– Dans nos têtes. Ce qui la rend à la fois facile à déplacer, gratuite, et disponible pour tout le monde, pour peu qu'on connaisse la procédure d'utilisation.

Mélissa a une petite moue moqueuse, mais n'ose pas interrompre son père.

– En fait, René utilise une technique qu'il nomme « hypnose régressive », et c'est avec cette méthode simple qui consiste à fermer les yeux et à se laisser guider par la voix d'un hypnotiseur, ou par sa propre voix intérieure, qu'il arrive à cette performance.

– Votre venue à Jérusalem a-t-elle un rapport avec cette histoire d'hypnose ?

– René et moi avons retrouvé le lieu où nous nous sommes rencontrés une première fois dans le passé. C'était au pied des murailles de cette ville, un certain 15 juillet 1099. Il nous a semblé… enfin nous avons eu l'impression… René et moi… toujours grâce à cette technique « d'hypnose régressive », d'avoir été des chevaliers croisés qui ont combattu pour entrer dans la ville ce jour-là.

Ménélik Ayanou dévisage Alexandre, puis il regarde Mélissa, qui lève les yeux au ciel.

– Vous êtes sérieux ? dit-il. Vous ne pensez pas plutôt qu'il s'agissait d'une sorte de… rêve ?

Un serveur leur apporte quatre verres de jus de carotte avec de la glace pilée, qu'ils dégustent avec plaisir.

– Je reconnais que cela peut surprendre, tempère Alexandre. Moi-même, au début, je n'y croyais pas. Le seul élément qui tend à corroborer que cela puisse fonctionner et que ce ne sont pas des songes ou de simples projections imaginaires, ce sont les détails et les ressentis émotionnels et physiques. J'étais en immersion complète dans la peau de ce chevalier.

– Quel genre de détails ?

Alexandre réfléchit, puis dit :

– Tiens, par exemple, un truc tout simple : les vêtements à l'époque grattaient, que ce soient les chemises de laine, les cottes de mailles. Depuis que je suis allé « là-bas », j'apprécie énormément le simple contact d'un tee-shirt de coton fin. Avant je n'y faisais même pas attention. Et puis le fait que le soir tout s'arrête à la nuit tombée. Au Moyen Âge, on est comme des lézards, on vit avec la lumière du jour et, dès que le soleil est couché, on reste terrés dans un abri. Comme il n'y a pas de réverbères dans les rues, la nuit fait peur. Tout cela, je ne le percevais pas aussi nettement avant de le vivre.

– Autre détail, ajoute René, il n'y avait évidemment pas de toilettes comme aujourd'hui, c'est une invention récente. Quand on a dû utiliser des lieux immondes où le bourdonnement des mouches est presque assourdissant, on est heureux de ne pas y rester trop longtemps… Et il faut s'essuyer avec une pierre, une feuille, enfin, ce qu'on a sous la main.

– La musique. Ça peut paraître anecdotique, mais ça m'a frappé : il n'y a aucune possibilité de l'enregistrer. Si une chanson nous plaît, il faut donc sans cesse fredonner l'air et les paroles pour la mémoriser.

Mélissa ne peut se retenir de sourire devant ces détails qui paraissent anodins.

– Et puis, dit René, l'absence de diversité de la nourriture. On mange tous les jours la même chose. En général, de la soupe et du pain. Et un morceau de lard quand on a de la chance ou les jours de fête.

– Dans les fruits et les légumes, il y a des vers ! Cela n'existe plus de nos jours, parce qu'ils sont irradiés, mais à l'époque, il y en avait partout dans la nourriture.

– On ne se lave pas les dents. Tout le monde sent mauvais de la bouche.

– Il y a des mouches partout car les ordures sont déversées dans des rigoles au milieu des rues. Et ce sont les chiens, les chats, les porcs et les rats qui font le travail des éboueurs, rappelle Alexandre.

– Et il n'y a ni trottoir ni tout-à-l'égout, bien sûr.

– Il y aussi des hordes de chiens, de chats qui n'appartiennent à personne et qui peuvent vous attaquer.

– Et des bandes d'enfants, probablement orphelins. Ça m'a surpris, je dois dire. Eux aussi ils peuvent vous attaquer, rappelle René comme s'il racontait un voyage touristique particulièrement surprenant.

– Les ânes. On n'en voit plus de nos jours, mais à l'époque il y avait plus d'ânes visibles dans les rues que de chevaux.

– J'ai remarqué aussi un certain nombre d'idiots de village. Comme on voyage peu parce que c'est trop dangereux, les gens restent pratiquement toute leur vie dans leurs bourgs et se mettent en couple avec des gens proches, cousines, cousins, neveux, nièces… Du coup, il y a beaucoup de maladies liées à la consanguinité. Et comme il n'y a pas de centre spécialisé ou d'asile de fous, eh bien on voit ces idiots de village un peu partout.

– Ah, et puis aussi les gens au balcon. C'est assez impressionnant. Les vieux s'ennuient alors ils se mettent aux fenêtres et restent toute la journée à regarder ce qui se passe dans la rue. Ça aussi, ce n'est qu'en étant « là-bas » que j'ai pu le constater.

Ménélik semble amusé. Il n'a pas l'air de vouloir se moquer d'eux.

– Et vous avez découvert tout ça en pratiquant votre « hypnose régressive » ?

– Je ressentais ce que mon ancien moi-même ressentait, raconte Alexandre. Je voyais ce qu'il voyait, je sentais ce qu'il sentait, entendais ce qu'il entendait, j'avais peur, j'étais exalté. C'est comme si j'étais à l'intérieur de son crâne à lui…

– Mais on peut choisir d'autres points de vue pour se voir de l'extérieur, précise René.

– Durant les batailles, je savais que j'avais une chance sur deux de trépasser. Nous vivons dans une sécurité extraordinaire de nos jours. À l'époque, pour un chevalier croisé, chaque jour de survie était un petit miracle qu'il fallait reproduire le lendemain. Jamais je n'ai connu des émotions aussi intenses, poursuit Alexandre.

– Même en tant que président d'université ? plaisante Ménélik.

– Même si parfois j'ai eu à combattre ma hiérarchie, des profs en grève ou des étudiants mécontents, ça n'a jamais été au péril de ma vie.

– En tout cas, cette curieuse pratique m'offre au moins le plaisir de vous voir ici, conclut Ménélik. Quels « rouages », comme vous dites, voulez-vous vérifier à Jérusalem ?

– Nous nous demandions si le fait d'être sur place ne peut pas augmenter l'effet de « déjà-vu ».

Ménélik termine son jus de carotte, puis il dit :

– Vous voulez retrouver des lieux que vous auriez visités dans vos vies antérieures, c'est ça ?

Les trois Français se regardent, conscients que cette conversation, si elle était entendue par d'autres, pourrait sembler surprenante.

– Juste avant que tu arrives, nous avons eu une « intuition », chuchote Alexandre comme s'il allait lui confier un grand secret.

Une des clefs pour comprendre qui nous étions est peut-être liée aux Templiers.

Il fait bien de ne pas lui parler du jeu de mots sur le « temps plié », je pense que cela ne ferait que nous rendre encore moins crédibles.

– Dans ce cas, répond Ménélik, vous savez certainement que les Templiers étaient précisément installés dans le lieu qui avait jadis été le Temple de Salomon. Leur nom leur vient d'ailleurs de là.

– Oui, c'est bien ça, approuve Mélissa.

– Mais ce temple n'existe plus. À la place se trouve désormais la mosquée Al-Aqsa.

– Il doit quand même y avoir quelques vestiges ?

– En effet.

– Tu pourrais nous emmener là-bas ?

Le serveur leur apporte des assiettes composées de plusieurs petites spécialités locales : fallafels, aubergines à la sauce tomate, carottes au cumin, houmous, pita, téhina, et olives grosses comme des prunes.

Ils goûtent à toutes ces préparations et s'aperçoivent que beaucoup sont très piquantes.

– Je connais un endroit pas loin d'ici où l'on conduit des fouilles archéologiques… Si vous voulez, nous pourrons nous y rendre tout à l'heure.

39.

Devant eux, le Mur.

C'est une gigantesque paroi, elle-même composée d'énormes blocs de pierres taillées. Les plus gros en bas, les plus petits en haut.

Quelques herbes sauvages dépassent de la partie supérieure comme des touffes de cheveux.

Des milliers de tout petits rouleaux de papier plié s'entassent dans les interstices de la partie inférieure.

– Le Mur des Lamentations..., souffle Mélissa, admirative.

– L'expression « Mur des Lamentations » est un terme méprisant utilisé par le moine romain Jérôme de Stridon en l'an 373 pour se moquer des Hébreux qui, selon lui, pleuraient devant le dernier vestige de leur Temple détruit, explique Ménélik. En hébreu, on le nomme « Kotel », d'un mot qui signifie tout simplement « mur ». Cinq cents mètres de long sur quarante de haut. Mais il y a une partie souterraine qui va jusqu'à vingt mètres sous la surface du sol.

– Ce sont des blocs énormes, remarque Alexandre.

– Et encore, là, ce sont ceux que vous voyez, mais il y a dans la section souterraine un monolithe de quatorze mètres de long pesant 570 tonnes, reprend Ménélik. En fait, il a été construit avec une légère inclinaison, selon le modèle des pyramides, pour que la partie basse soit plus large que la partie haute.

Sur l'esplanade, face au Mur, des hommes prient, certains en vêtements noirs, avec un châle de prière sur la tête ou les épaules, d'autres en tee-shirt ou en chemise. Des touristes de tous les pays se prennent en photo avec le Mur en arrière-plan.

René a l'impression de sentir encore plus nettement cette énergie diffuse qu'il avait perçue en mettant le pied pour la première fois sur le sol d'Israël. L'impression de se connecter à une énergie très ancienne datant de plus de trois mille ans.

– Vous pouvez faire un vœu, propose Ménélik en leur indiquant comment procéder.

Les deux Français se couvrent la tête de kippas en carton

distribuées à l'entrée. Chacun – Mélissa, Alexandre et René – écrit quelque chose sur un bout de papier, le roule et introduit le petit rouleau dans un interstice des gros blocs de pierre.

– Quel est votre vœu ? demande René à Alexandre.

– De trouver un jour le Graal. N'est-ce pas l'objectif ultime de tout chevalier ?

– Et vous, Mélissa ? interroge Ménélik.

– Moi ? Je ne crois pas aux vœux, mais bon, je me plie à l'exercice. J'ai écrit que je souhaitais trouver l'Amour… avec un grand A.

Alexandre se tourne vers René.

– Et toi ?

– Un message pour le futur moi-même qui pourrait venir ici un jour.

– Et ça dit quoi ?

– « Coucou ». Ensuite, j'ai mis en plus petit mes initiales et la date d'aujourd'hui.

Mais il ne précise pas qu'il a en plus dessiné deux ronds et plié le papier au milieu pour qu'ils entrent en contact.

Impatient comme toujours, Alexandre s'adresse à son ami :

– Et si nous passions aux fouilles archéologiques dont tu nous as parlé, mon cher Ménélik. Où est-ce ?

– Il y a trois chantiers. Le premier est le plus ancien, il est situé au nord-ouest du Mur. C'est aussi le plus grand, mais il est limité par l'esplanade des Mosquées. Le second est plus au sud. Il est plus récent et plus petit. Je vous propose de visiter le premier.

– Et le troisième chantier ?

Ménélik semble gêné tout à coup.

– Ah oui, le troisième… Eh bien, les Jordaniens ont entrepris certains travaux sous le Temple et en sortent des « déchets ». Ce matériel est entassé dans une décharge. Nous n'avons pas d'accès direct ni à ce chantier ni à la décharge. Alors nous rachetons ces pièces aux ouvriers qui les sortent discrètement.

– Un chantier sous la mosquée ? s'étonne Alexandre.

Sans attendre, Ménélik Ayanou les guide vers une porte sur la gauche du mur antique. Elle donne accès à des couloirs, puis à une zone où travaille une équipe de jeunes archéologues. La plupart ont tout au plus une vingtaine d'années.

Ménélik salue des collègues plus âgés qui supervisent les fouilles. Il prend dans une caisse des casques de protection en plastique, qu'il distribue aux trois Français, puis il dit avec un sourire :

– Alex... Cela m'embête un peu de te demander ça, mais... pourrais-tu me prendre dans tes bras ? Dans cette zone, mon fauteuil électrique ne peut plus passer. Ne t'en fais pas, je ne pèse pas lourd.

Alexandre accepte bien volontiers, et voilà le président de la Sorbonne qui soulève le président de l'université de Jérusalem et le porte comme un enfant. Sorti de son fauteuil, Ménélik se révèle encore plus grand et maigre qu'au premier abord. Ses jambes pendent comme deux branches.

Tous les quatre avancent dans des galeries de plus en plus étroites qui descendent profondément.

– C'est une vraie lasagne. Il y a vingt-six couches de terres identifiées, correspondant donc à vingt-six époques différentes.

– Et qu'avez-vous trouvé récemment ?

– Des céramiques, des poteries, des armes, des statuettes datant de trois mille ans, donc de l'époque du roi David. Mais il y a des traces encore plus anciennes.

René intervient :

– Je crois me rappeler un texte égyptien daté de l'époque d'Akhenaton, qui évoque une certaine bataille menée par le pharaon Aménophis III (le propre père d'Akhenaton) et la résistance acharnée de la tribu des Hibirous de Rushalim contre cette tentative d'invasion.

– Oui, confirme Alexandre qui entend bien ne pas laisser un ancien étudiant faire étalage de sa science. L'histoire se trouve sur les fresques du temple d'Amon-Rê, à Karnak. Le peuple des Hibirous de Rushalim, c'est-à-dire Jérusalem, est aussi évoqué sur des tablettes d'argile datant de cette époque.

Ils progressent dans une zone éclairée par des projecteurs.

– Cette cité avait principalement son cœur sur le mont Sion au sud-ouest de l'actuelle esplanade des Mosquées.

– Et c'est de ce mont Sion qu'est tiré le mot « sionisme », note Mélissa.

– Oui, et te souviens-tu de *Matrix* ? Dans ce film, Sion apparaît comme le sanctuaire de la résistance, rappelle son père, qui adore débusquer des références bibliques dans le cinéma moderne.

– C'est vrai, dit-elle. J'avais oublié ce détail.

Ils arrivent à une salle de fouilles.

Des lampes à diodes blanches sont disposées un peu partout. Autour des visiteurs, des étudiants prennent des mesures et des photos. D'autres grattent le sol avec des racloirs ou des pinceaux.

– En mai 2020, nous avons trouvé trois chambres souterraines taillées dans la roche. Ces salles ont deux mille quatre cents ans, précise Ménélik.

Le sol est recouvert d'une mosaïque encore en bon état que les jeunes archéologues révèlent avec soin, à l'aide de brosses à dents.

Tout en restant dans les bras d'Alexandre, qui se contient pour ne pas montrer sa fatigue, Ménélik dirige le groupe vers d'autres endroits de la salle. Là, le sol est quadrillé par des fils tendus qui définissent des zones bien précises numérotées pour les identifier.

– Des escaliers relient les trois chambres, signale Ménélik.

– Et ça, c'est quoi ? demande Mélissa en pointant un petit renfoncement creusé dans le mur.

– Ce sont des niches pour mettre les lampes à huile, explique l'archéologue.

– Tu reconnais quelque chose ? demande Alexandre à René.

– Non, rien pour l'instant.

Les galeries et les longs couloirs sont très nombreux et ils ont l'impression de découvrir une ville souterraine cachée sous la surface de la Jérusalem moderne.

Ménélik les guide ensuite jusqu'à un tunnel qui vient buter sur une porte métallique sur laquelle est peinte une inscription en arabe. En dessous, les mots « *STOP* » et « *NO TRESPASSING* » repris dans plusieurs langues. Avec un symbole de main qui arrête.

– Voilà, dit Ménélik, on ne peut pas explorer plus loin. Si on franchissait cette porte, cela pourrait déclencher une guerre.

– Comme lors de la deuxième intifada, n'est-ce pas ? dit Alexandre.

– Oui, c'est ça, répond Ménélik. Le 28 septembre de l'an 2000, quand Ariel Sharon a voulu pénétrer sur l'esplanade que nous nommons « esplanade du Temple » et que les musulmans nomment « esplanade des Mosquées », cela a entraîné une vague de manifestations violentes et d'attentats-suicides, et plus de cinq mille personnes sont mortes.

– C'est quand même étonnant que les fouilles archéologiques soient interdites ici, dit Mélissa. Que craignent les autorités ?

– Que l'on découvre beaucoup d'objets juifs, et que cela affaiblisse la légitimité des Palestiniens qui veulent faire de Jérusalem leur capitale, déclare Alexandre. Rappelez-vous que sous la pression de plusieurs pays arabes, l'Unesco a voté en octobre 2016 un texte qui remet en question les origines juives de Jérusalem.

Ménélik a l'air surpris par la prise de position de son ami, et il lui répond :

– C'est tout le problème : l'archéologie contredit parfois la politique.

René pose sa main sur la porte.

– Tu sens quelque chose ? lui demande Alexandre.

– Non, rien. Désolé.

Il faut que je me rende à l'évidence. Aller sur le lieu où l'on est censé avoir vécu dans une vie précédente n'apporte pas un supplément d'expérience.

– Tu as l'air déçu. Tu t'attendais à quoi ? lui lance Mélissa. Une révélation à l'endroit même où vivait ton « ancien moi » ?

René reste silencieux.

Tous les quatre ressortent du chantier souterrain.

Alexandre, épuisé, dépose son ami dans son fauteuil roulant électrique.

Puis tous se saluent et conviennent de se retrouver le lendemain à l'hôtel King-David dès onze heures.

René a envie d'être seul. Il monte dans sa chambre.

Il s'installe confortablement, avec un coussin calé sous les fesses.

Il a l'intention de faire un nouveau saut dans le temps de la vie de Salvin de Bienne. Il veut influencer Salvin pour lui donner envie de visiter ce qu'il y a sous le mont du temple, précisément là ou l'accès lui est interdit et où se trouve peut-être quelque chose ayant un lien avec les abeilles.

40. MNEMOS. L'ARCHITECTE HIRAM ET SES TROIS ASSASSINS.

Salomon commença à régner en 970 avant Jésus-Christ. Il réunit les représentants des douze tribus et leur demanda d'augmenter les impôts et les taxes afin d'arriver à réunir la somme nécessaire à la construction du Temple. Les dirigeants acceptèrent à la condition qu'une fois le Temple achevé, cet impôt exceptionnel soit aboli.
Hiram Ier, roi de la cité voisine de Tyr, ville située au nord du royaume hébreu, sur le territoire du Liban actuel, envoya du bois de cèdre, des maçons, des artisans et surtout son meilleur architecte, qui portait le même nom que lui : Hiram. L'architecte, fils d'une veuve, était issu de la tribu juive de Nephtali.
Après seulement quatre ans de règne, Salomon lança donc la construction du Temple sur le mont Moriah, sous la direction de l'architecte Hiram.
Le projet impressionnait car il était la convergence des connaissances de l'époque, que ce soit dans le domaine géométrique, technologique ou artistique.
L'ensemble du temple formait un bâtiment rectangulaire aux pierres blanches d'une hauteur de 15 mètres.
Les murs étaient épais de trois mètres.
À l'intérieur, le sol et les murs étaient lambrissés de bois de cèdre.

Les panneaux étaient ornés de motifs de fleurs, de palmiers et de statuettes d'ange recouvertes d'or.
Au fond, deux anges géants dorés déployaient leurs ailes au-dessus d'un coffre en or contenant les Tables de la Loi rapportées par Moïse, celui-ci étant aussi nommé Arche d'alliance puisqu'il contenait le symbole de l'union entre les humains et Dieu.
Le chantier était colossal. Dix mille personnes coupaient les cèdres au Liban. Cent cinquante mille portaient et taillaient les pierres. Trois mille cinq cents coordonnaient les efforts de tous ces ouvriers sur le chantier.
L'architecte Hiram créa trois grades au sein des équipes : apprentis, compagnons et maîtres. Seuls les maîtres avaient accès aux secrets de l'ensemble de la construction.
Or, au bout de sept ans, alors que le chantier arrivait à son terme, trois compagnons voulurent avoir accès aux secrets des maîtres. Ils tendirent un piège à Hiram, tentèrent de lui extorquer les secrets de la construction du Temple, mais n'y parvinrent pas et le tuèrent.
Ils se débarrassèrent de son cadavre. Lorsque le roi Salomon apprit que son ami Hiram avait été assassiné, il demanda aux neuf maîtres du chantier de partir à la recherche du cadavre de leur grand maître. L'un d'entre eux repéra un acacia, arbre qui, à l'époque, servait à marquer l'emplacement d'un corps enterré.
Le roi Salomon demanda alors qu'on exhume la dépouille de son ami Hiram et qu'on lui offre une sépulture décente et une cérémonie funéraire avec les plus grands honneurs.
Puis il exigea qu'on retrouve les criminels. Les neuf maîtres parcoururent les pays voisins et finirent par les retrouver.

Capturés, ils furent jugés, condamnés et suppliciés selon un rituel spécial : on leur ouvrit le ventre et on installa une ruche d'abeilles dans leurs entrailles.

41.

Un bourdonnement d'insectes réveille Salvin.

Des moustiques.

Il a l'impression que jour après jour leur nombre ne fait que croître. Il se gratte une piqûre qui le démange.

À côté de lui, sa femme Déborah dort profondément.

Il se lève, boit à la cruche, se passe de l'eau tiède sur le visage, puis allume une bougie pour s'habiller.

En cette année 1121, Salvin a quarante-huit ans. La vigueur de l'homme de vingt-six ans qui a conquis Jérusalem en 1099 n'est plus qu'un souvenir.

Et puis, il s'est habitué à tout faire avec un seul bras, le droit.

Il contemple sa femme et se souvient de tout le chemin parcouru depuis leur première rencontre.

Accrochée à une patère, sa cape blanche, une croix rouge pattée cousue dessus, symbole de dévouement et de puissance. À la voir, il éprouve une légitime fierté.

La « Militia Christi ».

L'ordre des Pauvres Chevaliers du Christ, à Jérusalem.

Dire que j'ai contribué à créer cela…

L'ordre a été reconnu en 1119, donc six ans après leur serment dans la prison du roi Baudouin. Ils ont repris la règle de saint Benoît, qui oblige à faire vœu de chasteté et de pauvreté. Salvin et Gaspard avaient déjà tous deux une compagne juive et une maison et ils ont été dispensés de ces vœux à la condition de ne pas vivre à l'intérieur de la commanderie des Chevaliers du Christ, située précisément dans le palais du roi de Jérusalem, l'ancienne mosquée al-Aqsa, à l'emplacement de l'ancien Temple du roi Salomon.

Salvin quitte sans bruit sa maison toute proche de l'église Saint-Jacques-le-Majeur, dans le quartier arménien, au sud-ouest de la ville, pour gagner celle de son ami Gaspard Hummel, qui n'est pas loin.

Il frappe. Il entend enfin des pas qui s'approchent.

– C'est moi, Salvin.

La porte de bois s'entrouvre.

– Tu as vu l'heure ? J'espère que tu as une bonne raison de me réveiller si tôt.

– J'ai encore rêvé de mon ange. Je n'ai perçu que sa voix, mais il a été très clair. Il m'a dit que je devais aller sous le Temple de Salomon. Il y aurait selon lui quelque chose d'intéressant qui y serait caché.

Gaspard soupire.

– Désolé, Salvin, j'ai besoin de sommeil pour assurer ma garde demain. Nous n'avons plus vingt ans, et je te rappelle que la semaine prochaine nous devons accompagner un groupe de pèlerins italiens qui vont arriver au port de Tyr. La route n'est pas sûre et il se peut que nous devions nous battre. Je ne peux pas t'aider, je vais me recoucher. Bonne nuit.

Salvin met son pied pour empêcher la porte de se refermer.

– Mon rêve était très précis, insiste-t-il.

– Si cela te semble important, vas-y, mais vas-y seul.

– Non, Gaspard, allons-y ensemble. Toi aussi, tu écoutes tes rêves quand ton ange y apparaît, n'est-ce pas ?

Gaspard fait une moue dubitative.

– Parfois j'en tiens compte et parfois non. Une nuit, dans un de mes rêves, j'ai entendu une voix qui me disait que je devais aller pisser, eh bien je n'y suis pas allé et j'ai fait sur moi…, dit le chevalier barbu blond, légèrement moqueur.

– Écoute-moi !

– Non, toi, écoute-moi. Une autre fois, j'ai rêvé que je me réveillais… et puis je me suis rendormi.

– Je suis sérieux, Gaspard, je veux aller voir si ce que m'indique mon ange est vrai ou faux. Viens avec moi. Je t'en prie.

– Tu n'as pas besoin de moi.

– J'ai le sentiment que c'est périlleux. Sans toi je me sens toujours vulnérable.

– Raison de plus pour rester dormir tranquillement dans ton lit. À demain, Salvin. Fais comme moi, écoute la voix du sommeil qui t'appelle plutôt que celle de l'ange de tes rêves.

Et il referme la porte.

Salvin rentre chez lui, il enfile sa tenue de combat, mais sans prendre son bouclier ni son casque. Juste sa cotte de mailles, ses bottes, son épée et une torche qu'il accroche à sa ceinture.

Le chevalier marche dans la ville déserte à cette heure avancée de la nuit.

Au-dessus de lui, la lune est pleine et éclaire les rues de Jérusalem d'une lueur diaphane. Deux silhouettes furtives s'approchent de lui. Des brigands menaçants mais qui, voyant la croix rouge sur la poitrine du chevalier, déguerpissent aussi vite qu'ils sont apparus. Salvin poursuit son chemin mais il sent soudain une présence non loin. Son épée en avant, il se retourne brusquement. Ce n'est qu'un chat abyssin qui détale aussitôt. À l'angle d'une rue, il perçoit d'autres présences, probablement aussi félines. Il pense :

Ce ne sont que des chats.

Il sort du quartier arménien pour rejoindre la porte du mont Sion, longe la muraille extérieure vers l'est, et arrive à la porte des Tanneurs, le lieu précis désigné par la voix de son ange dans son rêve.

Même lorsqu'elles ne sont pas en activité, les tanneries dégagent une pestilence qui prend à la gorge. L'ange de Salvin lui a conseillé d'être attentif à tout ce qui, de près ou de loin, pourrait avoir un lien avec les abeilles.

Il arpente les alentours de la porte des Tanneurs.

En fait d'insectes, il repère seulement des mouches. Il faut dire que l'endroit est aussi surnommé « porte des immondices », car à l'odeur désagréable des tanneries s'ajoute celle d'une rivière qui charrie les déchets de la ville : excréments, boues diverses, ordures variées.

La rivière Siloé traverse la ville : elle fournit l'eau propre et évacue l'eau sale. L'eau potable vient du nord, l'eau souillée sort vers le sud. Au nord, c'est « la bouche ». Et au sud, c'est… « l'anus de Jérusalem ».

Cette idée le fait sourire.

Il inspecte les pierres et aperçoit une inscription latine : « *CURRICULUM SILOE* ». Ce mot latin de « *curriculum* » peut se traduire par « chemin de vie ». Il s'agit là de l'aqueduc souterrain construit par les Romains pour améliorer l'entrée et la sortie de l'eau de la rivière Siloé dans la ville.

Guidé par son intuition, Salvin s'avance vers la rivière boueuse.

Mon ange s'est trompé, il voulait dire : « Suis les mouches », peut-être…

Pour en avoir le cœur net, il range son épée dans son fourreau, dégage sa torche enduite de poix inflammable et l'allume avec un briquet à percuteur métallique fait de silex et terminé par une mèche enduite d'amadou. La torche s'embrase en libérant une odeur de résine qui fait fuir des formes furtives.

Des rats.

En surface, les rats sont chassés par les chats, mais sous terre ils peuvent proliférer.

Salvin cherche longtemps dans la zone avant d'apercevoir, gravé dans la roche, un motif qui ressemble fort à une abeille.

Bon sang, mon ange veut-il que je pénètre dans les égouts ?

Il pose sa torche sur la berge, déchire sa tunique et utilise ce morceau de tissu pour se faire un masque qui le protège de la puanteur.

Puis, reprenant sa torche, il enfonce un pied dans l'eau marron.

À cet instant, le tonnerre se met à gronder et, dans les secondes qui suivent, un orage s'abat sur la ville. Pour protéger sa torche de la pluie qui tombe dru, il se hâte de mettre son second pied dans la substance brune et avance jusqu'à pénétrer dans l'égout par une arche de pierre. L'eau lui arrive aux genoux. L'odeur est pestilentielle, mais en respirant par à-coups il parvient à surmonter son dégoût.

Devant lui, les rats filent, effrayés.

Après cent mètres, Salvin débouche dans une zone où le plafond est plus haut. La lumière de sa torche dévoile une paroi recouverte de chauves-souris. À son arrivée, elles s'envolent dans un grand mouvement collectif, prennent un virage et lui effleurent le visage. Il les éloigne en agitant sa torche, puis reprend sa progression. Il ne quitte pas des yeux les hauteurs au cas où d'autres chiroptères surgiraient. Les stalactites qui pendent lui font penser à une matière vivante.

Je remonte les intestins de Jérusalem.

Soudain, le niveau de l'eau s'élève.

La pluie en surface augmente le débit de la rivière souterraine Siloé.

L'eau lui arrive maintenant à la taille. Il continue néanmoins d'avancer, mais le liquide marron monte vite jusqu'à sa poitrine. Il persévère. Ses épaules sont bientôt elles aussi dans l'eau sale. Pour protéger sa torche, il la tient en hauteur.

Faire demi-tour ?

Non, il se dit aussitôt qu'il aurait parcouru tout ce chemin dans la fange pour rien. Il songe aussi que Gaspard va se moquer de lui, alors, malgré tout, il continue.

Tant que la torche brûle, je ne suis pas en danger.

Il a de l'eau jusqu'au menton et respire difficilement à travers le tissu mouillé posé sur son nez. Des rats de moins en moins timides s'approchent de lui, comme s'ils n'avaient plus peur du feu.

Plus que jamais à cet instant il aurait apprécié d'avoir un deuxième bras disponible pour les éloigner avec son épée.

Il agite la torche et avance alors que le niveau de la surface de l'eau continue de monter inexorablement.

Enfin le fond de l'égout remonte et Salvin se retrouve dans un goulet où l'eau ne lui arrive plus qu'à la taille. Il profite de ce répit pour avancer un peu plus vite.

Un nouveau groupe de chauves-souris apparaît et leurs battements d'ailes en l'effleurant éteignent sa torche. Salvin est à présent dans le noir avec de l'eau marécageuse jusqu'au ventre, entouré des rats qui couinent et des chauves-souris qui frôlent sa tête.

C'est un grand instant de solitude.

Il dégage son briquet de son étui, heureusement étanche, et entreprend de produire des étincelles.

L'étoupe ne prend pas. L'obscurité se remplit de bruits inquiétants.

Après plusieurs tentatives infructueuses dans le noir, et alors que les fines membranes des ailes des chauves-souris qui poussent des piaillements aigus continuent de l'effleurer, il parvient enfin à trouver une zone encore imbibée de poix, l'enflamme, et la torche se remet à éclairer ce qui l'entoure.

Un croisement dans l'égout donne accès à une galerie perpendiculaire dont la berge est plus haute. Il examine la paroi rocheuse et repère de nouveau le symbole de l'abeille.

Par là.

Il sort de l'eau marron de la rivière Siloé pour se hisser sur la berge.

Tout en avançant, il illumine les parois. Au plafond il découvre une inscription en hébreu : « *BEÏT HA MIKDASH* ».

« Beït », c'est « la maison ». « Ha Mikdash » signifie « de sainteté ».

Qu'est-ce que cette formule fait dans un égout ?

Le tunnel sec ne cesse de descendre en pente douce.

Il finit par arriver dans une impasse. Plus de phrases en hébreu, plus de symbole d'abeille.

Il a dû y avoir un effondrement.

Il pose sa torche et appuie de sa main sur les parois de terre qui l'entourent. Puis il pique avec son épée dans les murs.

Plusieurs endroits résistent à la pression, jusqu'à ce que son épée s'enfonce d'un coup.

Il y a un espace vide derrière ce mur de terre.

Il creuse avec son épée, puis avec sa main et dégage une cavité. Il l'élargit jusqu'à pouvoir passer et enjambe la zone obstruée. Il aboutit à un nouveau couloir. Au loin, il distingue une lueur bleutée.

Il arrive dans une immense salle circulaire dont le plafond en forme de voûte est tapissé de vers luisants turquoise.

On dirait un ciel étoilé.

Au centre de cette grande salle se trouve un petit bâtiment de forme parfaitement cubique.

Il s'avance, la torche en avant, et découvre une inscription au-dessus de la porte. « *BEÏT YAHWE* ». Il traduit sans peine :

La maison de Dieu.

À l'entrée, deux colonnes de bronze.

Quand il était jeune, Salvin a lu beaucoup de livres dans la bibliothèque du monastère sur cette symbolique.

Jakin, la colonne noire à droite, et Boaz, la colonne blanche à gauche…

Ce sont les deux colonnes censées être placées à l'entrée du Temple de Salomon.

IL Y AURAIT DONC UN SECOND TEMPLE SOUTERRAIN ET DE TAILLE RÉDUITE SOUS LE GRAND TEMPLE EN SURFACE.

Tout en éclairant la salle, il a une intuition.

Ils ont construit cette synagogue souterraine au cas où celle en surface serait détruite.

Et c'est ce qui s'est passé.

Ils ont utilisé les galeries de l'aqueduc de la rivière Siloé comme moyen d'y accéder par l'extérieur. À l'époque, l'accès devait être plus aisé car depuis, il y a eu des zones effondrées. Les abeilles gravées leur permettaient de trouver le chemin qui menait à ce Temple souterrain.

Salvin s'approche des deux colonnes et éclaire ce lieu surprenant.

Une vasque circulaire d'environ un mètre de diamètre est posée sur douze bœufs de bronze. Là encore, Salvin connaît cet objet grâce à ses lectures.

C'est une version réduite de la « mer d'airain », la grande vasque qui était à l'entrée du Temple de Salomon.

Ces bœufs représentent les mois de l'année.

Et c'est autour de cette table incurvée et ronde que se sont réunis les neuf maîtres qui ont retrouvé les assassins de l'architecte Hiram.

Il traverse une première salle carrée, aux murs décorés de peintures de plantes et de fleurs.

Le Vestibule.

Puis une salle rectangulaire avec des statues d'anges.

Le Saint.

Et au fond, derrière une porte plus étroite, une troisième salle, plus petite.

Le Saint des Saints.

Sur une estrade est posé un chandelier de bronze à sept branches de deux mètres de haut.

Il connaît le nom de cet objet.

Ménorah.

Un mot qui signifie « de là où vient la lumière ».

C'est le plus ancien symbole du judaïsme, bien avant l'étoile à six branches.

Sur une grande table en bois d'acacia se trouvent trois objets.

Un pot. Un bâton. Et un grand coffre.

Il reconnaît aussi ces objets.

Le pot doit contenir des restes de la manne du désert tombée durant l'Exode de Moïse.

À l'intérieur du pot, il découvre un peu de sable.

Le bâton représente la verge d'Aaron, le frère de Moïse.

Il examine le bâton, mais n'y détecte rien d'extraordinaire.

Est-il possible que ce soient les authentiques objets qui aient pu être préservés ?

Quant au coffre…

Et si l'Arche d'alliance était là ? Et si je trouvais à l'intérieur les Tables des Dix Commandements, dont on dit qu'elles ont été gravées par le doigt de Dieu pour être données à Moïse…

Il pose sa torche et utilise son épée comme levier pour soulever le couvercle du coffre. Il découvre… une momie. Une momie très similaire à une momie égyptienne. Elle est emmaillotée dans plusieurs couches de rubans de tissu qui se croisent. Au niveau de la tête se trouve un masque représentant un visage peint. À son cou, un médaillon avec les deux triangles inversés qui forment le sceau de Salomon. Ses bras et ses mains eux aussi emmaillotés tiennent un compas et une équerre. Au niveau du plexus, une plaque avec une inscription en hébreu que Salvin n'a pas de difficulté à lire : « HIRAM ». Les yeux sur le visage peint semblent le regarder fièrement, l'air de dire : « Je n'ai pas cédé aux trois compagnons assassins, je suis mort en gardant mes secrets. »

Bon sang ! C'est ici que le roi Salomon a placé le corps du grand architecte une fois qu'ils l'ont retrouvé sous l'acacia.

Mais soudain un bourdonnement attire son attention. Cette fois-ci, ce ne sont pas des mouches.

Une abeille.

Il suit l'hyménoptère en éclairant son vol avec sa torche et voit qu'il se dirige vers une zone où il y a plusieurs autres abeilles. Il éclaire mieux : une cavité est creusée dans le socle de bronze du grand chandelier à sept branches.

Et quelque chose de doré brille à l'intérieur.

Salvin éclaire la cavité.

Une ruche.

Des ouvrières décollent et tournoient autour de lui comme pour vérifier ses intentions à leur égard.

La flamme et l'odeur de poix brûlée de la torche semblent incommoder les insectes qui n'osent plus l'approcher. Après quelques instants d'observation calme, il distingue un cylindre doré dans la ruche.

Les Hébreux, il le sait, placent souvent une mézouzah à l'entrée de leurs maisons : un rouleau de parchemin de la Bible dans un tube, lui-même accroché au chambranle de la porte. Il doit s'agir de quelque chose d'analogue.

Mais c'est étrange… La mézouzah se met à l'entrée, pas à l'arrière d'une ménorah monumentale…

Il accroche sa torche à un anneau fixé dans le mur et avance sa main vers la ruche. Les abeilles l'attaquent mais il a déjà été piqué par le passé et il sait que cela ne cause aucun dommage grave.

Il dégage un peu de la matière gluante de la ruche et extrait le tube d'or.

Il retire facilement le bouchon, et à l'intérieur il découvre un petit rouleau de parchemin.

Il le pose, le déroule, et l'éclaire.

C'est un court texte en hébreu, qu'il traduit aussitôt :

« Mourir n'est pas une fin, ce n'est qu'un passage.
Mourir, c'est franchir une porte pour se rendre dans un autre temps.
Tu peux vérifier cela sans mourir.
Il te suffit de t'asseoir et de fermer les yeux.
Imagine que tu montes cinq marches pour rejoindre le seuil de ton esprit.
Quand tu l'auras franchi, tu verras un corridor avec des portes numérotées.
Ceci est l'accès à la plus précieuse des connaissances.
Ceci est le vrai trésor du Temple.
Et tu pourras le vérifier par toi-même en souhaitant non plus seulement entendre ton ange gardien, mais aussi le voir et parler avec lui face à face.
Demande et tu obtiendras ce privilège. »

Sa main lui fait un peu mal à cause des piqûres d'abeilles et il a le réflexe d'utiliser ses incisives pour retirer et recracher les minuscules dards.

Étonnamment, le venin des abeilles ne lui semble pas du poison mais plutôt une forme de drogue psychédélique. Il visualise son propre sang comme de l'or liquide et lumineux qui se répand dans son organisme.

Son cœur ralentit.

Alors Salvin, après une courte hésitation, s'assied sur le sol et ferme les yeux.

Le venin des abeilles doucement le trouble.

Elles tournoient au-dessus de sa tête et bourdonnent. Certaines se posent sur ses paupières closes, d'autres près de sa bouche.

Tous ses sens sont en éveil.

Comme le lui a recommandé le texte, il imagine un escalier de cinq marches qui monte pour aboutir au seuil de son esprit, où se trouve une porte.

Il l'ouvre.

Il découvre un corridor avec des portes.

Il émet le souhait de rencontrer son ange gardien.

Alors une porte s'éclaire : la 112.

Il se place devant.

Il hésite, puis il pose sa main sur la poignée de la porte et avance.

Un brouillard l'entoure. Quand il se dissipe, un homme se tient devant lui. Salvin regarde ses mains. Des mains étonnamment propres. Des ongles qui ne sont pas rongés comme les siens. Pas une égratignure, pas de cal.

Cet homme n'a jamais travaillé ou combattu.

Ses mains sont comme celles d'un enfant.

Un objet étrange est accroché à son poignet gauche.

On dirait un bracelet, mais une sorte de médaillon y est fixé, avec des chiffres sur le pourtour et deux fines aiguilles.

Je suis dans leur temple, ce que je vois, c'est de la magie de Juifs. Ce qu'ils nomment la kabbale.

Salvin a brusquement envie de rouvrir les yeux, de se lever et de s'enfuir mais quelque chose le pousse à continuer l'expérience.

L'homme porte des chaussures noires. Le matériau dont elles sont faites est luisant, ce n'est ni du tissu ni du cuir.

Il est vêtu d'un pantalon de couleur bleue. Le bleu est un pigment rare et très cher, et Salvin se dit que cet homme doit être très riche.

Ses cheveux sont bruns, ses yeux marron, sa peau étonnamment bien rasée. L'homme lui dit :

– Bonjour, Salvin.

– Je reconnais votre voix. Vous êtes l'ange qui me parle dans mes rêves, n'est-ce pas ?

– Attends, finalement je crois que je me suis trompé de tenue. Tu seras plus à l'écoute si je change un peu d'apparence.

À ce moment, il se passe quelque chose d'insolite. L'homme habillé de manière bizarre apparaît soudain vêtu d'une toge blanche. Deux énormes ailes pleines de plumes surgissent de son dos. Ainsi il ressemble exactement aux représentations des anges dans les églises.

Salvin est rassuré.

– Oui, je suis ton ange gardien.

– Saint René ?

– Oui, c'est bien moi. Je suis content de pouvoir enfin communiquer avec toi de manière plus directe et plus complète. J'ai une mission à te confier. Je souhaite que tu écrives des prophéties. Voici comment nous procéderons : je te les dicterai dans ton sommeil. Ensuite, tu les transmettras à l'ordre des Pauvres Chevaliers du Christ et ils seront les gardiens de cet ouvrage qui annoncera tout ce qui va se passer pour l'humanité à partir de ton époque.

Salvin est abasourdi. L'ange reprend :

– Ah, encore un détail : les « Pauvres Chevaliers du Christ », c'est un nom un peu long et pompeux, je trouve. Alors, puisque votre siège est sur l'ancien emplacement du Temple de Salomon, pourquoi ne vous nommeriez-vous pas « ordre des Chevaliers du Temple » ?

Après un instant, Salvin murmure :

– Heu… Pouvez-vous répéter tout ça plus lentement, s'il vous plaît ?

42.

René se frotte les yeux. Il est partagé entre le plaisir d'avoir directement communiqué avec Salvin et l'inquiétude à l'idée des énormes conséquences de ce qu'il vient de se passer.

Ce que Salvin a découvert avec ce temple souterrain est fantastique.

J'ai bien fait de lui permettre d'aller là où je ne peux pas aller.

Il faut que j'aille jusqu'au bout.

Il repense à ce qu'il a vu dans le Temple souterrain. Il se souvient que les premiers chrétiens, pour la plupart d'anciens Juifs, avaient créé des catacombes pour se cacher au temps de l'Empire romain.

À cause des persécutions, ils ont creusé des temples cachés sous terre.

Il se lève et contemple Jérusalem depuis la fenêtre de sa chambre du King-David.

Ainsi, depuis la nuit des temps, les anges, Dieu, le Diable, les démons ne sont probablement que des gens du futur qui utilisent la même technique que moi, l'hypnose régressive, pour discuter avec leurs anciennes incarnations…

Peut-être Moïse a-t-il reçu les Tables de la Loi… de son futur lui-même ?

René ouvre la fenêtre, prend une grande inspiration et se délecte de l'air embaumé de jasmin qui monte depuis les jardins.

La sonnerie de son téléphone retentit.

C'est Alexandre.

– Tu nous rejoins pour dîner ? Viens, on n'attend plus que toi.

René se passe le visage sous l'eau fraîche pour bien se rappeler dans quel corps et à quelle époque il vit. Il enfile un short, un tee-shirt et des sandales ouvertes.

Alexandre et Mélissa sont installés à une table de la salle de restaurant, près d'une fenêtre. Ils se lèvent quand René arrive, et tous les trois vont se servir au buffet.

René regarde, fasciné, les plats et mets dressés.

Nous vivons au siècle de l'abondance.

Manger est devenu une fête quotidienne à laquelle nous ne faisons même plus attention.

La terre nous offre ses fruits, ses légumes. Les animaux nous offrent leur lait, leur miel et leur chair, et nous ne pensons même pas à les remercier.

– Tu rêvasses ? lui demande Mélissa. Tu as encore un pied dans ta visite dans le passé ?

Elle a enlevé ses lunettes noires. Ses ecchymoses ne sont presque plus visibles. Elle dépose sur son plateau des boulettes de pois chiches frites et des carottes au cumin.

– J'adore ça, reconnaît-elle. Je crois que ce qui me ravit le plus, ce sont ces goûts nouveaux.

René remplit lui aussi son plateau puis ils retournent à leur table.

– Tu as vu, René ? Les gens ne terminent pas leur plat, dit Alexandre. Avant, je trouvais ça normal, mais depuis que j'ai replongé dans le monde de l'an 1100, ça me semble un insupportable gaspillage. À l'époque, chacun se servait exactement la nourriture qu'il allait manger et il ne serait venu à l'idée de personne de laisser une assiette à moitié pleine. On aurait trouvé ça… obscène.

Alexandre dévore son plat, puis poursuit sur un ton docte à l'intention de sa fille :

– De toute façon, quand on mangeait, il n'était pas question de plaisir gastronomique, c'était pour avoir des forces pour travailler ou faire la guerre. C'était utilitaire. Comme mettre de l'essence dans le réservoir d'une voiture pour pouvoir rouler longtemps.

Mélissa hoche la tête pour montrer qu'elle comprend, mais au fond elle se sent exclue des expériences médiévales de son père. Elle hausse les épaules et déguste avec plaisir des brochettes de poulet au citron saupoudré d'une herbe spéciale locale qu'elle n'arrive pas à identifier.

– La grande question dans la vie, c'est : qu'est-ce qui nous fait nous lever le matin et nous activer toute la journée avant de nous coucher et ainsi de suite chaque jour, poursuit Alexandre la bouche encore pleine. Pour ma part, c'est l'immortalité, en toute modestie. Je rêve que mon nom ne soit pas oublié par les générations à venir. Et toi, Mélissa, quel est ton moteur, ton ambition ?

– Moi, tu le sais, papa, c'est l'amour…

– Et toi, René ?

– Moi ?…

– Trouver de l'argent pour rembourser ta dette et récupérer ta péniche, c'est ça ? le titille Alexandre. Non, tu as forcément des ambitions plus élevées.

René rajuste ses lunettes et ne répond pas.

– Tu as l'air bizarre, René, dit Alexandre.

– J'ai fait une régression juste avant que vous m'appeliez et je suis encore troublé par ce qui s'est passé.

– Raconte.

Alors René narre dans le détail la découverte de Salvin : le petit Temple de Salomon souterrain sous la mosquée Al-Aqsa, probablement construit en même temps que le grand Temple qui était en surface. Il parle aussi de la mission de prophétie qu'il a confiée à son ancien lui-même.

– Tu vas dicter à Salvin des prophéties d'autant plus exactes que tu sais ce qui s'est réellement passé entre son époque et la nôtre ! s'exclame Alexandre.

Il est probablement déçu que Gaspard Hummel n'ait pas accompagné Salvin ni été à ses côtés quand il a découvert le Temple de Salomon souterrain.

– En tout cas, si ce que tu dis est vrai, ce petit Temple sous l'ancien grand Temple disparu existe peut-être encore…

Avant que les deux autres lui aient répondu, il dégaine son smartphone et commence à chercher des informations. Mélissa se lève pour voir ce qu'il cherche : son père est sur la page d'une enseigne de matériel de spéléologie à Jérusalem.

– Papa, tu ne crois pas qu'il est un peu tard pour s'intéresser à ça ?

– Pas question d'attendre. On doit y aller dès ce soir.

– Aller où ? lui demande sa fille.

Alexandre fait un clin d'œil à René et, avec un air mystérieux, cite Mark Twain :

– Ils ne savaient pas que c'était impossible, alors ils l'ont fait…

43. MNEMOS. LE ROI SALOMON.

Selon la Bible, Dieu demanda au roi Salomon : « Que puis-je te donner ? » Et celui-ci répondit : « Un cœur pour

gouverner et discerner le bien du mal. » Dieu lui dit : « Puisque tu ne m'as pas demandé une vie plus longue, ni des richesses pour toi-même, ni la mort de tes ennemis, mais du discernement pour gouverner avec sagesse, je te l'accorde et te donnerai aussi ce que tu ne m'as pas demandé. »

Dès le début du règne de Salomon, le pharaon Siamon envahit la ville juive de Gezer. Salomon monta une armée pour reprendre la cité. Le pharaon préféra négocier : il donna sa fille en mariage à Salomon et apporta comme dot… la ville de Gezer.

Un traité de paix fut alors signé entre Israël et l'Égypte.

En prévision de nouvelles attaques, Salomon modernisa son armée, la dota de chars et construisit des places fortes. Il sécurisa la route des caravanes venant de l'est et développa le commerce avec les États voisins.

Durant son règne, Israël devint un carrefour d'échanges de matières premières, notamment le blé, l'huile, le cyprès, le cèdre. Salomon lança (en coopération avec le roi de Tyr) des expéditions maritimes pour ramener d'Afrique des fruits et des animaux tropicaux : perroquets, singes, éléphants. De l'est, des caravanes apportèrent de l'encens, du vin, des épices, des aromates. Du sud, des parfums, de l'or, des pierres précieuses. De Chypre vinrent des chevaux et du cuivre. On retrouve des traces d'inscriptions en hébreu jusqu'en Écosse, où les bateaux allaient chercher de l'étain.

Salomon renforça les murs de Jérusalem, se fit bâtir un palais et commanda un système d'irrigation et d'assainissement pour la ville.

Tout comme son père David, il écrivit des poèmes et des

récits, notamment le Cantique des cantiques. Sous son règne, toutes les religions étaient admises.
On dit que Salomon eut 700 épouses et 300 concubines. Parmi elles, la reine de Saba, comme le raconte le Livre d'Esther. Un oiseau porta à Salomon le message suivant : la reine du royaume de Saba (actuelle Éthiopie) souhaitait le rencontrer. Il l'invita. En réponse, elle lui envoya des bateaux chargés de cadeaux, puis se présenta en personne. De cette rencontre naquit un fils, Ménélik. Devenu grand, Ménélik vint retrouver son père en Israël et Salomon le reçut avec tous les honneurs, lui donna une bague et le fit reconnaître par le grand prêtre comme fils légitime.
Avant de mourir, en 931 avant Jésus-Christ, le roi Salomon demanda à son fils Roboam de réaliser la promesse faite aux sages des douze tribus d'Israël d'alléger les impôts, le Temple étant achevé. Mais Roboam, poussé par ses ministres, refusa finalement la demande des représentants des tribus. Les dix tribus du Nord se désolidarisèrent alors du royaume de Roboam et créèrent un royaume indépendant dirigé par son frère Jéroboam. Il y eut le royaume d'Israël au nord, et le royaume de Judée au sud avec seulement deux tribus mais qui avait conservé Jérusalem pour capitale. L'union sacrée des douze tribus, œuvre de David et de Salomon, était brisée.

44.

– Je me demande quand même si nous ne sommes pas en train de faire une grosse bêtise, marmonne Mélissa.

Ils avancent dans le tunnel qui, à cette heure tardive, n'est fréquenté ni par les archéologues ni par les étudiants de l'université de Jérusalem. Les trois Français se sont fait livrer par le service de conciergerie de l'hôtel du matériel : tenues de spéléologie, casques à lampe intégrée, piolets, cordes.

– Tu t'imagines, si nous y arrivons ! s'exclame son père. Ce sera la gloire, non seulement pour nous, mais pour la Sorbonne. Indiana Jones l'aurait fait.

Pour sa part, René songe :

Toujours ses références au cinéma. Il espère qu'on va trouver l'Arche d'alliance ou le Graal. Finalement, Mélissa a raison, Alexandre n'est qu'un grand enfant. Je ne sais pas ce qui m'a pris d'accepter de le suivre.

En fait, si, je sais. J'ai terriblement envie de vérifier si ce que j'ai vu pendant ma régression y est encore…

Les voilà revenus sur les lieux que Ménélik leur a fait visiter quelques heures auparavant.

– C'est trop dangereux, rentrons, insiste Mélissa.

– J'aime les défis, lui répond Alexandre, qui s'est naturellement placé à l'avant de la procession. Tu crois que Cortés a attendu que le chemin soit balisé pour s'enfoncer dans la jungle amérindienne… Il a brûlé ses vaisseaux et en avant ! Pas de demi-tour possible.

– Eh bien, moi, je dis : en arrière, rentrons tranquillement à l'hôtel, lui rétorque la jeune femme.

– Notre vrai métier d'historien est forcément un métier d'aventurier, dit Alexandre, et l'aventure consiste à prendre des risques et à être des pionniers, sinon d'autres l'auraient fait avant nous.

– Quand même, papa, je crois que tu ne te rends pas compte…

Une voix derrière eux lance une phrase en hébreu sur une intonation interrogative, interrompant leur dispute.

Ce doit être un étudiant ou un gardien. Il nous a repérés. Il nous demande ce qu'on fait là à cette heure tardive.

Une deuxième voix pose une autre question, toujours en hébreu, puis, comme aucun des trois ne répond, en anglais :

– *Who are you ? What are you doing here ?*

– Je pensais qu'ils dormaient, ceux-là ! s'agace Alexandre.

Les voilà poursuivis. Les Israéliens ne les ont pas identifiés et leur lancent des questions dans différentes langues. Leur ton devient plus impératif. Une phrase en français surgit :

– Arrêtez-vous tout de suite !

Mais Alexandre, René et Mélissa au contraire accélèrent.

Ils arrivent devant la porte métallique où se trouve l'inscription « *STOP – NO TRESPASSING* ». Avant que René et Mélissa aient pu le retenir, Alexandre sort un pied-de-biche de son sac à dos et force l'ouverture de la porte. Il fait sauter les scellés.

– Vite, allons-y !

Les deux hommes franchissent le seuil. Mélissa, interloquée, restée en arrière, hésite encore.

– Vous êtes fous ! dit-elle. Nous allons déclencher la troisième intifada !

– Tu ne vas pas renoncer maintenant, dit Alexandre. C'est déjà trop tard.

Par peur de se retrouver seule avec les Israéliens qui sont à leurs trousses, elle les rejoint et ils progressent ensemble dans le tunnel.

Leurs poursuivants n'osent pas les pister au-delà de la limite de la porte forcée aux scellés brisés.

– Plus j'y pense, plus je suis certaine que c'est une erreur que nous allons regretter, déplore Mélissa.

Ils avancent de plus en plus loin.

Depuis le début de leur expédition, René n'a pas prononcé un mot, comme s'il était partagé entre l'excitation d'aller dans ce lieu sacré et la peur des conséquences. Il n'ose ni encourager Alexandre, ni mettre un terme à cette promenade touristique d'un genre particulier.

– Tu reconnais ce décor, René ? l'interroge Alexandre.

– Non. Ce n'est pas le même chemin. J'étais passé par l'aqueduc de Siloé au sud, ici nous arrivons par l'ouest.

Ils poursuivent dans la galerie qui descend encore et soudain ils aperçoivent une lueur au bout du tunnel. Ils débouchent sur une immense salle éclairée par de grandes lampes blanches.

Il y a partout du matériel d'excavation entreposé non loin de bétonnières. Pas d'ouvriers.

Des monticules de gros gravats forment des pyramides de plus de deux mètres de hauteur.

René s'avance vers une zone où au milieu de ruines se dressent deux colonnes.

Jakin la noire à droite et Boaz la blanche à gauche.

Elles sont surmontées par deux sphères.

Le globe terrestre et le globe céleste.

Plusieurs éléments de mur aux alentours ont été pulvérisés mais les deux colonnes sont intactes, probablement parce qu'elles sont faites d'une matière qui résiste à la broyeuse : le bronze.

René touche Boaz et ressent une forte vibration d'énergie.

C'était là.

– Et ici, tu reconnais quelque chose ? demande Alexandre intrigué.

René palpe Jakin.

– Oui.

De son côté, Mélissa a finalement surmonté ses derniers scrupules et fouille dans les gravats avec son piolet. Elle trouve divers objets qu'elle observe à la loupe.

– C'est quoi ? demande son père.

– Des inscriptions gravées.

Elle montre ses trophées.

Il les met dans sa poche.

– Tu ne peux pas faire ça ! Ce sont des pièces archéologiques ! s'exclame la jeune femme.

– Précisément. Ménélik nous en avait parlé.

– Mais ça ne change rien, papa, voyons ! Désolée, tu n'as pas le droit de les prendre.

– Regarde où elles iront si on ne les sauve pas…

Alexandre désigne un tapis roulant qui mène à une grosse broyeuse.

Mélissa montre une pancarte d'identification du chantier en anglais et en arabe.

– C'est un parking ! Cette entreprise jordanienne est en train de construire un parking sous la mosquée. Et regarde, l'entreprise qui finance le chantier vient du Qatar.

De son côté, René marche dans la zone qui correspond au Saint des Saints dans la version réduite du Temple.

Il arrive devant le chandelier à sept branches, qui a échappé à la broyeuse probablement du fait qu'il est lui aussi en métal. Il le contourne et retrouve à l'arrière la niche où Salvin avait découvert le tube doré contenant le parchemin. Étonnamment, il reste des plaques orange qui forment comme des coulées de miel.

La cire a résisté au temps. Les abeilles produisent des substances capables de tenir neuf cents ans…

Il s'approche de l'ancienne ruche et l'éclaire avec sa torche.

Puis, délicatement, avec son couteau, il détache des plaques.

C'est dur comme du caramel, transparent comme du verre.

En examinant de plus près une de ces plaques, il voit que des abeilles sont incrustées dedans. L'une d'entre elles est beaucoup plus grande et plus grosse que ses congénères.

La reine ?

Il dégage le morceau qui l'entoure pour bien l'isoler et le saisit délicatement.

Il a dû y avoir une période de forte chaleur. Le métal du chandelier a dû accumuler cette chaleur au point de faire fondre toute la ruche qui était incrustée dans son socle.

Les abeilles se sont retrouvées dans de la cire chaude qui les a engluées. Elles ont été saisies dans la cire comme d'autres insectes l'ont été dans l'ambre fondu de la Baltique.

René éclaire la silhouette de l'abeille sous tous les angles.

La cire a ensuite durci pour devenir aussi rigide que de l'ambre et elle a traversé les siècles.

Mais soudain des voix retentissent. Ce sont des gardes qui parlent, en arabe cette fois.

Sans réfléchir, René dépose la reine et sa gangue translucide orange dans une boîte en plastique étanche et la range dans sa poche.

– Les Israéliens ont dû les avertir pour ne pas avoir de problèmes diplomatiques, suppose à voix basse Alexandre.

– Ça y est, c'est la catastrophe, murmure Mélissa.

– Par là ! leur dit René qui a repéré l'entrée par laquelle il était arrivé alors qu'il était dans la peau de Salvin de Bienne.

René, Mélissa et Alexandre tentent de s'échapper le plus discrètement possible. De loin, les gardes jordaniens leur lancent des sommations de plus en plus menaçantes.

René indique un couloir transversal.

– Tu es sûr que cela mène quelque part ? demande Alexandre.

C'est le chemin que Salvin a emprunté en 1121.

René les guide et bientôt les appels derrière eux se font moins audibles.

Soudain, alors que René espérait arriver dans un égout, une grille les empêche d'avancer. Juste avant la grille, ils distinguent un couloir perpendiculaire.

– On tourne ici, indique-t-il.

Cette fois, je ne sais pas du tout où nous allons.

Ils marchent dans un labyrinthe de galeries.

Je pense que le mieux est de ne pas dire que nous sommes perdus, cela ne ferait qu'augmenter le stress.

Ils arrivent dans un goulet obstrué par des planches.

Sans hésiter, Alexandre frappe avec son piolet jusqu'à ouvrir une issue qui débouche dans un jardin. Alexandre s'extrait du passage, et pose sa main sur un des rebords de l'entrée, sans voir une espèce de grosse boule grise, de la taille d'un ballon de football. Sa main touche la surface fragile et s'enfonce aussitôt dans la matière formée de fines lamelles grises. Un bourdonnement se fait entendre. Deux insectes le piquent à la main et il ne peut retenir un cri de douleur. L'essaim, furieux que le nid ait été endommagé, les attaque. Les Français courent pour lui échapper.

C'est beaucoup plus gros que des abeilles.

Ce doit être des guêpes.

Ne sachant où trouver un abri, ils continuent droit devant eux en direction de la porte d'un bâtiment proche. Ils entrent et se mettent hors de portée des insectes agressifs. Alexandre se tient le poignet, mais il sait que ce n'est pas le moment de se plaindre. Les voilà dans un nouvel espace. C'est un lieu plus vaste. La voûte, qu'ils éclairent de leur lampe, est haute. Au centre, se dresse un promontoire rocheux.

Le dôme du Rocher.

On est arrivés sur l'esplanade des Mosquées.

– On ne peut pas rester là ! C'est interdit aux non-musulmans ! s'exclame Mélissa, qui elle aussi a compris où ils se trouvent et qui est de plus en plus inquiète de la tournure que prend leur incursion.

Alexandre grimace alors que sa main continue d'enfler et se teinte d'une couleur pourpre.

René, lui, est frappé par la beauté des décorations intérieures. La voûte est somptueuse avec partout des incrustations de mosaïques, de pierres, de dorures, de motifs compliqués en torsades de cuivre, de nickel ou d'or. Des colonnes de marbres de couleurs toutes différentes encerclent la roche sacrée. Il a beau avoir conscience qu'il se trouve dans un endroit interdit, il ne peut s'empêcher de prendre le temps d'admirer les lieux. Il fait quelques pas vers le rocher et une émotion le submerge.

Il a envie de le toucher. Il pose sa main sur la surface.

Bon sang, ce rocher… Il faisait partie du Temple de Salomon de surface. C'est au-dessus qu'était posée la table d'acacia qui soutenait la grande Arche d'alliance.

Soudain, ils entendent de nouveau les pas des gardes qui les poursuivent.

– Par là ! ordonne René à mi-voix.

Ils éteignent leurs torches et courent dans la semi-obscurité.

Derrière eux, les injonctions redoublent.

Une zone dégagée et arborée se présente devant eux. Ils y foncent sans se retourner.

Ce doit être le jardin de l'esplanade des Mosquées.

D'un même mouvement, ils abandonnent toutes leurs affaires de spéléologie dans un recoin et se hissent *in extremis* dans les branches d'un arbre. Des hommes en uniforme passent juste en dessous en agitant leurs torches.

Heureusement, ils n'ont pas de chiens.

Mais les cris sont toujours plus forts et le nombre de policiers augmente.

Alexandre grimace, les piqûres lui font très mal.

– Vite, il faut sortir d'ici ! murmure Mélissa.

Profitant de l'obscurité et avant que le groupe ne revienne sur ses pas, ils descendent de leur arbre et rejoignent la muraille, qu'ils escaladent. Enfin sortis de l'enceinte de l'esplanade des Mosquées, ils courent à travers le quartier arabe, situé à l'est de Jérusalem. À cette heure de la nuit, il n'y a presque personne dans les rues.

Mélissa voit passer un taxi solitaire, une grosse limousine Mercedes noire, et le hèle d'un geste. Le chauffeur, en s'arrêtant à leur hauteur, s'aperçoit qu'ils sont en tenue de chantier et recouverts de boue. Il fronce les sourcils, inquiet pour sa banquette arrière, mais Alexandre brandit un billet de 200 shekels que l'homme accepte après avoir maugréé. Ils montent.

– Où allez-vous ? demande le chauffeur en anglais.

– Hôtel King-David.

L'homme les scrute dans son rétroviseur, méfiant.

– Vous avez de drôles de tenues…

Mélissa, pourtant au comble du stress, improvise dans un anglais impeccable :

– Nous venons d'une soirée costumée chez des amis, nous avons décidé de nous déguiser en archéologues et nous avons ajouté de la terre pour faire plus réaliste.

L'homme sourit puis, d'un geste, il appuie sur le bouton de sécurité qui verrouille les portières. Une vitre en Plexiglas posée durant la crise du Covid de 2020 sépare les passagers du chauffeur.

Le taxi démarre en trombe.

– Qu'est-ce qu'il vous prend ! Arrêtez ! crie Mélissa.

Elle tente en vain d'ouvrir la portière de son côté, et Alexandre, de l'autre, fait de même, mais le taxi roule à vive allure à travers Jérusalem, puis, au bout d'un moment, emprunte un sentier de terre.

Oh non. Pas ça.

La voiture qui cahote sur le chemin caillouteux secoue les passagers coincés sur la banquette arrière.

– Stop ! hurle Mélissa.

Les trois Français crient, tambourinent contre la vitre en plastique, tentent encore d'ouvrir les portières, mais la Mercedes est une prison solide et ils sont emportés dans la nuit. De son côté, le chauffeur tout en conduisant passe des coups de fil à différents interlocuteurs. Il s'exprime en arabe et les Français ne comprennent pas ce qu'il dit. Après une vingtaine de minutes, le taxi s'arrête dans la campagne. Plusieurs silhouettes se découpent sur le ciel dans la pénombre. Ces personnes sont armées de kalachnikovs et des keffieh masquent leurs visages. Celui qui semble être leur chef discute avec le chauffeur du taxi qui a baissé sa vitre. Au début la discussion paraît cordiale, puis elle s'envenime. Visiblement, l'homme au fusil d'assaut et le taxi ne sont pas d'accord. Le chauffeur finit cependant par hocher la tête et le chef sort de sa poche des billets qu'il lui donne tout en les recomptant. Les deux hommes se serrent la main et les portières de la Mercedes sont enfin déverrouillées.

– Sortez ! ordonne le chef en anglais en pointant son arme vers les trois Français.

Bon sang, ce n'est pas possible. Cela ne peut pas arriver…

Ils obtempèrent.

– Avancez !

Escortés par les hommes en keffieh, ils marchent en silence parmi des broussailles. À un endroit, le chef soulève une plaque de bois qui masque l'entrée d'un tunnel.

– Vous n'avez pas le droit ! dit Mélissa en anglais. Je vous préviens que…

Un homme leur met un sac de tissu sur la tête alors que le chef leur attache les mains dans le dos avec des menottes. Le sac dégage une odeur de moisi. Ils sont abasourdis.

Tenus par le coude par un garde, ils descendent un escalier.

Ils vont nous faire passer par un souterrain clandestin sous le mur de protection qui sépare Israël de la Palestine.

Les voilà qui marchent dans ce qu'ils supposent être un long tunnel de terre. Quand ils trébuchent, leur garde les empêche de chuter.

À la sortie du tunnel, ils sentent la présence d'autres hommes qui parlent en arabe et se disputent. Rien qu'à l'intonation, René comprend qu'il y a deux groupes et qu'ils ne sont pas d'accord sur ce qu'ils vont faire d'eux.

Pour eux, nous devons être une marchandise. Il y a le fournisseur, le grossiste, le détaillant. Je crois que nos vies se jouent à cet instant et que tout dépend de l'issue de la dispute entre ces hommes.

Finalement, ils semblent trouver un accord.

Quand on leur ôte les sacs qui recouvrent leurs têtes, les Français repèrent un homme en uniforme de policier. L'un des hommes qui portent un keffieh est à côté de lui et compte des billets.

– Suivez-moi, dit le policier dans un français parfait.

Il les invite à monter dans sa voiture, puis la voiture roule dans la campagne et atteint une zone plus urbanisée.

– Merci, dit René.

– Je m'appelle Youssef Daoudi, je suis lieutenant de police.

L'homme est jeune, il doit avoir tout au plus une trentaine d'années. Il n'a pas de barbe, pas de moustache, et son visage semble presque juvénile.

– Je vous emmène au commissariat de Ramallah, c'est encore là que vous serez le plus en sécurité. Demain, j'appellerai le consul de France à Jérusalem pour qu'il vienne vous chercher. Il se nomme Gustave de Montbéliard. Je le connais bien.

Ils arrivent devant le commissariat, un petit bâtiment beige où d'autres hommes en uniforme les regardent avec méfiance.

Dans son bureau, le lieutenant de police propose aux trois Français de s'asseoir. Au mur derrière son fauteuil, le portrait du président de l'Autorité palestinienne est accroché, ainsi qu'un drapeau noir, blanc, rouge, vert surmonté d'un faucon qui déploie ses ailes.

– Vous voulez un café ?

– Avec plaisir.

Le policier palestinien va chercher des cafés et apporte aussi des biscuits chocolatés.

– Que s'est-il passé exactement ? demande Alexandre.

– C'est moi qui devrais vous poser cette question ! Qu'est-ce qui vous a pris d'aller fouiner sous l'esplanade des Mosquées ?

– Vous êtes au courant ?

– Bien sûr ! On nous a appelés pour nous avertir qu'il y avait des fous qui circulaient dans les galeries sous al-Aqsa !

– Nous sommes des professeurs d'histoire, dit Alexandre, nous avons eu des informations exclusives sur le Temple de Salomon et nous avons voulu aller voir ça de plus près.

– Vous êtes cinglés !

– C'est exactement ce que je leur ai dit, murmure Mélissa.

– Le problème, explique Daoudi, c'est que les communications radio de la police sont souvent interceptées par d'autres personnes… Des personnes, disons, moins officielles. Plusieurs groupes armés ont voulu vous capturer.

– Les hommes en keffieh ? dit René.

– Ils ont été les plus rapides à réagir. Vous avez eu de la chance, ce n'étaient pas les plus violents, ni les plus fanatiques. Sachez qu'il y avait deux autres groupes qui étaient déjà en route et si c'est eux qui vous avaient récupérés, il aurait été plus difficile de vous sortir de là.

– Et comment avez-vous fait ? demande Alexandre.

– J'ai payé.

– Et ils ont accepté ?

– Recevoir une rançon demande souvent beaucoup de temps. Je leur ai proposé de l'argent sûr et immédiat, plutôt que d'attendre peut-être plusieurs semaines, voire des mois, avec le risque que les services secrets français ou israéliens tentent une récupération avec un commando. Cela s'est déjà produit.

– Et vous les avez convaincus…, dit Alexandre.

– Il fallait juste qu'on s'entende sur la somme que vous valiez. Vous avez dû m'entendre négocier.

– Nous valons combien ? demande Mélissa, curieuse.

– Je vous ai eus pour 20 000 dollars. Vous auriez été journalistes, ça m'aurait coûté 50 000 dollars. Avec les journalistes, ils sont sûrs du retentissement dans les médias. Cela fait monter la valeur. Disons qu'un journaliste vaut le double d'un historien sur le marché des otages… Et puis cela dépend aussi des matchs de football. Ici tout le monde se passionne pour le foot. Si votre équipe gagne ou perd, ça rend votre pays plus ou moins sympathique. Pareil pour les attentats, ou les lois sur le voile ou la laïcité, tout cela influe sur les négociations de rachat d'otages. De toute façon, je vais me faire rembourser dès demain par votre consul, c'est déjà arrivé avec d'autres touristes de votre pays, on appelle ça des « impondérables ». Au final, c'est le contribuable français qui indirectement paie votre libération. Mais laissons cela. Pour l'instant, ce qui m'importe c'est votre sécurité.

– Il y a un problème ? s'inquiète Mélissa.

Daoudi ne répond pas. Alexandre regarde sa main enflée.

– Que vous est-il arrivé ? demande le Palestinien.

– J'ai été piqué par des guêpes et je crois que je suis allergique à leur venin. Vous n'auriez pas un antihistaminique ?

– Je vais voir à l'infirmerie, mais je ne vous promets rien. Vous savez, ici, nous avons peu de médicaments. Mes collègues ont tendance à les ramener chez eux. N'est-ce pas, Ali ?

Ils se mettent à parler en arabe et rient tous ensemble.

Youssef revient avec une plaquette et un verre d'eau.

– Vous avez de la chance.

Alexandre avale trois comprimés.

Le policier utilise aussi le bandage et la crème analgésique pour faire un pansement à Alexandre.

Les autres hommes présents les observent de loin. L'un d'entre eux allume la grande télévision qui trône sur un mur. C'est la retransmission d'un match de football.

Puis Youssef les guide vers une grande cellule dont il laisse la porte ouverte.

– Vous pouvez rester dormir ici, leur dit-il. Vous savez, chez nous, l'hospitalité est une tradition très importante. Je reconnais que ce n'est pas extraordinaire, mais enfin, c'est déjà ça. Les toilettes sont à gauche. Si vous avez faim, vous pouvez vous servir dans le réfrigérateur, il y a des pizzas surgelées. Dès que j'ai des nouvelles du consul, je vous fais signe.

– Pourquoi ne nous laissez-vous pas partir tout de suite ? demande Mélissa.

– Partir ? Quelle drôle d'idée, réplique le policier avec un sourire. Croyez-moi, vu la situation, c'est ici que vous êtes le plus en sécurité.

Avant de quitter la pièce, il éteint la lumière du néon de la cellule pour leur permettre de dormir.

L'endroit est plutôt confortable avec trois couches matelassées. Quelques graffitis ornent les murs. La faible lueur des lampes de sécurité leur permet de distinguer les silhouettes.

Alexandre s'allonge et ferme les yeux pour se concentrer sur les effets réparateurs des médicaments.

René tapote le coussin de sa couchette et le place sous ses fesses. Il a décidé de faire une régression pour connaître la suite des aventures de son ancien lui-même en l'an de grâce 1121.

45.

Le chevalier Salvin de Bienne entre dans un bâtiment de forme parfaitement octogonale. Il se dirige vers le lieu de réunion des maîtres de l'ordre. Depuis peu, ils ont choisi de se voir sur une plateforme placée au-dessus de ce qu'on nomme ici « le rocher d'Abraham ». C'est un endroit sacré pour les deux autres religions monothéistes : juive et musulmane. Pour les Juifs, c'est le centre du monde, puisque c'est sur ce rocher précis que Dieu a ordonné à Abraham de sacrifier son fils (avant de lui dire que finalement, c'était juste une blague et qu'une chèvre suffirait).

L'endroit l'impressionne par la beauté de sa décoration.

Quand Salvin se présente dans la salle, les huit autres maîtres sont déjà installés autour d'une grande table ronde. Ils ont déposé dessus leur épée, pointe en avant vers le centre.

Autour d'eux, de grandes tentures ornées de la croix pourpre pattée. Au-dessus du fauteuil du grand maître est représenté le symbole du sceau de l'ordre : deux chevaliers sur le même cheval en train de combattre avec boucliers et épées.

Il se souvient que c'était lui-même qui avait inspiré cette symbolique en souvenir de sa propre entrée fracassante dans Jérusalem avec Gaspard Hummel.

– Frères, je déclare cette session ouverte, annonce le grand maître Hugues de Payns. Et, tout d'abord, je voudrais vous faire part de mes préoccupations et satisfactions récentes. La reconnaissance de notre ordre progresse, et j'en rends grâce à Dieu. Au concile de Naplouse, l'année dernière, notre *Militia Christi* a été agréée par le roi de Jérusalem. Baudouin II nous a donné pour mission de protéger le Saint-Sépulcre. Ce que nous avons fait avec efficacité. Puis il nous a demandé de protéger le défilé d'Atlit. C'est Godefroy de Saint-Omer qui s'est chargé de cette tâche ardue. Explique-nous, frère, ce que tu as accompli.

– Au défilé d'Atlit, la plupart des pèlerins se faisaient attaquer par les Turcs mais aussi par des bandes de brigands, souvenez-vous. Nous y avons bâti une forteresse. Depuis, la route ne connaît plus la moindre attaque.

– Merci, frère. Toujours est-il que, ayant entendu parler de ce succès, Baudouin II nous a proposé d'installer notre commanderie dans l'ancienne mosquée al-Aqsa, qui jusque-là lui servait de palais et de prison. Ce qui, vous l'avouerez, n'est qu'un juste retour, puisque c'est aussi en ce lieu que nous avons créé notre ordre. Au début, nous n'avions que les écuries de l'esplanade pour nous réunir. Désormais, nous voilà fort bien installés sous le dôme du Rocher. Frères, que pourrions-nous faire qui puisse asseoir davantage notre ordre ?

Les neuf chevaliers se regardent. Certains tripotent nerveusement le manche de leur épée.

– Qui souhaite s'exprimer en premier ?

André de Montbard fait un signe.

– Nous t'écoutons, frère.

– Je reviens de France. J'étais en mission avec Gondemar d'Amarante et j'ai essayé de rencontrer le roi Louis VI. Malheureusement, il n'a pas voulu m'accorder audience à Paris. En revanche, nous avons rencontré Bernard de Clairvaux au château de Fontaine-lès-Dijon. Il nous a promis son soutien ainsi que celui de l'ordre cistercien mais nous a conseillé de venir plus nombreux et avec notre grand maître en personne pour montrer notre force.

– Merci, frère. Ce que tu as accompli n'est en rien un échec, c'est une étape. Je compte organiser bientôt un voyage en France avec au moins trois d'entre vous. Nous rencontrerons dans un premier temps le roi de France Louis VI, puis le Saint-Père, Calixte II.

– Mais nous avons besoin de vous tous les jours ici, objecte vivement Godefroy de Saint-Omer. Si nos ennemis apprennent que nos chefs ne sont plus là, ils vont redoubler d'ardeur.

Plusieurs chevaliers approuvent ces paroles d'un murmure. Le grand maître impose le silence.

– Nous n'avons plus besoin de faire nos preuves à Jérusalem, il faut que notre ordre de moines-soldats rayonne davantage. Voilà huit ans que nous existons sans qu'on le sache au-delà des frontières de Terre sainte.

Nouvelle rumeur. Hugues de Payns poursuit imperturbablement :

– Nous allons donc organiser un grand tour d'Europe en commençant par la France et l'Italie. De là, nous verrons si nous pouvons également nous rendre dans les pays avoisinants. Frères, l'un de vous souhaite-t-il ajouter un mot ?

– Oui, moi, dit Salvin de Bienne. Je propose que nous changions de nom. Trop de groupes utilisent des sonorités similaires à celle de notre *Militia Christi*. Frères, nous sommes ici sur l'emplacement de l'ancien Temple de Salomon, un lieu chargé d'histoire et qui plonge ses racines aux sources de la Bible. Pour nous différencier des autres ordres chrétiens et notamment des Hospitaliers, nous pourrions adopter le nom plus original de… chevaliers de l'ordre du Temple.

Les hommes autour de la table ronde montrent pour certains leur enthousiasme, pour d'autres, leurs doutes.

– Ce serait en effet une manière d'être mieux identifiés, approuve Hugues de Payns. Votons prestement. Qui est pour ?

Six chevaliers lèvent la main.

– Qui est contre ?

Trois se manifestent.

– Très bien, conclut le grand maître. Désormais nous serons les chevaliers de l'ordre du Temple.

Gaspard Hummel demande à s'exprimer.

– Dans un souci de simplicité, pourquoi ne nous nommerions-nous pas tout simplement les « Templiers » ?

Tous hochent la tête, et le grand maître, sans procéder à un nouveau vote, déclare :

– Très bien, nous voici donc chevaliers de l'ordre des Templiers.

Il prend une feuille de parchemin et inscrit le nom.

– D'autres suggestions ? ajoute-t-il.

Archambault de Saint-Amand lève la main pour prendre la parole.

– Notre devise actuelle est : « *Non nobis domine, non nobis, sed nomini tuo da gloriam* », c'est-à-dire : « Pas en notre nom, Seigneur, pas en notre nom, mais au nom de ta gloire ». N'est-ce pas un peu obscur ? Que pensez-vous de : « Pense à ton but en soldat, pense à ta fin en chrétien » ?

Trois maîtres seulement approuvent.

– Certes, c'est une formule un peu savante, mais pour avoir le soutien de l'Église, le latin s'impose et la référence à la gloire de Dieu aussi. Gardons ta proposition comme une devise secondaire, frère. D'autres suggestions ?

Salvin lève de nouveau la main.

– J'ai reçu cette nuit une visite.

– Un maraudeur ? plaisante le grand maître.

– Non, un ange. Mon ange. Il se nomme René et m'a parlé. Il m'a enjoint de me rendre à la porte des Tanneurs et de suivre les abeilles.

Les huit autres chevaliers se taisent et accordent toute leur attention à ces étranges propos.

– J'ai trouvé un dessin de ces insectes gravé dans la pierre et je suis descendu dans un réseau de galeries souterraines qui aboutit sous notre commanderie. Là, j'ai découvert quelque chose de vraiment inattendu.

Il laisse un instant sa phrase en suspens, puis dit :

– Un temple souterrain en tout point similaire à celui que devait être le grand Temple de Salomon. Seuls diffèrent sa taille réduite et son emplacement sous terre.

Les chevaliers manifestent leur surprise.

– Tu es sûr de ton fait, frère ? Quelles preuves peux-tu fournir ?

Salvin sort alors de sa besace la verge d'Aaron et la cruche censée avoir contenu la manne tombée du ciel durant l'Exode. Après la courte explication qu'il donne de ces deux objets, un murmure d'admiration circule autour de la table.

– Pourrons-nous visiter ce temple ? l'interroge Godefroy de Saint-Omer.

– Je me charge de vous y guider. Ce lieu se trouve juste sous nos pieds. Il n'est en revanche accessible que par la porte des Tanneurs. Peut-être pourrions-nous d'ailleurs songer à creuser un passage direct entre ici et ce temple souterrain ?

Une excitation nouvelle parcourt l'assemblée des chevaliers, tandis que Salvin reprend, la voix plus assurée :

– Ce n'est pas tout. Dans ce temple de taille réduite, j'ai également trouvé un parchemin qui était enserré dans un tube d'or.

Il montre un rouleau qu'il déplie.

– Mais c'est de l'hébreu, dit un chevalier.

– Vous savez que je parle et lis cette langue. J'ai donc pu comprendre ce que disait ce texte. Il me demandait de méditer d'une manière particulière.

– De prier ?

– Non, de méditer. Cela consiste à faire voyager son esprit hors de son corps, jusqu'à voir un corridor.

– C'est de la kabbale ! De la sorcellerie juive ! s'écrie Archambault de Saint-Amand.

– Un texte hébreu dans un temple souterrain… C'est probablement une de ces fantasmagories dont ils ont le secret, ajoute André de Montbard.

– C'est possible, répond Salvin. Mais comme mon ange m'y avait conduit, j'ai considéré que je devais malgré tout me soumettre à cette expérience.

– Ne me dis pas que tu t'es livré à une méditation hébraïque après avoir lu ce texte probablement destiné à un de leurs rabbins ! s'offusque Archambault. Tu es chrétien, Salvin. Notre ordre est chrétien.

Les chevaliers regardent Salvin, impatients de connaître la suite.

– J'ai…

Il s'arrête puis en prenant son temps raconte :

– J'ai fermé les yeux. J'ai imaginé un couloir avec des portes. Et l'une d'entre elles s'est mise à briller. C'était la 112. J'y suis allé, je l'ai ouverte, j'ai franchi le seuil et je me suis retrouvé…

Après une courte pause destinée à tenir son auditoire en haleine, il poursuit :

– J'ai pu voir mon ange, saint René. Jusque-là, je ne faisais qu'entendre sa voix en rêve. Là, pendant cette méditation hébraïque, j'ai pu le voir et lui parler comme je vous parle.

Les huit chevaliers sont interloqués et murmurent entre eux des paroles rapides.

– C'est incroyable mais c'est pourtant ainsi que cela s'est passé. Et mon ange m'a confié une tâche importante : écrire sous sa dictée une prophétie.

Le brouhaha des chevaliers s'amplifie.

– Tu es sérieux, Salvin ? l'interpelle Hugues de Payns.

– Saint René veut me dicter les événements qui surviendront dans les prochaines années, et qu'il connaît en détail, m'a-t-il dit. Cela pourrait être une sorte de connaissance réservée à notre ordre. Pensez-y, nous serions avertis de tout ce qui va arriver de fâcheux avant que cela survienne. Saint René se propose de me dicter, nuitamment et dans mon sommeil, le futur de l'humanité et que je l'inscrive sur un codex que nous garderions ici précieusement.

Le grand maître réfléchit un instant, puis déclare :

– Eh bien, frère, voilà bien des nouvelles extraordinaires qui peuvent en effet changer beaucoup de choses. Il me tarde de prendre connaissance de ce que va te révéler ton ange.

À ce moment, Gaspard Hummel lève la main.

– Salvin, comme vous le savez, est mon ami et il m'a proposé la nuit dernière de l'accompagner à la porte des Tanneurs pour chercher un trésor. J'ai eu la bêtise de refuser car je n'y croyais pas. Je le regrette.

– Tu es pardonné, dit Hugues, nous-mêmes nous aurions

douté à ta place. Tout ceci est fort extravagant, nous le concédons.

– Attendez un moment, ajoute Gaspard Hummel en écartant une mèche blonde devant ses yeux gris, au moment où frère Salvin entrait en contact avec saint René, en songe, j'ai vu moi aussi mon saint protecteur. Il se nomme Alexandre. Il m'a proposé exactement la même chose que saint René à Salvin. Il veut me révéler l'avenir afin que je rédige des prophéties pour la gloire de notre ordre.

Hugues de Payns commente en souriant :

– Voilà qui ne manque pas de sel. Tout à coup, la grâce angélique frappe deux d'entre nous.

Tous éclatent de rire.

– Reconnaissez, poursuit Hugues sur un ton sarcastique, que tout ceci reste quand même un peu singulier. Chevaliers, qui parmi vous, outre Salvin et Gaspard, a été visité par son ange ?

Aucun ne répond.

Le grand maître observe les deux hommes de ses yeux perçants.

– J'ai du mal à vous croire. La découverte d'un Temple souterrain caché sous notre Temple est déjà une grande révélation que nous allons évidemment vérifier… Mais des prophéties livrées par des anges qui entendent instruire deux d'entre nous de ce qui va advenir !

Salvin de Bienne scrute avec insistance Gaspard Hummel d'un air lourd de reproches.

– Et si ce n'était qu'un rêve…, dit Salvin à Gaspard. Peut-être n'était-ce qu'une fantasmagorie.

– En effet, répond Gaspard, j'aurais pu croire que tout cela n'était qu'un produit de mon imagination… s'il n'avait commencé son récit de l'avenir!... Il m'a révélé que notre ordre serait officiellement reconnu le 13 janvier 1129, lors du concile de Troyes. Il m'a aussi averti que nous serions chassés de Terre sainte par les musulmans en l'an 1291, après le siège de Saint-Jean-d'Acre.

Stupeur autour de la table.

– Qu'as-tu à répondre à cela, Salvin ? murmure Hugues de Payns.

– Saint René m'a donné exactement les mêmes informations...

Puis, avec un sourire, il ajoute :

– Et il m'a hélas indiqué une date précise de notre défaite à Saint-Jean-d'Acre... Le 28 mai 1291.

– Si cela est vrai, note Godefroy de Saint-Omer, connaître le jour de la bataille peut nous aider à la mener avec plus de fougue.

– Mais la perspective d'une défaite peut aussi nous affaiblir, objecte Gondemar d'Amarante.

Le brouhaha devient général.

Hugues de Payns essaie de calmer ses Templiers.

– Si je comprends bien, tous les deux, vous avez reçu de vos anges gardiens respectifs l'ordre de rédiger une prophétie que nous seuls, Templiers, pourrions consulter, c'est cela ?

Les deux hommes approuvent d'un signe de tête.

Hugues de Payns se sent un instant tel le roi Salomon devant trancher entre les deux femmes qui prétendaient avoir le même enfant. Il se souvient que la réponse du monarque avait été : « Prenez-en une moitié chacune. » Une des deux avait accepté d'abandonner son fils pour préserver sa vie, le roi en avait donc déduit que c'était elle la vraie mère.

Hugues de Payns se lève puis déclare de sa voix grave :

– Eh bien, frères, rédigez donc vos prophéties. Vous nous les présenterez ensuite et nous choisirons celle qui nous semblera digne de notre confiance. Écrivez, frères, annoncez-nous les bonheurs et les malheurs qui nous attendent. Et que le meilleur gagne.

46. MNEMOS. LE COLOSSE AUX PIEDS D'ARGILE.

À la fin du VIIIe siècle avant Jésus-Christ, le roi de Judée Ézéchias ordonna de recueillir des manuscrits scientifiques, littéraires, religieux, historiques qu'il fit ranger dans la grande bibliothèque de Jérusalem.
Il créa des écoles, des universités, des bibliothèques locales, et entreprit des travaux de modernisation de Jérusalem en faisant notamment élargir le tunnel de Siloé afin de disposer d'un approvisionnement en eau en cas de siège et d'un moyen d'évacuer les déchets.
À cette époque, les Hébreux étaient toujours divisés en deux royaumes (royaume d'Israël au nord et royaume de Judée au sud), ce qui les rendait vulnérables. Les deux royaumes furent envahis par les Babyloniens dirigés par le roi Nabuchodonosor. Le siège de Jérusalem dura plusieurs mois et la résistance juive fut acharnée.
La ville fut finalement prise en l'an 586, un siècle après le règne d'Ézéchias. Nabuchodonosor, furieux du prix en vies humaines de cette victoire, pilla la cité et détruisit le Temple de Salomon en enflammant les boiseries. Il ramena avec lui en captivité toute l'élite religieuse, politique, économique, ainsi que l'aristocratie de Judée dans sa capitale

de Babylone, soit en tout 150 000 personnes, un quart de la population du royaume de Judée.
De nouveau, les Hébreux étaient réduits en esclavage dans un pays étranger.
Or, tout comme en Égypte à l'époque d'Akhenaton, il advint que Nabuchodonosor fit un rêve dont il voulut connaître la signification. On lui indiqua le meilleur oniromancien de Babylone, un jeune prince hébreu captif prénommé Daniel.
Daniel fut présenté au roi et lui décrivit son rêve bien que le roi ne le lui ait pas raconté : « Vous avez rêvé d'un géant à la tête d'or, à la poitrine d'argent, aux cuisses de bronze, aux jambes de fer et aux pieds d'argile. Une pierre frappe les pieds d'argile et les pulvérise. Alors le fer, le bronze, l'argent et l'or s'effondrent et le vent les emporte. »
Nabuchodonosor demanda la signification de ce rêve et le jeune prince Daniel expliqua : « La tête d'or représente votre règne, roi Nabuchodonosor, mais après vous, il y aura un autre règne, qui sera un règne d'argent. Puis après viendra un troisième, le royaume de bronze, puis un quatrième, le royaume de fer. Cependant, tous ces royaumes s'effondreront sous l'action de cette pierre qui frappe les pieds d'argile. Et cette pierre ce sera un homme. Le Messie. »

47.

Un parpaing de béton vient heurter la vitre en hauteur sur le mur de la cellule où se trouvent René, Alexandre et Mélissa, sans parvenir à la briser.

Mais le bruit sort brutalement René de sa méditation.

Alexandre est lui aussi assis en tailleur.

René le saisit par le col.

– Vous m'avez doublé !

Alexandre se dégage et se relève pour se mettre à distance.

– Pourquoi serais-tu le seul autorisé à écrire des prophéties ? Moi aussi, je peux guider mon ancien moi-même pour qu'il raconte ce qui va se passer entre son époque et la nôtre. Le futur n'appartient à personne en exclusivité, mon cher.

Ils entendent un raffut à l'extérieur du commissariat.

Mélissa monte sur une chaise pour voir à travers la vitre épaisse ce qu'il se passe. Une foule de gens en colère brandissent des drapeaux, des pancartes et des bâtons.

– Ils brûlent des drapeaux français ! s'exclame Mélissa.

René, lui, ne semble pas inquiet, comme s'il était plus préoccupé par les problèmes du passé que par ceux du présent.

– Je savais qu'il ne fallait pas y aller ! enrage Mélissa tout en descendant de la chaise. Souviens-toi, papa, en octobre 2000, il y avait déjà deux Israéliens qui s'étaient égarés, ils avaient été arrêtés et enfermés comme nous à Ramallah, dans ce même poste de police palestinien peut-être, et lorsque la foule était venue, les policiers au lieu de les protéger les avaient livrés aux manifestants et ils avaient été lynchés. Un type s'était même fait applaudir à la fenêtre lorsqu'il avait montré ses mains couvertes de sang.

La jeune professeure d'histoire a un frisson désagréable à cette évocation. Alexandre, une fois de plus, veut montrer qu'il connaît plus de détails que sa fille sur ce sujet.

– Oui, même que la première chose qui avait été accomplie par la police palestinienne avait été de confisquer les appareils photo. Et la journaliste italienne qui était parvenue à cacher son appareil et à publier la photo de l'homme aux mains ensanglantées avait été licenciée parce que cela s'avérait contraire à la « ligne éditoriale » de son employeur.

Mélissa ne veut pas se laisser dépasser :

– Oui, mais les services secrets israéliens avaient arrêté l'année suivante cet homme. Et celui-ci avait été condamné à la prison à vie, si ce n'est qu'il a été libéré en échange d'un otage israélien, Gilad Shalit.

– J'ai confiance en ce Youssef Daoudi, lui répond calmement son père.

Une pierre plus grosse parvient à fracasser la vitre de la cellule. Des éclats de verre sont projetés partout, heureusement sans dommage pour Alexandre, Mélissa et René.

Les manifestants se déchaînent et jettent toujours plus de pierres.

Les trois Français s'enfoncent dans un coin de la cellule.

– Moi qui ai distribué tant de tracts pour soutenir la cause palestinienne. C'est un comble qu'ils veuillent me lyncher, dit Mélissa. J'aimerais tant leur dire que je suis avec eux, contre les sionistes qui ont volé leurs terres !

– Je ne pense pas que ce soit le bon moment, objecte son père.

Youssef Daoudi se présente à la porte de la cellule et les invite à venir dans son bureau.

Il leur a préparé du café et leur tend des gobelets avec du jus d'orange et des biscuits.

Il semble préoccupé.

– J'ai un problème avec vous, annonce-t-il.

– Les manifestants ?

– Non. Votre consul, Gustave de Montbéliard. J'essaie de

l'appeler depuis ce matin, mais il ne répond pas. Il faut dire qu'il a une drôle de réputation… C'est un fêtard invétéré…

Un autre policier entre dans le bureau, affolé. Il parle en arabe à toute vitesse à Youssef, qui l'écoute et allume son ordinateur. S'affichent à l'écran des images vidéo de la caméra de surveillance extérieure.

On y voit la foule en colère. Des manifestants brandissent des couteaux ou lancent des pierres. Des drapeaux français, mais aussi israéliens et américains, sont brûlés et piétinés.

Soudain, il y a un bruit différent. Un bruit de bouteille de verre cassée. D'autres suivent. On sent une odeur de brûlé. Ce sont des cocktails Molotov lancés contre la façade du commissariat.

D'autres policiers se rassemblent autour du lieutenant Daoudi et le pressent de questions. Il leur répond d'un ton ferme. Les trois Français observent la scène avec inquiétude, sans saisir ce qui se dit autour d'eux. Ils comprennent en revanche lorsque le ton monte et que les policiers sont en désaccord avec leur chef. Mais le ton autoritaire que celui-ci emploie les oblige à céder et ils sortent du bureau.

Youssef soupire.

– Qu'y a-t-il ? demande Alexandre.

– Mes collègues ont peur pour leur famille. Et… ils proposent que pour apaiser la foule nous vous livrions à eux.

– Mais ils vont nous tuer ! proteste Mélissa d'une voix mal maîtrisée.

– Et cela pourrait avoir des conséquences diplomatiques…, ajoute son père.

– Écoutez-moi bien, répond fermement Youssef, je vous protège de mon mieux mais rappelez-vous que c'est vous qui avez déclenché cette crise par votre comportement dangereux et inconsidéré. Pour ce qui est de la diplomatie, je ne suis pas responsable de l'absence de votre consul. Je tente de le contacter depuis plusieurs heures, je vous assure.

– Mais vous avez des armes ! dit Alexandre.

– Le problème est que les manifestants en ont, eux aussi. Je me refuse à être à l'origine d'une escalade de violence.

Youssef leur ressert du café, l'air préoccupé.

– Et s'ils les utilisent quand même ? demande Mélissa.

– Les manifestants savent que des journalistes se trouvent peut-être dans la foule. Ils ne veulent pas que soit ternie l'image de notre cause. Vous savez, nous sommes beaucoup de Palestiniens à comprendre que nous avons intérêt à avoir de bons rapports avec nos voisins israéliens. C'est notre intérêt, c'est l'intérêt de nos enfants. Le problème, c'est que de nombreux pays étrangers ont intérêt, eux, à ce qu'ici ce soit la guerre, alors ils financent et arment toutes sortes de groupuscules qui ont pour mission de déstabiliser la région.

– C'est déjà ce qu'ils sont arrivés à faire au Liban, il me semble, dit Alexandre.

– Je suis sunnite et j'ai de la famille en Syrie, je sais ce que les chiites font là-bas. Bachar al-Assad a massacré des gens de ma famille avec la complicité des bourreaux du Hezbollah ! Plus de cinquante mille Syriens sunnites ont été torturés et exécutés dans les terribles prisons gouvernementales de Bachar avec le soutien de l'Iran et de la Russie. Et cela, personne n'en parle.

– Si, Amnesty International a donné ces chiffres, rappelle Mélissa. Ils sont même arrivés à avoir des témoignages précis.

– Mais tout le monde s'en désintéresse. Même les Arabes. Ça donnerait l'impression qu'il y a des divisions chez nous. Et le pire, c'est que les Iraniens prétendent agir dans notre intérêt, puisqu'ils fournissent des armes aux Palestiniens du Hamas à Gaza pour que surtout il n'y ait jamais la paix là-bas.

Le lieutenant Daoudi semble soudain beaucoup moins serein.

– Croyez-moi, la plupart des gens qui vivent en Cisjordanie ne sont pas comme ceux qu'on voit à la télévision. La majorité d'entre nous souhaitons la paix et nous aimerions pouvoir négocier directement avec les Israéliens sans qu'aucun autre pays ne s'en mêle.

– Vous, vous seriez prêt à faire la paix avec les Israéliens ?

Il hausse les épaules et répond avec fatalisme.

– Golda Meir, qui a été Première ministre d'Israël, avait dit : « La paix viendra quand les Arabes aimeront leurs enfants plus qu'ils ne nous haïssent. » Je commence à être fatigué de cette haine des Juifs qui nous est inculquée depuis notre enfance. Mon fils avait une malformation cardiaque et il a été opéré gratuitement dans un hôpital israélien. Mais si j'en parle, je me fais mal voir. Sans les médecins israéliens, mon fils n'aurait pas pu vivre.

Dehors, un homme lance des imprécations que la foule scande en écho.

– Rien d'intéressant, soupire Youssef, et il ajoute : Restons calmes. Attendons d'avoir des nouvelles de Gustave de Montbéliard.

Nouveaux bruits de bouteilles brisées.

Le jeune lieutenant ouvre un placard fermé à clef où se trouvent des revolvers. Il choisit le plus gros.

– Il se peut que je doive tirer en l'air quelques coups de feu dissuasifs.

Puis il baisse la voix :

– Mais, pour tout vous dire, ce ne sont pas les manifestants que je crains le plus… ce sont mes propres hommes. Je ne peux pas savoir lesquels sont vraiment fiables. La peur pour leur famille ou leurs convictions religieuses sont des motivations fortes, parfois plus fortes que leur salaire et leur engagement de policier.

Je crois qu'on n'est pas tant que ça en sécurité ici, songe René.

– Merci de ce que vous faites pour nous, lieutenant, dit Alexandre.

– Ne me dites pas trop vite merci. Si la situation ne se débloque pas d'ici une heure, je n'aurai plus le choix. Moi aussi, j'ai une famille et je tiens à ma vie. Je suis désolé de vous dire ça, mais je ne vais pas tout perdre pour protéger trois Français inconscients.

Les minutes qui suivent sont éprouvantes, d'autant que la caméra vidéo est détruite et qu'ils doivent se contenter de percevoir les bruits, les cris et les odeurs de fumée sans voir ce qui se passe à l'extérieur.

Les autres policiers parlent entre eux à voix basse et semblent inquiets.

Le téléphone portable de Youssef sonne.

Le lieutenant répond, parle d'une voix hachée, puis raccroche, visiblement nerveux.

– Ce sont mes supérieurs. Eux aussi se lèvent tard, ils viennent d'apprendre la situation. La bonne nouvelle, c'est qu'ils vont aller réveiller votre consul.

Et en effet, quelques minutes plus tard, un nouveau coup de téléphone retentit.

Le lieutenant palestinien signale :

– C'est pour vous.

Il appuie sur la touche haut-parleur et un « Allô » clair en français résonne dans le bureau.

Alexandre prend l'appareil.

– Alexandre Langevin, président de la Sorbonne, au bout du fil. Bonjour, monsieur le consul…

– Vous faites chier ! hurle le consul d'une voix haut perchée, presque féminine.

– Pardon ?

– Mais qu'est-ce qui vous a pris de me foutre dans cette merde ! Je vous préviens que si cette histoire enfle, je vous garantis que je vous laisserai tomber et vous en paierez seuls les conséquences. Tout seuls, vous m'entendez ! Je ne vois pas pourquoi cela me retomberait sur la gueule alors que je n'y suis pour rien !

– Nous avons besoin de votre soutien, tempère Alexandre.

– Ici, vous n'êtes rien ! Pas de président de quoi que ce soit qui vaille, monsieur Langevin ! Nous sommes amis avec les Palestiniens et vous avez commis un acte irréparable. Si cela ne tenait qu'à moi, je vous livrerais directement aux manifestants pour qu'ils appliquent « leur » justice.

– Nous sommes des citoyens français et vous devez…

– Ne me dites pas ce que je dois faire !

– Je suis un ami personnel du ministre de l'Enseignement supérieur et de la Recherche, dit Alexandre d'un ton raide, pensant ainsi impressionner son interlocuteur.

– Et moi, je suis un ami personnel du ministre des Affaires étrangères et vous me fichez dans un sacré pétrin. Et vous savez quoi ? Quand on est mort, les relations en haut lieu ne servent plus à rien, compris ? Ou alors il faut que vous soyez un ami personnel de Dieu. Remarquez, ça tombe bien dans cette région, il y en a beaucoup qui prétendent le connaître personnellement, ricane Gustave de Montbéliard. Quoi qu'il en soit, vous m'emmerdez et je trouverais normal que vous payiez pour ce que vous avez fait ! On pourrait imaginer que je n'ai pas décroché le téléphone à temps car je l'avais mis en silencieux... Ou qu'on soit venu me chercher trop tard, vous voyez ? Alors je dirais : « Quel dommage, quelle malchance, je n'ai pas pu les sauver, les pauvres... »

– Vous nous menacez ? s'offusque Alexandre.

– Je vous fais prendre conscience de la gravité de la situation, monsieur. Vous avez écouté les informations ? Vous êtes au courant de notre politique étrangère actuelle, monsieur le grand historien de la Sorbonne ? Je ne vous parle pas de...

... *Des croisades ?*

– ... de la politique de l'année dernière, je vous parle de celle de ces derniers jours.

– Qu'est-ce que la politique a à voir là-dedans ? s'étonne Alexandre.

– Ici tout est politique ! hurle le consul au bout du fil.

Une grosse pierre bien ajustée vient opportunément ponctuer cette déclaration fracassante en faisant éclater la vitre du bureau de Youssef.

Nous sommes peut-être en train de modifier l'Histoire.

– Mais enfin, vous êtes payé par l'ensemble des contribuables, dont je fais partie, pour défendre nos vies, non ? insiste Alexandre.

– Je ne suis pas payé pour me fâcher avec la population locale, mais bien au contraire pour montrer que la France soutient les Palestiniens. Nous sommes dans un pays étranger en crise et il y a des susceptibilités à respecter. Et vous, vous avez exactement fait ce qu'il ne fallait pas faire ! Vous savez lire pourtant ! « STOP », c'est ce qui était écrit sur la porte sous l'esplanade des Mosquées !

Et il raccroche.

Contre les murs du commissariat, un bruit fort et sourd retentit. Le lieutenant Daoudi explique :

– Les manifestants utilisent un camion-bélier pour défoncer les murs.

– Le commissariat pourra tenir ? s'inquiète Mélissa.

– Il a été conçu avec l'idée que ce genre de crise pouvait se produire, la rassure Daoudi.

– Il doit y avoir une porte dérobée, une sortie par les égouts ! Évacuez-nous, je vous en prie ! insiste Mélissa.

Pendant ce temps, le fracas du camion-bélier continue à ébranler les murs.

Le téléphone sonne encore. Lorsqu'il raccroche, Youssef paraît moins crispé.

– Mes chefs ont discuté avec votre consul. Ils ont su être convaincants. Il est d'accord pour vous récupérer. Une voiture consulaire va venir vous chercher.

Après de longues minutes, une limousine Peugeot noire avec une plaque d'immatriculation diplomatique se gare devant la porte arrière du commissariat. Daoudi escorte les trois Français jusqu'à la portière.

Youssef a gardé son revolver à la main.

– Merci, lieutenant, dit Alexandre. J'espère que toute cette affaire n'aura pas de conséquences fâcheuses pour vous.

– Vous savez, l'avantage, ici, c'est que chaque jour apporte son lot de prétextes différents pour s'énerver, alors à la longue, même les plus enragés finissent par oublier une affaire pour s'exciter sur une autre qui leur semble encore plus scandaleuse.

Les Français lui serrent la main, éperdus de reconnaissance, conscients qu'il leur a sauvé la vie.

À l'intérieur de la voiture, il n'y a qu'un chauffeur, peu

loquace, mais dont les talents de pilote sont parfaitement adaptés à la situation car un manifestant a repéré leur fuite et a entraîné une trentaine d'hommes, qui courent dans leur direction en projetant des cailloux sur la voiture. Le vacarme à l'intérieur de l'habitacle est assourdissant.

Le chauffeur reste imperturbable comme s'il ne s'agissait que d'une pluie de grêlons. Certains manifestants surgissant des rues adjacentes tentent de leur bloquer la route, mais le chauffeur zigzague imperturbablement entre les hommes qui apparaissent en hurlant. Il parvient à prendre suffisamment de vitesse pour s'échapper.

Ils roulent ainsi vers l'ouest, franchissent le checkpoint et enfin arrivent du côté israélien.

Le chauffeur s'arrête devant le consulat de France, situé juste en face de l'hôtel King-David. L'immeuble tout de pierre rose est somptueux et doté d'un immense jardin à la française avec des palmiers bordant les allées.

Le chauffeur accompagne les trois Français à l'intérieur du bâtiment. Dans le hall, une affichette signale : « Merci de ne contacter le numéro d'urgence que pour les cas graves de vol, enlèvement, incarcération », puis en dessous : « Que faire en cas d'attentat ? Que faire en cas de tir de roquette ? »

Au premier étage, le chauffeur frappe à la porte du bureau du consul.

La pièce est dans un désordre complet. Un homme obèse enfoncé dans un large fauteuil poursuit une conversation au téléphone en leur tournant le dos. Sa voix est aiguë et détonne dans un corps aussi volumineux.

Le chauffeur s'éclipse. Mélissa, Alexandre et René s'assoient sans attendre sur les sièges disposés devant la table de travail du diplomate.

Enfin le consul raccroche et se tourne vers eux.

– Vous pouvez vous vanter d'avoir foutu une sacrée pagaille ! J'en ai plus qu'assez de devoir gérer des fouteurs de merde parisiens !

– Bonjour, je suis Alexandre Langevin, dit Alexandre d'un ton calme et distingué. Je suis enchanté de vous rencontrer. Je vous présente ma fille Mélissa et René Toledano, un collègue enseignant.

Gustave de Montbéliard se radoucit un peu et leur fait apporter trois verres d'eau tiède.

– Actuellement, du fait d'intérêts qui vous dépassent, notre pays mène une politique arabe plus franchement propalestinienne. Nous dénonçons avec vigueur les colonies illégales en Cisjordanie. Nous souhaitons contrebalancer la politique des Américains qui, depuis qu'ils ont reconnu Jérusalem comme capitale d'Israël en 2020, sont en train de nous prendre de vitesse. Nous voulons offrir aux Palestiniens notre soutien, alors vraiment… votre petite excursion archéologique sous l'esplanade des Mosquées tombe mal !

René remarque aux murs des photos encadrées des différents consuls de France à Jérusalem avec Yasser Arafat ou des chefs militaires palestiniens.

– On a découvert des…, commence Mélissa.

Mais Alexandre l'arrête d'un geste.

Le consul ouvre un tiroir et en sort un paquet de chips. Il l'ouvre et en propose à ses visiteurs.

– Non, merci, dit Alexandre. Nous avons été très bien traités au commissariat de Ramallah.

Le téléphone sonne. Le consul prend l'appel.

– Bonjour, monsieur le ministre… Oui… En effet… Ah ?… Ah, d'accord… Bon, d'accord… Oui, je comprends… Bien sûr, monsieur le ministre… Mes respects, monsieur le ministre.

Il se tamponne le front avec son mouchoir et s'essuie le cou.

– C'était le ministre en personne. J'attendais son coup de fil pour régler cette histoire. Il m'a chargé de transmettre nos excuses officielles auprès de l'autorité palestinienne.

Gustave de Montbéliard plonge la main dans le sac de chips et en ramène une poignée qu'il mange bruyamment.

– Nous allons arranger cela, comme d'habitude. On va leur faire un cadeau pour s'excuser du dérangement.

– Un cadeau ?

– Un petit chèque pour un de leurs ministres. Cela lui permettra de s'acheter une villa sur la Côte d'Azur. C'est ce qu'ils font tous. Vous savez, ils sont très francophiles. Et puis, au moins, l'argent revient en France ! Ce qu'il faut craindre, c'est qu'ils veuillent aussi avoir une villa en Floride ou une datcha en Russie…

Mélissa semble soulagée.

– Nous pouvons rentrer à notre hôtel ? demande-t-elle. Je vous avoue que nous sommes épuisés et que je rêve d'aller prendre une douche.

– Oui, rentrez à votre hôtel, mais profitez-en pour faire vos valises ! Et déguerpissez dans l'heure. Je vous interdis de rester à Jérusalem. Je ne veux plus vous voir, je ne veux plus entendre parler de vous, et s'il y a d'autres problèmes, sachez que je ne lèverai pas le petit doigt pour vous. Vous n'aurez qu'à demander de l'aide à l'ambassadeur, à Tel Aviv. Je le déteste. Il est sioniste. Vous devriez bien vous entendre avec lui.

– Et si nous refusons de partir ? fait Alexandre.

À cette question, le consul repose enfin son paquet de chips et lève un sourcil.

– Je me ferai un plaisir de donner vos noms à quelques-uns de mes amis locaux un peu plus tatillons que moi sur tout ce qui touche la religion. Ça m'étonnerait qu'ils vous pardonnent d'avoir visité les souterrains de leur mosquée.

Quelques minutes plus tard, les voilà enfin revenus à l'hôtel King-David.

Depuis la fenêtre de sa chambre, René ne peut quitter des yeux l'esplanade du Temple, comme si ce lieu était connecté à quelque chose de très profond inscrit en lui.

48. MNEMOS. SOUS LE RÈGNE DU ROI CYRUS.

En 539 avant Jésus-Christ, l'Empire babylonien fut à son tour attaqué. Le roi des Perses Cyrus parvint à prendre le contrôle de la capitale Babylone et des provinces alentour. Ayant découvert l'existence de la communauté juive, et de leur histoire particulière, Cyrus autorisa les Hébreux qui avaient été déportés par Nabuchodonosor à retourner librement sur la terre de leurs ancêtres.

Cinquante mille d'entre eux firent ce choix.

À peine revenus à Jérusalem, les anciens exilés décidèrent de reconstruire le Temple détruit par les Babyloniens. Ils retrouvèrent les plans de l'architecte Hiram et les suivirent en y ajoutant cependant une enceinte supplémentaire. Les travaux furent achevés en 515 avant Jésus-Christ.

Les Hébreux consolidèrent les fortifications de Jérusalem et créèrent des quartiers résidentiels.

Après la mort de Cyrus, ses deux successeurs Darius et Xerxès poursuivirent sa politique de soutien au retour des Hébreux sur leur terre et d'encouragement de leurs travaux de modernisation à Jérusalem.

À cette époque furent posés les fondements du judaïsme. La Bible fut rédigée et, par le récit de l'histoire du peuple juif, affirma son identité.

Simultanément certaines règles furent édictées, notamment alimentaires (ne pas manger le veau dans le lait de sa mère, ni de porc, ni de crustacés ou de poissons sans écailles). De même furent établis le jour du repos (le samedi, ou shabbat), les dates des fêtes et les règles d'hygiène (se laver les mains avant de manger ou avant de pratiquer une opération chirurgicale).

Les villes étaient gérées par un conseil des Anciens dont tous les membres étaient élus.

Sous le règne de Xerxès se produisit l'épisode d'Esther.

Mardochée, l'oncle d'Esther, avait averti Xerxès d'un complot qui se tramait contre lui et lui sauva ainsi la vie. En remerciement, Xerxès l'autorisa à faire partie de sa cour impériale.

Quand la reine Vashti fut répudiée, Xerxès signala qu'il souhaitait lui trouver des remplaçantes belles et vierges. Mardochée introduisit sa nièce Esther dans le harem du roi.

Aman, Premier ministre de Xerxès, croisa un jour Mardochée et fut vexé que celui-ci refuse de se prosterner

à ses pieds. Il ordonna en représailles l'extermination de tous les Juifs vivant sur le territoire qu'il contrôlait.
Esther vint alors dans la chambre de Xerxès pour plaider la cause de son peuple condamné par le ministre. Dès qu'il la vit, Xerxès tomba sous son charme et accepta de l'aider. Il n'eut néanmoins pas le temps d'arrêter sa police, mais il fit livrer aux Hébreux des armes et ils purent se défendre contre les soldats envoyés par Aman.
Aman fut arrêté et pendu. Xerxès annonça qu'il comptait bien continuer à protéger les Juifs, comme avant lui Cyrus et Darius. Esther inspira dès lors une fête, Pourim, durant laquelle on se déguisait, on mangeait des gâteaux au miel et on brûlait en effigie une grande marionnette pendue à un gibet représentant le ministre Aman.

49.

– En fait, toutes les fêtes juives peuvent se résumer ainsi : « ils ont essayé de nous tuer, nous nous en sommes tirés de justesse ; si on mangeait et on buvait pour fêter ça ? »

Les trois Français se restaurent dans le réfectoire du kibboutz à trente kilomètres à l'ouest de Jérusalem. C'est là où vivent Ménélik Ayanou et sa femme.

Ils mangent des gâteaux de formes et de goûts très divers. Il y a des gâteaux au fromage blanc d'origine polonaise, et des gâteaux aux amandes qui sont plutôt d'origine marocaine. Ils boivent du thé vert à la menthe pour accompagner ces douceurs. Autour d'eux, une vingtaine d'autres personnes prennent leur petit déjeuner.

Ménélik Ayanou a appris ce qui leur était arrivé et leur a spontanément offert l'hospitalité.

– Ici, vous êtes en sécurité et personne ne viendra vous dire ce que vous avez à faire.

Après le repas, les trois Français découvrent le kibboutz, sorte de petit village agricole, mais avec aussi des activités industrielles et de technologie de pointe.

– Nous produisons des olives et des poires, explique Ménélik. Nos vaches nous donnent du lait et nos abeilles du miel. Nous fabriquons des panneaux solaires et des systèmes de pompes et d'irrigation.

La plupart des gens qui circulent sont habillés de vêtements aux couleurs bariolées avec des motifs hawaïens.

On dirait une communauté hippie des années 1970, songe René.

– Jadis, ici, c'étaient des marécages, poursuit Ménélik. Les premiers pionniers qui se sont installés ont dû lutter contre la malaria et les moustiques. Parmi eux, beaucoup de gens fuyaient l'Europe et certains étaient des rescapés des camps nazis. Ils avaient la volonté d'inventer un monde sans guerre, sans argent, sans propriété et sans conflit.

– Sans argent ? Comment ça ? demande Mélissa, étonnée.

– Tout est mis en commun. Personne n'a rien et tout le monde a tout. Enfin, en principe... Dans le détail, c'est parfois un peu plus compliqué, mais ceux qui vivent ici ont trouvé un mode de vie qui leur convient.

– Mais si quelqu'un a besoin d'avoir un téléviseur, comment fait-il ? interroge Mélissa.

– Il signale son besoin à la comptabilité du kibboutz qui l'achète à sa place et le lui fait parvenir. Personne n'a besoin d'aller dans un magasin, ni ne possède de patrimoine personnel. Tout appartient à la communauté.

– Et il n'y a pas d'héritage ? demande Alexandre.

– Non. L'héritage, c'est de faire partie de la communauté. Dès lors, on a une sorte de garantie de ne jamais manquer de rien.

– C'est assorti du devoir de travailler, je présume ? dit René.

– Chacun œuvre dans l'intérêt de la communauté. On peut travailler aux champs, dans les bureaux, dans le secteur industriel ou technologique et évidemment on peut alterner ou changer d'emploi selon ses envies.

Ils avancent et aperçoivent un bâtiment blanc moderne avec de grandes baies vitrées.

– Nous avons la fierté d'avoir ici l'inventeur de la micro-irrigation. Vous savez, ces tuyaux équipés d'un goutte-à-goutte qui permettent de faire pousser des plantes dans le désert en utilisant le minimum d'eau.

À côté des gens habillés en hippies, des personnes âgées jouent aux échecs ou aux cartes.

René remarque qu'un joueur a un numéro tatoué au poignet.

C'est un rescapé des camps de concentration nazis.

Une vieille dame qui semble en pleine forme reconnaît Ménélik et vient le saluer. Ménélik lui présente ses amis français.

– Le professeur Nadia Volf a jadis été à la pointe des recherches sur l'accélération de la soudure des os cassés par le biais de champs magnétiques. Elle a cent deux ans !

Un minibus entre dans le kibboutz. En sort un groupe de jeunes gens en uniforme militaire. Ils semblent épuisés.

– L'idéal de *peace and love* et de socialisme utopique était difficile à appliquer. Dès leur création, les kibboutz ont été attaqués et ont dû revenir au modèle de l'agriculteur-soldat que les Juifs avaient mis en pratique à l'époque des douze tribus d'Israël, il y a de cela trois mille ans.

– Les agriculteurs-soldats d'avant la monarchie de Saul, c'est cela ? dit Alexandre.

– Oui, ce modèle fait partie des premiers kibboutz. Après la fin de la Seconde Guerre mondiale, les Irakiens et les Égyptiens ont formé une armée dirigée par d'anciens officiers nazis dans le but d'envahir la jeune nation juive. Heureusement, certains pays comme la Tchécoslovaquie ont accepté de vendre des armes aux premiers pionniers, qui ont pu ainsi se défendre.

– Ce que vous nommez des « pionniers » sont des « colons » qui ont volé leur terre aux autochtones, dit Mélissa.

– À l'époque, il n'y avait personne ici, répond Ménélik. C'était trop inhospitalier, c'était un marécage infesté de moustiques. La malaria faisait des ravages.

– Enfin, c'est votre version, vous n'êtes pas neutre, dit Mélissa avec raideur. S'il y avait des Palestiniens, vous avez dû les chasser.

– Une population arabe vit toujours en Israël. Ces Arabes sont des citoyens israéliens à part entière, représentés par des députés à la Knesset, notre Parlement.

– On m'a dit qu'ils avaient un statut inférieur, insiste Mélissa.

– Vous verrez par vous-même. Vous vous ferez votre opinion, dit Ménélik très posément.

Ménélik Ayanou manœuvre son fauteuil roulant et les guide vers sa propre habitation, une petite maison blanche cubique avec une terrasse sur le toit.

À l'intérieur, la climatisation les rafraîchit. Autour d'eux, c'est un vrai musée. Il y a des amphores, des parchemins, des sculptures de toutes les civilisations qui se sont succédé sur ce territoire.

Ménélik leur sert du thé vert glacé.

– Alors, que vous est-il arrivé exactement ?

D'un geste théâtral, Alexandre sort de sa poche une bourse et en extrait tranquillement plusieurs morceaux de céramique, peints ou gravés, avec sur certains des inscriptions.

Ménélik fronce les sourcils.

– Je vous avais pourtant interdit d'y aller !

– Nous sommes de mauvais élèves, dit Alexandre avec un clin d'œil.

Ménélik examine les tessons avec une loupe.

– À première vue, je pense qu'ils datent du premier Temple, autour de l'an 1000 avant notre ère.

Une femme très mince aux cheveux blancs et courts entre dans la pièce et les salue d'un grand « Bonjour ».

– Je vous présente Hodélia, ma femme, dit Ménélik. Comme beaucoup de gens ici, elle parle couramment le français.

Hodélia semble avoir l'âge d'être la mère de Ménélik.

Ménélik perçoit leur étonnement et leur explique :

– Hodélia a fait partie de la chaîne d'entraide qui a permis que je vienne ici. Je suis né en Éthiopie, comme vous le savez. Hodélia a participé à l'opération Salomon en 1991 qui a permis de sauver 14 000 Juifs éthiopiens réfugiés à Addis-Abeba. Les Israéliens ont créé un pont aérien. Il a fallu trente-quatre rotations de gros avions de la compagnie nationale El Al pour nous sortir de l'enfer de la guerre civile. J'ai fait partie du dernier vol.

– Beaucoup de gens en Israël les appellent « Falashas », dit Hodélia, qui s'est assise avec eux. C'est le mot courant pour les désigner, mais cela signifie en amharique « exilés », or ils ne se voient pas comme des exilés, mais comme les descendants du roi Salomon et de la reine de Saba.

– Oui, enfin, c'est probablement seulement une légende, signale Ménélik. Mon prénom a été choisi par mes parents car il est censé être celui du fils qu'ont eu le roi hébreu et la princesse éthiopienne. Après l'opération de sauvetage, Hodélia et moi nous nous sommes mariés.

– Il ne suffisait pas de le sortir d'Éthiopie, il fallait l'aider à s'installer, raconte Hodélia. Je vivais ici, dans ce kibboutz, et il avait dix-huit ans. Et puis est arrivé l'accident…

– Que s'est-il passé ? demande Mélissa.

– Un jeune de quatorze ans s'est fait exploser dans un bus…

Un long silence suit.

– Ménélik en a réchappé, mais il a été touché par un boulon à la colonne vertébrale. Il a perdu l'usage de ses jambes.

Ménélik sourit.

– C'est l'ironie de la vie, dit-il. Échapper en Éthiopie à la guerre civile pour se faire estropier par un gosse ici…

Les trois Français sont surpris par le ton détaché de Ménélik. Mélissa cependant ne baisse pas les bras.

– Si vous renonciez à votre politique de colonies dans les territoires occupés, cela n'arriverait pas, remarque-t-elle.

– En effet, répond Hodélia qui semble avoir surtout envie d'éviter toute discussion.

La conversation continue un moment, puis Hodélia et Ménélik invitent les Français à venir se dégourdir les jambes dans un petit jardin à l'arrière de leur maison.

Une centaine de ruches s'y trouvent alignées en bon ordre.

– Je suis chargée de la production de miel, mais je suis aussi entomologiste. Je fais des recherches sur le comportement des abeilles.

Le ballet des abeilles est agréable à regarder et ils restent un moment à observer les insectes sans parler. Puis Hodélia reprend :

– Une abeille vit en moyenne quarante jours, visite mille fleurs et produit moins d'une cuillère à soupe de miel durant cette période. Pour nous, ce n'est qu'une cuillérée de miel, pour elle, c'est l'œuvre de sa vie.

Elle sort d'un sac un petit pot de miel et en fait goûter à chacun. René ferme les yeux pour apprécier chaque molécule de la substance.

– Avec nos huit cents ruches, nous produisons ici dix tonnes de miel par an.

Mélissa et René la félicitent. Seul Alexandre reste en arrière et refuse d'approcher ou de goûter.

– Vous n'aimez pas le miel ? lui demande Hodélia.

– J'ai eu des problèmes avec leurs dards, dit Alexandre en montrant sa main entourée du bandage que Youssef Daoudi lui a fait la nuit précédente.

Hodélia est intriguée.

– Puis-je regarder ?

En grimaçant, il retire le bandage et montre sa main qui est encore enflée et écarlate.

– Ah, mais ce ne sont pas des abeilles qui vous ont fait ça ! s'exclame-t-elle. Ne vous trompez pas d'ennemi.

– Ce sont des guêpes ? questionne Alexandre.

– Non, répond Hodélia. Des… frelons asiatiques.

Elle a prononcé ces mots d'un ton sinistre.

René 63 m'a parlé des frelons asiatiques.

Hodélia observe la main enflée d'Alexandre.

– Ça aurait pu être pire. Il y a chaque année un millier de décès dans le monde à cause de leurs piqûres.

– Les piqûres de frelon tuent ? s'étonne René.

– En général, pour un chien ou un chat, deux piqûres suffisent. Pour l'homme, quatre piqûres sont mortelles, pour les chevaux ou les vaches, c'est six. Vous avez eu deux piqûres, ça a enflé mais ça ne vous a pas provoqué un œdème de Quincke. Vous avez eu de la chance, sur les mains, c'est moins grave qu'à la gorge, à la bouche ou au visage.

– J'ai pris un antihistaminique à Ramallah, signale Alexandre. Ça a dû arrêter l'effet du venin.

– C'est certain. Mais j'aimerais essayer autre chose pour vous soulager, dit Hodélia en les entraînant de nouveau à l'intérieur de la maison.

Elle prend un peu de miel et l'étale directement sur la main enflée.

– Qu'est-ce que vous faites ? s'étonne Mélissa.

– C'est un soin qui nous vient de l'Égypte ancienne : mettre du miel sur les plaies. C'est un excellent désinfectant mais aussi un décongestionnant.

Alexandre est surpris par ce traitement mais se laisse faire. Une fois qu'Hodélia a déposé quelques fines couches de miel, elle va chercher dans la salle de bains une bande neuve pour refaire son pansement.

– Ta main commence à ressembler à celle d'une momie, papa, plaisante Mélissa.

Hodélia leur fait signe de la suivre dehors.

– Ici aussi nous avons eu des dégâts. Sur les 800 ruches que comptaient ce kibboutz, il n'y en a plus que 630 qui sont encore viables.

Elle montre des ruches vides où s'amoncellent des cadavres d'abeilles.

René est ému par la vision de ces cités fantômes.

J'ai vu beaucoup de morts quand j'étais Salvin à la prise de Jérusalem. Et le monde que nous montrent les informations est parfois d'une grande violence. Pourtant, ces ruches transformées en cimetière me touchent.

– Mais elles n'ont vraiment rien pu faire pour se défendre ? s'étonne Alexandre.

– Elles ont tout tenté, raconte Hodélia. Des sorties en petits commandos, des sorties en groupes plus étoffés, des sorties solitaires. Tout a échoué. Les frelons asiatiques sont plus gros, plus forts, plus agressifs et ils sont munis de mandibules en forme de sabre très tranchantes. Ce qui manque aux abeilles. En outre, ils peuvent piquer sans perdre leur dard alors que l'abeille meurt dès qu'elle frappe. Enfin, chaque piqûre injecte beaucoup plus de venin que celle d'une abeille. Quand les habitantes de la ruche ont compris que rien ne marchait et qu'elles étaient toutes condamnées, beaucoup se sont laissées mourir, résignées, sans même combattre.

– Et… vous ne pouvez pas les défendre ? s'étonne René.

– Évidemment, on a essayé de les aider. Quand les frelons ont attaqué les ruches, nous étions tous avec des raquettes à fouetter l'air, mais ils sont coriaces. La seule manière efficace d'agir contre eux est de trouver le nid, qui ressemble à un ballon en carton, et, même là, il faut faire attention car dès qu'on attaque le nid, la reine tombe par une issue de secours située au bas de leur cité. Une fois au sol, la reine s'enterre et elle attend que la menace soit passée pour se remettre à pondre des frelons qui vont reconstruire ailleurs un nid encore plus inaccessible.

Les Français observent en silence les ruches dévastées.

– Mais vous avez quand même réussi puisqu'il reste des ruches intactes, dit René.

– Si vous saviez tout le matériel nécessaire pour repérer leurs nids ! Ils sont souvent en hauteur dans les arbres et bien dissimulés sous les feuilles !

Hodélia prend une pelle pour ramasser les cadavres et les mettre dans un sac plastique. Elle poursuit :

– Pour détruire le nid, nous utilisons des drones équipés de lance-flammes. Il faut au moins cela pour en venir à bout.

– Et pour la reine qui chute ?

– Nous avons mis au point une astuce : placer une bassine d'eau en dessous. Nous avons mis du temps à trouver une manière d'arrêter ce massacre, mais nous avons réussi, en tout cas pour ce kibboutz. Le problème, c'est le réchauffement climatique. Avant, beaucoup de reines frelons asiatiques étaient tuées par le froid, mais avec les hivers doux, toutes les reines survivent et prolifèrent. En France, pour cette même raison, vous allez avoir de plus en plus de frelons asiatiques, de plus en plus nombreux, de plus en plus agressifs et dont les nids sont de plus en plus difficiles à repérer.

– Le réchauffement climatique..., répète René perplexe en se souvenant de Paris en 2053 et de la chaleur suffocante.

Ainsi le réchauffement climatique joue indirectement contre les abeilles.

Ils poursuivent la visite du kibboutz avec Ménélik et Hodélia et marchent jusqu'à un petit bâtiment qu'Hodélia leur présente : c'est un centre scientifique. Des laborantins et des ingénieurs travaillent dans plusieurs laboratoires.

– Les abeilles ont depuis trois mille ans été sélectionnées pour être le moins agressives possible afin de ne pas gêner les apiculteurs. Si bien qu'actuellement, elles ne savent plus se défendre. Nous avons ici un petit laboratoire où nous cherchons un moyen de les faire muter pour qu'elles retrouvent leur combativité primitive et leur débrouillardise oubliée.

René sort alors de sa poche une boîte en plastique et l'ouvre.

– Je me demande si ceci ne pourrait pas être la solution...

– C'est quoi ? questionne Hodélia, intriguée.

– C'est une reine abeille prise dans une coulée de cire que j'ai récupérée lors de notre aventure dans les souterrains sous l'esplanade.

Hodélia observe cet étrange objet, très impressionnée.

– Une reine abeille archaïque ! Oui, c'est extrêmement intéressant !

Elle sort une loupe de sa poche et l'examine.

– À quelle époque vivait-elle, selon vous ?

Avril 1121. Mais je ne peux pas être aussi précis, ça semblerait bizarre. Mieux vaut rester dans le vague.

– Le XIIe ou le XIIIe siècle, je pense.

Hodélia scrute avec sa loupe chaque détail de l'insecte incrusté.

– Pas de doute, c'est une espèce sauvage autochtone qui a disparu. Elle doit être l'ancêtre de l'actuelle *Lasioglossum dorchini*. Un peu comme si vous aviez ramené un *Homo neanderthalensis*, qu'on appelle plus communément un Neandertal. Il serait plus costaud, paraît-il, que nous, pauvres *Homo sapiens*...

Ménélik, intrigué, veut à son tour examiner le morceau de miel durci, translucide et orange, avec son inclusion de reine *Lasioglossum*.

– Regardez : à l'époque, elles avaient un dard plus volumineux, un thorax mieux protégé, des mandibules plus larges. Elles étaient plus grosses et, à voir l'abdomen, elles produisaient plus d'œufs.

– Vous voulez dire que cette reine aurait su résister aux frelons asiatiques ? dit René.

– J'en suis persuadée, répond Hodélia.

Émerveillée, elle ne cesse d'examiner la structure de l'insecte sous tous les angles.

Elle parle en hébreu à deux collègues en blouse blanche qui se sont approchés du petit groupe. Ils paraissent très impressionnés. Hodélia explique ensuite à René :

– Ils vont essayer de récupérer son ADN pour tenter de retrouver cette espèce disparue capable de tenir tête aux frelons. Pouvez-vous nous la laisser ?

René, ravi, donne son accord et confie la boîte aux scientifiques du kibboutz.

Ménélik accompagne les Français vers les trois bungalows réservés aux invités où leurs bagages ont été déposés à leur arrivée.

– Vous pouvez faire une sieste en attendant que la température baisse. Encore un détail : ici les portes n'ont pas de serrure, parce qu'il n'y a pas de voleurs puisqu'il n'y a pas de propriété individuelle. D'ailleurs, il se peut que des gens viennent frapper à votre porte parce qu'ils ont besoin d'assiettes ou d'un tire-bouchon pour une fête et qu'ils n'en ont pas chez eux…

Chacun prend une douche rafraîchissante.

René change de vêtements et va rejoindre Alexandre dans son bungalow. Il entend bien tirer au clair ce qu'il a compris au cours de sa régression de la nuit précédente au commissariat de Ramallah.

– Vous allez dicter à Gaspard vos prophéties, n'est-ce pas ? dit-il d'un ton accusateur.

– C'est ce que tu vas faire, toi aussi, avec Salvin, non ? Nos frères templiers décideront quelle est la meilleure prophétie, voilà tout.

C'est « mon » idée.

René a envie d'argumenter sur le principe du vol de concept mais il se retient et garde le silence un moment.

Dire que si je ne lui avais pas appris à faire des régressions, tout cela ne serait pas arrivé…

– Je sais ce que tu penses, René, tu regrettes de m'avoir fait découvrir tout ça, n'est-ce pas ?

– Vous auriez pu être plus respectueux de ma démarche au lieu de venir me concurrencer de façon assez déloyale.

– Au contraire. Vois cela comme une saine émulation. Nous avons combattu à l'épée pour que tu sois engagé à la Sorbonne, maintenant nous allons lutter avec notre intelligence pour que l'un de nous deux produise la prophétie officielle des Templiers.

Il en fait une affaire personnelle. Je n'arriverai pas à le faire changer d'avis.

– Très bien. Je relève le défi.

De retour dans son bungalow, René baisse l'intensité du climatiseur pour ne pas être gêné par le bruit. Puis il s'installe sur son lit avec des coussins sous les fesses en position du lotus. Il prend une grande inspiration, baisse les paupières et quitte le temps présent.

50.

Jérusalem, 14 juin 1121. Le chevalier Salvin de Bienne est en train d'écrire à la lumière d'un candélabre à trois bougies.

Sa femme Déborah s'approche, curieuse.

– Il est tard, tu ne veux pas dormir, Salvin ?

– Je dois coucher sur ce parchemin ce que saint René m'a dicté en rêve. Il faut que je fasse vite avant d'oublier.

Elle lit par-dessus son épaule le texte qu'il vient de rédiger.

– Ça a l'air… « amusant ».

– Ce n'est point le mot que j'emploierais. Je dirais plutôt que c'est… « étonnant ».

– Décidément, ton ange gardien a beaucoup d'imagination. Ou alors c'est toi.

Il pose sa plume et l'enserre de son unique bras puis l'embrasse. Elle répond à son baiser par un baiser encore plus enthousiaste.

– Sais-tu ? Cela m'impressionne, reconnaît-elle. Je ne m'attendais pas à ce qu'un jour mon mari devienne prophète. Quel dommage qu'il me soit interdit d'en parler… Toutes mes amies seraient jalouses.

Elle rit. Salvin la regarde et lui dit :

– Ce n'est pas un métier, c'est une vocation. Et puis, la pensée de saint René est si belle. Il connaît tout, il comprend tout, on dirait qu'il a utilisé son regard pour parcourir le monde comme s'il était un oiseau qui peut tout survoler dans le temps et dans l'espace.

– Je respecte ton ange gardien et je respecte ton travail.

– Être la femme d'un prophète, c'est vrai, c'est déjà une bonne position sociale, dit Salvin avec un sourire.

Elle secoue ses longs cheveux noirs ondulés.

– Cette terre a déjà produit de nombreux prophètes : Isaïe, Hénoch, Jérémie, Ézéchiel, Jonas, Zacharie, Malachie… Et puis mon préféré : Daniel. À bien y réfléchir, la plupart étaient mariés, mais on a oublié le nom de leur femme. C'est injuste. Je suis sûre qu'elles ont participé à leur œuvre.

– Peut-être est-il inconvenant de comparer, en ce domaine délicat, cependant il me semble que mon ange est plus précis et moins symbolique que l'ange qui a dicté les prophéties de Daniel.

Déborah l'embrasse de nouveau.

– Tu es mon prophète préféré.

– Il n'est pas certain que je réussisse. J'ai un concurrent.

– Ton meilleur ami, Gaspard ?

– Il est déjà un peu moins qu'avant mon meilleur ami…

Déborah lui caresse le menton.

– Le symbole des Templiers est pourtant bien une allusion à votre rencontre ?

– Certes. Deux hommes armés d'épées sur le même et unique destrier, c'était nous.

– Eh bien, voilà. Tout est prévu dans ce symbole. Vous deux en train d'enfourcher le même cheval. Un cheval qui pourrait se nommer : vision du futur…

Salvin reste interloqué par la fine remarque de Déborah.

Non, c'est un pur hasard. Ce n'est pas possible que ce qui se passe ait déjà été prévu.

– Cela m'a agacé au début, je pensais que le monde invisible, sous l'apparence de mon saint protecteur, m'avait désigné, moi et moi seul… Mais désormais je vois cela comme un défi. Saint René m'a dit qu'il fallait que j'excelle pour faire la différence.

– Que signifie exceller, pour un prophète ?

– Il faut que mes prophéties soient plus intéressantes que celles de Gaspard.

Déborah se penche au-dessus de son épaule.

– Voyons un peu ce que te raconte ton saint René…

51. MNEMOS. LA SAGESSE D'ARISTOTE.

Alexandre était un prince né en Macédoine, territoire grec, le 21 juillet 356 avant Jésus-Christ.

Son père, Philippe II, roi de Macédoine, et sa mère Olympias souhaitaient qu'il reçoive une éducation qui le préparerait à devenir le meilleur roi possible. Ils engagèrent comme précepteur l'homme qui était considéré comme le plus sage de son époque : Aristote.

Aristote avait une passion : l'observation des abeilles. Il prétendait comprendre les cités humaines par l'observation des ruches. Et à partir de cette observation, il espérait pouvoir proposer la ville utopique parfaite.

Dans son *Histoire des animaux*, Aristote estime qu'un roi à la tête de la société humaine doit s'inspirer de la société de la ruche qui est un système parfait. Là-bas, chacun dans sa caste : ouvrier, soldat, explorateur, nourrice, sait comment être le plus utile à sa communauté.

Aristote restait des heures à observer les abeilles et à prendre des notes sur leur comportement. Ce qu'il admirait le plus chez elles : le sens de la géométrie, la capacité à produire des substances chimiques (aussi extraordinaires que le miel, mais aussi la cire, la propolis, la gelée royale), la cohésion sociale, la solidarité, le sens du sacrifice (elles

meurent en perdant leur dard pour défendre la ruche). De l'observation des abeilles, Aristote tira une philosophie « finaliste » : « La nature ne fait rien en vain, il y a dans tout ce qui existe un projet final secret qu'on doit essayer de découvrir. »
Aristote donna à son jeune élève, le prince Alexandre, des cours de philosophie, de mathématiques, de politique, mais aussi de stratégie. Très jeune, Alexandre se révéla un chef militaire extraordinaire.
Il visait l'efficacité et la rapidité. Peut-être un peu trop : Alexandre commença par assassiner son père Philippe II. Puis il réunit autour de son armée macédonienne une coalition de troupes issues des cités grecques et partit envahir la Perse. En 334, il connut une première grande victoire sur les bords du fleuve Granique qui lui ouvrit tout le territoire perse. En 333, il défit le roi Darius.
À chaque bataille, son sens de la stratégie compensait son infériorité numérique. Ses hoplites étaient équipés de lances plus longues, sorte de longs dards qui permettaient d'arrêter les chevaux. Sa diplomatie était innovante : au lieu de tuer les rois ennemis, il les laissait en place et ils devenaient ses vassaux. Il épousa ainsi la fille de Darius. Il fut aussi un grand bâtisseur et plus de vingt cités portent son nom. Il alla jusqu'à la vallée de l'Indus (l'actuel Pakistan), puis se dirigea vers le sud et entreprit la conquête de la Phénicie, d'Israël et pénétra jusqu'en Égypte, où il se fit proclamer pharaon.
Il mourut de maladie le 11 juin 323 à Babylone, alors qu'il s'apprêtait à envahir la péninsule arabique. Il avait trente-deux ans.

52.

Mélissa frappe à la porte du bungalow de René. Pas de réponse. Elle entre. Il est assis sur son lit, en position du lotus, les fesses surélevées par des coussins. Les rideaux sont tirés, la climatisation est au ralenti, il est immobile.

Elle hésite puis s'approche de son oreille.

– Nous allons déjeuner, tu ne veux pas venir avec moi ?

Il reste imperturbable. Un petit mouvement de sa bouche trahit son agacement d'être dérangé.

– Mon père non plus ne veut pas sortir… Vous faites la même chose, tous les deux, n'est-ce pas ?

René ne répond pas.

– Mais tu devrais quand même venir déjeuner, non ?

Toujours pas de réponse. Elle n'insiste pas et s'éclipse.

Après l'incursion de la jeune femme, René se remet en position, bien décidé à continuer sa dictée, mais il est déconcentré et il choisit de faire une pause et de se préparer un thé. Il regarde par la fenêtre.

Dehors, les gens du kibboutz s'activent, la plupart circulent à vélo dans ce village où il n'y a pratiquement aucune voiture.

Des enfants s'amusent dans une aire de jeux toute proche.

Il boit lentement son thé.

Comment raconter tout ce qui s'est passé entre 1121 et aujourd'hui ?

Ce n'est pas évident du tout.

Je ne peux pas m'adresser à Salvin comme à un de mes contemporains.

Pour l'instant, j'avance siècle après siècle mais ce n'est peut-être pas la meilleure méthode pour parler du futur.

Il dicte à Salvin :

« Vers 1200, les Turcs vont finir par reprendre Jérusalem. Ils profiteront de leur nombre et des divisions des croisés. Tous les chrétiens seront chassés de la ville. Même les Templiers. Ils doivent déjà se préparer à disposer d'un lieu de retraite rapide. Chypre par exemple.

« Vers 1300, un roi français du nom de Philippe le Bel détruira l'ordre du Temple parce que les Templiers lui auront prêté de l'argent et qu'il n'aura pas l'intention de les rembourser. »

René soupire.

De quoi parler encore ? Comment résumer… tant de choses ? Comment choisir les points importants ?

Il se repositionne et entreprend de dicter la suite :

« Vers 1400, les armes deviendront de plus en plus destructrices, avec notamment des armes de tir à distance. La poudre explosive va changer le déroulement des batailles. Il y aura des canons qui tireront des boulets et des arquebuses qui tueront avec des balles. C'en sera fini des combats à l'épée au corps à corps. »

L'une des difficultés pour René est d'utiliser des termes compréhensibles par un homme d'il y a mille ans.

Il cherche longtemps ses mots.

Il faut que je lui parle de la découverte de nouveaux territoires.

« Vers 1500, on découvrira un continent entier à l'ouest, au-delà du détroit de Gibraltar, au-delà des colonnes d'Hercule. On nommera ce nouveau territoire l'"Amérique". Pour le rejoindre, il suffira de naviguer pendant trente-cinq jours en suivant le soleil couchant. »

Il précise :

« Au début, les marins seront tentés d'abandonner, mais ils devront tenir. Il faudra qu'ils continuent de naviguer sans voir aucune terre pendant ce laps de temps sans perdre espoir. »

Quoi d'autre ?

L'imprimerie.

Il indique au chevalier :

« En cette même époque, autour de l'an 1500, on pourra grâce à une nouvelle invention reproduire en grand nombre les livres sans avoir à les recopier à la main. Non pas des centaines, mais des milliers de livres. Et cela changera tout. Car ce ne seront plus que les moines qui auront le privilège d'être instruits. On pourra apprendre à tous à lire et à écrire. Même aux enfants. Même aux pauvres. Il y aura des bibliothèques qui seront ouvertes au public, où, sans payer, les gens pourront consulter tous les ouvrages.

« Et il y aura aussi une période où l'on sortira de la religion pour aller vers l'humanisme. C'est-à-dire qu'on ne considérera plus que Dieu est la cause de tout mais que c'est l'homme qui est au centre. Cela rendra les gens moins superstitieux, et plus entreprenants. Cela se nommera la Renaissance. »

Épuisé par son travail de dictée, il s'accorde une nouvelle pause. Il monte la climatisation et boit une deuxième tasse de thé. Il regarde sa montre, il est déjà quinze heures.

Cela fait presque quatre heures qu'il est en méditation pour dicter ses prophéties à son ancien lui-même.

Il ouvre en grand la fenêtre pour aérer, puis aperçoit un paquet de cigarettes locales posé sur une étagère. Il en allume une. Il fume en produisant un nuage opaque.

Le bungalow d'Alexandre Langevin est tout près.

Mon concurrent en prophétie est lui aussi en pleine dictée…

Je me demande quels événements il a choisi de transmettre à Gaspard…

Mélissa frappe de nouveau à sa porte.

– Non, désolé, je suis encore occupé.

– Je voudrais te dire quelque chose, René.

– Pas maintenant. Plus tard.

– Quand ? dit Mélissa.

– Je ne sais pas encore, je te rejoindrai quand je le pourrai.

Il l'entend s'éloigner. Comme il n'y a pas de serrure pour fermer la porte, il place une chaise en biais contre la poignée.

Alors il se replace en position du lotus et se concentre pour apprendre l'histoire à son élève le plus important.

53.

Une main douce caresse son visage.

Salvin ouvre les yeux brusquement.

– Excuse-moi de te réveiller, dit Déborah, mais cela fait dix heures que tu dors d'un sommeil plutôt agité. J'étais inquiète, tu vas bien ?

Le chevalier ne répond pas et fonce vers un codex rempli de pages blanches. Il sort une plume et un encrier et commence à écrire à toute vitesse.

– Salvin ! Ça va ?

– Excuse-moi, il ne faut pas me parler, il faut que je me souvienne en détail de tout ce que mon ange saint René m'a révélé sur le futur !

Déborah va chercher un peu d'eau fraîche au puits qui se trouve devant leur petite maison et lui verse un verre.

Elle se penche par-dessus son épaule et lit.

– C'est quoi, la « Renaissance » ? demande-t-elle. C'est quand les gens meurent et ressuscitent ?

Mais Salvin continue de noter à toute allure dans un état d'exaltation extrême.

Alors Déborah continue de lire par-dessus son épaule.

– Tu évoques un nouveau continent à l'ouest qu'on pourrait rejoindre en bateau ?

Il trempe sa plume dans l'encrier pour reprendre aussitôt le fil de sa pensée. La pointe noire fait un bruit particulier en frottant le parchemin.

Il continue de noter tout ce que lui a dicté René, et Déborah continue de découvrir son texte au fur et à mesure qu'il avance, ne pouvant par moments se retenir de pousser une petite exclamation d'étonnement.

54.

René affine ses pensées pour être bien sûr d'être complet.

« Vers 1600, on fabriquera des télescopes qui permettent de voir dans le ciel la Lune comme si elle était toute proche, on pourra voir aussi Mars et Vénus. Et c'est à cette époque qu'on comprendra que la Terre tourne autour du Soleil. On inventera des microscopes qui permettent de voir des animaux tellement petits qu'on ne peut les distinguer à l'œil nu.

« L'imprimerie sera alors si bien développée qu'en plus des livres il y aura des journaux, qui sont des feuilles qui sortent périodiquement pour informer les gens du maximum d'événements qui se passent même à des milliers de kilomètres… »

Zut, le mètre ne sera inventé qu'en 1791…

« … qui se passent même très loin de chez eux.

« Vers 1700, on mettra au point des ballons qui soulèveront des nacelles dans lesquelles des gens pourront monter. Et alors quatre ou cinq personnes voleront dans le ciel, à la hauteur des oiseaux, poussés par les vents.

« Vers 1800, le peuple ne voudra plus des rois, et il se créera dans beaucoup de pays des systèmes de gouvernement à partir d'assemblées avec des présidents élus par le vote de tous les gens du peuple. À la même époque, on commencera à fabriquer des carrosses qui avancent sans avoir besoin d'être tirés par des chevaux mais seulement grâce à de la vapeur d'eau. Et on pourra aussi garder une image de ce qu'on voit sans avoir besoin de le peindre ou de le dessiner, car il y aura une machine qui pourra instantanément fixer cette image sur un morceau de papier.

« Vers 1900, les armes seront encore beaucoup plus destructrices et dans les batailles, il y aura beaucoup plus de morts. Des engins voleront dans le ciel. Et ils seront utilisés pour lancer des bombes explosives sur les maisons. Une première guerre mondiale tuera 20 millions de personnes. Vingt ans plus tard, une seconde, encore plus ravageuse, fera 60 millions de morts.

« Après ces deux catastrophes s'ouvrira une longue période de paix en Europe.

« On enverra un engin volant sur la Lune. Des hommes en sortiront pour marcher sur sa surface.

« En l'an 2000, le nombre d'humains dépassera les 6 milliards. On pourra parler à des gens qui sont à l'autre bout du monde et même voir simultanément leur visage. Il y aura des machines plus intelligentes que les hommes qui seront capables de les battre aux échecs. »

Au fur et à mesure qu'il dicte à Salvin sa prophétie, René s'aperçoit de la difficulté de choisir ce qui pourrait l'intéresser et surtout ce qu'il pourrait aisément comprendre.

Je ne pourrai pas tout mettre. Il faut que je fasse une sélection intelligente.

De quoi pourrais-je lui parler ?

Je ne pense pas que le rock'n'roll, la révolution de Mai 68, le communisme ou la psychanalyse l'intéressent. Et même si cela l'intéressait, il n'est pas certain qu'il puisse les concevoir.

Le cinéma ? L'informatique ? Les sous-marins ?...

Et si je lui disais que la peste est transmise par les rats ?

Ah oui, ça pourra servir à l'ordre du Temple pour qu'il y ait moins de morts chez les Templiers...

On frappe à la porte.

– C'est encore moi, clame Mélissa.

Elle essaie ensuite d'actionner la poignée et pousse sur la porte, mais la chaise bloque.

– Non, ne me dérange pas, Mélissa ! Désolé, je suis vraiment occupé.

Il regarde par la fenêtre et voit que c'est déjà le crépuscule.

– Écoute, René, je ne m'attendais pas à ce que ça prenne de telles proportions. Mon père est surexcité. Il parle tout seul à haute voix dans son bungalow.

René prend soudain conscience que lui aussi a ce petit défaut.

– Toi et mon père, vous êtes en plein délire.

– Quelle heure est-il ?

– Dix-sept heures. Ouvre. S'il te plaît !

– Tu t'imagines ce qu'on est en train d'accomplir, Mélissa ?

Et tu imagines si Alexandre gagne avec son Gaspard et devient prophète à ma place ?

– Ce que vous faites, tous les deux ? Oui, je le sais, de l'autohypnose pour vous auto-convaincre que vous voyagez dans le temps pour aller dicter des prophéties à vos anciens vous-mêmes.

Et vous en êtes tellement persuadés que vous le vivez comme si c'était réel...

C'est exactement ça.

– Mais là, ça devient totalement ridicule. Tu sais, mon père a lui aussi bloqué la porte.

Donc il dicte, comme moi.

René se replace en position du lotus et essaie de se concentrer.

Mais de l'extérieur Mélissa insiste encore.

– Allez, ouvre !

– Mélissa, c'est un défi. Il n'y aura qu'un seul gagnant. Il faut que je le batte. C'est très important.

Alexandre, lui, veut devenir célèbre, laisser son nom dans l'Histoire. Moi, je dois interrompre la Troisième Guerre mondiale.

– Mon père dit la même chose. J'ai écouté à la porte. Je crois qu'il a déjà montré son premier chapitre à Hugues de Payns.

QUOI !!! OH NON ! JE NE PEUX PAS LE LAISSER FAIRE !

55. MNEMOS. LES HÉRITIERS D'ALEXANDRE.

Après sa mort, l'empire d'Alexandre le Grand fut divisé en trois parties confiées à trois de ses plus proches officiers. Au général Antigone fut donnée la zone grecque, au général Ptolémée l'Égypte, et à un autre général, Séleucos, la Perse.

Dans les trois nouveaux royaumes, la langue officielle restait le grec. Les nouvelles cités, toutes nommées Alexandrie, devinrent des carrefours de rencontre entre les Grecs et les communautés locales. Ces villes modernes s'équipèrent de

théâtres, d'agoras, de stades. Il régnait là une grande tolérance entre les religions et les peuples.

À Jérusalem, les sadducéens, qui formaient à ce moment-là les membres de l'élite intellectuelle juive, se mirent à parler grec alors que la population continuait d'utiliser l'hébreu. Beaucoup, parmi ces Juifs hellénistes, voyagèrent dans la zone de l'ancien empire d'Alexandre le Grand et s'installèrent notamment à Alexandrie en Égypte, où Ptolémée avait eu l'idée de lancer l'ambitieux projet d'une grande bibliothèque qui servirait aussi de centre de recherche scientifique dans tous les domaines.

Ces sadducéens s'installèrent également sur le territoire de l'actuelle Turquie, dans les villes de Millet, d'Alexandrie d'Issos et d'Halicarnasse.

Cependant, en Israël, même la communauté juive était divisée entre d'un côté les « modernes », favorables aux Grecs, qui s'intéressaient à la science et aux voyages, et de l'autre côté les traditionalistes religieux, qui vivaient à Jérusalem dans la nostalgie des royaumes hébreux anciens de David et de Salomon.

Or, un conflit naquit entre le roi Ptolémée et le roi Séleucos, et plus largement entre la dynastie grecque des Lagides en Égypte et celle des Séleucides en Syrie.

Israël, à la frontière des deux royaumes, devint le théâtre d'affrontements entre les deux armées grecques devenues ennemies. Jusqu'en 200 avant Jésus-Christ, les troupes de Ptolémée remportèrent beaucoup de victoires, mais par la suite les Séleucides eurent l'avantage.

Cependant la population d'Israël commençait à se lasser des Grecs. Certes, ils construisaient des cités fortifiées et

des monuments et fascinaient l'aristocratie juive par leur science, mais ils menaient aussi des guerres fratricides sur leur territoire.

56.

Salvin déboule en trombe dans le bureau de Hugues de Payns.

Il trouve le grand maître en pleine discussion avec Gaspard Hummel, devant un gros manuscrit.

– Fourbe ! Tu présentes déjà ta prophétie ! s'exclame Salvin à l'intention de Gaspard, sans autre préambule.

– Gaspard a tenu à me rencontrer pour me montrer son travail, afin de savoir s'il œuvre dans la bonne direction, dit Hugues de Payns avec onctuosité.

– Mais c'est trop tôt ! Il est impossible qu'il ait déjà terminé ! s'exclame Salvin.

Hugues de Payns caresse sa longue barbe grise.

– Non, rassure-toi. Il n'a point encore fini. J'ai seulement jeté un œil au début.

Le grand maître aperçoit, coincé sous l'unique bras de Salvin, un gros codex.

– Ce sont tes écrits, je présume ? C'est parfait, ainsi j'aurai déjà une première idée de vos deux projets.

Salvin pose son œuvre en cours sur la table du grand maître.

Hugues se cale dans son fauteuil, saisit une lentille ronde, l'ajuste sur son œil droit pour y voir plus nettement, puis examine tour à tour les deux textes alors que Salvin et Gaspard restent debout, silencieux, et attendent sa réaction.

À plusieurs reprises, Hugues de Payns hoche la tête, ou marque son étonnement d'un mouvement de sourcil ou d'un petit souffle admiratif.

Enfin, il referme les deux codex. Il regarde Salvin, puis Gaspard, qu'il continue ensuite à observer.

– Je suis très impressionné par la qualité du début de vos travaux respectifs. Il y a des points de recoupement. Les deux projets sont très prometteurs. Cependant… je dois avouer qu'à ce stade je trouve les prophéties de Gaspard plus précises et mieux écrites. Sa prose est plus poétique. Cher Salvin, n'as-tu pas un peu bâclé ta besogne ? Tu vas peut-être un peu vite, et tu restes approximatif, voire incompréhensible. C'est quoi, un télescope ? Tu vas devoir expliquer un peu mieux les choses que pour ma part je n'ai point comprises. Ton choix de faire le résumé chronologique de chaque siècle est différent de celui de Gaspard, qui est plus thématique. Quoi qu'il en soit, continuez, tous les deux ! Mon avis n'est pas le seul qui compte, nous écouterons aussi les six autres maîtres.

57.

Le poing fermé, René, excédé, tambourine à la porte du bungalow d'Alexandre. Pas de réponse. Il appuie sur la poignée, mais ce dernier a, lui aussi, posé une chaise contre la porte pour la bloquer.

– Je sais que vous êtes là !

Enfin la porte s'ouvre et Alexandre apparaît, l'air épuisé. Il se frotte les yeux comme s'il venait de se réveiller.

– Quelque chose ne va pas, René ? demande Alexandre, la voix pâteuse.

– C'était *mon* idée ! Tout est parti, je vous le rappelle, de *ma* découverte de l'existence de la prophétie de Salvin de Bienne ! Sans moi, vous n'auriez jamais entendu parler de son existence.

Alexandre lui fait signe de baisser d'un ton, puis il l'invite à entrer dans son bungalow où les rideaux sont tirés. René s'assoit et Alexandre lui sert un verre d'eau fraîche.

– Il ne s'agit pas de toi, cher René. Toi et moi, nous pouvons sauver le monde grâce à *nos* prophéties et à l'ordre des Templiers que nous avons créé ensemble pour protéger ces écrits.

Ensemble ?

– Grâce à nous, les Templiers disposeront de connaissances précieuses qu'aucun de leurs contemporains n'aura. Il n'y a pas de gloire personnelle à tirer de cette aventure. Pense à l'intérêt de l'humanité et des générations futures, pas à ta propre célébrité.

– Mais vous avez utilisé ce que, moi, je vous ai enseigné pour écrire vous aussi une prophétie. Vous n'allez quand même pas remplacer les prophéties de Salvin de Bienne par celles de Gaspard Hummel !

Alexandre secoue la tête.

– René, René… Tu ne sembles pas comprendre l'enjeu de tout ceci. Voilà ce que je pense : vu l'importance de ces prophéties, tous les coups sont permis pour obtenir le meilleur texte. Surpasse-toi si tu veux gagner, et cesse de récriminer et de m'importuner. Tu ferais mieux de travailler ton écriture et ton style, comme Hugues de Payns l'a très justement conseillé à Salvin.

Il m'a surtout fait comprendre que pour l'instant j'avais de fortes chances de perdre.

– Détends-toi. Regarde, il est déjà vingt heures. Nous sommes tous les deux épuisés, nous ne ferons plus rien de bon. Allons dîner à la cantine du kibboutz.

Mais René semble toujours très contrarié et ne dit rien.

– Allez ! Ne fais pas ta tête de mule ! sourit Alexandre. De toute façon, si nous restons ensemble, nous nous surveillerons et aucun de nous deux ne pourra prendre de l'avance sur l'autre...

Cet argument finit par convaincre.

Ils passent chercher Mélissa, qui ne cache pas sa satisfaction de voir enfin les deux hommes revenir à une vie normale. Elle s'est habillée avec des vêtements qu'elle a trouvés dans son bungalow : une tunique en lin qui semble venir tout droit de l'Antiquité grecque et des sandalettes.

Ils se servent sur des plateaux, comme au restaurant universitaire parisien et au King-David.

Alexandre, un peu déçu de ne pas trouver de steak-frites, accepte, comme le font René et Mélissa, de goûter des plats locaux : salade d'aubergines, salade de poivrons rouges et de tomates, houmous, téhina, concombre au fromage blanc. Mélissa prend des böreks, ces gâteaux salés fourrés aux épinards, et du labneh, un yaourt salé à l'huile d'olive et à la pistache. René, pour sa part, teste des plats encore plus exotiques pour lui, qui semblent plutôt issus de la culture yiddish comme des *gefilte fish* (carpe farcie), du pastrami aux cornichons aigres-doux ou des *latkes* (croquettes de pommes de terre frites).

Comme les trois n'ont pas déjeuné, ils ont faim et sont curieux de nouvelles saveurs.

– C'est quoi, votre problème, à tous les deux ? demande Mélissa.

– Je ne veux pas me faire doubler par ton père, se renfrogne René.

– Comment cela se déroule-t-il exactement ?

Alexandre lui répond sur le ton de quelqu'un qui explique une recette.

– J'apparais sous la forme d'un ange avec de grandes ailes blanches et une toge pour parler à un type de l'an 1121 qui me voit et m'entend dans ses songes.

– Moi aussi, dit René. Et c'est comme ça que nous dictons à notre ancien nous-même le texte d'une prophétie qui est d'autant plus juste que nous savons bien ce qui est arrivé dans notre passé, qui est leur futur.

– Me voilà rassurée ! plaisante sarcastiquement Mélissa pour détendre l'atmosphère. Un moment, j'ai cru que vous étiez tombés dans une sorte d'obsession à cause de ces séances de régressions.

René et Alexandre rient – un peu jaune –, et poursuivent leur exploration de la cuisine juive, aux couleurs si appétissantes.

– Au début, raconte Alexandre, cela paraissait simple et amusant. Mais au fur et à mesure que j'ai avancé, j'ai pu mesurer la difficulté. Quel événement privilégier ? C'est vraiment une problématique passionnante. Évidemment, j'ai été tenté dans un premier temps de parler de ce qui m'a semblé déterminant. Mais ce n'est pas forcément ce qui va intéresser un homme du XIIe siècle.

– Le mien est un peu « sourd d'esprit », reconnaît René. Parfois, il comprend de travers, alors je perds du temps à lui faire rectifier. Mais je veux surtout qu'il n'écrive que des choses qu'il comprend.

– Le problème, reprend Alexandre, c'est que Gaspard interprète certains éléments que je lui transmets pour leur faire dire ce qu'il imagine. Je sens qu'il voudrait parfois « inventer » et suivre ses propres intuitions. Par exemple, il est persuadé que l'Apocalypse va arriver et qu'un Messie apparaîtra. Il a voulu à tout prix rajouter ça.

René soupire.

– Remarque, Moïse a peut-être lui aussi interprété ce que lui a dit Dieu, qui sait ? Quand Dieu a dit : « Tu ne voleras pas », Moïse a cru qu'il s'agissait de prendre les objets d'autrui. Mais finalement, c'était peut-être de polluer le ciel avec des avions qui brûlent du kérosène que voulait parler Dieu…

René se sent mieux en partageant ses inquiétudes et ses difficultés avec Alexandre. Et la nourriture contribue aussi à l'apaiser.

Alexandre décide de profiter de la décontraction momentanée de René pour l'interroger :

– Jouons cartes sur table, René. Quel angle as-tu choisi ?

– Vous d'abord.

– OK. J'ai choisi la politique. J'ai parlé des royaumes, des empires, des invasions, des alliances, des trahisons, pour finir par la guerre froide, le terrorisme, le règne des banques et la montée des fanatismes religieux. À toi.

– Mon récit est chronologique. J'avance siècle par siècle. J'ai privilégié la technologie. J'ai parlé de la découverte de l'Amérique, de la poudre à canon, de l'astronomie, de l'imprimerie, des voitures, des avions, pour terminer par les premiers pas de l'homme sur la Lune, les ordinateurs qui battent les gens aux échecs, et les téléphones portables.

– Ah, vous êtes bien des garçons, observe Mélissa. Vous auriez pu choisir un angle plus original.

– À quoi penses-tu ? lui demande son père.

– Eh bien, au couple. C'est quand même la plus grande aventure de l'humanité. Si nous sommes tous les trois ici, c'est parce que nos parents se sont rencontrés, se sont désirés, se sont aimés.

Alexandre sourit.

– Très bien, alors dis-nous comment tu aurais raconté ces neuf siècles, toi. Je suis curieux de savoir.

– J'aurais parlé de la fin des mariages forcés, des dots, des répudiations, des excisions, des infibulations, des viols, des harems et des Chinoises aux pieds bandés, bref la période sombre où la femme est traitée comme du bétail qu'on achète, qu'on vend, qu'on possède, qu'on abîme, qu'on exploite. Puis j'aurais évoqué l'apparition des premières femmes politiciennes : la pharaonne Hatchepsout, la reine de Saba, Cléopâtre, Zénobie, la reine de Palmyre, la reine de Judée Salomé Alexandra, la reine des Berbères Kahina, la reine coréenne Seondeok, l'impératrice chinoise Wu Zetian, l'impératrice japonaise Go-Sakuramachi, Catherine de Médicis, Élisabeth d'Angleterre, sans oublier, puisque nous sommes ici, la Première ministre israélienne Golda Meir.

– En fait, ce n'est pas le couple qui t'intéresse, dit Alexandre, c'est le statut des femmes.

– Les deux sont liés, il me semble. J'aurais parlé des droits acquis progressivement : l'émancipation, le droit de divorcer. J'aurais évoqué les premières artistes femmes, peintres, sculptrices, musiciennes, Mme de Sévigné, Camille Claudel, les premières scientifiques, Marie Curie, Vera Rubin, qui a mis en évidence la matière noire dans l'espace, ou Sau Lan Wu, qui a découvert les quarks et les gluons. J'aurais raconté le droit de vote des femmes, la pilule, Mai 68 avec la libération sexuelle, puis le droit d'avorter, le mouvement MeToo. Enfin j'aurais conclu sur cette force féminine mondiale longtemps retenue, qui lentement se révèle et se libère, et sur toutes ces femmes qui deviennent présidentes de la République, Premières ministres, patronnes de grandes entreprises, leaders d'opinion.

À ce moment arrive Ménélik.

– Hodélia ne viendra pas dîner, elle travaille sur ce que vous lui avez confié, René.

Il approche son fauteuil roulant de la table et dit :

– On ne vous a pas vus au déjeuner. Tout va bien ?

– Nous étions fatigués, dit Alexandre en guise d'explication.

Ménélik remarque qu'ils se sont servi des plats locaux.

– Ça vous plaît ?

– Ces tomates sont délicieuses, dit Mélissa, elles ont du goût, elles sont sucrées. Rien à voir avec celles qu'on trouve dans les supermarchés en France.

– De quoi parliez-vous ? demande Ménélik.

Mélissa résume la conversation.

– Que raconter à son prophète ?… Quelle passionnante question, dit Ménélik. Moi, j'aurais choisi comme angle l'évolution du rapport de l'homme à la nature. Comment l'homme vivait dans la peur des prédateurs, des orages, des tempêtes, de la famine et a peu à peu éliminé les dangers ou appris à s'en protéger. Puis les hommes ont détruit les forêts pour avoir du bois, creusé les montagnes pour le charbon et aspiré les nappes de pétrole pour aller plus vite avec leurs voitures. Jusqu'à notre époque, où l'eau devient un bien rare, où les forêts disparaissent et où le désert s'étend.

– Pas mal, dit René.

Alexandre déclare :

– OK, nous sommes bien d'accord, tout regard sur l'histoire est subjectif. René et moi n'allons pas dicter à nos chevaliers la même prophétie. Il y aura bien une prophétie de Salvin, plus scientifique et géographique, et une prophétie de Gaspard, plus militaire et politique. Il y aura des lacunes, forcément, parce qu'on ne peut pas tout traiter…

Tout heureux de cette ambiance amicale et détendue, Ménélik roule jusqu'au comptoir pour prendre une bouteille de vin, un Carmel, principal viticulteur israélien.

Ils trinquent aux nouveaux prophètes.

– C'est mieux comme ça, n'est-ce pas ? Notre première journée à dicter nos prophéties a été trop à couteaux tirés, regrette Alexandre. Et après, on s'étonne qu'il y ait des guerres.

– L'enjeu est important, avoue René, c'est normal que nous y mettions tout notre cœur.

Ménélik les rassure.

– Vous savez, en l'an 30, à cause de la prophétie de Daniel sur le géant aux pieds d'argile, à Jérusalem, il y avait plus de 170 prétendants au titre de nouveau messie annoncé par cette prophétie, donc 170 concurrents de Jésus-Christ.

– Alors, pourquoi Jésus a-t-il mieux réussi que ses concurrents ? demande Mélissa.

– Probablement parce que sa parole a été relayée par saint Paul, qui était un génie de la communication et de l'organisation, répond Ménélik. Les autres n'ont pas eu un aussi bon directeur du marketing.

Mélissa intervient à voix basse :

– Ce n'est pas gênant de parler ici de religion de manière aussi légère ?

– Non, répond Ménélik, soyez tranquille. Ce kibboutz n'est pas religieux. La plupart d'entre nous célébrons les grandes fêtes, mais chacun peut vivre selon ses convictions. Il ne faut pas oublier que les kibboutz sont nés de l'esprit de pionniers venus du mouvement socialiste laïque d'Europe centrale.

René et Alexandre prennent des cafés pour rester éveillés, ils saluent Ménélik et Mélissa qui ont décidé de bavarder encore un peu, puis ils retournent à leur dictée prophétique…

Dans son petit bungalow, René est pris d'un doute.

En parlant de politique, forcément il a un avantage.

Mais il est trop tard pour changer d'angle…

Il ouvre le réfrigérateur et boit au goulot d'une bouteille. L'eau gazeuse lui rafraîchit la gorge. Puis il s'en verse un peu au sommet du crâne.

La sensation est si agréable qu'il la poursuit dans la salle de bains en s'aspergeant le visage d'eau glacée.

Il se regarde dans le miroir.

Je crois savoir qui je suis et qui j'ai été, mais j'ignore qui je peux être.

Le but d'une vie est de comprendre son potentiel, mais le paradoxe est que nous ne le découvrons qu'en l'utilisant.

Et souvent c'est dans une période de crise que nous l'utilisons.

Durant la Seconde Guerre mondiale, beaucoup se sont aperçus qu'ils étaient capables de courage, de bravoure, voire de risquer leur vie pour des valeurs morales.

Nous ne nous connaissons pas nous-mêmes.

Je ne me connais pas.

Le but de tout ce que je fais, c'est de comprendre l'énigme de ma propre personne.

Comme il est dit dans la Bible, au final il ne te sera posé qu'une question : qu'as-tu fait de tes talents ?

Et là…

Les possibilités qui s'offrent à moi sont bien plus importantes que tout ce que j'avais envisagé jusqu'à ce jour.

Par quel moyen gagner contre Alexandre ?

René ouvre la fenêtre et apprécie la fraîcheur de l'air du soir chargé d'odeurs de thym et de romarin.

Il prend une feuille de papier et machinalement dessine deux petits ronds qu'il plie pour les mettre en contact.

Comment avoir l'avantage ?

Il trace avec son stylo un troisième cercle.

Puis, machinalement, il plie non plus en deux mais en trois. Ainsi les trois ronds sont superposés.

Le premier rond est le passé, le second le présent, et il vient d'ajouter un troisième rond : le futur.

À la question qu'il vient de se poser, la réponse lui arrive aussitôt comme une évidence.

J'ai une connaissance qu'Alexandre n'a pas.

J'ai entrevu l'an 2053.

Il se remet en position du lotus.

Il ferme les yeux et s'apprête à aller non plus vers le monde ancien mais vers l'avenir.

58.

Pour cette occasion exceptionnelle, les Templiers ont décidé de se réunir dans la salle du petit Temple de Salomon placé sous le dôme du Rocher.

Ils franchissent la salle circulaire dont la voûte, grâce à la présence des vers phosphorescents aux lueurs bleutées, ressemble à un ciel étoilé.

Ils passent les deux colonnes de bronze, Jakin et Boaz, puis ils allument les nombreux candélabres aux murs et s'installent sur des sièges disposés en cercle autour du bassin d'airain soutenu par les douze bœufs.

Ils sont tous là.

Salvin et Gaspard se tiennent debout devant eux.

Le grand maître Hugues de Payns prend le premier la parole.

– Frères, aujourd'hui est un jour important. Nous avons tous lu les deux codex complets contenant les prophéties de nos frères Gaspard et Salvin. Les deux textes, comme vous avez probablement pu le constater, sont… ahurissants. Tout d'abord, j'aimerais entendre vos commentaires.

Godefroy de Saint-Omer lève la main.

– Ces manuscrits ne m'ont point déçu, dit-il. La prophétie de Gaspard Hummel est mieux tournée, peut-être, plus précise, plus imagée. Plus longue aussi. Elle parle d'événements surprenants mais qui néanmoins me sont apparus comme possibles.

– Les chapitres où il explique comment les royaumes se regroupent pour former des empires puis éclatent pour redonner d'autres royaumes sont saisissants, précise à son tour Gondemar. Expansion et retrait se succèdent en cycles perpétuels, apportant la dispersion ou la concentration du pouvoir.

– Gaspard a l'air de dire que nous les Templiers, et même tous les chrétiens, nous allons être chassés de Jérusalem et que le monde va être envahi par les infidèles qui feront régner leurs lois. Cela voudrait dire que tout ce que nous faisons ici ne va servir à rien… J'espère qu'il se trompe, s'inquiète Saint-Omer.

– Vos prophéties à tous les deux, frères, concordent bien souvent, reconnaît Payen de Montdidier. Les deux guerres mondiales, par exemple, et le fait de marcher sur la Lune. Tous les deux vous parlez d'engins qui roulent sans chevaux, d'autres engins mécaniques qui volent en l'air comme des oiseaux. Notre Occident chrétien semble aussi s'effacer au profit d'autres grands royaumes inconnus que vous nommez Amérique, Chine ou Russie.

– Certains des pays cités ne figurent même pas sur nos cartes, rappelle Geoffroy Bisol. La Corée, le Japon, l'Australie.

– Mais nos cartes sont incomplètes, convient Hugues de Payns. Forcément, un jour, il n'y aura plus ici-bas la moindre *Terra incognita.*

– Et puis, tous deux, vous évoquez une chose nommée « pétrole », sorte de sang noir venu du tréfonds de la terre, qui permet de faire rouler ces fameux carrosses sans chevaux, souligne Payen de Montdidier.

– Et le « téléphone », intervient André de Montbard. Quelle merveilleuse invention. Des sortes de pigeons voyageurs, mais avec une capacité instantanée de transmettre les messages, si j'ai bien compris ?

Geoffroy reprend la parole.

– Je note que la vision de Gaspard est plus militaire, politique, et économique. Celle de Salvin s'intéresse plutôt au quotidien des gens, aux technologies et à l'art. Salvin parle par exemple de machines qui sont capables de jouer au jeu d'échecs et de battre les hommes car elles sont plus intelligentes en stratégie.

– C'est ridicule ! s'esclaffe Geoffroy Bisol.

– Les prophéties le sont bien souvent, frères, tempère Hugues. Ne jugeons pas leur crédibilité, mais leur intérêt.

Le grand maître des Templiers prend un temps puis ajoute :

– Cependant, j'ai apprécié que la version de Salvin aille plus loin dans le temps. Gaspard s'arrête aux alentours de l'an 2020, Salvin, lui, va jusqu'en… 2053.

– Comment ça ? s'offusque Gaspard. C'est strictement impossible !

– Pourquoi serait-ce impossible, frère ? demande Geoffroy.

– Eh bien… mon ange gardien, saint Alexandre, m'a dit qu'on ne pouvait connaître l'avenir du monde au-delà de la dernière date qu'il m'a donnée. Et c'est 2023.

Tous se tournent vers Salvin.

– Alors, que réponds-tu à cela, frère ? Comment sais-tu des choses sur l'an 2053 ?

Salvin prend un air modeste et faussement navré.

– Je crois que mon ange gardien est plus… informé que le sien.

L'argument fait mouche.

– Salvin a cependant certaines formules qui, même si elles ne sont pas aussi poétiques que celles de Gaspard, sont très subtiles, fait remarquer Saint-Omer. Par exemple, j'ai fort aimé ceci : « L'humanité progresse de trois pas en avant, puis recule de deux pas en arrière, puis elle fait de nouveau trois pas en avant et de nouveau deux pas en arrière. Mais au bout du compte, elle avance plus qu'elle ne recule. » Si je regarde l'Empire romain effondré, j'ai l'impression qu'en effet, par la suite, deux pas en arrière ont été faits avec les invasions barbares. L'Histoire respire, me semble-t-il. Empires et royaumes montent, arrivent à un point culminant, puis s'effondrent, pour remonter plus tard encore plus haut et s'effondrer mais moins bas.

– Tout effort pour bâtir une civilisation de paix et d'amour est-il donc vain, frères, s'inquiète Payen de Montdidier, si tout est amené à se détériorer ?

– J'en suis convaincu, lui répond Salvin. Il faut construire sans espérer que cela résiste au temps. Mais finalement l'humanité ne cesse de progresser.

– Nous sommes au sommet de la civilisation, je ne vois pas comment on pourrait vivre mieux, objecte Gondemar d'Amarante.

– Oui, et à entendre vos deux prophéties, dans le futur le pire est à craindre ! dit Montdidier. La perte de Jérusalem par les chrétiens ! Deux guerres mondiales ! Des bombes explosives énormes qui dévastent des villes, des générations entières de jeunes qui s'empoisonnent avec des substances venues tout droit de l'Enfer !

– Vous voudriez quoi ? Qu'à partir de maintenant tout soit facile ? Nous sommes des chevaliers, frères, nous devons combattre avec notre foi, nos épées et nos lances pour affronter l'adversité.

Geoffroy Bisol lève la main.

– Ces manuscrits ne pourraient-ils modifier le présent ? Annoncer une guerre peut parfois la provoquer.

– C'est vrai, reconnaît Saint-Omer, une fois j'ai tué un homme parce qu'on m'avait dit qu'il allait me tuer. Je ne saurai donc jamais si la prédiction était vraie.

– N'oublions pas, dit Archambault de Saint-Amand, que le fait de dire que nous allons perdre Jérusalem et que les Turcs vont gagner peut désespérer nos troupes, qui de ce fait combattront moins bien ou même fuiront en se disant que de toute façon tout cela est vain puisque la prophétie a annoncé notre défaite.

Tous approuvent. Les chevaliers commencent à discuter deux par deux, ce qui oblige Hugues de Payns à se lever et à frapper dans ses mains pour rappeler qu'ils doivent s'écouter et parler à tous.

– Connaître l'avenir peut être une arme à double tranchant, reconnaît le grand maître. Si le peuple est mis au courant, que se passera-t-il ?

– Certains aspects de ces prophéties font peur, confirme Geoffroy Bisol.

– La peur maintient le peuple uni, fait remarquer le grand maître.

– Les gens ne veulent pas connaître l'avenir, ils préfèrent être surpris, renchérit Saint-Omer.

– Non, le peuple ne doit pas avoir connaissance de ces prédictions, conclut Hugues de Payns. Mais les Templiers, eux, le doivent. Pour pouvoir anticiper les malheurs, les réduire, préparer les printemps après les hivers. C'est une chance extraordinaire offerte à notre ordre. Les Hospitaliers ne disposent pas de ces prophéties.

– Que proposes-tu, frère ? l'interroge Geoffroy Bisol.

– Je propose que nous, les Templiers, soyons les uniques gardiens de cette prophétie et que, selon les moments et notre intérêt, nous donnions aux rois ou au peuple le savoir de certains faits, pour les prévenir de dangers ou leur inspirer de beaux projets auxquels ils ne pensent pas.

– Comme le voyage vers ce continent inconnu à l'ouest, dit un Templier.

– Exactement.

– Ou celui vers la Chine ? demande un autre.

– Bien sûr.

– Et celui sur la Lune ? interroge un troisième.

– C'est nous et nous seuls qui déciderons quoi, quand et à qui ces informations doivent être livrées.

Le grand maître caresse sa barbe et fait signe qu'il veut hâter le vote.

– À vous de décider. Les deux manuscrits que vous avez lus devront être affinés, précisés, et pour tout dire enjolivés. Et le gagnant aura évidemment le devoir de rendre son texte le plus parfait possible.

– On ne peut pas garder les deux ? dit Payen de Montdidier.

– Non, nous avons déjà répondu à cette question. Un seul maître d'œuvre. Comme dans une bataille : un seul général en chef. Celui qui perdra pourra évidemment aider le gagnant, mais il faut un esprit unique qui sera aussi le seul responsable des conséquences de cette entreprise. Allons, frères, il est temps de voter.

Les six Templiers se redressent.

– Qui vote pour la prophétie de Gaspard ?

Trois mains se lèvent.

– Et pour celle de Salvin ?

Trois mains se lèvent.

Un long silence suit.

Il ne reste que Hugues de Payns qui ne s'est pas prononcé.

Il regarde alternativement les deux prophètes concurrents puis enfin il tranche :

– Je choisis la prophétie de Salvin. Même si elle est moins bien écrite, elle va plus loin dans le temps. La Troisième Guerre mondiale qu'il annonce et qu'il nomme « guerre de la faim » me semble un élément à prendre en compte dès à présent. De ce qu'il énonce, je déduis qu'en supplément nous devons aussi nous battre pour préserver les réserves d'eau douce, ou tout du moins avoir un contrôle sur les sources, les nappes souterraines, les rivières. Ce qu'il évoque sur un monde surchauffé, surpeuplé, affamé qui est obligé de se livrer à une immense guerre pour réduire ses excédents de population me paraît déterminant pour l'avenir de tous et de notre ordre. Nous devons œuvrer pour empêcher ce qu'il appelle « réchauffement climatique », et favoriser les sources d'énergie liées au soleil, qui lui ne s'épuisera jamais.

Tous approuvent avec force hochements de tête.

– Nous ne sommes pas seulement là pour diffuser le message du Christ ! rappelle Hugues de Payns. Nous sommes dans le Temple de Salomon, et ce grand roi hébreu a transmis un enseignement : utiliser le pouvoir du soleil. Souvenez-vous qu'il a fait se refléter les rayons solaires sur les boucliers polis de ses soldats, et a ainsi aveuglé les chars ennemis afin de les faire tomber dans un ravin.

Les chevaliers présents apprécient beaucoup les hauts faits de guerre du passé.

– Souvenons-nous aussi d'Archimède, qui avait utilisé la même technique des miroirs ardents. C'étaient des miroirs géants, courbes, qui concentraient les rayons, pour mettre le feu aux voiles des bateaux romains qui faisaient le siège de sa ville de Syracuse. Le soleil est une arme. Le soleil est un guide. Et j'en veux pour preuve le message du pharaon Akhenaton qui, bien avant Moïse et Salomon, a vénéré la lumière.

– Le combat des anges de la lumière et de ceux des ténèbres est l'essence même de l'Armageddon, la bataille finale de l'Apocalypse selon saint Jean, rappelle Godefroy de Saint-Omer avec zèle.

– Dans la prophétie de Salvin, on comprend que certains subiront le soleil et d'autres l'utiliseront à leur avantage, dit encore le grand maître. Nous suivrons donc la lumière de ton texte, frère.

– Il y a aussi une allusion à la disparition des abeilles…, précise Salvin.

– Ah ça ? Ce n'est qu'un détail.

– Peut-être pas. Selon saint René, ce serait même la cause principale de la Troisième Guerre mondiale.

Cette remarque laisse les autres chevaliers dubitatifs.

– Les abeilles… Ce ne sont que des insectes qui servent à nous donner du miel, il me semble, dit Hugues de Payns.

– Justement, elles ne sont peut-être pas que cela. Nous devons essayer de les sauver.

Le grand maître ne comprend pas bien l'importance que Salvin accorde aux abeilles, cependant il ne veut pas contredire celui qu'il vient de désigner comme vainqueur, alors il se tourne vers les autres chevaliers :

– Je vous demande le secret absolu sur ce projet. Jurez que vous ferez tout pour que notre ordre protège cette prophétie et utilise ses informations à bon escient.

Tous dégainent leur épée, et la tendent en avant. Hugues déclare :

– Nous protégerons la prophétie. Nous ne délivrerons son contenu qu'au moment où le monde sera prêt à l'entendre et où il pourra servir la cause de la paix et de l'entente entre les hommes et la nature. Préparons-nous à un monde où la chaleur montera, où l'eau potable devra être défendue, et où l'humanité trop nombreuse sera en guerre permanente et où…

Il se tourne vers Salvin.

– … les abeilles seront en danger de disparition. Nous ferons tout pour que ces catastrophes n'arrivent pas.

Tous répètent chaque phrase.

– Gaspard, dit le grand maître, Salvin choisira dans ta prophétie ce qui l'intéresse, puis il la détruira.

– Je discuterai avec lui, frère, ajoute Salvin, mais je ne veux pas lire sa prophétie, je ne veux pas être influencé par son style. Mon ange saint René me fournit tout ce qu'il me faut.

– Comme il te siéra. Mais il faut la détruire.

Salvin s'empare alors du codex rival et avec l'aide d'une torche qui se trouve à proximité, il l'enflamme.

– Non ! proteste Gaspard, se précipitant pour sauver ses écrits.

Mais les autres chevaliers le maîtrisent.

– Il le faut, dit Hugues de Payns. Un seul texte doit subsister.

Les feuilles s'embrasent lentement, puis leur flamme grandit d'un seul coup.

– C'est une leçon d'humilité, Gaspard, dit Hugues.

Accablé, le chevalier blond baisse la tête et déclare :

– Je comprends ton choix, Hugues. C'est le bon. Et je ferai tout pour aider Salvin à rédiger sa prophétie, s'il le souhaite.

Les neuf chevaliers rangent leurs épées. Dans ce lieu qui fut jadis le Temple caché de Salomon, tous sentent bien que leur ordre dispose désormais d'un pouvoir immense, celui que donne la connaissance de l'avenir.

Hugues de Payns conclut :

– L'œuvre de Salvin sera donc la prophétie officielle des Templiers. On l'appellera de ton nom, Salvin : *Prophétie de Salvin de Bienne*, et puisque *Biene* signifie en saxon « abeille », ce sera *La Prophétie des abeilles*.

59. MNEMOS. LA DYNASTIE HASMONÉENNE.

Cependant les Juifs supportaient de plus en plus difficilement le règne des rois grecs descendants du général Séleucos, les Séleucides, qui occupaient le pays et levaient des taxes de plus en plus exorbitantes pour financer leurs batailles contre d'autres rois grecs.
Un prêtre de la famille Hasmonaï, Mattathias, lança en 168 avant Jésus-Christ la révolte dite des Maccabées.
À sa mort, son fils Judas Maccabée reprit le flambeau. Il se révéla un stratège remarquable, et avec une petite armée très mobile il parvint à tenir tête aux grandes armées grecques et à reprendre le contrôle de Jérusalem en 164. Puis les Hasmonéens reconquirent le reste du pays.
Ils cherchèrent aussi un soutien extérieur, qu'ils trouvèrent auprès des Romains. Ainsi, l'emprise des Séleucides sur Israël se relâcha et les Juifs gagnèrent progressivement en autonomie jusqu'à ce qu'en 142 Grecs et Romains reconnaissent l'indépendance du royaume d'Israël. Un autre fils de Mattathias, Simon Maccabée, fut alors élu roi et il fonda la dynastie hasmonéenne.
Le pays connut une nouvelle période d'autonomie, de paix et de prospérité.
Le fils de Simon, Jean, puis son petit-fils, Alexandre, lancèrent de grands travaux de construction et de fortification des palais. À la mort d'Alexandre, sa veuve, Salomé Alexandra, devint reine d'Israël. Elle mena une politique de paix mais après son règne, ses deux fils, Hyrcan et Aristobule, se disputèrent le pouvoir.

Hyrcan voulut à tout prix l'emporter sur son frère et fit appel aux Romains pour l'aider à monter sur le trône.
Le général romain Pompée débarqua en Israël en 66 avec son armée, pour soutenir Hyrcan et protéger la famille royale hasmonéenne de potentielles révoltes populaires.
L'allié romain, protecteur de la famille royale, devint peu à peu un occupant.
Les exactions des soldats romains étaient de plus en plus nombreuses. Ils pillaient, tuaient, rançonnaient les populations civiles.
À partir de 63, les révoltes populaires des Juifs contre l'occupant romain prirent de l'ampleur. Apparurent des mouvements religieux défendant un judaïsme originel non perverti par les alliés étrangers, grecs ou romains. Parmi ceux-là, les Esséniens, mais aussi les Zélotes. Les deux mouvements dénonçaient l'occupation romaine et la compromission des rois hasmonéens. Ils demandaient le retour aux lois des pères fondateurs du pays. Se référant à la prophétie de Daniel sur le géant aux pieds d'argile, ils annonçaient qu'après l'invasion des Babyloniens, des Perses, des Grecs et des Romains, bientôt un messie arriverait, qui renverserait le colosse et les libérerait.

60.

René ouvre les yeux.

Bon sang, c'est vrai, en allemand, Biene *signifie « abeille ». C'est la même racine que* bee *en anglais.*

Quel incroyable hasard. Ainsi tout se recoupe. Tout est déjà écrit.

Il y a dans les symboles que je croise – que ce soit le soleil, les abeilles, les deux hommes sur le cheval – des signes qui m'indiquent ce qui doit se passer. Il faut que je sois plus attentif à ces détails.

Alors que René est plongé dans ses pensées, une sirène d'alerte retentit. Il ne sait que faire, et reste immobile dans son bungalow. Quelques secondes passent et une énorme détonation brise les vitres et fait trembler les murs.

René se dépêche de sortir. Des gens courent.

Ménélik le hèle d'un geste de la main.

– Vite, René, suivez-nous ! Par là !

Il ne cherche pas à comprendre et obéit.

L'Israélien roule vers un portique en béton.

– Où allons-nous ?

– Dans l'abri anti-bombes. Ce sont des roquettes. Pas le temps de vous expliquer, descendez vite, on se retrouve en bas.

René suit un groupe de gens dans un escalier qui s'enfonce sous terre. Ménélik, lui, entre avec son fauteuil roulant dans un ascenseur réservé aux personnes handicapées. Petit à petit, tous les habitants du kibboutz arrivent dans l'abri. La sirène sonne toujours. Au fond, une sorte de hall de métro accueille tout le monde.

Une seconde déflagration se fait sentir. René est surpris par le flegme général. Même si tout le monde s'empresse d'agir pour hâter l'installation, pas le moindre signe de panique collective. Chacun sait ce qu'il a à faire. Les gestes sont précis.

Ils sont habitués à cette situation. Ils gèrent ce moment comme s'il s'agissait d'un problème météorologique, une sorte de typhon qui s'abat sur leur kibboutz.

Après la zone qui ressemble à un hall de métro, il y a une grande salle éclairée par des néons.

René songe que, vu les équipements sportifs qui s'y trouvent, elle doit certainement servir aussi pour des entraînements de basket.

Des femmes attribuent des lits pliables disposés en rangées organisées suivant un marquage au sol.

René rejoint Mélissa et Alexandre.

Nouvelle détonation en surface.

Ménélik, aidé d'un jeune homme, s'installe à côté de ses trois amis.

– Où est Hodélia ? demande Mélissa.

– Elle m'a prévenu qu'elle devait prendre quelques affaires. Elle ne va pas tarder.

– Pourquoi ces bombardements ? interroge la jeune femme.

Ménélik paraît gêné, mais répond tout de même :

– Eh bien… à cause de vous, je crois bien…

– Nous !? s'exclame Mélissa.

– Ce sont des roquettes iraniennes en provenance du Sud-Liban. Le Hezbollah a appris que les Français qui étaient entrés hier soir sous la mosquée al-Aqsa étaient cachés ici.

– Bon sang, dit René, il n'y a qu'une personne qui ait pu donner cette information…

– Gustave de Montbéliard…, dit Mélissa. Il a voulu consolider ses relations avec ses « amis » du Liban sur notre dos.

– Nous avons un système de protection spécial, le « bouclier de fer », explique Ménélik. Ce sont des batteries de missiles anti-missiles. Le problème est que ce bouclier ne peut pas tout arrêter.

– Les roquettes qui tombent sont donc celles qui sont passées entre les mailles de ce filet ? dit Mélissa.

– Cela arrive de temps en temps. Les chiites du Hezbollah

attendent le moindre prétexte pour écouler leur stock de roquettes et s'en faire livrer des nouvelles par Téhéran.

Depuis le début de la conversation, Alexandre n'a rien dit.

René se tourne vers lui.

– Ça va, Alexandre ?

– Tu as triché, tu es allé voir le futur, et c'est comme ça que tu as gagné.

– Allons, soyez bon perdant. Vous auriez fait pareil à ma place si vous aviez pu.

– Voir au-delà du présent ? Je ne sais même pas comment on fait ! Et même si j'avais su, je n'aurais jamais osé, ajoute-t-il.

– Vous m'avez répété : « Que le meilleur gagne » et « Tout est permis », rappelle René.

Alexandre serre la mâchoire, fronce les sourcils. Il paraît vraiment en colère.

– Hé ! Arrêtez, tous les deux ! intervient Mélissa. Vous vous donnez en spectacle ! Ménélik vient de nous dire que c'est à cause de nous que ces roquettes ont été tirées. Il me semble que nous devrions nous montrer plus discrets.

Mais l'argument ne suffit pas à apaiser Alexandre.

– Il a triché ! répète-t-il encore.

Hodélia arrive enfin, interrompant cette dispute.

– C'est extraordinaire ! annonce-t-elle.

– De quoi parles-tu ? demande Ménélik.

– Votre reine des abeilles dans sa gangue de cire durcie… Elle est récupérable !

– Qu'entends-tu par « récupérable » ? dit Ménélik.

Hodélia sort une boîte métallique. À l'intérieur, sur un écrin de velours rouge, est posée la pierre orange translucide avec sa reine incrustée.

– Tout d'abord, j'ai procédé à une mesure au carbone 14 et je peux vous confirmer que cette reine date bien du XIIe siècle. Ensuite, j'ai observé au microscope et là, j'ai découvert quelque chose de surprenant. Cette reine est vitrifiée.

– C'est-à-dire ?

– On peut préserver un organisme vivant en le plongeant dans le froid, c'est la cryogénisation. En général, dans de l'azote liquide maintenu à la température de moins 150 degrés Celsius.

– C'est un peu le principe de l'hibernation, n'est-ce pas ? dit Mélissa.

– Exactement. Il existe une espèce de crapauds canadiens, par exemple, qui se figent dans la glace des lacs gelés. Lorsqu'on les réchauffe, ils reprennent vie et ont même gardé en mémoire les lieux où ils ont par le passé repéré de la nourriture.

– Mais je croyais que lorsque le sang gelait, cela détruisait les noyaux des cellules, remarque René, qui a déjà eu des conversations sur ce sujet avec sa mère professeure de sciences.

– Précisément, dans le cas de ces crapauds, on a découvert qu'ils produisaient une substance grasse et sucrée qui protégeait leurs cellules.

– Comme de l'antigel dans les moteurs ? suggère René.

– Oui, un antigel naturel. Cela a ouvert la voie à l'utilisation non plus de la glace pour maintenir indemnes les organes à greffer, mais d'une sorte de glycérine.

– Et quel rapport avec cette reine abeille ? demande René.

– Le miel ! annonce Hodélia. Le miel a agi comme cette glycérine pour la cryogéniser sans geler son sang. Et comme le miel ne s'altère pas, elle est « réanimable ».

– Vous voulez dire que cette reine pourrait revivre ? questionne René, estomaqué.

– Et pondre des œufs qui donneront des larves de *Lasioglossum dorchini*… Donc de super-abeilles capables de vaincre les frelons. Oui.

Tous sont sous le choc de cette révélation.

Elle a bien dit que cette reine était « vitrifiée » ?

Du bout des doigts, René soulève délicatement la sorte de pierre orange à l'intérieur de laquelle se trouve la reine des abeilles.

Une extraordinaire émotion le saisit.

Et si c'était cela la solution que voulaient évoquer les amis de mon futur moi-même de soixante-trois ans, quand ils lui ont conseillé de me parler de La Prophétie des abeilles *?*

Je crois que j'ai trouvé mon Graal. Le voici. C'est une reine de trois centimètres qui, telle la Belle au bois dormant, peut, semble-t-il, être réveillée après neuf siècles de sommeil…

Une reine abeille de l'an 1121 pour sauver le monde de l'an 2053.

Et le nom de « Bienne » était déjà un indice.

Une série de détonations plus proches que les précédentes retentit.

Hodélia, d'un geste protecteur, prend des mains de René la plaque de cire durcie et la replace dans sa boîte.

René reste sans parler, bouleversé par cette révélation et ses possibles conséquences. Il se lève pour trouver les toilettes de l'abri.

Une femme lui indique une porte avec une inscription en hébreu.

Il s'enferme dans ce petit recoin.

Il se met en position du lotus sur le couvercle rabattu. Il prend une grande inspiration, ferme les yeux, et s'échappe dans le passé.

61.

Salvin soupire profondément puis boit un peu d'hydromel que vient de lui servir Déborah. Il se remet à la tâche.

– Encore en train d'œuvrer sur la rédaction de ta prophétie ?

– Je peaufine le dernier chapitre. C'est le plus extraordinaire. Je n'en reviens pas…

Elle lui caresse la nuque, dépose un baiser sur son cou puis lui masse les épaules.

– Quand penses-tu terminer ?

Il se gratte son moignon de bras avec sa main valide puis déclare joyeusement :

– Ce soir.

Déborah l'embrasse, puis va se coucher.

La nuit tombe peu à peu. La lune se lève derrière les toits des maisons de Jérusalem. Il allume un chandelier.

Salvin ferme les yeux et perçoit comme une présence derrière lui.

C'est moi, ton ange gardien, saint René. Continue, je viens seulement te soutenir pour l'écriture des dernières pages.

Salvin de Bienne corrige quelques détails, puis il se relit.

« En 2053, la population mondiale atteindra 15 milliards d'humains. La production de nourriture baissera à cause de la disparition des abeilles. Les tensions internationales augmenteront. Des guerres locales éclateront, puis la guerre deviendra mondiale. Ce sera la Troisième Guerre mondiale, la guerre de la faim. »

Mais Salvin tourne la page après ces mots.

Il y a encore un autre chapitre ?

René, qui est derrière Salvin, ne comprend pas.

Qu'est-ce qu'il se passe ?

Je ne lui ai dicté que jusqu'en 2053. Pourquoi a-t-il ajouté un dernier chapitre ? Il ne peut pas savoir plus de choses sur l'avenir que ce que je lui ai divulgué.

René doit pourtant constater qu'il y a bien un dernier chapitre qui suit celui consacré à 2053.

Et celui-ci fait quelques pages.

IL A REÇU DES INFORMATIONS QUI VIENNENT DE PLUS LOIN DANS L'AVENIR QUE LES MIENNES. IL SAIT PLUS DE CHOSES QUE MOI SUR LE FUTUR !

L'esprit de René Toledano se penche sur la page de parchemin que relit et corrige Salvin de Bienne.

Il fait sombre et René a du mal à lire. Il distingue les premiers mots :

« Et il y aura enfin cet instant extraordinaire où… »

Le chevalier entend un bruit en provenance de l'entrée et referme d'un coup sec son codex.

Ça ne peut pas être Déborah, elle est montée se coucher dans la chambre à l'étage.

Quelqu'un vient de pénétrer chez nous ! pense Salvin.

Il prend son épée posée sur une chaise, l'introduit dans le fourreau qu'il accroche à sa ceinture. Il saisit ensuite le chandelier avec sa main unique puis avance vers l'entrée.

– Qui va là ?

Devant lui se tient une silhouette portant une longue cape et dont le visage est dissimulé par un masque en bois représentant une tête d'homme en colère. La bouche est tordue vers le bas et les sourcils froncés.

– Qui êtes-vous ? Que faites-vous chez moi ?

En guise de réponse, l'autre dégaine une épée de sous sa cape.

Salvin pose le chandelier et sort à son tour son épée.

Les deux hommes commencent à ferrailler.

Déborah dort dans la chambre au-dessus, mais comme elle a des difficultés à s'endormir s'il y a du bruit, elle a mis de la cire d'abeille pour boucher ses oreilles et le tintement des épées ne la réveille pas.

L'homme masqué est fort. Salvin a du mal à le combattre. Après une succession d'attaques, l'homme porte une botte qui oblige Salvin à lâcher son arme.

Alors qu'il tente de la ramasser, l'homme masqué lui assène un grand coup du pommeau de son épée sur la tempe. Salvin, déséquilibré, tombe en avant sur les genoux. Le mystérieux individu profite de cette défaillance pour aller dans la pièce voisine et s'emparer du codex.

Oh non, pas ça ! Il ne va pas me voler ma prophétie ! Pas maintenant ! Lève-toi, Salvin ! Lève-toi !

L'homme met ensuite le feu à la maison.

Déborah, réveillée par l'odeur de fumée, surgit enfin. Le feu commence à envahir la pièce. Elle empoigne Salvin par les épaules et l'aide à se relever. Le Templier retrouve ses esprits, prend son épée et explique en peu de mots la situation à sa femme. Déborah prend elle aussi une courte épée, et les voilà dehors à la poursuite du voleur à travers les ruelles de Jérusalem.

La lune est pleine, les rues sont désertes. Salvin et Déborah s'orientent au bruit des pas du voleur et le suivent à distance.

L'homme masqué ne les a pas vus. Il se dirige vers le nord de la ville, dépasse la place du marché au bétail, tourne puis remonte vers l'église Saint-Damien.

Il entre dans une maison basse. Salvin et Déborah y pénètrent à leur tour. La pièce est éclairée par des bougies.

L'homme est de dos. En entendant les pas, il pose le codex sur une table et se saisit d'une arbalète. Le masque de colère toujours devant son visage, il fait volte-face et les tient en respect de la pointe de sa flèche.

– Rendez-moi mon codex ! ordonne Salvin avec une rage mal contenue.

Déborah s'écarte discrètement. L'homme masqué n'a pas prononcé un mot, il pointe d'une main ferme son arbalète en direction du chevalier.

– Ceci m'appartient, dit plus calmement Salvin en s'approchant courageusement de la table et du codex.

La respiration de l'homme est amplifiée par son masque et résonne lugubrement. Il s'interpose devant Salvin et le fait reculer pas à pas, sans cesser de le menacer. Salvin est à présent dos au mur mais n'a pas lâché son arme. Après une brève hésitation, il tente le tout pour le tout et fonce épée en avant. L'homme masqué presse la détente.

Oh non, pas ça ! s'écrie intérieurement René qui assiste à la scène.

Comme au ralenti, le carreau d'arbalète part et rien ne peut arrêter la pointe de la flèche qui se dirige vers Salvin.

Le carreau traverse l'étoffe, l'épiderme, le sternum et vient se planter profondément dans le cœur du maître templier.

Le chevalier de Bienne écarquille les yeux de surprise, entrouvre la bouche pour laisser s'échapper un dernier souffle, tombe en arrière et… meurt.

62.

Dans les toilettes de l'abri anti-bombes du kibboutz, René a exactement le même visage hébété que Salvin au moment où il a rendu l'âme. Les pupilles dilatées, la bouche entrouverte, les sourcils levés dans une mimique d'étonnement face à la mort.

Non, non, non. Cela n'a pas pu…

Il reste ainsi figé un moment.

Puis il bouge un doigt. Sa main est agitée d'infimes soubresauts. Ses paupières s'abaissent puis se relèvent. René palpe son torse pour être certain du corps dans lequel il est. Il vérifie qu'il est vivant en écoutant les battements de son cœur et en respirant amplement.

Il se souvient de son nom, de son époque, de l'endroit où il se trouve, mais il est sous le choc de la mort de Salvin.

Ce n'est pas possible. Ça n'a pas pu se produire. Je ne veux pas que ça se soit produit. Pas si tôt. Pas au moment où j'avais encore la possibilité d'accéder à la connaissance de ce qui va se passer après la Troisième Guerre mondiale.

Il reste immobile, comme sonné.

Je n'en reviens pas. Mon ancien moi-même a eu accès à une information que j'ignore aujourd'hui… Réfléchissons… Un futur moi-même, entre maintenant et dans vingt ans, peut-être même un « moi d'un avenir proche », René 34 ou René 35, ayant eu accès à ces informations sur l'avenir, a pu compléter ce que j'avais moi-même dicté ?

Reste la question : pourquoi celui que je vais devenir, cet hypothétique René 34, ne m'aide-t-il pas à en savoir plus sur le futur ?

La réponse lui arrive aussitôt.

Il considère peut-être que je dois franchir certaines étapes pour accéder à ces connaissances. Comme un enfant qui ne fait pas d'effort si on lui donne tout de suite la récompense. Pourtant, ce René 34 a fourni l'information à Salvin pour que cela figure bien dans La Prophétie des abeilles…

Il réfléchit encore.

Ou peut-être ce futur dépend-il de ce que je vais faire maintenant ? Selon mon action, ce René 34 dictera une description de l'an 2101 différente…

Oui, c'est moi qui vais définir par mes actes quel va être le dernier chapitre que va dicter René 34 ! C'est pourquoi pour l'instant ce dernier chapitre m'échappe encore. Il n'est pas définitif…

La détonation d'une nouvelle roquette en surface l'arrache de sa léthargie.

Alors un nom puis un horrible soupçon surgissent dans son esprit.

GASPARD. C'EST FORCÉMENT GASPARD QUI A TUÉ SALVIN.

René se redresse. Il sort des toilettes et s'approche à grands pas du lit de camp sur lequel Alexandre est en position de méditation. Il le saisit puis roule avec lui sur le sol.

– Tu vas me le payer ! Salaud ! crie René, qui abandonne d'un coup le vouvoiement respectueux qu'il utilisait jusque-là avec son ancien directeur de thèse.

Personne n'a le temps d'intervenir. René profite de l'effet de surprise, arrive à bloquer Alexandre et lui serre la gorge entre ses mains.

Alexandre prend une couleur pivoine et a du mal à respirer. Il essaie de se libérer, mais les forces de René sont décuplées par sa rage.

– Avoue que c'est toi ! hurle René.

L'autre veut dire quelque chose, mais la manœuvre d'étranglement l'empêche d'articuler une parole intelligible.

– Avoue que c'est toi qui m'as tué ! dit encore René.

Mélissa essaie en vain de le faire lâcher son père. Trois hommes qui ont repéré le pugilat interviennent. Ils desserrent l'étreinte de René et les séparent.

Alexandre tousse.

– Tu m'as assassiné avec une arbalète ! Tu disais que c'était l'arme des lâches et pourtant tu l'as utilisée contre moi ! fulmine René.

Voyant que l'agresseur ne se calme pas, les trois hommes qui le maintiennent ne relâchent pas leur prise.

Mélissa s'avance vers lui.

– Qu'est-ce qu'il te prend, René ?

Elle se tourne vers son père pour l'aider à reprendre sa respiration.

René, toujours entravé par les Israéliens du kibboutz, lui répond vivement :

– Il me prend que « son » ancienne incarnation a assassiné « mon » ancienne incarnation pour voler « ma » prophétie !

La jeune femme tente de calmer le jeu :

– Si je suis bien ton raisonnement, René, et en admettant que tout cela ait un sens... Quand bien même ce serait lui... enfin, son « ancien lui »... qui aurait tué ton « ancien toi », tu conviendras qu'on ne peut pas tenir un homme du présent responsable de ce qu'a accompli une de ses incarnations antérieures.

– Il est venu la nuit ! Masqué ! Pour me voler ! Il a même mis le feu à ma maison ! Il m'a tiré dessus à bout portant !

– Je ne sais même pas de quoi tu parles, rétorque Alexandre, reprenant son souffle.

– Menteur ! Pourquoi l'homme était-il masqué alors, si ce n'est par peur d'être reconnu ?

René se débat, toujours en rage.

– Arrêtez tous les deux ! s'écrie Mélissa. Vous ne voyez pas la situation ? Ils nous bombardent là-haut et vous vous battez pour des histoires de vie antérieure. C'est ridicule.

– Elle a raison ! Arrêtez de faire des esclandres, tous les deux ! dit un homme qui parle français. C'est quand même à cause de vous qu'on reçoit ces roquettes sur le kibboutz, je vous le rappelle. Vous pourriez au moins rester discrets.

Il traduit à quelques voisins en hébreu. Beaucoup de gens autour d'eux les regardent avec réprobation.

Les deux professeurs d'histoire sentent que leur comportement agressif commence en effet à agacer.

– Que se passe-t-il ? demande Ménélik qui s'est approché avec son fauteuil roulant.

René paraît se calmer. Les trois hommes relâchent leur prise.

– Il m'a assassiné, répète René.

Mais, soudain, profitant de sa liberté de mouvement, il saute au cou d'Alexandre. On les sépare encore.

– Je te jure que ce n'est pas moi, dit Alexandre.

– Ce n'est pas « ton » Gaspard qui est venu dans la nuit voler « mon » codex ? Pourtant, à l'instant, au moment où j'ai été tué, tu étais bien en méditation, non ? Donc en train de le guider !

– J'étais en effet en train de retrouver Gaspard mais il était avec sa femme, Myriam, lorsqu'on lui a annoncé ta mort. Je te jure que ce n'est pas moi !

Mais alors qui ?

– De toute façon, si j'avais voulu te voler ton codex, je ne vois pas pourquoi j'aurais mis un masque.

– Pour que je ne sache pas que c'est mon meilleur ami qui me trahit.

– Ce n'est pas moi, je te le jure sur…

Il cherche un thème pour jurer.

– … sur la tête de ma fille.

Je sais l'importance pour lui de jurer et sa fille est tout pour lui. Il a l'air sincère. Je l'accuse quand même sans la moindre preuve. Je me fonde seulement sur ce que je connais de lui à deux époques.

La tension redescend.

Nouvelle détonation, plus forte que les autres.

– Celui-là, il n'a pas dû tomber loin, dit Ménélik en connaisseur. On va probablement devoir reconstruire une ou deux maisons.

– Il n'y aura donc jamais la paix dans ce pays ? questionne Mélissa pour faire diversion.

– Ce sont des rancunes qui datent de plus de six mille ans, explique Ménélik. À force, elles ont fini par s'inscrire dans l'ADN de tous ceux qui vivent dans la région. La vengeance. L'envie d'envahir, de convertir, de piller, de tuer, de violer. Les Hittites, les Assyriens, les Philistins, les Nabatéens, les Babyloniens, les Perses, les Égyptiens, les Grecs, les Romains, les Turcs, les Francs : tous sont venus se battre sur cet échiquier qu'on appelle Israël, peut-être parce que c'est l'unique verrou entre l'Afrique et l'Asie.

Si ce n'est pas lui, alors qui… ?

René dit à voix haute :

– Si ce n'est pas toi, alors qui… ?

– Forcément l'un des sept autres Templiers, puisque nous ne

sommes que neuf à connaître l'existence de la prophétie, répond Alexandre.

René essuie d'un geste las les verres de ses lunettes à monture dorée, calmé et comme vidé. Ceux qui l'ont tenu, voyant qu'il a renoncé à tout geste agressif, s'éloignent.

Nouvelle détonation.

Une voix en hébreu retentit dans les haut-parleurs.

Ménélik traduit :

– Nos drones essaient de repérer la source des tirs, mais les nouveaux lanceurs iraniens sont installés sur des jeeps mobiles. Donc c'est un peu la course entre ceux qui nous envoient des missiles et nos drones qui les pourchassent. Et puis, les Iraniens jouent sur la quantité. Ils ont fabriqué des milliers de ces roquettes et le Hezbollah a bien l'intention de toutes les utiliser.

– Et ça ne s'arrêtera que quand ils n'en auront plus, c'est ça ? dit Mélissa.

– Quant à nous, nous allons devoir rester encore un peu sous terre, soupire Ménélik.

Autour d'eux, les gens du kibboutz s'occupent pour se changer les idées avant d'aller se coucher.

Les personnes âgées se retrouvent pour jouer aux échecs, au poker et au bridge, pendant que les adolescents font du ping-pong, jouent au baby-foot ou à des jeux de société.

Beaucoup ouvrent leurs ordinateurs portables qu'ils ont branchés sur les prises. Ils écoutent en même temps de la musique au casque pour ne pas être dérangés par les bruits de leurs voisins.

Hodélia vérifie sa précieuse boîte et est soulagée de constater que la reine incrustée dans la cire est intacte.

– Par le passé, une roquette a déjà détruit tout le secteur des ruches, dit-elle.

Dans un coin, les plus jeunes enfants s'installent devant un écran de télévision qui diffuse un dessin animé. Leurs éclats de rire contrastent avec la tension d'une autre zone de l'abri où un autre écran diffuse des informations continues.

Ils semblent tous accoutumés à cette situation. La guerre les a déjà obligés à vivre sous terre.

– Si vous avez besoin de vous connecter, il y a du wifi, signale Ménélik.

René utilise son smartphone pour se brancher sur les actualités françaises mais celles-ci ne font aucune allusion à ce qu'il se passe ici.

Assise auprès d'Alexandre, Mélissa aide son père à refaire son bandage.

– Tu l'as fait ou tu ne l'as pas fait ? lui glisse-t-elle dans un murmure.

– Je ne l'ai pas fait. Je te le jure ! Il faut me croire.

– Je te crois, papa. Il faudra attendre que René se calme et j'essaierai de lui parler.

René en a assez entendu.

Ce qu'il veut plus que tout à cet instant précis, c'est en savoir davantage sur ce fameux dernier chapitre, celui qui va au-delà de ses propres connaissances.

Alors il repart vers les toilettes.

Salvin est mort. Mais son esprit a dû renaître. Et il a dû souhaiter suivre la prophétie. Donc il faut que je passe à la vie suivante. Il faut que j'ouvre la porte 28.

En quelques secondes, l'esprit de René est dans le couloir avec les portes numérotées.

Par acquit de conscience, il presse la poignée de la porte 27, mais celle-ci résiste.

C'est un phénomène qu'il avait déjà constaté dans ses expériences précédentes : on ne peut pas revoir deux fois une scène d'une ancienne incarnation.

C'est comme un film vidéo à la demande qui n'autorise qu'un visionnage.

Donc c'en est fini avec la 27. Adieu, Salvin.

Passons à la suite.

Il se place devant la porte numéro 28 et l'ouvre. Il franchit le seuil et referme derrière lui.

Il est dans ce brouillard qui permet de s'accoutumer progressivement à la découverte d'une ancienne vie.

Il regarde ses mains. Elles sont plus blanches et plus délicates que celles de Salvin.

Il y a peu de poils.

Suis-je une femme ?

Les ongles sont rongés. Pas de bague, pas de bracelet.

Je suis un homme de type européen, mais jeune. Ce qui explique que ma peau est presque aussi fine que celle d'une femme.

Ses pieds sont dans des chausses en cuir noir. Son regard remonte lentement le long du corps et il constate qu'il porte un pantalon vert et une tunique marron.

L'esprit de René introduit dans le corps dans lequel il vient de débarquer découvre progressivement sa forme et son apparence. Il se palpe le visage. Pas de barbe, pas de moustache, mais il a les cheveux longs qui lui arrivent presque aux épaules.

Il essaie ensuite de faire venir son nom, son époque, son lieu de vie.

Mais rien ne vient.

René a la sensation diffuse de tenir dans sa main une longue lame.

Une épée ?

Lorsque le brouillard se dissipe, il constate qu'il s'agit d'une broche de rôtisseur. Il est dans une cuisine en train d'enfiler des poulets. À côté de lui, un jeune homme nettoie un lapin pour le farcir d'herbes. Autour, des gens s'agitent à préparer des mets. Il est au Moyen Âge, ses comparses sont des Occidentaux, et le lieu embaume de plusieurs odeurs différentes de plats en train de cuire.

– Eh ! qu'est-ce que tu fais, Évrard ? Tu rêvasses ?

Un homme qui semble être le maître du lieu vient de s'adresser à lui.

Donc je m'appelle Évrard et je travaille en cuisine.

Évrard reprend de plus belle l'enfilage des volailles sur la broche, puis il grimace. Il s'arrête et presse ses mains sur ses tempes.

– Tu as trop bu hier soir ? lui demande le jeune homme au lapin.

– Non, mais je me sens soudain un peu bizarre. Tu peux me dire où et quel jour nous sommes ?

– Tu es sérieux ? On est le 14 avril 1291. On est à Saint-Jean-d'Acre dans la citadelle et ce soir, on sert à dîner aux Templiers réunis à l'étage.

63. MNEMOS. SOUS LE SIGNE DU POISSON.

Sous l'occupation romaine, des Juifs traditionalistes prônaient la révolte. Parmi eux, un prédicateur nommé

Yohanan gagna de plus en plus d'adeptes. Cela finit par inquiéter le roi de Judée, Hérode Antipas, qui, craignant une révolte populaire, le fit arrêter et décapiter.
Parmi les adeptes de Yohanan se trouvait un certain Yeshoua, dont le nom signifie en hébreu « sauveur ». Après la mort de son maître Yohanan, Yeshoua se mit à son tour à prêcher. Il utilisait comme symbole et signe de reconnaissance le poisson. Il prêchait contre l'occupant romain et les prêtres juifs qui s'accommodaient de cette présence romaine, par peur ou par faiblesse. Yeshoua fut arrêté, jugé et crucifié en l'an 33.
Or un homme, Saul, qui était un grand persécuteur des disciples de Yeshoua, eut une révélation : il s'était trompé de camp. Il s'inspira ensuite des discours de Yeshoua pour créer, en l'an 36 (donc trois ans après la mort de ce dernier, qu'il n'avait jamais rencontré), une nouvelle secte juive tournée non plus vers la seule région d'Israël, mais vers le monde entier.
Le nom de Yohanan se disait en grec Ioannès (en français Jean), et celui de Yeshoua, Iésous (en français Jésus), nom auquel on ajouta « Christ » (ce mot étant la traduction en grec du mot hébreu *massiah*, qui signifie « l'oint du Seigneur » et qui a donné « messie »). Quant au mouvement lui-même, il allait être nommé « christianisme » et abandonner le symbole du poisson pour prendre celui du supplice de Yeshoua : la croix.
Le mouvement de Saul (qui avait ajouté à son nom hébreu le nom romain de Paulus) était disruptif par rapport au judaïsme traditionnel. Même s'il reprenait la référence de la Bible et le culte des fondateurs du judaïsme, Abraham,

Isaac, Jacob, Moïse, ainsi que celui des prophètes Isaïe, Jérémie, Ézéchiel, Daniel, il essaya de s'en démarquer par de nouveaux rituels. Il remit en question la nécessité de la circoncision, il renonça à diverses règles alimentaires juives. Il proposa d'écrire un Nouveau Testament censé être la suite de l'Ancien Testament hébreu, centré cette fois sur l'histoire de Yeshoua-Jésus.

Paul, qui était un génie de l'organisation, parvint à donner un élan nouveau à toute la communauté, un élan fondé sur le souvenir du Christ. Il voyagea beaucoup (accompagné de son ami Barnabé). Il réussit à transformer ce qui apparaissait comme une nouvelle secte juive au milieu d'autres sectes juives en une vraie religion autonome qui se diffusa dans tout le bassin méditerranéen.

Mais les révoltes juives ne cessèrent pas. Elles étaient réprimées dans le sang par les Romains.

Durant les onze ans d'occupation romaine par le gouverneur de Judée Ponce Pilate, furent suppliciés au moins 130 prétendants au titre de messie, et tués environ 120 000 rebelles.

64.

Évrard se frotte les yeux.

– Tu as encore la migraine ? demande le jeune homme à côté de lui.

– C'était étrange, j'avais l'impression qu'il y avait quelqu'un dans ma tête.

– Remue-toi, ça te fera du bien. Tiens, apporte-leur déjà ce pichet de vin pour les faire patienter jusqu'à l'arrivée des rôtis.

Il lui tend deux carafes en étain remplies à ras bord d'une boisson pourpre très odorante dont la surface est saupoudrée d'herbes. Dans la pièce à l'étage sont réunis une vingtaine d'hommes en chasuble beige à grande croix rouge pattée. Ils sont assis à une longue table.

L'ambiance est lourde, personne ne parle. Un ménestrel joue de la harpe, mais les cœurs ne semblent pas à la fête.

Un des convives, plus grand que les autres, a l'air de dormir, les yeux clos et le menton appuyé sur ses mains. Au moment de lui servir du vin, Évrard a si peur de le réveiller que ça le rend maladroit. Il fait tomber une fourchette qui tinte sur le sol.

L'homme ouvre les yeux. Évrard a un mouvement de recul et renverse du vin sur sa tunique.

– Mille pardons, messire !

Il s'apprête à nettoyer la tache avec un pan de son propre vêtement, mais l'homme de haute stature lui saisit la main et la serre fort.

– Qui es-tu ? lui dit-il d'un ton grave.

– Pardon, je ne l'ai pas fait exprès !

– Comment t'appelles-tu ?

– Évrard Andrieux, messire ! Je vais de ce pas donner votre linge souillé à laver.

Aussitôt, le visage de l'homme change pour devenir plus avenant.

– Laisse, ce n'est pas important. Quel âge as-tu ?

– Dix-sept ans.

– Écoute, Évrard, à l'instant, quand j'avais les yeux fermés, est-ce que je t'ai donné l'impression de dormir ?

– Certes, messire.

– Eh bien, je méditais. En fait, j'ai demandé un signe à Dieu.

Un signe fort et clair qui me montrerait comment rétablir la situation périlleuse dans laquelle nous nous trouvons. Tu m'as précisément réveillé à cet instant-là, comme une réponse. Je considère donc que le signe, c'est… toi, dit l'homme en pointant son doigt sur la poitrine d'Évrard.

Les autres chevaliers autour de la table ont entendu cette étrange déclaration. Ils se taisent, tous les regards sont tournés vers Évrard, qui est devenu rouge de confusion.

– C'est toi que j'attendais, ajoute encore le chevalier. Tu en doutes ?

– Je ne sais, messire, bafouille Évrard qui a surtout très envie de repartir vers les cuisines.

Mais le chevalier ne le laisse pas reculer et lui saisit le poignet.

– Viens !

Il se lève et le tire vers la porte.

– Puisque c'est toi qui es le signe du destin que j'attendais, c'est à toi que je donnerai ce que je dois donner.

À ces mots, un silence pesant se fait autour de la grande table.

Le chevalier et Évrard sortent et longent un couloir puis descendent un escalier.

– Tu sais qui je suis ? demande l'homme à Évrard.

– Vous êtes le grand maître de l'ordre des Templiers, répond le jeune homme les yeux baissés.

– Et tu connais mon nom ?

– Non, messire.

– Je me nomme Guillaume de Beaujeu. Veux-tu devenir Templier ?

– Je ne suis pas digne de cet honneur, messire.

– Nous sommes tous égaux ici. Il n'y a que l'expérience des

plus âgés qui doit progressivement être transmise aux plus jeunes. Cependant…

Il ouvre une porte, allume une torche et continue de progresser dans un nouveau couloir.

– Cependant, disais-je donc, à situation compliquée réponse inattendue. Et pour moi, la réponse à toutes mes questions réside désormais en celui qui m'est apparu à l'instant où j'ai demandé de l'aide : donc, toi, Évrard Andrieux.

– Moi ? Mais je ne suis rien !

– Raison de plus pour devenir tout !

– Est-ce un ordre, messire ? Dois-je prononcer des vœux ?

– J'ai le pouvoir de les accepter à l'instant. Réponds à ma question : es-tu fiancé ?

– Non.

– Es-tu endetté ?

– Non.

– Fais-tu partie d'un autre ordre ?

– Non.

– As-tu une bonne santé, de corps et d'esprit ?

– Oui, enfin, je le crois.

– As-tu été condamné ou excommunié ?

– Non.

– Donc, tu es un homme de plus de seize ans, libre et non estropié. À partir de cet instant, en tant que grand maître de l'ordre, si tu le veux, je te fais Templier.

Il détache sa grande chasuble blanche à croix rouge et l'attache sur Évrard. Puis il lui donne une accolade.

– Bon, ça, c'est fait. Viens.

Ils marchent encore un moment dans les couloirs de la citadelle.

– Frère, connais-tu la situation politique de l'endroit où nous sommes, Saint-Jean-d'Acre ?

– C'est la dernière ville qui résiste à l'armée des envahisseurs turcs.

– On appelle Turcs tous les musulmans, mais ceux-là sont les mamelouks du sultan Al-Ashraf Khalil. Ce sultan estime que cette terre est la sienne et qu'il doit la récupérer coûte que coûte. Question d'honneur. J'ai œuvré pour trouver un compromis à l'amiable. Mais ça n'a rien donné. Tout va se faire dans la destruction, la violence, la haine et la vengeance. Et les habitants d'ici paieront le prix le plus lourd. Juste ce que je voulais éviter.

Il serre la mâchoire, comme s'il se retenait d'exprimer tout ce qu'il a sur le cœur.

– Jusqu'au bout, j'ai proposé aux barons latins de négocier, mais ils ont mis trop de temps à surmonter leurs divisions, et maintenant ils sont braqués et pensent qu'on peut tenir la place grâce à la qualité des fortifications, au courage des hommes ou à leur héroïsme.

– Ce n'est pas le cas ?

– Foutaises ! C'est ce qu'on dit pour la galerie, mais le courage et l'héroïsme aboutissent le plus souvent à la mort. Or ce n'est pas du tout l'effet recherché. Je pense à l'avenir, moi.

– Je ne dois pas être héroïque ?

– Surtout pas. Tu dois d'abord penser à ta survie et si cela nécessite que tu doives fuir, ne te gêne pas. Mieux vaut un soldat lâche et vivant qu'un soldat héroïque et mort. Enfin, c'est ma devise personnelle.

– Mais nous allons vaincre les musulmans !

– Aucune chance. Les musulmans sont là depuis le 5 avril et les moyens qu'ils ont déployés sont colossaux. Le sultan Al-Ashraf

Khalil a l'avantage du nombre : son armée est composée de 160 000 fantassins et 60 000 cavaliers. De notre côté, nous n'avons que 14 000 fantassins et 700 chevaliers. Et encore, parmi les fantassins j'ai compté les pèlerins qui sont aussi peu armés qu'inexpérimentés.

– Nous sommes donc dix fois moins nombreux...

– Et il faudrait aussi tenir compte d'une masse de 10 000 esclaves qui vont être utilisés pour creuser sous nos murailles afin de les faire s'effondrer. Et je ne te parle pas des catapultes, mangonneaux et balistes.

– Qu'est-ce que des mangonneaux, messire... euh, je veux dire, maître ?

– Ce sont d'énormes armes mécaniques qui permettent d'envoyer des projectiles ravageurs. Ils en ont déjà installé une vingtaine.

Guillaume de Beaujeu et le jeune Templier arrivent devant une porte de fer dotée d'une énorme serrure. Le grand maître introduit une grosse clef et actionne plusieurs engrenages. Dans un grincement, le penne cède et ils entrent. Au centre de la pièce vide se trouve un coffre. Guillaume de Beaujeu l'ouvre précautionneusement, activant un mécanisme qui ressemble à un système complexe d'horlogerie. Il éclaire l'intérieur et en sort un codex.

– Voici le plus grand trésor des Templiers, annonce-t-il.

– Pourquoi m'avez-vous amené ici ?

– Parce que je vais te donner cet ouvrage et c'est toi qui vas devoir le sauver.

– Pourquoi moi ?

– Parce que tu as versé du vin sur ma tunique à un instant précis, répond Guillaume de Beaujeu. Je crois aux signes de

Dieu, et tout m'indique que je dois te faire confiance, à toi et rien qu'à toi, frère.

– Et quel est ce livre, frère Guillaume ?

– C'est un codex où l'on peut lire la prophétie écrite par l'un des neuf maîtres fondateurs de notre ordre, le chevalier Salvin de Bienne. Nous appelons ce livre *La Prophétie des abeilles*, car son nom signifie « abeille » en saxon, et l'un de ces insectes l'aurait guidé vers le petit Temple de Salomon jusqu'alors caché au fond d'un souterrain sous le mont du Temple.

Le jeune homme fronce les sourcils. Tout cela lui semble de plus en plus compliqué et périlleux.

Sauver un codex ? Il est affolé par toutes les informations qu'il reçoit. Mais sa vie a basculé et il est coincé. Il décide de poser quelques questions.

– Que dit cette prophétie ?

– Elle raconte avec beaucoup de précisions tout ce qui arrivera dans les années à venir, jusqu'en… l'an 2101.

– Mais comment est-ce possible ?

– Salvin recevait la nuit durant ses rêves des messages de son ange gardien, saint René. Il les a couchés sur le parchemin.

– Et ce codex appartient aux Templiers ?

– Bien sûr. Je suis le quatorzième grand maître templier et sa sauvegarde est sous ma responsabilité.

Soudain une détonation éclate à l'extérieur. Elle est suivie d'un bruit assourdissant de chute de pierres, celui d'une muraille qui s'effondre.

– Un de nos murs a dû céder. C'est le résultat de l'action des mangonneaux. Demain, je tenterai une sortie avec un groupe de chevaliers pour essayer de les détruire.

Une autre détonation leur indique que les mangonneaux poursuivent leur œuvre destructrice et que les assiégeants ont réussi à faire une autre brèche dans la muraille de la cité.

Guillaume saisit Évrard par les épaules et plonge son regard dans le sien.

– Frère, si jamais je meurs, tu devras venir ici. Et c'est toi et toi seul qui devras sauver la prophétie.

Il lui confie la grande clef qui ouvre la porte de fer et la petite clef qui actionne le mécanisme du coffre.

– Pourquoi moi ?

– Peut-être parce que personne ne se doutera qu'un jeune homme de dix-sept ans seulement détient un objet aussi précieux.

65.

Des petits coups répétés contre la porte des toilettes sortent René de sa méditation. Quelqu'un le houspille en hébreu.

René revient brusquement à la réalité.

C'est l'inconvénient des abris, il n'y a pas assez de WC disponibles pour autant de gens entassés. C'est déjà un miracle que j'aie pu rester tranquille aussi longtemps.

Il tire la chasse pour donner le change, puis sort en bafouillant des excuses en anglais.

Il retourne à son lit de camp.

La montre indique minuit. La plupart des gens se sont couchés.

Alexandre ronfle, Mélissa dort plus silencieusement.

René prend son smartphone et note :

« Évrard Andrieux. Saint-Jean-d'Acre. 14 avril 1291. »

À l'aide d'une application graphique, il fait un plan schématique de ce qu'il a vu de la citadelle, entre la cuisine et la salle à l'étage, et dans les souterrains menant à la salle où se trouvait le codex.

Une pensée surgit soudain en lui.

IL FAUT QUE J'AILLE À SAINT-JEAN-D'ACRE.

Il se couche et reste un moment les yeux ouverts à repenser à tout ce qu'il vient de vivre.

Donc, malgré le voleur masqué, la prophétie est restée chez les Templiers.

Puis les maîtres de l'ordre ont continué à protéger le codex.

René consulte quelques pages sur Internet.

Quand les Arabes ont pris Jérusalem, les Templiers ont dû fuir avec tous les civils. Saint-Jean-d'Acre est la dernière place forte à avoir résisté. L'attaque des Templiers du 15 avril 1291, dirigée par Guillaume de Beaujeu, visant à incendier les mangonneaux, a échoué parce que les chevaux se sont pris les jambes dans les cordages des tentes.

Le sifflement d'une roquette retentit et les murs de l'abri tremblent. Sans que les ronflements d'Alexandre cessent pour autant.

– J'ai peur, prononce une voix de femme.

Mélissa…

– Je peux ? Je ne veux pas dormir seule…

Elle vient se blottir entre les bras de René.

Il sent qu'elle tremble de tout son corps.

Ils restent serrés.

Des soupirs de plaisir montent d'un lit voisin. Comme tout le monde a des bouchons d'oreilles, personne ne les remarque. Sauf René et Mélissa.

À l'approche du danger, l'être humain veut profiter de chaque instant et le vivre à fond.

– Je n'aurais pas dû venir dans ce pays. Ils sont tous fous ! murmure-t-elle.

– Demain, si les bombardements cessent, nous partirons. Je veux rejoindre la ville d'Akko.

– Akko ?

– C'est le nom hébreu moderne de l'ancienne ville de Saint-Jean-d'Acre. C'est à cent cinquante kilomètres d'ici. Au nord, près de la baie de Haïfa.

Elle se pelotonne tout contre lui.

– On dirait que ça se calme, dit-il sans préciser s'il parle des explosions ou des cris de plaisir du couple qui viennent de cesser.

– Serre-moi plus fort, lui dit-elle.

Il obtempère.

Elle approche son visage du sien. Une larme coule sur sa joue.

Elle est vraiment terrifiée.

– Plus fort encore, s'il te plaît.

Le corps de la jeune femme est différent de celui d'Opale. Ce contact nouveau le surprend.

Sa peau sent le bois de santal.

Sa petite taille lui permet de se lover complètement contre lui.

À chaque explosion, la jeune femme serre plus fort René. La nuit avance. Peu à peu, elle se détend, épuisée, et s'endort. René sombre lui aussi dans le sommeil.

66.

Mélissa se réveille, toujours blottie contre René, et se rappelle avec étonnement où elle se trouve.

Sans bruit, elle retourne dans son propre lit de camp et tire la couverture sur sa tête pour essayer de prolonger le sommeil.

René, réveillé lui aussi, se remémore avec émoi son arrivée-surprise au milieu de la nuit.

Comme il n'y a pas de fenêtres, il ne sait pas si c'est le jour ou la nuit. Sa montre indique 7 h 20.

Le soleil doit être levé. Nous avons dormi longtemps l'un contre l'autre.

Dans l'abri, tout le monde dort encore. Plus de bruits dehors. Dans un coin, quelques enfants insomniaques sont toujours regroupés devant un dessin animé. Plus loin, sur un autre écran défilent les actualités, que regardent des adultes tout aussi insomniaques.

Le bombardement est-il terminé ?

René patiente dans un demi-sommeil.

Puis les néons sont rallumés. Petit à petit, les gens se réveillent et s'étirent pour se délasser des douleurs de cette nuit sur des matelas de fortune. On installe des tables pour servir du café et des petits déjeuners.

René se lève pour aller se restaurer un peu. Alexandre, Mélissa, Ménélik et Hodélia se joignent à lui.

– Je te jure que je ne t'ai pas assassiné, reprend Alexandre comme s'il poursuivait la conversation de la veille. J'y suis retourné pour en avoir le cœur net et j'ai vu ton cadavre. Gaspard était vraiment bouleversé. Il a même enquêté pour trouver le coupable. Il ne l'a pas trouvé mais…

– Je te crois, le coupe René.

Surpris par ce revirement, Alexandre serre René dans ses bras.

– Ah, je préfère vous voir comme ça ! s'exclame Ménélik.

Hodélia sourit et leur tend un pot de miel.

– Ce sont mes pensionnaires qui l'ont produit. Commencer la journée par ce goût-là, ça donne de l'énergie.

Tous les cinq dégustent des tartines de pain beurré avec du miel qu'ils accompagnent d'un café.

– Et votre main ? Ça va mieux ? demande Hodélia à Alexandre.

Ce dernier enlève le pansement.

– La production de vos abeilles m'a fait du bien.

– Le mal causé par les frelons asiatiques a été réparé par les abeilles, se réjouit Hodélia.

Mélissa reste silencieuse et semble éviter le regard de René.

Elle a honte d'être venue vers moi hier soir.

– On n'entend plus de détonations. Combien de temps devrons-nous rester ici ? questionne René.

Ménélik regarde de loin les informations.

– Il est possible que nos drones aient réussi à mettre hors-jeu les principales zones de tir de roquettes.

– Ou alors ils ont épuisé tout leur stock. En général, quand ils n'ont plus de munitions, ils signent une trêve pour gagner du temps et se réarmer, précise un voisin qui s'immisce dans leur conversation.

Les gens d'ici ont une facilité étonnante à se mêler aux conversations des autres, de façon spontanée. Cela montre peut-être que c'est une communauté... Chacun parle à qui il veut n'importe quand, sans même se présenter ni chercher à savoir à qui il s'adresse.

Un autre élément de cet aspect « familial » qui l'a surpris dans la cantine est que les gens piochent parfois de la nourriture dans les assiettes de leurs voisins.

Mais pour l'heure, ce qui s'échange de table en table, ce sont surtout les dernières informations sur la situation sécuritaire et géopolitique.

Ce sont leurs problèmes, moi j'ai d'autres soucis.

– Je souhaiterais remonter en surface et partir à Akko, annonce René tout en servant à tous du café.

Les autres le dévisagent, étonnés de cette nouvelle lubie à un moment aussi mal choisi.

– Mon ancien moi-même y était, explique avec aplomb René. Il y a probablement perdu la vie. *La Prophétie des abeilles* est donc sans doute encore là-bas...

– Ça y est, c'est reparti ! soupire Mélissa.

Ménélik prend la remarque plus au sérieux.

– Récemment, une de nos équipes d'archéologues a découvert un nouveau réseau de galeries souterraines creusées par les Templiers sous leur citadelle, probablement pour faire entrer des armes par le port de Saint-Jean-d'Acre. C'est un ami qui gère le chantier. Si vous le souhaitez, je peux vous aider à accéder aux fouilles.

– Ce serait formidable, lui répond René. Je pense pouvoir me rappeler l'endroit précis où se trouvait ce que je cherche.

Ménélik se lève et va prendre quelques renseignements sur la situation en surface à une table où se trouvent plusieurs militaires en uniforme. Après avoir discuté avec eux, il revient et annonce :

– La pluie de roquettes s'est arrêtée. Mais on attend toujours

cules. Cela demandait beaucoup d'énergie pour un résultat assez minime. Et vous, comment remontez-vous le temps ?

– René et moi utilisons l'« autohypnose régressive », explique Alexandre.

– Je ne connais pas. C'est quoi ? demande Albert Bitton, intéressé comme si on lui avait parlé d'une nouvelle machine moderne.

– C'est une sorte de méditation où l'on projette sa pensée dans le temps et dans l'espace. Nous l'utilisons actuellement pour visiter une époque précise où nos deux anciennes incarnations œuvraient ensemble.

Albert ne semble pas spécialement surpris.

– J'ai une formation universitaire scientifique, mais je ne suis pas fermé aux théories qui s'éloignent de la doxa officielle. Ici même, dans ce kibboutz, j'ai eu comme voisin de bungalow le grand physicien David Bohm, qui n'hésitait pas à faire des liens entre la physique quantique, la méditation, le bouddhisme.

– Oui, j'ai lu ses entretiens avec Krishnamurti, *The Ending of Time*, *Le Temps aboli*. C'était très beau, dit Alexandre, impressionné.

– Bohm a vécu quelques années ici. Il avait une conception holistique de l'univers. C'était un ami du dalaï-lama. J'ai eu la chance de le rencontrer. Nous parlions autant de spiritualité que de physique quantique. Et comme vous, il était persuadé qu'il y a deux manières de fabriquer une machine à remonter le temps : une avec les accélérateurs de particules et l'autre en faisant voyager son esprit.

– Donc vous nous croyez ? s'étonne René.

– Il y a une chance sur deux que ce soit vrai. Comme le chat de Schrödinger.

– Qu'est-ce que c'est que cette histoire de chat ? demande Mélissa.

– Eh bien, en 1935, le physicien Erwin Schrödinger imagine une expérience où l'on dispose dans une boîte fermée un chat. Dans cette même boîte se trouve un mécanisme composé d'un système aléatoire qui déclenche une fiole de gaz empoisonné. Au bout d'un temps donné, il y a une chance sur deux que le poison ait été diffusé et que le chat soit mort. Schrödinger a défini que tant que l'observateur n'est pas allé voir, le chat est à moitié vivant et à moitié mort. Ce n'est qu'en ouvrant la boîte et donc en observant ce qu'il s'est passé que l'observateur va faire basculer le réel dans un sens ou dans un autre…

Bon sang, c'est ce que me disait René 63 ! Il y a plusieurs réalités parallèles non figées… Et c'est parce que Vespa Rochefoucauld est accidentellement allée voir le futur (et a en quelque sorte ouvert la boîte du chat de Schrödinger) que le présent a été modifié…

– Schrödinger a inventé la formule « l'observateur modifie ce qu'il observe », poursuit Albert Bitton. Et jusqu'où allez-vous dans le passé avec votre machine à remonter le temps spirituelle ?

– Jusqu'au Moyen Âge, répond fièrement Alexandre.

– Dans ce cas, vous êtes en avance sur moi. Le plus long voyage en arrière que je suis arrivé à provoquer est de… une seconde. Et encore, ce qui a voyagé était un proton, une particule plus petite qu'un atome. Et il nous a fallu une énergie phénoménale pour parvenir à cette prouesse.

Il rit puis s'étouffe un peu dans son rire.

– C'est agréable d'entendre un scientifique tel que vous aussi ouvert à des théories que la plupart des gens rejettent, déclare avec enthousiasme Alexandre.

– L'ouverture est fondamentale, s'écrie Albert Bitton. Toutes les grandes découvertes scientifiques ont d'abord été « pensées » avant d'être physiquement expérimentées. Jules Verne et d'autres ont imaginé un voyage dans la Lune bien avant que ce rêve se réalise avec la mission Apollo. La machine à explorer le temps a été décrite par H. G. Wells dans son célèbre roman, dont c'est d'ailleurs le titre, et elle finira forcément par exister un jour. La seule question est : quand ?

Mélissa prend une sorte de fine biscotte blanche qui s'effrite entre ses doigts au moment où elle tente de la briser.

– Qu'est-ce que c'est ? demande-t-elle.

– Du pain azyme, lui répond Albert Bitton. C'est Pessah en ce moment, l'équivalent de Pâques, et nous ne mangeons plus de pain normal.

– Ici, ils sont un peu plus religieux que dans notre kibboutz, glisse Ménélik.

– Pourquoi ne doit-on plus manger de pain ?

– Quand Moïse a quitté l'Égypte, les Hébreux se sont enfoncés dans le désert, explique Albert. Quelqu'un a demandé : « Est-ce que vous avez pensé à prendre du sel ? » Et on a répondu : « Oui, moi », puis pareil pour le poivre, la farine, le sucre, le café, les corn flakes, la moutarde…

– Vous vous moquez de nous ? sourit Mélissa.

– Oui, je blague, c'est ma façon à moi de raconter les choses pour les rendre un peu plus vivantes. Toujours est-il que lorsqu'ils sont arrivés à la levure pour faire gonfler le pain, ils se sont aperçus que personne n'y avait pensé.

– Deux millions de personnes partent dans le désert et pas une n'a pensé à prendre de la levure ? dit Alexandre.

– Non, et on n'en trouve pas dans le désert. Alors ils ont décidé de faire du pain sans levure. Le pain ne gonflait pas. En souvenir de cet « oubli », on reste une semaine sans manger d'aliments qui contiennent de la levure. Quand on se penche sur la question, on découvre qu'il y en a partout.

Ménélik complète ces explications.

– C'est aussi l'occasion de ne plus manger de produits fermentés. Le pain, le vin, le fromage, tous ces produits dont le goût est basé sur des phénomènes de fermentation nous font fermenter de l'intérieur.

– Et c'est l'occasion de nettoyer à fond nos placards de cuisine, renchérit Albert.

Les Français constatent qu'en effet aucun des aliments qui leur sont proposés dans cette cantine n'a l'air de contenir la moindre trace de levure.

– En fait, dit Ménélik, c'est une technique pour retenir l'histoire par l'estomac. À chaque fête correspond un aliment ou une manière de manger différents. Par exemple, pour bien se souvenir de l'histoire de Moïse, on fait se succéder durant le dîner de Pessah : un mélange de noix et de pommes pilées au mortier, lequel rappelle comment nos ancêtres fabriquaient les briques pour les pyramides ; des herbes amères pour se souvenir de leur épuisement au travail ; de l'eau salée qui symbolise leurs larmes en Égypte, etc.

C'est un système qui rappelle la madeleine de Proust. Ils associent un goût précis à un événement précis et une émotion pour ne pas l'oublier. Il faudrait que j'utilise moi aussi une technique similaire.

– Ce n'est pas mauvais, dit Mélissa en reprenant du pain azyme.

– Pour Tou Bichvat, la fête des arbres, qui est celle du renouveau de la nature, nous devons consommer quinze fruits différents, les plus exotiques possible. Pour Souccot, la fête des cabanes, nous mangeons des dattes et du citron. Pour Pourim, le carnaval en souvenir de la victoire sur le ministre babylonien Aman, nous mangeons des gâteaux très sucrés.

– Y a-t-il une fête où l'on déguste du miel ? demande René.

– Oui, à la fête des lumières, Hanoukka, qui correspond chez vous à Noël. On en donne beaucoup aux enfants à ce moment-là, reconnaît Albert Bitton.

– Nous devons aussi manger un œuf dur en souvenir de la destruction du Temple de Salomon, rappelle Ménélik. À ce propos, c'est à cause du Temple que nous sommes là.

Ménélik fait signe à son ami français d'expliquer la situation.

– Nous avons eu des problèmes à Jérusalem après avoir fait un peu d'archéologie « sauvage », reconnaît Alexandre.

– Ah, c'était vous, cette histoire sous le Kotel ? s'étonne Albert Bitton. J'en ai entendu en effet parler ici aux actualités.

– Nous ne pouvions pas rester aussi près de la réponse à nos questions sans essayer de savoir, se justifie Alexandre.

– C'est difficile mais nous ne renonçons pas, lance René. Bien au contraire.

– Et maintenant, vous venez faire vos bêtises ici, à Akko…

Les Français sont un peu vexés.

– Je plaisante, dit Albert.

Personne ne parle pendant un petit moment, puis Ménélik relance la conversation.

– Albert est désormais retraité et il a accompagné sa fille, Vanessa, qui a fait son *alya*, son retour en Israël.

– La famille, c'est important, explique Albert. Je voulais voir mes petits-enfants. Nous vivons tous ensemble ici.

– Albert est « apprenti archéologue » maintenant. Il participe au chantier de la citadelle des Templiers d'Acre, raconte

Ménélik, qui se tourne vers Albert et lui demande : Quand pourrons-nous aller sur place ? Mes amis veulent vérifier si leur impression de déjà-vu fonctionne.

– Allons-y en fin de journée. Ici, vu la chaleur, la sieste est sacrée.

– Cette fois-ci, je ne vous accompagnerai pas, dit Ménélik.

Il y a un hôtel dans le kibboutz, et les trois Français y prennent des chambres côte à côte. Ménélik loge chez son ami Albert.

Ils vont y déposer leurs bagages et se rafraîchir en attendant de partir pour leur expédition à Akko.

René est devant le miroir de la salle de bains. On frappe à la porte.

Il ouvre, c'est Mélissa.

– Je voulais m'excuser pour cette nuit, dit-elle. Je ne sais pas ce qui m'a pris.

– Tout est parfait.

Mais elle reste là comme si elle attendait quelque chose.

– Tu veux boire un verre ? propose René.

Mélissa ne répond pas, son téléphone vient de vibrer, elle regarde qui l'appelle et elle s'éloigne de quelques pas pour répondre. René l'entend chuchoter :

– Non… Non. Non… Non.

Elle raccroche.

– C'était qui ? demande René.

– Bruno. Il veut revenir.

– Et c'est ce que tu vas faire ?

– J'ai fini par comprendre que revenir, c'est recommencer. Je ne crois plus que cela va s'arranger.

J'ai été stupide de ne pas l'embrasser cette nuit.

Mélissa regarde René fixement, comme pour lui signifier quelque chose sans parler.

Il n'arrive pas à décrypter son regard.

Et si j'essayais maintenant ?

Ils restent quelques longues secondes ainsi immobiles, puis elle fait volte-face et retourne dans sa chambre.

J'aurais dû essayer.

René veut penser à autre chose. Il tente de se reposer, mais n'y arrive pas. Alors il se met en position de méditation et il décide d'ouvrir la porte 28.

67. MNEMOS. NÉRON, L'EMPEREUR INCENDIAIRE.

Le 18 juillet de l'an 64 après Jésus-Christ, l'empereur Néron qui voulait repenser le plan d'urbanisation de Rome décida de détruire trois des arrondissements de la ville (qui en comprenait quatorze).

Il comptait ainsi rénover les quartiers pauvres qu'il trouvait insalubres. Il décida pour aller plus vite de demander à ses soldats d'incendier ces habitations afin de reconstruire sur les cendres des logements neufs plus propres.

Cependant, du fait du vent, l'incendie une fois lancé fut difficilement contenu. Il s'étendit au-delà des trois quartiers visés et en toucha sept autres. Seuls quatre quartiers furent épargnés par les flammes.

L'empereur Néron n'avait pas averti la population et son « plan d'urbanisation » entraîna la mort dans les flammes de plus de 30 000 personnes ainsi que l'apparition

de 200 000 sans-abri qui avaient échappé de justesse à l'incendie.
L'affaire fit grand bruit, le peuple romain gronda, prêt à se révolter, et les sénateurs réclamèrent la destitution de Néron. Ne sachant comment se sortir de cette situation embarrassante, l'empereur décida de faire porter la responsabilité de cet incendie aux Juifs dans un premier temps, puis à une de leurs sectes en pleine expansion : les chrétiens.
Ces derniers furent arrêtés, torturés pour obtenir des aveux, et mis à mort dans des cirques, mangés par des lions ou suppliciés de manière atroce avec des mises en scène spectaculaires. Dans un deuxième temps, compte tenu que le nombre de personnes arrêtées ne permettait pas de toutes les exécuter dans les cirques, Néron décida de les faire brûler vives à tous les coins de rue. Ainsi, les chrétiens étaient censés expier pour avoir eu l'audace d'incendier Rome.
Plusieurs dizaines de milliers d'entre eux périront en brûlant sur le bord des rues. D'autres fuiront pour s'éloigner des caprices de Néron. Leur principal lieu d'exil fut notamment l'île grecque de Chypre.

68.

Une fois que le brouillard de transition est dispersé, l'esprit de René entend un vacarme impressionnant.

Bruits de murs qui s'effondrent, cris de guerre, hurlements, chocs d'épées.

Les Turcs ont lancé un nouvel assaut contre les défenseurs chrétiens.

Nuages de poussière, fracas de métal ou de pierres.

Évrard court en tous sens.

Bon, eh bien, me voilà au cœur de l'action. Bon sang, il n'a que dix-sept ans. Il ne va jamais tenir...

Autour de lui, partout ça ferraille et ça galope.

– Frères ! Par là ! crie un Templier.

Les chevaliers se regroupent pour bloquer une attaque.

La bataille dure longtemps. Évrard entend soudain les chevaliers pousser une clameur de victoire. Puis ils se replient à l'intérieur de la commanderie hospitalière de Saint-Jean-d'Acre.

Les morts sont évacués pendant ce répit et les blessés sont placés dans des zones mieux protégées.

– Nous avons contré cette incursion, dit Guillaume de Beaujeu. Mais combien de temps pourrons-nous encore tenir ? Je vais aller négocier. Après tout, le sultan Al-Ashraf Khalil sait que j'ai tout fait pour que nos peuples s'entendent bien. Je le porte en haute estime et je reconnais qu'il y a eu des erreurs accomplies dans notre camp. J'ai été le premier à dénoncer les exactions des pèlerins italiens contre les commerçants arabes.

Il se passe une heure puis Beaujeu revient.

– J'ai réussi, annonce-t-il. Nous laisserons leurs cavaliers entrer dans la ville, en échange de quoi ils laisseront la vie sauve aux habitants. Nous pourrons ensuite les faire partir puis quitter la ville à notre tour.

Une trompette retentit.

Un millier de cavaliers mamelouks entrent dans la première enceinte, où les habitants se sont réfugiés dans l'espoir que les Templiers les protègent.

Mais alors que les premiers contacts semblaient pacifiques, on entend des cris.

Un Templier arrive, affolé, dans la salle où Guillaume de Beaujeu se trouve.

– Les hommes du sultan égorgent les hommes et violent les femmes ! raconte-t-il.

– S'ils ne respectent pas le traité de paix, nous ne sommes plus obligés de le respecter non plus. Venez, frères, dit Guillaume. Nous ne sommes qu'une centaine et eux sont un millier mais nous savons nous battre à un contre dix !

Les chevaliers prennent en toute hâte leurs épées, haches, lances et boucliers et se jettent dans la bataille.

Leurs adversaires remontent sur leurs destriers et se regroupent dans une zone dégagée. Les deux camps se défient.

Cavaliers contre chevaliers.

« DIEU LE VEUT ! » hurlent les chevaliers chrétiens.

Les Templiers se battent mieux et sont plus efficaces, mais ils sont moins nombreux et doivent reculer, malgré l'aide des Hospitaliers.

Jean de Villiers, grand maître de l'ordre de Saint-Jean, a en effet apporté son soutien à Guillaume de Beaujeu. Les deux chefs chrétiens rivaux se détestent mais à cet instant, face à l'adversité, ils combattent ensemble.

Les deux ordres enfin réunis arrivent à repousser les mamelouks et tiennent la tour de la porte Saint-Antoine.

Évrard se retrouve à combattre un mamelouk de près. Étonnamment, l'homme a certes la peau mate mais ses yeux sont bleus. Évrard se souvient qu'un des cuisiniers lui avait signalé que cette milice spéciale était en partie composée d'anciens esclaves chrétiens convertis de force. Ce n'est malgré tout pas le moment de se chercher des liens de cousinage : l'homme en question est plus âgé, plus grand, plus fort que lui. Il abat son cimeterre à quelques centimètres de l'oreille d'Évrard et ne semble pas ouvert au dialogue.

Évrard mobilise toute son intelligence pour tenter de compenser par la vitesse son déficit en taille et en muscles. Son adversaire est impatient, agacé de mettre autant de temps à venir à bout d'un si jeune et frêle soldat. Et plus cela dure, plus il est agacé et plus il frappe fort mais sans stratégie. Évrard évite les coups sans les rendre. Il cherche à cerner les points faibles de l'autre.

Le mamelouk est gaucher et il se passe une fraction de seconde entre les coups qu'il porte. Évrard attend donc l'instant précis où son côté gauche est complètement à découvert, il se baisse et frappe au niveau du foie.

Son adversaire écarquille les yeux, plus de surprise que de douleur, regarde Évrard avec un air déçu : le voilà qui termine sa carrière de combattant embroché par un piètre adversaire.

Le jeune Templier vient de mettre en pratique le subtil enseignement qu'il a reçu des maîtres d'armes templiers. Il ne faut pas attaquer en utilisant sa force, mais s'adapter à la manière de combattre de l'adversaire et trouver la faille dans sa défense. Ce n'est possible que si l'on combat avec son cerveau et non avec ses émotions : « D'abord on observe, ensuite on réfléchit, enfin on agit. »

Au moment où le soldat turc s'effondre en grimaçant, Évrard qui vient de tuer un homme pour la première fois est parcouru d'un sentiment étrange.

Cet homme avait probablement une famille, des enfants. Peut-être que tous ces gens vont être malheureux quand ils apprendront que leur mari ou leur père est mort. J'ai arrêté un destin pour pouvoir poursuivre le mien. Dans d'autres circonstances, nous aurions peut-être pu être amis. Nous n'avons même pas pu nous parler.

Mais il n'a pas le temps de se poser plus de questions que déjà un autre adversaire surgit, furieux et brandissant une hache qu'il fait tournoyer avant de l'abattre près de lui.

Étonnamment, ce baptême du feu le fait basculer dans une autre manière de penser.

Il faut tuer pour ne pas être tué. Si je meurs, tout s'arrête.

Alors il combat avec ardeur et parvient à se débarrasser de ce nouvel adversaire. Cette fois-ci, il ne songe plus à sa femme et à ses enfants, la seule pensée qui affleure dans sa conscience est :

Combien devrai-je encore en tuer ?

Plus il combat, mieux il combat. Autour de lui, ses frères d'armes sont pleins de fougue. Certains se font tuer, la plupart tiennent la position avec bravoure.

Les mamelouks ont utilisé des milliers d'esclaves pour creuser sous la deuxième muraille de protection pour ruiner sa stabilité. La muraille s'effondre au niveau de la Tour Neuve, offrant aux attaquants une brèche béante sur un nouveau front.

Nouveau choc des soldats du sultan contre les chrétiens, Templiers et Hospitaliers. Guillaume de Beaujeu organise l'évacuation des habitants de la ville par le port encore sous son contrôle.

Les mamelouks sont désormais dans la cité et massacrent sans retenue. Les Templiers combattent avec détermination pour ralentir leur avancée.

Une flèche frappe Guillaume de Beaujeu à l'aisselle en plein combat. On le transporte dans la citadelle templière. Il est entouré de quelques frères.

– Je vais mourir, annonce-t-il, mais c'est toi, Thibaud Gaudin, qui devras prendre ma succession. Allez, fuyez tant que c'est possible. Il faut que vous rejoigniez notre commanderie à Chypre !

Le grand maître est allongé sur une civière, agonisant. Il trouve la force d'interpeller ceux qui l'entourent.

– Attendez ! Où est Évrard ?

Le jeune homme se tient juste derrière lui, bouleversé.

– Ce frère doit embarquer en priorité ! ordonne Guillaume d'une voix mourante. Faites tout pour le protéger, lui et ce qu'il transporte. Promets-le-moi, Thibaud.

– Je te le promets, assure le Templier.

Évrard Andrieux et Thibaud Gaudin prennent des flambeaux et courent dans le labyrinthe des passages secrets aménagés entre le port et la citadelle. Les bombardements opérés par les machines de guerre résonnent jusque dans ces tunnels. Par endroits, les plafonds semblent sur le point de céder.

– Nous n'y arriverons jamais ! s'exclame Thibaud.

– Courage, frère, lui répond Évrard. C'est important. Guillaume de Beaujeu m'a dit que ce livre concernait non seulement l'avenir de notre ordre, mais du monde…

69.

Ils sont sur les remparts de la vieille ville du port d'Akko. Les vagues viennent lécher les murs dans un bruit de ressac.

Albert Bitton embrasse d'un grand geste l'horizon et les remparts.

– Nous voici donc sur les derniers vestiges de la citadelle des Templiers de Saint-Jean-d'Acre.

Il se tourne vers le nord.

– Par là se trouvait la commanderie des Hospitaliers. Deux ordres de moines-soldats protégeaient ce carrefour fragile essentiel pour accéder à la Terre sainte : les Hospitaliers et les Templiers. Et plus tard sont venus s'ajouter les Chevaliers teutoniques. Ils étaient de ce côté-là.

Il désigne un point vers l'est de la vieille ville.

– Les Hospitaliers à la croix blanche, les Templiers à la croix rouge et les Teutoniques à la croix noire, rappelle Alexandre.

Albert poursuit son exposé.

– Saladin a repris Jérusalem en 1187. Le roi et les nobles francs ont été faits prisonniers et réduits en esclavage. Puis Tibériade est tombé et Josselin de Courtenay, qui tenait Saint-Jean-d'Acre, a préféré négocier avec Saladin pour obtenir une reddition honorable. Le sultan d'Égypte et de Syrie voulait conserver pour son profit ce riche comptoir commercial.

Autour d'eux, des touristes japonais se prennent en photo.

– En juin 1189, le roi anglais Richard Cœur de Lion, le roi français Philippe Auguste et le grand maître de l'ordre des Templiers Robert de Sablé débarquent à nouveau en Terre sainte pour reconquérir ce qui avait été perdu.

– C'est la troisième croisade, dit Alexandre.

– Les trois chefs organisent le siège de Saint-Jean-d'Acre. Un détail est assez troublant : pour prendre la ville, Richard Cœur de Lion a eu l'idée de lancer par-dessus les murailles, à l'aide de catapultes… des ruches d'abeilles !

René soulève un sourcil à l'évocation de ce détail étonnant.

– Lorsque les chevaliers ont ensuite attaqué, les Sarrasins étaient affolés par les piqûres de ces insectes et n'ont pas su se défendre de manière efficace. C'est ainsi que la ville est repassée sous le contrôle des chrétiens.

Décidément, elles ne me quittent plus.

– Les croisés ont transformé Acre en place forte. Les marchands vénitiens, pisans, génois mais aussi germaniques utilisaient ce point stratégique comme lieu d'échanges privilégié avec le monde oriental. C'est ici, notamment, que le rabbin Maïmonide enseigna la médecine. Il était le médecin personnel de Saladin et ce dernier prêta son « meilleur soigneur » à Richard Cœur de Lion lorsque celui-ci tomba malade. C'était à l'époque où les deux hommes dialoguaient encore en bonne intelligence.

Puis Albert Bitton et les trois Français quittent les remparts et se dirigent dans une rue encombrée du vieux quartier.

De loin, on dirait une décharge sauvage. Il y a des lampes, des vélos rouillés, des machines à laver et des téléviseurs amoncelés. C'est une échoppe d'antiquités installée juste devant la grande porte d'entrée métallique qui mène au chantier de fouilles archéologiques.

Albert Bitton déverrouille un petit cadenas avec un code chiffré et ouvre. Derrière se trouve une haute arche de pierre.

– Le musée des Templiers est très moderne et bien mis en scène, dit Albert. Mais c'est pour les touristes. Ce que je vais vous montrer, ce sont les coulisses que personne ne connaît. C'est le chantier archéologique auquel je participe. Lors du tournage d'un documentaire en 2019, un archéologue qui voulait impressionner le journaliste a découvert par hasard ce tunnel. Nous avons procédé à un balayage aérien puis nous en avons déduit où pouvait se trouver l'entrée. Personne n'y travaille aujourd'hui, nous pouvons visiter tranquillement le site.

Il distribue aux trois Français une torche électrique. À peine ont-ils franchi le seuil qu'ils débouchent sur un escalier qui mène à un couloir.

Albert éclaire les parois avec une lampe à ultraviolets qui révèle des marques : croix, triangles, étoiles, accompagnées de mots codés ou de nombres. Ce tunnel a des parois lisses formées d'une succession d'arcades. Le sol est plat.

Ils débouchent sur une zone avec un autel.

– Où sommes-nous ? demande René.

– Les Templiers ont construit un mini-temple chrétien souterrain sous l'église visible, répond Albert.

Il éclaire les grandes arches qui font en effet penser à celles d'une cathédrale, si ce n'est qu'il n'y a pas de vitraux. Les pierres sont très massives et parfaitement taillées.

Par un autre tunnel puis un escalier, les visiteurs accèdent à une salle faite de grosses briques maçonnées.

– Voici où ils tenaient leurs réunions.

René ferme les yeux et essaie de sentir quelque chose.

Il est traversé par une étrange sensation.

J'y étais.

– Suivez-moi ! s'écrie-t-il.

– Que se passe-t-il ? lui demande Alexandre.

– J'ai des réminiscences de ce que j'ai vu à travers le regard de mon ancien moi-même.

Il se dirige vers une zone d'éboulis qu'il entreprend de déblayer et appelle ses compagnons pour qu'ils l'aident. Après avoir déplacé plusieurs gros rochers, ils découvrent l'entrée d'un tunnel.

– Ah, celui-là, je ne le connaissais pas, murmure Albert Bitton, impressionné.

Le couloir qu'ils empruntent mène à un escalier qui donne accès à une galerie avec plusieurs ouvertures qui devaient être des portes.

– Tu te rappelles quelque chose ? demande Alexandre excité.

– Cette fois, oui.

René demande à rester seul dans la pièce et décide de retrouver Évrard sur le lieu même où il l'a laissé.

70.

– C'est là !

Évrard est à présent avec Thibaud Gaudin dans la pièce où se trouve le coffre, qu'il ouvre avec la petite clef donnée par Guillaume de Beaujeu. Il récupère le précieux codex, sur la couverture duquel on voit une abeille martelée dans le cuir.

– Attends ! dit Thibaud. Tu vas fuir ensuite en bateau, n'est-ce pas ? Il faut protéger cet objet. L'eau pourrait altérer le parchemin au point de le rendre illisible.

Thibaud ramasse dans une autre pièce quelques ustensiles. Il entoure le codex d'une toile enduite de cire, ajoute une deuxième couche de toile épaisse. Puis il trouve une boîte où il place le paquet et il glisse cette boîte dans une enveloppe de cuir ciré. Enfin il dépose l'ensemble dans une sacoche en cuir épais.

Évrard porte la sacoche en bandoulière et les deux hommes se dirigent vers un escalier qui descend jusqu'à un tunnel plus profond qui les mènera directement au port.

Le tunnel passe par une église souterraine. Ils s'agenouillent un instant devant le petit autel et Thibaud Gaudin prononce une courte prière.

– Mon Dieu plein de miséricorde, par pitié, sauvez nos frères et nos sœurs, et protégez ce livre et son porteur.

Puis ils poursuivent leur chemin vers la mer. Au débouché du tunnel, le chaos est partout. Les feux grégeois, sortes d'effrayants lance-flammes, sèment la terreur. L'odeur âcre des maisons incendiées se mêle à celle d'iode de la mer toute proche. Les gens effrayés hurlent, les mouettes semblent se moquer de cette agitation ridicule. Toute la population tente de monter sur les rares bateaux encore disponibles. Les mamelouks tirent des flèches sur les bateaux depuis les murailles qu'ils ont désormais investies.

Thibaud Gaudin pousse Évrard sur un bateau surchargé dont les voiles arborent la croix templière. Il explique au capitaine qu'il faut prendre particulièrement soin de ce nouveau passager et de son précieux bagage, puis se tourne vers le jeune homme :

– Je dois demeurer avec les derniers Templiers. Pars maintenant, frère. Et si Dieu le veut, si nous survivons à cet enfer, nous nous retrouverons à Chypre.

Et il saute sur le quai.

Le bateau largue les amarres dans un grand tumulte. Les flèches enflammées tombent de plus en plus dru depuis la muraille. C'est comme une pluie d'étoiles filantes qui s'abat sur eux.

Un de ces redoutables projectiles atteint un bateau, qui s'embrase. Les passagers se jettent à l'eau et se noient. D'autres bateaux sont touchés par les catapultes des assaillants et coulent.

Sur celui où se trouve Évrard, le capitaine s'accroche au grand gouvernail de bois épais comme une poutre placé à l'arrière et manœuvre pour quitter la zone où ils sont exposés.

Sur le pont, Évrard assiste impuissant à la fin de son monde. La muraille extérieure qui surplombe le port est maintenant envahie de soldats coiffés de turbans et de casques pointus. Dans le ciel, les étoupes enflammées continuent de pleuvoir en sifflant de manière sinistre, comme un avant-goût de l'Apocalypse.

– Évrard ! Au secours !

À la surface des flots, il distingue son ami avec qui il travaillait dans la cuisine de la citadelle.

– Stoppez le bateau ! hurle-t-il au capitaine.

Mais celui-ci ne l'écoute pas, crispé sur la barre du gouvernail.

– Il faut sauver cet homme !

Soudain, Évrard perçoit une voix dans sa tête :

Non, arrête. Tu ne dois penser qu'à sauver la prophétie. C'est la seule chose qui compte.

Il ressent à nouveau cette impression insupportable de migraine et de bruit intérieur.

La voix s'est tue, mais ils sont déjà beaucoup trop loin pour envisager de faire demi-tour.

Une vague fait disparaître le bras levé de son ami.

Le bateau s'éloigne de la côte mais le vent forcit.

Évrard se place contre le mât central et serre contre son cœur la sacoche avec son précieux codex.

Les vagues font rouler le navire d'un bord sur l'autre.

Des colonnes de fumée noire montent au-dessus de Saint-Jean-d'Acre.

Évrard songe :

Quel dommage que je n'aie pas appris à lire ni à écrire. Je ne saurai jamais ce qu'il y a dans ce livre si précieux et pour quelle raison il mérite une telle considération.

Le bateau est ballotté par les vagues mais ne chavire pas.

Évrard grelotte et s'enveloppe plus étroitement dans sa cape de Templier.

Pourquoi me confie-t-on une mission aussi importante ?

En quoi ce manuscrit est-il si extraordinaire qu'il faille à tout prix le sauver ?

Une voix parle dans sa tête comme pour lui répondre mais Évrard se donne des coups sur les tempes car il ne veut plus l'entendre.

C'est la voix de la folie. Si je me mets à l'écouter, je deviendrai complètement dément.

Alors il se mord très fort la main pour que cette douleur attire toute son attention et que la voix qui lui donne la migraine cesse de le perturber.

René Toledano, qui est en lui, se dit :

Il me rejette.

Bon sang, c'est la première fois que je tombe sur un ancien moi-même récalcitrant.

Il faudra que j'essaye de l'influencer durant son sommeil. Si j'apparais en saint René, avec des ailes blanches dans le dos, Évrard pourra peut-être mieux m'accepter.

Ça a marché avec Salvin, pourquoi pas avec lui ?

Bientôt, on ne distingue plus la côte.

Sur le bateau, il y a des femmes, des enfants, des personnes âgées, des gens de toutes les confessions. Une dizaine de chevaliers templiers sont présents, dont le capitaine, qui tient le gouvernail.

Évrard Andrieux s'approche de lui et demande :

– Nous allons bien à Chypre ?

– Oui, frère. Et je sais qu'il faut que tu remettes là-bas le bien précieux que tu as avec toi.

Le capitaine jette un coup d'œil au jeune homme.

– Tu es quand même bien jeune pour qu'on te confie une mission qui semble si importante.

– Quand arriverons-nous ? questionne Évrard.

– Cela dépend du vent. Chypre est à soixante-dix-sept lieues de notre citadelle. Nous y serons dans deux jours si nous conservons cette allure. Je me ferai relayer pour la navigation de nuit.

Le soleil plonge à l'horizon et peu à peu la nuit succède au crépuscule. Dans le bateau chacun se range dans un coin. Évrard se met au bord du bastingage arrière. Il s'enveloppe dans sa cape, se recroqueville sur sa sacoche et trouve enfin le sommeil réparateur.

Il rêve.

Un ange apparaît.

Il a de grandes ailes blanches et des petites lunettes à monture dorée.

Bonjour, Évrard, je suis ton ange gardien. Je me nomme saint René. Il faut que tu saches que je serai toujours avec toi pour te protéger. Dès maintenant, je souhaiterais entamer un dialogue afin que je puisse te donner des conseils qui vont t'aider.

Évrard se réveille d'un coup. Il met ses deux index en position de croix et il clame en direction du ciel :

– *Vade retro, Satanas !* Va-t'en, démon ! Sors de ma tête !

Zut, il me prend pour une créature diabolique. Alors ça, c'est bien ma chance...

Évrard s'agenouille, les mains jointes, la tête baissée, et il murmure :

– Au nom de Dieu tout-puissant, et par l'intercession de saint Benoît, que les esprits mauvais s'éloignent de moi !

Bon sang, Salvin s'est réincarné en un petit imbécile superstitieux. Ça ne va pas être facile de communiquer avec lui.

René décide pour l'instant de laisser Évrard reprendre des forces.

Celui-ci se rendort et fait des rêves qui ne signifient rien de spécial. Quand il se réveille, le capitaine est toujours à la barre. Il a dû lui aussi prendre un peu de repos et maintenant il garde le cap.

Le reste du trajet se passe dans des conditions plus agréables : beau temps, mer calme, vent porteur. Comme si le malheur, après avoir frappé lourdement, s'était fatigué et voulait s'excuser.

Évrard a enlevé sa cotte de mailles et ne porte plus que sa tunique avec la croix rouge pattée. Il observe la mer. Un groupe de dauphins jouent à l'avant du bateau et il pense :

Tout va bien. Je suis vivant, j'ai pu préserver le précieux livre, je vais arriver dans une île où ne se trouvent que des chrétiens.

Au loin apparaît le fin dessin d'une côte.

– Est-ce cela, l'île de Chypre ? demande-t-il au capitaine.

– C'est même plus précisément le port de Limassol.

Le bateau manœuvre pour mettre le cap sur ce port, mais un autre vaisseau surgit soudain à tribord.

Un instant, Évrard craint une attaque de pirates barbaresques mais sur les voiles il voit une grande croix noire.

Il reconnaît celle des Teutoniques.

Sur le coup, Évrard se dit qu'ils ont dû fuir comme eux Saint-Jean-d'Acre et qu'ils se dirigent vers leur commanderie de Chypre. Mais l'équipage fait des signes pour les rejoindre.

Les deux bateaux, celui à la croix rouge pattée et celui à la croix noire à liseré, sont désormais coque contre coque. Une passerelle de cordages est tendue entre les deux bateaux. Un premier chevalier teutonique monte à bord, puis un deuxième, puis une dizaine.

Le capitaine templier s'entretient avec celui qui semble être le chef de ces chevaliers, un grand blond aux cheveux longs, avec une barbe elle aussi très longue. La discussion est vive entre les deux hommes. Évrard saisit quelques bribes : le Teutonique a l'air de réclamer quelque chose que le capitaine ne veut pas lui donner.

D'un mouvement rapide, imprévisible, le Teutonique dégaine son épée et il l'enfonce dans le ventre du capitaine qui s'affaisse.

René qui assiste à la scène est surpris.

Bon sang ! Qu'est-ce qui se passe ?

C'est le signal. Les autres chevaliers avec des capes à croix noire brandissent leurs épées avant que les quelques Templiers présents aient réagi. Les passagers apeurés se regroupent en poussant des cris effrayés.

Le grand chevalier blond déclare alors :

– Nous ne vous ferons pas de mal, mais nous cherchons quelqu'un qui est parmi vous et qui porte sur lui un objet que nous voulons. Dès que nous l'aurons, nous vous laisserons tranquilles.

Personne ne réagit.

Évrard pense :

Il faut que je m'enfuie.

Il regarde par-dessus le bastingage.

Sauter maintenant ?

La côte semble bien loin. Il sait nager mais il hésite.

– Nous vous tuerons les uns après les autres jusqu'à ce que nous trouvions ce que nous cherchons, avertit le grand blond. Il est encore temps de sauver votre vie en nous indiquant ce que nous vous demandons.

Déjà un Teutonique saisit un Templier et lui applique son épée sur la gorge.

– Moi, j'ai vu quelque chose ! déclare une femme terrorisée.

Elle pointe Évrard du doigt.

– Lui !

– Quoi, lui ?

– Il serre depuis le départ sa sacoche comme s'il y avait un trésor à l'intérieur.

Trois chevaliers s'avancent vers Évrard. Il veut sauter à la mer, mais il est déjà trop tard, les hommes armés l'encerclent. Ne voyant pas d'autre échappatoire, il grimpe au mât central en s'accrochant aux cordages des haubans. Les Teutoniques, dans leur lourde cotte de mailles en fer, ont des difficultés à le suivre. Le temps que certains comprennent qu'ils seront plus efficaces en l'enlevant, Évrard est déjà haut sur la barre de perroquet.

Le grand blond fait signe aux autres de redescendre. Un chevalier attaque la base du mât avec une hache.

Évrard comprend que s'il ne trouve pas rapidement de solution, c'est son promontoire tout entier qui va s'écrouler, et lui et sa sacoche avec. À l'aide de sa ceinture, il plaque la sacoche contre son ventre. Puis il se penche pour regarder là où il va sauter.

C'est vraiment très haut.

Il a le vertige. Il n'a pas peur de l'eau, mais il a peur de la hauteur. Quand les autres adolescents de Saint-Jean-d'Acre plongeaient depuis les falaises, il n'arrivait pas à les suivre.

Je ne peux pas sauter de cette hauteur.

Les coups de hache redoublent et font trembler le mât. Évrard ferme les yeux, il a l'impression qu'une voix intérieure lui dit :

Allez ! Saute !

Il rouvre les yeux.

Encore ce démon dans ma tête !

En bas, chacun a le visage levé vers lui et se demande pourquoi il n'a pas encore plongé.

Il faut que je prenne un peu d'élan pour ne pas m'écraser sur le pont.

Un Teutonique tire un carreau qui le manque de peu.

Mais qu'est-ce que tu attends ! Saute, bon sang !

Alors, il fléchit les genoux, prend une grande inspiration, étend ses bras comme s'il espérait pouvoir planer un peu, ferme les yeux et… s'élance dans les airs.

Des flèches le frôlent.

Évrard touche la mer et s'y enfonce. D'autres flèches percent l'eau non loin de lui mais sans l'atteindre. Il décide de ne pas remonter immédiatement et nage un moment sous la surface. Des carreaux d'arbalètes frappent l'eau violemment tout autour de lui. Il retient sa respiration le plus longtemps possible. Lorsque ses poumons le brûlent, il sort la tête un instant pour avaler une grande goulée d'air frais. Puis il s'enfonce de nouveau et nage. Sous lui, le sac contenant la boîte réduit son aérodynamisme.

Parvenu à une certaine distance, les flèches ne l'atteignent plus. Les muscles de ses bras sont douloureux, mais il continue. À bout de forces, il arrive à une anse sableuse au pied d'une falaise. Il sort de l'eau et se cache derrière un rocher. Il reprend peu à peu son souffle. Au loin, le bateau templier est en flammes.

Les Teutoniques ont dû tuer tout le monde. Ils ne veulent pas laisser de témoins.

Il distingue entre deux vagues une barque avec à son bord six chevaliers, qui s'éloigne du vaisseau aux voiles à croix noire.

Ils veulent vraiment m'avoir.

Évrard cherche un abri dans les rochers. Il trouve une anfractuosité qui lui permet de se dissimuler. De là, il peut surveiller les six chevaliers dans leur barque. Il s'enfonce le plus possible, invisible depuis la mer. La barque vient dans sa direction. Sa tunique mouillée le fait frissonner. Il n'arrive pas à retenir un éternuement.

Les chevaliers l'entendent et rament vers lui. Le cœur d'Évrard bat la chamade. Il aurait rêvé d'avoir une épée pour se défendre. Mais il n'a que sa sacoche.

– Il est là ! beugle un des chevaliers qui a repéré les marques fraîches de ses pas sur le sable.

Il avance vers lui.

– On te tient, mon gaillard !

Le chevalier le débusque et lui donne un coup d'épée, mais avec sa cotte de mailles, il est moins vif qu'Évrard qui n'a que sa tunique. Évrard en profite pour lui asséner un grand coup de sacoche sur la tempe.

Tiens, voilà le livre que tu cherches.

L'homme titube et Évrard s'enfuit à toutes jambes.

À une dizaine de mètres, le chevalier à la barbe blonde le tient en joue avec son arbalète.

– Ça m'étonnerait que tu coures plus vite que ce carreau.

Évrard hésite. Le chevalier est seul, mais il semble déterminé.

– Allez, petit, ne fais pas l'idiot. Donne-moi ta besace.

Il s'approche et, avant qu'Évrard ait pu réagir, il la lui a arrachée. Puis il pose son arbalète pour examiner le contenu.

Profitant de ce répit, Évrard s'enfuit. Deux autres chevaliers le poursuivent, mais ils ne sont pas armés. Il cavale, léger, pieds nus, plus rapide que ses poursuivants.

Ce qui les protège les ralentit.

Il parvient à les semer.

Le voilà seul, sans armure, sans épée, sans son précieux codex.

Il se dirige vers un village de pêcheurs. Trois vieilles femmes vêtues de noir sont assises sur un banc.

– Pouvez-vous me dire où je me trouve ? demande-t-il en français.

Une des trois femmes semble comprendre, par chance, et répond :

– Limassol.

– Pouvez-vous m'indiquer la commanderie des Templiers, s'il vous plaît ?

Elles parlent entre elles, puis la plus édentée se lève et du doigt lui désigne un petit bâtiment fortifié, qu'il s'empresse de rejoindre.

Quelques minutes plus tard, il est assis dans une salle réchauffée par un grand feu. Voyant qu'il tremble de froid, un Templier lui offre une couverture. Une femme lui apporte un morceau de pain et une soupe. Il apprécie chaque gorgée et chaque bouchée. Il s'approche de la cheminée.

Un homme vient vers lui.

Il reconnaît Thibaud Gaudin. Ils se donnent l'accolade, heureux de se retrouver.

– Tu as toujours le livre ? demande Thibaud, inquiet.

– Non, frère, répond Évrard d'un air piteux. Je suis désolé. On me l'a volé.

À ces mots, chacun dans la grande salle suspend son activité. Un long silence suit.

– Notre bateau a été attaqué, signale Évrard.

– Des pirates barbaresques ?

– Pire : des croisés latins ! Des chevaliers teutoniques.

– Impossible ! s'exclame Thibaud. Ce sont nos frères. Tu as des preuves de tes assertions ? Des témoins ?

– Ils ont brûlé le bateau. Tous les passagers ont été tués…

– Et le codex ? insiste Thibaud.

– Ils savaient qu'il était à bord et ils le cherchaient. Ils ne nous ont attaqués que pour s'en emparer… J'ai pu m'enfuir en nageant. Ils m'ont rejoint sur la côte. Je n'avais pas d'épée pour me défendre, j'étais épuisé. Je me suis caché. Ils m'ont poursuivi, m'ont trouvé et ont pris ma sacoche.

Thibaud Gaudin réfléchit vite et déclare :

– Des Teutoniques ? Tu en es sûr ?

– Ils avaient la croix noire avec le liseré. Leur chef était un grand blond barbu.

Thibaud Gaudin serre la mâchoire.

– Dans ce cas, je sais où il se trouve.

René ouvre les yeux.

Il faut aller à Chypre.

71. MNEMOS. LA GUERRE DE JUDÉE.

En 66 de notre ère commença ce que l'historien romain d'origine judéenne Flavius Josèphe nomma « la guerre de Judée ». Une armée de Juifs zélotes dirigés par des stratèges efficaces réussit à vaincre deux légions romaines. Les Romains vécurent cette défaite comme une catastrophe et le général Titus fut envoyé pour reprendre le contrôle du pays. Il avait déjà maté toutes les révoltes d'Asie Mineure avec trois légions, mais il lui en fallut six, plus des troupes d'auxiliaires étrangers, pour reprendre Jérusalem après un long siège.

La ville fut alors pillée et le Temple de Salomon incendié en l'an 70.

La reine juive Bérénice, issue des dynasties hasmonéennes, tenta d'apaiser la colère du général romain Titus en devenant sa maîtresse, mais en vain. (Jean Racine, grand auteur français du XVIIe siècle, tira de cet épisode sa pièce de théâtre titrée : *Bérénice*).

Après la prise de Jérusalem, les derniers résistants zélotes s'enfuirent et se réfugièrent dans une forteresse. Cette place forte extraordinaire, Massada (le mot « forteresse » se dit *massada* en hébreu), était bâtie au sommet d'un piton rocheux, véritable tour naturelle au milieu des étendues arides.

En plein désert de Judée, Massada bénéficiait d'une source intérieure lui permettant d'alimenter trois piscines, d'irriguer des cultures, d'abreuver des troupeaux. Si bien que ce fortin était comme une oasis.

Vinrent s'y réfugier plus d'un millier de Juifs qui fuyaient l'envahisseur romain. Ils résistèrent trois ans à plus de 10 000 soldats. Leur chef, Éléazar, réussit même des attaques de nuit qui détruisirent plusieurs campements romains.
Finalement, Massada fut prise le 16 avril 73, après que les Romains eurent construit une rampe atteignant le sommet des murs. Des esclaves juifs furent assignés à ce chantier colossal, pour décourager les assiégés de les combattre.
Lorsque les soldats romains pénétrèrent dans la citadelle, ils ne trouvèrent que des cadavres car les défenseurs zélotes avaient choisi de se suicider plutôt que de se rendre.
Ainsi finit la première grande révolte des Juifs contre les Romains.
Beaucoup de Juifs qui voulaient rester libres quittèrent Israël à la suite de cette défaite, formant la première diaspora (mot grec signifiant « dispersion »).
Ils établirent des communautés dynamiques à Carthage et Alexandrie en Afrique du Nord ; à Damas, Antioche et Babylone au Moyen-Orient ; à Pergame et Éphèse (villes antiques actuellement turques) ; à Athènes, Delphes, Thessalonique (dans l'actuelle Grèce) ; à Capoue, Naples et Milan en Italie ; à Marseille et Lyon en France ; à Tolède, Cordoue et Cadix en Espagne.

72.

L'avant du ferry-boat fend les flots.
À cause des tensions politiques entre la Grèce et la Turquie,

l'aéroport de Larnaka est fermé, tout comme les autres petits aéroports de l'île. Du coup, René, Mélissa et Alexandre font le trajet par voie maritime en partant du port israélien de Haïfa.

Ménélik Ayanou ne les a pas suivis.

Le gros navire de la compagnie grecque vogue vers l'ouest.

C'est le même trajet qu'a dû emprunter Évrard il y a neuf cents ans sur sa caraque.

René regarde l'eau et il pense à ce jeune homme qui a dû changer de vie d'un coup à cause d'une prophétie qu'il ne peut même pas lire !

Il est courageux et a de bons réflexes.

René se dit qu'il s'y est mal pris pour communiquer avec son ancien lui-même. Il lui a parlé comme il a parlé à Salvin.

Mais ce n'est plus Salvin. Il a des parents, un passé, des peurs et des traumatismes différents. Et maintenant, quand je vais apparaître, il va m'associer à un démon. J'ai raté le rendez-vous d'esprit.

Une mouette plonge pour essayer d'attraper un poisson.

L'être humain passe son temps à se juger lui-même, à avoir des regrets et à critiquer tout ce qu'il fait. Cette mouette se fiche d'avoir raté son plongeon. Elle a déjà oublié. Les animaux se moquent tous de rater des choses, ils sont déjà dans le mouvement suivant.

Mélissa est à côté de lui, ses cheveux volent dans le vent comme Kate Winslet dans *Titanic*, mais René n'ose pas jouer le rôle de DiCaprio.

Depuis qu'elle est venue se blottir près de moi dans l'abri du kibboutz, elle semble distante, comme si elle regrettait ce mouvement de complicité.

– Je n'arrive toujours pas à croire que vous accomplissez tout ça à cause de vos régressions, dit-elle.

– Tu doutes encore de l'authenticité de nos voyages dans le temps ?

– Forcément. Ça dépasse quand même l'entendement. Tu te rends compte de ce qu'il faut « croire » pour vous suivre ?

– Il y a quand même deux indices indéniables : le fait que nous ayons trouvé le petit Temple sous la mosquée al-Aqsa et plus tard le tunnel qui menait à la pièce où se trouvait la prophétie à Saint-Jean-d'Acre. Pour toi, ce serait juste des coïncidences fortuites ?

– De simples coups de chance.

– Tu es jalouse parce que tu n'y arrives pas.

Mélissa regarde René droit dans les yeux.

– Et selon toi, pourquoi je n'y arrive pas ?

Il cherche quelques secondes puis lui dit :

– Parce que tu veux tout contrôler, tout expliquer, tout raisonner. Or, pour que ça marche, il faut lâcher prise. Un peu comme pour s'endormir. Il faut arriver à se détendre complètement sans se poser de questions sur le fait qu'on va réussir à trouver le sommeil.

– Ce que je ne comprends pas, c'est la logique scientifique qui pourrait sous-tendre vos expériences.

– C'est comme un avion. Peut-être tient-il en l'air uniquement grâce à la croyance des passagers qu'il est possible qu'un tas de ferraille alourdi par des bagages et des tonnes de kérosène soit plus léger qu'un nuage. Et peut-être qu'il suffit qu'un passager se dise : « Du métal plus léger que l'air, ce n'est pas logique » pour que l'avion… s'écrase.

La blague la fait sourire.

– Alors pour toi, tout n'est que croyance ?

– Nous faisons exister par nos croyances des choses qui ne sont pas scientifiquement vérifiables, affirme-t-il.

– Dieu ?

– Parfaitement. Mais même sans aller si loin : le vélo ne tient en équilibre que si l'enfant pense que c'est possible. Il n'a pas l'explication du principe d'inertie lié à la vitesse, alors tant qu'il se dit que ça ne se peut pas, il ne pédale pas assez vite et tombe.

Autour d'eux, la mer est calme et le ciel dégagé. René poursuit son raisonnement.

– Et puis la position verticale. Comment un primate d'un mètre soixante-quinze ne tombe-t-il pas, alors qu'il n'a pour support au sol que la minuscule surface de sa plante de pied ? D'ailleurs, tu as vu, Albert Bitton, c'est un scientifique, et lui n'était pas scandalisé par l'idée que nous puissions voyager dans le temps par l'esprit.

Elle soupire.

– Je reconnais que c'est mon problème. Je veux toujours tout maîtriser. J'ai besoin de comprendre les choses.

– Chacun de nous croit que ses limites subjectives sont des limites objectives universelles.

Ils restent silencieux, heureux de profiter de ce moment.

Alexandre les rejoint sur le pont et admire lui aussi l'horizon.

– Je suis encore revenu dans la vie de Gaspard Hummel pour vérifier ce que j'avais perçu au premier abord, dit-il à René, et je te confirme que ce n'est pas moi… enfin, lui, qui t'ai assassiné. En revanche, je lui ai soufflé de mener l'enquête pour découvrir ton assassin. Il a interrogé les sept autres chevaliers templiers. Tous avaient un alibi.

– Et que sais-tu au sujet de l'ordre des Chevaliers teutoniques, tu sais, ceux qui se reconnaissaient à la croix noire ?

– Il a été fondé à Saint-Jean-d'Acre, après les Hospitaliers et les Templiers, pour la protection des pèlerins germaniques. Tu te souviens, Albert Bitton nous avait montré l'emplacement de leur forteresse.

– En quelle année ?

– Je dirais en 1190. À vérifier.

Alexandre prend son smartphone et, profitant du wifi du ferry, confirme.

– Oui, c'est bien ça.

– Donc cent ans après la prise de Jérusalem et cent ans avant la chute de Saint-Jean-d'Acre…

Il lit la fiche sur son smartphone.

– Le fondateur se nommait Heinrich Walpot. C'est lui, le premier grand maître teutonique.

– Et en 1291, qui était le grand maître de l'ordre teutonique ?

Alexandre lit encore :

– Le chevalier Konrad von Feuchtwangen. C'est le treizième grand maître des Teutoniques. Il était lui-même issu d'une famille de la haute noblesse allemande.

Il lui montre une gravure sur laquelle on voit un homme barbu portant une cape blanche avec une croix noire.

René frissonne puis lâche :

– C'était lui.

– Lui qui ?

– L'homme qui a tenté de m'assassiner sur le bateau qui menait à Chypre. C'est aussi lui qui m'a volé la prophétie. Il savait que j'étais à bord avec le livre. Les Teutoniques ont dû être informés par leurs espions ou bien par des traîtres au sein des Templiers et ils ont appris que c'était moi… enfin mon ancien moi-même, Évrard Andrieux… qui détenais le codex.

Alexandre pose sa main sur l'épaule de son ami.

– Crois-moi, René, je suis dans ton camp, et je ferai tout pour t'aider. Et je ferai aussi tout pour que la prophétie de Salvin ne tombe pas entre de mauvaises mains.

René ne veut pas montrer qu'il est encore plein de doutes à ce propos et change de sujet :

– Tu connais l'endroit où nous allons ?

– Chypre ? L'île était connue au temps du roi Salomon pour fournir du cuivre, dit Alexandre. Le mot « Chypre » lui-même vient du grec *kupros*, qui signifie « cuivre ». L'île a connu les mêmes invasions qu'Israël : les Babyloniens, les Perses, les Grecs, les Romains… et pour finir les Anglais. Durant la Seconde Guerre mondiale, c'est là qu'ils ont enfermé les Juifs rescapés des camps de concentration qui voulaient rejoindre Israël. C'est le fameux épisode du bateau *Exodus*, qui a été porté à l'écran avec l'acteur américain Paul Newman.

Alexandre poursuit d'un ton docte :

– En 1960, l'île est devenue indépendante, mais en 1974 les Turcs l'ont envahie par le nord. Ils prétendaient venir en aide à la minorité musulmane turcophone de l'île qui formait 10 % de la population. Ce fut l'opération « Attila ». Les chrétiens de la zone investie par l'armée turque ont été chassés vers le sud. Depuis, l'île est partagée entre la zone nord qui est sous domination turque et la zone sud administrée par les Grecs. Quant à la capitale, Nicosie, elle est elle-même partagée en deux avec, sur son avenue principale, un mur.

– Comme le mur de Berlin après la guerre ? demande Mélissa.

– Oui, c'est une sorte de guerre froide, non pas entre capitalistes et communistes mais entre chrétiens et musulmans.

Alexandre se tourne vers René.

– Tu sais, pour moi, notre rencontre à Jérusalem en 1099 a été une révélation. Et vu l'enjeu, j'ai inspiré Gaspard pour qu'il ait envie de renaître avec la mission de sauvegarder la prophétie. Il y a donc de fortes chances que je sois de nouveau en contact avec ton ancienne incarnation.

– En tant qu'ami ou en tant qu'ennemi ? ironise René en baissant ses lunettes à monture dorée.

– Comme ami, j'espère bien ! Je ne me vois pas en chevalier teutonique, si c'est ta question.

– Eh bien, vérifions-le tout de suite.

– Ça me va.

Les deux hommes cherchent un endroit calme sur le bateau et n'en trouvent qu'un : les toilettes.

Ils s'y enferment tous les deux ensemble, dos à dos, chacun assis sur une moitié du couvercle de la cuvette. Et alors que le bateau tangue dans les vagues, calfeutrés dans cet espace exigu, ils rejoignent leurs anciennes incarnations.

73.

C'est la nuit du 30 mai 1291.

Éclairée par une demi-lune, la forteresse des Teutoniques près du village côtier de Famagouste dégage une impression sinistre qui éteint tout désir de s'en approcher.

Évrard, posté à distance, est impatient d'avancer.

Il s'est reposé, il a bien mangé, il est en pleine forme.

Le grand maître Thibaud Gaudin a tout d'abord pensé à attaquer la forteresse teutonique avec une petite troupe, mais il s'est dit qu'une guerre entre les deux ordres chrétiens ferait le jeu des musulmans. Il a finalement décidé de mener une mission de nuit à effectif réduit.

Évrard est accompagné d'Olivier Bouchard, le propre fils d'Arnaud Bouchard, commandeur des Templiers à Chypre depuis que le roi anglais Richard Cœur de Lion leur a cédé l'île.

L'objectif des deux espions templiers, qui sont partis du palais templier de Nicosie quelques heures avant, est de récupérer le codex, à n'importe quel prix.

Les deux hommes approchent de la forteresse. Étonnamment, le premier mur d'enceinte se franchit facilement, mais une fois passé cet obstacle, des silhouettes fantomatiques se lèvent et se dirigent vers eux.

– Par pitié, ne nous abandonnez pas ! dit une voix tremblante.

Un autre ajoute :

– S'il vous plaît ! Aidez-nous !

Sous la lumière pâle de la lune, Olivier Bouchard distingue les visages étonnés des hommes qui les regardent fixement.

– Des lépreux ! murmure-t-il. Nous sommes dans la léproserie adjacente à la forteresse.

Comme des zombies, des dizaines de lépreux se lèvent et tendent leurs mains vers eux pour les toucher.

– Aidez-nous ! soufflent de multiples voix.

Des bandages de tissu entourent les visages et les corps.

– Surtout, Évrard, évite tout contact avec eux ! avertit Olivier.

Les deux hommes zigzaguent entre les lépreux. Ils avancent mais des malades leur barrent la route. En reculant, Évrard est déséquilibré. Pour se retenir, il saisit le bras d'un homme tout proche de lui, qu'il croit être Olivier, mais c'est un lépreux. Le bras se détache sous l'effet du mouvement vif du jeune chevalier, sans que le lépreux paraisse en souffrir. Évrard épouvanté se relève et s'enfuit, guidé par Olivier Bouchard.

La masse des lépreux qui les poursuit grandit. Ils sont des centaines. Ils ne semblent pas vraiment hostiles, ils implorent seulement qu'on les aide. Olivier trébuche sur un corps et lâche sa torche, qui s'éteint. Il est au sol et ne parvient pas à se relever.

Plusieurs mains le saisissent et déjà le recouvrent.

– Va-t'en, Évrard, fuis.

– Et toi ?

– Laisse-moi, je suis fichu, dit Olivier avant d'être enseveli et étouffé par la foule des malades.

Évrard n'a pas lâché son épée et, profitant de la clarté de la lune, il se dirige vers la forteresse teutonique. Il escalade le second mur, beaucoup plus haut, avec un grappin qu'il a apporté, jusqu'au rempart.

Quelqu'un marche dans sa direction. Il se cache dans un coin, pousse une porte, descend dans la forteresse par un petit escalier. Olivier, qui était déjà venu dans cette commanderie, lui a décrit l'agencement des salles, mais Évrard ne se repère pas bien. Tout autour de lui, les murs sont ornés de boucliers marqués de l'inquiétante croix noire.

Dans un couloir, il entend les cris d'autres malheureux : des prisonniers. Olivier lui en avait parlé ; ce sont des paysans grecs révoltés, capturés et enfermés. Les teutoniques de Famagouste leur font construire de nouvelles fortifications. Par un soupirail, Évrard les observe. Leur état de délabrement fait peine à voir. Ils sont enchaînés dans de grandes cellules sombres.

Évrard s'éloigne sans un bruit pour partir à la recherche du codex. Mais les couloirs se ressemblent tous et sa mission lui semble tout à coup très compromise. Il longe un couloir à pas de loup, de plus en plus perplexe.

Soudain une porte s'ouvre et deux mains le saisissent pour le faire entrer dans une pièce. C'est une chambre.

– Chut ! lui intime la personne qui le tient en lui appliquant la main sur la bouche.

Il se dégage, mais au moment de sortir son épée, il voit devant lui une femme. Elle est grande et mince, de longs cheveux blonds encadrent son visage rond aux immenses yeux bleus.

– J'ai été avertie par pigeon voyageur de votre arrivée. Je vais vous aider à trouver le codex, déclare-t-elle. Sans moi, vous n'y arriverez jamais.

Évrard hésite, puis décide de lui faire confiance.

Elle lui indique une deuxième porte à l'arrière de sa chambre et l'entraîne dans un couloir.

– Vous savez où est le codex ? lui demande Évrard.

– Ici, tout le monde en parle. C'est un livre qui annonce tout ce qui va se passer dans le futur, n'est-ce pas ?

– Qui êtes-vous ?

– Je me prénomme Clotilde. Je suis la femme de Konrad von Feuchtwangen.

– C'est lui qui me l'a volé.

– Je sais cela et je sais aussi qui vous êtes, dit-elle. Vous êtes Évrard Andrieux.

Ils parlent à voix basse le long d'interminables couloirs.

– Vous trahissez les vôtres ?

– La situation n'est pas si simple, répond-elle. Si j'ai reçu un message de la part des Templiers, c'est aussi parce que je suis très proche… enfin, je suis très amie avec votre grand maître.

– Thibaud Gaudin ? s'écrie Évrard.

– Parlez moins fort, chuchote-t-elle. Votre mission n'aboutira que si nous savons être discrets.

Clotilde guide Évrard à travers plusieurs pièces puis emprunte un escalier en colimaçon. Les voilà devant une grosse porte qu'elle ouvre avec une clef dissimulée dans sa manche. La pièce dans laquelle ils entrent est remplie d'armes hétéroclites, d'armures, d'épées, de haches et de lances. Les boucliers sont tous ornés de la croix noire.

Clotilde désigne à Évrard un coffre protégé par un gros cadenas.

– C'est là, dit-elle.

Elle l'ouvre avec une clef plus petite. Le codex à la couverture martelée d'une abeille se trouve au fond du coffre.

Un léger craquement les fait se retourner.

Konrad von Feuchtwangen !

– Clotilde ! s'exclame le chevalier. Et toi, je te reconnais aussi, tu es le petit Templier du bateau.

Il brandit son énorme épée. Évrard serre le pommeau de la sienne, de taille plus modeste. La haute stature de Konrad von Feuchtwangen joue en sa faveur, mais Évrard Andrieux est animé par une énergie étonnante. Il se déplace vite et pare les coups avec agilité. Mais en reculant il tombe par terre et son arme lui échappe. Il n'a plus aucune protection. Au-dessus de lui, l'épée du chevalier teutonique va lui fendre le crâne comme un fruit, mais au lieu de s'abattre, elle reste un instant comme suspendue. Konrad von Feuchtwangen ouvre grands les yeux et la bouche, de surprise.

Clotilde a fracassé un vase sur le crâne de son mari. Celui-ci lâche son épée, bascule lentement en avant et s'affale comme un pantin désarticulé. La jeune femme fait signe à Évrard qu'il ne faut pas perdre de temps. Ils filent par l'escalier en colimaçon et montent en haut d'une tour jusqu'à une pièce pleine de pigeons. Clotilde prend entre ses mains un oiseau et l'enferme dans un sac qu'elle prend avec elle, puis ils redescendent tout en bas jusqu'à un tunnel qui les mène directement à une anse où se trouve un petit voilier. Le son d'une trompette d'alarme parvient à leurs oreilles. Clotilde se hâte de larguer les amarres. Évrard utilise la rame pour éloigner le bateau tandis que des cris annoncent l'arrivée d'une troupe hostile. Clotilde hisse la voile sous les flèches tirées depuis le quai.

Enfin leur bateau parvient à s'éloigner suffisamment.

Clotilde a pris le gouvernail.

– Où va-t-on maintenant ? demande Évrard.

Elle ne répond pas, surveillant le quai, la tension de la voile, puis l'horizon.

La demi-lune les éclaire. La côte disparaît.

– Olivier n'est pas venu ?

– Il s'est fait… ralentir, dit Évrard. Les lépreux l'ont attrapé.

– J'aurais dû l'avertir. Vous savez, les Teutoniques sont censés être un ordre charitable. Pour se donner bonne conscience, ils ont installé une léproserie contre la forteresse. Elle sert surtout de repoussoir pour les visiteurs indésirables, je crois.

– Êtes-vous vous-même une… Teutonique ? questionne Évrard.

– Mon père l'était et c'est lui qui m'a mariée à Konrad von Feuchtwangen. J'avais treize ans. On ne m'a pas demandé mon avis. Mon père a été tué alors qu'il protégeait un groupe de pèlerins allemands contre des Turcs.

La main toujours sur le gouvernail, elle regarde les étoiles.

– Je sais comment rejoindre un lieu sûr d'où nous pourrons

gagner la maison des Templiers à Nicosie. Les Teutoniques n'oseront pas nous poursuivre là-bas.

Clotilde prend ses repères dans les constellations, puis vire de bord. Évrard observe avec admiration cette femme qui sait naviguer de nuit.

Elle désigne le codex.

– L'avez-vous lu ?

– Je ne sais pas lire, avoue-t-il.

– Quoi ? Tu es un Templier et tu ne sais pas lire ? s'exclame Clotilde, qui le tutoie soudain.

– Je suis né à Saint-Jean-d'Acre, j'ai été abandonné par mes parents devant la citadelle. Les Templiers m'ont recueilli, ils m'ont adopté comme un des leurs. J'ai appris dans leurs classes le maniement des armes, j'ai exercé mon corps, mais pas mon esprit. Et puis le maître-queux avait besoin d'un aide et il m'a pris aux cuisines. Dès lors, j'ai été cantonné aux casseroles et aux broches et je n'ai fait que progresser, pour devenir un excellent cuisinier, d'ailleurs. Si un jour nous avons l'occasion, je vous… je te ferai quelques-unes de mes spécialités… Mais pour ce qui est de la lecture, il y a eu comment dire… une lacune… Le maître-queux ne m'a jamais laissé du temps pour apprendre.

– Tu es pourtant bien Templier, n'est-ce pas ?

– Depuis peu, oui. La faveur de pouvoir prononcer mes vœux m'a été accordée dans le tumulte de la bataille de Saint-Jean-d'Acre par le grand maître, précisément pour cette mission.

Clotilde semble surprise.

– Ainsi, tu avais le codex mais ne pouvais le lire…

– Peut-être Guillaume de Beaujeu m'a-t-il choisi pour cette raison, finalement. Je crois qu'ils voulaient être certains que le texte ne serait pas lu par n'importe qui.

– Moi, je sais lire. Et je veux savoir le futur.

– Pour l'instant, notre futur dépend de ta capacité à nous mener le plus rapidement possible à un abri.

Pour toute réponse, Clotilde sourit. Puis elle confie le gouvernail à Évrard, sort d'un sac un papier, une plume et de l'encre. Elle rédige rapidement un message et, après avoir extrait le pigeon du sac, attache à sa patte un tube dans lequel elle introduit le message. Elle caresse la tête du volatile comme pour l'encourager dans sa mission et le lâche dans les airs.

– Qu'as-tu écrit ?

– Que nous arrivons. Tes frères nous attendront.

Le bateau vogue maintenant à bonne allure.

– Pourquoi fais-tu tout cela ? demande Évrard.

– Je crois que la morale des Templiers est plus proche de la mienne que celle des Teutoniques. J'agis en fonction de mes convictions personnelles, pas de celles de mon père ou de mon mari. Je suis une femme libre.

– Ta trahison comporte cependant de grands risques…

– Certes, mais il y a autre chose. Parfois, il m'arrive de recevoir en rêve des messages de mon ange gardien. Il m'a avertie que je devais t'aider, quelles qu'en soient les conséquences.

– Un ange gardien ? Comme c'est étrange… Je souffre de la présence d'un démon dans ma tête, qui veut me faire accroire qu'il est mon ange gardien et qui me donne des migraines.

Mais non, je ne suis pas un démon, je suis… ton… futur. Enfin, je veux dire ton meilleur allié.

– Aïe !

Évrard grimace douloureusement et se prend la tête entre les mains.

– Ça y est, ça recommence ! dit le jeune homme.

– Que t'arrive-t-il ?

– C'est cet être démoniaque qui par moments se manifeste dans mon crâne ! C'est une horrible sensation. On dirait qu'il y a quelqu'un à l'intérieur de mon corps ! Et il me parle !

– Et que t'a-t-il dit ?

– Il a dit : « Je ne suis pas un démon mais ton meilleur allié. »

Elle est surprise.

– Dans ce cas, tu devras, dès que tu le pourras, consulter un exorciste, dit-elle. Je crois que les Templiers en ont un très efficace à Nicosie.

Quelques heures plus tard, ils arrivent sur une plage au sud de l'île. Un chevalier templier patiente sous les arbres avec trois chevaux en plus du sien.

– Où est Olivier ? demande le chevalier.

– Il a été…

Étouffé par une foule de lépreux.

– … tué en combattant, dit Clotilde.

– Vous avez le codex ?

Elle ouvre son sac de cuir et montre le précieux ouvrage.

– Parfait ! Alors allez-y.

Le soleil se lève à peine lorsqu'ils entrent enfin dans Nicosie. La cathédrale Sainte-Sophie, achevée deux ans plus tôt, se dresse avec majesté. Juste à côté se trouve la maison des Templiers.

On réveille Thibaud Gaudin. Clotilde et le grand maître s'étreignent et Évrard constate qu'ils sont en effet très liés.

– Bravo ! les félicite Thibaud. Vous avez réussi là où il n'est pas dit qu'une armée entière l'aurait pu.

– Maintenant que nous sommes enfin tranquilles, je voudrais lire la prophétie à tête reposée, dit Clotilde à Thibaud.

– Et moi, j'aimerais que tu me la lises à haute voix, renchérit Évrard. Que je sache pour quoi j'ai risqué ma vie…

Thibaud Gaudin secoue la tête.

– Mettons tout d'abord ce trésor en sécurité, c'est le plus important. Suivez-moi. Et toi, viens avec nous, dit-il à un garde.

Ils accompagnent Thibaud au sous-sol de la maison, dans une pièce encombrée de tonneaux de vin. Il en déplace un, dévoilant une trappe au sol. Il dépose dans cette cache secrète le codex.

– Les Teutoniques ne viendront pas le chercher ici.

Il fait un signe au garde.

– Personne ne doit entrer. Tu resteras en permanence en faction devant cette porte. Et lorsque tu seras fatigué, tu te feras remplacer par une autre sentinelle.

– Quand pourrons-nous lire la prophétie ? demande Clotilde.

– Pour l'instant, vous devez vous reposer, dit Thibaud.

– Nous voulons vraiment la lire, frère, insiste le jeune Templier.

Thibaud Gaudin hoche la tête d'un air désolé.

– Si cette prophétie dit vrai, mieux vaut que le moins de personnes possible posent les yeux sur ses pages.

– Quel est le risque ? demande Clotilde.

– Que la prophétie ne se produise pas.

L'étrange argument ne convainc pas Évrard et Clotilde.

– Frère, nous avons pris beaucoup de risques, cela nous donne le droit de savoir ! insiste le jeune homme.

Thibaud Gaudin se lisse la barbe.

– Vous ne vous rendez pas compte de la portée de ce livre. Voyez : si vous connaissiez le jour où vous devez mourir, vous prendriez des risques absurdes. Ou si on vous annonçait qu'un projet qui vous est cher va échouer, vous y renonceriez par avance. Si on vous prévoyait sa réussite, vous ne feriez plus d'efforts. C'est une connaissance qui peut être un poison, croyez-moi.

Évrard et Clotilde réfléchissent à ces arguments paradoxaux.

– Connaître l'avenir n'est pas toujours un avantage. Ce qui nous fait avancer, c'est l'ignorance, la curiosité, le mystère. Si tout est écrit… eh bien, nous perdons l'envie d'agir.

Évrard Andrieux est déçu, mais il ne sait plus quoi dire.

– Guillaume de Beaujeu t'a désigné pour la préserver et la transporter, pas pour la lire, ajoute encore Thibaud.

– Et moi, Thibaud ? demande la jeune femme d'un air de défi.

– À mon avis, cette prophétie ne doit être lue que par des personnes capables de la comprendre et de ne pas abuser du pouvoir immense qu'elle offre. Plus j'y réfléchis, plus c'est évident : nul ne doit savoir trop tôt ce qu'il va se passer. Les conséquences pourraient être bien pires que si cette prophétie n'avait jamais existé. La connaissance du futur est finalement bien plus dangereuse que beaucoup d'armes !

– Qui lira la prophétie, alors ? questionne Clotilde.

– Moi, répond Thibaud. Et après moi, tous les grands maîtres de l'ordre des Templiers. Car nous aurons été préparés. Nous seuls aurons la trempe suffisante pour ne jamais révéler une phrase de ce que nous aurons lu. Et notre sens de l'abnégation nous permettra de dépasser notre intérêt personnel et nos émotions pour ne penser qu'à l'intérêt de l'humanité tout entière.

Le grand maître Thibaud Gaudin appelle un autre garde.

– Installe ces jeunes gens à l'étage, je te prie.

Évrard et Clotilde sont alors conduits à de somptueuses

chambres où ils trouvent nourriture, vin, cruche d'eau pour se rafraîchir, petite baignoire pour se laver et un lit au matelas épais.

Ils sont épuisés, mangent, se couchent et s'endorment rapidement.

Un peu plus tard, un moine vient réveiller Évrard.

– On m'a dit que tu avais besoin urgemment d'un exorciste, dit-il, car il y a un démon dans ta tête, est-ce vrai ?

Évrard se frotte les yeux.

– C'est une voix très forte et très claire qui résonne à l'intérieur de mon crâne, explique-t-il après un petit moment. J'ai déjà essayé la prière, mais c'est réapparu.

Oh non ! songe René. *Il ne va pas me faire ce coup-là.*

Le moine sort d'un sac différents crucifix et fioles.

– L'important est de connaître le nom du démon et depuis quel cercle satanique il opère. Lorsqu'on a identifié son adversaire, on peut mieux le contrer, annonce l'exorciste.

– Il m'a dit qu'il se nommait René.

« Saint René ». Je suis « saint René », pas seulement René.

– Ça y est, j'entends de nouveau sa voix ! Il se manifeste !

Je suis ton ange.

– Il veut encore se faire passer pour un ange !

– Voilà bien le mal personnifié, dit l'exorciste. Le diable a plus d'un tour dans son sac pour nous abuser. Et c'est là sa pire perversion : se faire passer pour angélique.

Mais non, je suis vraiment ton ange.

– Il insiste, gémit Évrard.

– Démon René, je suis face à toi et je te parle, dit le moine en regardant Évrard. Sors de ce corps, démon René !

Pas question. Il est mon seul lien avec le codex, je n'ai pas du tout l'intention de le quitter.

– De quel cercle viens-tu, démon ? demande le moine.

Dis à cette espèce de crétin que je viens de ton futur.

– Il dit qu'il vient de mon… « futur ».

– Cette créature diabolique est d'une extrême perversion, annonce le moine en fin connaisseur. Probablement Belzébuth ou Baphomet. Je pencherais pour ce dernier. Baphomet s'attaque tout particulièrement aux Templiers.

Jamais on ne m'a insulté de manière aussi sophistiquée. Me faire traiter de Baphomet. Moi ? Un esprit aussi bienveillant.

L'exorciste s'agenouille les mains jointes, chuchote une prière et se signe, puis il se relève et pose sa main sur le front d'Évrard.

– Je t'ordonne de partir, démon Baphomet !

Il l'asperge d'eau bénite et lui plaque un crucifix sur le front.

Mais non, je ne m'appelle pas Baphomet. Je suis René ! Saint René.

– Il ne veut pas avouer son nom, il répète « René ».

– Qui que tu sois, esprit impur, je t'ordonne de partir, à toi et à tous tes alliés de l'Enfer qui assiégez ce serviteur de Dieu.

Un peu court pour me faire renoncer.

– Seigneur tout-puissant, exauce ma prière, sauve Évrard, fais fuir ce serviteur du diable, qu'il se nomme Baphomet, Belzébuth ou René !

Écoute, Évrard, il faut qu'on parle sans ce bateleur de foire. Tu peux lui dire de partir, s'il te plaît ?

– Il recommence ! s'écrie Évrard qui tremble de terreur. J'entends ses mots à l'intérieur ! Il dit qu'il veut me parler seul.

– N'entre surtout pas en communication avec lui, frère. Je vais intercéder pour te protéger.

De nouveau, il lui plaque son crucifix sur le front.

– Je t'ordonne de partir, démon !

Bon, je crois que je n'arriverai pas à convaincre Évrard ce soir. Tant pis, je laisse tomber. Et pour qu'il puisse dormir, je vais lui envoyer un dernier message.

Hum... Évrard, tu m'entends ? C'est moi, saint René. Finalement, j'ai réfléchi, je te laisse tranquille et je m'en vais.

– Miracle ! crie le jeune homme. Votre exorcisme a fonctionné. Le démon m'a parlé, vos prières l'ont convaincu. Il s'en va.

– Alléluia ! s'exclame le moine. Nous avons écrasé le malin.

Les deux hommes prient ensemble un moment. Puis, après avoir multiplié les signes de croix et les baisers de crucifix, l'exorciste se retire, satisfait de sa victoire sur un des suppôts de Satan.

– Je crois qu'il a compris à qui il avait affaire ! Je suis certain qu'il ne viendra plus te déranger ! conclut-il sur le pas de la porte.

Évrard, soulagé, retourne dans son lit douillet et plonge dans un sommeil profond.

74. MNEMOS. LA RÉVOLTE DE SIMON BAR KOKHBA.

En 132 après Jésus-Christ, l'empereur Hadrien, après un voyage en Judée, ordonna de faire construire un temple dédié à Jupiter sur l'emplacement de l'ancien Temple de Salomon. Ce fut la goutte d'eau qui fit déborder le vase d'une situation déjà tendue.

Un chef juif nommé Simon Bar Kokhba parvint à créer un mouvement de libération et lança la seconde grande révolte contre l'occupant romain, soixante ans après la grande révolte de 70.

Il monta une armée efficace, et s'avéra un excellent stratège. Il remportait victoire sur victoire avec une armée

mobile et très dynamique. Deux légions romaines furent anéanties.
Bar Kokhba libéra Jérusalem et reprit aux Romains tout le territoire de la Judée. Il instaura un État indépendant, organisa une armée, fit battre une monnaie locale et lança des travaux pour reconstruire le Temple de Salomon détruit par les Romains lors de la première grande révolte.
L'empereur Hadrien se déplaça en personne dans la province pour tenter de briser la résistance juive, avec cette fois-ci non plus deux mais huit légions. Les Romains pratiquèrent la politique de la terre brûlée, décimant les populations civiles.
Les représailles furent terribles. Selon Dion Cassius, historien romain, cette guerre dura trois ans. Les troupes romaines perdirent des dizaines de milliers de soldats, mais tuèrent 580 000 Judéens, détruisirent cinquante villes fortifiées et 985 villages.
Simon Bar Kokhba se réfugia dans la forteresse de Betar, de la même façon que ses prédécesseurs de la révolte de 70 l'avaient fait à Massada. Avec ses troupes, il tint tête aux Romains, mais en 135 il dut se rendre.
La résistance acharnée des Juifs exacerba la colère de l'empereur Hadrien. Par vengeance, il ordonna alors de débaptiser la Judée et de la nommer Palestine, mot dérivé du nom « Philistins ». La ville de Jérusalem fut elle-même rebaptisée Ælia Capitolina.
La situation des Juifs en terre d'Israël devint de plus en plus difficile, et beaucoup décidèrent de s'exiler, rejoignant les petites communautés implantées tout autour du bassin méditerranéen après la révolte de 70, ou en créant

de nouvelles. Ils partirent au sud, en Éthiopie ; au nord, en Turquie, en Roumanie, en Hongrie, jusqu'aux territoires slaves ; à l'ouest, en France, en Germanie, en Angleterre et en Écosse ; à l'est, jusqu'en Inde (Cochin et Bombay) et en Chine (Kaifeng).
Ainsi l'échec de la deuxième grande révolte entraîna une nouvelle diaspora avec une dispersion encore plus vaste.

75.

La houle s'est levée. Le bateau roule d'un bord sur l'autre, secouant les passagers. Alexandre et René, toujours assis sur leur demi-couvercle, sont soudain déséquilibrés. Ils se retrouvent au sol, emmêlés dans ce petit espace, leur méditation brusquement interrompue.

Ils sortent ensemble des toilettes. Des passagers les regardent avec réprobation. Sans y prêter la moindre attention, ils se dirigent vers le bar.

Mon ancienne incarnation me prend pour le diable. Je croyais que je pouvais m'entendre avec tous ceux que j'ai été. Eh bien, je me trompais.

Cette prise de conscience renvoie René à une autre pensée, encore plus troublante.

En fait, je ne suis même pas sûr que si je rencontrais les anciens moi-même de ma propre vie, je m'entendrais bien avec eux. Le type que j'étais il y a cinq ans assurément m'agacerait. Et le jeune adolescent que j'étais encore auparavant me semblerait désormais un petit imbécile prétentieux.

Il secoue la tête comme pour s'ébrouer et se dégager de tous ses anciens lui-même.

Un instant, il visualise tous les René Toledano à des âges différents se retrouvant ensemble sur une île déserte. Il n'y en a pas un seul avec lequel il aurait vraiment envie de devenir ami.

Même le René Toledano de soixante-trois ans est une épave dépressive et alcoolique à l'hygiène corporelle douteuse, souffrant d'un début d'obésité dû à un excès de bière et à une nourriture trop sucrée.

Il n'aurait assurément pas envie de sympathiser avec un tel individu.

Alexandre semble lui aussi un peu sonné par son expérience. Mais après un moment, il sourit et annonce fièrement à René :

– Clotilde, c'était moi.

Je le préfère en femme, se dit aussitôt René. Mais il garde cette réflexion pour lui-même et se contente de sourire.

– Tu as l'air bizarre, René, quelque chose ne va pas, tu as encore des soupçons à mon égard ?

Tant pis, je lui dis tout.

– Mon ancien moi-même me prend pour un démon et s'est fait exorciser. C'est étrange d'être rejeté comme ça par quelqu'un à qui on ne veut que du bien.

– Au Moyen Âge, la peur du diable, des démons, de Satan était très présente, tu sais.

– C'est vrai, à force d'être là-bas avec eux, j'avais oublié l'obscurantisme de cette époque. Et comme j'avais réussi à me faire passer pour un ange avec Salvin, j'espérais que ça fonctionnerait encore, soupire René, puis il ajoute : Je me suis un peu douté que Clotilde, c'était toi. J'ai l'impression que j'arrive à reconnaître ton âme même quand tu es… une femme.

Un homme accoudé au bar non loin d'eux et qui entend peut-être des bribes de leur conversation les dévisage avec suspicion.

– Et tu remarqueras que c'est moi qui t'ai permis de récupérer ta prophétie en trahissant mon propre mari et en prenant d'énormes risques, ajoute Alexandre.

– Certes, mais…

– Voilà la preuve que je ne suis pas ton ennemi, que je ne t'ai pas volé ni assassiné et que cette histoire me tient à cœur.

René fait signe au barman, et ils commandent deux verres de vin. Ils trinquent.

– Merci, Clotilde…

– De rien, Évrard…

Leurs souvenirs les laissent un peu perplexes.

Mélissa les rejoint.

– Ou étiez-vous passés ? demande-t-elle. Je me faisais du souci.

– Nous étions aux toilettes, dit René.

– Ensemble ?

– Nous avons médité, dit Alexandre.

– Si longtemps ?

– Nous avions pas mal de petites choses à arranger dans le passé, répond René.

Ils passent ensemble un moment au bar, puis les haut-parleurs de bord annoncent l'arrivée prochaine au port de Larnaka.

Les trois Français vont chercher leurs affaires et font la queue pour quitter le ferry. Ils franchissent la douane grecque, puis louent une voiture pour aller à Nicosie.

– Alors, vous avez pu récupérer la prophétie ? les interroge Mélissa.

– Oui, grâce à Alexandre.

– En tout cas, maintenant nous savons où elle se trouve. Au sous-sol de la maison des Templiers à Nicosie.

– Et… vous avez lu les passages qui correspondent à notre futur ?

– Il nous manque toujours le dernier chapitre qui parle de l'an 2101 et de ce qui va arriver après la Troisième Guerre mondiale, regrette René.

Après plusieurs heures de route, ils arrivent dans la capitale.

– Voici donc la dernière ville divisée d'Europe, annonce Alexandre. Le « Berlin de la Méditerranée », comme disent les guides touristiques.

Ils longent un mur surmonté de barbelés.

– Comme en Israël, il y a ici un *no man's land*, une bande de terre tampon, qui est censé être contrôlé par les soldats de l'ONU.

En observant les vieilles maisons de pierre, René songe :

Nous sommes de nouveau dans le même lieu que nos anciennes réincarnations.

Ils s'installent dans un hôtel au sud de la ville, dans la zone grecque, parmi les églises surmontées de clochetons et de croix.

La maison des Templiers se trouve dans la partie turque de Nicosie. Ils reprennent leur voiture de location et franchissent la douane. De ce côté, il y a aussi beaucoup de lieux de culte. Cette fois-ci, un croissant orne le sommet des édifices.

– Les Turcs essaient d'islamiser la zone nord de la ville pour légitimer leur présence, dit Alexandre. L'Histoire se répète. La croisade n'est pas finie. Elle se déroule autrement.

De nombreuses ruines de bâtiments médiévaux liés à la présence des chevaliers revenus de Saint-Jean-d'Acre sont visibles dans la ville. À l'aide de son smartphone, Mélissa identifie pour ses compagnons certains vestiges des Hospitaliers, des Templiers ou des Teutoniques, mais aussi des Génois, des Vénitiens et des Arméniens.

Tous ont reflué ensemble sur cette île. Elle a été comme un dernier sanctuaire pour les chrétiens chassés de Terre sainte.

Enfin, ils arrivent à la maison des Templiers, c'est une bâtisse blanche, parfaitement cubique, d'une trentaine de mètres de hauteur.

C'est là, songe aussitôt René

– C'est là ! confirme Alexandre.

Le lieu est devenu un petit musée. Les indications à l'entrée sont en turc et en anglais, mais pas en grec. Ils prennent leurs tickets. Le musée présente dans les différentes pièces une reconstitution de la décoration du XIIIe siècle et diverses pièces archéologiques. Les murs sont intacts, mais la décoration paraît complètement décalée à Alexandre et à René.

– Je suis déjà venu ici, signale Alexandre.

– Je confirme, ajoute René.

– Alors, où se trouve notre trésor ? questionne Mélissa, à moitié sérieuse.

Alexandre se tourne vers l'un des gardiens.

– Peut-on aller au sous-sol ? demande-t-il en anglais.

– Il n'y a rien à y voir, répond le guide également en anglais. Du matériel de nettoyage et des pièces archéologiques qu'on n'expose pas.

D'un regard échangé, les deux hommes se comprennent.

Les gardiens s'éloignent.

– Ne me dites pas que vous voulez encore faire une descente de nuit, chuchote Mélissa en roulant de gros yeux. On ne va pas encore prendre le risque d'un incident diplomatique dans une zone où les susceptibilités politiques et religieuses sont à fleur de peau. *Errare humanum est, perseverare diabolicum.* L'erreur est humaine mais la reproduire est diabolique.

Pourtant, deux heures plus tard, les trois Français, qui se sont cachés en attendant la fermeture, sont à nouveau dans l'ancienne maison des Templiers de Nicosie, qui n'a aucun système d'alarme.

Ils poussent la porte qui mène au sous-sol, simplement éclairés par la lueur de leurs smartphones, et descendent. Pas d'obstacle. Mais il n'y a plus de tonneaux. Des balais, des seaux et des caisses de produits détergents.

Sous un tapis, la trappe.

Ils l'ouvrent et révèlent une cachette… vide.

Déception.

– C'était pourtant bien là ! s'exclame Alexandre, qui veut à tout prix montrer à sa fille que son incarnation passée est désormais en première ligne de toutes les actions déterminantes autour de la prophétie.

Les deux hommes cherchent si la boîte de métal n'aurait pas été déplacée et déposée avec les détritus entassés au fond de la pièce.

Ils fouillent dans tous les recoins.

– Il s'est passé ici quelque chose qui a fait que la prophétie n'est plus là, dit René. Peut-être même quelque chose durant le séjour de Clotilde et d'Évrard ?

– Je me rappelle qu'il a placé un garde devant la porte, souligne Alexandre.

– Évrard était dans une chambre à l'étage, dit René.

– Clotilde aussi.

Alexandre repère ce qui lui semble un tas de fagots : un stock d'épées rouillées enroulées dans des toiles de jute poussiéreuses.

– Si c'est pas malheureux de prendre aussi peu de soin de pièces historiques, déplore-t-il en passant la main sur la lame d'un sabre rouillé.

La poignée de certaines épées est orné d'une croix rouge.

René continue de scruter la cache vide.

– C'était là…, répète-t-il.

– Et il n'y a plus rien, dit Mélissa. Vous espériez quoi ? Que depuis 1291 votre prophétie n'ait pas bougé de cette cave ?

Les deux hommes se regardent d'un air un peu dépité.

– Ça ne va pas être facile de savoir ce qui est arrivé ensuite, dit-elle.

Alexandre et René échangent un nouveau regard, de connivence, cette fois.

Pour nous, ça devrait être possible.

Ils cherchent encore un peu, en vain, puis ressortent du musée par une porte qu'ils déverrouillent de l'intérieur, emportant trois épées avec la marque de la croix rouge pattée. Mélissa conduit en direction du point de transit vers la zone grecque.

Coup d'œil dans le rétroviseur.

– Un véhicule nous suit, signale Mélissa.

Ils s'arrêtent et la voiture derrière eux s'arrête aussi. Les deux voitures sont immobiles, phares allumés.

– Qui cela peut-il être ? s'inquiète la jeune femme.

– Sûrement pas des gardiens du musée.

Mélissa redémarre en trombe. L'autre voiture suit toujours. Mélissa s'offre le frisson d'une course-poursuite en pleine nuit dans les rues tortueuses de la zone turque de Nicosie. Alexandre tente de la guider avec le GPS de son téléphone, mais ça va trop vite.

Leur véhicule se retrouve dans une impasse vivement éclairée par de puissantes lampes et terminée par des sacs de sable empilés contre un mur. Mélissa donne un coup de frein sec.

– C'est le mur qui sépare les deux zones, reconnaît Alexandre.

Il n'y a pas de militaires.

La voiture est toujours derrière eux, phares allumés, comme un prédateur qui guette sa proie immobilisée.

– Sortons, dit Alexandre.

Il prend une des épées et fait signe à sa fille et à René de faire de même.

Les trois historiens avancent maintenant épées en avant vers la voiture qui les a poursuivis. Une portière s'ouvre, un homme sort. Son visage est dissimulé sous une cagoule.

– Qui êtes-vous ? crie Alexandre en anglais.

En guise de réponse, l'autre dégaine un revolver et les tient en joue.

Les trois Français posent leurs épées et lèvent les mains en l'air.

Sans cesser de les menacer, l'homme marche vers la voiture immobilisée et ouvre le coffre. Il le fouille, puis revient vers eux et les palpe.

– Que cherchez-vous ? demande René en anglais.

Toujours pas la moindre parole prononcée.

Bon sang, il cherche la prophétie. Comment sait-il qu'elle existe ?

Un bruit de moteur se fait entendre. Une voiture de police rejoint les deux véhicules déjà présents dans l'impasse.

L'homme à la cagoule retourne tranquillement dans sa voiture et redémarre. Deux policiers sortent de la leur et, après avoir vérifié les passeports des Français, leur demandent de les suivre au poste le plus proche.

Ils se retrouvent devant un officier de police corpulent et arborant une belle moustache noire. Au mur derrière lui, un imposant portrait du président Erdogan.

– Vous tombez bien car nous avons été poursuivis puis menacés, raconte Alexandre en anglais. Je crois que vos policiers ont vu ce qui s'est passé.

L'homme décroise les doigts puis se tourne vers Mélissa et lui tend un foulard noir.

– Madame, avant de poursuivre cette conversation, je souhaiterais que vous ayez une apparence plus décente. Pouvez-vous mettre cela pour dissimuler vos cheveux, s'il vous plaît.

Surprise par son ton qui n'admet aucune discussion, elle noue le carré de tissu sur sa tête.

– Il y a des mèches qui dépassent, dit-il. Il ne faudrait pas que vous ayez une attitude qui excite les hommes. Je dis cela dans votre intérêt.

Elle obtempère et enfin il semble satisfait.

– Maintenant dites-moi : à qui appartiennent ces épées ? demande l'officier de police.

– Nous sommes français, professeurs d'histoire à la Sorbonne, répond Alexandre, et ces épées sont des pièces archéologiques que nous examinons dans le cadre de notre travail.

Le policier ouvre les trois passeports.

– Vous venez d'Israël ?

– Oui. Mais nous ne sommes pas juifs, précise Mélissa.

– Nous sommes chrétiens, ajoute Alexandre, et il montre la croix d'or accrochée à son cou.

– Quoi qu'il en soit, à l'époque des croisades, vos ancêtres ont commis des ravages sur nos terres.

– C'était il y a longtemps, proteste Alexandre. N'y a-t-il pas prescription ?

– Nous n'avons pas oublié, nous. Ici, l'Histoire est très présente. Pour moi, trois chrétiens armés d'épées ont menacé un homme seul en zone turque.

– Il nous menaçait avec un revolver. Et c'est lui qui nous a poursuivis ! s'exclame Alexandre.

– Ce n'est que votre version des faits et moi, ce que je constate, c'est que vous êtes des fauteurs de troubles. Vous allez passer la nuit au poste et je vais réfléchir à ce que je vais faire de vous.

Ils sont placés dans une cellule plutôt spacieuse avec des banquettes. Un homme dort dans un coin. Ils s'assoient. René dit à voix basse :

– J'ai vu un tatouage sur l'intérieur du poignet de l'homme qui nous a menacés. Un loup sur un rocher avec un croissant de lune en dessous.

– Les Loups gris…, dit Melissa. Ce sont des fascistes turcs… Un groupe fondé en 1968 par Alparslan Türkes, un militaire. Ils sont anticommunistes, anti-grecs, anti-kurdes, anti-arméniens, homophobes, antisémites et antichrétiens. Ils prônent un retour aux frontières de l'Empire ottoman, de l'Égypte à la Russie. Ils sont le bras armé du parti d'Erdogan. Ils détestent aussi les démocraties occidentales. Les Loups gris sont prêts à toutes les provocations.

– Comment sais-tu tout ça ? demande Alexandre à sa fille.

– Ce sont des amis de… Bruno. Tous les groupes fascistes du monde sont plus ou moins connectés sur Internet.

– Comment des fascistes peuvent-ils s'entendre avec un mouvement islamique ? demande René.

– Au-delà de la religion et des pays, déclare Alexandre, les extrémistes partagent partout les mêmes valeurs : nationalisme, culte des chefs autoritaires, fascination pour la violence. L'extrême droite et les islamistes turcs sont des alliés naturels… ne serait-ce que parce qu'ils ont les mêmes ennemis.

– Arrête, papa, je connais tes théories comme quoi l'extrême gauche et l'extrême droite se ressemblent.

– Ma chérie, reconnais qu'objectivement il y a quand même eu de nombreux points de convergence entre Mussolini, Hitler, Staline, Mao, Pinochet, Pol Pot, Khomeiny, Bachar al-Assad… Sous les drapeaux noirs, rouges, verts, on trouve un même projet de société totalitaire.

– Tu ne peux quand même pas tous les mettre dans le même sac ! proteste Mélissa. Le communisme défend un idéal.

– En tout cas, au final ils ont tous du sang sur les mains et dans ces sociétés que tu prétends idéales, il n'y a ni liberté, ni opposition, ni presse libre, et une caste de copains accapare toutes les ressources.

René leur fait signe de parler moins fort.

Au fond de la cellule, l'homme dort toujours.

Est-ce un espion ? Comprend-il le français ?

– Des Teutoniques allemands fouillent notre bateau en 1291 et sept cent trente ans plus tard, des fascistes turcs fouillent notre voiture… Ça pourrait avoir du sens, dit René. Rappelez-vous que, durant la Première Guerre mondiale, les Allemands ont aidé les Turcs à massacrer les Arméniens.

– Les Loups gris et les croix noires ont toutes les raisons de s'entendre, glisse Alexandre.

René poursuit son raisonnement.

– À Saint-Jean-d'Acre, il devait y avoir un traître du côté des Templiers. Il a dû informer les Teutoniques de l'existence de la prophétie. Ils ont attaqué le bateau parce qu'ils savaient qu'ils y trouveraient le livre.

Mélissa intervient à son tour :

– Depuis sept cent trente ans, ces deux ordres, Templiers et Teutoniques, à travers des alliances avec d'autres groupes se combattraient pour récupérer ta prophétie ?

Tous trois se regardent en silence.

Mélissa décide de se reposer pendant que les deux hommes se lancent dans une nouvelle séance d'autohypnose.

76.

Leur nuit dans la maison templière de Nicosie leur a permis de reprendre des forces. Clotilde et Évrard se retrouvent pour le déjeuner dans le réfectoire des chevaliers.

Au menu, de la soupe de navet, du pain agrémenté d'un peu de saindoux.

Clotilde chuchote :

– Évrard, cette nuit, j'ai encore rêvé de mon ange, saint Alexandre.

– Eh bien, moi, j'ai eu beaucoup de mal à me débarrasser du mien, mais l'exorciste en est venu à bout.

– Saint Alexandre m'a signifié que je devais tout faire pour aller lire la prophétie.

Ils observent discrètement les moines et les chevaliers autour d'eux.

– Écoute, Évrard, nous ne nous sommes pas donné tout ce mal pour rien.

– Je ne comprends pas non plus que maître Thibaud ne nous fasse pas confiance, dit Évrard. Il pense que si nous lisons la prophétie, nous serons comme des enfants incapables de garder notre langue. Mais, lui, il s'autorise à la lire !

– Au moment de l'an mille, rappelle Clotilde, beaucoup de gens étaient persuadés que la fin des temps arrivait, qu'ils allaient mourir, et un certain nombre ont légué tous leurs biens à l'Église pour sauver leur âme de l'enfer. La fin des temps n'est pas arrivée, mais les prêtres sont devenus riches.

– L'ignorance et la peur sont les meilleurs moyens de contrôler les esprits, c'est ça ? dit Évrard.

– Oui, tant que le troupeau de moutons est dans la crainte du loup, il obéit aux directives du berger. *A fortiori* si c'est un loup imaginaire. La papauté l'a bien compris.

– Et mes frères templiers aussi. Je commence à comprendre pourquoi Thibaud Gaudin craint que nous accédions à la connaissance du futur.

Clotilde se penche et glisse à l'oreille d'Évrard :

– Et si nous allions malgré tout récupérer ce codex ?

– Il y a un garde.

– Je me charge de détourner son attention. Ensuite, tu entreras dans la cave.

– C'est risqué.

– Tout ce qui est intéressant est risqué. Mais souviens-toi, quand nous avons volé le livre à la barbe de mon mari dans la forteresse des Teutoniques, c'était encore plus risqué.

Ils finissent leur repas et font mine de retourner dans leurs chambres mais, en toute discrétion, ils descendent au sous-sol.

Le garde est en faction devant la porte de la cave.

Clotilde entreprend de discuter avec lui. Évrard passe par-derrière et lui assène un coup de gourdin. La jeune femme récupère la clef de la porte à sa ceinture. Ils ouvrent et entrent. Ils poussent le tonneau, forcent la serrure de la trappe en arrachant le support du cadenas en faisant levier avec une épée, puis ouvrent la cache secrète. Clotilde saisit le codex, le met dans une gibecière qu'elle a trouvée dans la cave, et ils remontent tous deux.

Un raffut se fait entendre dans la maison, le garde a dû donner l'alarme.

Clotilde et Évrard rejoignent les écuries et volent deux chevaux.

Ils galopent droit devant eux sans s'arrêter.

Une fois qu'ils sont suffisamment loin, Évrard questionne :

– Où doit-on aller ?

La jeune femme semble parfaitement maîtresse d'elle-même et déterminée.

– Larnaka.

– C'est ton ange gardien qui te l'a indiqué ?

– Ces temps-ci, saint Alexandre est très présent, c'est vrai.

– Pourquoi Larnaka ?

– C'est le port le plus proche. Une fois qu'on sera là-bas, on pourra trouver un gros bateau pour quitter Chypre et fuir loin, affirme Clotilde.

– On ne peut pas s'arrêter pour lire la prophétie ? tente Évrard.

– Les empreintes des sabots de nos chevaux sont encore fraîches, et les Templiers ont déjà dû lancer des gens à nos trousses. Pour brouiller nos traces, nous allons remonter cette rivière.

Ils poursuivent vers l'est. Le trajet de Nicosie à Larnaka semble interminable. Une fois au port, Clotilde discute avec plusieurs personnes.

– Ça y est, annonce-t-elle, j'ai trouvé quelqu'un qui va quitter l'île et qui accepte de nous prendre à son bord.

Elle le guide vers un bateau de taille moyenne dont le nom écrit en lettres latines est visible. C'est le *Poséidon*.

– Comment as-tu convaincu son propriétaire de nous emmener avec lui ?

– Je l'ai payé avec mes bijoux. C'est tout ce que je possède, mais cela nous permet de partir. Il va vers l'ouest, ainsi nous ne risquons pas de tomber sur des pirates turcs ou des mamelouks.

Le capitaine est en grande discussion avec des marins qu'il recrute pour le voyage.

– Quand part-on ?

– Il m'a dit qu'il lui fallait un peu de temps pour réunir l'équipage et préparer le navire. Il doit charger des provisions pour le trajet et vérifier les voiles.

– Si on a un peu de temps, nous pourrions lire la prophétie, non ?

Ils s'installent sur un quai au bout du port et Clotilde ouvre le codex. Elle fronce les sourcils.

– Lis-le-moi à haute voix, s'il te plaît, propose Évrard.

– C'est trop long, je vais te faire un résumé quand j'aurai un peu avancé.

Évrard, déçu, doit patienter.

– Alors, ça dit quoi ?

– En feuilletant, j'ai vu que ça allait jusqu'en 2101.

– 2101 ! répète Évrard, incrédule. Que se passera-t-il en 2101 ?

Clotilde hésite.

– Écoute, Évrard, je crois que nous aurons tout le temps de la traversée pour lire ce livre, alors autant que nous commencions par le début. N'as-tu pas envie de savoir ce qui va se passer dans le temps où nous allons vivre plutôt que dans celui où nous serons déjà morts ?

Il est partagé et elle enfonce le clou.

– Ça nous concerne directement. Peut-être même trouverons-nous ce qui va nous arriver.

Non ! Non ! lui souffle une voix dans sa tête. *C'est ce qui se passe après l'an 2101 qu'il faut que tu connaisses ! C'est cela que je veux savoir ! C'est ce dernier chapitre qui me manque… S'il te plaît, Évrard ! Le dernier chapitre !*

Le jeune Templier grimace, en proie à ce fulgurant mal de crâne qu'il commence à bien connaître.

– Qu'est-ce que tu as ? lui demande Clotilde.

– Mon démon ! Il est revenu !

Il se tape à coups de poing sur les tempes. Puis enfin la douleur semble se calmer. Il secoue la tête comme s'il voulait se débarrasser d'un moustique.

– Alors, Clotilde, que raconte la prophétie ?

– C'est passionnant.

– Je t'écoute.

– Selon cette prophétie, les chrétiens ne parviendront jamais à récupérer Jérusalem. Et l'Empire turc, par contre, va devenir de plus en plus puissant. Au point même de chasser les chrétiens de Chypre.

Mais ils n'ont pas le temps d'en apprendre plus. Une haute silhouette se dresse devant eux.

– Tu croyais que tu allais pouvoir fuir en me volant mon livre ? s'exclame Konrad von Feuchtwangen. Heureusement, le propriétaire du *Poséidon* a compris qu'il pouvait gagner encore plus d'argent en nous informant... Allez, donne-moi tout de suite cette prophétie.

En guise de réponse, Évrard dégaine sa courte épée.

Le chevalier teutonique n'y prête aucune attention et s'approche de sa femme, menaçant. Derrière lui, deux hommes accourent, ils sont revêtus de tuniques arborant la sinistre croix noire.

Clotilde, le codex toujours entre les mains, fait quelques pas jusqu'au bord du quai et brandit le livre au-dessus de l'eau.

– Si tu avances, je le lâche.

– Donne-moi ça tout de suite, Clotilde, et j'épargnerai vos vies.

Il avance.

– Je suis sérieuse, Konrad. Reste où tu es ou je le lâche dans l'eau !

Le grand maître teutonique hésite devant la détermination de sa jeune femme dont il connaît le caractère.

– Tu mens.

– Veux-tu vérifier ?

– Tu n'oseras pas. Ce serait perdre la vision du futur pour tout le monde.

– Je préfère que le futur ne soit pas connu par des gens comme toi. Je n'hésiterai pas à le lâcher si tu fais un pas de plus.

Elle ne tient plus l'ouvrage que par le pouce et l'index.

Non ! Non ! Ne prends pas ce risque ! songe René qui assiste impuissant à la scène.

Konrad avance encore et Clotilde lâche le codex.

Les instants qui suivent semblent se dérouler au ralenti dans l'esprit de René.

Le livre s'approche de la surface de l'eau.

Mais déjà Évrard a eu le réflexe de bondir et d'intercepter la prophétie avant le contact fatidique.

Les deux comparses teutoniques foncent sur lui et il doit ferrailler avec eux, le codex coincé sous le bras, tandis que Clotilde frappe son mari avec fougue.

Évrard combat du mieux qu'il peut mais il a du mal à garder l'équilibre.

Il recule.

Il se retrouve bientôt dos à un mur.

Au bout du quai surgissent trois Templiers.

– Frères, à la rescousse ! Pour le Temple ! clame Évrard.

Les Templiers se ruent vers eux pour les aider.

Thibaud Gaudin est là. Le grand maître des Templiers se jette à corps perdu dans un duel avec le grand maître des Teutoniques. Des badauds attirés par le spectacle s'attroupent autour d'eux.

Ils effectuent presque à tour de rôle des passes d'armes compliquées, se baissant, sautant ou tournoyant pour impressionner leur adversaire par leur virtuosité.

D'autres Templiers viennent en renfort et cette fois-ci le combat tourne à leur avantage. Les Teutoniques, voyant qu'ils ne pourront avoir le dessus, préfèrent filer.

– Nous allons revenir ! lance Konrad von Feuchtwangen. Où que vous soyez dans vos maisons, vos citadelles, vos forteresses, nous vous attaquerons jusqu'à ce que ce livre soit nôtre !

Thibaud enlace avec émotion Clotilde puis se tourne vers Évrard, enlève son gant et tend sa main ouverte.

– Donne-le-moi ! ordonne-t-il.

Évrard ne bouge pas.

– Tu me dois obéissance, frère.

– J'ai été chargé par l'ancien grand maître, Guillaume de

Beaujeu, de garder cet objet, proteste Évrard, je ne comprends pas pourquoi tu m'en tiens à distance.

– Guillaume est mort et je suis le nouveau grand maître. Tu as été chargé par Guillaume de confier cet objet à tes frères du Temple. Donne-le-moi tout de suite.

Évrard secoue la tête en signe de refus. Les autres Templiers s'approchent pour lui arracher le livre, mais Thibaud leur fait signe de s'arrêter.

– Ton opiniâtreté est admirable, Évrard, reconnaît Thibaud en souriant. Il semble que tu sois plus fidèle à ce livre qu'à l'ordre qui te l'a confié.

Comprenant qu'il ne doit rien brusquer, Thibaud poursuit sur un ton plus doux :

– Tu as pris beaucoup de risques pour protéger ce codex. Désormais, les Teutoniques n'auront de cesse de le récupérer, et ils nous harcèleront tant qu'ils ne l'auront pas. Le mieux serait peut-être de l'éloigner de cette île pour ne plus risquer de le perdre.

Thibaud Gaudin observe le *Poséidon* amarré non loin.

Après un moment de réflexion, le grand maître déclare :

– Frère Évrard, je vais te confier une mission très délicate. Tu vas aller à Paris, en tant que visiteur, où tu remettras la prophétie à un important Templier de mes amis, commandeur à Paris. En revanche, je veux que tu me jures de ne pas tenter de la lire.

– Mais…

– C'est la condition *sine qua non*. Si tu jures de ne pas la lire ni de te la faire lire par qui que ce soit, tu bénéficieras du soutien de notre ordre. C'est à prendre ou à laisser.

– J'irai avec lui, propose Clotilde.

– Dans ce cas, Clotilde, je te demanderai le même serment.

– C'est un supplice de mettre un verre d'eau près d'un assoiffé et de l'empêcher de le boire, insiste la jeune femme.

– Disons que l'empêchement ne sera peut-être pas définitif, concède Thibaud Gaudin, et le plaisir de boire sera décuplé plus tard.

Après une courte hésitation et un échange de regards, Évrard approuve, Clotilde aussi.

– Je jure de transmettre la prophétie au commandeur templier à Paris sans tenter de la lire, dit Évrard en se mettant à genoux.

– Je le jure moi aussi, concède Clotilde en faisant de même.

Thibaud Gaudin écrit alors une lettre, la date, la signe et la roule. Il allume une bougie, fait fondre l'extrémité d'un bâton de cire sur la lettre, puis applique sa bague dans la cire chaude rouge pour sceller l'ouverture avec ses armoiries.

– Voici l'ordre de mission que tu devras remettre à Paris.

Puis il écrit une deuxième lettre qu'il signe mais ne clôt pas.

– Et ceci est un sauf-conduit qui te permettra d'avoir le soutien de tous les Templiers que tu croiseras sur ta route.

Le grand maître donne l'accolade au jeune Templier puis il le dévisage avec gravité et lui dit :

– L'avenir du monde est entre tes mains, frère.

Il se tourne vers le propriétaire du *Poséidon* et lui remet une bourse.

– Emmène-les en France ! À Marseille ! Et je vais envoyer un pigeon voyageur pour que tu reçoives une bourse supplémentaire s'ils arrivent sains et saufs.

L'homme acquiesce tout en soupesant la bourse remplie de pièces.

– Comment se nomme ce commandeur à Paris que je dois contacter ? demande le jeune homme.

– Jacques de Molay.

Et après une dernière embrassade avec leurs amis, Clotilde et Évrard montent à bord du *Poséidon*.

77. MNEMOS. LA SECONDE DISPERSION.

Avec la seconde dispersion apparut au sein de la diaspora juive un courant scientifique.
Il était inspiré par les travaux des savants grecs, notamment le mathématicien Thalès de Milet, le philosophe Pythagore, l'astronome Héraclite, le médecin Hippocrate.
Même si ces derniers n'étaient pas d'origine juive, des scribes dans toutes les communautés avaient recopié, annoté et conservé leurs textes dans leurs bibliothèques et les diffusaient abondamment.
En Égypte, à Alexandrie, le philosophe Philon, qui était un Juif qui écrivait en grec, évoquait Dieu comme une sorte d'inventeur qu'il désignait comme « le grand architecte de l'univers ». Il soutenait que la démocratie grecque était le meilleur système politique. Il participait à la diffusion des textes scientifiques grecs au sein des communautés juives.
En Afrique du Nord se développa une médecine décomposée en trois domaines : la compréhension de l'anatomie, la pharmaceutique, la chirurgie. Les textes d'Hippocrate, d'Aristote, de Dioscoride et de Galien servirent d'enseignement aux médecins hébreux nommés « oummanimes ». Ces médecins innovèrent, notamment en se lavant les mains avant d'opérer, mais aussi par des règles d'hygiène

générale (bains rituels), de diététique (interdiction de mélanger certains aliments sous peine de souffrir de troubles intestinaux), et par des techniques de soins psychologiques qu'ils nommaient « guérir par la parole » (*daber* en hébreu). Dans leur pharmacopée, ils utilisaient la mandragore comme analgésique, la pâte de figues pour les ulcères. Ils pratiquaient les sutures, les césariennes, les amputations.
Et ils voyageaient pour diffuser leurs connaissances.

78.

– Partez, dit l'officier de police moustachu en tendant leurs passeports à Alexandre, à René et à Mélissa.

– Et l'agression dont nous avons été victimes ? dit Alexandre.

– S'il y a des agresseurs dans ce pays, c'est vous.

Restons calmes. Ça ne sert à rien d'envenimer les choses.

– Pouvons-nous garder les épées ? demande René.

– Ces objets décorés avec des croix n'ont aucune valeur pour nous. Prenez le premier avion pour la France et ne revenez jamais ici. Compris ?

Deux heures plus tard, ils sont à l'aéroport de Larnaka, de nouveau ouvert. Mais les épées, qu'ils ont pourtant mises dans leurs valises, sont détectées par le système de radiographie des bagages, et les trois Français sont convoqués à la douane.

– Ne vous inquiétez pas, nous n'avons aucune intention de détourner l'avion avec ces épées, tente de plaisanter en anglais Alexandre.

Le douanier est grec. Il examine longuement les épées, puis, en anglais, interroge les Français :

– Où les avez-vous trouvées ?

– Dans une vieille habitation… côté turc, répond René.

Le mot « turc » fait réagir le douanier.

– Alors, si c'est de l'autre côté… vous pouvez tout prendre, dit-il. Eux, ils ne se gênent pas pour voler nos églises et en faire des mosquées !

Le douanier brandit son smartphone où il regardait les actualités sur une chaîne grecque. Il les prend à témoin, contenant difficilement sa colère.

– Regardez comme ils se comportent ! Tous les jours, ils grappillent un peu plus de notre territoire. Là, ils ont encore envoyé des bateaux pour faire des forages dans les eaux territoriales grecques ! Ils croient que Chypre leur appartient ! Ils veulent reconstruire l'Empire ottoman en plein XXIe siècle !

Mélissa tente de l'apaiser :

– Ce sont les hoquets de l'Histoire. Ce qui n'a pas été réglé continue d'avoir des effets dans le présent.

Le douanier hausse les épaules et poursuit l'examen des épées. Il repère les marques :

– Ce sont des épées de croisés, n'est-ce pas ?

– Euh… oui… enfin, je ne sais pas, bafouille Alexandre qui soudain a peur que l'autre revienne sur sa décision.

Mais le douanier sourit.

– Donnez-les à des soldats francs capables de nous venir en aide ! dit-il. Ne nous abandonnez pas aux Turcs ! Dites à votre président de venir chasser ces maudits bateaux de forage !

Alexandre soupire, comme s'il était enfin rassasié des répercussions sans fin des croisades d'il y a neuf cents ans.

Ils quittent la douane, tout est en ordre, et ils se rendent dans la salle d'embarquement, où ils s'installent pour patienter.

René se tourne vers Alexandre.

– Jacques de Molay… Ce nom me disait quelque chose… Jacques de Molay, c'est bien le dernier grand maître templier, arrêté, torturé, mort sur le bûcher en lançant l'anathème sur ses persécuteurs ?…

– « Pape Clément ! Roi Philippe ! Avant un an, je vous cite à comparaître devant le tribunal de Dieu pour y recevoir votre juste châtiment. Maudits ! Maudits ! Soyez tous maudits jusqu'à la treizième génération de vos races ! » déclame Alexandre d'une voix théâtrale.

– Et de fait, le pape et le roi vont mourir quelques mois plus tard et leurs proches auront beaucoup d'accidents étranges… J'ai lu il y a longtemps le livre de Maurice Druon *Les Rois maudits*, dit René.

– Au moment qui nous concerne – nous, c'est-à-dire Évrard et Clotilde –, Jacques de Molay va lire la prophétie… Du coup, il sait que l'ordre est proche de sa fin, fait remarquer Alexandre.

– Mais je n'ai pas mentionné les détails horribles de sa propre mort quand j'ai dicté le texte à Salvin.

Mélissa les écoute l'air absent.

– Excuse-nous, Mélissa. Nous parlons encore de nos vies antérieures.

– J'y ai réfléchi, dit-elle, et je sais pourquoi je n'arrive pas à vous suivre dans ce délire.

– Parce que tu n'arrives pas à te détendre et à lâcher prise, ma chérie, soupire son père.

– Non. C'est qu'au fond de moi, je reste persuadée que ce

n'est pas une bonne chose d'aller visiter ses vies antérieures, en admettant que ce soit ça dont il s'agit.

La voix de Mélissa est plus claire, plus ferme que d'habitude.

– J'y ai beaucoup réfléchi durant tout ce voyage. La Bible parle de l'empreinte de l'ange, ce petit pli que nous avons sous le nez au-dessus de la lèvre supérieure. C'est la marque du doigt de l'ange qui, juste avant que le nouveau-né naisse, lui dit : « Chut, oublie toutes tes vies antérieures. » En naissant, l'individu oublie qui il a été, et c'est parfait ainsi. Et même s'il existait une possibilité de se les rappeler, quel en est l'intérêt ?

– Mieux se connaître ? propose son père.

– C'est surtout risquer d'ajouter de nouveaux traumatismes aux souvenirs pénibles de notre enfance ! En prenant l'hypothèse de ces vies antérieures et présentes connectées les unes aux autres, cela voudrait dire qu'on a de grandes chances de recroiser des gens qu'on connaissait déjà dans une vie passée. Mais on ne sait pas s'ils étaient amis ou ennemis. Imaginons quelqu'un qui découvre que sa femme était son frère dans une vie antérieure, est-ce que cela ne peut pas créer une gêne ? Ou que son père était dans une vie antérieure son pire ennemi, est-ce que cela ne va pas donner une envie de vengeance ?

Elle poursuit son raisonnement, qui devient au fur et à mesure plus limpide.

– René, tu m'as dit que ta péniche-théâtre se nommait la Boîte de Pandore. N'est-ce pas une intuition inconsciente juste ? Cette expression et le mythe grec d'où elle vient nous disent qu'il ne faut pas ouvrir cette boîte mystérieuse qui contient tous les maux de l'humanité, précisément parce que certaines choses doivent être oubliées pour ne pas encombrer notre mémoire qui a déjà beaucoup à faire avec les émotions de cette vie-ci sans y ajouter les souvenirs pénibles de toutes les vies précédentes.

Les deux hommes, qui l'ont écoutée avec attention, ne savent pas quoi répondre.

René avance pourtant une explication.

– Je crois que la découverte de ses vies antérieures est comme toute invention : entre de mauvaises mains cela peut faire des dégâts, mais bien utilisé cela peut apporter des effets bénéfiques. Tout dépend de l'intention de celui qui manie cet outil. Le feu peut servir à cuire de la nourriture ou à incendier une forêt. Le marteau, à construire une maison ou à fracasser un crâne. Le nucléaire, à faire de l'électricité ou une bombe atomique. Internet donne accès à toutes les informations vraies mais répand aussi des *fake news*. Il n'y a pas un seul progrès qui soit entièrement bon ou entièrement mauvais. Ce ne sont que les intentions des gens qui l'emploient qui font varier les effets.

– Alors dis-moi, qu'est-ce que ça apporte de positif d'aller visiter ses vies passées ? insiste la jeune femme.

René réfléchit puis déclare :

– Nous pouvons prendre conscience que nous ne sommes pas seulement des individus : nous sommes bien plus que cela. Notre âme est immortelle et se réincarne dans plusieurs corps différents.

Mélissa reste impassible, loin d'être convaincue.

– Mais tu l'as très bien dit, fait-elle remarquer, il faut savoir comment utiliser cet outil à bon escient. Les gens ne sont certainement pas tous suffisamment éclairés. « Science sans conscience n'est que ruine de l'âme », déclarait Rabelais. On ne laisse pas les enfants jouer avec le feu, ni avec les marteaux, ni avec le nucléaire.

René lui répond :

– Certes, il ne faudrait confier cet outil psychologique qu'à des personnes qui sont suffisamment éduquées pour ne pas être tentées d'en abuser. C'est une technique psychologique trop puissante pour être répandue largement.

– Pour nous, dit Alexandre, c'est trop tard. Nous sommes trop engagés, il faut continuer.

René fronce les sourcils, l'air soucieux.

– Elle n'a pas complètement tort, reconnaît-il. Tu veux que je te dise le plus paradoxal ? Plus je visite mes vies antérieures, plus je comprends pourquoi il ne faut pas aller les voir n'importe comment.

Alexandre est surpris par ce retournement mais garde le silence.

– La plupart de nos vies passées étaient minables, poursuit René. Souvent, ma seule obsession était la nourriture. Salvin était d'une hygiène déplorable. Évrard ne savait même pas lire. Qui parlera de la solitude de celui qui ne sait pas lire ? De nos jours, nous avons accès à une foule de connaissances. Bien plus que n'en avait Léonard de Vinci ! N'importe qui connaît les atomes, le Big Bang, les microbes, le magnétisme, l'électricité… Nos ancêtres étaient tous… des ignorants.

Mélissa lâche un petit rire.

– Ah oui, c'est vrai que vu sous cet angle, ça ne donne pas envie d'aller voir le passé !

– Pas d'eau courante. Une hygiène limitée. Ni théâtre ni cinéma. Dans la plupart des vies, je ne savais même pas nager ! s'exclame encore René.

– C'est vrai, dit Mélissa, tout cela a été oublié. Il nous semble normal d'être instruit, en sécurité et de disposer d'une nourriture diversifiée à profusion.

– D'ailleurs, une chose qui m'a marqué, reprend René, c'est le peu de vocabulaire des hommes du Moyen Âge. En dehors des moines qui avaient accès aux livres et à la culture, la plupart des gens n'avaient qu'une centaine de mots pour s'exprimer, ce qui réduisait forcément leurs perspectives et même leurs émotions. Évrard par exemple était très limité à ce niveau. Comment être nostalgique si on ne connaît pas ce mot ?

– Tout ce que tu dis me confirme dans l'idée qu'il vaut mieux ne pas avoir envie de les visiter, dit-elle.

– Au Moyen Âge, un enfant sur quatre mourait avant un an, et sur ceux qui restaient un sur deux n'atteignait pas ses dix ans. Les gens mouraient en moyenne à trente-cinq ans à cause des maladies et des guerres.

La jeune femme plonge son regard dans les yeux de René.

– Malgré toutes les réserves que je viens d'exprimer, je dois avouer que votre expérience me donne énormément à réfléchir. J'en viens à penser que, comme l'aventure spatiale, l'aventure mentale nous emmènera très loin. Nous n'utilisons peut-être pas encore les bons outils psychologiques de la meilleure manière qui soit… Mais il y a cette intuition que vous avez perçue.

– L'imagination va plus vite que la technologie, renchérit René.

Mélissa lui sourit.

La salle d'embarquement pour le vol de Paris s'est peu à peu remplie. Le smartphone d'Alexandre vibre dans sa poche. Sur l'écran s'affiche « Hodélia Ayanou ». Alexandre s'éloigne et décroche. Puis, après une courte conversation, il revient vers eux et tend son téléphone à René.

– C'est Hodélia, elle veut te parler.

– Bonjour, Hodélia.

– Alexandre me dit que vous êtes sur le point d'embarquer pour rejoindre Paris. Eh bien, c'est une belle coïncidence : je vais moi aussi m'y rendre demain. Je suis invitée à faire une intervention à la Cité des sciences de la Villette à l'occasion d'une exposition sur les espèces animales et végétales invasives et les moyens de leur résister. Je dois parler des abeilles et des frelons asiatiques. C'est l'INRAE, l'Institut national de recherche pour l'agriculture, l'alimentation et l'environnement, qui a organisé cette exposition et je suis très amie avec sa présidente, qui se passionne pour la cause des abeilles. Nous pourrions nous retrouver là-bas, qu'en pensez-vous ?

– Avec plaisir.

– Et puis, vous savez, René, nous avons bien avancé avec votre reine primitive.

– La « Neandertal des abeilles » ?

– Oui, nous allons la réveiller et elle va pouvoir donner naissance à des abeilles plus combatives que nos abeilles domestiques. Je viens de terminer un premier article sur le sujet. C'est aussi la raison de ma venue à Paris : l'équipe de l'INRAE va procéder à son réveil. Ils ont le matériel pour ce genre de manipulation extrêmement délicate.

– Ménélik vous accompagne ? demande René.

– Bien sûr. Alors on se retrouve tous à Paris pour défendre la cause des abeilles.

– Très bien, au revoir, Hodélia.

– À très bientôt, cher René.

René raccroche. Alexandre reprend son téléphone, mais il rappelle aussitôt Hodélia.

– Hodélia, c'est encore Alexandre Langevin.

– Oui, Alexandre, qu'y a-t-il ?

– Je voulais vous proposer de venir loger à la Sorbonne.

– Nous ne voulons pas vous déranger, nous pouvons dormir

à l'hôtel. Je pense que les organisateurs ont déjà dû prévoir une réservation.

– Vous serez mieux chez nous. Ce sont des appartements spécialement dédiés à l'accueil des universitaires étrangers. Nous pourrons continuer à nous tenir au courant de nos démarches scientifiques et historiques parallèles. Ce n'est qu'un juste retour pour vous remercier de nous avoir accueillis dans votre kibboutz.

Hodélia accepte. Alexandre raccroche, satisfait.

Enfin ils embarquent dans l'avion de la compagnie grecque. Les hôtesses leur distribuent des lingettes fraîches qu'ils apprécient après toutes leurs aventures.

L'avion décolle. L'île en forme de virgule s'éloigne. René distingue la montagne centrale.

L'Olympe.

Ce n'est pas celle où étaient censés vivre les dieux, située au nord de la Grèce. Ce n'est qu'une montagne sœur, à laquelle on a donné ce nom pour affirmer l'empreinte de la culture grecque.

Une hôtesse leur apporte un plateau-repas.

René ne quitte pas des yeux le paysage aérien qu'il voit depuis le hublot.

Ni Salvin ni Évrard ne pourraient imaginer ce que je vois actuellement, le ciel si pur au-dessus des nuages.

Mélissa et Alexandre s'assoupissent. René décide de méditer.

Il veut savoir ce qu'a fait Évrard après avoir récupéré la prophétie.

79.

Le bateau sur lequel voyagent Clotilde et Évrard a quitté le port de Larnaka et longé la côte turque sans y faire escale.

Ils ont mis le cap à l'ouest, et le *Poséidon* a subi une tempête en mer Ionienne qui a plusieurs fois failli les faire chavirer. Mais le bateau s'est maintenu à flot.

Le *Poséidon* a ensuite rejoint la Sicile où il a pu faire réparer rapidement les avaries de coque et recoudre les voiles déchirées.

Après la Sicile, la nef des Templiers s'est dirigée vers la Sardaigne. Ils ont été attaqués par des pirates barbaresques. Il s'en est fallu de peu que Clotilde et Évrard ne terminent sur les marchés aux esclaves d'Alger.

Ils sont remontés vers la Corse, ont longé la côte ouest, puis ont rejoint le port de Marseille, grande cité du comté de Provence. Ainsi, en douze jours, ils ont franchi, épuisés, la distance de deux mille six cents kilomètres.

Clotilde, durant tout le voyage, a été une compagne de route courageuse et déterminée. Elle a respecté la promesse de ne pas lire l'avenir de l'humanité contenu dans la prophétie.

Grâce au sauf-conduit de Thibaud Gaudin, les deux jeunes gens ont pu passer une journée de repos à la commanderie templière de Marseille où on leur a fourni deux chevaux et un plan de voyage pour monter à Paris. Ensuite ils se sont rendus à Montpellier, région sous le contrôle du comte de Toulouse, et ont cheminé vers l'Auvergne. Là, Clotilde et Évrard ont été attaqués de nuit par une horde de loups aussi nombreux qu'affamés. Ils ont dû allumer en hâte des torches pour les repousser.

Après l'Auvergne, ils sont arrivés dans le duché de Bourgogne, ils ont pu de nouveau recevoir l'aide des frères templiers en montures, nourriture et lieux de repos. C'est précisément alors qu'ils quittaient la commanderie du village de Bure qu'en pleine forêt ils sont tombés sur une bande de détrousseurs de grand chemin. Grâce à la fougue de leurs destriers, ils ont réussi à fuir.

Le plus difficile était derrière eux. La traversée du comté de Nevers et du duché d'Orléans s'est révélée de fait beaucoup moins périlleuse.

Et les voici à présent devant les murailles de Paris. Plus précisément, devant la porte Saint-Jacques, par où passent les pèlerins pour se rendre à Saint-Jacques-de-Compostelle. À partir de là, il suffit de remonter la grand-rue Saint-Jacques pour entrer dans le cœur de Paris.

Ils découvrent avec curiosité la capitale des Francs, à la renommée extraordinaire.

Clotilde a passé son enfance à Mayence puis a dû suivre son mari en Terre sainte et à Chypre. Évrard est né à Saint-Jean-d'Acre et, avant d'aller à Chypre, n'avait jamais quitté cette cité portuaire. Même s'ils viennent de faire un périple hors du commun, ils sont éblouis.

Paris est une cité surprenante. La ville est immense, remplie d'une foule de gens à pied, à cheval, en charrette, juchés sur des ânes ou sur des mules, qui s'activent, parlent, rient, s'invectivent.

Les rues sont bruyantes, boueuses, avec de grandes rigoles au milieu qui charrient des ordures, elles-mêmes dévorées par des porcs et des rats qui servent d'éboueurs. Ils dépassent un cimetière adossé à une église, où une fosse commune est éventrée ; une meute de chiens creuse la terre pour en sortir les os de ceux qui n'ont pas été enterrés suffisamment profondément.

Mais pas le moindre chat, à la différence d'Israël et de Chypre.

– Je n'ai jamais vu autant de tavernes ! s'exclame Clotilde, on dirait qu'il y en a une à chaque coin de rue.

– Fais attention à ta bourse, lui glisse Évrard, je crois que nous sommes suivis.

Elle jette un œil discrètement derrière elle. En effet deux silhouettes se tiennent à distance mais restent dans leur sillage.

Clotilde et René franchissent le pont qui mène à l'île de la Cité. Ce n'est pas un simple pont, il est recouvert de petites maisons étroites en bois où sont établis des ateliers et des commerces. La Seine est elle-même encombrée de milliers d'embarcations de toutes tailles qui transportent diverses marchandises. Des planches permettent de passer d'un bateau à l'autre.

Sur l'île de la Cité, les deux voyageurs ne peuvent résister à l'envie d'aller voir l'immense chantier de construction de la cathédrale Notre-Dame. Il a commencé en 1160, et n'est toujours pas achevé. Les deux grandes tours ont l'aspect austère d'une forteresse, mais le portail richement sculpté les séduit ainsi que les deux rosaces du transept, qui viennent d'être terminées.

Ils passent devant le palais royal, protégé par une haute muraille, à l'ouest de cette île de la Cité. Les promeneurs curieux ne peuvent en distinguer que les toits et la flèche de l'église.

Ils prennent le pont aux Meuniers, où, toujours juchés sur leurs montures, ils doivent se frayer un chemin au milieu des files d'ânes chargés de sacs de grains. Ils arrivent au Grand Châtelet et rejoignent la place de Grève. Le lieu est lui aussi impressionnant. C'est un marché d'une taille qui dépasse tout ce qu'ils ont vu dans les autres villes, un lieu bruyant et odorant où la foule déambule au milieu des échoppes.

Il y a des vendeurs de légumes, de fruits, de poissons et de viandes difficiles à identifier tant elles sont couvertes de mouches. Ces insectes sont d'ailleurs encore plus nombreux qu'à Saint-Jean-d'Acre, selon Évrard. Sur les étals, le bourdonnement est assourdissant et permanent.

Des spectacles se tiennent sur des estrades, des chapiteaux, ou simplement au centre d'un cercle de spectateurs. Il y a là des comédiens qui manipulent des marionnettes, des cracheurs de feu, des jongleurs, des joueurs de flûte, des montreurs d'ours. Beaucoup de mendiants et de voleurs circulent dans la foule, certains cumulant les deux fonctions.

– Fais attention, lance Clotilde. Cela serait quand même stupide de se faire dérober la gibecière après tout ce périple.

– Il me tarde que Jacques de Molay lise la prophétie pour que nous puissions le questionner, répond Évrard. Cela ne nous a pas été interdit, que je sache…

Ils poursuivent vers le nord de la ville pour sortir par la porte du Temple. Celle-ci donne précisément sur la rue du Temple, longue artère qui mène à un domaine entièrement ceinturé par un haut mur.

En découvrant la commanderie templière, Évrard éprouve un sentiment de fierté. Aux alentours, des commerces vendent des objets rappelant les croisades : épées, tentures, chausses, capes.

La rue du Temple est plus propre, et les gens sont mieux habillés et ont l'air plus riches que ceux des autres quartiers qu'ils ont croisés. D'ici, Évrard distingue au nord la colline de Montmartre avec ses moulins à vent. Et un peu plus à l'est, le gibet de Montfaucon, sinistres mâts de bois terminés par des fourches auxquelles sont pendus les condamnés à mort. Les plus frais sont recouverts de corbeaux. Les plus anciens sont réduits à l'état de squelette.

Quand Évrard s'avance avec sa cape blanche à croix pattée rouge (des vêtements neufs qu'on lui a gracieusement offerts à Bure), les gens le saluent avec respect.

– Visiblement, ici, on a plus d'estime pour les Templiers que pour les gendarmes du roi, remarque Clotilde.

Ils arrivent devant l'entrée de la commanderie, qui est composée de deux donjons entourant une porte avec un pont-levis. Des gardes arborant la croix des Templiers surveillent les allées et venues des piétons et des cavaliers. Évrard montre le sauf-conduit rédigé par Thibaud Gaudin et un garde les invite à laisser leurs chevaux à un palefrenier et à le suivre à pied à l'intérieur. Clotilde est impressionnée par les constructions et les aménagements. D'un côté, se trouvent des jardins, des potagers, des cultures. De l'autre, une vaste écurie où il semble y avoir suffisamment de chevaux pour une armée entière.

Ils franchissent les cours de plusieurs bâtiments servant d'habitation et découvrent une grande église.

– C'est l'église Sainte-Marie-du-Temple, annonce le garde. Elle a été construite sur le modèle de l'église du Saint-Sépulcre à Jérusalem.

– C'est vraiment immense…, reconnaît Clotilde.

– Ce terrain de douze arpents a été donné par le roi Philippe III le Hardi aux Templiers en remplacement de la première commanderie qui se trouvait place de Grève. Nous avons fait construire tout autour cette haute muraille crénelée espacée de tourelles, nous n'avons jamais cessé de construire et d'améliorer les fortifications.

– Ce domaine paraît plus grand que le palais royal, s'étonne Clotilde.

Le garde a un petit sourire plein de fierté.

Au centre se trouve une énorme tour carrée flanquée de quatre tourelles aux toits pointus.

– Et ce bâtiment, c'est quoi ? questionne Clotilde.

– C'est la tour du Temple. Elle a été terminée l'année dernière. Elle fait vingt-cinq toises de haut. Les murs font plus de deux toises d'épaisseur. C'est là que se trouve le trésor royal gardé par les Templiers. C'est nous qui gérons toute la comptabilité et la fiscalité royales. Venez, notre commandeur s'y trouve.

La tour carrée est cerclée d'un grand fossé et le garde doit lancer un appel à un collègue pour que le pont-levis s'abaisse.

– C'est un château dans le château, s'étonne Clotilde.

– Oui, il a été conçu comme lieu de défense et de repli en cas d'attaque, dit le garde. Dans la tour, il y a un puits, un four, une cave, un moulin, une chapelle. Si nous devions nous y réfugier, nous serions assurément en sécurité dans cette tour carrée.

Nous sommes les meilleurs, nous sommes invincibles, songe Évrard.

La tour comprend quatre niveaux avec des plafonds très hauts. Ils montent rejoindre la salle principale. Le garde s'entretient un instant avec un autre Templier puis revient.

– Le commandeur a été averti que vous êtes là, dit-il, et va vous recevoir. Il est en ce moment avec d'importants visiteurs et vous fait dire de bien vouloir patienter.

Ils attendent dans un couloir.

Au bout d'une heure, deux personnages luxueusement vêtus sortent, suivis par deux Templiers qui portent un coffre qui paraît très lourd. On entend un bruit de pièces qui s'entrechoquent.

– Qui sont ces gens ? demande Clotilde.

– Le commandeur vous le dira, s'il le juge nécessaire.

Enfin Clotilde et Évrard sont introduits auprès du commandeur. La salle est décorée très sobrement. Au mur, une peinture avec les symboles des Templiers : les deux chevaliers tenant leur épée sur un seul cheval et la croix rouge pattée.

Jacques de Molay est un homme à la stature impressionnante,

avec une barbe longue et fournie. Assis dans un grand fauteuil semblable à un trône, il descend pour saluer les deux jeunes gens.

– Bonjour, frère, dit-il en donnant à Évrard l'accolade des Templiers.

Puis il se tourne vers la jeune femme.

– Bonjour, Clotilde.

– Vous connaissez mon nom ? s'étonne-t-elle.

– Nous aimons savoir à qui nous avons affaire, dit Jacques de Molay. J'ai reçu un message envoyé grâce à un pigeon voyageur qui m'a informé non seulement de votre venue, mais de vos identités respectives. Ce que vous avez accompli pour notre cause est déterminant et même si je n'étais pas très rassuré de vous savoir sans escorte, je considère que ce choix de simplicité et de discrétion du grand maître d'Orient Thibaud était le bon, puisque vous êtes là sains et saufs, parvenus à bon port avec notre trésor.

Clotilde esquisse une révérence.

– C'est un honneur pour moi de vous rencontrer, monseigneur, dit-elle.

– Vous êtes les bienvenus dans notre château, répond-il aimablement.

– L'épaisseur de ses murs est rassurante, déclare Clotilde, mais comme cette pièce est dépouillée !

Jacques de Molay sourit.

– Nous sommes officiellement un ordre mendiant. En tant que tels, nous sommes censés ne rien posséder. Tout ce que nous faisons ici, c'est nourrir les pauvres et les nécessiteux, soigner les malades, et préparer la reconquête de la Terre sainte.

– Mais n'est-ce pas pourtant un coffre rempli de pièces d'or que je viens de voir sortir de cette pièce à l'instant, monseigneur ? demande l'intrépide jeune femme.

Jacques de Molay se rassoit sur son fauteuil.

– Je n'ai rien à cacher. Enguerrand de Marigny et Guillaume de Nogaret étaient avec moi avant vous. Ils sont en quelque sorte le ministre des finances pour le premier et le ministre de la justice pour le second. Ce sont des amis. Quant au coffre… le roi Philippe a besoin d'argent pour ses troupes.

– Et vous lui en avez prêté ? s'étonne Clotilde.

– Notre objectif est de reconquérir Jérusalem. Nous avons eu une grande défaite à Saint-Jean-d'Acre, où tu étais, Évrard…

Le jeune Templier fait un discret signe de tête en se remémorant la prise de la ville par les mamelouks.

– Mais nous comptons bien revenir. C'est pourquoi le roi doit disposer d'argent frais pour avoir des soldats. Nous avons l'idée d'une nouvelle croisade dont je prendrai la tête. Et j'espère être le premier à mettre le pied sur le mont du Temple.

– Je vous le souhaite, monseigneur, dit Clotilde.

– Avez-vous ce que vous deviez m'apporter ? demande Molay en caressant sa longue barbe.

Évrard sort le codex de la gibecière. Jacques de Molay le saisit avec mille précautions, le dégage de toutes ses couches de protection, examine la couverture où est simplement représentée une abeille, puis replace une à une chaque enveloppe cirée.

– Voilà l'avenir…, dit-il, ému.

– Vous allez lire la prophétie, monseigneur ? demande Clotilde.

– Thibaud a bien précisé que seul le grand maître de notre ordre le pouvait. Je vais donc déposer ce trésor dans un endroit secret et sûr. Si un jour je deviens grand maître, je le lirai. Mais si un autre chevalier est choisi, je ne tenterai même pas de poser mes yeux sur la première page.

Il claque dans ses mains et deux gardes entrent et emportent le codex.

– Grâce à Dieu, ta mission est accomplie, frère, dit Jacques de Molay à Évrard. Tu pourras t'installer ici et rester aussi longtemps que tu le souhaites. En revanche, Clotilde, ces lieux sont habités par des chevaliers ayant fait vœu de chasteté. La présence d'une femme pourrait les gêner, et il vous faut donc quitter notre commanderie.

– Soit, mais j'ai tout abandonné pour cette mission et je n'ai plus d'argent. Où puis-je aller ?

Le commandeur se penche vers elle.

– Comme je vous le disais, Clotilde, nous les Templiers, nous tentons de créer la plus grande armée chrétienne pour cette croisade qui libérera Jérusalem. Nous avons besoin de toutes les bonnes volontés…

La jeune femme lève les sourcils, soudain inquiète.

– Fais-le entrer, lance Jacques de Molay à un garde.

Par une porte au fond de la pièce entre Konrad von Feuchtwangen. Clotilde, effrayée, reste immobile.

– Ne craignez rien, lui dit Jacques de Molay d'un ton rassurant.

Feuchtwangen s'agenouille devant le commandeur templier, lui baise la main, puis il se tourne vers sa femme.

– Je suis heureux de te retrouver vivante et en bonne santé, Clotilde, exprime-t-il sans aucune émotion, comme s'il récitait une phrase apprise par cœur.

Clotilde ne bouge pas, mais des larmes lui montent aux yeux. Jacques de Molay vient vers elle et la prend par les épaules.

– Je sais que votre couple a connu récemment des querelles, et que votre fuite avec Évrard ne s'est pas faite en plein accord avec votre mari… Plus que jamais, il faut que tous les chrétiens, et *a fortiori* les soldats chrétiens, soient unis. La défaite de Saint-Jean-d'Acre est en grande partie due aux disputes entre chefs croisés. Si nous avions su surmonter nos petites mesquineries, nous serions encore là-bas. Il est temps de ne plus penser qu'à vaincre nos ennemis communs.

Jacques de Molay arpente lentement la pièce tout en poursuivant son discours.

– Avant que vous n'arriviez, Clotilde, j'ai discuté avec Konrad. Je ne vous cache pas qu'il avait lui-même ses espions et ses pigeons voyageurs et qu'il était venu dans un premier temps avec des intentions belliqueuses à votre égard. Mais je lui ai rappelé le message d'amour du Christ, qui est à l'origine de nos vocations respectives, et je lui ai surtout rappelé que nous avions intérêt à œuvrer ensemble plutôt que l'un contre l'autre. Il a fini par comprendre mon point de vue. N'est-ce pas, frère Konrad ?

– En effet.

– Il faut faire confiance aux gens. Ils peuvent changer. Clotilde, vous êtes notre gage de paix pour rallier les Teutoniques à notre sainte croisade.

Clotilde garde son visage fermé.

– C'était donc un piège. Vous me livrez à mon mari qui me déteste, pour pouvoir guerroyer !

– Votre époux, en bon chrétien, saura vous pardonner, Clotilde.

La jeune femme est hors d'elle mais comme Évrard, elle sait que résister est inutile.

– Et la prophétie, que va-t-elle devenir ? demande-t-elle.

– Avec Konrad, nous avons bien sûr évoqué ce sujet. Il renonce à posséder le codex, à la condition que je n'utilise jamais ce que je pourrais découvrir dans le livre contre les Teutoniques. Notre unique but est la reconquête de Jérusalem et notre réinstallation au Temple.

– Nous ne connaîtrons donc jamais son contenu ? murmure Évrard comme pour lui-même.

Jacques de Molay lui répond :

– C'est aussi pour te protéger que tu dois…

Excédé de se voir encore une fois refuser l'accès à la prophétie, Évrard complète insolemment :

– … rester ignorant de l'avenir, c'est cela ?

– Tout du moins lui laisser son mystère. Savoir ce que réserve le futur te privera du plaisir d'être étonné, ne crois-tu pas ?

ACTE III

La dernière abeille

80.

C'est l'assaut. Les attaquants foncent sur leur cible, une cité aux parois beiges autour desquelles circulent de jeunes insouciantes vaquant à leurs occupations habituelles sans se douter de la terrible menace. C'est une cité de plusieurs dizaines de milliers d'habitants, et pourtant, aucun n'a encore perçu le danger. Les assaillants de leur côté ne sont qu'une cinquantaine, mais ils sont mieux équipés. Leurs têtes sont cuirassées. Leurs torses sont protégés par d'épaisses plaques luisantes. Le plus impressionnant est leur taille colossale. Certains de ces individus font près de cinq centimètres ! Alors que les plus costauds parmi les défenseurs de la cité mesurent tout au plus un centimètre et demi. Et pour compliquer encore plus la situation, les envahisseurs ont de larges mandibules tranchantes comme des sabres.

L'alerte est donnée par un parfum âcre qui se répand dans les couloirs :

– DES FRELONS !

Aussitôt, c'est la panique dans la ruche. Tout le monde

tapote le sol de la pointe de son abdomen pour créer un battement régulier, semblable à un tambour, qui fait vibrer la ville et envoie l'information :

– ALERTE GÉNÉRALE ! NOUS SOMMES ATTAQUÉES !

Ces adversaires sont effrayants, et les abeilles ne savent comment réagir. Elles commencent par se grouper à l'entrée de la ruche pour essayer de former un bouchon vivant, espérant empêcher l'intrusion.

Cela ne décourage pas les frelons asiatiques qui les attrapent avec leurs pattes griffues et les décapitent les unes après les autres. Un amoncellement de têtes, de pattes, de thorax et d'abdomens se crée bientôt au pied de la ruche.

Il faut reconnaître que les frelons maîtrisent parfaitement le vol géostationnaire. Ils restent immobiles, puis soudain se jettent sur leurs proies. De loin, on a l'impression qu'ils cueillent des petits fruits noir et jaune.

Les abeilles ne veulent ni fuir ni abandonner, alors, en se mettant à plusieurs sur un assaillant, elles tentent de l'immobiliser.

Mais les résultats sont infimes, et à chaque fois le frelon parvient à se dégager. Les abeilles perdent ainsi un temps précieux. Pour cent abeilles qui gênent quelques secondes un seul frelon asiatique, d'autres frelons parviennent à en massacrer des centaines. Et la montagne de cadavres ne cesse de s'élever. C'est un vrai carnage. Après avoir testé l'obturation de l'entrée et l'attaque en groupe, les abeilles ne savent plus quoi faire. Elles se replient au fond de la ruche. La reine se serre près de ses couvains et elle reste là, à attendre, tremblante et affolée, entourée d'un dernier carré de soldates déterminées à se sacrifier pour sauver leur monarque et les générations futures.

Les cinquante frelons pénètrent dans la ruche pour achever leur basse besogne. Ils avancent.

Ils n'ont guère de difficulté à se débarrasser des derniers gardes. Puis le plus gros s'avance vers la reine abeille et, après lui avoir écrasé le cou avec sa patte, la décapite d'un coup de mandibule. La tête illustre roule comme une bille dans la ruche désormais transformée en cimetière.

Les assaillants reviennent vers le tas de cadavres des abeilles, ils trient pour enlever les têtes, les pattes, les abdomens et ne garder que les thorax, qui contiennent le plus de vitamines. Ils les découpent en fines lamelles afin d'en faire une bouillie qui pourra être donnée à leurs larves affamées.

La dernière image montre précisément une grosse larve blanche à tête jaune, un bébé frelon asiatique obèse, qui se goinfre de cette bouillie de morceaux d'abeilles mortes.

81.

Les lumières de la salle de la Cité des sciences de la Villette se rallument et les spectateurs restent quelques secondes hébétés après ces images violentes et impressionnantes.

Hodélia Ayanou monte sur la scène et s'installe devant son pupitre pour son intervention sur les abeilles.

Plusieurs personnalités politiques sont présentes parmi le public, ainsi que quelques scientifiques.

– Ces images extraordinaires ont pu être tournées à l'extérieur et à l'intérieur de la ruche grâce à de minuscules drones en forme d'insecte équipés de caméras, précise Hodélia. Avez-vous des questions au sujet du film ?

Une mouche vole dans la salle et personne n'ose prendre la parole.

Au premier rang, la mairesse Anne Tuffigo est entourée par le président de la Cité des sciences, Vincent Baguian, ainsi que par son adjointe à l'urbanisme, du parti écologiste, Alexandra Hochère.

La mairesse Anne Tuffigo lève la main et on lui passe le micro.

– Comment ces frelons sont-ils arrivés chez nous ? demande-t-elle.

– Tous les frelons asiatiques qui ont envahi la France viennent d'un seul conteneur de poteries chinoises importées dans le village de Tonneins, dans le département du Lot-et-Garonne, par un particulier, en novembre 2004. Il y avait dans une de ces poteries une seule reine... Comme elle avait été fécondée, elle a pu se reproduire et ses filles sont ensuite devenues elles-mêmes pondeuses. Cela a suffi à lancer l'invasion.

– Et pourquoi ont-ils si rapidement vaincu les espèces autochtones ? questionne Anne Tuffigo.

– Les apiculteurs, depuis des millénaires, ont sélectionné les abeilles pour ne garder que les plus pacifiques afin qu'elles ne les piquent pas lorsqu'ils viennent récupérer leur miel. Elles sont donc devenues tellement non violentes qu'elles ne savent plus se défendre.

Un murmure parcourt la salle. Les participants ont-ils le pressentiment que la société humaine a commis la même erreur et qu'à force de vouloir tout pacifier elle a rendu l'homme moderne incapable de se défendre contre ceux qui ne respectent pas les règles de non-violence ?

Hodélia Ayanou laisse passer un temps, puis utilise la télécommande du projecteur pour présenter une carte.

– Chaque nid de frelons, s'il n'est pas détruit, donne quatre nids l'année suivante. C'est une croissance exponentielle. En 2005 (donc une année seulement après l'arrivée de la première reine à Tonneins), tout le département du Lot-et-Garonne était envahi de frelons asiatiques. Ils ont massacré 30 % des ruches de la région. En 2006, l'Aquitaine est à son tour touchée. En 2009, les frelons sont pratiquement partout en France et on déplore les premiers décès humains du fait de leurs piqûres. Ce sont en général des réactions allergiques entraînant des œdèmes de Quincke. Contrairement aux abeilles, les frelons ne perdent pas leur dard et ne meurent pas en piquant. Ils peuvent frapper plusieurs fois de suite en injectant de grosses doses de venin. On compte à ce jour, rien qu'en France, une centaine de morts chaque année du fait d'attaque de frelons.

Elle passe à une carte du monde.

– En 2019, on repère des frelons asiatiques dans toute l'Europe, de l'Espagne à la Suède. Et depuis 2021, on les trouve aussi bien dans mon pays, Israël, qu'aux États-Unis, en Amérique du Sud, en Australie ou encore en Afrique. Il semble que tout comme pour la première invasion en France, ce soient des objets de jardinage, pots de fleurs ou caisses de plantes, qui aient servi à leur diffusion. Désormais, il n'y a pas un seul recoin de la planète où leur présence n'a pas été signalée. Et depuis l'année dernière, nous constatons parmi les frelons une mutation qui les rend encore plus gros, plus dévastateurs et plus prolifiques.

– Quels sont les moyens pour freiner leur invasion ? demande Vincent Baguian.

– En Chine, d'où ils sont originaires, les frelons ont des prédateurs, des oiseaux capables d'attaquer leurs nids tout en haut des arbres sans être perturbés par leurs piqûres grâce à leurs épaisses plumes. Mais ces espèces n'existent pas chez nous. En l'absence de prédateurs, c'est la météo, et tout particulièrement l'hiver, qui devrait normalement réguler le nombre des reines frelons asiatiques fécondes, mais avec le réchauffement climatique toutes les reines survivent. Anne Tuffigo m'a, avant cette conférence, signalé que les ruches de la mairie avaient été attaquées. Ainsi que celles du toit de l'Opéra Garnier et du jardin du Luxembourg.

– Alors comment les arrêter ? questionne Vincent Baguian.

– Dans mon kibboutz, nous utilisons les poules. Elles arrivent à les attraper lorsqu'ils volent bas et passent à leur portée, mais je ne crois pas qu'il soit envisageable d'avoir des poules en liberté dans Paris. La poule semble pourtant une solution, pour préserver les ruches qui sont à leur hauteur.

Alexandra Hochère reconnaît :

– Ce serait trop compliqué, en effet.

– Dommage, dit Hodélia, car cela leur permettrait de se dégourdir les pattes et de voir la lumière du jour. Ce qui n'est pas le cas des animaux en batterie. Et je suis certaine que cela leur donnerait un bon goût. Des poules nourries de frelons eux-mêmes nourris d'abeilles… Un petit goût sucré, peut-être ?

Quelques rires suivent.

– Il n'y a pas que notre kibboutz qui fasse des expériences de lutte contre les frelons avec des poules. Dans la ville de Key West en Floride, des poules laissées en liberté dans la ville arrivent très bien à traverser les rues sans se faire écraser par les voitures.

Dans la salle, certains imaginent les piétons parisiens, toujours pressés et impatients, marchant au milieu des poules, et ne peuvent retenir des exclamations amusées.

Hodélia, contente que la salle soit bien réactive, projette une nouvelle photo derrière elle, pour évoquer, cette fois, le rapport des hommes et des abeilles à travers le temps.

– L'abeille a été déterminante dans l'histoire de l'humanité. C'est le miel qui a fourni le goût sucré aux hommes des cavernes, donc le premier contact avec la douceur en bouche. Par la suite, le miel a servi aux premières pâtisseries, puis aux premières confiseries et même à la préparation d'alcools, comme l'hydromel.

Elle fait apparaître une photo de bas-relief sculpté avec des personnages antiques.

– Dans la mythologie grecque, Zeus, pour échapper à son père Chronos, le dieu du temps qui a mangé ses enfants, est sauvé par sa mère qui le cache en Crète. Là, le petit Zeus est nourri du miel de la nymphe Mélissa. Quand Zeus, devenu adulte, veut affronter son père, il utilise une ruse : il tend à son père un gobelet dont les bords sont enduits de miel mais qui contient un vomitif puissant. Chronos recrache ainsi tous les enfants qu'il a avalés. Ce sont eux qui vont devenir les dieux de l'Olympe. Cette histoire montre que par la douceur du miel, on peut réparer les dégâts produits par la violence du temps.

Nouvelle photo d'un autre bas-relief antique. Hodélia commente :

– En Grèce toujours, dans le temple d'Éleusis, les prêtresses portaient le nom d'« abeilles ».

Puis voici la photo d'une femme égyptienne peinte sur un papyrus.

– Le miel servait aussi de premier remède pour la pharmacie. Le miel a pour vertu de ne pas pourrir et de pouvoir être conservé indéfiniment. C'est un excellent cicatrisant. En Égypte, les abeilles étaient censées être les larmes du Soleil tombées sur Terre. Elles guidaient l'âme des défunts.

Nouvelle photo, l'acteur américain Charlton Heston, dans le film *Les Dix Commandements*.

– Dans la Bible, la Terre promise à Moïse, en 1300 avant Jésus-Christ, est ainsi désignée : « la terre où coulent le miel et le lait ».

Puis apparaît une gravure représentant un roi sur un trône.

– Le roi Salomon, en l'an 1000 avant Jésus-Christ, écrit que l'exemple des abeilles montre un idéal de sagesse à suivre pour réussir.

Nouvelle image : des hommes accrochés à des croix de saint André avec des abeilles autour d'eux.

– Le même roi Salomon a d'ailleurs fait condamner les assassins d'Hiram, le génial architecte de son Temple, en mettant des ruches dans leur ventre éviscéré.

Plusieurs personnes font une moue dégoûtée en entendant raconter ce supplice antique.

– Vers 550 avant Jésus-Christ, le philosophe grec Pythagore enseignait que les ruches étaient un modèle parfait de société harmonieuse. Il construisit son école à Crotone en Italie et l'organisa en se basant sur les mêmes principes que ceux mis en place par ces insectes.

Nouvelle image : une statue représentant un homme barbu en toge.

– Platon aurait reçu la sagesse d'une abeille qui se serait posée sur ses lèvres alors qu'il était nouveau-né. On retrouve d'ailleurs cette idée que les abeilles désigneraient les bébés sacrés en se posant sur leur bouche dans d'autres mythologies, comme chez les peuples indiens, chinois ou mayas.

Hodélia continue d'afficher des photographies.

– Vers 320 avant Jésus-Christ, Aristote a de même créé son

Lycée sur le modèle de la ruche. Il pensait que ces insectes étaient plus intelligents que les humains et il a éduqué le jeune prince Alexandre le Grand dans le culte des abeilles.

« Pour les premiers chrétiens, le miel est associé à la grâce du Christ et l'aiguillon des abeilles à ses souffrances. Les Saxons nommaient la route empruntée par les morts le "chemin des abeilles". En France, les rois mérovingiens ont choisi l'abeille comme symbole porte-bonheur dans leurs bijoux. L'idée sera d'ailleurs bien plus tard reprise par Napoléon qui se revendiquait précisément de l'héritage de ces rois mérovingiens.

Alexandra Hochère lève la main.

– Sait-on comment les abeilles sont apparues sur Terre ?

– Elles sont des descendantes de guêpes. La guêpe est l'ancêtre de trois espèces d'insectes : les fourmis, les abeilles et les frelons (tout comme un primate est l'ancêtre de plusieurs espèces d'hominidés : les gorilles, les chimpanzés et les humains). Les trois espèces issues des guêpes primitives sont donc « cousines ». Il semble que ce soit leur nourriture qui ait déterminé les formes des différentes familles, les abeilles étant végétariennes, les frelons carnivores et les fourmis, omnivores. Nous avons trois espèces d'hyménoptères et trois formes de vie collective différentes, mais ayant un point commun : lorsqu'ils vivent en communauté, leurs cités sont organisées avec des castes spécialisées autour d'une unique reine pondeuse.

Hodélia fait apparaître la photo d'une pierre transparente jaune.

– La plus ancienne abeille connue à ce jour a été trouvée en Birmanie en 2006 et elle date de 100 millions d'années. Elle était fossilisée dans de l'ambre et on pouvait voir qu'elle avait déjà les pattes recouvertes de pollen. Au fil du temps, les ruches sont devenues de plus en plus grandes et certaines cités contiennent maintenant plusieurs millions d'individus. Chaque abeille va, au cours de sa vie, changer d'emploi, devenant successivement ouvrière, nourrice, maçonne, exploratrice.

« Les abeilles ont une grande maîtrise de la chimie puisque, en dehors du miel, elles produisent la cire qui va permettre de fabriquer les murs, la propolis et la gelée royale.

– Comment communiquent-elles ? demande Vincent Baguian.

– De plusieurs manières. Tout d'abord, la danse. Les abeilles font des huit dans le ciel pour signaler l'emplacement d'une source de nourriture ou d'eau. Selon l'inclinaison du huit qu'elles dessinent en volant, elles indiquent l'objectif et le vol idéal par rapport au soleil. La fréquence de leur bourdonnement donne la distance à parcourir dans cette direction. Le nombre de huit effectués signale la quantité de nourriture qu'elles estiment possible de ramener.

Hodélia déclenche une petite vidéo sur laquelle on voit une abeille dans le ciel qui effectue cette danse en huit.

– Ensuite, il y a les vibrations. L'exploratrice en entrant dans le nid fait frétiller ses ailes pour informer les autres de sa découverte et du nombre de collègues qu'elle estime nécessaire pour faire la récolte. Puis, l'odeur. Comme tous les autres insectes à antennes, elle communique de manière plus précise en utilisant les phéromones olfactives, c'est-à-dire d'infimes gouttelettes de vapeur qu'elle émet et qui correspondent à des phrases. Et enfin, on pourrait rajouter un quatrième élément : le chant.

Hodélia lance un nouveau film, où apparaissent quatre reines, qu'on reconnaît parce qu'elles sont un peu plus grosses que les autres abeilles. Sur ces quatre reines ont été fixés des autocollants rouges avec des numéros.

– Pour réaliser cette expérience, nous avons placé un micro au centre de la ruche. Les sons que vous allez entendre sont très rares. Ce sont des vrais chants produits par ces quatre reines. Peu de gens les ont écoutés car ces chants servent uniquement pendant une période précise : celle du choix de la reine. En fait, ce sont des appels aux trois autres reines concurrentes pour un combat à mort afin de définir laquelle doit régner sur la ruche. Une seule survivra.

Résonne alors dans les haut-parleurs de la salle, au milieu du bruit de fond des bourdonnements classiques des ouvrières, une succession de piaillements aigus, assez similaires à ceux des dauphins.

Chacun dans l'assistance est surpris par ces sons étranges.

– Et pour finir, il me faut signaler un dernier élément : la communication chimique par le goût. Le miel, la propolis et la gelée royale sont produits avec des saveurs différentes pour signaler aux abeilles qui en consomment qu'il faut augmenter ou baisser le nombre de naissances. Quand on mange du miel, on avale aussi ce genre d'informations internes…

La représentante écologiste demande de nouveau la parole.

– Et quelle est leur situation actuelle globale ?

– Catastrophique, répond Hodélia. Les abeilles sont en voie de disparition dans le monde entier. En France, 30 % des colonies disparaissent chaque année. Plusieurs causes ont été repérées : premièrement, l'utilisation généralisée dans l'agriculture des insecticides et pesticides (tout spécialement les néonicotinoïdes) ; deuxièmement, la prolifération exponentielle d'un acarien parasite tueur, importé de Chine en 1980 : le *Varroa destructor* ; et troisièmement, donc depuis 2004, l'invasion de frelons asiatiques extrêmement agressifs dont les populations sont en croissance démographique exponentielle.

Hodélia rappelle enfin :

– 80 % des espèces végétales se reproduisent grâce aux abeilles. Leur disparition entraînerait une catastrophe écologique dont on ne mesure pas encore l'ampleur. Quand en Chine ils ont tenté de remplacer la pollinisation des abeilles par une pollinisation humaine ou par des robots, ils se sont aperçus que les rendements obtenus étaient infimes par rapport à celui de ces fabuleux insectes. Sauver les abeilles est plus qu'une cause écologique parmi d'autres, c'est un combat pour notre survie.

Applaudissements de la salle.

– Voilà, si vous voulez compléter votre connaissance de ce charmant insecte, je vous signale que vous pourrez voir un nid de frelons asiatiques dans une grande cage de verre (heureusement épaisse et parfaitement hermétique) dans le grand hall de la Cité des sciences. Il est placé à côté d'un nid d'abeilles, lui aussi parfaitement isolé.

Elle éteint le projecteur et dit un dernier mot :

– Avant de clore cette conférence, je tiens à remercier madame la mairesse de Paris Anne Tuffigo, et son adjointe responsable de l'urbanisme et de l'écologie, Alexandra Hochère, ainsi que le président de la Cité des sciences de la Villette, Vincent Baguian, pour m'avoir permis de vous expliquer la situation. Enfin je tiens à remercier l'INRAE, qui a eu l'idée de cette exposition pour faire prendre conscience de l'importance des abeilles et des menaces qui pèsent sur elles, et tout spécialement sa présidente ici présente… Vespa Rochefoucauld.

Au fond de la salle, René Toledano sursaute.

Non !

Les personnes citées sont abondamment applaudies.

Vespa Rochefoucauld se lève, demande le micro et interpelle Hodélia.

– Attendez, chère Hodélia. Je crois que vous avez avec vous quelque chose d'extraordinaire qui va énormément intéresser les gens présents. Quelque chose d'unique. Pouvez-vous nous le montrer ?

Hodélia l'arrête.

– Vous croyez que c'est le moment et le lieu pour le présenter ?

– Je crois qu'il est bon de terminer sur une note d'espoir plutôt qu'une conclusion déprimante et pessimiste.

L'Israélienne observe la salle. Tout le monde est intrigué.

– Eh bien… Oui, en effet, j'ai un petit quelque chose de nouveau qui m'a d'ailleurs été transmis par des amis présents dans cette salle et qui peut présager un futur meilleur pour les abeilles et pour les hommes. Mais c'est un peu tôt pour en parler…

L'attention des spectateurs est aiguisée par la gêne de la conférencière, qu'ils perçoivent.

– Je me permets d'insister, dit Vespa Rochefoucauld.

Hodélia prend son sac à main et en sort une boîte métallique. Elle soulève le couvercle, révèle l'écrin de velours rouge sur lequel est posée la pierre translucide orangée. Elle dégage délicatement l'objet, le saisit entre son pouce et son index.

– L'espoir pourrait venir de ceci. Cette reine abeille primitive, vitrifiée dans ce morceau de cire fondue puis durcie et datant de neuf cents ans, est peut-être la réponse à l'invasion des frelons.

Elle présente la reine en levant bien haut la pierre orange.

– Pour l'instant, elle est comme en hibernation, mais je compte sur les équipes de l'INRAE pour réveiller cette reine endormie et lui permettre de pondre. Dès lors, elle pourrait donner naissance à une nouvelle génération d'abeilles beaucoup plus combatives et résistantes.

La mairesse Anne Tuffigo et la présidente de l'INRAE, Vespa Rochefoucauld, sont les premières à se lever pour une standing ovation reprise par toute la salle.

Hodélia remercie d'un signe de tête, range sa précieuse reine dans sa boîte et va rejoindre au fond de la salle son mari, ainsi que René, Mélissa et Alexandre. Ils sortent de la salle ensemble.

– C'était passionnant, reconnaît Alexandre. Le chant des abeilles m'a beaucoup ému.

– Pourtant c'est un cri de guerre. Un défi lancé à ses rivales, n'est-ce pas ? ajoute Melissa.

– Vous connaissez bien Vespa Rochefoucauld ? demande René à Hodélia.

– Bien sûr, c'est une amie. Vous savez, il y a peu de spécialistes des abeilles, et nous formons un petit club fermé. Et puis, ici, elle a un matériel de haute technologie que je n'ai évidemment pas encore dans mon kibboutz. Il va être indispensable pour réveiller la reine du Temple de Salomon.

Oh non…

– Et d'ailleurs, dit Hodélia, où en êtes-vous de vos recherches sur *La Prophétie des abeilles* ?

– Dès notre retour, nous sommes allés voir où se trouvait la commanderie des Templiers à Paris, mais il ne reste rien du bâtiment d'origine. Nous allons devoir faire d'autres recherches.

René aperçoit au loin Vespa Rochefoucauld en grande conversation avec la mairesse Tuffigo.

Elle a dû me voir. Il va falloir que je m'occupe sans délai de la vente de la péniche pour payer ma condamnation.

Hodélia et Ménélik ont commandé un taxi suffisamment grand pour installer dans le coffre le fauteuil roulant. Alexandre monte avec eux. Mélissa prend le métro, tout comme René Toledano, impatient de revenir chez lui pour se reconnecter à son ancien lui-même.

82.

– Vite ! Pas le temps de t'expliquer ! Il faut que tu t'enfuies sur l'heure !

Clotilde von Feuchtwangen vient de surgir dans la chambre d'Évrard Andrieux située dans l'aile des dortoirs du prieuré du Temple de Paris.

C'est le petit matin. Seize ans ont passé depuis la dernière fois où Évrard a vu Clotilde, pourtant il se lève aussitôt et l'observe, assis au bord de son lit.

– Clotilde ! Qu'est-ce que tu fais là ? Comment es-tu entrée ?

– Il faut partir, vite, Évrard. Habille-toi !

Il a l'impression de l'avoir quittée la veille. Elle ne semble pas avoir vieilli et, au contraire, paraît plus déterminée et dynamique que jamais.

Il se frotte les yeux et bâille.

– Mais c'est à peine l'aube !

À trente-trois ans, le Templier n'a aucun mal à rappeler à lui le souvenir de leurs aventures. Il y a souvent repensé. Clotilde a cinq ans de plus que lui, elle l'impressionnait déjà quand ils se sont rencontrés dans la forteresse des Teutoniques près de Famagouste, et elle l'impressionne encore.

– Dépêche-toi, Évrard !

– Qu'y a-t-il de si urgent ? demande-t-il en enfilant son pantalon par-dessus sa chemise longue.

– J'ai pu entendre une conversation entre le grand maître des Teutoniques, Siegfried von Feuchtwangen, et le ministre Guillaume de Nogaret.

– Feuchtwangen, il a le même nom que ton mari ? Il est de la famille ?

– C'est un de ses neveux. Après la mort de mon mari, Konrad, treizième grand maître des Chevaliers teutoniques, il y a eu un quatorzième maître, puis Siegfried a été nommé. Il est le quinzième grand maître. Il est encore plus déterminé que Konrad à faire régner la loi de l'ordre teutonique sur le monde. Il a déjà commis des incursions qui ont tourné au pillage en Pologne et en Poméranie, sous couvert de croisade contre les païens slaves. C'est un homme brutal et cruel. Or, d'après ce que j'ai entendu, Siegfried a informé Nogaret de l'enjeu crucial de la prophétie.

– Comment a-t-il su ?

– Je crois qu'ils se transmettent l'information de grand maître à grand maître. Toujours est-il que, influencé par Siegfried von Feuchtwangen, Guillaume de Nogaret a convaincu le roi de démanteler complètement l'ordre du Temple.

– Tu as dû mal entendre, Clotilde. Notre armée de templiers compte quinze mille hommes. Nous avons plus de soldats que le roi ! Nos places fortes, la popularité dont nous jouissons auprès du peuple, le soutien que le pape nous accorde nous garantissent contre toute agression, y compris de Philippe le Bel. Vraiment, comment pourrait-il nous arrêter ?

– Vous êtes dispersés ! Il va profiter d'un effet de surprise. Tout va se jouer sur le secret et la rapidité d'action des sergents. Une gigantesque rafle dans tout le royaume est prévue.

– Une rafle ! Quand ? Tu as la date précise ?

– Il a envoyé à tous ses sénéchaux l'ordre de se tenir prêts. Ils recevront un message par pigeon voyageur, et ils doivent arrêter les Templiers le lendemain de la réception de ce message.

– Finement conçu. Ainsi, nul ne connaîtra très en avance la date précise.

Clotilde demeure un instant silencieuse pour surmonter son émotion.

– Évrard, le message est arrivé hier. Les arrestations vont toutes se passer le même jour et ce jour est…

– Aujourd'hui ?

Elle fait un signe affirmatif.

– Ordre a été donné d'arrêter tous les Templiers ce vendredi 13 octobre 1307, tôt le matin pour surprendre les chevaliers au réveil, sans qu'ils aient le temps de passer leur armure ou qu'ils puissent se défendre. Des milliers de Teutoniques en uniforme de gendarme vont prêter main-forte à la police du roi.

Évrard Andrieux est à présent tout à fait réveillé.

Il se dépêche d'aller avertir le nouveau grand maître de l'ordre des Templiers, qui n'est autre que… Jacques de Molay. Il le trouve devant l'autel de l'église du prieuré, en train de prier. Clotilde suit Évrard mais reste à distance des deux Templiers.

Évrard s'agenouille précipitamment à côté de Jacques de Molay et lui dit à voix basse :

– Frère, il va y avoir une rafle ce matin même, organisée par le roi ! Il faut fuir et avertir tout le monde.

– Oui, je sais, répond calmement Jacques de Molay.

– Vous savez !?

Jacques de Molay se signe et se relève.

– Je l'ai lu dans la prophétie, le codex que tu m'as apporté en 1291, Évrard.

– Mais alors, pourquoi ne réagissez-vous pas ?

Le grand maître ne répond pas mais dit :

– Salvin de Bienne a annoncé le jour et l'heure de notre arrestation.

– Et… vous ne faites rien ?

– Si, comme tu le vois, je prie pour le salut de mon âme et de celle de tous les miens.

– Mais vous pouvez encore prévenir nos frères !

– J'ai averti ceux qui devaient l'être et j'ai fait ce qu'il fallait faire. Il y a trois jours un chariot est parti d'ici dans la nuit, tu t'en souviens ?

– En effet.

– Il contenait tout ce qui nous est précieux, en or et en reliques.

– Où sont-ils allés ?

– À notre commanderie de Gisors, située en Normandie. De là, ils poursuivront leur voyage pour quitter le royaume de France.

– Pourquoi tous nos frères ne fuient pas ?

– Nos vies sont peu de chose. Notre projet est tout. Il faut que nos corps disparaissent pour que nos âmes rayonnent. J'ai déjà accepté la fin de notre ordre et ma propre fin comme des événements inéluctables car ils font partie du futur inscrit dans la prophétie. Cependant, une partie d'entre nous doit continuer à agir dans l'ombre. Toi aussi, frère, tu dois œuvrer pour notre cause. J'ai une nouvelle mission à te confier. Je pense que tu l'apprécieras, il s'agit de sauver une nouvelle fois la prophétie.

Jacques de Molay sourit calmement et regarde Évrard droit dans les yeux.

– C'est à toi, et à toi seul, que je donne cette responsabilité.

– Je ne comprends pas, frère ! Nous ne pouvons pas nous laisser faire ! Nous avons des soldats, nous avons des armes, nous avons des soutiens partout !

Jacques de Molay saisit des deux mains les épaules d'Évrard.

– Je dois t'expliquer quelque chose. Peut-être ne connais-tu pas le mot « égrégore »… Il est dérivé du latin *grex*, « troupeau ». Un égrégore est composé de toutes les pensées d'un groupe partageant les mêmes convictions. C'est comme si nos âmes se regroupaient dans le monde invisible pour former un nuage cohérent et dense. Tu as déjà entendu les chants grégoriens ? Toutes les voix des chanteurs mélangées produisent un son qui va bien au-delà de la simple addition de toutes les voix. L'égrégore est de même nature, c'est l'expression de la puissance de la pensée collective.

– Voulez-vous dire que nous les Templiers, nous serions un troupeau d'âmes ?

– Certes ! Et ce troupeau est très fort. Il peut survivre à toute perte. Ce qui se passe en ce triste jour n'est qu'une atteinte à nos enveloppes de chair. Mais cette blessure va renforcer la vigueur de notre égrégore. C'est nécessaire. Tout comme le Christ est mort pour nous, notre sacrifice va permettre de créer un courant spirituel encore plus puissant. Ce sera un mouvement peu visible dans le monde matériel, mais très efficace dans le monde immatériel. Notre souffrance ou notre disparition sont un prix dérisoire à payer pour un si vaste bienfait.

Une trompette d'alarme retentit, puis plusieurs autres prennent le relais. Des gens affolés courent devant l'église.

À l'intérieur, Jacques de Molay reste imperturbable.

Un Templier se présente devant lui, essoufflé.

– Le prieuré est encerclé par une troupe de gendarmes, signale-t-il. Que devons-nous faire ?

– Rien, répond le grand maître.

Il fait quelques pas pour s'éloigner et prend la main d'Évrard.

– Maintenant, accomplis ta mission dans l'intérêt de tous.

Il lui tend une gibecière qui ressemble à celle qu'il avait lorsqu'il a fui Saint-Jean-d'Acre. Il l'ouvre. Elle contient la prophétie.

– Tu dois poursuivre ce que tu as commencé. Prends-la. Protège-la. Le reste n'est rien. Nos vies sont comme des vagues dans l'océan. Nous apparaissons puis nous disparaissons. Par contre, la prophétie doit rester comme un rocher qui sert de repère à tous ceux qui, parmi les nôtres, participent au projet.

– Frère, quel est ce projet ?

– C'est ce qui figure au dernier chapitre de la prophétie.

– Dites-m'en un peu plus, de grâce…

On entend dehors des cris, des ordres, un bruit de grand désordre.

Clotilde, qui observait de loin les deux Templiers, se rapproche, et Jacques de Molay, comme habité par ce qu'il est en train de révéler, ne paraît pas noter sa présence.

– Selon la prophétie, le monde avance de trois pas en avant, trois étapes où tout s'améliore pour aller dans la direction de la solidarité, de la compassion, de la paix et de l'harmonie, puis arrive un point de crise où tout bascule vers la violence, l'obscurantisme et la barbarie. La progression est stoppée, et le monde recule. De deux pas.

– Il recule, dites-vous ?

– Des guerres, des catastrophes, des épidémies, des massacres, des injustices, la montée du fanatisme et de la stupidité, l'accession au pouvoir de rois cyniques et de ministres menteurs...

– Comme Philippe le Bel et Nogaret..., remarque Clotilde à mi-voix.

– Après deux pas en arrière, une crise se produit et la progression repart pour trois pas en avant. Malgré ces mouvements, le monde continue donc d'avancer.

Évrard et Clotilde sont étonnés que le grand maître des Templiers parle aussi calmement et prenne du temps pour leur expliquer des choses abstraites alors qu'autour d'eux leur monde semble s'effondrer.

– Plus l'humanité grandira en quantité, plus elle produira de saintes personnes et d'ignobles ordures, énonce Jacques de Molay.

Les cris et le tumulte dehors ne cessent de croître.

– Et qu'y a-t-il d'écrit au dernier chapitre ? glisse Clotilde, qui a décidé de ne plus faire attention à l'affolement qui les entoure.

– Au dernier chapitre de *La Prophétie des abeilles* ? Ah ! la solution est originale. Une voie lumineuse. Un moyen simple et naturel pour l'homme de sortir de ces cycles de croissance et de déchéance. La fin de l'égoïsme et de la peur. Ce n'est qu'un problème d'imagination. Cette solution m'a l'air en tout point viable. Mais, pour y parvenir, des étapes sont nécessaires. Et certaines sont douloureuses. Si on veut les éviter, on risque aussi de manquer le dernier chapitre ! Voilà pourquoi je suis résigné. Voilà pourquoi je n'ai pas averti mes frères. Voilà pourquoi je vais me laisser arrêter par les hommes de Philippe le Bel sans leur opposer la moindre résistance.

– Pouvez-vous m'en dire un peu plus sur ce fameux dernier chapitre ? insiste timidement Évrard.

– Surtout pas. Il y va de ta propre survie.

Le visage du grand maître des Templiers est calme et indifférent au drame qui se déroule.

– Si c'était écrit dans cet ouvrage, voudrais-tu par exemple savoir quand et comment tu vas mourir ?

– Eh bien…

– Moi, j'y suis nommément cité. On parle de ma fin. J'ai fait l'erreur de la lire. Je regrette de le savoir. Mais du coup, je sais aussi que ma vie ne va pas s'éteindre aujourd'hui.

Sans hâte, Jacques de Molay se dirige vers la sacristie, suivi d'Évrard et de Clotilde. D'une armoire basse, il sort un parchemin, une plume, un encrier et un bâton de cire.

À la lueur d'un chandelier, il écrit une lettre et y appose le sceau à la croix pattée.

Puis il fait un signe à Évrard et à Clotilde. Il les entraîne dans le confessionnal et appuie sur trois points différents du mur, jusqu'à ce que celui-ci bascule et révèle un passage.

– Filez tous les deux par là. Allez à cette adresse. Même si ce n'est pas un Templier, c'est un homme en qui j'ai toute confiance. Donnez-lui cette lettre.

Il donne le chandelier à Clotilde et serre Évrard dans ses bras.

Puis Évrard et Clotilde franchissent le seuil du passage secret qui se referme derrière eux. Ils entendent des hommes en armes qui surgissent et parlent fort. Par une rainure, Évrard aperçoit des sergents arrêter sans ménagement le grand maître des Templiers, qui n'oppose pas la moindre résistance.

Une fois de plus, ils pénètrent dans une galerie qui file sous les bâtiments.

Des inscriptions en latin et des dessins symboliques ornent les murs.

– Les Templiers ont bâti des tunnels sous les commanderies, car ils voulaient pouvoir fuir en cas de danger, explique Évrard. En fait, nous vivons dans l'idée que beaucoup de malheurs vont nous arriver et qu'il faut être prêts à fuir *in extremis*.

Le passage débouche dans la cave d'une auberge. Une fois dehors, ils s'aperçoivent que cette auberge se situe devant la muraille de la commanderie. La porte principale est grande ouverte et des hommes armés de la garde royale surveillent les allées et venues.

Évrard et Clotilde se mêlent à la foule des badauds curieux. Les sergents font sortir les Templiers. Certains ont des blessures ou des marques de coups au visage.

– Pourquoi as-tu pris autant de risques pour m'avertir ? demande Évrard à Clotilde.

– Mon ange gardien, saint Alexandre, m'a demandé de le faire.

– Et tu lui as obéi ?

– De toute façon, j'ai l'impression que ma vie est liée à la tienne. Comme si nous étions de la même « famille d'âmes ». C'est lui qui a employé cette expression. Selon lui, il y a des êtres qui font partie de notre famille d'âmes, et lorsque nous les rencontrons, nous le percevons tout de suite. Je l'ai senti dès que je t'ai vu.

Évrard dévisage Clotilde d'un air grave.

Les hommes d'armes du roi enchaînent les prisonniers et les emmènent dans des charrettes pour les évacuer.

Un sergent harangue la foule nombreuse :

– Voilà ceux qui volaient votre argent ! Voilà les usuriers ! C'est à cause d'eux que vous étiez pauvres. Eux, ils étaient riches dans leur château à manger du jambon et à boire de la bière pendant que vous vous priviez de tout. Ils vous prenaient pour des gueux, mais le roi vous aime. Et il a considéré qu'ils se sont suffisamment moqués de vous !

Les gens jettent des fruits pourris et des ordures sur les hommes enchaînés, serrés dans les charrettes.

– Et si ce n'était que ça ! Ce sont des hérétiques ! Ils crachent sur les crucifix ! Ils marchent sur les gravures du Christ. Ce sont des sodomites ! ajoute le sergent pour faire monter la pression.

La colère de la foule gronde. Des enfants s'approchent des charrettes pour frapper les Templiers avec des bâtons. Les crachats et les détritus pleuvent.

– Si vous trouvez d'autres Templiers, dénoncez-les ! Il y aura une prime pour chaque capture ! annonce le sergent.

Évrard et Clotilde sont atterrés.

– Les Templiers vont connaître des jours difficiles, déplore-t-elle dans un murmure.

– Toi, tu peux rentrer chez les Teutoniques. Après tout, tu es la veuve d'un ancien grand maître, on te respecte.

– Peut-être, mais c'est moi qui ne les supporte plus. Les Teutoniques sont complices de cette injustice, qu'ils ont même initiée. Je ne veux plus jamais avoir affaire à eux. Mon désir le plus cher, Évrard, est de rester avec toi pour défendre cette idée non plus de guerre, de conquête et de domination, mais de paix pour tous.

Ils échangent un regard.

– C'est trop tard, chuchote-t-elle, on ne peut plus les aider. En revanche, nous avons une mission. Allons-y.

Ils remontent la grand-rue du Temple, puis la rue Sainte-Avoie. Partout la même frénésie morbide agite la ville. Ils tournent dans la rue Sainte-Croix-de-la-Bretonnerie, puis prennent la rue Saint-Martin. Ensuite ils traversent l'île de la Cité par le Pont-aux-Changeurs, rejoignent la rue Saint-Jacques qui coupe la ville de part en part, puis prennent la rue de la Harpe.

L'adresse que leur a donnée Jacques de Molay aboutit à un petit édifice de la rue Coupe-Gueule, face à l'hôtel de Cluny : le prestigieux collège des théologiens fondé par Robert de Sorbon soixante ans auparavant.

Suivant les recommandations du grand maître, ils pénètrent dans le bâtiment et montent à l'étage. Ils arrivent devant une porte numérotée. Ils frappent et un homme vêtu d'un bonnet et d'une robe d'hermine leur ouvre. Il a des lèvres fines et un nez pointu, un regard d'aigle. Ils le reconnaissent aussitôt. C'est Enguerrand de Marigny, le ministre des finances.

– Je vous attendais, déclare-t-il.

Aux murs de la petite pièce luxueusement meublée, des tableaux de batailles.

– Monseigneur, vous êtes le gardien du Trésor du roi Philippe ! s'exclame Clotilde.

– C'est le seul moyen d'être préservé : infiltrer le camp adverse. Jacques de Molay l'a bien compris. Je ne peux plus le sauver, mais en tant que Templier caché, je défends secrètement le Temple à la cour royale. Ainsi, je peux accomplir la mission de mon ami, telle qu'il va me la préciser dans la missive que vous devez me transmettre.

Évrard lui remet le tube de cuir contenant le parchemin. Enguerrand de Marigny lit avec attention.

– Que dit-il ? demande Clotilde, curieuse.

– Il me demande de préserver à tout prix la prophétie. Donnez-la-moi.

Évrard ouvre sa gibecière et en sort le codex.

Enguerrand prend délicatement l'ouvrage. Il caresse la couverture où est représentée une abeille.

– J'étais gardien du Trésor royal, me voilà le gardien de celui des Templiers, résume-t-il en souriant.

– Mais Guillaume de Nogaret ne risque-t-il pas de vous arrêter, monseigneur ? s'inquiète Évrard.

– Le roi dit plaisamment que je suis son bras droit et que Nogaret est son bras gauche. En réalité, c'est mon plus grand ennemi. Je le détestais déjà avant qu'il décide sa sinistre rafle. Maintenant, j'ai d'autant plus de raisons de préserver ce codex qu'il convoite tant.

– Vous ne pouviez pas sauver Jacques de Molay ? questionne Évrard.

Marigny ferme un instant les yeux, comme épuisé tout à coup, puis il se reprend et dit :

– Le royaume de France est au bord de la faillite. La guerre contre l'Angleterre a épuisé les réserves monétaires du roi. Il s'est endetté dans un premier temps auprès des usuriers juifs. Lorsqu'il a fallu les rembourser, il les a fait arrêter, condamner au bûcher ou expulser. Ensuite, il s'est endetté auprès des usuriers lombards et il les a, eux aussi, fait exécuter. Et enfin, il s'est endetté auprès des Templiers.

Il soupire.

– J'ai moi-même, en tant que ministre des finances, dû convaincre les hommes de votre ordre pour qu'ils consentent à nous prêter de grosses sommes… pour ensuite conseiller au roi de les éliminer.

– Alors c'est vous qui êtes en partie responsable de leur condamnation ! s'étonne Clotilde.

– C'était de toute façon inévitable. Si je ne l'avais pas fait, je serais mort, et c'est Guillaume de Nogaret qui aurait pris ma place. Je suis complice du mal, mais Nogaret aurait fait bien pire, si je n'étais pas intervenu.

– Monseigneur, depuis quand êtes-vous un Templier caché ? demande Clotilde, méfiante.

– Depuis ma rencontre avec Jacques de Molay. Dès que je lui ai parlé, cela a été comme une évidence : il faisait partie de ma… « famille d'âmes ».

– C'est étrange que vous employiez cette expression, dit Clotilde. Que signifie-t-elle pour vous, monseigneur ?

– Nos esprits se reconnaissent avant même qu'on se présente. Ce sont des choses qu'on ressent au fond de soi. Toujours est-il que nous avons parlé. J'ai découvert qu'il était encore plus admirable que je ne le pensais. Nous nous sommes alors vus très régulièrement. Il m'a instruit dans de multiples domaines. Avant de rencontrer Jacques de Molay, je considérais seulement les Templiers comme un corps de chevaliers d'élite. Ils avaient accompli des exploits en Terre sainte contre les Turcs. Jacques de Molay m'en parlait parfois. Il disait que les musulmans appréciaient les Templiers, car ils savaient que c'étaient des gens de parole et d'honneur. Les Arabes admiraient même la qualité de l'architecture des forteresses qu'ils devaient assiéger. Certaines notions transcendent les religions.

Évrard est étonné qu'il ait pu y avoir des accointances entre les musulmans et l'ordre de moines-soldats formés spécialement pour les repousser, mais il comprend aussi qu'il peut y avoir une estime mutuelle entre combattants qui se sont retrouvés sur les mêmes champs de bataille. Il se souvient que jusqu'au bout Guillaume de Beaujeu avait continué de négocier avec le sultan

Al-Ashraf Khalil et qu'il parlait de lui comme d'un homme estimable.

Marigny invite les deux jeunes gens à s'asseoir sur de larges sièges devant son bureau.

– Les Templiers sont des génies de la finance. Ils ont créé des bons de dépôt, une invention particulièrement utile. Lorsqu'un pèlerin partait en Terre sainte, il déposait une somme dans une commanderie en France et on lui donnait une lettre de change qui indiquait cette somme. Il pouvait alors voyager sans argent sur lui, donc sans risque de se faire voler. Une fois arrivé à destination, grâce à cette lettre, le pèlerin récupérait auprès du siège à Jérusalem l'intégralité de la somme en monnaie locale. Bien entendu, cette invention leur a rapporté beaucoup d'argent. En Orient comme en Occident, les Templiers gèrent un important patrimoine : plusieurs centaines de commanderies dont l'organisation est exigeante. Tout ce qui est sous leur contrôle est rentable, efficace et, comment dire…, juste. Les artisans et les paysans qui travaillent pour eux sont bien payés. Toutes leurs métairies sont rentables. L'architecture de leurs maisons est belle et nouvelle aussi. C'est en partie pour cela qu'ils ont su bâtir en France mais aussi dans tous les pays voisins.

– S'ils sont si formidables, pourquoi les avez-vous abandonnés, monseigneur ? s'agace Clotilde.

– Les Templiers dépendaient du pape et non du roi. Comment le roi aurait-il pu accepter que la deuxième plus grande fortune du pays ne soit pas sous son contrôle ? Le roi Philippe et le pape Clément sont en conflit sur beaucoup de sujets, vous savez. Les Templiers étaient au milieu de ce bras de fer. C'est politique.

– Vous les avez trahis, monseigneur ! s'indigne la jeune femme.

Marigny baisse la tête, puis son regard se perd dans les tableaux qui l'entourent.

– Jacques de Molay lui-même m'a dit : « Tu devras nous trahir et me faire arrêter pour que notre égrégore vive. Tu ne pourras pas me sauver. Mais tu pourras sauver notre spiritualité. »

Enguerrand caresse la couverture de la prophétie posée devant lui.

– Savez-vous ce que contient ce livre ? lui demande Clotilde.

– Selon Jacques : l'avenir du monde. En tout cas, pour ce que j'en sais, l'annonce de l'arrestation d'aujourd'hui, et même l'évocation de sa mort et de la mienne.

Il sourit mais son regard est sombre.

– Pour moi, la date n'est pas précisée. Je vais m'efforcer de la repousser et d'ici là agir au mieux dans l'intérêt de nos valeurs communes.

Après un silence, il ajoute :

– Mieux vaut ne pas savoir la manière et le jour de sa propre mort, n'est-ce pas ? Jacques va être torturé puis brûlé sur un bûcher sur l'île aux Juifs.

Marigny hausse les épaules.

– Jacques de Molay est victime d'une loi humaine bien connue : si quelqu'un vous supplie de lui rendre un service, et que vous le lui rendez, dans un premier temps, il vous dira merci, et dans un deuxième temps, il vous en voudra au point de souhaiter votre perte.

– De quoi accuse-t-on les Templiers ? questionne Clotilde.

– Guillaume de Nogaret a établi une centaine de griefs pour expliquer leur arrestation et leur probable exécution. Même si le pape soutient toujours l'ordre des Templiers, comme de nombreux témoignages l'affirment, il a fini par accepter l'idée qu'ils sont des hérétiques qui ont pactisé avec les forces sataniques.

– Mais ces témoignages ont été obtenus sous la torture ! proteste Évrard.

– Nogaret prétend que ce sont des sorciers et qu'ils ont un rituel de reniement qui consiste à cracher sur les crucifix, qu'ils font l'amour entre frères et qu'ils sont sodomites. Peu importe que cela soit vérifié, cela effraie et dégoûte suffisamment les gens pour qu'ils valident le choix du roi. Jeunes gens, vous devez fuir avant que la police royale ne se mette sur votre trace.

Il les raccompagne.

– Cachez-vous. Vous avez accompli un travail admirable, maintenant il faut préserver vos vies. Nos ennemis sont nombreux.

– Et vous, qu'allez-vous faire de la prophétie ? demande Clotilde.

– Pour l'instant, elle reste ici.

Clotilde et Évrard sortent en rasant les murs, affectant une démarche la plus désinvolte possible. Mais alors qu'ils déambulent ainsi, un passant lance :

– Hep, lui, là ! Je l'ai vu à la commanderie des Templiers ! C'en est un !

Aussitôt, les regards se tournent vers eux. Évrard reconnaît l'homme. C'est un mendiant qu'il a recueilli, nourri et hébergé à l'hospice du Temple.

– Eux, là, attrapez-les, ce sont des Templiers ! Il y a une prime pour leur capture ! crie quelqu'un.

La phrase de Marigny lui revient alors : si tu rends un service à quelqu'un, il te dira merci sur le moment, puis après il t'en voudra au point de tout faire pour causer ta perte.

Entourés de regards méfiants, Évrard et Clotilde s'enfuient. Ils se fondent dans la foule des petites rues. À un croisement, ils se dissimulent sous un porche. Un groupe d'hommes et de femmes répètent à tue-tête :

– Des Templiers ! Par là ! Attrapons-les !

Clotilde et Évrard restent longtemps cachés dans l'ombre. Quand la nuit est venue, la jeune femme déclare d'un ton décidé :

– Je ne vois qu'un lieu où nous serons à l'abri le temps que tout se calme.

– Où ?

– Il n'y a plus d'autre choix. À l'abbaye des Teutoniques de Paris.

83. MNEMOS. LA KABBALE.

En Europe, après la deuxième dispersion (diaspora) du IIe siècle de notre ère, se développa à côté du courant scientifique et médical un mouvement spirituel ésotérique : la kabbale.

La kabbale entendait transmettre des connaissances en mathématiques, en astronomie, en physique et en chimie.

Entre le IIIe et le VIIIe siècle, des docteurs du Talmud produisirent des textes sur le Temple idéal, le « Palais ».

Puis le corpus kabbalistique s'enrichit au Moyen Âge de divers ouvrages : le *Livre de la Création*, le *Livre de la Clarté* et d'autres furent rédigés par des rabbins décidés à décrire une nouvelle spiritualité. La kabbale fut longtemps associée à l'alchimie.

Par les formes géométriques ou les structures mathématiques convoquées par ses auteurs, elle était aussi utilisée pour produire de la musique, des tableaux ou pour concevoir l'architecture de bâtiments.
L'une des formes géométriques les plus connues de la kabbale, inventée par Azriel de Gérone (XIIIe siècle), est l'Arbre de Vie, formé de dix points nommés *Sephirot*. Ces dix points sont reliés par vingt-deux traits correspondant aux vingt-deux lettres de l'alphabet hébraïque.
Une version de la kabbale servit comme moyen d'entrevoir le futur. Elle faisait correspondre les vingt-deux lettres de l'alphabet hébraïque à vingt-deux images symboliques évoquant toutes les situations possibles dans l'évolution d'une existence humaine.
Le mot « Torah », en référence au Livre hébreu, donna le mot « tarot ». Le tarot de Marseille devint au Moyen Âge l'outil populaire le plus simple pour permettre à n'importe qui de tenter d'entrevoir son futur en interprétant les images symboliques des cartes.

84.

La prophétie est à la Sorbonne !

René Toledano envoie un SMS à Alexandre et Mélissa pour leur annoncer la nouvelle et il leur propose de les retrouver là-bas. Il hèle un taxi. Sur le chemin, le chauffeur a mis les informations et le journaliste annonce les titres :

« Football : sélection pour la Coupe du monde. À la suite du match entre l'Arabie saoudite et l'Iran, match remporté par l'équipe d'Arabie saoudite, des violences ont éclaté à Bagdad et à Beyrouth entre des membres des communautés sunnites et chiites instrumentalisés par ces deux pays. On déplore dans la capitale irakienne une centaine de blessés, plus des magasins pillés. À Beyrouth, c'est un immeuble entier abritant une société saoudienne qui a été touché par un camion kamikaze bourré d'explosifs. Il y aurait au moins une dizaine de victimes.

« La Conférence de Paris sur le réchauffement climatique se termine sans vote significatif. Le représentant chinois a déclaré : "Faire tourner à plein régime ses usines est un droit fondamental de toute nation, et ceux qui nous font la morale devraient réfléchir aux conséquences d'une politique de décroissance. Nous n'allons pas mettre la population au chômage sous prétexte que les usines polluent."

« Hué par des représentants d'États européens, il a ajouté : "Il est peut-être plus facile de ralentir l'activité de quelques millions d'ouvriers occidentaux fainéants sans cesse en grève que celle d'un milliard de Chinois actifs et enthousiastes qui fabriquent tous les objets de la consommation courante de vos pays. Vos états d'âme sur la pollution sont un comble : si vous ne voulez plus de pollution, arrêtez de consommer."

« Turquie : rencontre à Ankara, où les représentants européens sont venus négocier auprès du président turc le maintien des camps de réfugiés. Ils offrent 6 milliards d'euros à cette fin. Rappelons que la Turquie a signalé qu'elle laisserait passer en Europe les millions de réfugiés des guerres du Moyen-Orient et les réfugiés économiques d'Afrique qui se sont accumulés sur son territoire si on ne lui versait pas rapidement des aides. Rappelons aussi qu'en 2021 la présidente de l'Europe, en tant que femme, n'a pas eu droit à un fauteuil mais a dû rester assise en retrait sur un divan lors d'une visite officielle. Dans l'affaire de la gestion des réfugiés, le président turc a souligné que, si un seul pays d'Europe reconnaissait le génocide arménien, les discussions en cours deviendraient caduques.

« Science : un groupe de scientifiques du LHC, le célèbre *Large Hadron Collider*, boucle fermée de 27 kilomètres de diamètre à la frontière franco-suisse, le plus grand accélérateur du monde, a réussi l'exploit de faire reculer dans le temps une particule de proton de 1,7 seconde. Nous sommes encore loin de la machine à remonter le temps de H. G. Wells, mais cette seconde peut être considérée comme un pas énorme pour l'humanité.

« Scandale : l'UFC, Union fédérale des consommateurs, révèle que 90 % des miels vendus dans les supermarchés ne contiennent pas la moindre molécule de miel issu des abeilles, mais seulement du glucose teinté et agrémenté d'une saveur chimique imitant le miel. Sont en cause la disparition progressive des abeilles mais aussi les lacunes de la réglementation dans l'agro-industrie et la grande distribution.

« Météo. Selon les prévisions du centre national de météorologie, nous devrions avoir l'été le plus chaud de l'Histoire. En effet, tous les… »

– Vous pouvez éteindre la radio, s'il vous plaît ? demande René qui tente de se concentrer sur sa mission.

– Vous ne vous intéressez pas à ce qu'il se passe dans le monde ? Vous vous en fichez de la météo ? s'étonne le chauffeur.

Si, je m'y intéresse, justement, alors je veux pouvoir réfléchir sereinement, sans émotion et surtout sans colère.

– J'ai mal dormi, prétend-il pour ne pas lancer de débat.

Le taxi consent à baisser un peu le son de la radio mais sans aller jusqu'à le couper complètement. René ferme les yeux.

Quand j'écoute les infos, à la fin, chaque fois, je me sens triste. Ce n'est pas le sentiment dans lequel je souhaite être maintenant.

Si je veux vraiment être honnête, les actualités me mettent dans un état de déception et de terreur permanentes.

Lorsqu'il arrive place de la Sorbonne, Alexandre, Mélissa mais aussi Hodélia et Ménélik l'attendent devant la porte de la cour d'honneur. Tous s'étreignent, contents de se retrouver.

Alexandre a mis au courant Ménélik et Hodélia des enjeux liés à *La Prophétie des abeilles*. Que l'avenir de l'humanité et la paix soient liés d'une nouvelle façon à ses abeilles bien-aimées a réjoui Hodélia.

– Quand tu m'as annoncé que nous devions chercher à la Sorbonne, j'ai cru que c'était une blague, reconnaît Alexandre.

– On cherche souvent loin ce qui est tout près, lui répond René. Parfois même sous nos yeux. Il m'est déjà arrivé de chercher mes lunettes alors qu'elles étaient sur mon front.

– J'ai du temps maintenant, si je peux vous aider, propose Hodélia.

– Vous pouvez aussi compter sur moi, ajoute Ménélik.

– Donc il va nous falloir chercher ici. C'est le dernier endroit à ma connaissance où se trouvait *La Prophétie des abeilles*, explique René.

– Tu peux nous en dire plus ?

Alors René relate les événements tels qu'il les a visualisés lors de sa dernière transe.

– Ce serait donc le ministre des finances du roi Philippe le Bel qui l'aurait cachée ici ? questionne Mélissa.

– Je connais bien l'histoire de la Sorbonne, dit Alexandre après un instant de réflexion. Au XVIIe siècle, le cardinal de Richelieu a fait reconstruire l'ensemble des bâtiments et ériger la chapelle. Au

XIXe siècle aussi, de nombreuses transformations ont été entreprises. Alors je dois te prévenir, René : du collège des théologiens de l'an 1307, il reste peu de chose.

– Ce n'est pas ainsi qu'il faut poser la question, répond René. Il faut se mettre dans la peau d'Enguerrand. Où un grand personnage de l'État comme lui peut-il cacher un ouvrage précieux ?

– Il y a peut-être des archives, des caisses dans des caves comme au musée de Nicosie ? suggère Mélissa.

Ils passent toute la journée à chercher dans les recoins de l'immense université, de ses caves et de ses archives les plus anciennes, mais ne trouvent rien.

– Rentrez vous reposer, moi je continue de fouiller, dit Alexandre. Après tout, ici c'est chez moi.

– Je vais t'aider, propose Ménélik. À deux, nous serons plus efficaces.

Les deux amis décident d'établir un plan d'exploration méthodique des parties les plus anciennes de l'université.

– Et moi ? Je compte pour rien ? demande Hodélia à Ménélik. C'est parce que je suis une femme que tu considères que je n'ai pas le droit de participer à vos recherches ?

Ménélik et Hodélia ont jusque-là toujours affiché une parfaite entente devant leurs amis, et cette soudaine querelle surprend les trois Français.

– Mais non, ma chérie, se défend Ménélik. Mais tu comprends, avec Alexandre, on se connaît bien et, surtout, on connaît parfaitement cette université. Alors que toi, tu n'y es jamais venue…

– C'est toujours pareil, dès qu'il y a un thème historique, tu m'exclus. Pour toi, l'histoire et la science sont deux domaines séparés, c'est ça ?

Puis ils continuent à se disputer en hébreu. René éprouve quelque chose d'étrange à voir ce couple qu'il aime bien en conflit. Cela lui rappelle les disputes entre son père prof d'histoire et sa mère prof de sciences. Eux aussi avaient une vision du monde différente, probablement influencée par leur activité.

Comme si l'intérêt pour la science ne pouvait s'accommoder d'un intérêt pour l'histoire.

Et vice versa.

Ménélik ne se laisse pas faire et vu le ton de leur conversation en hébreu, les autres comprennent qu'ils se font maintenant des reproches qui concernent des aspects plus intimes ou plus anciens de leur vie.

Brusquement, Hodélia s'arrête et annonce :

– Pardonnez-moi, chers amis. Je suis désolée que nous nous donnions en spectacle ainsi, mais c'est… Ménélik… enfin, il est borné, et il veut toujours avoir raison. Allez, tu as gagné. Je préfère remonter dans ma chambre. Je vous laisse entre hommes accomplir des choses importantes pendant que moi je vais juste… faire ce que les femmes font depuis la nuit des temps, c'est-à-dire… attendre dans la caverne le retour des chasseurs.

Elle cherche encore un instant un autre argument mais n'en trouve pas, alors elle salue d'un signe de tête et tourne les talons.

René, Alexandre et Mélissa échangent des regards un peu gênés. Ménélik, lui, reste impassible dans son fauteuil roulant.

Quelque part, ça me rassure que ces deux-là, qui semblaient être le couple parfait, soient finalement comme les autres. Leur kibboutz et les tensions politiques en Israël n'y sont pour rien. Ils se font les mêmes reproches que ceux que me faisait Opale avant qu'elle ne me quitte pour son Markus.

Puis Alexandre déclare :

– Bon, eh bien, Ménélik et moi allons tenter de trouver la prophétie en ces murs. Après tout, ce n'est qu'un livre à trouver…

85.

Les livres brûlent.

L'année précédente, Philippe le Bel avait ordonné des autodafés pour détruire les livres des Juifs avant de décréter leur expulsion officielle. Cette fois-ci, ce sont ceux des Templiers qui partent en fumée.

Évrard, qui entre-temps a appris à lire, est choqué par ces bûchers installés sur plusieurs places parisiennes.

On commence par brûler des livres, on finit par brûler des gens.

Évrard et Clotilde arrivent par la grand-rue Saint-Denis dans l'abbaye Saint-Magloire, où le roi a accordé à son nouvel ami le grand maître des Chevaliers teutoniques Siegfried von Feuchtwangen un droit temporaire de séjour pour son ordre.

Les Teutoniques dépendent du pape et les sergents de la milice royale n'ont pas le droit d'y entrer, en principe.

Les gardes aux capes arborant la croix noire saluent Clotilde et son compagnon. Clotilde vit dans l'abbaye depuis quelques années. Ils rejoignent les appartements de la jeune femme.

Elle s'étend sur le lit. Il s'assoit près d'elle.

– Je déteste cet endroit mais nous n'avons guère le choix. Nous allons attendre que le calme revienne, puis nous solliciterons de nouveau Enguerrand de Marigny.

– Je regrette de ne pas avoir lu le dernier chapitre de la prophétie, soupire Évrard. Que va-t-il se passer après l'an 2000 ? C'est si loin !

L'idée les intrigue.

– Comment vois-tu le futur ? lui demande-t-elle.

– Je crois que la chrétienté vaincra. Nous allons reconquérir Jérusalem. Même les Juifs et les musulmans reconnaîtront le message d'amour du Christ, ils se convertiront et il n'y aura que des chrétiens sur terre, dit-il.

– Et si nous échouons ?

– L'Apocalypse de saint Jean nous donne quelque idée de ce qui se passera à la fin des temps, rappelle Évrard.

– Les quatre cavaliers de l'Apocalypse ? Si je me souviens bien, il y a le chevalier blanc de la conquête, le chevalier rouge de la guerre, le chevalier noir de la famine et le chevalier vert de la peste ? Ce n'est pas un avenir très joyeux.

– Mais ensuite les survivants pourront connaître un monde enfin apaisé.

– Dans l'eschatologie juive, il y a aussi une description du futur, se souvient-elle.

– L'eschatologie, dis-tu ?

– C'est un pan de la pensée juive qui réfléchit à la fin des temps.

– Et alors, cela raconte quoi ?

– Selon les prophètes Zacharie et Ézéchiel, il y a tout d'abord une époque de souffrances avec notamment la guerre de Gog et de Magog ; puis le retour du prophète Élie qui lui-même annonce l'arrivée du nouveau Messie qui se révèle à la face du monde. Ensuite, c'est la résurrection des morts, le Jugement dernier et enfin l'établissement d'un monde de paix pour tous les hommes et pour l'éternité.

Évrard est impressionné par les connaissances de la jeune femme.

– Moi, j'imagine qu'un jour, on ira jusqu'au bout du monde, jusqu'au bord de ce plateau d'où l'eau s'écoule dans le cosmos.

– Et moi, répond Clotilde, j'imagine qu'un jour tous les anges se révéleront en même temps et parleront tous aux hommes pour les guider.

– Et les démons ? Je me souviens de ce que m'avait confirmé l'exorciste de Nicosie : parfois, ils se font passer pour des anges. Comment les reconnaître ?

– À leurs cornes et à leurs langues fourchues, Évrard.

Le jeune homme n'a aucun autre argument à proposer.

– Dans le futur, je crois que l'on pourra fabriquer des arbalètes énormes qui tirent de très loin, prédit-il. Il y aura peut-être aussi des catapultes capables de lancer des rochers énormes. Peut-être que nous prendrons de nouveau Jérusalem avec des armes de cette sorte ? Tu as d'autres visions de futurs possibles, Clotilde ?

– Eh bien, moi, j'imagine que les femmes pourront décider avec qui elles se marient. Ce ne seront plus les parents qui s'arrangeront entre eux pour lier des familles. Et puis on ne mariera plus les filles de treize ans à des vieux riches, comme ça m'est arrivé, on attendra qu'elles aient au moins seize ans et on leur demandera leur avis. J'imagine même un monde où toutes les femmes sauront lire. Quoi d'autre ?

– J'imagine des carrosses avec des dizaines de chevaux qui les tirent simultanément pour aller encore plus vite. Et puis il y aura d'énormes bateaux si grands qu'on pourra mettre des milliers de gens à l'intérieur.

– En fait, pour toi, le futur, c'est juste comme le présent mais avec tout plus gros : les flèches, les rochers des catapultes, les bateaux et les carrosses ! remarque-t-elle en se moquant.

– Les villes aussi, je les imagine plus grandes, renchérit Évrard sans se démonter. Plus grandes encore que Constantinople ! Non plus des dizaines de milliers d'habitants, mais des centaines de milliers !

– Moi, j'imagine que les gens vivront plus longtemps ! dit Clotilde.

– Mais alors, il n'y aura que des vieux partout ?

– Non, parce que les tout-petits ne mourront plus si jeunes ! On vivra tous jusqu'à cent ans !

Il éclate de rire.

– Cent ans ! Tu sais ce qui me plaît chez toi ? Tu es d'un optimisme délirant...

On entend soudain des hurlements au-dehors.

– Ça vient de la prison, dit Clotilde. Ils torturent les Templiers.

Évrard se lève, outré.

– Nous ne pouvons plus agir, l'arrête la jeune femme en lui saisissant fermement le poignet. Il faut attendre et surtout ne pas sortir. Il n'y a qu'ici que nous sommes en sécurité.

Évrard se rassoit.

– Ainsi, c'en est fini de mon ordre, soupire-t-il. Je me sens soudain orphelin.

– Ne l'étais-tu pas déjà ?

– L'ordre était devenu ma nouvelle famille.

Ils se regardent, graves tout à coup.

– Nous sommes toujours seuls, dit-elle. Par moments, j'ai l'impression que Dieu se moque de nous ou nous met à l'épreuve en nous offrant de belles choses qu'il nous enlève par la suite.

Elle baisse les yeux et Évrard sent qu'elle hésite à ajouter quelque chose.

– Tu regrettes ton mari, Clotilde ?

– Non, il est mort il y a si longtemps ! Et puis, tu sais, nul n'est entièrement bon ou entièrement méchant. Et le fait d'être templier ou teutonique ne préserve pas de faire le mal.

Évrard hoche la tête.

– C'est vrai. Gérard de Ridefort a trahi, et c'était un Templier.

– Tu parles de la grande défaite de Hattin, près du lac de Tibériade ?

– Oui. C'était en juillet 1187. À cause de la fourberie de notre grand maître templier Gérard de Ridefort, les croisés ont subi leur première grande défaite face aux musulmans. Saladin a fait exécuter tous les Templiers qu'il a capturés et n'a épargné que ce traître. C'est en grande partie à cause de cette défaite que nous avons ensuite perdu Jérusalem puis Saint-Jean-d'Acre. C'est Ridefort qui a été la cause de l'effondrement du royaume latin d'Orient.

– Cela prouve en tout cas qu'un seul homme peut faire basculer l'Histoire, et que les Templiers n'étaient pas tous bons.

Évrard se raidit :

– Parce que je les ai vus agir, je peux te dire que Jacques de Molay est un homme bon et Guillaume de Nogaret un être ignoble.

– Non, ce n'est pas si simple. Comme tu sais, je parle avec mon ange gardien.

– « Ton » saint Alexandre ?

– Il m'a dit que ce qui se passe aujourd'hui n'est que le résultat d'erreurs anciennes de nos ancêtres. C'est à nous d'inventer un monde meilleur que celui de nos parents. Les tiens t'ont abandonné. Les miens m'ont forcée à me marier avec un inconnu… Reconnaissons que ceux qui sont censés nous aimer le plus ne nous ont pas fait du bien. C'est pour cela que je crois davantage aux familles d'âmes qu'aux familles de même sang.

Ils restent ainsi un moment, puis Clotilde lui prend la main. Il rougit, mais laisse sa main dans la sienne.

– Pardon, Clotilde. Nous les Templiers nous sommes des moines-soldats qui avons fait vœu de chasteté, dit-il en baissant les yeux.

– Peut-on considérer que, puisque ton ordre de moines-soldats a disparu, tu es libéré de ce vœu ?

– Je n'ai jamais… Enfin… je ne connais rien aux choses de l'amour, avoue-t-il.

– À trente-trois ans ?

– J'ai respecté mon engagement sacré.

Il songe :

Maintenant elle sait que je suis vierge.

– C'est tout à ton honneur, mais toi qui es curieux, n'as-tu point le désir de découvrir le monde du plaisir des sens ?

– Mais tu es veuve, Clotilde !

– Précisément. La mort de mon mari m'a libérée de la fidélité conjugale comme la fin des Templiers t'a libéré de la chasteté…

Elle le regarde intensément, puis elle pose la main d'Évrard à l'intérieur de son corsage, sur son sein. Il a l'impression de toucher une plaque brûlante, il veut retirer sa main, mais elle la retient avec suffisamment de force pour l'en empêcher.

– Tu veux que je te le raconte, le futur proche ? murmure-t-elle. Pas celui de l'an 2000, mais celui de demain. Nous risquons de mourir dans les heures ou les jours qui viennent. Je te propose de faire cette expérience extraordinaire qu'on nomme l'amour.

– Jésus-Christ a dit…

– Jésus-Christ a dit : « Aimez-vous les uns les autres », mais ce n'est qu'ensuite que des barbons tristes en robe de bure se sont autoproclamés détenteurs exclusifs de la pérennité de sa parole et ont inventé le diable pour que les gens vivent dans la crainte et que les prêtres puissent se poser en unique recours. S'aimer librement n'est pas un acte pervers. Tous ces hommes qui prétendent le contraire et qui disent connaître les intentions de Dieu veulent seulement dominer les autres. Leur morale est un moyen d'assujettissement. Réfléchis ! Si Dieu a voulu que j'aie cette belle poitrine, c'est pour qu'elle soit caressée.

La main d'Évrard commence à se détendre. Alors, profitant de cette lente capitulation, elle prend son autre main et la pose sur son second sein.

– Ferme les yeux, et sens mon cœur qui bat pour toi, Évrard.

Fuis ! Enfuis-toi vite !

– Et si Dieu a voulu que j'aie cette bouche, c'est pour embrasser.

Il ferme les yeux. Alors, en prenant bien garde à ne pas l'effaroucher, elle approche ses lèvres lentement jusqu'à ce qu'elles frôlent les siennes.

Va-t'en, pars !

Évrard grimace douloureusement.

– Qu'y a-t-il ? demande-t-elle.

– Mon démon. Il me parle de nouveau. Il me dit de fuir.

Il se tape les tempes avec les poings en répétant :

– Maudit démon !

Mais non, imbécile, je ne suis pas un démon, je suis ton ange, saint René, et je te conjure de t'enfuir tout de suite. Par la fenêtre. Ce n'est pas haut !

Et tandis que Clotilde pense qu'il la repousse, Évrard se démène pour faire sortir cette entité parasite de son crâne.

C'est alors que la porte s'ouvre d'un coup et qu'apparaissent deux Teutoniques armés d'épées. Avant que Clotilde et Évrard aient eu le temps de réagir, ils ont la pointe de leurs lames sur leur cou. Un prévôt arborant les armoiries royales déclare :

– Je vous arrête, au nom du roi Philippe !

Aussitôt des soldats les entravent de chaînes et les forcent à rejoindre une charrette stationnée dans la cour de l'abbaye.

– Je suis Clotilde von Feuchtwangen, la veuve du grand maître Konrad von Feuchtwangen ! répond très calmement Clotilde.

Mais personne ne l'écoute et les hommes les font monter sans ménagement dans la charrette où se trouvent déjà plusieurs autres Templiers en chemise et blessés. Des soldats leur ordonnent de quitter leurs habits et de ne garder que leur longue chemise. La charrette s'ébranle.

La populace lance des cris haineux :

« Voleurs ! Usuriers ! Suppôts de Baphomet ! Adorateurs de Belzébuth ! Sodomites ! Idolâtres ! Sorciers ! »

Ils doivent encore, comme les autres prisonniers, subir les crachats et les jets de cailloux et d'immondices.

Évrard n'en revient pas.

Je ne connais pas ces gens et ils me détestent. Et je ne peux pas leur dire : « Vous vous trompez. On vous a abusés, pour voler notre fortune. C'est le roi, votre ennemi ! Pas nous ! »

Clotilde reste stoïque.

– C'est fini, glisse-t-elle à Évrard. Tout est fini pour nous.

Dans la prison de l'île de la Cité, ils sont enfermés dans une grande cellule froide et humide avec, comme unique source d'éclairage, une ouverture sans vitre d'où filtre un fin rayon de lumière.

Il n'y a pas de lit, juste une paillasse recouverte d'un tissu sale.

Dans un coin, une cruche d'eau avec deux bols. Ils entendent les couinements aigus des rats que leur arrivée a dérangés, et des hurlements qui traversent les murs.

Ils s'assoient sur la paillasse, accablés et résignés.

Au bout d'un long moment, des gardes les conduisent dans une vaste pièce éclairée par des torches, qui grouille de monde et retentit de cris. Plusieurs Templiers subissent la torture : un homme est écartelé sur un chevalet, un autre est suspendu, les bras et les jambes alourdis par des poids, on brûle la plante des pieds d'un troisième au fer rouge. Les hurlements sont assourdissants. Une odeur d'urine et de chair brûlée les prend à la gorge.

Guillaume de Nogaret, un chapeau mou à trois cornes sur la tête, est entouré par des moines et des bourreaux qui portent un capuchon pour dissimuler leur visage. Nogaret est de petite taille, corpulent. Il a un long nez épaté et la mâchoire inférieure proéminente. Il se tourne vers les deux jeunes gens.

– Où est la prophétie ? Où l'avez-vous déposée ?

– Nous ne savons pas de quoi vous parlez, répond crânement Évrard.

– J'aimerais vous éviter de subir la torture, mais il faut que vous m'aidiez. Je serais désolé de… vous voir endurer cela pour rien. Nous arrivons toujours à savoir la vérité.

Nogaret s'approche de Clotilde et lui caresse la joue avec un air équivoque qui provoque chez la jeune femme un frisson de dégoût.

Un homme resté jusque-là dans la pénombre s'avance. Clotilde le reconnaît.

– Siegfried ! Je suis de ta famille ! Ne les laisse pas me toucher !

Mais le chevalier teutonique la saisit à la gorge.

– *La Prophétie des abeilles* nous appartient. Je la veux !

Évrard hurle :

– Non !

Clotilde crache au visage de Siegfried. Nogaret leur dit :

– Je vous laisse réfléchir toute la nuit et demain matin, Guillaume Humbert et moi, nous procéderons à votre interrogatoire.

Nogaret fait signe aux gardes de les emmener dans leur cellule.

– Interrogez-les ! s'indigne Siegfried en essuyant le crachat.

– Nous avons beaucoup d'autres prisonniers dont il nous faut nous occuper, tranche Nogaret.

– Mais je vous ai dit l'urgence de questionner ces deux-là, s'énerve le grand maître teutonique. Ils ont peut-être donné la prophétie à quelqu'un qui risque de quitter Paris sur l'heure ! Chaque minute compte !

Guillaume de Nogaret change de ton envers son invité :

– Messire Siegfried, sachez que nous apprécions votre apport dans cette affaire. Cependant... vous êtes curieux de l'avenir, mais moi, c'est le présent qui m'inquiète. Je dois obtenir des aveux d'hérésie, sinon le pape pourrait nous désavouer et excommunier le roi. Je vous l'ai dit : chacun ses priorités.

Siegfried jette un dernier regard sombre à Clotilde puis quitte la salle d'interrogatoire.

Sur le chemin du retour, l'un des gardes leur chuchote :

– Vous feriez mieux de parler. L'inquisiteur Humbert est un homme qu'il vaut mieux éviter de rencontrer.

Clotilde et Évrard sont de nouveau enfermés dans la grande cellule. Ils restent de longues minutes prostrés, tremblants, incapables de se parler.

Soudain, la grosse serrure se met à grincer, ils frémissent d'effroi. Mais c'est Enguerrand de Marigny qui entre. Ils se jettent tous les deux à ses pieds.

– Par pitié, monseigneur, il faut nous sortir d'ici ! implore Évrard.

– En tant que représentant du roi, j'ai le droit d'assister aux interrogatoires et de rendre visite aux prisonniers, mais Nogaret peut seul décider de votre sort. Croyez bien que j'en suis navré.

Ils se relèvent.

– Je suis venu pour vous aider. J'ai la possibilité de vous éviter la torture.

Clotilde et Évrard échangent un regard plein d'espoir. Marigny sort de sa manche un sachet noir.

– *Conium maculatum*, plus connu sous le nom de ciguë.

– Le poison que Socrate a pris pour mourir ? croit se souvenir Clotilde.

– Il n'y a pas d'antidote. Il faut délayer cette poudre dans de l'eau puis tout boire d'un trait.

Enguerrand de Marigny poursuit :

– Sachez que votre sacrifice ne sera pas vain. Ce que nous accomplissons vous et moi aujourd'hui comptera pour les prochaines générations.

Il prend congé et les laisse avec l'inquiétant sachet noir.

86. MNEMOS. L'INVENTION DU CHRISTIANISME ROMAIN.

En l'an 313, l'empereur romain Constantin se convertit au christianisme et cessa les persécutions des chrétiens (qui formaient quand même déjà dix pour cent de la population de la ville de Rome).

Cependant, afin d'adapter cette nouvelle religion à la

culture romaine, il organisa le concile de Nicée censé mettre au point la religion officielle. Il fallait repenser le Nouveau Testament afin d'enlever aux Romains la culpabilité de la crucifixion de Jésus.

Le personnage de Judas fut alors mis en avant comme l'image du traître. Et la faute retombait sur les rabbins du Temple et le peuple juif.

Au concile de Nicée, les évêques ayant enfin trouvé une « bonne réécriture » de l'histoire de Jésus devaient résoudre un dernier problème : la circoncision. Pouvait-on être chrétien si on n'était pas circoncis ? Finalement les évêques résolurent le problème en considérant que Jésus-Christ n'était pas un humain mais un demi-dieu et qu'en conséquence son corps était immatériel et ne pouvait donc pas être coupé.

Ce dilemme enfin résolu, le christianisme d'État pouvait être installé : toutes les populations vivant dans l'Empire romain furent sommées de renoncer au culte de Jupiter ou à leurs cultes particuliers pour se convertir à la nouvelle religion catholique. Le mot catholique signifiant en grec « universel ». Si bien que, paradoxalement, après une période de tolérance envers toutes les religions locales (du moment que leurs adeptes payaient leurs impôts), l'Empire romain changea complètement de politique et définit comme « superstition » et « paganisme » tous les cultes non chrétiens.

En Égypte, Hypatie, la fille de Théon, le directeur de la Grande Bibliothèque d'Alexandrie fondée par le roi grec Ptolémée, continuait cependant d'enseigner la géométrie, l'astronomie, les mathématiques, la philosophie, la diététique (suivant le courant de Pythagore et d'Aristote) au

peuple dans la rue. Cela déplut au patriarche chrétien d'Alexandrie, Cyrille (qui sera connu par la suite comme « saint Cyrille »). Celui-ci organisa alors l'enlèvement d'Hypatie. Ils la capturèrent par surprise, l'enchaînèrent à un char et la traînèrent nue dans la ville avant de la couper en morceaux et de brûler enfin ces morceaux devant la foule fanatisée qui les encourageait.

Le patriarche Cyrille ordonna ensuite l'incendie de la Grande Bibliothèque d'Alexandrie qui comprenait à l'époque 500 000 rouleaux. Beaucoup d'ouvrages purent cependant être sortis et cachés in extremis par des étudiants d'Hypatie.

Cyrille, soupçonnant que les Juifs avaient été complices de cette action de sauvegarde, les fit tous expulser de la ville.

87.

Après avoir laissé leurs amis à la Sorbonne, Mélissa et René se dirigent vers le métro en bavardant. René propose à Mélissa de venir dîner sur sa péniche. Elle accepte.

Avant de préparer le repas, René demande à la jeune femme de patienter quelques minutes. Il veut procéder à une régression pour obtenir plus d'informations sur la prophétie.

À la surprise de Mélissa, René part s'enfermer dans les toilettes. Même chez lui, il se sent mieux dans ce petit espace clos dont on peut fermer la porte à clef sans choquer personne.

Elle s'installe dans le salon et fait quelques recherches sur son téléphone sur l'histoire de la Sorbonne. Enfin, elle entend le bruit de la chasse d'eau. René revient dans le salon.

– Ils vont mourir, annonce-t-il.

Mélissa le regarde fixement, puis déclare :

– Je souhaiterais retenter l'expérience d'hypnose régressive. Ce n'est pas parce que ça n'a pas fonctionné dans l'avion que je dois abandonner. Tout ce que j'ai entrepris, à bien y réfléchir, a débuté par une suite d'échecs.

Mélissa se lève du fauteuil crapaud où elle était assise et déambule dans le salon à la recherche de quelque chose.

– Je pense avoir la solution à mon incapacité à lâcher prise, dit-elle.

– Quoi ?

– L'alcool. En boire un peu m'aidera à me détendre.

– Tu plaisantes ?

– Depuis le départ, si j'ai bien compris, il faut suivre tout ce qui porte le symbole des abeilles, n'est-ce pas ?

Mélissa s'arrête devant une étagère. Une bouteille d'hydromel est posée là. Elle la prend et caresse du doigt l'étiquette dorée sur laquelle est représentée une abeille.

– Tu m'as dit que c'est ce que buvaient les croisés à Jérusalem, non ?

– Ce sont des amis bretons qui m'ont offert cette bouteille, mais je ne l'ai jamais ouverte. J'avais oublié qu'elle était là.

Mélissa lit ce qui est écrit sur la bouteille.

– C'est la première boisson alcoolisée de l'humanité. On en buvait au Néolithique, il y a 10 000 ans.

René examine à son tour la bouteille.

– Quinze degrés. Ça va te saouler.

– Ça ira, répond Mélissa.

– Non, ça n'ira pas. C'est une règle de la pratique de

l'hypnose : pas de séance si on a pris une substance psychoactive. Ça trouble les idées.

– Tout poison peut aussi être un médicament, tout dépend du dosage et de la situation précise dans laquelle on l'utilise.

– Même la ciguë ? demande René.

– Bien sûr. Jadis, c'était le plus terrible des poisons, mais de nos jours, c'est utilisé à faible dose comme traitement de la maladie de Parkinson, de l'asthme et de la coqueluche.

– Dans ce cas..., concède René.

Il ouvre la bouteille, verse le liquide doré dans un verre à pied et le lui tend. Elle respire les arômes qui s'en dégagent, puis vide le verre d'un trait.

– Un autre, réclame-t-elle sans attendre.

Il la ressert.

– Maintenant je me sens prête, déclare-t-elle après l'avoir bu.

Elle s'allonge sur un divan au fond du salon et il s'assoit sur une chaise près d'elle.

– Ferme les yeux, inspire profondément. Sens un engourdissement qui remonte progressivement depuis l'extrémité de tes pieds. Il arrive à tes jambes. Ton ventre. Tes mains. Tes bras. Tes épaules.

Il attend et constate qu'enfin ses mains se détendent.

– Tout ton corps est désormais comme un objet lourd posé sur le divan.

Elle se détend encore un peu plus.

– Maintenant, visualise un escalier de cinq marches. Descends-les. Au bas de la dernière se trouve la porte de ton inconscient. Je te donne la clef pour l'ouvrir. Introduis-la et tourne. Si ça résiste, renonce et remonte, sinon, tu peux entrer.

Mélissa suit en silence les suggestions de René, puis enfin elle annonce :

– … La porte s'ouvre…

Elle sourit tout en gardant les yeux fermés, visiblement soulagée d'avoir enfin franchi ce cap.

– Maintenant visualise un couloir avec les portes numérotées de tes vies antérieures.

– … Ça y est.

– À quoi ressemble ce couloir ?

– Il est rose. Le sol, les murs et le plafond sont rouges, mais les portes sont roses et les chiffres sont blancs. La porte plus proche indique le nombre… 201.

Elle a une âme plus ancienne que la mienne.

– Maintenant, formule le souhait de la vie que tu veux visiter.

– Je veux voir celle où j'ai été le plus proche de la prophétie…

– Alors regarde bien, une porte va s'éclairer.

Il se passe encore quelques dizaines de secondes, et enfin elle déclare :

– C'est la porte numéro 30.

– Vas-y. Et utilise la clef pour l'ouvrir. Dis-moi si tu y arrives.

Un temps s'écoule puis elle articule :

– Cela fonctionne.

– Franchis le seuil.

– C'est fait.

– Tu es dans le brouillard. Mais tu vas commencer par disperser ces vapeurs opaques pour voir le corps de cette ancienne vie. Regarde tes mains. Quelle est la couleur de ta peau, quel est ton sexe, quel est ton âge probable ?

– Je suis un homme blanc de… je dirais… autour de quarante-cinq ans. J'ai une bague. Les manches de mon vêtement sont d'un style moyenâgeux, mais d'un tissu luxueux. C'est un homme riche.

– Disperse encore un peu plus le brouillard et observe les alentours. Trois questions : jour ou nuit, dedans ou dehors, seul ou avec d'autres personnes ?

– Je suis… seule. Par la fenêtre, je vois que dehors il fait jour, mais moi, je suis dans une pièce froide, les murs sont en pierre. Je suis… à quatre pattes, penchée au-dessus d'un trou.

– Un trou ?

– Oui, c'est comme un œil-de-bœuf, mais dans le sol. Cela me permet d'observer ce qu'il y a en dessous sans être vue.

– Et qu'observes-tu ?

– Je distingue un homme et une femme dans la cellule d'une prison, éclairés par un fin rayon de soleil.

88.

Clotilde a mis le contenu du sachet noir dans un bol et a versé de l'eau, puis elle a mélangé la mixture pour obtenir un liquide homogène gris anthracite qui dégage une odeur de poivre.

Elle tend le bol à Évrard. Il boit par petites gorgées prudentes. L'amertume lui donne un haut-le-cœur mais il avale quand même. Il tend le bol à Clotilde. Elle boit d'un trait ce qui reste.

– Tu as peur de mourir ? lui demande-t-il.

Elle hausse les épaules.

– Je préfère mourir comme ça que sous la torture. Et puis la mort, ce n'est pas si grave.

– Moi, j'ai peur, et pourtant, savoir affronter dignement ce moment fait partie de l'enseignement des Templiers. Chez nous on dit que « au moment où la chenille croit voir venir sa fin, elle se transforme en fait en papillon ».

Clotilde regarde Évrard et sourit.

– J'ai bien utilisé ce corps, j'ai bien aimé cette vie, déclare-t-elle. Cette expérience-là est achevée, mon âme est prête à continuer son chemin dans le temps et dans l'espace.

Elle se tait un instant et ajoute d'une voix très douce :

– Tout ce que je souhaite, c'est… te retrouver à la suivante.

– Je le désire aussi, murmure René, les yeux plongés dans ceux de Clotilde.

Les deux prisonniers ne voient pas qu'au-dessus d'eux quelqu'un les observe.

– Comment te reconnaîtrai-je ? questionne Évrard.

– Tu parlais des chenilles qui se transforment en papillons… Eh bien, prenons cet insecte comme signe de reconnaissance.

– J'ai encore mieux, dit-il. Les abeilles. Après tout, nous nous sommes donné beaucoup de mal pour préserver la prophétie qui porte ce nom. Espérons que l'abeille nous guidera encore.

– Bzzzz ? fait tendrement la jeune femme.

– Bzzzz ! répond Évrard.

Sur la paillasse dans la cellule froide et désolée, les deux jeunes gens s'étendent. Ils s'embrassent, ils font l'amour et, un instant, dans ce lieu sinistre, ils sentent comme une chaleur intérieure qui monte.

Ensemble, ils deviennent incandescents. Et le plaisir croît en eux en même temps qu'une étrange énergie. Leurs deux corps ne forment plus qu'une entité. Une entité lumineuse. Éros et Thanatos.

Simultanément, ils poussent un cri de pâmoison qui se transforme en un dernier souffle. L'orgasme et l'agonie sont simultanés. Ils expirent et leurs esprits s'envolent ensemble hors de leurs corps pour se transformer en formes éthérées. La phrase lumineuse se répète autour de ce qu'ils sont désormais.

Au moment où la chenille voit venir sa fin, elle se transforme en papillon.

Leurs dépouilles charnelles, encore parcourues d'infimes spasmes nerveux, s'écroulent comme des marionnettes dont on aurait coupé les fils.

89. MNEMOS. LA PENSÉE D'AVERROÈS.

L'hégémonie de l'Empire romain s'acheva le 4 septembre 476 avec la déposition de l'empereur Romulus (ironie de l'Histoire, il avait le même nom que le fondateur de Rome).

Sur toutes les frontières, les peuples voisins dits « barbares » déferlèrent alors sur l'Empire romain d'Occident en pleine décomposition. Les Vandales, les Goths, les Ostrogoths, les Burgondes, les Francs, les Wisigoths, les Suèves, les Huns envahirent ce territoire et créèrent des royaumes indépendants.

Seul survécut l'Empire romain d'Orient dont la capitale était Byzance (actuellement Istanbul). Mais les Byzantins étaient affaiblis par une guerre qui durait déjà depuis vingt-six ans contre les Perses. Et aucun des deux empires ne parvenait à surpasser l'autre.

Profitant de l'épuisement de ces deux forces régionales, apparut en l'an 620 une troisième force : une armée arabe prônant une nouvelle religion, l'islam.

En l'an 636, les Arabes gagnèrent à la bataille de Cadesie

contre les Perses, ce qui leur ouvrit l'accès aux territoires qui correspondaient à l'Iran, l'Irak, la Syrie, la Palestine, l'Égypte, puis le Maghreb.

Dans la zone de conquête arabe, les chrétiens, les Zoroastriens, les Juifs étaient autorisés à continuer à pratiquer leur foi en tant que « peuples du Livre », mais ils devaient payer un impôt supplémentaire pour avoir le droit de conserver leur croyance religieuse.

En l'an 642, lors de l'invasion de l'Égypte par les Arabes, le général Sa'd ibn Abi Waqqas arriva à Alexandrie et découvrit la Grande Bibliothèque qui contenait encore beaucoup de rouleaux de papyrus intacts. Il demanda quoi faire de tous ces textes au calife Omar. Celui-ci lui répondit : « Jette-les à l'eau. Si leur contenu indique la bonne voie, Dieu nous l'a déjà donnée. S'il indique la voie de l'égarement, Dieu nous en a préservés. »

Cependant, là encore, grâce à quelques étudiants courageux, quelques milliers de rouleaux purent malgré tout être préservés. Ils furent cachés et circulèrent clandestinement dans le territoire.

En l'an 711, les Berbères convertis à l'islam passèrent le détroit de Gibraltar et envahirent l'Espagne occupée par les Wisigoths.

Deux dynasties arabes se disputaient le pouvoir à Damas, la dynastie des Omeyyades et celle des Abbassides. Après une succession d'assassinats et de massacres, les Abbassides prirent le pouvoir. Un des rares survivants de la dynastie des Omeyyades, Abd al-Rahman, réussit à fuir en Espagne. Il créa en l'an 750 un nouvel État musulman dont la

capitale était Cordoue et qui rejetait l'autorité du calife abbasside installé à Bagdad.
Pendant deux siècles, le califat de Cordoue se mit à devenir un territoire prospère, tolérant, ouvert à la science. Le calife créa l'Université de Cordoue dont la bibliothèque contenait 400 000 volumes. On y étudiait aussi bien la botanique que l'astronomie ou les mathématiques. Les trois religions monothéistes y vivaient en bonne entente et participaient à l'essor économique, culturel et scientifique de la cité.
Ce fut là qu'apparut Ibn Rushd (qui sera par la suite connu en Occident sous le nom d'Averroès). Il exerçait la fonction de grand cadi (juge musulman) à Séville et à Cordoue, puis ajouta une seconde fonction : celle de médecin privé du sultan Abu Yaqub Yusuf. Mais sa passion était surtout de discuter philosophie avec les membres des autres religions et notamment de l'interprétation des textes d'Aristote auquel il vouait une vénération. Ibn Rushd écrivit un grand commentaire sur le « traité de l'âme » d'Aristote et en expliqua chaque paragraphe. Dans ce texte il posait surtout la question : « Est-ce que l'âme et le corps sont séparés ? »
La renommée d'Ibn Rushd finit par être connue par les chrétiens et les Juifs qui s'en référèrent, ce qui permit la diffusion en Europe des connaissances de l'Université de Cordoue, comme par exemple les nombres utilisés par les Arabes (qui sont en fait d'origine indienne). L'esprit de la bibliothèque d'Alexandrie renaissait ainsi à Cordoue et donna à la civilisation arabe un avantage pendant quelques décennies. Cependant, vers la fin de sa vie, Ibn Rushd fut

lui-même accusé d'hérésie par le nouveau calife Yaqub al Mansur.
En 1197, un jugement lui interdit de pratiquer la science ou la philosophie, il dut partir en exil et ses livres furent brûlés en autodafé sur la place publique.
Très affecté par cette condamnation, Ibn Rushd mourut l'année suivante. Ce fut le signe de la fin de cette période de tolérance et d'ouverture envers la science. Et paradoxalement, ce seront les Juifs Moise Maimonide et Isaac Albalag, et les chrétiens Thomas d'Aquin, Albert le Grand puis Dante et Pic de la Mirandole, qui feront vivre son œuvre philosophique et scientifique à titre posthume.

90.

Mélissa respire de plus en plus vite. Sous ses paupières, ses yeux s'agitent puis soudain restent fixes.
René Toledano sent qu'il faut la faire revenir.
– Mélissa, tu m'entends ?
La jeune historienne ne bouge pas, toujours figée. Même sa respiration semble bloquée.
– Mélissa ?
Elle n'a pas le moindre frémissement.
– Mélissa ? Ca va ?
Bon sang, il ne manquait que cela. Elle a l'air bloquée entre les deux espaces-temps. Cela n'était jamais arrivé.
Il lui saisit précautionneusement le poignet et s'aperçoit que le pouls bat encore.

Le corps n'est pas affecté, mais elle est dans un état de conscience bizarre.

Comme coincée entre deux mondes.

Qu'est-ce que je fais ? C'est la première fois que ce genre d'incident m'arrive. Que faire quand quelqu'un est coincé entre deux espaces-temps ?

Il faudrait que j'appelle Opale. Elle seule doit savoir.

Et puis les lèvres de la jeune femme et sa mâchoire se desserrent. Ses lèvres s'entrouvrent à peine.

– Tu m'entends, Mélissa ?

– … Mmh…

Le jeune homme émet un soupir de soulagement.

– N'ouvre surtout pas les yeux. Il n'est pas encore temps de rentrer. Tu vas tout d'abord récupérer un objet souvenir de cette vie.

– Je prends le sachet noir de ciguë, annonce-t-elle.

– Parfait. Tu peux maintenant te retourner et repérer la porte « 30 » par laquelle tu es venue. Tu t'en approches, tu l'ouvres, tu te retrouves dans le couloir de tes vies antérieures. Tu déposes ton objet souvenir.

– C'est fait.

– Tu peux commencer maintenant le chemin du retour. Tu reviens vers la porte de l'inconscient. Tu la franchis et tu la fermes à clef. Face à toi, l'escalier en colimaçon qui remonte vers le présent. Tu vas gravir les marches une à une pour revenir ici et maintenant. Cinq, quatre, trois, deux, un… tu peux lentement ouvrir les yeux.

Elle soulève enfin ses paupières. Elle met quelques secondes à reprendre conscience de l'endroit et de l'époque où elle se trouve.

Elle semble sortir d'un rêve et elle regarde presque avec curiosité René avant de le reconnaître. Elle se frotte les yeux.

– Mélissa, ça va ?

– C'était tellement étonnant…

– Tu es bien revenue ?

– Waw ! Quel truc dément ! Cette fois-ci, ça a bien marché, avoue-t-elle encore sous le choc de ce qu'elle vient de vivre.

Elle secoue ses cheveux bruns, se redresse pour se retrouver en position assise et annonce :

– J'étais le ministre Enguerrand de Marigny.

René lui tend un verre d'eau, mais elle lui fait signe qu'elle veut encore un verre d'hydromel. Il lui ressert donc de la boisson dorée.

– Je les ai vus s'aimer et mourir. C'était extraordinaire. Ils étaient beaux… tellement beaux…

Elle a un soupir triste, puis se reprend.

– Même dans ce lieu sinistre, leur union avait quelque chose de merveilleux. Et à la fin…

Elle reprend sa respiration pour formuler clairement l'idée.

– Ce qu'a vécu Clotilde était un orgasme monumental. Je ne savais même pas que cela pouvait exister.

René sourit et la laisse poursuivre la description de son ressenti.

– … Je ne savais même pas qu'un homme avait la possibilité d'offrir autant de plaisir à une femme. Et cet individu précis, c'était… toi.

Elle le fixe toujours droit dans les yeux.

Est-ce un défi ?

Quelques secondes passent encore et il n'ose pas franchir l'espace entre eux.

C'est un piège. Si j'y vais, elle va me repousser et alors plus rien ne sera pareil.

Bon, j'y vais ?

Cela va tout gâcher.

Mais si je n'y vais pas, je ne saurai jamais si c'est possible.

Alors il ferme les yeux et s'approche en attendant soit de tomber sur le vide, soit de recevoir une gifle, mais il y a seulement un contact avec d'autres lèvres douces et tièdes.

Et là, la première pensée qui lui vient est :

J'aurais dû faire ça plus tôt.

Ensuite, les quatre lèvres restent en contact, puis leur baiser devient plus profond.

Ils se serrent l'un contre l'autre et se caressent jusqu'à ce que René se débarrasse de sa chemise et Mélissa de la sienne.

Ils ne se quittent pas des yeux.

Après les regards, les bouches et les mains, leurs torses se connectent.

Voyant qu'il est soudain embarrassé, Mélissa se fait plus entreprenante.

– Évrard lui a caressé les cheveux comme ça, murmure-t-elle en prenant sa main et en la posant sur ses propres cheveux.

Comme un juste retour, elle guide son corps comme il lui a lui-même guidé son esprit.

– Ensuite, ils se sont mis nus, lui souffle-t-elle. Clotilde était très prudente car elle savait qu'Évrard était vierge. Pour lui, ce fut la première fois et… la dernière.

Comme chez les abeilles… Les mâles font l'amour une fois puis meurent, songe-t-il.

– C'est peut-être pour ça que ce fut aussi extraordinaire,

continue Mélissa. C'était comme s'il comprenait tout d'un coup quelque chose de nouveau.

Mélissa et René sont tous les deux nus sur le divan.

– Clotilde l'a initié à l'amour comme toi tu m'as initiée à la régression. Tu m'as ouvert la porte du temps. Elle lui a ouvert la porte des sens.

Mélissa renverse René, passe par-dessus ses hanches et vient le chevaucher.

– Au début, ils ont commencé comme ça. Très lentement, très doucement. On voyait qu'elle l'apprivoisait comme on apprivoiserait un cheval sauvage qui n'aurait jamais été monté.

Mélissa, alternant des moments de fougue et de brusques arrêts, ménage plusieurs instants de suspense. Elle lui indique comment changer de position et comment procéder pour reproduire la scène qui s'est déroulée sept cents ans auparavant.

Leur étreinte dure aussi longtemps que celle des amants du Moyen Âge, et à la fin, Mélissa pousse un profond râle et s'immobilise, la bouche entrouverte, les yeux fermés.

René redoute un instant que, par mimétisme, elle soit affectée.

Elle reste quelques secondes ainsi.

Et d'un coup, elle se détend et se remet à respirer.

– Et puis… ils ont eu une extase… Extatique… Fatale.

Elle se lève pour prendre son paquet de cigarettes.

Elle ouvre le hublot le plus proche, et souffle au-dehors un nuage de fumée qui contient toutes ses pensées.

– Ça s'est vraiment passé comme ça ? questionne René.

– Ils étaient lumineux dans ce lieu sombre.

– Pour lui, à trente-trois ans, c'était donc la première fois…

– Il vaut mieux une seule séance d'amour extraordinaire que des milliers de moyennes, non ? Ce que j'ai vu était une fusion parfaite des corps, des esprits. Et même leur mort était impressionnante, avec cette aura autour d'eux.

Il la rejoint et elle lui tend sa cigarette. À son tour, il souffle un nuage.

L'alcool : vasodilatateur. La cigarette : vasoconstricteur. Les deux produits se complètent.

– J'ai l'impression d'être à un tournant de ma vie, dit-elle pensivement. Tout semble converger vers ce point. Il devait se passer ça, à cet instant.

Elle observe avec plus d'attention la grande collection de masques de René.

– Clotilde a parlé de « famille d'âmes ». Tu y crois ?

– J'aime bien en effet cette idée qu'il y a des esprits qui se retrouvent vie après vie pour œuvrer ensemble.

– Je t'ai connu alors que tu étais Évrard et moi Enguerrand, mais j'ai dû te connaître encore avant. Tu sais, la première fois que je t'ai vu dans la cantine de la Sorbonne, avec ton petit air timide… j'ai eu l'impression que je t'avais déjà rencontré.

– Je ne l'ai pas remarqué dans ton comportement.

– En fait, cette « reconnaissance » me faisait un peu peur, c'est pour ça que j'ai même pu me montrer distante. Bruno a peut-être senti que je me déconnectais de lui pour me connecter à toi. Tu te souviens, il s'est mis en colère de façon assez absurde.

René la regarde comme il ne l'a encore jamais regardée. Elle est nue, elle fume près du hublot ouvert. Il la trouve extraordinairement belle. Même son parfum de sueur mêlé à l'odeur caramélisée de sa cigarette lui semble délicieux.

– Il y a quelques minutes, quand nous faisions l'amour, reprend Mélissa, j'ai eu une sensation très profonde et troublante : celle d'avoir déjà fait ça avec toi dans d'autres vies.

Elle se dirige vers un masque italien du Moyen Âge représentant un visage de femme.

– Je crois que j'ai été Déborah, déclare-t-elle.

– Tu veux dire… la femme juive de Salvin de Bienne ?

Elle lui saisit la main.

– Ainsi, nous trois, Alexandre, toi et moi, nous aurions été ensemble en 1099, puis en 1307 et… probablement encore d'autres fois avec d'autres liens, d'autres sexes. Tu as peut-être été une femme, tu as peut-être été ma mère, tu as peut-être été ma sœur, mon frère ou mon père, dit-elle.

L'idée amuse René.

Elle continue de réfléchir à ce concept.

– Ou bien nous avons été un couple homosexuel. Je pense que nous avons dû tester, vie après vie, différentes manières de nous connaître par le corps et par l'esprit. Tu as peut-être été mon professeur, mon meilleur ami, mon rival dans un sport. Mais à chaque fois, c'est comme un rendez-vous où nous savons que nous allons nous apporter mutuellement quelque chose qui nous manque.

Elle s'arrête, et soudain s'exclame :

– Mais alors… Si j'étais Enguerrand de Marigny… Attends ! Lui sait forcément où il a caché la prophétie. S'il te plaît, fais-moi repartir là-bas !

91.

Enguerrand de Marigny entre dans le bureau du roi au palais royal dans l'île de la Cité. Guillaume de Nogaret et Siegfried von Feuchtwangen sont là.

Les petits yeux de Nogaret ne cessent de s'agiter, de tout observer, tandis que le maître des Teutoniques reste parfaitement impassible, comme si le monde entier lui était indifférent.

– Je souhaiterais récupérer la commanderie templière de Paris, annonce-t-il avec son fort accent germanique. Je promets que notre ordre n'aura pour seul souci que de vous servir, sire. Vous aurez ainsi en permanence en ce lieu une armée à vos ordres, et vous bénéficierez de nos services, comme nous servons déjà plusieurs monarques au-delà du Rhin.

Le roi ne semble pas convaincu.

– Vous dépendez officiellement du pape, il me semble.

– Nos allégeances peuvent évoluer, sire.

– Vous savez que c'est en partie parce que le pape soutenait les Templiers que j'ai voulu éradiquer cette mauvaise herbe de mon royaume. Je veux des gens tout dévoués à mon gouvernement, mon cher Siegfried.

L'homme s'agenouille devant le roi.

– Je vous jure sur la croix et sur toutes les reliques sacrées que mon dévouement pour vous sera total. Mon désir le plus cher est que vous soyez mon suzerain.

Philippe le Bel le regarde avec dédain.

– Je vais y songer. Sachez cependant que l'ordre des Hospitaliers m'a fait la même réclamation. Ils m'ont proposé une somme importante pour obtenir ce terrain si bien placé au nord de Paris.

Siegfried von Feuchtwangen se relève, un peu dépité.

Le roi se tourne vers Guillaume de Nogaret.

– Où en sommes-nous de la recherche de ce livre extraordinaire qui raconte tout ce qui va se passer dans l'avenir ?

Le ministre de la justice baisse la tête.

– Les dernières personnes qui l'ont tenu entre leurs mains sont mortes.

– Quoi ? s'écrie le roi. Comment est-ce possible ? Ils étaient enfermés dans l'une de nos prisons !

– Il semble que quelqu'un leur ait fourni un poison. Et figurez-vous, sire, qu'une personne leur a rendu visite peu avant qu'ils expirent. N'est-ce pas, monseigneur ? dit Nogaret en se tournant vers Marigny.

– Vous m'accusez ? s'indigne Enguerrand.

– Je vous soupçonne. Qu'alliez-vous faire dans leur cellule, monseigneur ?

– Je souhaitais savoir si ces deux suspects avaient entendu parler du trésor en pièces des Templiers. Un de mes indicateurs m'a signalé qu'il avait vu une charrette surveillée par plusieurs chevaliers sortir de la commanderie avant leur arrestation. Cette charrette semblait très lourdement chargée. Et j'en ai déduit qu'il pouvait s'agir d'une caisse d'or.

– Ah ! Le trésor ! dit le roi. Nous parlons de leurs terrains, nous parlons de leur livre, fort bien, mais nous oublions le principal : leur or. Nogaret, aucun de vos prisonniers n'a pour l'instant donné d'explication quant à la disparition de ces richesses ?

– J'y travaille, sire, j'y travaille.

Le grand inquisiteur Guillaume Humbert, qui se tenait jusque-là en retrait, intervient :

– Nous sommes en train d'inventer de nouvelles tortures fort ingénieuses qui devraient délier les langues les plus rétives.

Le roi paraît exaspéré et lui tourne le dos.

– Monseigneur, dit alors Nogaret à Marigny, je loue votre empressement à retrouver l'or des Templiers, mais je vous assure qu'il vous aurait suffi, pour tout savoir sur cette fameuse charrette, d'attendre que Guillaume Humbert interroge ces suspects.

– Monseigneur, lui répond Marigny, j'ai vu comment fonctionnaient les interrogatoires de votre inquisiteur. La plupart se terminent par la mort des suspects sans qu'ils aient parlé ou avoué. Vous et Humbert assouvissez des pulsions bestiales au lieu de rechercher la vérité. Si vos suspects restaient plus longtemps en vie, nous arriverions peut-être à les convaincre de coopérer.

Le roi se lève, furieux.

– Arrêtez de vous chamailler, vous deux ! Chaque fois que je vous vois ensemble, vous ne cessez de vous chercher querelle. Je vous le redis, j'ai besoin de vous. De vous deux. Nogaret, qu'avez-vous trouvé ?

– D'autres Templiers sont actuellement soumis à la question, à commencer par leur grand maître Jacques de Molay. La plupart ont déjà avoué l'hérésie.

– Mais n'oubliez pas la prophétie, rappelle Siegfried von Feuchtwangen.

Le roi Philippe le Bel dodeline de la tête.

– Je me demande si le jour et les circonstances de ma mort y sont mentionnés...

Enguerrand de Marigny a lu la prophétie, où il est écrit que le monarque va mourir sept ans plus tard d'un mal qui paraîtra à tous aussi mystérieux que soudain, qu'il agonisera dans d'atroces souffrances plusieurs semaines avant de trouver une mort libératrice à l'âge de quarante-six ans. Selon la prophétie, il s'agira d'un empoisonnement commandé par son frère Charles de Valois.

Marigny se doute que s'il révèle ce qu'il a lu, non seulement on ne lui dira pas merci, mais cela se retournera contre lui. Il préfère donc garder le silence et laisser les événements s'accomplir.

– Le roi de France doit tout savoir ! insiste Philippe le Bel en frappant la table du poing. Je veux ce livre !

– Il y a forcément parmi nos prisonniers quelqu'un qui sait où se trouve ce précieux ouvrage, répond simplement Nogaret. Et il finira par parler.

Le monarque marche dans le bureau et marque des signes d'agacement. De son doigt levé, il menace ses conseillers.

– Entendez-moi bien, tous les deux. Si jamais vous échouez, sachez que je vous en tiendrai personnellement responsables. Je ne parle pas seulement de vos charges, de vos privilèges. Il y va aussi de vos vies.

Enguerrand de Marigny est parcouru d'un frisson désagréable.

– Je me demande s'il n'y a pas des accointances entre les Templiers et les Juifs, signale Siegfried von Feuchtwangen. Après tout, ils se fréquentaient beaucoup à Jérusalem et à Saint-Jean-d'Acre. Et puis, j'ai vu des mots hébreux gravés dans plusieurs des commanderies qu'ils ont construites.

– En tant que pécheurs pratiquant l'usure, ils se comprennent, plaisante Nogaret.

– Je croyais que nous les avions tous expulsés du royaume de France l'année dernière, dit le roi.

– Il y en a encore qui se cachent ou qui font semblant d'être sincèrement convertis à notre religion, déclare le grand maître des Teutoniques.

– Dans le sud de la France, les comtes et les barons les protègent parce qu'ils payent des impôts supplémentaires. Nous pouvons organiser de nouvelles arrestations de Juifs faussement convertis au christianisme pour mettre fin à ces zones de tolérance, propose Nogaret.

– Oui, cela pourrait en effet rapporter quelques richesses au Trésor, concède Enguerrand de Marigny pour donner le change.

– Maintenant que je n'ai plus à rembourser ce que je dois aux Juifs, aux Lombards ou aux Templiers, je me sens déjà plus libre dans mes manœuvres, dit le roi, mais je compte partir en guerre dans le Nord où la famille de Robert de Flandre m'a suffisamment nargué. Les Flamands seront mes prochains adversaires. J'ai besoin d'hommes et d'or.

– Mon armée compte quelques milliers de chevaliers qui remplaceront avantageusement les Templiers. Je la mets à votre service, sire, annonce le grand maître teutonique.

– Je me battrai moi aussi, si Votre Majesté le permet, dit Guillaume de Nogaret.

– J'ai participé à la bataille de Mons-en-Pévèle, objecte Marigny. Et je ne vous y ai point vu, monseigneur.

– Mais vous avez signé une paix honteuse avec les Flamands, et c'est pour cela que notre roi doit repartir en guerre, clame Nogaret.

– Je ne vous permets pas... !

– Vous avez aussi reçu une pension du roi d'Angleterre Édouard II, poursuit Nogaret. Certains pourraient penser que ce roi ennemi essaie de vous corrompre, Marigny.

Les deux hommes se toisent. Le roi met fin à leur querelle.

– On dirait deux enfants qui veulent plaire à leur père ! Tout ce que je vous demande est de me servir au mieux. Et pour l'instant, cela consiste à œuvrer ensemble en bonne entente. Laissez-moi seul, à présent.

Les trois hommes quittent le bureau royal.

– Vos jours sont comptés, Marigny, dit Nogaret. Je sais que vous êtes un traître et je le prouverai !

– Vos jours aussi sont comptés, Nogaret. À chaque heure qui passe, le nombre de vos ennemis augmente. Votre brutalité se retournera contre vous. On finit toujours par payer ses méfaits.

Le Teutonique s'incline devant les deux hommes et s'adresse à Nogaret :

– En tout cas, sachez, monseigneur, que, quoi qu'il arrive, vous aurez toujours le soutien des Chevaliers teutoniques.

Il a choisi son camp, songe Marigny en sortant du palais. *Ces deux-là sont déterminés à me perdre.*

Mais Marigny a lu dans la prophétie que lui-même ne mourrait qu'après la disparition du roi. Du coup il se sent invincible. Et puis il a un plan. Il a décidé de rejoindre son ami le rabbin Éphraïm Ben Ezra en Avignon, où les membres de la communauté juive se sont réfugiés après l'expulsion de 1306. Là-bas, ils sont sous la protection du pape Clément V.

Enguerrand revient chez lui, embrasse sa femme et ses enfants, leur signale qu'il part quelques jours, puis il prend un cheval et fonce vers Avignon. Dans son bagage : la prophétie.

Après cinq jours de voyage à chevaucher sur des routes sinueuses et peu sûres, il arrive enfin à la grande synagogue d'Avignon, située au pied du palais des papes. Il entre alors que le rabbin chante la prière avec une centaine de personnes. Il attend la fin de l'office et retrouve Éphraïm Ben Ezra.

Les deux hommes se saluent avec chaleur.

– Puis-je te parler en tête à tête dans un endroit à l'abri de tout regard et de toute oreille ? demande Marigny.

Le rabbin le conduit vers une pièce à l'arrière du bâtiment. Il retire son châle et sa kippa.

– Je t'écoute.

Sans plus tarder, Enguerrand dépose le contenu de son sac et lui explique en détail la situation.

Le rabbin est impressionné.

– Alors, ce serait le récit de tout ce qui va arriver dans le futur ?

– Je souhaite que tu le traduises et que tu le codes selon les techniques de la kabbale afin que ce texte ne puisse pas tomber facilement entre de mauvaises mains.

– J'accepte cette mission. Tu peux compter sur moi. Je m'acquitterai de cette tâche.

Il invite Marigny à s'asseoir. Les deux hommes n'arrivent pas à quitter des yeux la couverture du codex, qui représente simplement une abeille.

– Un ange aurait dicté en 1121 à un chevalier templier, par le biais de ses rêves, le récit de l'histoire du monde jusqu'en 2101, c'est cela ? résume le rabbin.

– Dans la Bible, n'y a-t-il pas aussi des prophètes qui reçoivent en rêve, de la part de leur ange, des informations sur l'avenir ? répond Marigny.

– Ce qui me trouble, c'est que l'avenir puisse déjà être inscrit quelque part. Cela veut dire que notre part de libre arbitre n'est pas totale.

Le rabbin range dans une grande armoire de lourds et épais rouleaux de parchemin de plus d'un mètre de haut qui contiennent, en petits caractères hébreux, les textes sacrés.

– Des vraies prophéties, à mon avis, il n'y en a pas tant que ça. Même si je suis religieux, j'ai toujours douté que des anges se donnent du mal pour discuter avec des mortels et les instruire du futur. Je pense que s'ils existent réellement, ils ont autre chose de plus essentiel à accomplir qu'informer des gens aussi limités d'esprit que nous de ce qui va leur advenir.

– Je suis surpris de voir un rabbin douter d'une prophétie.

– Ce que je n'aime pas dans le concept de prophétie, c'est que cela enlève à nos actes une part de responsabilité. Et si nous n'avons pas de responsabilité dans ce qui arrive, alors il n'est plus nécessaire de réfléchir ni d'avoir une morale personnelle.

Enguerrand de Marigny sourit.

– Je crois que c'est aussi une part des problèmes de votre religion : vous créez des débats sur tous les sujets. Comme on dit chez vous : « Quand il y a deux Juifs qui discutent, il y a déjà trois opinions. »

– Nous avons aussi un nom pour le fait de vouloir débattre des choses pour être sûr de les comprendre avec tous les arguments. Cela se nomme « faire pilpoul » (le mot veut dire poivron en hébreu parce que c'est un raisonnement piquant), cela consiste à commenter un passage de la Bible avec des visions contradictoires. Chacun des étudiants doit exposer un point de vue complètement différent de celui de ses vis-à-vis. Par moments, le point de vue qu'ils doivent défendre est tiré au hasard.

– Moi, je fais tous les soirs pilpoul avec ma femme Alips, plaisante Enguerrand de Marigny.

– Moi aussi, avec ma Sarah. Les femmes nous obligent à gérer la contradiction. Elles nous tiennent l'esprit éveillé, même si par moments nous aimerions pouvoir nous reposer un peu. Mais si nous savions déjà la vérité et qu'il n'y avait qu'une seule vérité, alors il n'y aurait pas besoin de discuter… Cela enlèverait du piquant à la vie.

Le rabbin ouvre un placard et en sort une cruche de vin. Il sert Marigny. Enguerrand est surpris par le goût sucré du breuvage.

– Sarah met du miel et des graines d'anis dans le vin, c'est une recette que lui a transmise sa mère. Je me suis habitué à ce goût.

Le rabbin ne cesse de regarder la couverture de la prophétie.

– Tu as l'air inquiet, Éphraïm. C'est cet objet qui te fascine ?

– Je me disais que si ce que tu dis est vrai, c'est une lourde responsabilité que nous avons désormais, toi et moi. Jusque-là, ma vie me semblait quelque chose de… léger et de temporaire. Ma propre mort me paraissait un événement acceptable au milieu de toutes les autres morts qui nous entourent. Mais avec cette mission que tu me donnes, tout change. Tout devient grave et important. Et si j'échoue, je ne me le pardonnerai jamais. Je ne suis pas certain que tu m'aies fait un cadeau, Enguerrand…

– Écoute bien, Éphraïm. J'ai lu des passages de ce codex, et toi aussi tu en liras : même ici en Avignon, vous les Juifs ne serez pas toujours en sécurité. Il va y avoir un autre pape, moins ouvert, qui succédera à Clément et un autre encore plus hostile qui vous expulsera.

– Quand ?

– Dans quinze ans, en 1322. Le pape qui va vous expulser se nommera Jean XXII.

Le rabbin hausse les épaules d'un air désolé.

– Encore des voyages en perspective. Ce qu'il y a de positif avec les persécutions religieuses, c'est qu'elles nous font voir du pays et apprendre de nouvelles langues.

Enguerrand est surpris par la désinvolture de son ami, mais il met cela sur le compte de l'humour juif.

– Et puis, 1322 c'est loin. Ça nous laisse le temps de faire nos bagages et, plus sérieusement, de remplir la mission que tu m'as confiée. Traduire, crypter, et transmettre à des gens de confiance, c'est bien cela ?

– Jure-moi que tu le feras.

– Je te le jure.

Éphraïm lui ressert du vin mais reste soucieux.

– En quels lieux penses-tu que nous pourrions fuir ?

Enguerrand réfléchit puis propose :

– Je ne vois que trois régions. Le Dauphiné, la Savoie, l'Espagne. Mais le Dauphiné et la Savoie risquent d'être à leur tour intégrés au royaume de France.

– Dans ce cas, pour ne prendre aucun risque, nous irons en Espagne. Là-bas nous avons des communautés installées de longue date qui s'entendent aussi bien avec les musulmans qu'avec les chrétiens. Et toi, que feras-tu de ton exemplaire ?

– Je vais en faire moi aussi une copie que je confierai à des amis templiers qui auront survécu.

– Et l'original ?

– Je vais le cacher. Quoi qu'il en soit, me voilà rassuré.

– Je ne donnerai la clef kabbalistique à personne, pas même aux gens de ma famille.

– Ah ? Et alors, comment feront-ils pour la lire ?

– Ils se débrouilleront. Seuls des gens à l'esprit subtil auront accès à la connaissance de l'avenir. Il faudra mériter de trouver la clef pour pouvoir lire la prophétie.

Le rabbin lisse sa barbe.

– Toi, tu l'as lue, et donc tu connais tout l'avenir ?

– Non, pas « tout » l'avenir. Je ne l'ai pas lue jusqu'au bout. Je la lis très lentement, chapitre par chapitre.

– Combien y en a-t-il ?

– Exactement 101, qui vont jusqu'en 2101. Je n'ai lu pour l'instant que 21 chapitres et je ne connais du futur que ce qui va arriver jusqu'en 1400... C'est tout à fait surprenant et j'ai besoin de temps pour tout comprendre et tout digérer.

– Que fais-tu ce soir ? demande Éphraïm Ben Ezra.

– Rien de spécial.

– Alors viens dîner et dormir chez moi.

Ils rentrent ensemble et le rabbin présente son invité.

Marigny participe à la prière de bénédiction avant le repas. Il découvre des plats aux goûts étranges qu'il n'apprécie pas beaucoup, mais par politesse il se force à les manger.

Un objet attire son œil. La menorah. Le chandelier à sept branches. Cela lui rappelle un souvenir.

Quand il a rencontré le pape des années auparavant, celui-ci lui avait confié que dans les caves du Vatican était entreposée la grande menorah qui se trouvait dans le Temple de Salomon. Celle-là même qui avait été volée et ramenée à Rome par Titus en l'an 70, après la destruction du Temple de Jérusalem.

Il songe :

Cet objet raconte une histoire.

– À quoi sert cette menorah ? demande-t-il à son ami.

– C'est le plus ancien symbole du judaïsme, bien avant l'étoile de David. C'est une référence au buisson ardent, la forme que Dieu a prise pour parler à Moïse sur le mont Sinaï. Le mot « menorah » dérive du mot qui désigne la myrrhe, cette gomme aromatique utilisée pour son parfum et qui suinte d'un arbuste. Ces branches et ces fleurs portent symboliquement la lumière.

– Et pour la partie kabbaliste ?

– Philon d'Alexandrie estimait que c'était la représentation des planètes du système solaire avec le soleil au milieu.

– J'ai l'impression qu'il y a une information précieuse dans cette forme. Mais je ne sais pas laquelle.

Après le dîner, Éphraïm le conduit à sa chambre. Enguerrand, épuisé, s'endort et fait un étrange rêve. Un ange lui apparaît. Ce n'est plus seulement une voix.

C'est une femme qui porte un vêtement blanc avec de longues ailes à plumes blanches. Étonnamment, elle a une mèche rouge.

Elle ne prononce qu'une phrase :

– Dis-moi où tu comptes cacher la prophétie.

Et il répond :

– À un endroit où même les Teutoniques ne songeront jamais à aller la chercher…

Puis il montre à l'ange cet endroit précis.

92. MNEMOS. L'ORDRE DES CHEVALIERS TEUTONIQUES.

L'ordre teutonique fut fondé à Saint-Jean-d'Acre en 1190 dans le but de soigner les pèlerins d'origine germanique. L'ordre charitable se transforma bientôt en ordre militaire. Leur premier grand maître fut le chevalier Heinrich Walpot. Il imposa à son armée une discipline de fer avec un entraînement militaire intensif. Des châtiments corporels punissaient toute infraction, parfois jusqu'au bûcher.

Heinrich Walpot reçut le soutien de Fréderic de Souabe, le frère de l'empereur Frédéric Barberousse. Après avoir combattu en Terre sainte où ils construisirent des forteresses et des églises, les Chevaliers teutoniques décidèrent de lutter contre les païens en Europe. Ils bâtirent des châteaux en Suisse, au Tyrol, à Prague mais aussi en Italie. Ils

affrontèrent les peuples slaves ou ceux qui étaient censés être païens dans ces régions.
En 1226, l'empereur Frédéric II offrit à l'ordre teutonique la souveraineté sur tous les territoires qu'ils parviendraient à conquérir. Ce fut la « croisade nordique » : les Chevaliers teutoniques envahirent les pays baltes où vivaient encore des peuples païens. Les populations n'étant pas baptisées, le pape autorisa les Teutoniques à les mettre en esclavage. Forts de cette victoire, les Chevaliers teutoniques commencèrent à envahir les territoires russes peuplés de chrétiens orthodoxes sous prétexte de les convertir au catholicisme. Soutenus par l'empereur et le pape, ils lancèrent une campagne de destruction et de terreur. Ils furent stoppés par le prince russe Alexandre Nevski en 1242 à la grande bataille du lac Peïpous.
En 1291, la défaite de Saint-Jean-d'Acre les obligea à fuir à Chypre, puis à Venise.
Les Teutoniques concentrèrent leurs efforts en Europe. Ils envahirent la Lituanie et mirent à sac la Pologne. Le 15 juillet 1410, lors de la grande bataille de Grunwald, les Chevaliers teutoniques affrontèrent une coalition lituano-polonaise dirigée par le roi de Pologne Ladislas II Jagellon. Ils furent battus et perdirent 14 000 hommes, dont leur grand maître Ulrich de Jungingen.
Durant la Seconde Guerre mondiale, Hitler voulut récupérer l'image symbolique des chevaliers conquérants des peuples slaves. La croix de fer attribuée aux meilleurs soldats reprend le motif de la croix teutonique. Pour Himmler, « l'ordre de la croix noire » germanique devait détruire « l'ordre rouge » communiste. Le grand maître des Teuto-

niques refusa de participer au projet nazi, et Hitler décréta que les Teutoniques étaient complices des Juifs et des francs-maçons. Tous leurs biens furent saisis et leur grand maître arrêté.

Dans la clandestinité, les Teutoniques, au nom de leur devoir de charité, cachèrent des enfants juifs et des résistants. Après la guerre, ils protégèrent des soldats allemands en fuite qui étaient sur le point d'être exécutés. Il ne reste plus aujourd'hui qu'un millier de personnes se revendiquant de cet ordre, principalement des prêtres qui œuvrent dans des associations caritatives.

93.

Mélissa ouvre les yeux, puis elle annonce :

– La prophétie est dissimulée dans une fausse bible qu'Enguerrand a rangée dans la bibliothèque de la Sorbonne.

– Mais la bibliothèque de 1307 n'existe plus, rappelle René.

– Certes, mais la bibliothèque actuelle possède toujours un département avec des incunables, ces livres sur parchemin qui ont été fabriqués avant l'invention de l'imprimerie. Ce sont en général des bibles. La prophétie peut encore se trouver à l'intérieur d'une de ces bibles.

– Un ouvrage qui a l'apparence d'une bible, mais qui serait en fait *La Prophétie des abeilles*... Ingénieux.

Il est vingt et une heures, mais ils ne veulent pas perdre une seconde. Ils se rendent en taxi à la Sorbonne.

Ils ont prévenu Alexandre et Ménélik, qui ont écouté le récit de Mélissa et ont quitté avec soulagement les recoins poussiéreux où ils fouinaient depuis des heures.

Quand les deux jeunes gens arrivent, Alexandre leur fait part de son pessimisme.

– La plupart des bâtiments de l'université ont été construits par le cardinal de Richelieu au XVIIe siècle. La bibliothèque, elle, a été entièrement repensée en 1808, puis de nouveau réaménagée en 2013. À l'époque d'Enguerrand de Marigny, il devait y avoir 30 000 volumes, et il y en a cent fois plus aujourd'hui. Autant chercher une aiguille dans une botte de foin.

René ne se laisse pourtant pas abattre.

– Ma mère, qui était prof de sciences, disait que pour trouver une aiguille dans une botte de foin, ce n'était qu'une question de méthode : il suffit de mettre le feu à la botte, puis de passer un aimant dans les cendres…

– Oui, mais nous n'allons pas pouvoir mettre le feu à notre bibliothèque.

– Attendez, dit Mélissa, qui vous parle de trois millions d'exemplaires ? On doit chercher un incunable. C'est-à-dire un codex produit par des moines avant l'invention de l'imprimerie. Cela m'étonnerait qu'il y en ait des milliers.

– Elle a raison, nous n'en avons que quelques centaines, reconnaît Alexandre.

Puis il soupire :

– Malheureusement, ils se trouvent dans une zone sécurisée de la bibliothèque, et seul le bibliothécaire, Ibrahim, en détient la clef.

Il regarde sa montre.

– Je vais quand même essayer de l'appeler. On ne sait jamais…

Il compose son numéro et, après un bref échange, annonce :

– C'est bon, il arrive. Mais comme il habite loin, il lui faudra bien une heure pour nous rejoindre. En l'attendant, allons dîner chez moi, propose Alexandre.

– Très bien, dit Ménélik. Puis-je appeler Hodélia pour qu'elle se joigne à nous ?

René songe :

Il regrette la dispute qu'ils ont eue en fin de journée et a envie de se réconcilier avec elle…

Quelques minutes plus tard, tous les cinq sont réunis dans la cuisine de l'appartement privé d'Alexandre. Ce dernier réchauffe des boîtes de cassoulet. Il sort une bouteille de bourgogne.

Alexandre s'assoit avec ses amis et prend une feuille de papier et un stylo. Tout en parlant, il fait un schéma.

– Donc, d'après ce qu'a vu Mélissa, nous avons trois pistes : l'original de la prophétie, dissimulé dans une bible ici même ; la version en hébreu, cryptée, qui était détenue en 1307 par un rabbin en partance pour l'Espagne ; et une copie réalisée pour les Templiers qui ont survécu à l'anéantissement et qui, eux, aux dernières nouvelles, étaient à Gisors et devaient fuir encore plus loin, à l'étranger peut-être.

Alexandre, en bon maître de maison, sert tout le monde. Ils trinquent puis réfléchissent à la situation tout en savourant ce repas.

– Que devinrent les Templiers après la rafle de 1307 ? demande Hodélia.

– Papa, c'est toi le spécialiste du Moyen Âge, éclaire nos lanternes, dit Mélissa.

– De ce que j'en sais, après l'arrestation des Templiers, le pape Clément V céda à la pression du roi de France, Philippe le Bel, et rédigea la bulle *Vox in excelso*, qui ordonnait l'abolition définitive de l'ordre des Templiers à partir de la date du 22 mars 1312. Leurs châteaux comme leurs commanderies furent saisis et transmis à l'autre ordre de moines-soldats, celui à la croix blanche, les Hospitaliers.

– Qui est-ce ? reprend Hodelia.

– Ils sont ainsi désignés car leur fondateur se nomme précisément Gérard l'Hospitalier. Cet ordre a pris ensuite le nom d'ordre de Malte et il existe encore, de nos jours, sous l'appellation des « chevaliers de l'ordre de Malte ». Ils œuvrent dans des associations caritatives, rappelle Ménélik.

Il réfléchit un instant et ajoute :

– Cependant, je ne pense pas que les Templiers auraient confié la prophétie aux Hospitaliers. Ils étaient rivaux.

– Alors, où ces Templiers survivants auraient-ils pu aller ? demande René.

Une grande carte du monde est accrochée sur le mur derrière eux.

– Hors de France, j'imagine, déclare Alexandre en observant la carte. Car malgré leur condamnation par Philippe le Bel et par le pape, d'autres rois refusèrent de les bannir. Ainsi le roi Jacques II d'Aragon reconnut leur innocence et leur laissa l'ensemble de leurs biens.

– Il faut dire qu'en Espagne les Templiers avaient été très actifs pour soutenir Jacques II, dit Ménélik. Ils avaient participé à la Reconquista.

– Et aussi à la création du royaume du Portugal, rappelle Alexandre. On a d'ailleurs longtemps pensé que ce n'était pas un hasard si ce pays avait pris cette dénomination, car cela signifiait « Port du Graal ».

– En Angleterre ? questionne Hodélia.

– Certes là-bas, le roi Édouard II les défendit au début, puis il finit lui aussi par les dissoudre et transférer leurs biens aux Hospitaliers. Il n'y a qu'en Écosse que le roi Robert Ier accorda sa protection pleine et entière aux Templiers.

– Et au-delà du Rhin ? demande Mélissa en désignant l'Allemagne sur la carte.

– Là-bas, les biens des Templiers furent confisqués et redistribués à l'ordre des… Chevaliers teutoniques !

Un long silence suit.

– Donc l'Espagne et l'Écosse pourraient être des destinations privilégiées pour des Templiers pourchassés, c'est bien ça ? résume René.

– La copie de la prophétie traduite en hébreu et codée est partie avec le rabbin Éphraïm Ben Ezra en Espagne, ça, c'est presque certain, rappelle Mélissa.

Ménélik précise :

– Il fit bien car après avoir anéanti l'ordre, Philippe le Bel initia une nouvelle vague de persécutions et de spoliations des derniers Juifs restés en France dans les provinces plus éloignées de Paris. L'Espagne devint donc leur principal refuge.

Hodélia fronce les sourcils.

– Vous parlez de l'Espagne comme d'un sanctuaire pour les Juifs expulsés de France, mais, si je me souviens bien, en 1492 les Juifs ont été forcés de se convertir, tués ou expulsés d'Espagne par la reine Isabelle la Catholique…

– Eh bien, dit Alexandre, ils auront quand même eu cent quatre-vingts ans de relative tranquillité. Et puis, 1492 est une année mémorable.

Alexandre montre sur son smartphone un portrait de Christophe Colomb, puis un tableau représentant ses trois bateaux.

– Regardez le symbole sur la *Santa María*, la *Pinta* et la *Niña*…

– Une croix rouge pattée ! Le symbole des Templiers ! s'exclame Ménélik. Ma parole, je n'y avais jamais fait attention !

– En fait, c'est le trésorier de la reine Isabelle de Castille (plus tard nommée Isabelle la Catholique), Luis de Santángel (un Juif converti, ce qu'on appelait un « *converso* »), qui finança le trajet, en utilisant d'ailleurs de l'argent issu des spoliations de ceux de sa communauté. Il y eut quatre voyages, dit Alexandre.

– Donc sur le bateau de Christophe Colomb, il y avait des Templiers et des Juifs ? s'étonne Hodélia.

– Des Templiers et des Juifs clandestins. Les premiers qui fuyaient le roi de France, et les seconds la reine d'Espagne, résume Alexandre.

Ménélik ajoute :

– Les expéditions cessèrent lorsque la reine Isabelle apprit que les équipages de Colomb étaient en grande partie formés de Juifs convertis qui continuaient de pratiquer leur religion en cachette, les fameux « marranes ».

Alexandre pose un doigt sur sa lèvre inférieure en signe d'intense réflexion.

– Mais ce n'est pas là le plus troublant. Plusieurs témoignages d'autres passagers signalent que Christophe Colomb possédait des cartes où était dessiné un continent à l'ouest.

Bon sang ! Cela pourrait donc être moi qui aurais inspiré à Christophe Colomb la découverte de l'Amérique, tout simplement en en parlant à Salvin quand je lui dictais la prophétie.

René se redresse sur sa chaise, soudain fier comme si c'était lui-même qui avait découvert l'Amérique.

Alexandre veut comme d'habitude rester au centre de l'attention. Il poursuit ses explications historiques.

– Certains des marins de Christophe Colomb demeurèrent aux Caraïbes. L'Espagne était devenue trop dangereuse.

– Ils firent bien, rappelle Ménélik. Isabelle la Catholique va d'ailleurs faire arrêter Christophe Colomb, qui mourra en prison. Et il y eut l'expulsion des Juifs d'Espagne.

– Où sont-ils allés ? demande Mélissa.

– Certains revinrent en France, répond Alexandre, comme…

Il s'arrête.

– Ah, tiens, j'y pense.

– Quoi ? fait Mélissa.

– Le grand-père de Nostradamus, Guy de Gassonet. Il choisit le nom de Pierre de Nostredame et se convertit au catholicisme vers 1455 pour être autorisé à pratiquer un métier. Son petit-fils, Michel, qui était médecin et écrivit des prophéties, continua de se référer à ses ancêtres et notamment à des techniques de transe très anciennes dont il prétendait qu'elles étaient issues non seulement du judaïsme, mais de l'Égypte ancienne.

– Serait-il possible que Nostradamus ait pu lire votre prophétie, René, et s'en soit inspiré ? avance Hodélia.

En tout cas, plusieurs passages des centuries ressemblent assez à ce que j'ai dicté à Salvin de Bienne.

Alexandre montre sur son smartphone une peinture représentant une femme du Moyen Âge richement vêtue et raconte :

– La première fois où Nostradamus a rencontré la reine Catherine de Médicis, il lui a dit qu'il connaissait certains dangers à venir, mais qu'il n'osait pas les mettre par écrit car ceux-ci pouvaient être mal compris ou exercer une mauvaise influence.

– Lui aussi a dû avoir ce dilemme qu'ont bien connu les Templiers : annoncer le futur change le futur, note René.

– Si j'ai bien compris, intervient Hodélia, ceux qui ont eu entre les mains *La Prophétie des abeilles* ont estimé qu'elle devait être préservée. On pourrait donc imaginer que... Nostradamus soit l'un de vous trois ?

René réagit vivement à cette idée.

– Lors d'une expérience que j'ai faite, j'ai réuni toutes mes incarnations dans une même pièce. Il ne me semble pas y avoir vu de personnage ressemblant à Nostradamus ou se nommant ainsi.

Alexandre et Mélissa non plus n'ont pas l'impression d'avoir été Nostradamus. René donne quelques explications :

– En fait, la probabilité de tomber sur des anciennes incarnations qui aient été des personnes célèbres est quasiment nulle. La plupart de nos anciennes vies sont en toute logique des anonymes. Les noms de Salvin de Bienne et de Gaspard Hummel, qui ont pourtant fondé l'ordre des Templiers, ont été oubliés. Ça nous incite à rester humbles.

Et comme Hodélia s'étonne qu'ils soient tous les trois aussi sûrs d'eux, Alexandre ajoute :

– On sent intuitivement ce genre de chose. Dès qu'on a évoqué l'existence de Clotilde, par exemple, j'ai senti que c'était moi.

– Peut-être que même si aucun d'entre nous n'était Nostradamus, dit René, nous étions dans son entourage. Il y a ce concept de « familles d'âmes ». Peut-être étions-nous un de ses parents, un proche ami qui n'a jamais été signalé, ou sa compagne dont on sait peu de chose. Ou même un collègue qui aurait eu accès au livre crypté et qui l'aurait déchiffré pour lui selon les techniques kabbalistes. Quelqu'un de la communauté juive d'Avignon qui serait revenu dans le comté de Provence après l'expulsion des Juifs d'Espagne ?

Alexandre rappelle :

– Nostradamus avait un rival, un certain Côme Ruggieri, qui était l'astrologue officiel de la reine Catherine de Médicis avant qu'elle ne rencontre Nostradamus. Ruggieri avait des pratiques un peu plus obscures. Il prétendait lire l'avenir non pas dans les entrailles de poulets ou de crapauds, mais dans celles de jeunes garçons qu'il faisait enlever et qu'il sacrifiait lui-même.

Cela coupe un instant l'appétit des convives.

Ménélik donne une explication personnelle :

– Le Yang fait apparaître le Yin. Pour chaque force qui tire dans une direction apparaît une force contraire qui tire dans la direction inverse.

Alexandre suggère :

– Ne pourrait-on pas imaginer qu'il y ait une sorte de convergence entre les prêtres égyptiens d'Aton, les premiers Hébreux, le roi Salomon, l'architecte Hiram, Pythagore, Aristote, les Templiers, Nostradamus ? Ils formeraient ce qu'on appelle un égrégore…

– Et en face, poursuit René, les prêtres d'Amon, les Philistins, le roi babylonien Nabuchodonosor, les trois compagnons assassins d'Hiram, les assassins de Pythagore, les juges de Socrate, l'empereur romain Néron, l'empereur Titus, les chevaliers de l'ordre teutonique, l'astrologue Côme Ruggieri…

– Il n'y a pas que ces deux égrégores, évidemment, complète Alexandre. Nous observons ces deux-là en particulier car ils sont connectés à *La Prophétie des abeilles*… Mais il doit y avoir d'autres égrégores qui rivalisent de la même manière sur tous les continents. L'opposition entre les Turcs et les Arméniens, les Anglais et les Irlandais, les Serbes et les Croates, les Japonais et les Chinois, les sunnites et les chiites, les Indiens et les Pakistanais, et bien d'autres.

– Et ensuite ? reprend Hodélia, de plus en plus intriguée. Poursuivez votre raisonnement sur Nostradamus. Il aurait eu accès à notre prophétie, c'est bien ça ? Que sait-on de ce prophète ?

– Il aurait annoncé la Saint-Barthélemy, ce massacre de protestants en 1572.

– Pour une fois que ça ne tombe pas sur nous, dit Ménélik.

– Eh bien, après ce massacre, reprend Alexandre, Catherine de Médicis va faire du zèle pour satisfaire les catholiques. Les Juifs qui étaient revenus en France sont de nouveau expulsés. Les catholiques les plus fanatiques considéraient qu'ils étaient des sympathisants de la cause protestante.

– Mais les Juifs ne peuvent plus aller en Espagne, n'est-ce pas ? dit Hodélia. Alors, où vont-ils aller ? Où va aller notre prophétie codée en kabbale ?

Alexandre montre la grande carte du monde.

– Beaucoup vont fuir avec les protestants vers le nord de l'Europe, dans les Provinces-Unies, la Hollande d'aujourd'hui. Ils vont y être très bien accueillis et participer à l'essor économique, culturel et financier de cette jeune nation. Le philosophe Spinoza est une figure de cette communauté juive d'Amsterdam.

Alexandre désigne un autre pays.

– Ils vont aussi fuir à Venise, mais là-bas ils seront contraints de vivre dans un quartier séparé, sur une île sans églises, ceinte de hauts murs fermés la nuit : le *ghetto*. C'est de ce nom vénitien que vient le terme « ghetto ».

Ménélik complète :

– Et ils vont aussi aller en Afrique du Nord, notamment au

Maroc et en Tunisie. En Grèce également, et tout spécialement dans la ville de Salonique, aujourd'hui Thessalonique, où ils développeront le commerce de la laine. En Turquie, ils formeront par ailleurs une communauté florissante. Et surtout ils reviendront en Israël.

– Dans l'Empire ottoman, c'est ça ? dit Mélissa.

Ménélik répond :

– Oui, comme je vous l'ai dit, tous les musulmans n'étaient pas hostiles aux Juifs, loin de là. Le sultan ottoman Soliman Ier, qu'on appelait aussi Soliman le Magnifique, venait de reprendre Jérusalem aux chiites et il décida de fortifier la ville à partir de 1535.

– Tout ça ne nous arrange guère, note Mélissa. Maintenant que ceux qui sont censés détenir la prophétie sont de nouveau dispersés, Juifs comme Templiers survivants, nous ne savons plus où la retrouver…

– Suivre une personne, c'est compliqué, suivre tout un peuple, c'est encore plus compliqué…, reconnaît Alexandre.

Tous réfléchissent en regardant la carte au mur.

René lance :

– Et la Pologne ?

– Ah oui, j'oubliais la Pologne, reconnaît Alexandre. Au XVIe siècle, en voyant l'apport de la communauté juive à l'essor hollandais, le roi de Pologne Sigismond Ier songea que son pays avait besoin de ce genre de dynamisme. Il proposa aux Juifs de venir s'installer dans son pays. Il leur accorda le droit de commercer dans tout son royaume et abolit l'obligation d'arborer des signes distinctifs. Ils purent s'organiser et créèrent de nouvelles villes dans le sud-est du pays.

– Ils deviendront les Juifs ashkénazes, rappelle Mélissa.

– Exactement. Durant le règne de Sigismond Ier et de son fils Sigismond II, la Pologne va devenir un havre de paix pour tous les Juifs du monde qui fuient les persécutions. Et là-bas, les Juifs vont construire des bourgades (les fameux « shtetls »), des routes, des ateliers artisanaux, etc.

– Mon père, qui était ashkénaze, m'a en effet parlé de cela, dit Hodélia. Il disait qu'en 1500, 80 % des Juifs du monde vivaient en Pologne, qui était alors considérée comme une sorte de paradis...

René observe la carte. Il dit :

– Sur la quatrième de couverture de l'ouvrage publié par Patrick Klotz et qui s'intitulait *La Prophétie des abeilles*, il était écrit que la prophétie avait été découverte en 1942 en Pologne, dans une bibliothèque du ghetto de Varsovie, où les nazis l'avaient récupérée.

En quelques secondes, les cinq franchissent en esprit les quatre cents ans qui séparent Nostradamus du IIIe Reich.

– Patrick Klotz a dû trouver le code de la kabbale qui lui a permis de décrypter la prophétie détenue par le rabbin Éphraïm, poursuit René. Le livre de Klotz n'était donc pas un canular.

Il fait un grand sourire, satisfait de pouvoir suivre la trajectoire du codex.

– Klotz a mal vécu l'article insultant de Jean Vilain, ajoute-t-il. Il a préféré faire disparaître son œuvre.

– Ce n'est peut-être pas une question de susceptibilité d'auteur qui n'aurait pas supporté la critique. Son futur lui-même a très bien pu lui indiquer les conséquences de la diffusion de la prophétie, et il a préféré la détruire, suggère Alexandre.

– Et la version des Templiers survivants, où est-elle ? demande Ménélik.

– Je ne vois qu'une manière de le savoir, annonce Mélissa. Il faut que je revienne dans la peau d'Enguerrand de Marigny après son retour d'Avignon. Peux-tu me guider, René ?

Tous vont dans le salon de l'appartement d'Alexandre. Mélissa enlève ses chaussures et s'étend sur le canapé.

– Je pense avoir bu suffisamment de bourgogne pour être détendue, dit-elle en lui faisant un clin d'œil.

René s'assoit près d'elle. Hodélia et Ménélik s'approchent eux aussi, curieux de découvrir l'expérience de remontée dans le temps.

Alexandre baisse l'intensité de l'éclairage.

– Tu es prête ? demande René.

Mélissa défait la ceinture de son pantalon, enlève sa montre et ses bagues.

René reproduit son rituel et la jeune femme de nouveau se détend, visualise l'escalier en colimaçon de cinq marches, arrive devant la porte de son inconscient, l'ouvre et se retrouve dans le couloir avec les portes numérotées de ses réincarnations.

– Tu y es ?

– Oui.

Hodélia murmure à Ménélik :

– C'est aussi facile que ça ?

Il lui fait signe de se taire et d'écouter.

– Ouvre la porte numéro 30.

Alors Mélissa décrit ce qu'elle voit et ce qu'elle vit.

94.

Enguerrand de Marigny court, poursuivi par des hommes en armes.

Depuis la mort de Philippe le Bel en 1314, sa situation n'a fait que se dégrader. Lui qui était jadis gardien du Trésor, grand coadjuteur royal, ministre des finances, bref un des hommes les plus puissants du royaume, est à présent pourchassé par les sbires du frère de Philippe le Bel, l'intrigant Charles de Valois.

Ils ont essayé plusieurs fois de l'assassiner.

Enguerrand se réfugie dans le seul endroit où il se sente en sécurité : le collège de Sorbon, où il a toujours son bureau.

Caché dans un recoin, il a réussi à semer ses poursuivants. Il rejoint la bibliothèque qui fait le prestige du collège des théologiens.

J'ai assurément trouvé la meilleure cachette pour un livre : au milieu d'autres livres.

Il prend une grosse bible. Sur la couverture de cuir richement enluminée est écrit « LIVRE DE LA GENÈSE ». Il tourne les premières pages en latin, puis, à partir de la page 25, apparaît un dessin d'abeille. Toutes les pages qui suivent sont celles de *La Prophétie des abeilles*. Il continue d'avancer jusqu'à un chapitre qui l'intéresse et qu'il s'était jusque-là interdit de consulter.

Son avenir. Car il est nommément cité.

Il lit et apprend ce qui va lui arriver.

Au bout d'un moment, il repose l'ouvrage. Il reste un instant hébété, puis machinalement range la bible dans la bibliothèque.

Ainsi mon sort est déjà scellé. Je n'ai plus qu'à l'accepter et à m'y résigner.

Il entend des bruits d'hommes en armes courant dans le couloir.

Mon futur est écrit mais j'ai encore mon libre arbitre.

Il sort de sa poche un sachet noir.

C'est moi qui décide de ce qui m'arrive.

Des pas s'approchent.

Il prend une cruche et un bol. Mais au moment où il veut verser l'eau, il s'aperçoit que la cruche est vide.

Tant pis, je vais avaler la ciguë sans eau.

Il verse précipitamment la poudre dans le bol et l'approche de ses lèvres.

Avant qu'il ait eu le temps d'absorber le poison, un carreau d'arbalète brise le récipient. Il tente de vider le reste du sachet directement dans sa bouche, mais un garde fonce sur lui, retient sa main et l'oblige à lâcher le sachet.

D'autres le saisissent et lui tordent les bras dans le dos.

Un sergent lui lit l'acte officiel d'arrestation.

Il est emmené sans ménagement et alors qu'on lui passe des chaînes, il songe :

Comme c'est écrit dans la prophétie, mon procès va se faire au vu et au su de tous.

Mais une idée le rassérène.

La prophétie en hébreu et cryptée est en Espagne.

L'original est caché ici.

Et les derniers Templiers en ont une copie.

Les jours suivants, Enguerrand est enfermé dans la prison de la tour du Temple, où dix ans auparavant ont été détenus les compagnons de Jacques de Molay. Sinistre ironie de l'Histoire : les murs qu'ils avaient construits pour se protéger sont si épais qu'ils n'ont pas pu s'en échapper.

Ensuite tout va très vite.

Son procès est annoncé en grande pompe. Marigny est accusé de sorcellerie. Son frère témoigne contre lui.

Quelques jours plus tard, il est conduit au gibet de Montfaucon.

Nogaret avait, en personne, supervisé la récente modernisation du gibet. Désormais c'est une structure très haute, formée de seize piliers de pierre entre lesquels ont été placées des traverses en bois, aussi nommées « fourches patibulaires ». Sur trois niveaux, chaque fourche est remplie de corps suspendus recouverts de corbeaux et de mouches.

On conduit Marigny en chemise jusqu'au pied du gibet.

Une ignoble odeur de cadavre en décomposition se mélange à celle d'excréments. Les pauvres condamnés récents ont la langue tirée, d'un noir profond. Un détail pourtant attire son attention.

Il y a sous les pieds d'un condamné une fleur rare qu'il connaît bien.

La mandragore.

Cela le fait sourire. Selon la légende, cette fleur apparaîtrait quand le sperme humain féconde la terre.

S'il y a du sperme, c'est qu'il y a bandaison. Et s'il y a bandaison, c'est qu'il y a du plaisir.

Cette idée incongrue dans cet instant dramatique le détend.

Serait-il possible qu'au-delà de la douleur de l'étouffement due à la corde, il puisse y avoir malgré tout une forme de jouissance ?

Cette fleur mauve dans ce lieu gris et sinistre lui semble en tout cas un signe d'espoir.

On le fait monter sur une échelle pour qu'il rejoigne l'étage le plus élevé.

Ils veulent que ma mort serve d'exemple.

Le tambour se met à battre alors que le bourreau lui passe la corde autour du cou et commence à la serrer.

Il faut que je sourie le plus longtemps possible. Je ne veux pas leur offrir le spectacle réjouissant de mon visage convulsé par la douleur, mais plutôt celui de ma queue en train de les défier dans cet instant ultime.

Je dois être dans le même état d'acceptation et de joie que Clotilde et Évrard lorsqu'ils sont morts en faisant l'amour.

Le tambour cesse. Un long silence à peine ponctué par les piaillements des corbeaux s'installe. Il perçoit les battements de son cœur.

Il ferme les yeux et il voit un ange.

Sainte Mélissa.

– *Sois fort, Enguerrand. Ce ne sont que quelques secondes pénibles à passer mais je reste avec toi.*

– *Aidez-moi.*

– *Je ne peux plus rien pour toi, car je ne peux pas agir sur la matière. Mais j'ai une question à te poser. Tu as mis la prophétie dans ta bibliothèque, n'est-ce pas ?*

– *Oui.*

– *Et la copie que tu as confiée aux Templiers survivants, sais-tu où ces derniers vont l'emmener ?*

– *En Écosse.*

Poussé par le bourreau, Enguerrand est précipité dans le vide. La corde se tend et commence à lui serrer la gorge. Ses pieds battent l'air sans trouver de prise. Et le contact rugueux du chanvre sur son cou le brûle. Il suffoque.

Il songe, juste avant de perdre connaissance :

Je veux renaître dans une personne qui restera liée à la prophétie.

95.

Mélissa ouvre les yeux et se met aussitôt à tousser. Cette toux qui semble inextinguible dure longtemps. Son père lui tend un verre d'eau.

Elle reprend son souffle.

– Je sais désormais pourquoi je suis si fragile de la gorge et pourquoi je toussote en permanence. Je croyais que c'était une toux d'allergie à la pollution… C'est autre chose.

Elle reste encore un peu hébétée, puis inspire profondément, toute à son plaisir de ne plus être là-bas. Elle serre les poings.

– C'est mon frère, Jean de Marigny, qui m'a trahie, dit-elle. Après tout ce que j'ai fait pour lui !

Le couple israélien est impressionné car durant la séance ils ont entendu Mélissa décrire chaque détail de ce qu'elle vivait.

– Je dois avouer que c'est assez bluffant, reconnaît Hodélia. Si ce n'est pas réel, en tout cas, c'est sacrément bien imité. Vous me jurez que ce n'est pas une sorte de petit spectacle que vous avez mis au point pour nous ?

– Ce doit être pénible de revivre une telle histoire, dit Ménélik.

La jeune femme tousse encore.

Alexandre regarde sa montre.

– Bon, Ibrahim ne devrait plus tarder. On va pouvoir examiner les bibles du XIIe siècle.

96.

Même s'il ne cesse de maugréer et de dire qu'il espère qu'on ne le dérange pas pour rien, Ibrahim inspire tout de suite la sympathie. Alexandre qui le connaît bien le remercie chaleureusement.

Dans la salle de la réserve, au quatrième étage, Ibrahim consulte un grand catalogue en mouillant son doigt pour tourner les pages et annonce :

– Nous avons 245 incunables. Allons les voir ensemble, ils se trouvent dans la zone sécurisée.

Dans les couloirs de l'université, il donne quelques explications :

– Savez-vous que c'est à la Sorbonne qu'a été installée la première presse typographique française, en 1470 ? Pour moi, les caractères mobiles de Gutenberg sont la plus grande invention de tous les temps, et c'est ce qui a vraiment lancé la Renaissance.

– L'imprimerie existait pourtant déjà à cette époque en Corée et en Chine, rappelle René.

– Laisse-le poursuivre, l'interrompt Alexandre.

– Les bibles étaient en parchemin et en latin. À partir du XVe siècle, des traductions en langue vulgaire sont imprimées sur papier. Ces livres sont beaucoup moins chers que les codex anciens.

– Le papier ? demande Hodélia. Tiens, comment le papier est-il apparu ?

Ménélik veut impressionner sa femme, alors il précise :

– Ce sont les Chinois, et plus précisément le ministre de l'Agriculture Tsaï-Lun, qui, en l'an 105 après Jésus-Christ, est resté à observer un nid de guêpes et a imaginé qu'en triturant les fibres de bois jusqu'à en faire une bouillie on pouvait obtenir un support d'écriture fin et solide.

Ibrahim s'est lui aussi intéressé au sujet et il ajoute :

– Puis, en 751, les Chinois sont vaincus par les Arabes et leur révèlent le secret de la fabrication du papier. Et les Arabes l'ont apporté à Cordoue. Ensuite, le livre imprimé s'est diffusé largement. Les gens n'avaient plus besoin de l'intermédiaire des prêtres pour connaître le texte sacré. Il suffisait de savoir lire.

Les voilà au seuil de la zone sécurisée. La porte pour y pénétrer est blindée et fermée par un cadenas compliqué. Ibrahim extrait une clef bizarre de son gilet et l'ouvre, révélant une pièce tout en longueur, avec des étagères remplies de vieux livres. Certains sont protégés dans des armoires vitrées où la température et l'humidité sont contrôlées.

– Sur la couverture, qui est très belle, très ouvragée, est inscrit le mot « BIBLE » et en dessous : « LIVRE DE LA GENÈSE », se souvient Mélissa.

Ibrahim se moque :

– Et vous croyez qu'avec ça je vais trouver ?

Sans attendre, le vieux bibliothécaire propose :

– Je vais vous montrer les plus anciennes bibles.

Il apporte une première bible, qu'il pose sur la table de la petite pièce de consultation. Mélissa avance sa main, mais Ibrahim l'arrête net.

– N'y touchez surtout pas, malheureuse. Vous ne vous rendez pas compte ! C'est très fragile. L'humidité de l'extrémité de vos doigts pourrait altérer le parchemin. Sans parler de toutes les petites bactéries qui sont dans votre sueur et qui pourraient le ronger. Il n'y a que moi qui sais comment procéder. Alors contentez-vous de guider mes mains.

Il enfile méticuleusement des gants de coton blanc.

– Les vingt-quatre premières pages étaient des pages de la Bible, dit Mélissa. La prophétie démarrait à la vingt-cinquième page. Donc il faut examiner les pages 25 de ces bibles.

Ibrahim tourne lentement les pages. Puis, la vérification effectuée, il part ranger le manuscrit et en apporte un autre.

Il ne trouve rien dans les quinze premiers ouvrages consultés, puis enfin il annonce :

– Celle-là.

Tous se rapprochent.

– Regardez, à partir de la page 25, le texte n'est plus en latin, mais en ancien français. Et ça a l'air de parler de ce qui va se passer dans le futur… enfin dans « leur » futur, dit-il, d'un ton victorieux.

– Allons regarder ça dans mon bureau, propose Alexandre.

– Ce n'est pas du tout la procédure, proteste Ibrahim, mais… exceptionnellement je vous le concède.

Ils vont tous dans le bureau du président. La bible est posée sur la table de travail d'Alexandre.

C'est Ibrahim qui tourne les pages.

– Il faut aller à la fin de la prophétie, s'impatiente René. Ce qui nous intéresse est au chapitre 101, ça parle de ce qui va se produire en 2101.

Mais sans se presser davantage, Ibrahim tourne les pages une à une, lentement et avec mille précautions.

Je vais bientôt savoir.

Mais alors que le bibliothécaire va arriver au dernier chapitre, et qu'à ses côtés ils sont tous penchés sur la très vieille bible, se dresse devant eux une silhouette qui brandit un revolver et les tient en joue.

– Levez les mains et éloignez-vous de la prophétie. Tous.

97. MNEMOS. LES HÉRITIERS DES TEMPLIERS.

Après la dissolution de leur ordre, plusieurs Templiers survivants trouvèrent refuge en Écosse.

Le roi d'Écosse Robert Bruce, aussi nommé Robert Ier,

avait été excommunié par le pape. Du coup, il ne se sentait pas obligé d'appliquer la bulle de condamnation de l'ordre. En remerciement pour ce soutien, les Templiers aideront les Écossais à organiser leur armée, ce qui leur permettra de remporter la grande bataille de Bannockburn en 1314 contre les Anglais. Ce fut une bataille exemplaire. Grâce aux subtiles stratégies des maîtres templiers, cinq mille soldats écossais arrivèrent à vaincre vingt-cinq mille soldats anglais.

Dès lors, un mouvement spirituel issu des Templiers se développa sous la protection du roi Robert Ier en Écosse. Le Temple de Salomon était perçu comme un idéal, tout comme le travail de maçonnerie qui avait été nécessaire pour l'édifier ; ils prirent le nom de « maçons ». Les maçons se regroupaient en loges. Ils suivaient les règles de l'architecte Hiram, intégrant les nouveaux adeptes par grades : apprenti, compagnon, maître.

Ce mouvement maçon se transforma en « franc-maçon » à Londres en 1717, lorsque furent regroupées toutes les loges de Grande-Bretagne.

Cette organisation qui se voulait secrète célébrait le culte du « grand architecte de l'univers » et son projet était d'œuvrer pour le progrès de l'humanité. Le mouvement franc-maçon s'implanta ensuite en France. Les francs-maçons se sentaient les héritiers de l'ordre des Templiers tel que l'avaient créé Hugues de Payns et huit autres chevaliers en 1113 à Jérusalem.

Le mouvement franc-maçon se répandit au XVIIIe siècle en Europe, puis progressivement en Amérique, en Australie, en Afrique et en Asie.

Au fil du temps nombreux furent les artistes, les penseurs et les hommes politiques qui reconnurent cette « philosophie » comme source d'inspiration et qui du coup en firent partie. Pour n'en citer que quelques-uns parmi les plus célèbres : Mozart, Voltaire, Diderot, Lavoisier, Benjamin Franklin, Montesquieu, D'Alembert (auteur de l'*Encyclopédie*), Goethe, Beethoven, Simon Bolivar, Pouchkine, le chevalier Saint-Georges (qui lutta pour l'émancipation des esclaves), Liszt, Henri Dunant (inventeur de la Croix-Rouge, structure au sein de laquelle il ne fut paradoxalement jamais admis !), Antoine Lumière (inventeur du cinéma).
En 2021, on estimait à environ trois millions le nombre d'adhérents dans toutes les loges franc-maçonnes du monde.

98.

René reconnaît aussitôt la personne qui pointe son revolver sur eux.
VESPA ROCHEFOUCAULD.
Comme à La Villette quelques jours avant, et comme un mois plus tôt lors de la séance d'hypnose qui a mal tourné et pour laquelle Opale et René ont été lourdement condamnés, Vespa est vêtue de cuir noir. Elle sort de son sac des bracelets en plastique crantés. Sous la menace, René est contraint de lier les mains dans le dos des cinq autres. Puis elle lui attache elle-même les poignets.
– Comment avez-vous su que nous avions retrouvé la prophétie ? lui demande René.

– L'huissier qui est venu chez vous sur la péniche était un de mes hommes. À ma demande, il a posé des micros un peu partout. J'ai pu ainsi écouter toutes vos conversations.

La présidente de l'INRAE enfile des gants de coton blanc comme ceux d'Ibrahim et entreprend de lire le dernier chapitre de la prophétie.

Elle hausse les sourcils de surprise, tourne les pages avec délicatesse et, enfin, pousse un long soupir satisfait. Elle déclare :

– Hodélia, il me faut maintenant la reine des abeilles du Temple de Salomon. Tu ne l'as pas sur toi, je présume ? Peux-tu aller la chercher, ma chère ?

L'entomologiste israélienne essaie de gagner du temps.

– Qu'est-ce qui te prend, Vespa ? Je pensais que tu étais mon amie. C'est toi qui m'as fait venir ici.

– Ne discute pas, s'il te plaît, Hodélia. Tout ceci va bien au-delà de notre amitié.

– Et si je refuse ?

– Je serais désolée d'être obligée de tuer Ménélik. Ainsi que d'ailleurs les autres témoins ici présents. Puis toi.

– Nous nous connaissons depuis longtemps, Vespa. Je sais que tu n'oseras pas mettre cette menace à exécution.

– Tu ne connais pas les conséquences de nos choix actuels sur l'avenir. Moi, je viens de les lire. Et je pense que nos petites existences ne sont que peu de chose par rapport à ces enjeux.

– Je n'irai pas chercher la reine.

Vespa place son arme sur la tempe de Ménélik.

– Qu'est-ce qu'une vie par rapport à l'avenir de la planète ? Alors, tu t'exécutes ou je l'exécute ?

Hodélia hésite une demi-seconde puis hoche la tête en signe d'assentiment. Vespa Rochefoucauld la libère de ses liens.

– Laisse ton téléphone ici et ne t'avise pas d'avertir la police, sinon…

Son ton est suffisamment assuré pour qu'Hodélia n'ait plus de doute sur ses intentions.

– Où se trouve ton appartement ? lui demande Vespa.

– Dans l'aile ouest. Ce n'est pas tout près.

– Vas-y et fais au plus vite.

Hodélia sort.

Vespa semble soulagée et se promène dans le bureau du président de la Sorbonne en regardant attentivement les armes accrochées au mur.

– Vous avez vraiment une splendide collection, reconnaît-elle.

Bon sang, désormais elle seule connaît le futur, et nous l'ignorons.

– Vespa, c'est votre vrai prénom ? demande Mélissa, curieuse.

– Oui, pourquoi ?

– Vous savez ce que ça veut dire ?

– Je crois que mon père l'a choisi parce qu'il circulait tout le temps sur ce scooter italien.

– C'est aussi le nom scientifique du frelon asiatique. *Vespa velutina*, complète la jeune femme à la mèche rouge.

– À mon avis ce n'est qu'un pur hasard.

– Croyez-vous ? Moi, je m'appelle Mélissa. Ce prénom vient du grec *méli* qui signifie… « abeille ». Cela a donné le mot « mellifère ». D'étranges hasards rapprochent nos prénoms de ce que nous faisons de nos vies…

– Dans ce cas, comme vous le savez, les Vespa-frelons sont les prédateurs naturels des Mélissa-abeilles.

Sans lâcher son revolver, elle décroche une épée du mur.

Elle commence à faire des moulinets avec.

– Vous vous êtes bien remise de l'accident. La dernière fois que je vous ai vue, votre bras était tenu par une écharpe, lui lance René.

– Je suis très sportive et je pratique différents arts martiaux, ça m'a beaucoup aidée, répond Vespa.

– Pourquoi faites-vous tout ça ? questionne René.

– Précisément à cause de vous, monsieur Toledano... C'est vous qui avez tout déclenché. Quand, grâce à vous, j'ai vu le futur surpeuplé, tous ces humains qui grouillaient partout comme des insectes dans un monde accablé par la canicule, cela m'a profondément effrayée. Je n'en dormais plus la nuit. Était-ce le monde que nous allions laisser aux prochaines générations ? Cet enfer ?

Elle décroche une autre épée, qu'elle soupèse et fait tournoyer.

René remarque que Mélissa frotte discrètement son lien de plastique sur un rebord tranchant de la chaise métallique sur laquelle elle est assise, pour tenter de le scier.

– Ce voyage dans le temps m'a ouvert les yeux. Mais après quelques jours d'abattement, j'ai pris conscience que, loin d'être un problème, cette expérience était une chance extraordinaire. Vous m'avez offert, mon cher monsieur Toledano, non seulement la vision, mais aussi le moyen d'influer sur cette vision. Rappelez-vous. Au début du spectacle, vous m'aviez permis d'accomplir une régression dans ma jeunesse. Je l'ai reproduite seule chez moi. Je suis remontée jusqu'à l'année dernière. J'ai suggéré en rêve à celle que j'étais alors de s'intéresser aux frelons asiatiques, pour les aider à augmenter leurs ravages. À l'INRAE, j'ai simplement sélectionné, croisé et fait muter les individus les plus gros, les plus agressifs et les plus féconds pour faire apparaître une sorte de super-frelon qui a accéléré le processus de détérioration de l'agriculture. Ensuite je l'ai introduit dans cette fameuse poterie qui a été livrée à Tonneins en 2004.

– Ce n'était donc pas un accident ? questionne Ménélik.

– Bien sûr que non. J'ai vu l'impact que cela avait en 2053 : la réduction de la production agricole mondiale, la Troisième Guerre mondiale. Les humains avaient faim et s'autorégulaient enfin de manière efficace.

– Vous avez provoqué la Troisième Guerre mondiale pour faire diminuer la population humaine ? s'exclame Alexandre.

Mélissa continue discrètement son mouvement de poignets.

– Toutes les espèces vivantes s'autorégulent, sauf les espèces invasives, dit Vespa. Et nous sommes, nous les humains, l'espèce la plus invasive qui soit, avec une croissance démographique sans la moindre retenue. Nous emprisonnons les animaux dans des élevages intensifs où ils ne voient même pas la lumière, pour les transformer en steaks divers et variés. Les espèces sauvages, elles, disparaissent purement et simplement avec leurs forêts dont les arbres sont transformés par l'homme en baguettes de restaurant ou en mouchoirs jetables. C'est cela qui devrait vous choquer. Je me suis dit que la meilleure manière de lutter contre une espèce aussi destructrice que nous, c'était de l'attaquer avec une espèce encore plus agressive. Le mal par le mal. Les frelons étaient parfaits. Il suffisait de les aider à devenir encore plus efficaces.

– C'est ainsi que les abeilles vont disparaître, et que la réaction en chaîne qui va aboutir à la destruction de l'espèce humaine commence, dit Mélissa.

– Certes, mais je ne partage pas la vision d'Hodélia. Les abeilles n'ont pas adouci le monde humain, elles l'ont endormi, comme elles se sont elles-mêmes endormies au contact des humains. Regardez l'évolution darwinienne : un ours végétarien, ça n'existe pas. Quand on a des canines pointues, des griffes, des mâchoires puissantes, c'est fait pour tuer. Il n'y a pas de place pour les mous, les trouillards, les lâches. Les frelons, heureusement, ont rappelé cette loi de la nature : ce qui prévaut, c'est la sélection des plus aptes. Le plus fort gagne, le plus faible disparaît, voilà tout. Les abeilles ne sont plus adaptées aux défis du futur.

Vespa arpente le bureau sans lâcher son arme.

– Ensuite, je suis retournée dans le futur. J'ai, là encore, procédé comme vous me l'aviez montré pendant la séance d'hypnose prospective, et j'ai pu avoir un dialogue avec celle que je vais devenir dans trente ans. J'ai pu aussi voir les conséquences de mon action à travers ses yeux. Mes petits frelons avaient directement, ou indirectement, provoqué des famines. Ils étaient les facteurs déclenchants. Le monde surpeuplé était en proie à une grande guerre. C'était ce qui nous manquait : l'Armageddon, la lutte entre les nations pour la survie. Et je me suis dit que ce futur était la meilleure chose qui puisse arriver pour réduire l'espèce humaine, pour freiner sa croissance exponentielle non maîtrisée. Cependant, ce futur moi-même m'a aussi signalé que dans l'arbre du temps, il y avait encore un embranchement par lequel la guerre pouvait s'arrêter.

Elle marque une pause et dévisage tour à tour ses prisonniers.

– Comme vous le savez, le futur n'est pas encore figé. La Troisième Guerre mondiale est inéluctable, mais son issue est incertaine. Il y a deux branches d'avenir encore possibles.

– Et vous avez fait votre choix..., murmure René.

– Certes. Il ne faut pas que la guerre s'arrête trop tôt, tout serait à recommencer.

Elle pousse un profond soupir.

– Lors de cette seconde rencontre, j'ai demandé à mon futur

moi-même ce qui allait faire que la guerre continue ou s'arrête, et elle m'a dit que c'était lié à un livre très ancien. Lequel annonçait la venue d'un messie qui stopperait l'Armageddon. Son titre : *La Prophétie des abeilles*. Le seul moyen de savoir qui était ce messie qui allait contrecarrer mes plans était donc de lire le dernier chapitre du livre. Je me suis donné beaucoup de mal pour trouver la prophétie, mais j'ai réussi, et je connais l'identité de ce messie.

– Un messie ? s'étonne Ménélik pour qui ce mot rentre en résonance avec des textes anciens qu'il connaît.

– Je croyais au début que c'était un homme, mais je me trompais. Ce n'est pas un humain. Le messie est cette reine abeille primitive que vous avez trouvée dans le petit Temple de Salomon.

– Ma reine ? demande René, interloqué.

– « Votre » reine, si vous voulez. Toujours est-il que pour contrôler le retour de ce messie, il me fallait savoir comment elle risquait d'agir. Et je savais que c'était écrit dans *La Prophétie des abeilles*. Donc, il me fallait ce codex. Avec le livre et la reine, je peux enfin agir sur cet embranchement de futur. La Troisième Guerre mondiale est une purge nécessaire. Elle pourra s'accomplir jusqu'au bout. Et l'humanité, trop nombreuse, sera réduite au strict minimum.

– Vous allez la tuer ?

– J'accomplirai ce qui est nécessaire pour l'intérêt de la planète.

René l'observe.

– Ça fait longtemps qu'on se croise, n'est-ce pas ?

Vespa Rochefoucauld sourit.

– La première fois que nous nous sommes rencontrés, c'était...

– ... À Jérusalem en 1099 ?

– Exact. J'avais fait le vœu de me rapprocher le plus possible de la prophétie. Mais il s'est passé quelque chose de stupide au moment de l'assaut. Une abeille m'a piquée à l'œil. J'ai cru que la régression n'avait pas fonctionné. L'abeille a enfoncé son dard jusqu'à toucher ma pupille. Et elle y a injecté son venin d'abeille. C'était très douloureux, croyez-moi. Mon ancienne incarnation est devenue borgne. Mais j'ai survécu et j'ai continué le combat. La guerre est un sport très complet, vous ne trouvez pas ? On se découvre des capacités inconnues à courir, à frapper, à esquiver les dangers. Tous les sens sont en alerte.

– Et puis quand ?

– Ensuite, dans la ville. Souvenez-vous, je vous ai rencontrés, René, et vous Alexandre.

– Devant la synagogue ? C'était vous, le baron Ursulin ? questionne Alexandre. Nous étions les…

– … les deux casse-pieds, oui ! Si on devait écouter les gens comme vous, on n'aurait pas commencé les croisades. Et les pèlerins auraient continué à se faire massacrer par les Turcs. Le pacifisme et la gentillesse ne sont pas de bons moyens d'agir sur les événements historiques. Il y a un moment où il faut prendre des décisions courageuses et énergiques. Cette synagogue devait brûler avec ses occupants.

– Nous vous en avons empêchée, dit René.

– Sachez en tout cas que, même si par votre faute j'ai été forcée d'épargner cette synagogue-là, j'en ai incendié d'autres. Et puis, un soir, je vous ai retrouvés dans cette taverne. Comment s'appelait-elle déjà ?

– La taverne de Bethesda, signale Alexandre.

– Exactement.

– Indirectement, c'est grâce à vous, Vespa, que nous avons

pu créer l'ordre des Templiers. Hugues de Payns n'était pas très intéressé au début, mais le combat contre vous et vos amis a soudé le nôtre, dit René.

– Ah oui ? Ensuite, je n'ai cessé de vous espionner. Je sentais que vous prépariez quelque chose d'important. Alors j'ai fini par convaincre l'un des vôtres de m'informer.

– Il y avait un traître parmi les neuf Templiers fondateurs ? l'interroge René.

– Tous les hommes sont faillibles. Il suffit de trouver leur point faible et on n'a plus qu'à appuyer dessus pour avoir un effet de levier. Toujours est-il que je pouvais avoir un compte rendu détaillé de toutes vos réunions. Et c'est ainsi que j'ai appris qu'un certain saint René et qu'un autre saint Alexandre apparaissaient avec des ailes blanches pour dicter un texte de prophétie à leurs anciennes réincarnations. Quand même, vous y êtes allés un peu fort. Se faire passer pour des anges !

– C'était pour nous faire accepter, croit bon de préciser Alexandre.

– Ne vous justifiez pas. Au contraire, j'adore ! Et puis ça explique beaucoup de légendes avec des prophètes qui reçoivent des messages venus d'ailleurs... Il s'agit seulement de gens qui maîtrisent la technique de régression et qui vont rendre visite en rêve ou en hallucination à de pauvres bougres naïfs du passé. Vous êtes des génies !

René et Alexandre ne répondent rien, ils jettent un regard sombre à Vespa.

– Toujours en bonne élève de votre enseignement, monsieur Toledano, je vous ai là encore copié. Je suis apparue en rêve en me faisant passer pour... « sainte Vespa ». Avec, comme vous, la tunique blanche et les ailes de plumes bien déployées à partir de mes omoplates.

Elle lève les yeux au ciel et fait le signe de croix sur sa poitrine.

– Si ma maman savait que je suis devenue une sainte, elle qui était si croyante, elle serait fière.

Elle joue avec son revolver.

– J'ai suggéré au baron Ursulin de passer à l'action.

– L'homme masqué qui m'a volé puis assassiné, c'était donc vous ! s'exclame René.

Vespa hoche la tête d'un air désolé.

– Je voulais seulement récupérer la prophétie. C'est vous qui avez réagi trop violemment. Vous vous êtes défendu, vous étiez menaçant. Qu'est-ce qui vous a pris, franchement ? Remarquez, ça ne m'a pas porté chance : Ursulin a lui-même été lâchement frappé dans le dos…

– C'était moi, dit Mélissa.

Vespa dévisage la jeune femme à la mèche rouge.

– Vous étiez Déborah ?

– Vous veniez d'assassiner mon mari ! Et… en hébreu, Déborah signifie…

– L'abeille ?

– Oui. Et c'est moi qui après vous avoir tuée ai récupéré la prophétie et l'ai transmise aux maîtres templiers.

– Vous y tenez, décidément, à vos histoires de prénoms !… Bref. Un coup de couteau dans le dos… Pas très honorable comme manière d'agir… Mais, bon, si on devait s'en vouloir pour tous ses crimes passés, on n'en sortirait pas. Dans une vie, on est bourreau ; dans l'autre, on est victime. On est tantôt sauveur, tantôt persécuteur, et puis ça tourne. C'est la roue du Karma, comme disent les hindouistes.

Elle décroche encore une autre épée, plus longue, d'un faisceau d'armes au mur, et joue avec un moment. Puis elle la remet à sa place et se dirige vers des haches.

– Dans l'incarnation suivante, je me suis donc retrouvée à nouveau chevalier croisé en Terre sainte, plus précisément à Saint-Jean-d'Acre. Et là, en 1190, j'ai fondé un ordre concurrent pour essayer de vous prendre de vitesse.

– Les Teutoniques ?

– Exactement.

– Vous étiez Heinrich Walpot ? s'étonne Alexandre.

– J'ai soufflé beaucoup de choses à Heinrich ! Ainsi c'est vous, monsieur Toledano, qui êtes là encore indirectement à la source de la création des Teutoniques. Chaque action entraîne une réaction.

– Je le regrette, dit René.

Vespa saisit une fine épée placée derrière un petit bouclier.

– J'ai pris des cours d'escrime, dit-elle en faisant tournoyer l'épée avec adresse. J'ai adoré. C'est comme si j'avais retrouvé de vieux réflexes oubliés. Mon professeur d'escrime était lui-même surpris, il m'a dit : « On dirait que vous avez fait ça toute votre vie. » Ainsi j'ai découvert que l'on peut récupérer les talents de ses vies passées. Il suffit de s'en rappeler. Quoi qu'il en soit, dans ma réincarnation suivante, j'étais Konrad von Feuchtwangen, le treizième grand maître teutonique à Saint-Jean-d'Acre. C'était en 1291 et, cette fois-ci, j'étais bien décidée à agir par tous les moyens pour trouver la prophétie.

– Vous avez attaqué le bateau pour me voler la prophétie ! dit

René. Des croisés qui tuent d'autres croisés en pleine débâcle, c'était vraiment minable.

– Il fallait que Konrad récupère le livre et il l'a récupéré.

– C'était « ma » prophétie, rappelle René.

– Vous vous répétez.

Elle pose la fine épée.

– Et puis ma femme m'a trahie. Sacrée Clotilde !

Vespa se tourne vers Mélissa.

– Ce devait être encore vous, n'est-ce pas ? Vous êtes exactement le genre de demoiselle qui m'agace, chère Mélissa-abeille. Aujourd'hui comme hier. Comme je regrette qu'Ursulin n'ait pas pu faire brûler Déborah en 1099…

– Non, ce n'était pas elle, intervient Alexandre. Clotilde von Feuchtwangen, c'était moi.

– Vous ! Vous étiez « ma » femme ?

Elle semble trouver l'idée amusante.

– Avant de mourir, poursuit-elle, Konrad a transmis l'information à son cousin Siegfried, qui lui-même a contacté Guillaume de Nogaret pour qu'il récupère l'ouvrage.

Elle se penche vers René.

– Cher ami, votre âme est directement à l'origine des Templiers et indirectement à celle des Teutoniques. Mais elle est aussi la cause de la rafle de 1307.

Non. Non.

Vespa s'approche tout près de son visage.

– C'est tellement pratique d'oublier ses vies précédentes. Pas de culpabilité, n'est-ce pas ?

– Ce n'est pas ma faute ! s'insurge René.

Vespa est ravie de voir son hypnotiseur perdre son sang-froid.

– C'est vous Vespa qui avez inspiré Nogaret ! C'est vous l'unique responsable de leur destruction, rétorque Mélissa prenant la défense de René.

– De toute façon, Nogaret n'a pas réussi à récupérer la prophétie, rappelle Alexandre.

– Je dois avouer que vous avez été rapide.

– Marigny a pu remettre la prophétie à un ami.

– J'ai tout fait pour discréditer ce ministre de la justice félon. Mais le roi Philippe le protégeait. Il prenait notre inimitié pour une simple rivalité. J'ai compris trop tard qu'il avait réussi à filer en Avignon chez des amis juifs. Encore eux.

Elle se tourne vers Ménélik.

– Les Juifs sont comme des cailloux dans ma chaussure, déplore Vespa.

– Vous voulez dire qu'ils vous tiennent éveillée ? dit malicieusement Ménélik.

– Je veux dire qu'on a envie de s'en débarrasser. Votre arrogance, votre prétention, votre histoire, même votre prétendu humour juif… En fait, tout en vous m'insupporte. Bref. Je me suis retrouvée dans la peau d'un officier allemand pendant la Seconde Guerre mondiale. Ça m'allait très bien… J'étais le colonel Kurt Hornisse, et j'ai retrouvé la prophétie dans le ghetto de Varsovie, après sa liquidation. C'était la version hébraïque. Mais, à ma grande déception, le texte était crypté et je n'ai jamais trouvé le code.

– Alors il est resté dans les archives de la Gestapo à Berlin…, remarque René.

– Le colonel Kurt Hornisse est mort en 1945, tué par les soldats russes, et je n'ai pas pu être rapidement opérationnelle pour poursuivre ma mission d'âme. C'est l'inconvénient des réincarnations : il y a toujours un temps de latence entre le moment où l'on meurt et celui où l'on est suffisamment conscient pour agir.

– Ce temps de latence, c'est la jeunesse, peut-être ? suggère Ménélik.

– Quelle perte de temps ! J'aurais tant aimé pouvoir mourir adulte et renaître directement adulte pour reprendre ma mission d'âme là où je l'avais laissée, avec tous mes moyens physiques et intellectuels ! Mon esprit a dû attendre la meilleure vie possible pour poursuivre son action. Et ce fut… moi. Une scientifique spécialiste des insectes et présidente du principal institut de recherche français sur les écosystèmes naturels.

– Toutes ces réincarnations pour en arriver là…, philosophe Alexandre.

– Enfin, tout ça, je n'en étais nullement consciente avant notre rencontre durant votre spectacle, René. Là, j'ai vu une de mes vies passées, et j'ai vu… l'avenir. Or, vous connaissez la règle de la physique quantique : le seul fait d'observer modifie ce qu'on observe.

– C'est l'expérience du chat de Schrödinger, dit René.

– Je ne saurais mieux dire : dès le moment où j'ai vu le futur, j'ai changé quelque chose dans l'arbre du temps. Nul ne devrait entrevoir le futur. Après cette expérience, j'ai senti grandir en moi l'impérieux désir d'agir pour que le meilleur futur prédomine.

– Un futur où la guerre décime la quasi-totalité de l'humanité ? dit René.

– Nous verrons bien, répond Vespa.

Elle saisit une nouvelle épée, plus longue encore, et déclare :

– Ce qui est tout à fait extraordinaire, c'est que nous qui

sommes initiés à l'art de voyager avec l'esprit dans le temps, nous pouvons donner l'avantage à l'une ou l'autre voie.

Elle regarde sa montre.

– Pourquoi Hodélia n'est-elle pas encore revenue ?

À ce moment, l'entomologiste israélienne entre dans le bureau.

– Donne-moi la reine, maintenant, et je vous libérerai.

Hodélia brandit la boîte de métal, l'ouvre et en extrait la pierre orange avec la reine incrustée dans la cire durcie. Vespa, son revolver dans une main, de l'autre saisit comme une relique sacrée la reine endormie depuis neuf cents ans dans sa gangue translucide. Elle l'approche près de ses yeux, subjuguée par sa beauté.

– Ainsi, ce serait toi, le messie ? dit-elle, fascinée.

Hodélia bondit sur elle pour la désarmer, mais Vespa se dégage et la frappe avec la crosse de son arme au menton. Hodélia tombe, sonnée.

Mélissa est parvenue à se libérer et s'élance à son tour sur Vespa Rochefoucauld. Elle lui saisit le poignet et tente de la désarmer. Un coup de feu part et frôle Alexandre.

Tous, malgré leurs mains dans le dos, veulent essayer de participer à l'attaque. Vespa leur échappe, recule et veut tirer sur Mélissa, mais son arme s'enraye.

Mélissa s'empare d'une épée et avance. Vespa jette son arme inutile, range la boîte en métal dans la poche de sa veste, et empoigne un casse-tête terminé par des chaînes avec des boules de fer hérissées de piques. Elle fait tournoyer cette arme terrible pour empêcher Mélissa d'approcher, puis elle la lance en avant.

Les boules sifflent et passent tout près du visage de la jeune femme. Mélissa attrape un bouclier pour se protéger alors que l'autre lui assène un coup qui résonne fort contre le métal.

Tout comme René et Alexandre quand ils se sont battus en duel, les deux femmes se poursuivent en criant et en frappant.

Un coup bien ajusté de Vespa fait trébucher Mélissa, qui chute en arrière. Un nouvel assaut avec les boules de fer lui arrache le bouclier. Ménélik bondit de son fauteuil roulant en s'appuyant sur ses bras et se jette en avant pour faire trébucher Vespa.

Mélissa profite de ce répit pour ramasser son épée et frappe. L'autre pare le coup mais la pointe de la lame touche Vespa à l'œil. Surprise, Vespa lâche son arme. Elle est momentanément déstabilisée, puis se relève, en posant la main sur son visage pour protéger son œil blessé qui saigne. Après un instant d'hésitation, elle range précipitamment la reine dans sa boîte de métal, rafle la bible avec *La Prophétie des abeilles* dedans, l'enfouit dans un grand sac et s'enfuit dans les couloirs de la Sorbonne.

Mélissa libère en toute hâte ses compagnons. Alexandre et René prennent chacun une épée et se ruent hors du bureau.

Vespa Rochefoucauld sort de l'université, court jusqu'à sa voiture, une Porsche noire décapotable, et démarre en trombe.

La moto d'Alexandre est garée juste là. Ils sautent dessus. Alexandre passe son épée à René et fait vrombir le moteur et, de nouveau, comme à Jérusalem en 1099, les deux hommes filent droit devant eux sur leur unique destrier, de métal cette fois.

99.

La moto et ses deux cavaliers avec des épées se présente dans le rétroviseur de la Porsche noire. Vespa accélère et grille les feux, alors qu'autour d'elle les voitures pilent et klaxonnent.

Elle fonce pied au plancher.

René tient fermement les deux épées et il a l'impression d'être dans un film. Non plus *Matrix* ou *Les Aventuriers de l'arche perdue*, mais plutôt *La Guerre des étoiles*.

Après tout, les chevaliers Jedi sont un ordre de moines-soldats, comme les Templiers.

Si ce n'est qu'ils ont des épées laser et non de métal...

Et d'ailleurs si on regarde le mot « Jedi », ce sont quand même les mêmes consonnes que dans le mot « Judée ». Il me faudra faire quelques recherches là-dessus.

Derrière Alexandre qui slalome entre les voitures, René est Luke Skywalker évitant les astéroïdes ou les vaisseaux de Dark Vador.

Dans la nuit parisienne, la Porsche noire remonte vers le nord en zigzaguant. Vespa Rochefoucauld prend des risques énormes, la moto la suit sans ralentir. Ils foncent vers l'île de la Cité par le boulevard du Palais, traversent la Seine par le Pont au Change, arrivent place du Châtelet et prennent le boulevard de Sébastopol.

C'est le chemin qu'avaient pris Évrard et Clotilde pour rejoindre la commanderie des Templiers.

Vespa évite de justesse des vélos et des piétons.

Ils continuent à fond jusqu'à la gare de l'Est. Vespa oblique pour rejoindre la place Stalingrad et longe le bassin de la Villette par une rue à contresens heureusement déserte à cette heure tardive, jusqu'à la Cité des sciences.

La Porsche se gare, Vespa claque la portière et court, son grand sac à l'épaule. Elle entre dans l'immense bâtiment par une petite porte sur le côté, René et Alexandre sur ses talons.

C'est un piège. Elle nous attend à l'intérieur parce qu'elle connaît parfaitement ce lieu.

Dans le grand hall, tout est éteint.

Ils entendent un bruit au premier étage. Ils avancent prudemment, leurs épées à la main, grimpent l'escalator figé et circulent dans l'exposition sur les espèces invasives.

Des vitrines qui vont deux par deux présentent l'espèce invasive et l'espèce en voie de disparition.

Les bourreaux et les victimes.

On voit les petites fourmis d'Argentine qui ont chassé les fourmis rousses des forêts du sud de la France. Des petites mottes de terre pour les premières et, dans une vitrine voisine, un dôme de branchettes formé par ces mêmes fourmis rousses des bois.

Plus loin, des coccinelles asiatiques *Harmonia axyridis* de couleur jaune à douze points, et à côté, l'espèce endémique qu'elles ont détruite à partir de 2004 : les coccinelles rouges à sept points.

En poursuivant leur exploration, ils voient la punaise *Halyomorpha halys*, dite « punaise diabolique », arrivée en France en 2012, elle aussi en provenance de Chine, qui a éliminé l'espèce de punaise locale beaucoup moins combative.

À côté d'un aquarium, une pancarte indique que le gros poisson bardé de dents est la perche du Nil, sorte de fauve aquatique qui a détruit tous les autres poissons du lac Malawi, et notamment les Cichlidés, famille qui compte parmi ses membres les poissons considérés comme les plus sociaux et les plus intelligents.

L'exposition présente aussi des écureuils, des tortues, des grenouilles.

Plus loin, on voit les ailantes, ces « faux vernis du Japon » dont la sève toxique empoisonne les plantes locales et qui se reproduisent et s'étendent à toute vitesse, et l'algue *Caulerpa taxifolia* qui a envahi les fonds marins et qui détruit les autres algues.

Enfin, ils arrivent dans le secteur des insectes invasifs.

Un nid de frelons asiatiques est enfermé dans une cage de verre qui monte jusqu'au plafond. On dirait un gros fruit de carton gris accroché à une branche artificielle. On leur a donné des petits grillons pour les nourrir et ils les ont déjà tous décapités et entassés en pyramide. À côté, une ruche sauvage formée de plaques orange parallèles a l'allure d'une grosse lasagne luisante. Des fleurs disposées dans un coin leur fournissent le pollen nécessaire à leur consommation quotidienne.

Soudain la lumière d'une torche éblouit René et Alexandre.

Vespa Rochefoucauld surgit d'une zone d'ombre derrière eux et leur jette un verre de miel liquide à la figure. Elle ouvre ensuite la porte de la cage de verre où se trouve le nid de frelons asiatiques.

Aussitôt, une nuée de frelons fonce, attirés par le miel.

– Adieu, messieurs. Quatre piqûres et vous êtes morts.

René et Alexandre brassent l'air avec leurs épées.

Alexandre pousse un cri. Il vient d'être piqué.

René est piqué aussi, mais cette attaque dopé son adrénaline.

Je ne peux pas tout perdre maintenant !

Il trouve une idée.

Tout va alors très vite. Il entre dans la cage béante, se précipite en hurlant vers le nid des frelons, saisit à pleine main le gros ballon gris. Interloquée, Vespa ne réagit pas. René fonce sur elle et d'un geste déterminé lui enfonce la boule sur la tête.

Vespa reste un instant immobile, clouée par ce geste inattendu.

Tiens, avec cette boule grise sur la tête, elle ressemble à un chevalier avec son heaume.

Tous les frelons entendent l'appel au secours de leur reine unique et de leur nid en danger, et volent en escadrille jusqu'à elle. Ils piquent tant qu'ils peuvent Vespa, qui tombe à genoux, puis s'effondre.

René vient vers Alexandre qui est resté prostré au sol.

– Ça va ?

Alexandre montre qu'il a trois piqûres aux mains.

– J'avais déjà été baptisé au mont du Temple à Jérusalem. La première fois ça surprend, après on s'y habitue, tente-t-il de plaisanter en grimaçant de douleur.

Ils s'approchent de Vespa recroquevillée au sol avec le nid de frelons enfoncé jusqu'au cou. Les frelons tournoient autour d'elle comme des satellites autour d'une planète.

Alexandre prend dans la poche de la veste de Vespa la boîte de métal, l'ouvre et vérifie que la reine est toujours intacte.

René ramasse la bible qui contient sa chère prophétie. Il s'éloigne un peu pour lire le dernier chapitre, celui qui porte le numéro 101 et qui raconte comment sera le monde en 2101.

Il pense :

Une fois que je l'aurai lu, je ferai une régression pour le dicter à Salvin. Et alors la boucle sera bouclée. Le temps sera plié et les deux ronds, entre le passé et le futur, se rejoindront enfin.

Ainsi la prophétie pourra se réaliser.

100. MNEMOS. PROPHÉTIE AUTORÉALISATRICE.

Le concept de prophétie autoréalisatrice sous-entend que c'est parce qu'on a annoncé qu'un événement allait se passer que cela peut se produire. Si on ne l'avait pas prophétisé, cela n'aurait jamais existé.

L'une des prophéties autoréalisatrices les plus célèbres est

l'histoire d'Œdipe. L'oracle de Delphes annonce au roi de Thèbes, Laïos, que s'il a un fils ce dernier tuera son père et épousera sa mère. Or précisément ils ont un fils. Effrayés par cette éventualité d'assassinat et d'inceste, ses parents l'abandonnent sur une montagne en lui perçant les chevilles pour qu'il ne puisse pas fuir (Œdipe signifie « pied enflé »). Le bébé survit et sera recueilli par le roi de Corinthe qui l'élève comme son propre fils. Cependant, alors qu'Œdipe est devenu adulte, un voyageur lui signale que le roi et la reine ne sont pas ses vrais parents. Pour rechercher ceux-ci, le jeune homme part à Thèbes. Or sur la route, il a une querelle avec un vieil homme sur un char. Ils combattent en duel et Œdipe tue son adversaire. Il ne le sait pas encore mais c'est son père. Ensuite il vainc le monstre Sphynx qui terrorise la région et comme récompense on lui offre le trône de Thèbes et il épouse la veuve de l'ancien roi, Laïos, donc… Jocaste, sa propre mère. Ainsi c'est parce que beaucoup d'énergie a été dépensée pour empêcher cette funeste situation que celle-ci s'est produite. Reste à savoir ce qui se serait passé si la pythie de Delphes n'avait pas énoncé sa prophétie ?

En dehors de cette légende antique, on peut constater l'efficacité des prophéties autoréalisatrices dans l'économie moderne.

Il suffit d'annoncer la rareté d'un produit pour que cela entraîne une augmentation de son prix et donc une pénurie de ce même produit. Cela s'est vu notamment sur plusieurs crises du blé dans l'histoire. Une simple annonce peut créer une famine.

Autre exemple, plus technologique : en 1965, l'ingénieur

Gordon Moore prévoit que la puissance de calcul des puces informatiques doublera tous les dix-huit mois… Les industriels se sont donc calés sur cette prévision et c'est ce qu'il se passe encore.
Mais sans aller chercher aussi loin, pour beaucoup d'entre nous il y a eu un professeur qui nous a dit : « Toi tu vas réussir, parce que tu es bon » ou « Toi tu vas échouer parce que tu es nul ». Cela nous a programmés inconsciemment. Et si on pouvait revoir ce professeur, il pourrait probablement dire : « Tu vois, ma prophétie s'est réalisée : tu es devenu ce que j'avais prévu. »

101.

Et il y aura enfin cet instant extraordinaire où son cœur aura un frémissement.

Puis son sang vitrifié redeviendra progressivement liquide et son cœur se mettra à battre plus régulièrement et plus vite.

Ses antennes vibreront.

Ses pattes frémiront.

Ses mandibules s'entrouvriront.

La reine des abeilles se réveillera d'un sommeil de mille ans.

Avec une immense émotion on observera ses longues ailes translucides qui se déploieront au ralenti.

Elle fera quelques pas maladroits et s'envolera dans la pièce pour se poser sur une fleur proche qu'on aura disposée tout spécialement pour elle.

Les scientifiques présents autour d'elle pousseront une clameur de joie.

Ils auront enfin réussi.

La bonne nouvelle sera annoncée partout.

Ainsi, alors que la Troisième Guerre mondiale fera encore rage, l'événement sera retransmis sur toutes les chaînes et cela apparaîtra comme un signe d'espoir.

Plusieurs politiciens évoqueront le réveil de la reine des abeilles comme un événement historique.

Étonnamment, la survie d'un seul petit insecte intéressera plus les humains que la mort de millions de leurs propres congénères.

Les journaux télévisés qui ne présentaient jusqu'alors qu'une litanie de batailles, de bombardements, de massacres, dans un monde de plus en plus caniculaire, évoqueront chaque jour les progrès de celle qu'on nommera « la reine de la Deuxième Renaissance ».

Et elle se mettra à pondre.

La ponte du premier œuf sera filmée en direct et diffusée partout sur la planète.

Puis il y aura un deuxième œuf, puis des dizaines, puis des centaines d'autres œufs. Les œufs deviendront des larves, puis des nymphes qui, une à une, sortiront de leur enveloppe protectrice transparente pour déployer leurs ailes et vivre.

Ainsi, apparaîtra une nouvelle génération d'abeilles. Elles seront beaucoup plus résistantes, plus combatives, plus prolifiques que leurs ancêtres des années 2000.

Elles bâtiront une ruche et commenceront à explorer le monde pour trouver des fleurs et du pollen.

La première cité ainsi créée produira des ouvrières bâtisseuses, puis des nourrices chimistes, puis des exploratrices récoltant le pollen, puis des guerrières défendant leurs sœurs.

Enfin, des reines filles, fraîchement écloses, essaimeront pour construire plus loin leur propre ruche.

Elles ne craindront plus aucun prédateur. Les quelques frelons qui s'aventureront près de leurs ruches, elles les piqueront de leurs longs dards au venin fulgurant. Même les oiseaux et les reptiles n'oseront plus approcher de leur cité.

Le processus sera enclenché.

Les reines abeilles fécondes recevront l'aide des hommes pour s'installer dans des pays de plus en plus lointains.

Ces abeilles issues d'une reine ancienne ressuscitée seront encouragées à bâtir des ruches et elles se mettront rapidement à pondre et à produire elles-mêmes des reines filles qui pourront à leur tour essaimer. Leur influence bénéfique ne tardera pas à se faire sentir. De nouveau, il y aura des fruits, des légumes, des céréales à profusion. La terre qui avait été un paradis redeviendra un paradis.

Quatre ans s'étaient écoulés entre la disparition de la dernière abeille et le déclin de l'humanité. Il ne faudra que quatre ans après que la reine ancienne aura pondu son premier œuf pour que l'humanité connaisse sa Deuxième Renaissance.

La population mondiale avait été réduite par la guerre de quinze milliards à trois milliards d'individus. La distribution de nourriture aux survivants permettra de stabiliser la chute.

Certes, la plupart des grandes capitales seront encore en ruine. Certes, le réchauffement climatique imposera à la planète une température élevée permanente. Certes, les déserts auront remplacé beaucoup de forêts. Mais la capacité des humains à se reprendre permettra un rebond.

Trois pas en avant, deux pas en arrière. Puis de nouveau trois pas en avant… La pulsion de mort et d'autodestruction de l'espèce humaine une fois arrivée à son paroxysme sera stoppée. La pulsion de vie reprendra ses droits.

La fatigue remplacera la haine et le fanatisme.

Tous auront compris que s'ils veulent manger tous les jours, la coopération est plus efficace que le vol.

Plus personne n'aura plus l'envie de guerroyer, comme si l'humanité étant allée jusqu'au bout de ses erreurs et ayant payé le prix lourd avait fini par comprendre qu'il lui fallait changer de comportement.

Dès lors, une ONU efficace sera créée, qui pourra enfin imposer sur toute la planète un désarmement réel et général, ouvrant pour les survivants une période de paix et de bien-être.

Et puis…

À soixante kilomètres au sud-est de Paris poussera un fruit étrange. Un grand building de forme ovoïde et de couleur orange, construit au milieu de la forêt de Fontainebleau devenue elle aussi un désert. À l'intérieur de ce building particulier, il y aura à tous les étages des jardins fleuris avec des arbres fruitiers alternant avec des forêts.

Là, une jeune femme nommée Déborah Hiram proposera une nouvelle manière de vivre ensemble. Déborah Hiram portera déjà dans son prénom sa mission, *déborah* signifiant en hébreu « l'abeille », et *daber*, « la parole ». Ce qui résume pour elle sa « mission de vie » : porter la parole des abeilles.

Elle rappellera être la réincarnation d'une femme prénommée comme elle Déborah, qui au Moyen Âge avait fait partie d'un courant philosophique se référant au soleil et aux abeilles.

Elle dira aussi avoir été, quelques vies plus tard, une femme prénommée Mélissa. Elle parlera aussi d'un homme, un certain René, qui aura attendu l'âge de trente-quatre ans pour dicter le dernier chapitre d'un livre extraordinaire parlant du futur.

Le building-ruche mesurera trois cents mètres de haut, soit la hauteur de l'ancienne tour Eiffel de Paris, et comprendra trente étages de dix mètres de hauteur chacun.

Un étage sur deux sera une forêt, le suivant sera un jardin.

Et dans ces jardins se trouveront des cultures : vergers, potagers, champs de céréales.

Aux étages forestiers, tout comme aux étages jardins, habiteront 14 400 habitants, logés dans des bungalows de bois en forme de dôme avec de larges baies vitrées.

L'ensemble de l'immeuble-ruche permettra une vie en autarcie. L'eau nécessaire à la consommation, à l'hydratation de l'air, ainsi qu'à l'irrigation et à l'arrosage des plantes proviendra d'une nappe phréatique profonde située sous la cité.

Les parois du building alterneront des baies vitrées pour laisser passer la lumière du jour et des murs faits d'alvéoles, très résistants et isolants, comme les rayons d'un nid d'abeilles.

La nourriture proviendra des fruits, des légumes de jardin et du miel fourni par les nombreuses ruches. Les déchets des habitants seront récupérés et serviront de compost pour les plantes.

L'énergie proviendra du sommet du building. Là se trouveront d'énormes pétales recouverts de cellules photovoltaïques. Le jour, ils se déploieront et la cité se rechargera en énergie solaire comme une fleur de tournesol. La nuit, la cité repliera ses pétales pour redevenir un ovoïde compact.

L'électricité ainsi produite servira à faire fonctionner un système de rafraîchissement par courant d'air interne, inspiré des ruches. Là où dans la ruche les battements d'ailes des ouvrières provoquent ces courants d'air, dans la ruche humaine, on utilisera des milliers de ventilateurs situés sur les bouches d'aération. Ils produiront à une échelle différente le même effet de régulation thermique.

À l'extérieur, à cause du réchauffement climatique, le thermomètre montera au-dessus de 40 degrés, mais toute la cité sera comme un grand réfrigérateur à 21 degrés.

De même, l'humidité venue de l'eau de la nappe phréatique, parfaitement contrôlée, participera à maintenir une atmosphère toujours fraîche et agréable, alors qu'à l'extérieur l'air sera sec.

Au sein de cette ruche humaine, il n'y aura pas d'argent, pas de notion de travail, pas de notion de devoir.

Chacun sera motivé par le plaisir tiré du bien-être collectif, et œuvrera spontanément pour que l'ensemble de la cité vive au mieux.

Déborah nommera ce concept « se réaliser à travers les autres ».

Déborah Hiram aura initié le projet et en aura posé les grands principes. Tout comme une reine abeille, elle surveillera l'équilibre entre naissances et décès afin que la cité se maintienne toujours au même nombre exact d'habitants : 14 400.

Sa grande maxime sera : « Nous n'avons pas besoin d'augmentation, nous avons besoin d'équilibre. » En se maintenant toujours au même nombre de citoyens, la cité-ruche vivra dans une harmonie parfaite pour le bien-être de tous ses habitants.

Dans les étages à forte zone forestière, des animaux sauvages vivront en liberté, participant au cycle général de l'écosystème.

Une seule restriction s'imposera : on n'introduira pas de gros carnivores comme les ours, les lions, les loups. Les animaux les plus grands seront des herbivores : biches, cerfs, chevaux, moutons, vaches, porcs, lapins, poules. Il y aura aussi des oiseaux, des papillons, des insectes de toutes tailles. Le sol sera aéré par des vers, des fourmis et des taupes.

Au premier étage se trouvera un lac-réservoir avec des cygnes et des canards, des poissons, des grenouilles, des crabes et des huîtres. Des joncs et des nénuphars participeront à l'équilibre de cet écosystème particulier. Chacun pourra aller s'y baigner.

Autre différence avec l'écosystème extérieur, il n'y aura ni moustiques ni mouches. Ce sera un choix délibéré de Déborah Hiram, même si tous sauront que ces deux insectes participent eux aussi à l'écosystème global.

L'autosuffisance, l'autoproduction et l'autoconsommation seront la règle. Les humains auront une alimentation diversifiée et équilibrée, sans aucun excès ni manque en vitamines ou en calories, sans protéines issues de cadavres animaux.

Déborah Hiram prônera l'équilibre intérieur pour être en phase avec l'équilibre extérieur. L'éducation des jeunes et des moins jeunes comprendra non seulement la compréhension de la biologie animale et végétale, mais aussi celle du corps humain, si bien que chaque habitant de la cité-ruche aura conscience en mangeant un aliment de son effet sur son propre organisme.

En dehors des activités d'entretien et de sécurité, les hommes-abeilles et les femmes-abeilles pratiqueront avec plaisir des arts anciens pour développer leur corps et leur esprit : la danse, la musique, le chant, la peinture, la parfumerie, la gastronomie, la sculpture, le théâtre.

La qualité de l'air, de l'eau, de la nourriture et des soins permettra d'augmenter l'espérance de vie moyenne des humains de la ruche qui passera progressivement de quatre-vingts à cent vingt ans. Quarante ans de gagnés changeront complètement la perception de l'existence. Cela offrira un recul sur tout et une chance de relativiser les petits soucis quotidiens.

Ainsi, les hommes-abeilles et les femmes-abeilles pourront acquérir une expérience et une sagesse que peu de leurs ancêtres avaient.

Quand ils mourront, les humains seront enterrés nus dans le sol, pour nourrir les vers et continuer à participer à l'écosystème en lui offrant leur dépouille de chair désormais inutile.

À chaque décès correspondra l'autorisation d'une nouvelle naissance. Cependant la cité-ruche ne sera pas une structure fermée. Durant l'année, chacun pourra entrer et sortir de la cité-ruche, même si l'air bouillant, les ruines et déserts alentour ne donneront guère envie de rester longtemps dehors.

Au printemps, il y aura la cérémonie d'essaimage. On verra alors des couples partir pour tenter de recréer ailleurs d'autres cités-ruches filles copiant la formule de la cité-ruche originelle.

Malgré le désarmement mondial, la réduction démographique et le retour à une activité agricole générale plus efficace, la canicule extérieure aura généré des groupes de pillards ultraviolents itinérants, ceux qu'on appellera les « frelons sauvages ». Ils circuleront en bande mobile, le plus souvent dans des camions, des voitures, des caravanes, accompagnés de motos.

Ils attaqueront les villages mal défendus. La cité-ruche sera pour eux une proie de choix. Ils tenteront régulièrement de l'envahir. En cas d'attaque de ces frelons-humains, la sirène retentira et tous les hommes-abeilles abandonneront leurs activités pour se transformer en soldats.

Plusieurs fois, la cité sera assiégée ou mise en danger, mais à chaque fois, les soldats-abeilles trouveront la bonne stratégie pour se protéger de ces envahisseurs. Le plus souvent avec des actions de commandos très risquées mais qui seront efficaces.

Après les combats, on enterrera les morts dans les jardins et on autorisera les nouvelles naissances pour compenser les pertes.

Déborah Hiram sera épaulée pour le maintien de l'harmonie de la cité par deux hommes, qu'elle nommera ses « frères d'âme ».

Elle prétendra les avoir connus jadis sous des noms différents.

Ces trois personnes formeront un triangle psychique qui maîtrisera parfaitement l'art de « plier le temps ». Ainsi, elles partiront dans le passé pour bien comprendre comment les générations qui les ont précédées se sont égarées.

Déborah Hiram dira : « La meilleure manière de ne pas refaire les mêmes erreurs est de les revivre. La connaissance intellectuelle seule ne nous convainc pas de changer en profondeur nos comportements. »

Elle nommera ce principe « la compréhension par la régression ».

Au-delà du triangle des trois fondateurs, tous les habitants de la cité-ruche utiliseront leur esprit pour voyager dans le passé. Ce sera une forme de tourisme psychique qui leur permettra d'apprécier d'avoir évolué jusqu'à la situation présente.

Beaucoup reviendront de ces voyages bouleversés par les guerres, les massacres, les épidémies, les injustices et les gaspillages qu'auront connus leurs propres ancêtres. Ils auront d'autant plus envie de préserver leur cité-ruche.

Quand on demandera à Déborah Hiram comment elle a eu l'idée de bâtir une telle cité, elle répondra que celle-ci était exposée dans le dernier chapitre d'un ouvrage de prospective très ancien.

Et elle dira que le titre exact de ce livre était : *La Prophétie des abeilles.*

REMERCIEMENTS

Pour Richard Duccousset et Francis Esménard, mes éditeurs historiques, qui m'ont accompagné durant toutes ces années.

Pour son regard avisé : mon éditrice Caroline Ripoll. Et de manière plus générale tous les services des éditions Albin Michel.

Pour les informations historiques : professeur Gérard Amzallag, Franck Ferrand.

Pour sa connaissance des Templiers : David Galley.

Pour notre discussion sur les abeilles et les frelons asiatiques : Élie Semoun.

Pour nos conversations sur la vie, les abeilles et le cinéma : Claude Lelouch.

Pour ses connaissances sur le Temple de Salomon : Laurent Levy.

Pour nos conversations sur les ésotérismes et les symboliques : Patrick Burensteinas.

Pour m'avoir fait découvrir la vie en kibboutz à Ramat David en 1982 : Marie-Lyne Smadja.

Pour m'avoir accompagné à la harpe durant mon spectacle d'hypnose régressive, *Voyage intérieur*, au théâtre des Trois-Baudets : Vanessa Francœur.

Pour m'avoir accompagné au saxophone durant une autre version de *Voyage intérieur*, sur Internet en live : Geoffrey Secco.

Pour avoir eu la patience de lire les douze béta-versions (chacune complètement différente) de ce roman : Nathalie Amkraut, Chléa Caroux, Jonathan Werber, Amélie Andrieux, Aurélie Delafon, Vanessa Bitton, Gilles Malençon, Sylvain Timsit, Arnaud Alexandre, Jérémy Guérineau, Julien Laoche.

MUSIQUES ÉCOUTÉES
DURANT L'ÉCRITURE DE CE ROMAN

Musique du film *Kingdom of Heaven* (Ridley Scott, 2005), par Harry Gregson-Williams.

Light of the Seven, de Ramin Djawadi (bande originale de la saison 6 de la série *Game of Thrones*).

« Judas Unrepentant », de Big Big Train, dans l'album *English Electric Full Power* (2012).

Fly from Here, album de Yes (2011).

« Neckbrace », de Ratatat (2010).

DU MÊME AUTEUR
AUX ÉDITIONS ALBIN MICHEL

DEMAIN LES CHATS, 2018

SA MAJESTÉ DES CHATS, 2019

LA PLANÈTE DES CHATS, 2020

Cycle des Fourmis :

LES FOURMIS, 1991

LE JOUR DES FOURMIS, 1992

LA RÉVOLUTION DES FOURMIS, 1996

Cycle des Aventuriers de la science :

LE PÈRE DE NOS PÈRES, 1998

L'ULTIME SECRET, 2001

LE RIRE DU CYCLOPE, 2010

PENTALOGIE DU CIEL :

Cycle des Anges :

LES THANATONAUTES, 1994

L'EMPIRE DES ANGES, 2000

Cycle des Dieux :

NOUS, LES DIEUX, 2004

LE SOUFFLE DES DIEUX, 2005

LE MYSTÈRE DES DIEUX, 2007

Cycle Troisième Humanité :

TROISIÈME HUMANITÉ, 2012

LES MICRO-HUMAINS, 2013

LA VOIX DE LA TERRE, 2014

Nouvelles :

L'ARBRE DES POSSIBLES, 2002

PARADIS SUR MESURE, 2008

Autres livres :

LE LIVRE DU VOYAGE, 1997

NOS AMIS LES HUMAINS (THÉÂTRE), 2003

LE PAPILLON DES ÉTOILES, 2006

NOUVELLE ENCYCLOPÉDIE DU SAVOIR RELATIF ET ABSOLU, 2008

LE MIROIR DE CASSANDRE, 2009

LE SIXIÈME SOMMEIL, 2015

DEPUIS L'AU-DELÀ, 2017

LA BOÎTE DE PANDORE, 2018

Sites Internet : www.bernardwerber.com

www.arbredespossibles.com

Facebook : bernard werber officiel.

instagram : werbernard

Composition : IGS-CP
Impression : Firmin Didot en septembre 2021
Éditions Albin Michel
22, rue Huyghens, 75014 Paris
www.albin-michel.fr

ISBN : 978-2-226-46477-4
N° d'édition : 24576/01 – N° d'impression : 165689
Dépôt légal : octobre 2021
Imprimé en France